唐诗宋词研究

（修订版）

21世纪通才教育系列教材

冷成金 著

中国人民大学出版社

·北京·

出版说明

通才教育、通识教育，或者素质教育、博雅教育，是一组具有家族相似性的概念。尽管不少学者撰文辨析这些概念之间的细微差别，但是大体来说，它们都指向一种共同的教育理念，即教育的目的是使受教育者不仅具备一定的专业知识和能力，而且要兼具多种才能，具有较宽的知识面、较高的文化素质和健全的人格，成为全面发展的创新人才。

当代大学生应该具备哪些知识、能力和素质，可能仁者见仁，智者见智。从我国高等教育的人才培养目标来看，大学生不论学习什么专业，都应该是复合型的高素质人才，不仅应该掌握某个专业的知识和技能，还要具备人文精神与科学精神。许多高校在借鉴国外高等教育经验的基础上，根据我国国情和社会对人才的需要，设计出了各具特色的公选课程体系，在通才的培养方面进行了有益的探索。但是，课程设置随意性大、缺乏适用教材的情况还比较普遍，不利于通才教育规范而有效地开展。

为了满足全国普通高等学校进行通才教育的需要，我们在广泛征求专家意见和对几十所大学进行调研的基础上，推出“21世纪通才教育系列教材”。其宗旨是拓宽大学生的视野，扩大其知识面，提高其人文素养，塑造其科学精神。我们将陆续推出由兼具专业功底和教学经验的优秀作者编写的、涵盖人文社会科学和自然科学的系列教材，供高校教师和学生选用，从而为我国的高等教育和人才培养服务。

中国人民大学出版社

前　言

唐宋诗词是中国文学的重要组成部分和精华，也是人类文学宝库最为璀璨的明珠。“唐诗宋词研究”是高等教育中的文学、语言等人文类专业的基本选修课之一，也是其他专业的主要公共选修课之一。按照传统习惯，《唐诗宋词研究》一般分为唐诗研究和宋词研究两部分，宋词部分往往要连带讲解晚唐五代的词。

《唐诗宋词研究》不是古代文学史中唐宋文学部分的简单重复或延伸，也不仅是一般性的知识介绍，而是唐宋文学中唐诗宋词的专题性研究，是对唐诗宋词的细致分析和整体把握，在学术研究上具有一定的开拓性。

在研究方法上，该课程以具有代表性的唐宋诗词为研究对象，主要采取从文化视角切入的方法来研究唐宋诗词，而不是像以往那样限于时代背景分析、作家作品分析。该课程着重探讨唐宋诗词的文化意蕴，进而研究由此生发出来的诗词的审美属性和审美特点，探讨其内在的规律和特点。

按照循序渐进的思路，学习本课程的目的依次如下：(1) 熟悉并掌握唐诗宋词，提高古代文学的基本修养；(2) 通过熟悉、记忆、背诵、鉴赏大量的唐诗宋词，真正弄懂唐宋诗词何以为美，可以使我们从根本上提高审美鉴赏能力和审美感受能力；(3) 通过理解唐宋诗词的文化意蕴，对其中透显出来的民族文化心理结构产生深刻的认同感，使我们的人文素质得到真正的提高，同时也培养我们对国家、民族和传统文化的热情。从根本上讲，学习唐诗宋词，包括学习整个古代文学以至传统文化，其目的都是为我们走向未来寻找有益的精神资源，为民族的发展提供基本的精神动力。

学习本课程的基本要求如下：(1) 根据指定的参考书，尽可能多地阅读唐诗宋词；(2) 熟悉《唐诗宋词研究》中出现的所有唐诗宋词；(3) 背诵重要的篇目，尤其是即时练习和课程作业中涉及的唐诗宋词篇目；(4) 要对基本篇目进行赏析；(5) 要掌握主要作家的生平、代表性篇目；(6) 要掌握主要作家的诗词的风格和艺术特点；(7) 掌握唐诗、宋词的重要流派，对各个流派产生的社会背景，各个流派的代表作家、作品较为熟悉；(8) 要深入了解唐宋时期的政治、经济、文化及各民族关系等历史背景，要注意这些具体的背景与文学的发展和文学的特点之间的关系；(9) 深入理解唐诗宋词与传统文化的关系，善于分析其中的文化意蕴。

应该说，学好唐诗宋词，不仅是学习了一门专业知识，更重要的是提高了人的综合的艺术素质、人文素质和文化素质。只有在认识上将这两方面辩证统一起来，才能真正学好唐诗宋词。

目　录

上编　唐诗研究

引言

唐诗宋词之美

唐诗宋词之美臻于中国文学之美的极致，但唐诗宋词何以为美，我们似乎一直不甚了然；古代评点式的论断告诉了我们哪些诗词是美的，但没有分析美的成因。当然，对某种事物的美感本来是可以知其然而不知其所以然的，但当我们专门“欣赏”它们的时候，就不应该停留在这样的层面上，尤其对于被我们民族视为美的典范之一的唐诗宋词，就更应该追询其美之为美的内在原因。现在通行的所谓“艺术特点”、“写作技巧”之类的分析对于提高我们审美能力到底有多大的帮助，甚至“艺术特点”与文学的审美本性之间是否存在着必然的内在联系，都是值得怀疑的，而文学之美——尤其是传统文学之美——与传统文化之间的内在联系则应该引起我们足够的重视。实际上，传统文学之美是从传统文化的底蕴中生长出来的，离开了对传统文化的理解和感受，对传统文学之美的体味恐怕只会流于表面。

没有感受的理解是不可靠的，没有理解的感受是不深刻的。这里从传统文化中选取了几个与唐宋诗词有关的具有典型意义的基本命题，以此为视角来“欣赏”几首唐宋诗词，希望有举一隅而三隅反的功效。

一、悲剧意识的觉醒与精神家园的追询

陈子昂是初唐提倡风雅，进行文风改革的重要诗人，而他最为人们熟悉的是《登幽州台歌》。当时，陈子昂随武攸宜征契丹，由于武攸宜不谙军事，他曾屡次进谏，不被采纳，致使屡屡失利，他心情颇为抑郁，想起当年燕昭王高筑黄金台招贤纳士的往事，感慨自己怀才不遇，壮志难酬（参照《蓟丘览古》七首可知），

于是吊古伤怀，而有此诗：

前不见古人，后不见来者。念天地之悠悠，独怆然而涕下。

一般的读者很少会知道此诗写作的"时代背景"，但还是一读之下，便被感动，这说明其中肯定有超越时代的东西，而不受时空的拘囿正是真正的艺术品的根本特征。实际上，在很多情况下，当我们弄清了某某作品的"时代背景"时，对它的感受反而减淡了许多，因为我们通行的"时代背景"解读法限制了人的超时空的审美想像。

从超越时空的意义上看，《登幽州台歌》已经超出了原有的怀古意义，而是表达了深沉的悲剧意识，从中透显出了人的"觉醒"：当你独立于天地之间、直视生存真相的时候，就会突然发现，人生是有限的，是虚空的，你正处在惶恐之中，你会询问自己的价值与意义何在！"古人"和"来者"似乎皆不足为凭，过去和未来也似乎难以为据。那么，人难道就在这种困境中绝望了吗？不，个人也许已经没有希望了，但"悠悠"的天道却是永恒的。只要你将有限的生命融入到无限的天道中，你就会在"悠悠"的天道中获得永恒。

中国文化中的悲剧意识主要产生于对人的有限性的追问，并在对这种有限性的形上超越中得到消解；这一追问和消解的过程，正是价值建立的过程。这是中国主流文化——包括儒家文化与道家文化——的共同特征，儒家文化强调个人要在向社会集体、道德本体、永恒天道的融入中获得意义，道家文化强调个人要在向自然的融入中获得意义。陈子昂的《登幽州台歌》正与传统文化的底蕴相吻合，与民族文化的深层心理结构相吻合。

《登幽州台歌》同时还表现了中国人的"觉醒"方式。中国人的"觉醒"是从对自己价值依据的追询开始的，只有走过了"前不见古人，后不见来者"的心灵历程，人的"觉醒"意识才开始萌生。接下来的"涕下"不是哀伤和悲痛，而是觉悟了"天地之悠悠"——价值依据——之后的感动，同时也是对人生悲剧真相的审美认同。这种感受，相对于六朝人来讲，昭示着初唐时期的一种新的人格的降临；相对于中国人来讲，任何时候都应该会引起内心的感动。每一次吟诵，都会使人产生一次思考价值、追询价值、确立价值的冲动和渴望，中国人的价值感便是在这种无数次的冲动和渴望中积淀而成的。

《登幽州台歌》同时也表现了中国悲剧意识的基本特征。总的看来，与古希腊的悲剧意识相比，中国的悲剧意识并不仅仅注重暴露人的困境，而是在暴露困境中又弥合困境，在彰显出绝望时又指引了出路。在悲剧精神方面，古希腊的悲剧强调人与命运的抗争，这种命运其实是人的现实存在的极限状态，挑战极限的结果往往是失败的，但这更激起了人的抗争精神，因为人在本质上是一种主动挑战环境、挑战自身、挑战极限的存在物，并因此与动物的被动适应环境区别开来。但古希腊的悲剧意识指向的并非是绝望，而是有着明确的现实性的出路。以《俄狄浦斯王》为例，在“命运一出，诸神退位”的前提下，俄狄浦斯与命运抗争的结果自然是失败的，但俄狄浦斯自身却成为楷模和榜样，所谓“求仁而得仁，又何怨”！在这一意义上，俄狄浦斯不仅不是绝望的，反而是成功的。还有，如果不愿意与命运抗争，还可以向命运“投降”，这便是宗教的由来。而中国文化中的悲剧意识主要来自对人生有限性的追问，人生无价值，天地乃中性，对人生有限性的形上超越才是建立价值的唯一途径，这比与外在的命运抗争更为根本。因其没有外在抗争的对象，因此也就没有可“投降”的对象，宗教也就很难产生，所以其悲剧意识就更为彻底。其悲剧精神指向的是由人自证的内向超越的价值建立，在“人类学历史本体论”的意义上，比依靠与外在命运斗争建立价值来得更为正确、可靠和持久。

中国悲剧意识的这一基本特征既与中国文化的天人合一的思维方式相一致，也与执著与超越统一，此岸与彼岸统一，形上与形下统一的体用不二的传统哲学相吻合。《登幽州台歌》先是以“前不见古人，后不见来者”的呐喊暴露了人的价值困境，然后指出了融入“悠悠”“天道”的出路，而融入“天道”的方式就是在现实的生活情节中感受“天道”，或者说是在“天道”的观照下来感受现实生活的情节。这样，人生困境的暴露与弥合就在一首短诗中和谐地统一起来了。

孟浩然的《宿建德江》从另一个侧面表现了对精神家园的追询和价值的建构。诗云：“移舟泊烟渚，日暮客愁新。野旷天低树，江清月近人。”中国人没有外在而超越的价值观念，走的是内在超越之路，中国人生来便被道德本体放逐，所以，在古典诗歌中，孤舟之类的意象才那样的浓密。“移舟”二字将孤舟和飘零之意囊括殆尽，况且所泊之处还是“烟渚”，家园迷茫，无可求索。那么，为何“日暮”就“客愁新”呢？“日之夕矣，羊牛下来”，那日暮人归的图景，在初民那里原本是极普通的，可数千年来不断地打动着我们的心，今日读来，犹使人在沉醉中挟有绵绵的心痛。那不是梦幻，而是一种虚灵的存在，是一种文化原型，是对诗意生活的向往，是对失去的精神家园的追忆，是难回故乡的永恒的伤感。中国人的精神家园其实就是当下的心理结构，是靠每个人在生命的历练中不断体味的，精神家园是在不断的呈现中存在的，追询的过程便是呈现的过程，所以，每当象征家园的日暮来临时，无所归依的游子便要起家园之思，等待着精神家园一次又一次的新鲜的呈现。而“野旷天低树，江清月近人”则为我们描绘了一幅人与自然亲合的图景，是精神家园呈现的物化形态，为前面的追询提供了归宿。所以，这首短诗概括了我们民族追询精神家园和家园呈现的情绪流程。

二、在天道与人道的疏离与亲合之间

杜诗诗歌的主要审美特征是“沉郁顿挫”。杜甫自己在《进〈雕赋〉表》中说："臣之述作虽不能鼓吹六经，先鸣数子，至于沉郁顿挫，随时敏捷，而扬雄、枚皋之徒，庶企可及也。"此处的"沉郁"，是指学养深厚，"顿挫"是指节奏的抑扬缓急，后来的含义有所不同，应该包含以下几方面的内容：深沉博大的思想情感，忧国忧民的价值关怀，浑融含蓄的气象，抑扬顿挫、回旋张弛的节奏。例如《登高》：

风急天高猿啸哀，渚清沙白鸟飞回。
无边落木萧萧下，不尽长江滚滚来。
万里悲秋常作客，百年多病独登台。
艰难苦恨繁霜鬓，潦倒新停浊酒杯。

首联起句突兀，如狂飙来自天外，将全诗笼罩在沉郁悲壮的气氛中，但又透显出大化流行的刚劲和廓大深邃的情感追求。颔联之所以具有打动人心的力量，原因在于它表现了典型的中国式的悲剧意识：个体的生命也许没有希望，但天道是永恒的，只要将个体的生命与价值融入永恒的天道，个人也就可以获得某种永恒。此联在暴露人的困境的同时又弥合了困境，使人在超越中得到归宿，但这种超越又不是廉价的，往往要在"艰难苦恨"中完成，所以，在颈联和尾联中，杜甫尽情地抒发了个人的悲剧感。然而，因为有了首联、颔联的铺垫，杜甫的悲剧感便获得了审美性的超越，他的"悲秋"、"多病"、"苦恨"、"潦倒"也就成了超度他的梯航。该诗的内容结构在此类诗歌中极具有典型性：首联起句"大而空"，但又有引发建构价值的强烈冲动；颔联承接首联写自然，不仅具体且蕴涵哲理，将理路转入正题；颈联承上句情绪写人事，为生成全诗意义的现实基础，起着镇定全诗的作用；尾联归于心境、心理、精神家园，合于宇宙情怀，即所谓的"心理成本体"。起、承、转、合，完成了一个循环。

从"沉郁"来讲，全诗表现出一种儒者式的悲剧情怀；从"顿挫"来讲，不仅音韵抑扬顿挫，结构上有着内在的回旋张弛，更重要的是表现出了一种历经痛苦而走向超越的祈向，还在一定程度上与儒家推崇的含蓄和温柔敦厚的美学品格相契合。

其实，"沉郁顿挫"更深层的文化意蕴是对现实中天道与人道的疏离的表现以及对理想中天道与人道的亲合的追求，只有在这种表现与追求的张力中去理解"沉郁顿挫"，才能把握其真正的韵致。在传统文化中，天道与人道存在着一种基本的关系，即疏离与亲合。所谓疏离，即天道永远高于人道，在现实的层面上永远无法达至天道；所谓亲合，即天道不仅出自人道，还要还于人道，即形而下与形而上的统一，这是从心理体证或形上意义上讲的。现实中的疏离和理想中的亲和形成了巨大的张力，上述的"沉郁顿挫"正典型地概括了这种张力的诗性特征。

再如《秋兴八首》（之一）：

> 玉露凋伤枫树林，巫山巫峡气萧森。
> 江间波浪兼天涌，塞上风云接地阴。
> 丛菊两开他日泪，孤舟一系故园心。
> 寒衣处处催刀尺，白帝城高急暮砧。

如果说上一首更多地表现了天道与人道的疏离的话，那么，这一首就更多地表现了二者的亲合。首联从自然运转、山川气象着眼，而秋霜化为“玉露”，枯树变作“枫林”，在德配天地的仁者的眼中，秋天只能徒增凝重与爽厉之美。颔联则通过对“波涛”和“风云”的描写透显出大化流行的气势与厚重，在前两联的映衬下，颈联更是将一般思乡之情演绎成了漂泊的游子对精神家园的渴求。尾联是对普通人事的描写，但在“暮砧”的敲打声中，你不更加容易趋向心灵的家园吗？全诗以天道始，以人道终，天道与人道首尾相接，合二为一。

从“艺术”上看，诗作前四句沉雄俊厉，可谓“沉郁”之极，但不仅在“玉露凋伤”中就将严酷内化为道德，更在“孤舟一系故园心”中将前四句化作了追寻精神家园的外在契机，且在尾联中落实到现实的家园，使其过程变得十分“顿挫”。沉郁顿挫之美是一种浑融的美，也是典型的盛唐气象。

疏离是现实状态，而亲合是一种冥证的心理状态，是一种境界。在由现实的疏离走向心理冥证的亲合中，其“沉郁顿挫”之美才能得以更好地显现。

三、彰显民族文化心理结构

苏轼处在宋词发展的关键时期。宋词繁荣的文化动因主要在于所谓的宋世风流。狭义的宋世风流是指浅斟低唱、歌舞侑酒的都市生活风尚，广义的宋世风流是指汉唐政治本体意识的消解，宋学与禅学的入世转向相融合，政治—文化政策和经济—商业政策的宽松，传统规范与现实风情的融会，士林风流与市井风俗的合拍。这样，“主情”的宋词便必然要在“言志”的唐诗之后大行其道。

然而，词是“诗之余”，在当时看来，是难以与诗争衡的俗文学，如何使词上升到雅文学的殿堂，是当时亟待解决的问题。其实，古人早就论及了这个问题，胡寅说：“眉山苏氏，一洗香罗绮泽之态，摆脱绸缪婉转之度，使人登高望远，举首高歌，而逸怀浩气，超乎尘垢之外。于是花间为皂隶，而柳氏为舆台矣。”（《题酒边词》）况周颐说：“有宋熙、丰间，词学称极盛，苏长公提倡风雅，为一代山斗。”（《蕙风词话》）其实这说的就是苏轼对词的雅化。雅化的实质是将词变成了时代精神的表现形式，更重要的是使宋代的世俗精神雅化了，即使执著现实走出了感性享乐的泥淖，把现实生活提升到了生命本体的高度，世俗精神也就上升到了形上的高度。这样，苏轼的词就有了厚重的文化意蕴。

苏词在很多情况下将在过去只有诗才可负载的文化意蕴纳入词中，从这一意义上讲，这才是真正的“以诗为词”。如人们熟知的《念奴娇·赤壁怀古》：

> 大江东去，浪淘尽，千古风流人物。故垒西边，人道是三国周郎赤壁。乱石穿空，惊涛拍岸，卷起千堆雪，江山如画，一时多少豪杰。
>
> 遥想公瑾当年，小乔初嫁了，雄姿英发，羽扇纶巾，谈笑间，樯橹灰飞烟灭。故国神游，多情应笑我，早生华发。人生如梦，一樽还酹江月。

所谓“词至东坡，倾荡磊落，如诗如文，如天地奇观”（刘辰翁《辛稼轩词序》），此词所以具有巨大的艺术魅力，关键在于它与民族文化心理的深层结构相吻合。中国人没有外在超越的价值观念，因此英雄梦便是生而有之的理想。此词开端即以“大江东去，浪淘尽，千古风流人物”唤起了人的英雄梦想，深契民族文化心理的深层结构，给人以无限的热情和向往；然而，苏轼在唤起人的英雄梦的同时又打破了人的英雄梦，他以自然与历史的永恒和人事的虚幻与英雄的无奈相对照，传达出深沉的悲剧意识，也激发了人们对意义与价值的思考与追寻，将人生无价值无意义的真相豁然展露在人们的面前。然而，人生未必是有价值和意义的，但却是必须有价值和意义的；人生不一定会选择正面的价值和意义的，却是必须选择正面的价值和意义的；因为不选择正面的价值人类社会就不会产生、存在与发展。因此，每吟诵一次“大江东去，浪淘尽，千古风流人物”，就会追问一次，心灵就会被洗礼一次，人作为类的存在物，就会以其本能为类的存在与发展对正面价值进行一次选择。中国文化中的正面价值就通过这样的心理净化机制积淀建立起来。可以说，只此一句，就高度概括了中华民族文化心理中从起点到终点的整个流程。下面的描述无非是为了说明和论证开端的一句而已，起到的仅仅是例证的作用，但自“故国神游”以下，则转入了对上述悲剧意识的消解。中国人传统悲剧意识的消解因素有仙、酒、自然、梦、女人等，而“故国神游，多情应笑我，早生华发，人生如梦，一樽还酹江月”数句中，除“仙”之外，其余诸种悲剧意识的消解因素居然都包含其中。从慷慨壮志到悲剧意识的消解，正体现了中国悲剧意识的“暴露”与“弥合”的双重特点，也概括了一个人乃至一个民族的精神流程。

再看《水调歌头》：

> 明月几时有？把酒问青天。不知天上宫阙，今夕是何年。我欲乘风归去，又恐琼楼玉宇，高处不胜寒。起舞弄清影，何似在人间？

转朱阁，低绮户，照无眠，不应有恨，何事长向别时圆？人有悲欢离合，月有阴晴圆缺，此事古难全。但愿人长久，千里共婵娟！

前人说："中秋词，自东坡《水调歌头》一出，余词尽废。"（胡仔《苕溪渔隐丛话后集》卷三九）那仍然是因为它描绘出了民族文化心理结构。以"明月几时有，把酒问青天"起句，代表了自屈原《天问》以来的中国人以诗性的方式对人生价值、意义的追寻。苏轼超越了现实功利的拘囿，以一颗自由的心灵来贴近自然和宇宙，但心灵的超越不可能在瞬间构建起新的价值观念，所以必然要在一定意义上返回现实，所谓"高处不胜寒"，正是在进行价值追寻时的心灵感受和无奈的结局，也是一种必不可少的心理过渡。至于"起舞弄清影，何似在人间"，则是苏轼追寻之后得到的现实答案。然而，这种形上追寻——心理过渡——现实答案的民族文化心理的历程绝不仅仅是一种无谓、简单的重复，苏轼最后虽然仍旧落脚在现实的伦理道德上（"但愿人长久，千里共婵娟"），但这已经不是政治意识形态化的伦理道德，而是心理本体化的伦理道德，即以一种审美观照的态度来对待现实生活和人的生命，已经具有了对僵固的政治意识形态进行突破的意义。

人的心灵需要不断的洗礼，才能保持新鲜。词的上阕写的是心灵的询问，也是心灵的洗礼，洗礼过后，人们就会以新鲜的情感来感受以下阕为代表的现实的生活和生命。因此，此词以富有历史文化积淀的典型的意象和高度概括的艺术手法表现了民族文化心理，使之深合于民族文化的深层结构，并在结尾处激发了人的超越性的美好情感，充满了传统的生生不息的乐观主义精神，因而具有了打动人心的艺术力量。

"七绝圣手"王昌龄的《出塞》也同样彰显了民族文化心理结构：

秦时明月汉时关，万里长征人未还。
但使龙城飞将在，不教胡马度阴山。

起句铺陈时空，将人的思绪引向浩远的历史背景，在秦月汉关的映照下，人们会自然生发出对历史的价值与意义的追询；第二句则从历史回归现实，从背景聚焦到人物和事件：边塞战争古今一贯，略无停歇，但"长征"的意义是什么？为什么要有如此多的艰辛与死亡？这种平易直白的陈说却恰恰使诗作的悲剧情怀落于眼前；三、四句是在悲剧情怀中透显出希望，但这种希望绝非廉价的，"但使"二字透显出现实的艰难性，从而完成了由悲到壮的情绪转换，也使"秦月汉关"所象征的历史和"万里长征"所象征的人事具有了明确的价值和意义。全诗虽然只有四句，却极为精到地概括了我们民族对于战争以及历史的悲——壮——

希望的心理流程和情感态度，这是其被称为“唐人七绝压卷”之作的内在原因。这里可将王昌龄的《出塞》和王翰的《凉州词》加以比较，后者写道：“葡萄美酒夜光杯，欲饮琵琶马上催。醉卧沙场君莫笑，古来征战几人回。”虽有疆场生活的豪迈、慷慨，甚至还有对待死亡的洒脱，但毕竟缺少了对价值的追询和超越性的希望，所以不能深契民族文化心理，受到的推崇自然也就不如前者。

如果一定要说唐宋诗词是一种“形式美”，那这种“形式”就是传统文化艺术的外化形式，是以传统文化为底蕴的形式美。事实上，文学的发展史就是人的情感的发展史，当然，人的情感的发展史在一定意义上讲也是文化的发展史。我们既不能忽视文学自身的规律和特点，同样也不能忽视文学与文化的联系。人的情感的确“苟日新，日日新，又日新”，但人的情感又是具有历史延续性的。在一定意义上讲，我们是被抛到历史之中的，是在以某些文化母体、传统观念为前提的情况下感知、运思和生活的。因此，如果能在文学和文化的张力中感受文学，考察文学，那又将是另一番不同的情景。

上编

唐诗研究

第一章 贞观诗坛

唐朝的建立并不是唐诗的建立。对于初唐前期的诗歌，闻一多先生曾有精到的评论，他认为这一时期的文学，与其“说是唐的头，倒不如说是六朝的尾”（《类书与诗》），“宫体诗在初唐，依然是简文帝时那没筋骨、没心肝的宫体诗，不同的只是现在辞藻来得更细致，声调更流利，整个的外表显得更乖巧，更酥软罢了”（《宫体诗的自赎》）。的确，六朝宫体诗在初唐前期影响很大，甚至还有所发展，但应该看到的是，宫体诗在贞观时期还是逐渐从梁、陈诗风中摆脱出来，也从狎客文人的手中解放出来，在赏玩狎昵的旨趣之外开拓出新的表现领域，其风格也有清新自然之处，对唐诗的形成和发展有着一定的影响。同时，由隋入唐的著名诗人王绩，以其丰富的创作实绩为贞观诗坛注入了一股清新之风，其诗题材新颖，感情真实淳朴，意境浑融开阔，宛然已有唐诗风致。

第一节 六朝余韵

明人陆时雍说：“调入初唐，时带六朝锦色。”（《诗镜总论》）所谓“六朝锦色”，主要指的是以梁、陈宫体诗为代表的对宫廷男女艳情之爱的表现及其铺张繁复、香艳淫靡的文风。宫体诗最早出现在梁代，突出的代表是当时正在做太子的梁简文帝萧纲。萧纲是个具有突出的艺术才能的人，他雅好文学，辞采俊发，六岁即能文，又居于东宫，因此形成了一个以他为核心的官僚文学集团，聚集了徐摛、徐陵父子，庾肩吾、庾信父子等著名诗人，其创作影响被及朝野，时称宫体。如萧纲写的《咏内人昼眠》：

北窗聊就枕，南檐日未斜。攀钩落绮障，插捩举琵琶。
梦笑开娇靥，眠鬟压落花，簟文生玉腕，香汗浸红纱。
夫婿恒相伴，莫误是倡家。

诗作有三个特点，一是堆砌辞藻，二是以淫荡的目光审视妇女，三是对这种生活态度充满了自得自赏之意。其后的陈代是宫体诗繁荣的另一个时期，后主陈叔宝与重臣江总都热衷于宫体诗的创作，其中陈后主的《玉树后庭花》最为著名：

丽宇芳林对高阁，新妆艳质本倾城。
映户凝娇乍不进，出帷含态笑相迎。
妖姬脸似花含露，玉树流光照后庭。

该诗纯为刻画美人的娇美姿态，所谓“绮艳相高，极于轻荡”（《隋书·乐志》），正指出了该诗的特点。

隋初文风延续南朝文风，浮靡不振，宫体诗仍然盛行，但值得一提的是，隋朝曾经进行过文风改革。李谔在《上隋高帝革文华书》中说：“遂复遗理存异，寻虚逐微，竞一韵之奇，争一字之巧。连篇累牍，不出月露之形；积案盈箱，唯是风云之状。”隋文帝是个有雄才大略的皇帝，他在统一全国后，改革选官制度，实行科举制，要抑制浮华的文风，并发布诏令说：“公私文翰，并宜实录”，甚至还当廷处置以浮华不实的文风写奏章的大臣。但他要改变的毕竟是政风而不是骈体文，再加上文体改革的诸种历史因素还没有具备，所以这种文风改革的思想在当时终于没有形成大的影响。

闻一多先生在《宫体诗的自赎》一文中指出，宫体诗“当指以梁简文帝为太子时的东宫以及陈后主、隋炀帝、唐太宗等几个宫廷为中心的艳情诗”，可以说这揭示了宫体诗起于萧梁、盛于陈隋、终于初唐的发展轨迹。但宫体诗在贞观及以后还是经历了新的发展。贞观时期，唐太宗倡导雅正之风，使宫体诗的香艳杂入到歌功颂德的谀词之中，与梁、陈、隋的宫体诗有了很大的不同，并有了离开宫廷的倾向，至其后的“初唐四杰”则由宫廷走到市井，终于对唐诗的形成和发展产生了影响。

唐太宗（599—649）不仅是个出色的政治帝王，还是一个文化帝王，对于塑造初唐的精神世界有着重要的影响。这种影响主要来自国势强大和文化开放等几个方面。贞观四年（630年）打败东突厥，并收服其所属各国，唐太宗被尊为天可汗；贞观八年（634年），大败吐谷浑；贞观十四年（640年）征服高昌，而此时政治稳定，经济在隋朝的基础上也得到了进一步的发展，国势之强大，可谓前所未有。在文化上，李唐王朝自陇西入主中原，带有鲜明的异域胡族的文化色彩，再加上李世民的鲜卑族血统，使得贞观时期乃至整个唐朝的前期都呈现出一种开放的状态。李世民不受汉族正统观念的拘囿，在心态上十分开放，敢于傲视古人，直抒胸臆。他说："朕年十八便举兵，年二十四定天下，年二十九升为天子，此则武胜于古也；少从戎旅，不暇读书，贞观以来，手不释卷，知风化之本，见政理之源，行之数年，天下大治而风移俗变……此又文过于古也；昔周秦以降，戎狄内侵，今戎狄稽颡，皆为臣妾，此又怀远胜古也。"（《贞观政要》）对于民族团结，李世民说："自古皆贵中华，贱夷狄，朕独爱之如一，故其种落皆依之如父母。"（《资治通鉴》卷一九八）李世民本人还十分重视文人和文化建设，早在他做秦王的时候，就延揽杜如晦、房玄龄、孔颖达、虞世南、陆德明等人，号称"十八学士"，于长安宫城之西开设文学馆。他登上帝位后的第二个月，就开设弘文馆，聚书二十万卷，"精选天下贤良文学之士褚遂良、姚思廉、蔡允恭、萧德言等，以本馆兼学士，令更宿直，引入内殿，讲论文义，商量政事，或至夜分而罢"（《唐会要》）。综上所述，初唐贞观时期，国势强盛，民族融合平等，政治稳定，经济发展，再加上唐太宗对文化的重视及其开放昂扬的心态，铸就了贞观时期的文化精神，也决定了宫体诗在这一时期的发展变化。

《全唐诗》所辑录的唐太宗的诗共99首，诗作题材广泛，其中相当一部分是对战斗生活的追忆和对豪情壮志的抒发，《经破薛举战地》这样写道："昔年怀壮气，提戈初仗节。心随朗日高，志与秋霜洁。移锋惊电起，转战长河决。营碎落星沉，阵卷横云裂。……"诗作追述了大破薛举于扶风时的情景，格调高亢而豪迈，可谓有汉魏风骨。又如《还陕述怀》诗："慨然抚长剑，济世岂邀名。星旗纷电举，日羽肃天行。遍野屯万骑，临原驻五营。登山麾武节，背水纵神兵。在昔戎戈动，今来宇宙平。"视野宽阔，气魄宏大，大有帝王之概。还有一些纪行、写景、怀古、咏物的诗作，而《帝京篇十首》被公认为是其代表作，唐太宗在诗序中说他写这组诗是要以"秦皇、周穆、汉武、魏明"等帝王的"峻宇雕墙，穷侈极丽"为戒，"故述帝京篇以明志"。组诗采用了铺陈的写法，描述了帝王的宫阙以及读书、游览、宴饮等生活情景，篇末有的"曲终奏雅"，有"劝百讽一"之致。组诗在艺术上最突出的特点应该是对宫殿宏伟气势的描绘、对自己雄心壮志的抒发以及诗歌雄浑的意境。如第一篇云：

秦川雄帝宅，函谷壮皇居。绮殿千寻起，离宫百雉余。
连甍遥接汉，飞观迥凌虚。云日隐层阙，风烟出绮疏。

明人胡应麟说："唐初惟文皇《帝京篇》藻赡精华，最为杰作……无论大略，即雄才自当驱走一切。"（《诗薮·内编》）未免过誉，但说其"藻赡精华"，有"雄才"、"大略"还是恰当的。

但李世民的诗还是深受前朝宫体诗的影响，李世民自己在内心里也是喜欢宫体诗的。《唐书·虞世南传》有这样一段记载："帝尝作宫体诗，使虞和。世南曰：'圣作虽工，然体制非雅。上之所好，下必有甚者，臣恐此诗一传，天下风靡。不敢奉诏。'帝曰：'朕试卿耳。'赐绢五十匹。"在他现存的 99 首诗中，有相当一部分带有宫体诗的色彩，如《赋得樱桃》、《赋得花庭雾》、《咏鸟代陈师道》、《咏雪》等就较为典型。《赋得樱桃》这样写道：

华林满芳景，洛阳遍阳春。朱颜含远日，翠色影长津。
乔柯啭娇鸟，低枝映美人。昔作园中实，今来席上珍。

在辞藻的堆砌、色彩的秾丽以及对享乐的追求和情感的空虚等方面与前代宫体诗相比可谓不遑多让。即使是在《帝京篇》中，也有一些宫体诗的影子，如第八篇这样写道：

建章欢赏夕，二八尽妖妍。罗绮昭阳殿，芬芳玳瑁筵。
佩移星正动，扇掩月初圆。无劳上悬圃，即此对神仙。

借汉指唐，展现了唐太宗浮靡的宫闱生活，篇末抒慨，亦可见其对艳妓美色的贪恋和对享乐生活的追求。即使将此诗放入梁、陈文人的宫体诗中，也很难将其辨别出来。

但唐太宗毕竟与梁简文帝、陈后主、隋炀帝不同，他在《帝京篇序》中说："予以万机之暇，游息艺文，观列代之皇王，考当时之行事。……予追踪百王之末，驰心千载之下，慷慨怀古，想彼哲人，庶以尧舜之风，荡秦汉之弊；用咸英之曲，变烂漫之音，求之人情，不为难矣。"（《全唐诗》卷一）十分明确地表明了自己对待文艺尤其是对待齐、梁宫体诗的态度。所谓"以尧舜之风，荡秦汉之弊，用咸英之曲，变烂漫之音"，可谓是其对政治和文艺的双重宣言。所以，他对宫体诗又有着十分明确的认识，《帝京篇》其四云："鸣笳临乐馆，眺听欢芳节。急管韵朱弦，清歌凝白雪。彩凤肃来仪，玄鹤纷成列。去兹郑卫声，雅音方可悦。"此诗前六句是宫体诗的常用题材，最后两句则直言去郑、卫淫声，提倡兴雅音，体现了他的“用咸英之曲，变烂漫之音”的主张。这种用宫体题材否定宫体文学，倡导雅正诗风的做法，标志着宫体诗发生了新的变化。

总的看来，李世民的诗既有前朝宫体诗的影响，又有突破宫体诗的倾向，孕育着唐诗的新的因素，这与宫体诗的发展，贞观时期强盛的国势以及李世民开放的胸怀和雄才大略都有着内在的联系，《过旧宅二首》（其一）典型地体现了这些特点：

> 新丰停翠辇，谯邑驻鸣笳。园荒一径断，苔古半阶斜。
> 前池消旧水，昔树发今花。一朝辞此地，四海遂为家。

前六句堆砌着荒园、古苔、旧池、新树等景物，仍然沿用了宫体诗的程式，抒发的也是物是人非的落寞情怀，但强涂的脂粉再也掩不住清新之气，诗作毕竟从宫廷的脂粉琼宴和对享乐的追求走向了乡野池树和对物事变迁的思考。最后两句更是笔锋一转，以磅礴之势抒发了一种羁勒不住的英雄情怀，已有盛唐风致。

前人对李世民诗歌的评价很高，如明人胡震亨说：“太宗文物间出，首辟吟源。”（《唐音癸签·评汇一》）《全唐诗》编者更说：“有唐三百年风雅之盛，帝实有以启之。”这些评价不免有溢美之嫌。但李世民以其独有的帝王气魄缔造了贞观盛世，其诗歌对于融会宫体诗而铸造唐诗有着积极的贡献。

贞观年间，一批著名文人活跃在唐太宗周围，其中有虞世南、陈子良、褚亮、魏征、李百药、蔡允恭、许敬宗等，这些人多曾在隋朝做官，虞世南、褚亮还在陈、隋时期以善写宫体诗而受到宫体大师徐陵的赞赏。虽然江山易主，但他们的思想观念和文学趣味并不能从本质上彻底改变，因此，其文学特质还是染有浓厚的宫体诗色彩。但经过隋朝和唐太宗的政治改革，宫体诗等艳情文学毕竟失去了创作土壤，宫廷文人的创作不能再像南朝宫廷文人那样肆无忌惮地描写声色艳情，而是要从脂粉香泽的旧题材中翻出新意，融政治与风花雪月为一体，既改造着宫体诗，也孕育着唐诗的胚胎。

虞世南（558—638），字伯施，越州余姚人，曾为隋炀帝的文学侍臣，隋炀帝爱其才华，但又恶其刚直，十年未予升迁。入唐后，为李世民府记室，转参军，迁太子中舍人，为十八学士之一。有集三十卷，已散佚，《全唐诗》仅录诗一卷，计32首。虞世南是唐太宗最宠信的宫廷文人，被誉为“德行淳备，文为辞宗”（《旧唐书·虞世南传》），当时的评价很高。他的诗中的佳作多是拟乐府诗。如《从军行二首》写边塞征战的艰苦和塞外的风光，像“剑寒花不落，弓晓月逾明。凛凛严霜节，冰壮黄河绝”已有盛唐边塞诗的风致；《结客少年场行》这样描写西域的景色并抒发自己的侠义情怀：“天山冬夏雪，交河南北流。云起龙沙暗，木落雁门秋。轻生殉知己，非是为身谋。”无论题材还是艺术风格都已经从宫体诗中摆脱出来了。虞世南的咏物诗也很出色。如：

垂緌饮清露，流响出疏桐。居高声自远，非是藉秋风。

（《蝉》）

初日明燕馆，新溜满梁池。归云半入岭，残滴尚悬枝。

（《初晴应教》）

这些诗寄情于景，表现其高洁的志趣，格调清新隽永，在历史上产生了一定的影响。

虞世南的应制诗则带有浓厚的齐梁诗风，《全唐诗》中的《奉和月夜观星应令》及其下的六首应制诗堆砌辞藻，夸张逢迎，情感空虚，极尽浮艳之能事，深得宫体诗的神髓。虞世南和梁简文帝都写过《相和歌辞·中妇织流黄》的旧题，二者也十分接近，试加以比较：

翻花满阶砌，愁人独上机。浮云西北起，孔雀东南飞。
调丝时绕腕，易镊乍牵衣。鸣梭逐动钏，红妆映落晖。

（梁简文帝《中妇织流黄》）

寒闺织素锦，含怨敛双蛾。综新交缕涩，经脆断丝多。
衣香逐举袖，钏动应鸣梭。还恐裁缝罢，无信达交河。

（虞世南《中妇织流黄》）

前者还有模仿民歌的影子，也还有对"调丝时绕腕，易镊乍牵衣"的劳动场景的描绘，后者则更加文人化，更将"含怨敛双蛾"、"衣香逐举袖"之类的香艳之态摄入诗中，因而是更典型的宫体诗。

当然，虞世南也适应历史的潮流，将宫体题材与歌功颂德以及政治主题融合起来。《侍宴归雁堂》云："歌堂面渌水，舞馆接金塘。竹开霜后翠，梅动雪前香。凫归初命侣，雁起欲分行。刷羽同栖集，怀恩愧稻粱。"诗作前面写歌堂舞馆，最后以飞雁同栖比喻君臣相得，表达了自己因沐恩而愧疚的心情，同时也婉转地颂扬了君王的功德。

徐献忠《唐诗品》评价虞世南的诗说："藻思萦纡，不乏雅道。殆所谓圆融整丽，四德俱存。治世之音，先人而兴者也。……其视宫体之规，同归雅正。"认为虞世南的诗在艺术上"圆融整丽"，在宫体和雅正的关系上"视宫体之规，同归雅正"，在对唐诗发展的贡献上是"治世之音，先人而兴"，应该说是较为全面公允的评价。

另外，像**杨师道**（？—647）等人比较单纯地继承了宫体诗风，并且十分擅长表现家妓艳情。杨师道是隋司空杨雄少子，后投奔李氏，尚桂阳公主，史称他“雅善篇什”，“退朝后，必引当时英俊，宴集园池，而文会之盛，当时莫比”（《旧唐书·杨师道传》），《全唐诗》中存诗21首，多是典型的宫体诗。如《咏舞》诗云：“二八如回雪，三春类早花。分行向烛转，一种逐风斜。”表现了其对家妓的幽微细腻而又浮艳隐秘的情绪。

在贞观诗坛上，还应该提到的是**魏征**（580—643）和**李百药**（565—648）。魏征现存诗35首，多是祭祀和颂功之作，但《述怀》（一名《出关》）一诗十分出色，是其代表作：

中原初逐鹿，投笔事戎轩。纵横计不就，慷慨志犹存。
杖策谒天子，驱马出关门。请缨系南粤，凭轼下东藩。
郁纡陟高岫，出没望平原。古木鸣寒鸟，空山啼夜猿。
既伤千里目，还惊九逝魂。岂不惮艰险，深怀国士恩。
季布无二诺，侯嬴重一言。人生感意气，功名谁复论。

此诗是他招抚李密旧部出潼关时所作，诗作抒发了自己报国的热情和壮志，风格苍劲古朴。唐初盛行的五言诗风格典雅工整，而此诗雄浑深沉，代表着五言诗发展的方向，历来评价极高。如沈德潜《唐诗别裁》说：“骨气高古，变从前纤丽靡靡之习，盛唐风格发源于此。”徐增在《说唐诗》中认为：“唐发始一篇古诗，笔力遒劲，词采英毅，领袖一代诗人。”这些评价虽未免有过誉之嫌，但《述怀》一诗得风气之先，并对五言诗的发展起到了推动作用，则是毋庸置疑的。

李百药，字重规，隋时为太子通事舍人兼学士，迁礼部员外郎。唐太宗重其名，拜中书舍人、授太子右庶子，《全唐诗》录存其诗26首。李百药的诗题材较为广泛，有的反映隋末的战乱，有的则咏古述怀，有的则咏物抒情，风格倾向沉郁苍劲。如《秋晚登古城》：

日落征途远，怅然临古城。颓墉寒雀集，荒堞晚乌惊。
萧森灌木上，迢递孤烟生。霞景焕余照，露气澄晚清。
秋风转摇落，此志安可平。

战乱使繁华毁于一旦，面对满目疮痍，心境抑郁不平。再如《咏萤火示情人》：

窗里怜灯暗，阶前畏月明。不辞逢露湿，只为重宵行。

不仅描绘出了萤火虫的形象，也表现了自己不为世用而又节操高洁的情志。在艺术上，该诗由宫体诗的凌乱破碎的意象堆砌，向整体象征发展，并贯注了诗人的真情实感，体现了宫体诗在贞观时期的新变。

总的看来，贞观诗坛宫廷诗人的诗歌创作主要呈现出如下的特点：第一，由于国势的强盛、政治的稳定开明以及文化的开放，诗歌创作逐渐从前朝宫体诗的题材和风格中摆脱出来，孕育着唐诗的新的风貌；第二，将宫体诗的题材和风格融会到歌功颂德、咏物抒怀和即景抒情等新的创作风尚中来，使宫体诗逐渐发生了质的变化；第三，有的诗作得风气之先，超宫体而越“雅正”，已是较为纯正的“唐音”了。

第二节　王绩：隐士的清歌

王绩（585—644），字无功，号东皋子，绛州龙门（今山西河津）人。大儒王通之弟，性旷达，嗜酒。他在隋末任秘书正字，六合县丞。唐初以原官待诏门下省，日供美酒三升，其弟王静问他：“待诏可乐否?”他说惟三升美酒值得留恋，后好友陈叔达将其酒俸增至一斗，时人号为斗酒学士。贞观初曾受株连，以疾罢归。后因太乐署的焦革善酿美酒，求为太乐丞，数月后焦革病死，王绩便挂冠而归，躬耕东皋。

王绩三次出仕均不顺利，并非生不逢时或是怀才不遇，而是由于其意不在经世，出仕不过是因口腹之役而已。他反对名教，对周、孔嘲讽，而对嵇康、阮籍、陶潜等大为赞扬。王绩的散文颇能体现他的思想，如《五斗先生传》、《醉乡记》、《自撰墓志铭》、《荆轲刺秦王赞》等。其中《醉乡记》历来为人称道，文章以老庄思想为武器来表达自己的怀才不遇和愤世嫉俗之情，文辞愤激刚劲。

王绩是一位隐士，他游离于当时的诗坛主流之外，其创作没有引起时人重视，也没有发生很大的影响，甚至后来的效法者也不多，但他的诗的确在贞观诗坛上独树一帜，即使放在整个中国诗歌史上，也应该算是优秀的。

与贞观宫廷诗人不同，王绩诗歌所表现的是对山水田园的吟唱，对醉酒遗世的讴歌，对隐逸与自然的向往。他在《田家三首》（其一）中这样写道：“阮籍生涯懒，嵇康意气疏。相逢一醉饱，独坐数行书。小池聊养鹤，闲田且牧猪。草生元亮径，花暗子云居。倚床看妇织，登垄课儿锄。回头寻仙事，并是一空虚。”这里不仅有对乡村日常生活的描绘，更有对嵇康、阮籍等魏晋名士的向往，再加上结尾处的“仙风道骨”，就构成了对功名利禄的否定。这首诗的田园情怀深受陶诗的影响，其价值取向又有着游仙诗的烙印，而其辞藻和物象的选择又与宫体诗有着一定联系，正显示出初唐诗歌在发展过程中对前代诗歌的综合与超越。王绩并没有陶渊明那样的理想，但他似乎有一股愤世的情绪，在不无消极的情绪中往往流露出无可奈何的愤懑。如：

百年长扰扰，万事悉悠悠。日光随意落，河水任情流。
礼乐囚姬旦，诗书缚孔丘。不如高枕枕，时取醉消愁。

（《赠程处士》）

阮籍醒时少，陶潜醉日多。百年何足度，乘兴且长歌。

（《醉后》）

这种情绪也许就来源于他的老庄思想，但他又是一个积极的生活主义者。如《独坐》："问君樽酒外，独坐更何须。有客谈名理，无人索地租。三男婚令族，五女嫁贤夫。百年随分了，未羡陟方壶。"而《山中叙志》更像一则"征婚启事"：物外知何事，山中无所有。风鸣静夜琴，月照芳春酒。直置百年内，谁论千载后。张奉娉贤妻，老莱藉嘉偶。孟光傥未嫁，梁鸿正须妇。这种积极的生活态度，有时也给宁静的田园生活染上了一抹世俗的喜剧色彩。如《春日》："前旦出园游，林华都未有。今朝下堂来，池冰开已久。雪被南轩梅，风催北庭柳。遥呼灶前妾，却报机中妇。年光恰恰来，满瓮营春酒。"诗作将情感的流程和典型的生活片段结合在一起，构成了一幅春意盎然的生活图景。在艺术上，《秋夜喜遇王处士》和《野望》是王绩较受推崇的两首诗：

北场芸藿罢，东皋刈黍归。相逢秋月满，更值夜萤飞。

（《秋夜喜遇王处士》）

满月之夜，村庄和田野都笼罩在明月的清辉之中，一派静谧、安闲与和谐。皎洁的明月与点点流萤构成一幅山村秋夜图。而"相逢"、"更值"二词更是透显出诗人对这幅图景的珍惜与感悟，传达出了诗人沉醉于此情此景中的快意与微醺。诗作使物境之美与人情之美相互促生，给人以得意忘言之感。

东皋薄暮望，徙倚欲何依。树树皆秋色，山山唯落晖。
牧童驱犊返，猎马带禽归。相顾无相识，长歌怀采薇。

（《野望》）

这是一首较为严格的律诗，首尾两联抒情，中间两联写景，首尾是感情的主干，中间以景物来渲染和烘托感情。东皋的追思与树树的秋色、山山的落晖相映照，衬托出诗人的迟暮之感和空漠的心境，而牧童之“返”和猎马之“归”则又暗示着诗人归隐的心情，终于使诗人喊出了“归去”的心声。诗作以情统景，以景发情，性情与声色并茂，二者已达到了浑融的境界。

王绩诗歌的艺术成就主要体现在真正脱尽了六朝的脂粉气，继承了南朝山水诗描写的技巧，情景交融，并充满着质朴自然的情趣，还能兼顾声律技巧，意象趋于浑融，在一定程度上展现出了唐诗的风貌。

关键概念

宫体诗　　李世民的诗　　虞世南的诗　　应制诗

思考题

1. 简述贞观宫廷诗的状况。

2. 通过赏析王绩的《秋夜喜遇王处士》、《野望》，总结王绩诗歌的艺术特点。

第二章 诗潮乍起

从贞观后期到武则天当政时期，初唐诗坛上出现了一大批著名的诗人，其中包括“初唐四杰”、刘希夷、张若虚、陈子昂、“文章四友”等。这些人不仅有着丰富的创作实绩，其诗歌也在不同的方面展现出了新的艺术特质和风貌，使初唐诗歌真正从六朝的余韵中摆脱出来，成为唐诗的第一个诗潮。

第一节 初唐四杰

“初唐四杰”是指初唐时期的四位诗人王勃、杨炯、卢照邻和骆宾王。《旧唐书·文苑传》称王勃、杨炯、卢照邻、骆宾王皆以文词齐名，海内称为王杨卢骆，亦号为“四杰”，而四人之所以被合称，是因为他们在当时是一个较有影响的诗歌革新流派，明代胡应麟在《补唐书骆侍御传》中曾说：“唐三百年风雅之盛，以四人者为先导也。”足见四人在诗歌史上的影响。

《新唐书·文苑传》载：“唐兴，诗人承陈隋风流，浮靡相矜。”叶燮《原诗》也说：“唐初沿其卑靡浮艳之习，句栉字比，非古非律，诗之极衰也”。此时的诗歌虽然经过了贞观诗坛的改造，但从主流来讲，遍及文坛的主要还是奉和应制之作，嘲风雪，弄花草，歌功颂德。魏征在《群书治要序》中更说此时的文坛是

"竞采浮艳之词，争驰迂诞之说，骋丰学之博闻，饰雕虫之小技，流宕忘返，殊途同致"。且到了高宗时期还形成了声势浩大、影响深远的"好以绮错婉媚为本"的"上官体"。诗歌的状况与社会的发展已经不相适应，诗歌的改革也就成为一种历史的需要。在这一点上，"四杰"基本上达成了共识。卢照邻在《乐府杂诗序》中说要"发挥新题，孤飞百代之前，开凿古人，独步江流之上"；杨炯在《王勃集序》中说："尝以龙朔初载，文场变体，争构纤微，竞为雕刻。糅之金玉龙凤，乱之朱紫青黄，影带以徇其功，假对以称其美，骨气都尽，刚健不闻。思革其弊，用光志业。"在这种共识的基础上，"四杰"往还唱和，以自己的创作实践为诗歌的发展做出了贡献。

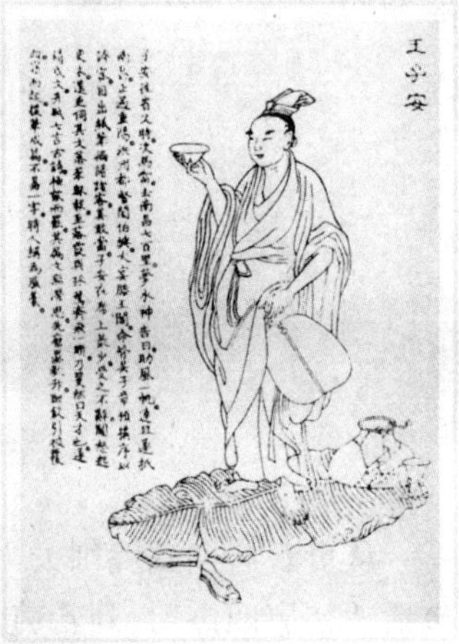

王勃画像

按照"王杨卢骆"的传统排序，王勃居前。**王勃**（650—676），字幼安，绛州龙门（今山西省河津县）人。出身学术世家，祖父王通是隋代大儒，王通的兄弟王凝、王度、王绩都知名当时，王勃的父亲曾任太常博士。王勃早慧，9 岁就能撰述，15 岁上书指陈时政得失，被叹为"神童"。乾封元年（666 年），以幽素科对策及第，后因为沛王写《檄英王鸡》被英王（即中宗）下令逐出沛王府。王勃于总章二年（669 年）五月辞别长安，前往巴蜀游览，文名渐大，官府屡次征辟，但因山水的陶冶，王勃已无意仕进，皆予谢绝。上元二年（675 年），王勃前往交趾（又名交阯）奉养父亲，路过洪都（今江西南昌），写下了著名的《秋日登洪府滕王阁饯别序》。同年渡海往交趾时溺水而卒，时年 27 岁。

王勃现存诗 90 多首，其中多是五、七言小诗。王勃的诗多写自然风光，表达对自然的热爱之情和对自由不羁的生活的向往，有时表达伤感惆怅的情绪，往往随感而发，清纯自然。在音律上虽时有不和谐之处，但已接近后来的绝句。如：

客心千里倦，春事一朝归。还伤北园里，重见落花飞。

（《羁春》）

山中兰叶径，城外李桃园。岂知人事静，不觉鸟声喧。

（《春庄》）

山泉两处晚，花柳一园春。还持千日醉，共作百年人。

（《春园》）

丘壑经涂赏，花柳遇时春。相逢今不醉，物色自轻人。

（《林泉独饮》）

物外山川近，晴初景霭新。芳郊花柳遍，何处不宜春。

（《登城春望》）

九日重阳节，开门有菊花。不知来送酒，若个是陶家。

（《九日》）

抱琴开野室，携酒对情人。林塘花月下，别似一家春。

（《山扉夜坐》）

《山中》和《送杜少府之任蜀州》二诗历来为人们称道，是王勃的代表作：

长江悲已滞，万里念将归。况属高风晚，山山黄叶飞。

（《山中》）

城阙辅三秦，风烟望五津。与君离别意，同是宦游人。
海内存知己，天涯若比邻。无为在歧路，儿女共沾巾。

（《送杜少府之任蜀州》）

《山中》一诗写游子思归的传统题材。长江停滞不流，是为游子不能归乡而悲伤；秋深风高，人如黄叶飘零，但叶落归根，而游子不得归乡。在这迟暮之时，思乡与淹留形成了巨大的张力，物候与心境形成了巨大的反差，将思乡之情渲染得悲彻天地。《送杜少府之任蜀州》全诗意境雄浑开阔，意气轩昂，一股昂扬之气溢出纸外。胡应麟评论此诗说："终篇不著景物，而兴象宛然，气骨苍然。"（《诗薮·内编》）这两首诗应该说初具盛唐气象。

当然，王勃的一些诗歌也没有完全摆脱六朝诗文的影响，如著名的《秋日登洪府滕王阁饯别序》就是用骈文的形式写的，序后的诗也有着六朝诗歌的影响："滕王高阁临江渚，珮玉鸣鸾罢歌舞。画栋朝飞南浦云，珠帘暮卷西山雨。闲云潭影日悠悠，物换星移几度秋。阁中帝子今何在，槛外长江空自流。"（《滕王阁诗》）但这已经携带着初唐时期浓郁的青春觉醒的气息：喧哗与浮嚣能够长久存在吗？其价值与意义何在？"槛外长江空自流"，长江自流，是永恒在客观存在，但却是"空自流"，不能提供价值与意义，彰显出了价值之空；然而，诗中对自然与人事又描绘得那样新鲜美好，显然已赋予了自然以美好的情感，同时也流溢着对人事的执著与向往。该诗通过充满着悲剧意识的追问，赋予自然与人事以新的情感，从而建立起新的价值，以"空而有"（价值的从"空"到"有"）的方式开启了唐诗的一种新的思路。

另外，王勃的古诗写得很有特色，如《临高台》、《秋夜长》、《采莲曲》等，形式活泼，情感清新，对后世有一定的影响。如《临高台》：

临高台，高台迢递绝浮埃，瑶轩绮构何崔嵬，鸾歌凤吹清且哀。俯瞰长安道，萋萋御沟草，斜对甘泉路，苍苍茂陵树。高台四望同，帝乡佳气郁葱葱。紫阁丹楼纷照曜，壁房锦殿相玲珑。东弥长乐观，西指未央宫。赤城映朝日，绿树摇春风。旗亭百隧开新市，甲第千甍分戚里。朱轮翠盖不胜春，叠榭层楹相对起。复有青楼大道中，绣户文窗雕绮栊。锦衣昼不襞，罗帏夕未空。歌屏朝掩翠，妆镜晚窥红。为吾安宝髻，蛾眉罢花丛。尘间狭路黯将暮，云间月色明如素。鸳鸯池上两两飞，凤凰楼下双双度。物色正如此，佳期那不顾。银鞍绣毂盛繁华，可怜今夜宿娼家。娼家少妇不须颦，东园桃李片时春。君看旧日高台处，柏梁铜雀生黄尘。

在内容上，以铺张的方式渲染了权贵豪门的宏丽的宅第、熏天的权势和穷奢极欲的生活方式，并寓讽刺于其中；在形式上，以三、五、七言交错使用，活泼流畅，深得乐府诗的神髓。

关于王勃诗在历史上的地位，胡应麟在《诗薮·内编》中说："王勃兴象宛然，气骨苍然，实首启盛、中妙境，五言绝亦抒写悲凉，洗尽流调，究其才力，自是唐人开山祖。"当然，唐诗的发展是一个历史的过程，不能归功于某一个人，但王勃对唐诗的影响还是不能忽视的。

杨炯（650—693?），华州华阴（今陕西华阴）人。27岁时应制举及第，补九品校书郎，33岁时为湛事司直。徐敬业起兵讨武，杨炯的族兄参与，杨炯因受连累而出为梓州（今四川三台）司法参军，后被选为盈川（在今浙江衢县境）令，不久卒于任所。杨炯出身名门，但少年贫困，成年后仕途不达，可谓一生偃蹇。杨炯与宋之问交好，后事由宋之问操办。

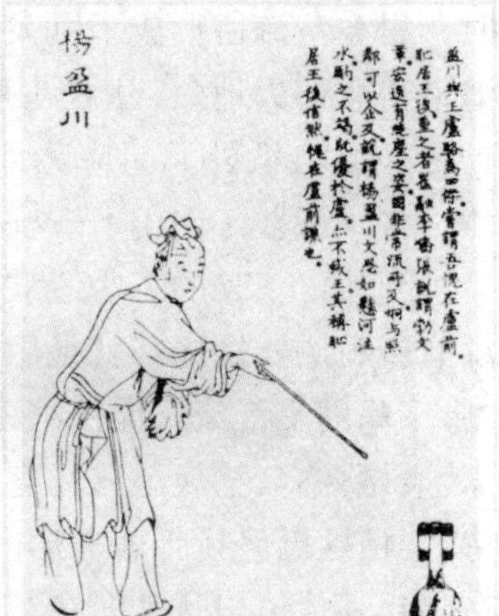

杨炯画像

杨炯现存诗33首，多是五言和排律，其风格与"四杰"中的其他三人有所不同，介于王勃、卢照邻与宋之问、沈佺期之间。杨炯虽然没有到过边塞，也没有从过军，但他的"边塞诗"和"从军诗"却写得十分出色。如：

卿家本六郡，年长入三秦。白璧酬知己，黄金谢主人。
剑锋生赤电，马足起红尘。日暮歌钟发，喧喧动四邻。

（《刘生》）

侠客重周游，金鞭控紫骝。蛇弓白羽箭，鹤辔赤茸鞦。

发迹来南海，长鸣向北州。匈奴今未灭，画地取封侯。

（《紫骝马》）

塞北途辽远，城南战苦辛。幡旗如鸟翼，甲胄似鱼鳞。
冻水寒伤马，悲风愁杀人。寸心明白日，千里暗黄尘。

（《战城南》）

烽火照西京，心中自不平。牙璋辞凤阙，铁骑绕龙城。
雪暗凋旗画，风多杂鼓声。宁为百夫长，胜作一书生。

（《从军行》）

这些诗作风格刚劲豪迈，充满了昂扬之气，还时有慷慨悲壮之意。尤其是《从军行》，意象奇崛刚劲，意境雄浑豪迈，情感朴实自然，历来被认为是佳作。

这些诗既有建安风骨，又有盛唐边塞诗的气势，我们可以从中隐约感受到那即将来临的盛唐之音。

卢照邻画像

卢照邻（634？—689?），字升之，幽州范阳（今河北涿县）人。幼年时曾师事著名的音韵学家曹宪和经史学家王义方，弱冠时被辟为邓王府典签，深受邓王爱重。邓王有藏书12车，恣任观览，邓王将其比为“吾家相如”。

约在高宗龙朔（661—663年）年间，卢照邻出任新都（今属四川）尉，后回洛阳，染风疾，久治不愈。为医病而拜孙思邈为师，并入太白山服丹养病。后因家境贫寒，难筹药资，曾向达官贵人求助。在疾病和贫困的折磨中，卢照邻独卧深山，奋力写作。《新唐书·文苑传》记载说，卢照邻病重时，“乃去具茨山下，贾园田数十亩，疏颍水周舍，复预为墓，偃卧其中。……病既久，与亲属诀，自沉颍水”。卢照邻一生耿直狷介而又充满了浪漫的幻想，其为人与为文在“四杰”中都是很有特色的。

卢照邻存诗近百首，近体诗占了大部分，表现出其对声律的自觉追求。

卢照邻的诗在内容上多写边塞、游侠、思妇、怀人等题材，有时也反映自己凄苦的处境，抒发幽愤与不平，揭露统治者的荒淫奢侈，等等。卢照邻的诗风比较多样化，有时写得淳朴清新，富有民歌情调。如：

梅岭花初发，天山雪未开。雪处疑花满，花边似雪回。
因风入舞袖，杂粉向妆台。匈奴几万里，春至不知来。

（《梅花落》）

芳树本多奇，年华复在斯。结翠成新幄，开红满旧枝。
风归花历乱，日度影参差。容色朝朝落，思君君不知。

（《芳树》）

有时写得刚劲而雄奇。如：

陇坂高无极，征人一望乡。关河别去水，沙塞断归肠。
马系千年树，旌悬九月霜。从来共呜咽，皆是为勤王。

（《陇头水》）

骝马照金鞍，转战入皋兰。塞门风稍急，长城水正寒。
雪暗鸣珂重，山长喷玉难。不辞横绝漠，流血几时干。

（《紫骝马》）

这些诗深情流丽，雄劲自然，富有奇崛的幻想色彩，无论是在“四杰”还是在整个初唐，都是十分突出的。卢照邻还有5篇歌行体，几乎篇篇都是出色的作品。如《行路难》：“君不见长安城北渭桥边，枯木横槎卧古田。昔日含红复含紫，常时留雾亦留烟。春景春风花似雪，香车玉舆恒阒咽。若个游人不竞攀，若个娼家不来折！娼家宝袜蛟龙帔，公子银鞍千万骑。黄莺一一向花娇，青鸟双双将子戏。”诗作描写了世事艰辛和离别的伤悲，蕴涵古今兴亡之叹，题材也由宫廷转向市井，情感廓大深邃，气势恢弘。又如《长安古意》：

长安大道连狭斜，青牛白马七香车。玉辇纵横过主第，金鞭络绎向侯家。龙衔宝盖承朝日，凤吐流苏带晚霞。百丈游丝争绕树，一群娇鸟共啼花。啼花戏蝶千门侧，碧树银台万种色。复道交窗作合欢，双阙连甍垂凤翼。梁家画阁天中起，汉帝金茎云外直。楼前相望不相知，陌上相逢讵相识？借问吹箫向紫烟，曾经学舞度芳年。得成比目何辞死，愿作鸳鸯不羡仙。……别有豪华称将相，转日回天不相让。意气由来排灌夫，专权判不容萧相。专权意气本豪雄，青虬紫燕坐春风。自言歌舞长千载，自谓骄奢凌五公。节物风光不相待，桑田碧海须臾改。昔时金阶白玉堂，即今唯见青松在。寂寂寥寥扬子居，年年岁岁一床书。独有南山桂花发，飞来飞去袭人裾。

诗作像骆宾王的《帝京篇》一样，揭露封建权贵的穷奢极欲和荒淫无耻，将其生活和争权夺利的斗争依次展开，同时与文人的生活相映照，也寄予了深刻的讽刺。在艺术上，体制宏大，辞藻流丽，回环曲折，连绵不断，又多用顶针的手法，有一唱三叹之妙，声律美与形象美巧妙地融合，在“四杰”中是少见的。

骆宾王（619—684?），字务光，婺州义乌（今浙江义乌）人。出身小官僚地主家庭，少慧，7 岁即因作“鹅，鹅，鹅，曲项向天歌。白毛浮绿水，红掌拨清波”（《咏鹅》）而才名远播。少时落魄，好与博徒游。多次入朝求职，曾任武功、长安主簿，升侍御史，因耿直得罪入狱，贬临海丞。光宅元年（684 年），徐敬业在扬州起兵后，属宾王为府署，骆宾王为之作《讨武氏檄》，同年兵败亡命，不知所终。

《全唐诗》录存其诗三卷，与其他唐朝诗人的诗相比，骆宾王诗最大的特点是增加了个人抒情的成分，有许多诗是写他个人的，流露着他的真情。如其名作《在狱咏蝉》：

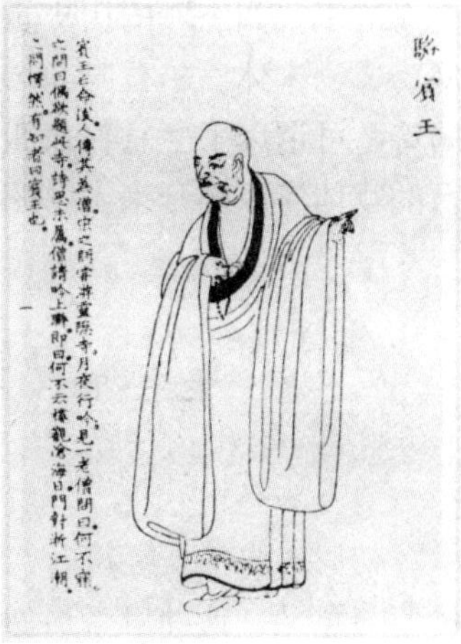

骆宾王画像

西陆蝉声唱，南冠客思侵。那堪玄鬓影，来对白头吟。
露重飞难进，风多响易沉。无人信高洁，谁为表予心。

寓身世之感于其中，咏蝉明志，诗风峻洁，与宫体诗大异其趣。虽是咏物，但已不同于南朝以来传统的咏物诗，而是融入了个人的身世和悲哀，别开生面，显示了新的创作趋向。

骆宾王的诗善于用典，往往自然而妥帖，擅长对偶句式，典雅而严整。骆宾王的七言歌行佳什颇多，如《从军中行路难》二首，上承鲍照，下启高、岑，在艺术上颇具特色。骆宾王的歌行尤擅鸿篇巨制，常用杂言形式，富有思辨色彩。除《帝京篇》外，《畴昔篇》也是杰出的作品。该诗是自传题材，长达两百句，是最早的长篇自传诗。诗从“少年重英侠，弱岁贱衣冠”始，写到“蜀路何悠悠，岷峰阻且修，回肠随九折，迸泪连双流”，再至“画地终难入，书空自不安，吹毛未可待，摇尾且求餐”，勾勒出了其坎坷的人生历程。但诗人更在诗中融进了理性思辨层次上的人生追索，诗中写道：“金丸玉馔盛繁华，自言轻侮季伦家。五霸争驰千里马，三条竞骛七香车。掩映飞轩乘落照，参差步障引朝霞。池中旧水如悬镜，屋里新妆不让花。意气风云倏如昨，岁月春秋屡回薄。上苑频经柳絮飞，中园几见梅花落。当时门客今何在，畴昔交朋已疏索。”通过昔盛今衰的对比，引入了理性层次的思考：“卿相未曾识，王侯宁见拟。垂钓甘成白首翁，负薪何处逢知己。判将运命赋穷通，从来奇舛任西东。不应永弃同刍狗，且复飘摇类转蓬。容鬓年年异，春华岁岁同。”将个人穷通置于人生暂促与时空无限的开阔背景上，从而显示出一种纵览历史、笼括宇宙的意识与气魄。

对于“四杰”的历史贡献，杜甫给予了极高的评价：“王杨卢骆当时体，轻薄为文哂未休。尔曹身与名俱灭，不废江河万古流。”（《戏为六绝句》）“四杰”的诗歌可谓以书生意气来激扬文字，充溢着疏朗奋发的骨鲠之气，真正与当时流行的宫体诗区别开来了，昭示着唐诗时代的来临。

第二节　刘希夷、张若虚：青春的歌唱

初唐的政治、经济、文化都给人们一种新的感觉，人们开始重新思考人生的价值与意义，这种思考虽然并没有完全摆脱六朝在思想和表现形式方面的影响，但那已经与六朝注重世俗享乐的绮靡文风有着很大的不同了，这种思考在一定程度上已成为青春的歌唱。在这方面表现得最充分的，是刘希夷和张若虚。

刘希夷（651—?），一名庭之，汝州（今河南临汝）人，上元二年（675 年）进士及第。有关他的生平记载十分简略，仅有“志行不修”、“落魄不拘常检”、“与时不合”及进士及第后数年即“为奸人所杀”。刘希夷现存诗仅 30 余篇，从题材上看，主要是从军和闺情之作，从体式上看，则大多为古体歌行，诗风慷慨沉重，或哀怨悲苦。他的诗在题材上受到宫廷诗风的影响，但在意旨上却与四杰等改变华靡浮艳诗风的愿望相通，甚至还有陈子昂的复古意识。

刘希夷虽未有从军出塞的记载，但其诗却多有从军题材之作，风格也较为刚劲，如《将军行》：“将军辟辕门，耿介当风立。诸将欲言事，逡巡不敢入。剑气射云天，鼓声振原隰。黄尘塞路起，走马追兵急。弯弓从此去，飞箭如雨集。截围一百重，斩首五千级”；《从军行》写道，“秋天风飒飒，群胡马行疾。严城昼不开，伏兵暗相失。天子庙堂拜，将军凶门出。纷纷伊洛道，戎马几万匹。军门压黄河，兵气冲白日”。诗作善用古调，并有意识地摆脱骈俪局限，有质朴劲拔之风。写闺情的诗则缠绵流丽，时有清新之感，如《江南曲八首》之二云：“艳唱潮初落，江花露未晞。春洲惊翡翠，朱服弄芳菲。画舫烟中浅，青阳日际微。锦帆冲浪湿，罗袖拂行衣。”诗用乐府旧题，风格在清新中挟有浮艳，显示出宫体诗的影响。

他的代表作是《白头吟》（又名《代悲白头翁》，《全唐诗》卷五一宋之问名下亦收录了该诗，题目为《有所思》，但同时标注“一作刘希夷诗，题为《代悲白头翁》”），这首诗可谓青春的歌唱：

洛阳城东桃李花，飞来飞去落谁家？洛阳女儿好颜色，坐见落花长叹息。今年花落颜色改，明年花开复谁在？已见松柏摧为薪，更闻桑田变成

海。古人无复洛城东，今人还对落花风；年年岁岁花相似，岁岁年年人不同。寄言全盛红颜子，应怜半死白头翁。此翁白头直可怜，伊昔红颜美少年。公子王孙芳树下，清歌妙舞落花前。光禄池台文锦绣，将军楼阁画神仙。一朝卧病无相识，三春行乐在谁边？宛转蛾眉能几时？须臾鹤发乱如丝。但看古来歌舞地，惟有黄昏鸟雀悲。

诗作表面上写的是青春不永、韶华易逝，但谁又不在其中感受到那新鲜的心境、那勃发的生命力、那对永恒的大自然的美好的向往呢？虽然还有宫体诗的残留，但谁又会从中感受到浮靡与颓废呢？那“坐见落花”而有所感悟的“洛阳女儿”，并不是要把自己的“好颜色”侍奉君王，而是因物候和美景的启悟而对生活和生命产生了一种深刻的觉醒和追求，将人的生命看成了美好的春天和鲜艳的花朵；“古人无复洛城东，今人还对落花风；年年岁岁花相似，岁岁年年人不同”，不是颓废的及时行乐，而是对宇宙的思考、价值的追询和现实生命的把握，在花之无情和人之有情的张力中将人生的深情渲染得酣畅淋漓，因而引起了有情人的深刻的共鸣；“但看古来歌舞地，惟有黄昏鸟雀悲”也不是历史的虚无，而是对世俗功业观念的否弃，对个体情感的感悟和重视，对感性生命的执著的追求。总之，诗作超越了宫体诗的题材和基调，在初唐这个特定的时代，这一切都意味着人在某种意义上的觉醒，开始回到自身，开始重视自我，重视生命，是一种青春的觉醒和歌唱！

在文化意蕴上，《白头吟》与卢照邻的《行路难》、《长安古意》，骆宾王的《帝京篇》，王勃的《临高台》以及陈子昂的《登幽州台歌》等有近似之处，更直接地启示了张若虚的《春江花月夜》、高适的《人日寄杜二拾遗》等，甚至成为一种感慨生命的诗歌范式，以致对《红楼梦》中的《葬花词》都存在着影响。

张若虚（约711年前后在世），扬州人，曾任兖州兵曹，开元年间，与贺知章、张旭、包融并称“吴中四士”。今仅存诗两首，一首是五言排律《代答闺梦还》，一首即著名的《春江花月夜》。

《春江花月夜》本是乐府旧题，曲调传为陈后主所创。《旧唐书·音乐志》记载说：“《春江花月夜》、《玉树后庭花》、《堂堂》，并陈后主所作。叔宝常与宫中女学士及朝臣相和为诗，太乐令何胥又善于文咏，采其尤艳丽者，以为此曲。”可见，此调乃为是典型的“宫体”诗。但到了张若虚这里，《春江花月夜》超越了宫体诗的藩篱，表现出一种情思与哲理相融合的宇宙意识：

春江潮水连海平，海上明月共潮生。滟滟随波千万里，何处春江无月明。江流宛转绕芳甸，月照花林皆似霰。空里流霜不觉飞，汀上白沙看不见。江天一色无纤尘，皎皎空中孤月轮。江畔何人初见月，江月何年初照人？人生代代无穷已，江月年年只相似。不知江月待何人，但见长江送流水。白云一片去悠悠，青枫浦上不胜愁。谁家今夜扁舟子，何处相思明月楼？可怜楼上月徘徊，应照离人妆镜台。玉户帘中卷不去，捣衣砧上拂还来。此时相望不相闻，愿逐月华流照君。鸿雁长飞光不度，鱼龙潜跃水成文。昨夜闲潭梦落花，可怜春半不还家。江水流春去欲尽，江潭落月复西斜。斜月沉沉藏海雾，碣石潇湘无限路。不知乘月几人归，落月摇情满江树。

闻一多评论说："更琼绝的宇宙意识！一个更深沉、更寥廓、更宁静的境界！在神奇的永恒前面，作者只有错愕，没有憧憬，没有悲伤。""他得到的仿佛是一个更神秘、更渊默的微笑，他更迷惘了，然而，也满足了。""这里一番神秘而又亲切的如梦境的晤谈，有的是强烈的宇宙意识。""这是诗中的诗，顶峰上的顶峰。"（《宫体诗的自赎》）多么的自然、清新、鲜丽、华美而又流畅啊！虽然还有一点宫体诗的影子，但那挡不住的青春的旋律如潮水般滚滚而来，浮靡已被涤荡净尽，一切苦涩、一切哀伤，在这里都改变了，都上升到了崭新的高度。这个高度就是将人放在宇宙中来重新体察人的生命的情感、价值和意义。

诗作展现了一种即景生情，由情而理的心理流程。前面的十句是华美与流畅的典范，是初唐时期人们青春觉醒的最真实典型的写照。在此时人们的眼中，世上的万事万物都是那样的明丽而廓大，充溢着浓烈的青春的气息：春江脉脉含情，海潮与江水连为一体，而春江与潮水如人的新鲜而愉悦的心境一般，漫延了千里万里，且时时处处都映照着明月的清辉；这一切都是那样的空明澄澈，使得花林如霰，月华如水，物境与心境再也无法分割。在这样美好的境界中，"江畔何人初见月？江月何年初照人"的追问便油然而生，这是对宇宙的追问，也是对人生的价值与意义的追问，是将人放在宇宙的背景上进行考察，也是那个特定时代的所谓"宇宙意识"；江和月都有了人的生命和情感，人也与江月达成了没有间隙的亲和，在对江月的遥望和沉思中促生着人的觉醒。"人生代代无穷已，江月年年只相似。不知江月待何人，但见长江送流水"，已不是伤感，更不是颓唐，而是一种超越性的升华：人生有限，而江、月无已，只要把握住现实的人生，就会与江、月一体而永恒！也正是这种永恒感才使诗作焕发出了真正的富有价值底蕴的青春的魅力。然后由思辨进入现实，切入游子思妇的传统主题。"斜月沉沉藏海雾，碣石潇湘无限路。不知乘月几人归，落月摇情满江树"，已不再是传统的伤感和无奈，而是情满"落月"，情满"江树"，游子和思妇因情而心心相印，在情满天地的气氛中，人的生命得到了肯定，传统的题材和基调也被超越。诗作自开始至"但见长江送流水"为诗的前半部分，在对宇宙追问的同时进行了深度的情感体认，由宇宙意识上升到宇宙情怀。在最美好的描述后，以"不知江月待何人，但见长江送流水”作结，不是归于虚空，而是通过“空而有”的方式重新建立新的价值。在这种新的价值的观照下，诗的下半部分庸常生活才显得异常的生动和新鲜。“不知乘月几人归，落月摇情满江树”，最终的着落处是弥漫于天地间的情。以宇宙自然始，以情终，情满宇宙间，自然本是情，审美主体归于宇宙情怀。

所谓宇宙情怀，是对宇宙意识的情感体认。中国文化在天人关系的基础上逐步构建了宇宙情怀。人首先活在自然宇宙中，在实用理性和乐感文化的基础上，中国人赋予中性的宇宙以积极温暖的情感，所谓“天行健”、“天地之大德曰生”，人既为“天地立心”，也是为自己“立命”。人与宇宙自然是共生共存的关系，人类既不是宇宙自然的奴隶，也不是宇宙自然的主宰，而是“参赞化育”。荀子使儒家重视人为的思想得以发展并上升到“与天地参”的本体性的高度，确立了人作为族类的伟大气魄，其天人之分和天人之合有关的思想也不仅促生了宇宙情怀中宇宙自然客观性的一面，也展开了天人疏离与亲合之间的张力。尤其天人之合，不再是单纯消极的融入自然，而是积极主动的“改造”、“使用”式的融入。《易传》继承了荀子的天人之分和制天而用的思想，使之高度哲学化，强调刚健与变化、“一阴一阳之谓道”，出现了天人感应的思想，汉代的“天人同构”的哲学将个人与天地自然的关系向前推进了一步（参见李泽厚《中国古代思想史论》有关章节）。汉唐的政治本体化时代又为宇宙情怀作为本体性存在提供了思维理路，对政治本体充分认同的巨大热情（也是唐诗中的情）也为宇宙意识的情感化提供了感情基础。总的看来，宇宙情怀是伴随着政治本体化的进程而逐步建立的，是政治本体化时代的产物；但它又是一种心理结构，蕴涵着丰富的开放性的文化因素，不像政治本体那样强调客观政治体制，易于导向封闭与僵固；它更是人对自己的高度的自我认同和超越的体现，为人提供价值与归宿，因此具有了一定的宗教色彩。在审美机制上，唐诗中的宇宙情怀往往通过“空而有”的心理净化机制获得超越。《春江花月夜》在宇宙情怀中找到了价值与归宿，并以此来观照现实人生并得到升华；后来的唐诗乃至宋词有很多都体现了这种思想意识和审美结构，成为中国诗歌的一个基本模式。

《白头吟》和《春江花月夜》使崭新的生命意识和华美清新的意象相融合，在诗情与画意的不期而遇中展示出青春的情思与哲理，使浓烈的情思和空明的诗境相映现，兴象浑融，玲珑不可凑泊的盛唐诗歌风貌已开始显现出来了。

第三节 陈子昂：风雅气象

陈子昂（661—702），字伯玉，梓州射洪（今四川射洪县）人，出生于一个庶族地主家庭，少有任侠之气，后折节读书，深受儒家思想的影响。21岁时入长安游太学，次年赴洛阳不第，曾在家乡学仙隐居。永淳元年（682年）再次赴洛阳应试，中进士。后两次上谏疏直陈政事，被武则天擢为秘书省正字，官至右拾遗。陈子昂深感武则天的知遇之恩，每每上书言政事，但武则天欣赏的是陈子昂的“文称晔晔”而非其政治才干，因而往往是“奏闻辄罢”（《新唐书·陈子昂传》）。曾坐谋反罪而蒙冤入狱。后随武攸宜伐契丹，因言事不合被降职。陈子昂胸怀壮志而报国无门，终至辞职还乡。回乡后，被县令段简诬陷入狱，幽愤而死，年仅42岁。

陈子昂生活在武后时期，当时的政治、经济和诗歌的发展都对变革诗风提出了迫切的要求，于是，陈子昂总结了初唐数十年来的教训，从理论和创作上有意识地改变六朝文风，在《与东方左史虬修竹篇序》提出了鲜明的主张：

> 文章道弊五百年矣。汉魏风骨，晋宋莫传，然而文献有可征者。仆尝暇时观齐梁间诗，彩丽竞繁，而兴寄都绝，每以永叹。思古人常恐逶迤颓靡，风雅不作，以耿耿也。

陈子昂指出了南朝诗歌缺乏现实内容的缺点，并从诗歌的审美特征方面提出了“兴寄”、“风骨”的要求，主张诗歌应该关注重大的社会问题和人生课题，表现新的精神风貌和人格理想，这确实抓住了前朝之弊并指明了诗歌的发展方向。

陈子昂以儒家的“仁义礼乐”为政治理想，他的《感遇》诗38首以关注现实的热情，豪迈俊逸、悲壮慷慨的艺术风格震动了诗坛。如《感遇》二十九：

> 丁亥岁云暮，西山事甲兵。赢粮匝邛道，荷戟争羌城。
> 严冬阴风劲，穷岫泄云生。昏曀无昼夜，羽檄复相惊。
> 拳跼竞万仞，崩危走九冥。籍籍峰壑里，哀哀冰雪行。
> 圣人御宇宙，闻道泰阶平。肉食谋何失，藜藿缅纵横。

诗作反映的是武则天穷兵黩武，开凿蜀山征伐无罪的羌民的事实，描绘了战争的艰难以及给无辜的人民带来的灾难，对统治者给予了尖锐的讽刺。还有一些诗反映了当时的暴政，如其四中的“乐羊为魏将，食子殉军功。骨肉且相薄，他人安得忠”指斥了武后时期滥用酷刑、杀害贤良的现象，《感遇》十二中的“呦呦南山鹿，罹罟以媒和”讽喻了用诱捕的方法来罗织冤狱陷害像鹿一样的驯良的臣子。也有一些诗以直抒胸臆的方式表达了自己对建功立业的热切的渴望：“本为贵公子，平生实爱才。感时思报国，拔剑起蒿莱。西驰丁零塞，北上单于台。登山见千里，怀古心悠哉。谁言未忘祸？磨灭成尘埃。”（《感遇》三十五）还有的以比兴的手法，托物言志，表现自己的品格与身世。如《感遇》二：

兰若生春夏，芊蔚何青青。幽独空林色，朱蕤冒紫茎。
迟迟白日晚，袅袅秋风生。岁华尽摇落，芳意竟何成。

诗作以香兰、杜若的由盛而衰暗喻理想的破灭，意境深远，既继承了楚辞的文学传统，又有阮籍《咏怀诗》的精神特质，是《感遇》诗中的佳作。

另外，《蓟丘览古赠卢居士藏用七首》也是陈子昂的代表作。这组诗以七个古迹和历史人物（轩辕台、燕昭王、乐生、燕太子、田光先生、邹衍、郭隗）为主题，借古喻今，通过对历史人物的歌颂和向往表现了自己生不逢时和怀才不遇的深沉感慨。如其二云："南登碣石坂，遥望黄金台。丘陵尽乔木，昭王安在哉。"题材独特，风格苍劲，意蕴深远。

但最为人们熟悉的还是他那首在本书引言中分析的《登幽州台歌》：

前不见古人，后不见来者。念天地之悠悠，独怆然而涕下。

当时陈子昂以右拾遗的身份随武攸宜征契丹，由于武攸宜不谙军事，他曾屡次进谏，但不被采纳，致使屡屡失利。他心情颇为抑郁，想起当年燕昭王高筑黄金台的往事，吊古伤怀，故有此诗。诗作已经超出了原有的怀古意义，而是表达了时代的深沉的悲剧意识，透显出新的人格意识和深沉的悲剧意识。

陈子昂的诗歌以其反映现实，抒发深沉感慨的基本风格和质朴刚劲、雄浑遒劲的艺术特质完全从宫体诗中摆脱出来，基本廓清了六朝余风，在历史上享有很高的地位。陈子昂以其创作实践实现了他在《与东方左史虬修竹篇序》中提出的反对"彩丽竞繁，而兴寄都绝"、"风雅不作"的齐梁间诗，注重"汉魏风骨"的主张，并有意继承《诗经》以来的现实主义传统，形成了所谓的风雅气象。宋人刘克庄就认为："唐初王、杨、沈、宋擅名，然不脱齐梁之体。独陈拾遗首倡高雅冲澹之音，一扫六代之纤弱，趋于黄初、建安矣。"（《后村先生大全集》卷一七三《诗话前集》）卢藏用也说他"卓立千古，横制颓波，天下翕然，质文一变"（《陈伯玉集序》）。陈子昂的《感遇》诗直接影响了张九龄的《感遇》和李白的《古风》等，也影响了杜甫、元稹和白居易，所以元好问说"论诗若准平吴例，合着黄金铸子昂"（《论诗绝句》）。当然，陈子昂的诗"复多变少"，辞藻较为贫乏，时有晦涩之嫌。

第四节　宫廷文人与律诗体制的完成

从贞观初年到睿宗延和年间的六七十年间，出现了一批宫廷诗人，在当时有一定的影响，先有上官仪，后有“文章四友”和“沈宋”。这些人人格往往不高，诗文多是粉饰太平、歌功颂德的应制之作，但诗作往往典丽精工，对诗歌的发展尤其是律诗体制的完成有着重要的贡献。

上官仪（608—664），字游韶，陕州陕（今属河南）人。贞观初年擢进士第，为弘文馆值学士，高宗朝官西台侍郎。后因议废武后而被以事下狱死。《全唐诗》录存其诗一卷，20首，其中7首是奉和、应诏和应制之作，4首为应酬唱和之作，4首为达官贵人的挽歌，一首是入朝途中所作，一首是从驾时所作。其诗以“绮错婉媚为本”，当时影响很大，多有效其体者，时人谓之“上官体”。

上官仪的诗在内容上虽然是嘲风雪，弄花草，歌功颂德的应制之作，但在格律上却有独特之处。如《早春桂林殿应诏》：“步辇出披香，清歌临太液。晓树流莺满，春堤芳草积。风光翻露文，雪华上空碧。花蝶来未已，山光暖将夕。”中间两联对仗工整，颇具匠心。再如《咏画障》：“芳晨丽日桃花浦，珠帘翠帐凤凰楼。蔡女菱歌移锦缆，燕姬春望上琼钩。新妆漏影浮轻扇，冶袖飘香入浅流。未减行雨荆台下，自比凌波洛浦游。”虽还有失粘和平仄未谐之处，但在结构、对仗、押韵以及章法诸方面都已具备了七律的雏形。他将六朝以来的对仗技巧程式化，提出“六对”（主要讲六种词语的对偶）、“八对”（主要讲诗句的对偶）等名目，将六朝以来的诗歌俳偶的经验加以总结，成为后人属对的一种规范。

稍后诗风有所改变，出现了**杜审言**（646？—708）、**李峤**（644—713）、**崔融**（653—706）、**苏味道**（648—705）等人，号称“文章四友”。四人皆以文学才能为武后所招纳，不仅侍宴应制，在禁中文馆主持修书，还参议朝政，处理百司章表。四人之中，除杜审言终于直学士任外，李峤、苏味道、崔融三人甚至数度拜相，皆为朝廷宰辅重臣。分析“文章四友”的诗作构成，就可看出他们对律诗发展的贡献。《全唐诗》存“文章四友”的作品共286篇，苏味道无古体诗，李峤、崔融、杜审言三人的古体诗仅20首，其余266首皆为近体，他们的近体诗中音律不全谐合者也不过20首，且几乎众体兼备，包括七言排律。有这样高的律诗比例和这样完备的律诗体例，我们可以说他们是近体诗的作家了。

在“文章四友”中，杜审言最为突出，其《和韦承庆过义阳公主山池五首》连章五律，由“野兴城中发，朝英物外求”写到“青溪留别兴，更与白云期”，表现出一种放荡不羁与超然脱俗的状态，有的诗写得自然清新，格律整饬，对后世有一定影响，如《和晋陵陆丞早春游望》：

独有宦游人，偏惊物候新。云霞出海曙，梅柳渡江春。
淑气催黄鸟，晴光转绿蘋。忽闻歌古调，归思欲沾巾。

与当时的浮靡诗风相比，内容已经算是比较充实的了。在格律方面也十分讲究，后来被人尊为“律诗正宗”和“初唐五言律第一”。

在律诗的发展方面，稍后的**沈佺期**（约 656—714）、**宋之问**（656? —713?）也有相当的贡献，内容也比较充实。宋之问的《题大庾岭》历来为人所称道：

阳月南飞雁，传闻至此回。我行殊未已，何日复归来。
江静潮初落，林昏瘴不开。明朝望乡处，应见陇头梅。

诗作将对生活的真切感受注入这种律体诗中去时，颇为精警。又如沈佺期的《杂诗》（其三）：

闻道黄龙戍，频年不解兵。可怜闺里月，长在汉家营。
少妇今春意，良人昨夜情。谁能将旗鼓，一为取龙城。

这些诗工丽精切，格律较为谨严，在情景交融方面也有独到之处。

“沈宋”的贡献在于将律诗进一步定型。《新唐书·宋之问传》说：“魏建安后迄江左，诗律屡变。至沈约、庾信，以音韵相婉附，属对精密。及之问、沈佺期，又加靡丽，回忌声病，约句准篇，如锦绣成文。学者宗之，号为‘沈宋’。”这段话不仅指出了“沈宋”在诗歌史上的作用，还说明了律诗的发展过程。律诗从四声的发现到永明体强调四声，再发展到平仄的区分，后由消极地回避声病而积极地探索出声韵的规律，继而讲究平仄粘对和对仗，最后是各种律诗体式的出现和完成。经过“四杰”、“文章四友”、“沈宋”等人的实践，近体诗终于正式建立起来了。

关键概念

“初唐四杰”　风雅　《白头吟》　《春江花月夜》
“文章四友”　“沈宋”

思考题

1. 简述初唐四杰的创作实绩及在诗歌发展史上的贡献。
2. 为什么说《白头吟》和《春江花月夜》是“青春的歌唱”？
3. 谈谈陈子昂诗歌内容和艺术上的特点。

第三章

孟浩然：干求、隐逸与山水田园的吟唱

一般说来，诗歌意义上的“四唐”的分期，是指将高祖武德至玄宗开元初看作初唐，玄宗开元年间至代宗宝应划为盛唐，代宗广德初至穆宗长庆年间归为中唐，敬宗宝历初至唐亡，视为晚唐。

盛唐的来临有其内在的必然性。从汉朝以来，封建集权专制和“罢黜百家，独尊儒术”的政治意识形态已逐渐失去了内在的合理性，唐朝顺应了历史发展的潮流，并鉴于魏晋南北朝的混乱及隋朝短命而亡的教训，实行了比较开明的政策。初唐时期，朝廷选贤任能，注重发展生产，关注民生疾苦。初唐、盛唐时期以租佃制经济取代汉魏六朝以来的部曲经济，庶族地主阶级取代士族地主阶级，是中国传统社会中经济、政治上的一次意义重大、影响深远的改革；与此相适应，科举制度取代察举制度，在野士人通过科举而把自己从书本上得来的文化理想提升到现实运作的层面上来。这两项改革，使政治运作和经济发展充满了活力。这些基本条件使唐朝一度出现了“开元之治”的局面，正如杜甫所描绘的：“忆昔开元全盛日，小邑犹藏万家室。稻米流脂粟米白，公私仓廪俱丰实。九州道路无豺虎，远行不劳吉日出。齐纨鲁缟车班班，男耕女桑不相失。宫中圣人奏云门，天下朋友皆胶漆。百余年间未灾变，叔孙礼乐萧何律。”（《忆昔二首》其二）但这只是为文学的盛唐提供了基本条件，文学还有自己的发展规律。盛唐以前，中国文学已经积累了非常丰富的艺术经验，不仅有《诗经》、《楚辞》和众多的诗人、文学家，更为重要的是中国文学还经过了魏晋六朝这一“人的觉醒时期”，此时的人物品藻十分重视人的感性形式，一大批品藻用语为人的感性自觉找到了美的形式，山水诗以及咏物、抒情骈文的勃兴更丰富了这些美的形式，可以说，魏晋六朝文学是一次情感形式的造山运动。还有，唐朝的思想比较自由，儒、释、道并用，文人士子也可以随意指点江山，而文人士子本身更极富流动性，社会为他们提供了各种仕进的机会和平步青云的幻想，因此，他们往往以浪漫与激动的心情来对待生活。自汉代建立的政治意识形态此时呈现出最为开放的状态，也充分发挥出了其内在的合理性，唐人的政治本体意识空前强化，他们相信只要遵循这种政治制度，无论是社会理想还是人生价值都会实现和建立，因此，他们对这种政治本体寄予了深情的希望，产生了强烈的乐感。至开元年间，随着文人阶层的进一步扩大，一大批中下层的诗人，特别是那些在野的遗才，如孟浩然、岑参、李白、杜甫等涌向诗坛，从根本上改变了初唐诗歌的状况，形成了真正的诗国高潮。

第一节　在干求与隐逸间徘徊

孟浩然（689—约 740），字浩然，襄阳（今属湖北）人，其家薄有资产，父祖通晓诗文。孟浩然自幼苦读，深受儒家思想的影响，希图建立功业，《书怀贻京邑同好》一诗概括了他一生的经历和情志：“维先自邹鲁，家世重儒风。诗礼袭遗训，趋庭沾末躬。昼夜常自强，词翰颇亦工。三十既成立，嗟吁命不通。慈亲向羸老，喜惧在深衷。甘脆朝不足，箪瓢夕屡空。执鞭慕夫子，捧檄怀毛公。感激遂弹冠，安能守固穷。当途诉知己，投刺匪求蒙。秦楚邈离异，翻飞何日同。”孟浩然以孟轲的后代自居，并追慕前贤，认为自己自强不息，学有所成，且求诸当道，但其命不通，尽管这样，孟浩然仍不气馁，希望有朝一日能够展翅高飞。

青年时期的孟浩然曾隐居于距鹿门山不远的汉水之南。唐代有一种征召隐士的风气，很多著名的隐士因此入朝为官，而襄阳历史上又有很多著名的隐士，因此，孟浩然将隐居当作一条终南捷径，即使不能以此闻达于当道，至少也可以为将来的应举入仕作准备。当时，文士漫游也是一种盛行的风气，以此来增长阅历见识，并可以干谒名流，获取声誉。孟浩然也不例外，大约在开元元年（713 年）至开元十一年（723 年）这段时间里，他曾南游江、湘，北去幽州，寓寄洛阳三年之久，结交了储光羲、綦毋潜等诗人；但因求仕没有结果，又开始往游越中，《自洛之越》一诗颇能反映他此时的心境：“皇皇三十载，书剑两无成。山水寻吴越，风尘厌洛京。扁舟泛湖海，长揖谢公卿。且乐杯中物，谁论世上名。”

开元十六年（728 年），他满怀信心，入长安应举，并结交了王维、王昌龄等人，开始遍交诗坛群彦。次年赋诗秘省，吟出“微云淡河汉，疏雨滴梧桐”一联，因其“清绝”而使举座搁笔，因而名动京师；但仍没有及第，以致生活无着。随后，他南下吴越，寄情山水。开元二十一年（733 年），荆州刺使韩朝宗劝他同到长安，并在朝中予以掖扬，但当朝廷诸公宴集等待他时，他却与友人谈论诗文，竟不赴约，最后当然只好失意还家，继续隐居。

开元二十五年（737 年），孟浩然入张九龄荆州幕，心情较为愉快，此时的酬唱尤多。三年因病辞职，不久病逝。

孟浩然的思想既有儒家入世的一面，又有浓厚的老庄退隐的意识。盛唐的繁荣激发了孟浩然建功立业的愿望，但黑暗的一面又使他对现实有着清醒的认识，并保持着一定的距离；家乡的先贤隐士一方面给了他经世济时的雄心壮志，但另一方面也助长了他的隐逸情结。孟浩然就是在这样的各种思想意识冲突而又相互融透的心理状态中来表现自己的心志和吟唱山水田园的。

一般认为孟浩然是位隐逸诗人，如李白在到襄阳访问了孟浩然后就说：“吾爱孟夫子，风流天下闻。红颜弃轩冕，白首卧松云。”（《赠孟浩然》）其实，孟浩然的思想和诗歌都可以分为入世和隐逸两部分。如著名的《临洞庭湖赠张丞相》这样写道：

> 八月湖水平，涵虚混太清。气蒸云梦泽，波撼岳阳城。
> 欲济无舟楫，端居耻圣明。坐观垂钓者，徒有羡鱼情。

此诗为赠张说（一说赠张九龄）而作，境界宏阔、气势壮大，尤其是“气蒸云梦泽，波撼岳阳城”一联，可谓非同凡响的盛唐之音。后面四句把希望通过张说（或张九龄）援引而一登仕途的心情表现得十分迫切，其不甘寂寞的豪逸之气透纸而出。“端居耻圣明”一句则化用了孔子之意，“子曰：‘……天下有道则见，无道则隐。邦有道，贫且贱焉，耻也；邦无道，富且贵焉，耻也’”（《论语·泰伯》）。既有对当世的歌颂，又为自己的干谒求仕提供了充分的理由。全诗以经义为底，以情感为表，以物景渲染并连接二者，真正使情、理、景相互交融促生，雄浑古朴而又激情洋溢，透显着浓烈的时代气息，典型地体现了所谓的盛唐气象。

吊古名作《与诸子登岘山》代表了他对历史与人事的认识：

> 人事有代谢，往来成古今。江山留胜迹，我辈复登临。
> 水落鱼梁浅，天寒梦泽深。羊公碑字在，读罢泪沾襟。

岘山汉水是历史上的多事之地，孟浩然此作可谓以此为题材的怀古咏史诗的代表作。该诗一反首联从宇宙自然入手的习惯写法，直接写历史、人事，冷静地描绘了历史与人事的客观状态，引起了价值的追询；颔联即点明岘山羊公碑为胜迹，供人瞻仰，肯定其正面价值，并承认历史具有连续性，含有人有代谢，但事迹永存之意，回答了首联的价值追问；后两联是说在历史的沧桑中，羊祜的爱民理念没有湮灭，依然感召着后人，而那些不义的战争，早已被历史唾弃。

孟浩然自期颇高，诗中常常表现出自己的鸿鹄之志。如《送吴悦游韶阳》：

五色怜凤雏，南飞适鹧鸪。楚人不相识，何处求栖梧。
去去日千里，茫茫天一隅。安能与斥鷃，决起但枪榆。

这种举世不识亦不沮丧，不仅不和光同尘，反而更增其狂傲的性格特点，与李白十分相似。在《岘山送萧员外之荆州》中更认为“自古登临处，非今独黯然”，贤达穷困自古皆然，而且显得旷达萧散而又意兴盎然：“岘山江岸曲，郢水郭门前。自古登临处，非今独黯然。亭楼明落照，井邑秀通川。涧竹生幽兴，林风入管弦。再飞鹏激水，一举鹤冲天。伫立三荆使，看君驷马旋。”孟浩然对于唐人重视的游侠题材也有涉及，使我们看到孟浩然绝不仅仅是一个“永怀愁不寐”的潦倒诗人，在他的性格中还有着激昂与疏狂的一面：

游人武陵去，宝剑直千金。分手脱相赠，平生一片心。
（《送朱大入秦》）
四海重然诺，吾尝闻白眉。秦城游侠客，相得半酣时。
（《醉后赠马四》）

仗义疏财，倾心相交，然诺为重，知己醉酒，这一切都表现了唐人以激动的心情和充沛的诗意来对待世事人生，其昂扬与洒脱的诗性生活即使在千载之下也令我们向往不已。对于边塞，孟浩然也没有忘怀，他以送人从军的方式表达了自己建功立业的志向：“男儿一片气，何必五车书。好勇方过我，多才便起予。运筹将入幕，养拙就闲居。正待功名遂，从君继两疏。”（《送告八从军》）在《送陈七赴西军》中更说：

吾观非常者，碌碌在目前。君负鸿鹄志，蹉跎书剑年。
一闻边烽动，万里忽争先。余亦赴京国，何当献凯还。

“一闻边烽动，万里忽争先”，已成为边塞诗中的名句。至于“君负鸿鹄志，蹉跎书剑年”，既是勉励陈七不要蹉跎了建立功业的大好时光，更是自勉。至于“赴京国”、“献凯还”，则更是直抒胸臆。读罢全诗，我们仿佛看到了一个体魄健壮、心智强大、激情勃发而又愿意慷慨赴难的英雄烈士的形象。

但是，即使在干谒求仕和意绪盎然的时候，孟浩然也不是一味地向往进取，而是时时携带着浓厚的隐逸情绪，往往在清风竹林和饮酒鸣琴中述志会友：“吾与二三子，平生结交深。俱怀鸿鹄志，昔有鹡鸰心。逸气假毫翰，清风在竹林。达是酒中趣，琴上偶然音。”（《洗然弟竹亭》）鸿鹄之志与鹡鸰之心在此已化为笔端的逸气和清风竹林的琴音；有时，他也颇有陶渊明的“日月掷人去，有志不获骋，念此怀悲凄，终晓不能静”的心态，流露出心灵的磨啮与焦灼：“一丘常欲卧，三径苦无资。北土非吾愿，东林怀我师。黄金燃桂尽，壮志逐年衰。日夕凉风至，闻蝉但益悲。”（《秦中感秋，寄远上人（一作崔国辅诗）》）这种既有对日月流逝，形貌自衰而功业无成的焦虑，又有欲归丘壑，远离尘嚣的情感涌动。在二者的张力中，孟浩然的人格与诗格正显示出其入世有所不愿、出世有所不甘的特点。

在更多的时候，孟浩然偏重归隐。如他在《仲夏归汉南园，寄京邑耆旧》中说：“尝读高士传，最嘉陶征君。日耽田园趣，自谓羲皇人。予复何为者，栖栖徒问津。中年废丘壑，上国旅风尘。忠欲事明主，孝思侍老亲。归来当炎夏，耕稼不及春。扇枕北窗下，采芝南涧滨。因声谢同列，吾慕颍阳真。”对自己中年时的干求行为有所反思和追悔，而在《晚春卧病寄张八》中更是对自己穷困的原因作出了深刻的总结：“世途皆自媚，流俗寡相知。贾谊才空逸，安仁鬓欲丝。遥情每东注，奔晷复西驰。常恐填沟壑，无由振羽仪。穷通若有命，欲向论中推。”孟浩然洞晓穷通之理，对于世俗的利禄，不是不能为之，而是不屑为之，他说：“拂衣何处去，高枕南山南。欲徇五斗禄，其如七不堪。早朝非晚起，束带异抽簪。因向智者说，游鱼思旧潭。”（《京还赠张（一作王）维》）嵇康《与山巨源绝交书》说，“人伦有礼，朝廷有法。自惟至熟，有必不堪者七，甚不可者二”，不愿受朝廷之礼的约束，愿意过自由自在的生活，充满了对世俗礼法的嘲笑、调侃和讽刺，一派名士风范，孟浩然正是在与嵇康相似的心理基础上来对待功名利禄的，因此他最终只有“游鱼”归于“旧潭”。

在这方面，孟浩然有两首诗为我们所熟知：

寂寂竟何待，朝朝空自归。欲寻芳草去，惜与故人违。
当路谁相假，知音世所稀。只应守寂寞，还掩故园扉。

（《留别王侍御维》）

北阙休上书，南山归敝庐。不才明主弃，多病故人疏。
白发催年老，青阳逼岁除。永怀愁不寐，松月夜窗虚。

（《岁暮归南山》）

苦涩、落寞、无奈与伤感成为这两首诗的基调，但是，当我们了解了上述的孟浩然以后，我们就知道他并不是一个汲汲于功名的局促诗人，而是那个给人以无限幻想的特定的盛唐时代的特定表现方式：其中有对时代的嘉许，有对知音的期盼，有对功业的向往，同时也有对世不我识、世不见容的愤激，更有世人弃我，我亦弃世人的决绝的心态和归隐的欣慰。只有将这些方面有机地整合起来，才能看到一个真实的孟浩然。

第二节　在清幽与旷达的心境中吟唱山水田园

孟浩然是唐代第一个大量写作山水诗的诗人，在现存的二百多首诗中，有相当一部分是吟唱山水田园的。孟浩然与王维一起开创了山水田园诗派，将六朝以来的山水田园诗发展到了一个崭新的阶段，对后世也产生了巨大的影响。

孟浩然的山水诗多写于他隐居鹿门山和漫游的途中，这些诗作表现出了鲜明的艺术特色，昭示着盛唐诗歌的艺术特征。首先，孟浩然的山水诗十分善于营造清幽的艺术境界。如：

夕阳度西岭，群壑倏已暝。松月生夜凉，风泉满清听。
樵人归欲尽，烟鸟栖初定。之子期宿来，孤琴候萝径。

（《宿业师山房，期丁大不至》）

落景余清辉，轻桡弄溪渚。澄明爱水物，临泛何容与。
白首垂钓翁，新妆浣纱女。相看似相识，脉脉不得语。

（《耶溪泛舟》）

采樵入深山，山深树重叠。桥崩卧槎拥，路险垂藤接。
日落伴将稀，山风拂萝衣。长歌负轻策，平野望烟归。

（《采樵作》）

第一首写等待友人的心情，“松月生夜凉，风泉满清听”可谓清幽之极，而全诗意境浑融，不可句摘，营造出了一幅浑然一体的暮琴候友图，已不是六朝的状物析理、句句相隔的山水诗所能比拟的了；第二首则以钓翁和浣女装点江间的晚景，使山水与田园水乳交融，而似曾相识而又无由得语的情状正衬托出了幽静的情景；第三首写樵夫暮归，既写出了山路的艰难，又写出了樵夫的愉悦，二者相互映衬，形成了不可分割的整体，而樵子的暮山独歌，也反衬出一派幽静。这些诗虽清丽幽静，但了无枯寂落寞之感，反而透显出一股盎然的情致，这与孟浩然所处的时代和他的思想性格十分吻合。

孟浩然的山水诗更善于将情景融为一体，使其相互映发，相互促生，将静谧的心境和清纯的物境和谐地统一起来。如：

山光忽西落，池月渐东上。散发乘夕凉，开轩卧闲敞。
荷风送香气，竹露滴清响。欲取鸣琴弹，恨无知音赏。
感此怀故人，中宵劳梦想。

（《夏日南亭怀辛大》）

在山光与池月中散发闲卧，耳闻泄露，鼻嗅荷香，内在的心境与外在的物境了无间隔。再如著名的《夜归鹿门山歌》：

山寺钟鸣昼已昏，渔梁渡头争渡喧。人随沙路向江村，
余亦乘舟归鹿门。鹿门月照开烟树，忽到庞公栖隐处。
岩扉松径长寂寥，惟有幽人自来去。

淳朴、清新、流丽、自然。幽人心境与渡头的喧闹在比照中融而为一，以静带动，化动为静，将山寺钟鸣、渔梁争渡、沙路行人以及鹿门月照都收摄在“幽人”静穆的心境中，可谓有出神入化之妙。

将隐逸与放情，执著与旷达和谐地融合起来，也是孟浩然山水诗的重要特点。如《秋登兰山寄张五》：

北山白云里，隐者自怡悦。相望试登高，心随雁飞灭。
愁因薄暮起，兴是清秋发。时见归村人，沙行渡头歇。
天边树若荠，江畔舟如月。何当载酒来，共醉重阳节。

白云中的隐者心逐鸟灭，“天边树若荠，江畔舟如月”，显现出隐者包容万象的廓大的胸怀；但这种隐者的超越如果到此为止就有枯寂之嫌，而孟浩然恰恰是在廓大心境的观照中执著于现实的细节，无论是薄暮之愁、清秋之兴，还是沙行渡头的归村人，都在他的视野之中。但这种执著又不是局促的，“何当载酒来，共醉重阳节”，就是对这种执著的超越。

在具体的艺术手法上，孟浩然十分善于使用自然朴素而又清新淡雅的白描手法，往往在不着痕迹中尽传其神韵。如：

山暝闻猿愁，沧江急夜流。风鸣两岸叶，月照一孤舟。

建德非吾土，维扬忆旧游。还将两行泪，遥寄海西头。

（《宿桐庐江，寄广陵旧游》）

挂席几千里，名山都未逢。泊舟浔阳郭，始见香炉峰。

尝读远公传，永怀尘外踪。东林精舍近，日暮但闻钟。

（《晚泊浔阳望庐山》）

两首诗都是纯用白描手法，对于自然景物，没有刻意的细致描绘，一片神行，纯任自然，笔触仿佛在若有若无之间，而读者却遐思无限，情意深远。这种淡远的白描手法历来被称为“清空”，《岘佣诗说》评此诗“清空一气”，“最为高格”，“所谓羚羊挂角，无迹可求”。闻一多更在《唐诗杂论·孟浩然》中说：“淡到看不见诗了，才是珍贵的孟浩然的诗，不，说是孟浩然的诗，倒不如说是诗的孟浩然更为准确。”在内容结构即情绪理路上这两首诗在盛、中、晚唐的诗歌中也十分具有代表性。首联起句都是从自然之大、人事之大切入，引起人的价值追询感；颔联写具体情景，承接上联，将价值的探寻引向深入，或是对上联提出的问题作初步的回应；颈联则写人事，镇定全诗，为全诗的价值建构提供指向；尾联所描写的情景则以心情意绪为指归，最终归于心理本体，呈现出的是精神的家园，并完成了与首联的照应。在唐诗中，这种写法甚至成为一种模式。宋诗往往以诗说理，而上述的两首诗则是理在情景中，这也是唐诗情景交融之一要义。

有时，孟浩然的小诗写得自然流畅而富有意味。如《春晓》：

春眠不觉晓，处处闻啼鸟。

夜来风雨声，花落知多少。

如将该诗与王湾《次北固山下》合参则更有意味。王湾诗云：“客路青山外，行舟绿水前。潮平两岸阔，风正一帆悬。海日生残夜，江春入旧年。乡书何处达，归雁洛阳边。”世界是如此的美好，以至太阳等不及残夜退去就急急升出海面，新春等不及旧年过尽就提前赶来。在孟浩然的诗里，春光美好，生命美好，不能因贪睡而错过。在这里，对春光的珍爱与对生命的珍惜已拆解不开，春光与生命、时代与生活是如此让人爱恋，以至使人们不愿放弃片刻的光阴；诗中即使含有一丝丝的伤感，也立刻在这种青春的情绪中蒸腾为对生活与生命的深情的感受。

春晓　孟浩然

孟浩然还有一部分田园诗，虽然数量较山水诗为少，但在思想和艺术上也有着突出的特色。孟浩然心系民生，时时表现出对农事的关怀。如：

田家春事起，丁壮就东陂。
殷殷雷声作，森森雨足垂。
海虹晴始见，河柳润初移。
予意在耕凿，因君问土宜。
（《东陂遇雨，率尔贻谢南池》）

昨夜斗回北，今朝岁起东。
我年已强仕，无禄尚忧农。
桑野就耕父，荷锄随牧童。
田家占气候，共说此年丰。
（《田家元日》）

踏雪寻梅图　孟浩然

当然，这种关怀还是隐士式的，其中更多的是对田园生活的描绘，诗作在“无禄尚忧农”的思想情调中透显出的是自然淳朴而又天机盎然的生趣，甚至有淡淡的欣喜，这与陶渊明的田园诗形成了鲜明的对照。

他的一些短诗则更有被誉为“古今隐逸诗人之宗”的陶渊明式的情致。如：

日暮田家远，山中勿久淹。归人须早去，稚子望陶潜。
（《赠王九》）

行至菊花潭，村西日已斜。主人登高去，鸡犬空在家。
（《寻菊花潭主人不遇》）

淳朴而凝练，以白描的手法画出了田园生活的自然情趣。应该说，这正是盛唐隐士的风格。一方面要隐逸出世，而另一方面又对现实的田园风光和田园生活不能忘怀，因为尽管个人的志愿不售，但那个时代毕竟不是令人那样讨厌，所以，在退隐中玩赏山水，感受田园之乐，也就成了必然。《游精思观回，王白云在后》一诗更是意趣盎然：

出谷未停午，到家日已曛。回瞻下山路，但见牛羊群。
樵子暗相失，草虫寒不闻。衡门犹未掩，伫立望夫君。

这里已分不清是山水诗还是田园诗，但山水间的情景，田园中的生活，在静穆中被刻画得呼之欲出。你看那将要下山的牛羊，那在昏暗中寻找伙伴的樵子，还有那倚在柴扉上等候丈夫的妻子，所有这些，都被静静地摄入了诗人的眼中，同时又是那样地富有淳朴而新鲜的活力！在审美结构上，该诗也是化时间为空间的典型，樵夫回家的时间过程最终着落到有着“衡门”和妻子的家，为不可把握的时间提供了可把握的空间性的归宿，使人产生了强烈的家园性的审美感受。

孟浩然最著名的田园诗是《过故人庄》：

> 故人具鸡黍，邀我至田家。绿树村边合，青山郭外斜。
> 开轩面场圃，把酒话桑麻。待到重阳日，还来就菊花。

沈德潜称孟浩然的诗是“语淡而味终不薄”（《唐诗别裁》），该诗正是在淡泊淳朴而又平易自然的艺术风格中表现出了至淳至浓的乡情美与人情美。首联写故人以鸡黍相邀，纯任农家风情，俭朴而真淳，而“具”、“邀”、“至”三字，毫无渲染，在不着痕迹中将诗意与情景自然导入；颔联写进入村庄所见，既近连平畴，绿树合围自成一统，又远接苍翠，郭外青山连绵开去，使故人的村庄显得幽静而不冷僻，安谧而不封闭；颈联紧承上联，宾主临窗举杯，面对场圃，放眼平畴，在一片泥土的气息中忘情地谈论着农事，一切都显得那样地自由和率意，达到了诗的情景的“高潮”；尾联写与故人相约，重阳秋日，就菊饮酒，共庆丰收，在不经意之间，其对故人和田园的倾情已溢出纸外，更为重要的，结尾一联传达了美好生活的永恒感，具有震撼人心的艺术魅力。该诗各联之间平衡用力，各臻其妙，既不是靠一两个意象来争奇斗胜，也不是靠一联两联来支撑门面，而是在整体的浑融中显示出高超的艺术水平。这就是所谓的“篇法之妙，不见句法”（沈德潜《唐诗别裁》），也是盛唐诗歌的典范。

在南朝诗歌中，山水自然是最重要的题材，至孟浩然，山水诗被提升到新的境界，这主要表现在两方面：一是情景交融，浑然一体；二是诗境纯粹，无枯燥的玄言议论。一般文学史上常说王维“对意境有独特的领悟”、“能看到感觉到别人看不到感觉不到的东西”，这的确是王维诗的特点，但不免有用思痕迹；在意境的浑融自然上，这一时期以孟浩然的诗最为出色。

关键概念

干求　　隐逸　　山水诗　　田园诗

思考题

1. 简述盛唐来临的历史条件。
2. 试述孟浩然的山水诗与田园诗的主要艺术特点。

第四章
"诗佛"王维

唐诗发展至王维、孟浩然才真正进入了盛唐，王维和孟浩然的诗歌也真正表现出了盛唐气象。

所谓诗歌的"盛唐气象"，严羽在《答吴景仙书》说："盛唐诸公之诗，如颜鲁公书，既笔力雄壮，又气象浑厚。"在《沧浪诗话·诗辨》中说："盛唐诸人惟在兴趣，羚羊挂角，无迹可求。故其妙处，透彻玲珑，不可凑泊，如空中之音、相中之色、水中之月、镜中之象，言有尽而意无穷也。"所谓"笔力雄壮"，是指诗歌风骨内在的力度，情感的昂扬和壮大明朗；"气象浑厚"，是指诗歌意境的自然浑成；至于兴象玲珑，除了指情与辞的自然浑成外，还有"超以象外，得其环中"，"言有尽而意无穷"的意思。具体说来，"盛唐气象"应该蕴涵着这样一些审美特质：其一，历史文化的底蕴、社会人生的内容、自然本真的情感相交融，迸发出来的强大的情感力量与气势；其二，词理意兴浑然一体，不可句摘，意境浑厚博大；其三，语言刚健、明朗、自然、晓畅。从一定意义上说，盛唐气象也是中国古典诗歌的审美极致。

第一节　感时思报国的豪情壮志

王维（701—761），字摩诘，太原祁（今山西祁县）人，出身官僚地主家庭，

少年行　王维

幼而能诗，且擅长书画、音乐，是一位艺术全才。王维的“发迹”颇有传奇色彩，《集异记》载：“王维未冠，文章得名，妙能琵琶。春试之日，岐王引至公主第，使为伶人进主前。维进新曲，号《郁轮袍》，并出所作。主大奇之，令宫婢传教，遂召试官至第，谕之，作解头登第。”《旧唐书》本传说，王维早慧，“九岁知属辞……开元初，擢进士，调太乐丞，坐累为济州司仓参军。张九龄执政，擢右拾遗”。后张九龄罢相，王维遂无意仕途，约在40岁前后便过起亦官亦隐的生活，初隐终南别业，后得初唐诗人宋之问的蓝田辋川别墅，终日悠游其间，与道士裴迪往还唱和。“妻亡不再娶，三十年孤居一室，屏绝尘累。”（《旧唐书》本传）安史之乱时曾陷长安，为安禄山伪官。《全唐诗话》载：“禄山大会凝碧池，梨园弟子欷歔泣下。乐工雷海清掷乐器，西向大恸，贼支解于试马殿。维时拘于菩提寺，有诗曰：‘万户伤心生野烟，百僚何日更朝天。秋槐叶落空宫里，凝碧池头奏管弦。’”（卷一）他于长安收复后被贬，但因在陷贼期间写了上述怀念李唐的“凝碧诗”，再加上平乱有功的弟弟王缙愿削职为哥哥赎罪，后又升至尚书右丞。王维职位越高，就越自怵惕，对自己“没于逆贼，不能杀身，负国偷生”（《责躬荐地表》）的经历就越加感愧，再兼朝廷权奸当道，振兴无望，于是就更加倾向隐心与隐身，“在京师日饭十数名僧，以玄谈为乐。斋中无所有，唯茶铛、药臼、经案、绳床而已。退朝之后，焚香独坐，以禅诵为事”（《旧唐书》本传）。他死后葬在辋川别业旁的清源寺西。

王维存诗四百多首，题材广泛，内容丰富，不仅有著名的灌注着隐逸超脱之情和禅思哲理的山水田园诗，还有意气豪迈、情绪慷慨的游侠诗，也有抨击现实的政治诗，对于亲情友情、乡愁离愁，王维的诗中也多有表现。

王维诗歌创作可以开元末至天宝初为界分为前后两期。前期的诗秉承了盛唐诗歌的一般主题，多表现对游侠生活的向往和对建功立业的强烈的渴望。而他前期的平静的生活决定了这些诗带有浓厚的书卷气和青春浪漫的气息。《少年行》（四首）是其代表：

新丰美酒斗十千，咸阳游侠多少年。
相逢意气为君饮，系马高楼垂柳边。

出身仕汉羽林郎，初随骠骑战渔阳。
孰知不向边庭苦，纵死犹闻侠骨香。

一身能擘两雕弧，虏骑千重只似无。
偏坐金鞍调白羽，纷纷射杀五单于。

汉家群臣欢宴终，高议云台论战功。
天子临轩赐侯印，将军佩出明光宫。

我们应该将四首诗合为一首来读，其慷慨、豪放、激情、浪漫共同汇聚为青春的歌唱，而对国家的献身精神和对未来的向往又使这种歌唱具有了坚实的现实基础和精神价值，也许，这就是盛唐气象的精义所在吧！

又如《夷门歌》："七雄雄雌犹未分，攻城杀将何纷纷。秦兵益围邯郸急，魏王不救平原君。公子为嬴停驷马，执辔愈恭意愈下。亥为屠肆鼓刀人，嬴乃夷门抱关者。非但慷慨献良谋，意气兼将身命酬。向风刎颈送公子，七十老翁何所求。"可谓借古述怀，借讴歌侯嬴而为出身下层的侠士大唱赞歌，借讴歌信陵君而呼唤能够礼贤下士的君主，这里已不仅仅是要求所谓的"君臣相得"，而是透显着一股开明、开放的自由的精神，在慷慨与深情中，表现出对理想的政治状态的向往。可以说，这个古老的故事在王维的笔下焕发出了时代的精神！

当然，王维并不是只会抒写书生意气，当他亲入边关之时，他的诗境就变得雄浑开阔了。如《使至塞上》：

单车欲问边，属国过居延。征蓬出汉塞，归雁入胡天。
大漠孤烟直，长河落日圆。萧关逢候骑，都护在燕然。

诗写于开元二十五年（737 年）出使塞上的途中，诗作洋溢着壮大明朗的情思和气势，卓绝豪逸之气融贯于出色的景物描写之中。那无尽的长河、广阔地平线上的落日、大漠孤堡上的烽烟，透显出诗人走马西来天尽头的豪迈气概。"大漠孤烟直，长河落日圆"两句，不仅深得塞外风光的神髓，其中所包藏的胸襟、意度更不是盛唐以外的文字所能道出的。著名的《观猎》也有这种风格：

风劲角弓鸣，将军猎渭城。草枯鹰眼疾，雪尽马蹄轻。
忽过新丰市，还归细柳营。回看射雕处，千里暮云平。

开阔与雄浑相融合，豪迈与超逸相映发，那种顾盼左右而又俯视一切的踌躇满志和无畏的气概与报国立功的人生追求结合起来，显示出了非盛唐莫属的气象。

《燕支行》和《老将行》则更能反映边塞的战争状况以及有关的社会现实：

汉家天将才且雄，来时谒帝明光宫。万乘亲推双阙下，
千官出饯五陵东。誓辞甲第金门里，身作长城玉塞中。
卫霍才堪一骑将，朝廷不数贰师功。赵魏燕韩多劲卒，
关西侠少何咆勃。报雠只是闻尝胆，饮酒不曾妨刮骨。
画戟雕戈白日寒，连旗大旆黄尘没。叠鼓遥翻瀚海波，
鸣笳乱动天山月。麒麟锦带佩吴钩，飒沓青骊跃紫骝。
拔剑已断天骄臂，归鞍共饮月支头。汉兵大呼一当百，
虏骑相看哭且愁。教战虽令赴汤火，终知上将先伐谋。

（《燕支行》）

少年十五二十时，步行夺得胡马骑。射杀中山白额虎，
肯数邺下黄须儿。一身转战三千里，一剑曾当百万师。
汉兵奋迅如霹雳，虏骑崩腾畏蒺藜。卫青不败由天幸，
李广无功缘数奇。自从弃置便衰朽，世事蹉跎成白首。
昔时飞箭无全目，今日垂杨生左肘。路旁时卖故侯瓜，
门前学种先生柳。苍茫古木连穷巷，寥落寒山对虚牖。
誓令疏勒出飞泉，不似颍川空使酒。贺兰山下阵如云，
羽檄交驰日夕闻。节使三河募年少，诏书五道出将军。
试拂铁衣如雪色，聊持宝剑动星文。愿得燕弓射大将，
耻令越甲鸣吾君。莫嫌旧日云中守，犹堪一战取功勋。

（《老将行》）

这些诗描写边塞战争的雄伟场面，歌颂将士浴血疆场、以身报国的雄心壮志与飒爽英姿，写得神采飞扬，豪气干云，直可与岑参、高适的边塞诗媲美；虽然其中也有对军中黑暗面的揭露，有对“老将”遭遇的不平与愤慨，但这些恰恰表现了王维对理想社会的向往与追求，从另一个方面表现了典型的盛唐精神。

王维还有一些抨击现实的“政治诗”，表现了他的社会责任感和正义感。如描写农民缺衣少食的痛苦状况和官府对百姓的搜刮：“旧谷行将尽，良苗未可希。老年方爱粥，卒岁且无衣。”（《田家》）“岁晏输井税，山村人夜归。晚田始家食，余布成我衣。”（《赠刘蓝》）孟棨《本事诗·情感第一》纪《息夫人》一诗的创作始末说：“宁王曼盛，宠妓数十人，皆绝艺上色。宅左有卖饼者妻，纤白明媚。王一见注目，厚遗其夫取之，宠惜逾等。环岁，因问之：‘汝复忆饼师否?’默然不对。王召饼师，使见之，其妻注视，双泪垂颊，若不胜情。时王座客十余人，皆当时文士，无不凄异。王命赋诗，王右丞维诗先成：‘莫以今时宠，宁忘昔日恩。看花满眼泪，不共楚王言。’”《列女传》记载：“息夫人者，息君之夫人。楚伐息，破之，虏其君，使守门，将其夫人而纳之于宫。楚王出游，夫人遂出，见

息君，谓之曰：‘人生要一死而已，何自苦?’乃作诗曰：‘谷则异室，死则同穴。谓予不信，有如皎日。’息君止之，夫人不听，遂自杀，息君亦自杀。”王维借息夫人的典故当面抨击了宁王的自私和残忍，歌颂了普通民女的情操，其勇气和思想都是值得称道的。其实，即使在所谓的后期，王维也并不是绝对的“万事不关心”，他在《偶然作六首》（其五）中这样写道：

赵女弹箜篌，复能邯郸舞。夫婿轻薄儿，斗鸡事齐主。
黄金买歌笑，用钱不复数。许史相经过，高门盈四牡。
客舍有儒生，昂藏出邹鲁。读书三十年，腰间无尺组。
被服圣人教，一生自穷苦。

这里，“被服圣人教”的书生与德艺双绝的赵女命运是一样的，而那个“黄金买歌笑”的夫婿，岂不就是李白所说的“珠玉买歌笑，糟糠养贤才”（《古风》）的君主！这种讽刺与批判现实的精神，即使在整个中国诗歌史上也是难能可贵的。

另外，王维的一些广为传诵的抒写亲情与友情的诗多写于早期甚至青年时期。如：“独在异乡为异客，每逢佳节倍思亲。遥知兄弟登高处，遍插茱萸少一人。”（《九月九日忆山东兄弟》）“下马饮君酒，问君何所之。君言不得意，归卧南山陲。但去莫复问，白云无尽时。”（《送别》）在这类诗中，最著名的恐怕还是《送元二使安西》：

渭城朝雨浥轻尘，客舍青青柳色新。
劝君更尽一杯酒，西出阳关无故人。

此诗被谱入音乐，称为“阳关三叠”，自古及今，传唱不衰，古代诗人中，几乎无人享此殊荣。那说不尽的苍凉与豪迈，那对生命和事功的无以言喻的敏感和深情，即使千载之下，犹令人激动不已。这是盛唐独有的情感，说其是千古送别第一诗也不为过。

第二节　山水清音与田园牧歌

《旧唐书·王维传》中记载：“晚年长斋，不衣文彩。得宋之问蓝田别墅，在辋口，辋水周于舍下，别涨竹洲坞。与道友裴迪浮舟往来，弹琴赋诗，啸咏终日。尝聚其田园所为诗号《辋川集》。”他的许多富有画意的山水田园诗都是在这一时期写的。

王维的山水田园诗数量很多，约有百首，题材也广，具有很高的艺术成就。

要进入王维的山水田园诗，首先要进入王维的心态，那就是“静”、“闲”、“淡”。细翻全集，可以发现王维最爱用这类字眼。“寂寥天地暮，心与广川闲”（《登河北城楼作》），“我心素已闲，清川淡如此”（《青溪》）。惟其能静，才能领略到一切的自然的美。因此，王维的山水田园诗往往是从隐逸者的视角来描绘田园生活，不仅显得清幽净美，往往还反衬出对尘俗的厌烦。如：

不到东山向一年，归来才及种春田。雨中草色绿堪染，
水上桃花红欲然。优娄比丘经论学，伛偻丈人乡里贤。
披衣倒屣且相见，相欢语笑衡门前。

（《辋川别业》）

以自然流畅的笔调将山村描绘得那样美好，充满了古朴的人情美与人性美，并通过对乡贤的赞美衬托出对俗世的否弃。有的诗则表现了摆脱官场冗繁后的喜悦。如《淇上田园即事》：

屏居淇水上，东野旷无山。日隐桑柘外，河明闾井间。
牧童望村去，猎犬随人还。静者亦何事，荆扉乘昼关。

不仅山水自然与田园风光融为一体，“静者”的心境更与山水田园融为一体，“日隐桑柘外，河明闾井间”是静，“牧童望村去，猎犬随人还”还是静，这种没有世俗纷扰的静，是摆脱了功名利禄之心的静。

但必须看到的是，王维的“静”、“闲”、“淡”是他的生活和创作态度，并不一定是他的山水田园诗本身的艺术风格，相反，这样的生活和创作态度更易于使他的诗摆脱世俗的干扰，呈现出更加纯粹而强烈的情感色彩，不仅使其动中有静，静中有动，更使其在静穆中显示出一派盎然的生机。如：

积雨空林烟火迟，蒸藜炊黍饷东菑。漠漠水田飞白鹭，阴阴夏木啭黄鹂。山中习静观朝槿，松下清斋折露葵。野老与人争席罢，海鸥何事更相疑。

（《积雨辋川庄作》）

屋上春鸠鸣，村边杏花白。持斧伐远扬，荷锄觇泉脉。归燕识故巢，旧人看新历。临觞忽不御，惆怅远行客。

（《春中田园作》）

雪溪图

前一首写的是夏雨中的生活情景，尤其是第二句，写夏日积雨的田间景色，漠漠水田与阴阴夏木形成了明暗对比，白鹭与黄鹂形成了色彩对照，飞白鹭与啭黄鹂则是动态与声音的相互映衬，其情感色彩可谓溢出纸外。后一首使我们不禁想起了他的《送元二使安西》，诗作仿佛是一幅水墨画，淡雅幽远而又清气扑人，使人回味不尽。其中似乎没有绿柳随风，桃红遇雨，但景色却更加迷人，究其原因，大概是由于王维的诗已脱去色相，神光内敛，化绚丽多姿为静穆平淡的缘故。

这是他的“静”、“闲”、“淡”的生活和创作态度所必然孕育出来的诗美特质。在这里，山水田园充满了生机，这种生机恰恰是以人的活动为灵魂的，而人的活动又恰恰是顺应了山水田园的自然生机，王维的山水田园诗正是在这种意义上达成了人与自然的融合。

王维的确有一双善于发现美的眼睛，他极其善于抓住不同季节中富有特征的景物，从中摄取最富有诗意的一面或是最引人入胜的一刹那，将山水与田园、物候与季节以及人情与农事渲染得极富诗情画意。除上面引出的诗句外，还有很多。如：“园庐鸣春鸠，林园媚新柳。”（《城南别业四首》）“桃红复含宿雨，柳绿更带朝烟。”（《田园乐》之六）“新晴原野旷，极目无氛垢。郭门临渡头，村树连溪口。白水明田外，碧峰出山后。”（《新晴野望》）“新晴望郊郭，日映桑榆暮，阴昼小苑城，微明渭川树。”（《丁寓田家有赠》）这些农田常见的景象经他略加渲染就构成了极为鲜明的画面。

在这类诗中，最著名的是下面两首。其一是《渭川田家》：

斜光照墟落，穷巷牛羊归。野老念牧童，倚杖候荆扉。
雉雊麦苗秀，蚕眠桑叶稀。田夫荷锄至，相见语依依。
即此羡闲逸，怅然吟式微。

诗作描绘了一幅农村的晚景图：夕阳映照村落，牛羊在夕照中归来，老人倚着柴门等候归来的牧童；野雉在麦苗中鸣叫，蚕儿在桑叶中安眠，荷锄的农夫相互问讯，依依道别。这些最平常的农村情事，构成了和平、安宁的氛围，表现出作者对这种牧歌式的社会的向往。诗作以意象衬理，理借物显，正如严羽所言，“唐人尚意兴而理在其中”（《沧浪诗话》卷二）。

其二是《山居秋暝》：

空山新雨后，天气晚来秋。明月松间照，清泉石上流。
竹喧归浣女，莲动下渔舟。随意春芳歇，王孙自可留。

首联从自然之大入手，唤起人的宇宙意识；颔联写具体情景，为首联规定情绪指向；颈联写人事，镇定全诗，确立价值，所谓“诗腰必挺”；尾联归于以心情意绪为指归的意象，即心理成本体，同时完成了对首联中宇宙意识的审美体认，形成了中国文化中特有的宇宙情怀。诗中之“理”是在这种情绪流程中构建起来的，单独摘出一句就阻断了这种情绪流程。因此，唐诗所谓的不可句摘、意境浑融也可在这一意义上得到解释。这种五言、七言律诗的写作模式，自孟浩然、王维以来便确立起来，对后来的诗歌创作影响极大。

具体说来，诗作描写秋天雨后山林傍晚的幽清景色，通过静态和动态、喧闹与静谧的和谐配置，将“明月”、“松林”、“清泉”、“浣女”、“渔舟”等美好意象交错连缀，组成了一幅淡雅、清丽、恬美的山居秋暝图。这些意象不是简单的堆积，而是有生命的整体。如颔联中“明月松间照，清泉石上流”将“明月”和“松”，“清泉”与“石”这两组物象分别通过“照”、“流”二字联系起来，构成了新生的意象，从而使雨后的秋山、朗照的秋月以及潺潺的流水生发出了新的生命的意义。在清新宁静而生机盎然的自然山水中，诗人感受到的是自然的生之韵律，精神也升华到了空明无滞碍的境界，自然美与心境美水乳交融，创造出如水月镜花般不假雕饰的纯美诗境。对于这种自然的纯美诗境，前人说：“‘明月松间照，清泉石上流’，极是天真大雅；后人学之，则为小儿语也。”（《围炉诗话》）正所谓“文章关气韵，非人力”，盛唐时代的诗歌，是不可复现的。然而，上面的两首诗与陶渊明的此类田园诗相比，抒情主体似乎犹置身事外。

这类诗其实还表现了王维的家园感。如《终南山》：

太乙近天都，连山接海隅。白云回望合，青霭入看无。
分野中峰变，阴晴众壑殊。欲投人处宿，隔水问樵夫。

这是一首典型的化时间为空间诗作。首联看似写自然，其实是表现亘古，即时间的宇宙自然化，无限的时间被定格在终南山这一永恒的存在中，这也是中国时空合一的思维方式在诗歌中的典型体现；颔、颈两联则是具体写景，首联的时间经中间景物化空间的导引逐渐走向空间性的归宿；尾联则直接提供了十分具体的空间——宿处，即家园。于是，开放的时间最终归于具体的空间，家园感油然而生。

在平静的山水清音与田园牧歌中，我们还应该看到王维疏狂与郁闷的不平静的一面：

寒山转苍翠，秋水日潺湲。倚杖柴门外，临风听暮蝉。
渡头余落日，墟里上孤烟。复值接舆醉，狂歌五柳前。
（《辋川闲居赠裴秀才迪》）

农民的苦辛，政治的腐败，朝纲的混乱，安史之乱以及个人仕途的挫折，使王维始终无法彻底“平静”，在这里，我们可以窥见王维在安适闲静外表下深藏着的不平、忧郁和愤怒。诗作以接舆和陶渊明自比，以大醉来抒发不平，用狂歌来倾吐愤懑。因此，在一定意义上讲，王维对田园风光的赞美，对农村的理想化，是他对现实表示不满和否定的一种形式。当然，也正是那个时代给了他追求理想的激情和热望，使他唱出了再也不能复现的山水清音与田园牧歌！

第三节　禅理与诗情的融通

王维的诗风在40岁前后发生了转变，由前期的积极关注现实转变为对山水田园的歌唱和对禅境的沉思与体悟。他的诗风转变的原因，细究起来，大概不外乎四个方面，一是他的母亲崔氏“师事大照禅师三十余年”，大照即北宗神秀的弟子，这对他早年的思想不可能没有影响；二是仕途蹭蹬，加之安史之乱后唐朝矛盾百出，使其早年的进取之心日敛而退隐之心渐起；三是唐代极强的包容性使他的诗风可以自由地发展；四是从文学自身的发展规律来看，魏晋时期的山水诗和玄言诗经过审美意象的创造和禅理的融会，也必然要在唐代这个诗国高潮中迸发出新的光辉。

王维自佛禅老庄而获得了灵犀，又将禅理与诗情相融通，化育了他的山水田园诗，使其显示出了特异的风格。他在《谒璿上人》诗序中说：“外人内天，不定不乱，舍法而渊泊，无心而云动。色空无碍，不物物也；默语无际，不言言之。”这充分表现了他的取法佛老的思想，对晚年的生活与心境，他也这样说：

晚年惟好静，万事不关心。自顾无长策，空知返旧林。
松风吹解带，山月照弹琴。君问穷通理，渔歌入浦深。
（《酬张少府》）

其中虽然多少还有嵇康阮籍式的愤懑和陶渊明式的带性负气，但更多的是自然、洒脱与逍遥。正是在这样的心态中，诗人以佛眼观花，以禅心悟世，终使自己成为“诗佛”。

王维诗的禅意，往往体现在一花一草、一朝一暮、一景一事之中。如他写长满浮萍的春池：“春池深且广，会待轻舟回。靡靡绿萍合，垂杨扫复开。”（《萍池》）写雨后院中静坐：“轻阴阁小雨，深院昼慵开。坐看苍苔色，欲上人衣来。”（《书事》）可谓心空则物空，色相俱泯，诗作摒除了任何带有目的和意识性的东西，使“心”之自然超逸而出。其中有道家的“自然”、“无为”的影响，却全然被禅意点化了。这里只有空寂的心境，只有自生自灭的适意，只有生命感动的氛围和形式。

在王维的诗集中，有很多是描写黄昏和夜晚景观的。如：

> 寂寞掩柴扉，苍茫对落晖。鹤巢松树遍，人访荜门稀。
> 嫩竹含新粉，红莲落故衣。渡头灯火起，处处采菱归。
>
> （《山居即事》）

夕照满山，鸟鹊还巢，行人乍归，柴扉始掩，诗作拈出这些经典的意象，再渲染出其消歇流变的特征，光与色的转化与生发，使人处在若即若离的恍惚中，构成禅趣幽深的整体暗示。又如《鸟鸣涧》：“人闲桂花落，夜静春山空。月出惊山鸟，时鸣春涧中。”一片安闲与静穆，但正是这种安闲与静穆给人以渊默的启示，仿佛让人与宇宙的幽韵一起律动。“独坐悲双鬓，空堂欲二更。雨中山果落，灯下草虫鸣。白发终难变，黄金不可成。欲知除老病，唯有学无生。”（《秋夜独坐》）“雨中山果落，灯下草虫鸣”，能如此自然地描摹宇宙万物的人，必定是与禅相通的。

作为画家，王维对色彩的认识与驱遣更具创造性，如《山中》诗这样写道：

> 荆溪白石出，天寒红叶稀。
> 山路元无雨，空翠湿人衣。

满目苍郁的秋山，缀以稀疏零落的红叶，间有光润的白石，再衬以通过幻觉、错觉而滋生的诗意感受和心灵色彩，全诗就氤氲着真幻交织的情致，仿佛将人托出了尘世，引向了富有诗情与禅意的超越。

王渔洋说王维的“辋川绝句，字字入禅”。的确，这些诗禅意盎然，如孤鸿落照，明灭于江天之外，创造了清幽静谧的诗歌意境，读来使人身世两忘。如《辋川集》中的几首绝句：

飒飒秋风中，浅浅石溜泻。
跳波自相溅，白鹭惊复下。

（《栾家濑》）

独坐幽篁里，弹琴复长啸。
深林人不知，明月来相照。

（《竹里馆》）

空山不见人，但闻人语响。
返景入深林，复照青苔上。

（《鹿柴》）

木末芙蓉花，山中发红萼。
涧户寂无人，纷纷开且落。

（《辛夷坞》）

竹里馆　王维

如果把这四首诗按照精神流程编排起来，我们会看到一条由喧嚣的尘世潜入自然、在自然中抒解而获得心灵的宁静、在宁静中返观默照而得到解脱、最终因解脱而与自然浑然融入的心灵轨迹。王维由纷扰的朝堂躲入秋风中的栾家濑，心灵一层层地展开，最终与山中的红花同开同落，无复有人花之别。

在这里，没有生命的寂灭，反而呈现出一派生命的盎然。深林明月，水流花开，这一切都是外在的自然，又都是内在的自然而然，仿佛与人完全无关，但又仿佛就是人的心灵世界的外在呈现。的确，这里透显出一种本体的寂静，但这绝不是死寂，而是在审美的顿悟中对感性生命的最高的肯定。这是诗，亦是禅。“禅而无禅便是诗，诗而无诗禅俨然。”参禅而不露禅机，赋诗而意在诗外，这大概臻于诗境与禅境的极致。诗与禅本来就有不解之缘，因为从审美的意义上讲，诗虽然并不一定都是禅，但禅却一定是诗。“万古长空，一朝风月”，是禅的极境，但如何在瞬间的“一朝”中体会到永恒的“万古”，如何将耳目所及的有限的“风月”与无限的“长空”统一起来，泯灭时空界限，达到瞬间永恒，如果剥除了禅的神秘外衣，其实现的途径，恐怕只有诗性的审美。

至于这些“禅诗”的艺术特点，以苏轼的“味摩诘之诗，诗中有画。观摩诘之画，画中有诗”（《书摩诘蓝田烟雨两首》）最为有名，然而，如何理解这一评价，似乎并无定论。其实，纵观苏轼的生命实践，可以看出，苏轼正是以禅语论禅诗。王维的“禅诗”，并不是一般的“诗画一律”、动静合一，而是有更深的禅意诗境蕴涵其中。由“画”入“诗”，应该是进入“诗情画意”的两重心灵境界。你看啊，“味摩诘之诗，诗中有画”，诗中所描绘的那些景物，是那样的自然亲切，是那样的安详宁静，你在感动中充溢着宁静，在宁静中激荡着感动，自我似乎消失了，只有眼前的存想：景色如画。这是“凝神于景”，“心入于境”，“心物合一”。“观摩诘之画，画中有诗”，你想啊，这画有“象外之象”，这画使人“超然心悟”，这画所散逸出的，哪里是景色啊，分明是永恒的本体，这个本体就是泯灭时空的审美的诗性。“王右丞如秋风芙蓉，倚风自笑。”（《诗人玉屑》）“笑”中的意味，语言是不能传达的。

王维的这些“入禅之作”不仅是文学自身的发展使然，在格调上也正是禅宗流布士林的世风和盛唐“有容乃大”的气魄的体现。王维说：

中岁颇好道，晚家南山陲。兴来每独往，胜事空自知。
行到水穷处，坐看云起时。偶然值林叟，谈笑无还期。

（《终南别业》）

循环往复的空间为每个时刻的时间都提供了归宿，水与云的生息转换象征着行止的连续与永恒，驻心林叟则确认了他的价值选择。这里有老庄的道，有孔子的隐，更有佛家的心灵的禅悟，它不仅反映了王维的心态与思想，更反映了文化的融合。王维的所谓“诗佛”，也只有在这一意义上才真正成立！

关键概念

山水田园诗　　　　禅诗

思考题

1. 分三个方面概括王维诗的内容。
2. 简述王维山水田园诗的艺术特点。
3. 苏轼说，“味摩诘之诗，诗中有画。观摩诘之画，画中有诗”，谈谈你对这句话的理解。

第五章 边塞强音

盛唐边塞诗的勃兴，一方面是由于国力的强盛，文人也常以投笔从戎的方式来实现博取富贵和建功立业的个人愿望，但更重要的还是当时昂扬进取的时代精神催动了边塞诗的兴起，“一闻边烽动，万里忽争先”是时代风尚，文人怀着激动的心情来对待边塞军旅之事，所谓“一窥塞垣，说尽戎旅”（《河岳英灵集》），正道出了当时边塞诗创作的实际状况，也正是这种风尚才能浇铸出盛唐边塞诗的上述审美特征。

盛唐诗歌的边塞主题可以溯源到《诗经》，《诗经》中的《采薇》、《出车》、《六月》、《采芑》、《江汉》、《常武》、《小戎》、《无衣》等篇是我国最早以战争为题材的文学作品，这类题材的诗篇有着自己明显的审美特征：首先是表现出了崇高的阳刚之美；其次是在建功立业的主调中回响着淡淡的忧伤，从中辐射出更多的伦理内涵；其三是不注重血腥场面的直接描写，而着重于环境声威和英雄气概的渲染。这为中国战争题材的诗歌奠定了基本的审美品格。例如，《从军行》是描写战争的古题，其中的许多名作更多地突出了上述的第二个审美特征，如陆机的《从军行》以“苦哉远征人，飘飘穷四遐”起，以“苦哉远征人，抚心悲如何”结，颜延之的《从军行》以“苦哉远征人，毕力干时艰”起，以“逖矣远征人，惜哉私自怜”结，沈约的《从军行》以“惜哉征夫子，忧恨良独多”起，以“苦哉远征人，悲矣将如何”结。然而，盛唐边塞诗并不只是重复吟唱着同一个古老的曲调，而是在上述基础上充分体现出了其盛唐的特征：苍凉而又激越，深沉而又豪放，淳朴质实而又琦丽浪漫。

在盛唐边塞诗人中，最有代表性的，莫过于岑参和高适，另外还有王昌龄、崔颢、王之涣、李颀等人。

第一节　高适：直抒胸臆与气骨爽朗

高适（702？—765），字达夫，渤海蓨（今河北仓县）人，出身官僚家庭，祖为名将，父为长史，但至高适青年时，家境已很窘迫。高适少倜傥，好游历，《旧唐书》本传说他“不事生产，家贫，客梁、宋，以求丐取给”。《河岳英灵集》说他“评事性落拓，不拘小节，耻预常科，隐迹博徒，才名自远”。

高适20岁时游长安，以为功名唾手可得，但谁知干谒无门，失意而归。《别韦参军》很好地描述了他这一段的历程，也颇能概括当时许多知识分子的心态和境遇：

> 二十解书剑，西游长安城。举头望君门，屈指取公卿。国风冲融迈三五，朝廷欢乐弥寰宇。白璧皆言赐近臣，布衣不得干明主。归来洛阳无负郭，东过梁宋非吾土。兔苑为农岁不登，雁池垂钓心长苦。世人遇我同众人，唯君于我最相亲。且喜百年有交态，未尝一日辞家贫。弹棋击筑白日晚，纵酒高歌杨柳春。欢娱未尽分散去，使我惆怅惊心神。丈夫不作儿女别，临歧涕泪沾衣巾。

其后，高适耕读隐居于宋州近十年。开元十九年（731年），他北游燕赵，登蓟门，出卢龙塞，希求建立边功，以求晋身之阶，但屡遭冷遇，未能如愿。他在《淇上酬薛据兼寄郭微》一诗中说：“自从别京华，我心乃萧索。十年守章句，万事空寥落。北上登蓟门，茫茫见沙漠。倚剑对风尘，慨然思卫霍。拂衣去燕赵，驱马怅不乐。天长沧洲路，日暮邯郸郭。酒肆或淹留，渔潭屡栖泊。独行备艰险……孰云干鼎镬。皇情念淳古，时俗何浮薄。”南归后在淇上隐居。天宝八年（749年），经睢阳太守张九皋推荐应试中第，授封丘县尉，其间写下了著名的《封丘县》：

> 我本渔樵孟诸野，一生自是悠悠者。乍可狂歌草泽中，
> 宁堪作吏风尘下。只言小邑无所为，公门百事皆有期。
> 拜迎官长心欲碎，鞭挞黎庶令人悲。归来向家问妻子，

举家尽笑今如此。生事应须南亩田，世情付与东流水。
梦想旧山安在哉，为衔君命且迟回。乃知梅福徒为尔，
转忆陶潜归去来。

天宝十年（751年），高适再次出塞，自封丘送兵至安禄山所辖清夷军，第二年回到封丘，毅然辞去了官职。天宝十一年（752年）秋，游长安，并与李白、杜甫于梁、宋等地饮酒游猎，怀古赋诗。此时写下了一些著名的诗，如《别董大》：

千里黄云白日曛，北风吹雁雪纷纷。
莫愁前路无知己，天下谁人不识君。

后第三次出塞，为河西节度使哥舒翰的幕府书记，“河西节度哥舒翰见而异之。表为左骁卫兵曹，充翰府掌书记，从翰入朝，盛称之于上前”（《旧唐书·本传》）。安史之乱后，官至淮南、剑南节度使。

《旧唐书·本传》称“适年过五十，始留意诗什，数年之间，体格渐变，以气质自高，每吟一篇，已为好事者称诵”。可见高适在当时就是广有影响的诗人了，但高适的多数诗作还是写于50岁以前的。如从多方面反映边塞生活的《燕歌行》：

汉家烟尘在东北，汉将辞家破残贼。男儿本自重横行，天子非常赐颜色。摐金伐鼓下榆关，旌旗逶迤碣石间。校尉羽书飞瀚海，单于猎火照狼山。山川萧条极边土，胡骑凭陵杂风雨。战士军前半生死，美人帐下犹歌舞。大漠穷秋塞草衰，孤城落日斗兵稀。身当恩遇常轻敌，力尽关山未解围。铁衣远戍辛勤久，玉箸应啼别离后。少妇城南欲断肠，征人蓟北空回首。边风飘飘那可度，绝域苍茫更何有。杀气三时作阵云，寒声一夜传刁斗。相看白刃血纷纷，死节从来岂顾勋？君不见沙场征战苦，至今犹忆李将军。

本诗原序说：“开元二十六年，客有从御史大夫张公出塞而还者，作《燕歌行》以示适，感征戍之事，因而和焉。”高适曾至蓟北送兵，本诗当为由蓟北回封丘县尉任上作。诗作的内容十分复杂，他目睹前方军政败坏，边将“忘奏克获之功”，诗含讽刺，但更重要的是他对塞外战争生活的想像和描绘，表现了他豪迈的气概，抒发了强烈的爱国热情，也表达了渴望和平的愿望。全诗层次井然，主次分明，四句一转，极逞跳跃奔放之势，将塞外的自然环境、激烈的战争场

面、士卒的心理活动和诗人的情感倾向融为一体，形成了深沉雄奇、悲壮淋漓的审美风格。

建功立业，实现兼济之志一直是高适的追求，也是当时多数知识分子的共同愿望。高适早年虽是潦倒的书生，但一有机会，就不禁引吭高歌，这也是高适边塞诗的一个特点。他在《塞下曲》中这样写道：

> 结束浮云骏，翩翩出从戎。且凭天子怒，复倚将军雄。
> 万鼓雷殷地，千旗火生风。日轮驻霜戈，月魄悬雕弓。
> 青海阵云匝，黑山兵气冲。战酣太白高，战罢旄头空。
> 万里不惜死，一朝得成功。画图麒麟阁，入朝明光宫。
> 大笑向文士，一经何足穷。古人昧此道，往往成老翁。

此时高适已在哥舒翰的幕府中，受到了哥舒翰的器重和推荐，因此情绪昂扬。诗作嘲笑书生的迂腐无用，歌颂了战争生活，表达了出将入相的功业理想。风格昂扬豪迈，气宇不凡，以写边塞而抒壮志，在边塞诗中独具一格。

高适还通过描写边塞题材来揭露现实的黑暗，他在《赠别王十七管记》中写道："星高汉将骄，月盛胡兵锐。沙深冷陉断，雪暗辽阳闭。亦谓扫欃枪，旋惊陷蜂虿。归旌告东捷，斗骑传西败。遥飞绝汉书，已筑长安第。画龙俱在叶，宠鹤先居卫。"

此诗写的是天宝十年高适自封丘送兵至安禄山所辖清夷军时的见闻。安禄山贪功邀宠，诬指契丹酋长欲叛，发兵六万出击，结果仅剩 20 余骑逃回，但依然向长安报捷，而唐玄宗更是对其恩宠有加。诗作以现实主义的笔法真实地反映了当时的历史状况，具有尖锐的批判锋芒。在《答侯少府》中，高适又这样写道："北使经大寒，关山饶苦辛。边兵若刍狗，战骨成埃尘。行矣勿复言，归欤伤我神。"对于安禄山视边兵若刍狗的残忍行为大张挞伐，其中也暗含着对朝廷昏庸，任由边将邀功取荣的抨击。这些内容，也构成了高适边塞诗的重要方面。

高适共有七古 30 多首，其成就超过他的近体诗。宋育仁《三唐诗品》说："高适达夫，其源出于左太冲。才力纵横，意态雄杰，妙于造语，每以俊言取致。……七古与岑一骨，苍放音多，排奡骋妍，自然沈郁，骈语之中，独能顿宕，启后人无限法门，当为七言不祧之祖。"上面的《燕歌行》是其代表，此外，《邯郸少年行》、《古大梁行》等也都具有这些特点。《河岳英灵集》评论高适的诗说："适诗多胸臆语，兼有气骨。故朝野通赏其文。"所谓"胸臆语"，就是能够以直面现实的勇气来直抒胸臆，不加掩饰，喷泻而出；所谓"气骨"，就是胸怀壮志，以爽朗的风格和"才力纵横，意态雄杰，妙于造语"的笔触来营造雄浑的意境。用直抒胸臆与气骨爽朗来概括高适的诗歌，从某些方面讲应该说是恰当的。

第二节　岑参：以瑰奇昂扬的笔触描绘异域风光

岑参（715—770），南阳人，出身世家，曾祖父、伯祖父、伯父都曾官至宰相，父亲也曾两任刺史。但父亲早逝，家道中衰，据杜确《岑嘉州诗集》序说："早岁孤贫，能自砥砺，遍览史籍，尤工缀文，属辞尚清，用意尚切，其有所得，多入佳境，迥拔孤秀，出于常情。每一篇绝笔，则人人传写，虽闾里士庶，戎夷蛮《貊》莫不讽诵吟习焉。时议拟公于吴均、何逊，亦可谓精当矣。"岑参于天宝三年（744 年）中进士，天宝八年（749 年）赴安西高仙芝幕府任书记，两年后回长安；天宝十三年（754 年）再度出塞，为安西北庭节度使封常清的判官，三年后还朝。后经杜甫推荐任右补阙，大历元年（766 年）任嘉州刺史，解官后卒于成都旅社。

岑参雄姿英发，志气高昂，自幼即有建功立业的愿望，所以他既看不上没有真实本领的白面书生，也不安于贫困。他说："终日不如意，出门何所之！从人觅颜色，自笑弱男儿。"（《江上春叹》）又说："丈夫三十未富贵，安能终日守笔砚！"（《银山碛西馆》）但更多的还是他的"奉王事"的热情和志向："万里奉王事，一身无所求。也知塞垣苦，岂为妻子谋。"（《初过陇山途中呈宇文判官》）在这种个性的影响下，他早期的诗确实颇似吴均、何逊，如《河岳英灵集》评论说："岑诗语奇体峻，意亦造奇，至如'长风吹白茅，野火烧枯桑'，可谓逸才。又'山风吹空林，飒飒如有人'，宜称幽致也。"但当他两次出塞，到过天山、轮台、雪海、交河之后，诗风就在"造奇"、"幽致"的基础上有了很大的发展和变化。如《白雪歌送武判官归京》：

北风卷地白草折，胡天八月即飞雪。
忽如一夜春风来，千树万树梨花开。
散入珠帘湿罗幕，狐裘不暖锦衾薄。
将军角弓不得控，都护铁衣冷难着。
瀚海阑干百丈冰，愁云惨淡万里凝。
中军置酒饮归客，胡琴琵琶与羌笛。
纷纷暮雪下辕门，风掣红旗冻不翻。
轮台东门送君去，去时雪满天山路。
山回路转不见君，雪上空留马行处。

天宝十三年，岑参再度出塞，充任安西、北庭节度使封常清的判官。武判官可能是前任，因解职回长安，岑参作诗相赠。这是一种怎样的气魄啊！这风卷草折，“八月即飞雪”的恶劣天气，不仅没有使岑参感到残酷和恐惧，反而引发了他“春天”、“梨花”的诗意联想；即使是“愁云惨淡万里凝”，也并不使人感到消沉，反而透显出一种说不尽的豪迈。

岑参的《走马川行奉送出师西征》也很著名：

君不见走马川行雪海边，平沙莽莽黄入天。
轮台九月风夜吼，一川碎石大如斗，随风满地石乱走。
匈奴草黄马正肥，金山西见烟尘飞，汉家大将西出师。
将军金甲夜不脱，半夜军行戈相拨，风头如刀面如割。
马毛带雪汗气蒸，五花连钱旋作冰，幕中草檄砚水凝。
虏骑闻之应胆慑，料知短兵不敢接，车师西门伫献捷。

天宝十三年，安西都护府所辖部族播仙反叛，北庭都护封常清统兵征讨。岑参时为安西北庭节度判官，留守军府轮台（现在属新疆维吾尔自治区）而未随行，故作此诗以送之。诗作以三句一转韵的急促节奏与行军的紧张节奏相配合，有力地烘托出战争气氛，显示了己方军威的强大，预示了必胜的结局。诗中所体现出的无所畏惧的气势、昂扬乐观的精神和以苦为乐、以悲为壮的情绪，在中国其他时期的诗歌中是难以觅见的。

岑参的许多诗篇都描绘了奇异的边塞风情和战争生活，表现出上述的审美特征。如《轮台歌奉送封大夫出师西征》：

轮台城头夜吹角，轮台城北旄头落。羽书昨夜过渠黎，
单于已在金山西。戍楼西望烟尘黑，汉兵屯在轮台北。
上将拥旄西出征，平明吹笛大军行。四边伐鼓雪海涌，
三军大呼阴山动。虏塞兵气连云屯，战场白骨缠草根。
剑河风急雪片阔，沙口石冻马蹄脱。亚相勤王甘苦辛，
誓将报主静边尘。古来青史谁不见，今见功名胜古人。

诗文表现了一种悲壮慷慨、所向无敌的英雄主义气概。《胡笳歌送颜真卿赴河陇》更将奇异的边塞风情和战争生活融会在一起：

君不闻胡笳声最悲，紫髯绿眼胡人吹。吹之一曲犹未了，
愁杀楼兰征戍儿。凉秋八月萧关道，北风吹断天山草。

昆仑山南月欲斜，胡人向月吹胡笳。胡笳怨兮将送君，
秦山遥望陇山云。边城夜夜多愁梦，向月胡笳谁喜闻。

虽然写塞外的艰苦环境，但在慷慨悲壮中显示出豪迈与昂扬，形成了一种特异的风格。尤其应当注意的是，岑参边塞诗中有很大的比重描写了塞外的奇异风光，这不仅成为岑参边塞诗的一个突出特点，也具有很强的时代意义。如《热海行送崔侍御还京》写“热海”的景象：

侧闻阴山胡儿语，西头热海水如煮。海上众鸟不敢飞，
中有鲤鱼长且肥。岸傍青草常不歇，空中白雪遥旋灭。
蒸沙烁石然虏云，沸浪炎波煎汉月。阴火潜烧天地炉，
何事偏烘西一隅。势吞月窟侵太白，气连赤坂通单于。
送君一醉天山郭，正见夕阳海边落。柏台霜威寒逼人，
热海炎气为之薄。

《火山云歌送别》写“火山”的炎热与情景：“火山突兀赤亭口，火山五月火云厚。火云满山凝未开，飞鸟千里不敢来。平明乍逐胡风断，薄暮浑随塞雨回。缭绕斜吞铁关树，氛氲半掩交河戍。迢迢征路火山东，山上孤云随马去。”《酒泉太守席上醉后作》写塞外饮酒的异域情调：“琵琶长笛曲相和，羌儿胡雏齐唱歌。浑炙犁牛烹野驼，交河美酒金叵罗。三更醉后军中寝，无奈秦山归梦何。”《田使君美人舞如莲花北鋋歌》写异域的舞蹈：

美人舞如莲花旋，世人有眼应未见。高堂满地红氍毹，
试舞一曲天下无。此曲胡人传入汉，诸客见之惊且叹。
慢脸娇娥纤复秾，轻罗金缕花葱茏。回裾转袖若飞雪，
左鋋右鋋生旋风。琵琶横笛和未匝，花门山头黄云合。
忽作出塞入塞声，白草胡沙寒飒飒。翻身入破如有神，
前见后见回回新。始知诸曲不可比，采莲落梅徒聒耳。
世人学舞只是舞，恣态岂能得如此。

这些描写，其意义绝不仅限于增加了岑参边塞诗的奇情异彩，满足了人们的猎奇心理，更重要的是在此基础上所表现出的那种并吞八方、涵容一切的气概，这才是盛唐气象的最突出的表征之一。在一定意义上可以说，汉唐的古拙与气势之美，到岑参的边塞诗发展到了一个新的高度。

前人论及岑参诗的艺术特色时说：“语奇体峻，意亦造奇。”（《河岳英灵集》）

“属辞尚清，用意尚切，其有所得，多入佳境，迥拔孤秀，出于常情。”（《岑嘉州诗集序》）读岑参诗，使人倍觉形象鲜明夺目，犹如油画。岑参的边塞诗写自己的所见所得，既模范自然，又寓意于自然之中，创造出了一种奇雄孤秀的艺术风格。他的边塞诗体现出一种与王维、孟浩然的山水田园诗截然不同的审美特点，它们共同熔铸着盛唐诗歌的审美风范。

第三节　雄浑高亢的时代合唱

以边塞诗闻名的还有王昌龄、李颀等人。**王昌龄**（约 698—757），字少伯，长安人，进士及第，初补秘书郎，曾谪岭南，后任江宁丞，再因事贬龙标尉，世称王江宁、王龙标。王昌龄被称为“七绝圣手”，其诗多用乐府旧题来抒写边塞情事。最著名的是其《从军行七首》：

烽火城西百尺楼，黄昏独上海风秋。
更吹羌笛关山月，无那金闺万里愁。

琵琶起舞换新声，总是关山旧别情。
撩乱边愁听不尽，高高秋月照长城。

关城榆叶早疏黄，日暮云沙古战场。
表请回军掩尘骨，莫教兵士哭龙荒。

青海长云暗雪山，孤城遥望玉门关。
黄沙百战穿金甲，不破楼兰终不还。

大漠风尘日色昏，红旗半卷出辕门。
前军夜战洮河北，已报生擒吐谷浑。

胡瓶落膊紫薄汗，碎叶城西秋月团。
明敕星驰封宝剑，辞君一夜取楼兰。

玉门山嶂几千重，山北山南总是烽。
人依远戍须看火，马踏深山不见踪。

其中，第一、二首是这组诗的代表作。两诗把高楼、烽火、黄昏、秋风、秋月等典型意象精心地组合在一起，并以琵琶、羌笛之声烘托渲染，移情入景，以景结情，使无端边声与不尽离愁相互融会，一齐散入关山皓月之中。征夫思亲与思妇念远相生发，凄清的物景和哀怨的乐声相映衬，营造出了深沉幽怨、婉曲凄清，情与景交合、景与情浑融的艺术境界。第四、五首又展示出雄毅刚健、笔力豪隽的慷慨郁勃的雄浑之美。第四首写边塞战争频繁、艰苦、激烈，将士们勇于马革裹尸、誓死报国的牺牲精神表现得酣畅淋漓；第五首则描写了战争的浩大雄浑的场景，塑造了浮雕般的叱咤风云的英雄群像，给人以“具备万物，横绝太空；荒荒油云，寥寥长风”（《二十四诗品·雄浑》）的强烈美感。

而《出塞》则被誉为唐人七绝的压卷之作：

秦时明月汉时关，万里长征人未还。
但使龙城飞将在，不教胡马度阴山。

此诗起句铺陈时空，将人的思绪引向浩远的历史背景，秦月汉关，将这种思绪涂上了浓厚的悲剧色彩；第二句则从历史回归现实，边塞战争古今一贯，略无停歇，使其悲剧情怀落在眼前；三、四句是在悲剧情怀中透显出希望，用这种“也许有”的希望来消解战争的悲剧意识，也正是因为希望的艰难才使诗作弥漫着悲壮的气氛，没有陷入廉价的窠臼，从而完成了由悲到壮的情绪转换。全诗虽然只有四句，却极为精到地概括了我们民族对于战争的态度、感受和心理流程，这是其备受推崇的内在原因。

另外，王昌龄写宫女、思妇和友情的诗也非常出色，如《芙蓉楼送辛渐》、《闺怨》、《长信秋词》等。《芙蓉楼送辛渐》写道：“寒雨连江夜入吴，平明送客楚山孤。洛阳亲友如相问，一片冰心在玉壶。”清新、流畅、圆润、自然，从眼下景色起兴，抽绎出细腻的情感，富有民歌风味，正代表了王昌龄七绝的特色。《闺怨》写道：“闺中少妇不知愁，春日凝妆上翠楼。忽见陌头杨柳色，悔教夫婿觅封侯。”诗作抓住少妇内心发生微妙变化的一刹那，营造出了戏剧性的效果，给读者留下无尽的回味。

王昌龄的绝句有着鲜明而丰富的美感特质，豪迈奔放的雄浑美、隐曲婉约的含蓄美、深邃悠远的意境美和澄明超逸的清空美同在，优美与壮美，阳刚与阴柔并存，在艺术上达到很高的境界，因而被称为“七绝圣手”。

李颀（生卒年不详）虽未到过边塞，但有两首边塞诗却十分著名，一是《古意》，写少年英侠的边疆立功的豪情，并携有浓厚的浪漫气息：“辽东小妇年十五，惯弹琵琶解歌舞。今为羌笛出塞声，使我三军泪如雨。”一是《古从军行》：

白日登山望烽火，黄昏饮马傍交河。
行人刁斗风沙暗，公主琵琶幽怨多。
野云万里无城郭，雨雪纷纷连大漠。
胡雁哀鸣夜夜飞，胡儿眼泪双双落。
闻道玉关犹被遮，应将性命逐轻车。
年年战骨埋荒外，空见蒲桃入汉家。

诗作多用《史记·大宛列传》中的故事，与岑、高等人的边塞诗比较起来，更有思想性，也更富有现实意义，其整饬流畅、深沉婉转，一如边塞悲歌。

王之涣（688—742）流传下来的边塞诗很少，但《凉州词》一首却“传乎乐章，布在人口”：

黄河远上白云间，一片孤城万仞山。
羌笛何须怨杨柳，春风不度玉门关。

据说当年“旗亭赌唱”，王之涣的诗最少，但最美的歌姬唱的却是王之涣的《凉州词》，足见其受推崇的程度。另一名作《登鹳雀楼》虽不算边塞诗，但似乎也与边塞有关：

白日依山尽，黄河入海流。欲穷千里目，更上一层楼。

以小摄大，境界苍茫开阔，可谓骋目游怀，诗思高远，直可与王维的“大漠孤烟直，长河落日圆”媲美。

另外，像崔颢的《赠王威古》表现了报国的壮志与热情：“三十羽林将，出身常事边。春风吹浅草，猎骑何翩翩。插羽两相顾，鸣弓新上弦。射麋入深谷，饮马投荒泉。马上共倾酒，野中聊割鲜。相看未及饮，杂虏寇幽燕。烽火去不息，胡尘高际天。长驱救东北，战解城亦全。报国行赴难，古来皆共然。”通过对射猎场面的生动描绘，将时代的英风豪气表现得酣畅淋漓，在边塞诗中独具一格。刘湾的《出塞曲》则似乎更为理性：“将军在重围，音信绝不通。羽书如流星，飞入甘泉宫。倚是并州儿，少年心胆雄。一朝随召募，百战争王公。去年桑干北，今年桑干东。死是征人死，功是将军功。汗马牧秋月，疲卒卧霜风。仍闻左贤王，更将围云中。”诗作深刻揭示了边将的功勋是用无数战士的生命换来的真理，但并没有从根本上否定战争，仿佛是要启示人们对于战争、政治与生命做更加深入的思考。王翰的《凉州词》又展示出另一种慷慨豪迈的风格：

葡萄美酒夜光杯，欲饮琵琶马上催。
醉卧沙场君莫笑，古来征战几人回。

诗作流畅而绮丽，有颓放之美。与王昌龄的《出塞》相比，表现的虽是同一主题，但此诗似乎多了一些放任、消极与颓唐，这是我们的传统文化心理所拒斥的，所以历来的评价不是很高。

盛唐边塞诗是盛世主题的充分表现。无论在汉代，还是在中、晚唐以及明清时期，诗歌中都曾表现过边塞主题，但都没有像盛唐边塞诗这样引人注目。

关键概念

边塞诗　　边塞诗派　　边塞诗兴起的历史原因

思考题

1. 简述高适边塞诗的内容和艺术特色。
2. 举例说明岑参边塞诗的艺术特点。
3. 通过分析王昌龄的绝句总结其审美特质。

第六章

李白：以情感观照现实的“诗仙”

李白是盛唐的一个高峰，是青春的偶像，是浪漫的代表，是诗的化身。

在李白的那个时代，盛唐以前积聚起来的历史的合理性到此得到了最为充分的发挥，社会给了他太多的自由，现实给了他太多的理想，所以，李白以情感观照现实，把握现实，甚至以情感、理想来代替现实。他的激情与浪漫，他的欢乐与痛苦，他的追求与思考，都带有极其浓郁的纯真而又超越的色彩，因此，他被后人称为“诗仙”。

第一节　青春·酒·李白

李白（701—762），祖籍陇西成纪（今甘肃天水附近），少年时随家迁到四川，家境宽裕。李白少颖慧，读书涉猎甚广，不仅攻读儒学，5岁能“诵六甲”，10岁即“观百家”，15岁开始学习剑术并试写诗文。他少有大志，自诩“怀经济之才”，能“济苍生”，“安社稷”，使“寰区大定，海县清一”（《代寿山答孟少府移文书》），希望成为管仲、晏婴一样的“辅弼之臣”。20至25岁时，他开始漫游四川各地，25岁时，为实现自己的政治抱负，“仗剑去国，辞亲远游”，行侠尚义，广交天下名士。但在开元年间第一次到长安求仕，还是失意而归。其间，他以安陆为中心，到过江、湘、洞庭、洛阳、太原以及山东的兖州等地，足迹踏遍了大半个中国。此时的李白，已是“剑非万人敌，文窃四海声”了，这是所谓的“酒隐安陆，蹉跎十年”的时期。天宝元年（742年），由于道士吴筠的推荐，玄宗诏他去长安，这使李白对未来充满了幻想，但3年的供奉翰林生活使他看清了朝廷的腐败。他醉酒狂放，由此而遭受谗言，被玄宗疏远，最后不得不要求还山。自天宝三年（744年）赐金放还至天宝十四年（755年）安史之乱发生止，是李白的“十年漫游”时期。他以梁园为中心，遍游扬州、姑苏、绛州、宣城、华州、蓟门等地，饱览了祖国名山大川的奇丽景色。其间，他与杜甫相逢，并在洛阳和兖州携手遨游数月，留下了中国诗歌史上的佳话。“安史之乱”爆发后，他被迫隐居庐山避难。当时肃宗的兄弟永王李璘起兵，邀他出山，他也怀着热情参加了李璘的军队。但后来肃宗以谋反罪消灭了李璘，李白被投入死牢。经人力保，他被减刑流放夜郎，在流放途中遇赦回到当涂，曾想参加李光弼讨伐安史叛军的军队，终因有病半途而返，不久，病死当涂。

太白醉酒图

实际上，李白的一生是悲剧性的一生。他太天真，他把时代投射的假象当作真实的现实，以为自己的任何浪漫的理想乃至幻想都会实现；他又爱憎太分明，不愿委曲求全，傲骨太硬，不愿屈身权贵。这样一种以理想来取代现实的人生，必然充满着现实的悲剧性。然而，理想、天真、爱憎、傲骨，却正是一个青春的诗人所必备的条件，这是时代对李白的厚爱。

李白实在是一座青春的偶像，他为青春而生，为青春而死，终其一生都未见衰惫之气。李白与盛唐仿佛是一对鸳侣，盛唐造就了李白，李白为也盛唐增色。盛唐之盛，固然在锦天绣地，满目俊才，却也离不了诗情勃兴，酒气纵横。李白以其自由不羁的生命唱出了一曲“酒神颂”，把整个盛唐带上了诗意——青春的顶峰。

其实，何止李白嗜酒，整个盛唐诗歌都是由酒香酿成的，就连最为老成持重、沉郁顿挫的杜甫也情不自禁地高吟道：“白日放歌须纵酒，青春作伴好还乡。”看来，这位忧国忧民的诗人也只有在纵酒中才能找回片刻的青春的感觉。在李白那里，诗、酒、青春更成为三位一体、相互促生的生命形式，青春的光彩由酒来激发，由诗来张扬，诗因青春的魅力和醇郁的酒香而获得了恒久的活力，酒因注满了青春和诗意而获得了生命的品格。在李白那里，这三者都把自己的文化意蕴发挥到了有史以来的最高点。

李白的青春首先表现在他一生从未循规蹈矩、低眉俯首，所以他表现出一贯狂傲的鲜明个性。他在称赞别人时说：“忆昔洛阳董糟丘，为余天津桥南造酒楼。

黄金白璧买歌笑，一醉累月轻王侯。”（《忆旧游寄谯郡元参军》）而杜甫在《饮中八仙歌》里给他的画像更甚此百倍：“李白一斗诗百篇，长安市上酒家眠。天子呼来不上船，自称臣是酒中仙。”对皇帝尚不买账，何况王侯？至于圣贤和富贵，李白也以酒来对抗：“钟鼓馔玉不足贵，但愿长醉不愿醒。古来圣贤皆寂寞，惟有饮者留其名。”（《将进酒》）由于其峻峭挺拔，很难与世俗苟同，所以往往是孤独的，但他可以在酒和诗中来追询天地人生：“花间一壶酒，独酌无相亲。举杯邀明月，对影成三人。”（《月下独酌》）“青天有月来几时，我今停杯一问之。”（《把酒问月》）即便择友，也要以狂、酒、诗为基本条件，如他对孟浩然的称赞是“醉月频中圣，迷花不事君”（《赠孟浩然》）。李白就是在这种形上的追问和现实的选择中升华了自己的人格。由于李白无法在现实中展示出自己高远的情志，因此他又往往是悲郁莫名的，“停杯投箸不能食，拔剑四顾心茫然”（《行路难》）正是其真实的写照。但他可以用酒来消解这种浓烈的悲剧意识，“三杯通大道，一斗合自然”，使他获得了超然的宇宙意识，甚至干脆拿起酒杯，与情理的自然和实体的自然冥然合一：“且就洞庭赊月色，将船买酒白云边。”（《陪族叔刑部侍郎晔及中书贾舍人至游洞庭五首》）人生到了这份上，也真称得上达到了所谓的天地境界了。

李白的一生都在苦苦地追求某种理想的人生方式，儒、道、仙、侠、艳他都曾经尝试过，但最终也未找到自己的人生定位。这并不是李白的遗憾，相反，正是李白的意义之所在：在灵魂的躁动中，在生命意义的不断追询中才能散逸出永恒的青春的气息。

李白是无与伦比的“这一个”。世人往往李、杜并称，“李杜文章在，光焰万丈长”，但李白与杜甫毕竟不同，杜甫虽然仅比李白小 12 岁，但对于转瞬即逝的盛唐的顶峰而言，已经够长的了。李白是一只脚踏上盛唐之巅，杜甫却是一只脚跨下盛唐之脊，两人虽同站在盛唐的顶峰上，一上一下就显示出了迥异的生命状态。

“屈平词赋悬日月，楚王台榭空山丘。兴酣落笔摇五岳，诗成笑傲凌沧洲。功名富贵若长在，汉水亦应西北流。”（《江上吟》）历史的浮华消失净尽，但李白仍在。李白是抽象的，李白与诗、李白与酒、李白与青春才是生动的，由此而构成的盛唐色彩和活力的象征是值得永久留恋的。

第二节　深情的浪漫与执著的理想

李白诗歌的各个阶段有着不同的特色，正是这些互为联系的不同方面构成了李白诗歌丰富多彩而又和谐统一的浪漫风格。李白的诗基本上可以分为三个阶段，天宝之前为第一阶段，此时李白尚未感受到现实的黑暗，老庄和道家思想对他影响很大。第二阶段为天宝时期，此时李白被“倡优蓄之”，经受了“青蝇易相点”的痛苦，感受到了山雨欲来的时代危机，被赐金放还。他的政治理想破灭，但他仍然坚持着自己的文化理想，并希望以文化理想来取代现实政治，像屈原一样，陷入了欲做忠臣而不得，欲做隐士而不能的窘境，因而也发出了屈原式的悲号，如《梦游天姥吟留别》、《宣州谢朓楼饯别校书叔云》、《远别离》等。当然，李白绝不是屈原，因为时代已经使家族式的王道理想更加开放，所以他不像屈原那样执著和拘囿，再加上庄子的达观的态度，此时的诗歌便呈现出汪洋恣肆的形式与深情执著的内容相统一的特征。安史之乱后为第三阶段，血腥的现实和个人遭遇使他的诗风神光内敛，由绚烂趋于平淡，由飘逸转向沉雄，庄、屈的沉痛、深邃的一面发生了显著的影响，在一定意义上讲可谓转入了老境，以《古风》(十九)、《经乱离后天恩流夜郎忆旧游书怀赠江夏韦太守良宰》等诗为代表。

李白诗歌的浪漫主义不是抽象的，而是在特定的历史背景、特定的心态和特定的主题中展开的。盛唐的历史背景和李白的悲剧心态已如上述，与他特定的心态相适应，他的诗歌选择了自然、怀古、酒、仙、梦等作为表现主题。他所涉及的这些题材，正是传统的悲剧意识的重要消解因素，在这诸多的因素中，李白的心灵才得以彻底地铺展，才获得了他孜孜以求的绝对自由。他以无比浪漫的审美性的超越消解了他那理想不得实现的悲剧情怀，因而凸显出一颗以天地为狭、宇宙为隘的永恒的青春的心灵。

在李白那里，无论是自然、怀古，还是酒、仙、梦等题材，都超越了一般的意义，在这些题材中展现出了李白的人格和时代的风貌：充满理想的浪漫激情、笑傲王侯的傲岸不驯、珍爱生命的纵情欢乐以及蔑视世俗、恣意反抗、指斥人生、饮酒赋诗等。请看，李白的自我表现意识是多么的强烈啊，也许，只有在那为诗而存在的剑阁中才能感受到他心灵的律动：

> 噫吁嚱！危乎高哉。蜀道之难，难于上青天。蚕丛及鱼凫，开国何茫然。尔来四万八千岁，不与秦塞通人烟。西当太白有鸟道，可以横绝峨眉巅。地崩山摧壮士死，然后天梯石栈相钩连。上有六龙回日之高标，下有冲波逆折之回川。黄鹤之飞尚不得过，猿猱欲度愁攀援。青泥何盘盘。百步九折萦岩峦。扪参历井仰胁息，以手抚膺坐长叹。问君西游何时还，畏途巉岩不可攀。但见悲鸟号古木，雄飞雌从绕林间。又闻子规啼夜月，愁空山。蜀道之难，难于上青天，使人听此凋朱颜。连峰去天不盈尺，枯松倒挂倚绝壁。飞湍瀑流争喧豗，砯崖转石万壑雷。其险也如此，嗟尔远道之人胡为乎来哉。剑阁峥嵘而崔嵬，一夫当关，万夫莫开。所守或匪亲，化为狼与豺。

朝避猛虎，夕避长蛇。磨牙吮血，杀人如麻。锦城虽云乐，不如早还家。蜀道之难，难于上青天，侧身西望长咨嗟。

（《蜀道难》）

这是对民族文化心理中桃花源情结的展示，也是对最自然的情感的最自由的表达！这里面不只有对自然的崇拜、对祖国的热爱、对现实的批判与希冀，更重要的是一种挣脱了一切栅栏和束缚的浪漫，是一种纯粹的心灵的解放。也许，你没有感受到它表达了什么具体的社会内容，但它直接诉诸自我、诉诸心灵、诉诸人的心理结构的最深层次，使人吟罢无所感而又无所不感，无端地充满了生命的力量。它那出人意表而又自然之极的夸张与想像，那转折跳荡、腾挪无方的心情意绪，那回旋往复、荡气回肠的旋律，似乎已经远远地超出了诗的规矩之外，直似肆行无忌的自由的生命。

李白“一生好入名山游”，祖国的名山大川、细草微木，只因遭遇了李白，凭空增添了许多灵性：

渡远荆门外，来从楚国游。山随平野尽，江入大荒流。
月下飞天镜，云生结海楼。仍怜故乡水，万里送行舟。

（《渡荆门送别》）

天门中断楚江开，碧水东流至此回。
两岸青山相对出，孤帆一片日边来。

（《望天门山》）

朝辞白帝彩云间，千里江陵一日还。
两岸猿声啼不住，轻舟已过万重山。

（《早发白帝城》）

日照香炉生紫烟，遥看瀑布挂前川。
飞流直下三千尺，疑是银河落九天。

（《望庐山瀑布》）

在这里，我们看到的不仅仅是自然，更重要的是在自然中生成的人格，我们可以从中强烈地感受到那种以情感征服一切的强烈的自我意识，因此，李白诗中的自然，在一定意义上讲，是“自然的人化”，而不是“人的自然化”。他的山水诗，境界宽朗，潇洒天然，遣词造句，纯任自然，如行云流水，极具自然美。我们可以够透过那柔漫、散淡的语境，感受到要求超越世俗，突破庸常的精神力量。

有时，李白将自然景物与人文情怀熔铸在一起，透显出深邃的历史感：

送君灞陵亭，灞水流浩浩。上有无花之古树，下有伤心之春草。我向秦人问路岐，云是王粲南登之古道。古道连绵走西京，紫阙落日浮云生。正当今夕断肠处，骊歌愁绝不忍听。

（《灞陵行送别》）

李白墨迹

全诗展示了一个典型的送别的精神流程。灞陵送别是经典的情景，而浩浩的流水又是别情的外化，深沉而廓大。接下来，以古树与春草象征着古今，充分表现出别情之“浩浩”；这里，思通今古，情动古树春草，古树花谢是因为自古以来无限的离愁别绪所致，而春草萋萋也是因为离愁绵绵不绝而生。这一句，使得天地古今都氤氲在别情之中。下一句自然转到对“前途”的询问：古代诗人走过的离乱之途更增添了无限的愁绪与迷茫。接下来以顶针的手法将古道化为连接长安和客游之地的线索，也是联系故人与游子的精神纽带：长安日落之际，正是思乡与念旧之时，正所谓“浮云游子意，落日故人情”。最后回到眼前，将开头兜住，完成了一个情绪流程的循环。此诗睹物生情，心事浩茫，将个人置于历史之中，个人的情感又超出历史之外，正是李白个性特征的显现。赵翼说：李白“诗之不可及处，在于神识超迈，飘然而来，忽然而去，不屑屑于雕章琢句，亦不劳劳于镂心刻骨，自有天马行空，不可羁勒之势”（《瓯北诗话》卷一），很好地说明了李白诗歌的浪漫主义冲破一切束缚的自我表现特征。

在李白的山水诗中，我们有时可以感受到那种返朴归真的欣喜、逍遥与自适。“庐山东南五老峰，青天削出金芙蓉。九江秀色可揽结，吾将此地巢云松。”（《登庐山五老峰》）以天地为庐，以山水为家，人言秀色可餐，在李白那里成了秀色可“巢”，那份见秀丽山水而喜从心起的感觉已溢出纸外。“羌笛梅花引，吴溪陇水情。寒山秋浦月，肠断玉关声。”（《清溪半夜闻笛》）悠悠的羌笛吹出梅花三弄的撼人乐音，淙淙的溪水流出了吴溪陇水的无限深情，正所谓情到深处，其景自生。进而，李白融入了自然山水：“久卧青山云，遂为青山客。山深云更好，赏弄终日夕。月衔楼间峰，泉漱阶下石。素心自此得，真趣非外惜。”（《日夕山中忽然有怀》）“懒摇白羽扇，裸体青林中。脱巾挂石壁，露顶洒松风。”（《夏日山中》）正所谓千古文人山水梦，人与自然山水的融合已成为人追求的最高精神境界。当然，这种逍遥与自适并不一定为世人所理解：

问余何意栖碧山，笑而不答心自闲。
桃花流水窅然去，别有天地非人间。

（《山中问答》）

但李白超迈不群的气度已超越了世俗心理，自己仿佛是一位凌空而起的仙人，飘然远引，将雍容和缓的仙佛之气留在了人间，令人仰望；而其悠远的意味，已将人引向了念兹在兹的宇宙情怀！

有时，这种逍遥自适又是通过在山水中怀古念远表现出来的：

群峭碧摩天，逍遥不记年。拨云寻古道，倚石听流泉。
花暖青牛卧，松高白鹤眠。语来江色暮，独自下寒烟。

（《寻雍尊师隐居》）

在山水中怀古，又在思古的幽情中审视山水，景与情已浑然交融，营造出了一种古朴深邃的审美意境，令人沉迷其间而难以自拔。

有时，李白又为自然所感发，希望遗世而去：

雨后烟景绿，晴天散余霞。东风随春归，发我枝上花。
花落时欲暮，见此令人嗟。愿游名山去，学道飞丹砂。

（《落日忆山中》）

见美景不能长存而悟人生不永，正是从反面表现了对美景与人生的热爱和执著。李白对祖国的山川自然、春花秋月、朝阳和落日是如此热爱，以至他只能用学道、成仙的方式来表示，仿佛只有仙佛才能与这样的山水相应，否则，就无以表现自己的激情。夕阳明月与青山绿水也是李白思考现实、追寻人生的契机。“床前明月光，疑是地上霜。举头望明月，低头思故乡。”（《静夜思》）月下思乡本身就是一种美丽的痛苦，是我们民族的一种思维定式和审美原型，望月怀乡，见月起情，亲情与人情，时间与空间，灵魂与肉体完全交融于一体。在李白那里，“问月”也似乎成了一个永恒的主题：

青天有月来几时，我今停杯一问之。人攀明月不可得，
月行却与人相随。皎如飞镜临丹阙，绿烟灭尽清辉发。
但见宵从海上来，宁知晓向云间没。白兔捣药秋复春，
嫦娥孤栖与谁邻。今人不见古时月，今月曾经照古人。
古人今人若流水，共看明月皆如此。唯愿当歌对酒时，

月光长照金樽里。

（《把酒问月》）

明月、母亲、家园，人的价值与意义是在对精神家园的追询中产生的，而精神家园往往体现为宇宙情怀，该诗则是对宇宙情怀最好的体现。“古人今人若流水，共看明月皆如此”，停杯问月，没有答案。那么，既然人生短暂，明月永恒，人就只有向宇宙情怀中融入才能获得价值和归宿。但在一定意义上讲，融入则意味着个体的消失，也是新的悲剧意识的开始，而且其间所蕴涵的，是一个无解的矛盾。不过，人一旦认识到人的这一宿命，便是人的一次觉醒。在这样的情绪理路上，李白以“唯愿当歌对酒时，月光长照金樽里”结束该诗，对这无解的矛盾进行审美体认，正是应有之义。

李白的诗歌具有浓厚的怀古情结。怀古情结不同于一般的怀古意识，它是文化心理的历史积淀，是李白在现实中难遂其愿的必然反映，也是李白文化理想的必然载体。怀古情结使李白的诗歌充满了崇高感，使其视野开阔，境界宏大，为其成为浪漫诗人具备了心理优势，因而能够以一种高屋建瓴的气势来俯瞰现实和人生，同时使其浪漫主义的诗风增加了深沉的历史感、文化感和理想感。如《登金陵凤凰台》：

凤凰台上凤凰游，凤去台空江自流。吴宫花草埋幽径，
晋代衣冠成古丘。三山半落青天外，二水中分白鹭洲。
总为浮云能蔽日，长安不见使人愁。

这是李白为数不多的七言律诗之一。《唐宋诗醇》（卷七）评此诗说：“崔颢题诗黄鹤楼，李白见之，去不复作，至金陵登凤凰台乃题此诗，传者以为拟崔而作，理或有之。崔诗直举胸情，气体高浑；白诗寓目山河，别有怀抱，其言皆从心出发，即景而成，意象偶同，胜境各擅。论者不举其高情远意而沾沾吹索于字句之间，因已蔽矣。”诗作首联写繁华已逝，江水自流，人事短暂而自然永恒，为尾联做出铺垫；颔联承接首联，写具体的历史情景，极大地强化了首联兴起的悲剧意识；颈联看似不经意的闲笔，却正是“高情远意”的关键所在，所谓“诗腰必挺”，该联体现的是人与宇宙自然的亲和，与凡庸的疏离，对邪恶的厌烦，可以说，该联洗涤灵魂，消解悲剧意识，建构宇宙情怀，挺立全诗；尾联回到现实，但因有了前三联，其中所谓的“忠奸斗争”也不再使人有凡庸之愁，而是将“蔽日浮云”看作终将消散的浮云，抒情主体在对现实的执著中重置历史，获得了超越。

李白往往借对古人的赞扬来彰显自己的人格理想：他的挥洒不羁的天性使他

自然地倾向纵横家式的人物，如鲁仲连、郦食其等；盛唐曾提供了一些寒士平步青云的范例，再加上他不屑科举的个性，所以勾起了他对君臣相知的幻想，姜子牙、管仲、诸葛亮等人的际遇使他艳羡不已；而他对道家的钟情又使他将功成身退的范蠡、张良和襟怀高洁、性情淡泊的隐士商山四皓、陶渊明等人引为同调。

李白自认有经天纬地之才，因此不屑“干谒”，而是以“古风”自期：

> 长啸《梁甫吟》，何时见阳春？君不见，朝歌屠叟辞棘津，八十西来钓渭滨。宁羞白发照清水，逢时壮气思经纶。广张三千六百钓，风期暗与文王亲。大贤虎变愚不测，当年颇似寻常人。君不见，高阳酒徒起草中，长揖山东隆准公。入门不拜骋雄辩，两女辍洗来趋风。东下齐城七十二，指挥楚汉如旋蓬。狂客落魄尚如此，何况壮士当群雄！……
>
> （《梁甫吟》）

典型的“风云感会起屠钓”的理想。姜子牙垂钓渭滨的高逸姿态以及出将入相，终为帝王师的经历是李白理想的人生模式。那是多么诱人，多么令人向往啊！与李白所处的时代相比，人的尊严、自由和性情得到了怎样的尊重和发展啊！然而，现实是怎样的呢？“吟诗作赋北窗里，万言不直一杯水。世人闻此皆掉头，有如东风射马耳。鱼目亦笑我，谓与明月同。骅骝拳跼不能食，蹇驴得志鸣春风。折扬黄华合流俗，晋君听琴枉清角。巴人谁肯和阳春，楚地犹来贱奇璞。黄金散尽交不成，白首为儒身被轻。一谈一笑失颜色，苍蝇贝锦喧谤声。曾参岂是杀人者？谗言三及慈母惊。”“孔圣犹闻伤凤麟，董龙更是何鸡狗？一生傲岸苦不谐，恩疏媒劳志多乖。”（《答王十二寒夜独酌有怀》）“子胥既弃吴江上，屈原终投湘水滨。陆机才多岂自保，李斯税驾苦不早。华亭鹤唳讵可闻，上蔡苍鹰何足道。君不见吴中张翰称达士，秋风忽忆江东行。且乐生前一杯酒，何须身后千载名。”（《行路难》）李白正是在对历史的观照中来重新发现现实，所以，李白的怀古是他对于现实的浪漫，他的怀古情结甚至是他的浪漫主义的内在的基础。李白不是生活在历史中，但却是生活在借历史酿造的理想情感中。文化理想向现实的积淀是历史发展的必然方式，因此，李白的怀古情结也就具有了不泯的意义。

酒对于李白的意义已如前述，由酒激发出来的激情，也为李白的浪漫主义添上了丰满的羽翼。李白是如此热爱酒：“天若不爱酒，酒星不在天。地若不爱酒，地应无酒泉。天地既爱酒，爱酒不愧天。已闻清比圣，复道浊如贤。贤圣既已饮，何必求神仙。三杯通大道，一斗合自然。但得酒中趣，勿为醒者传。”（《月下独酌四首》其二）李白赋予了酒以神圣的价值，使爱酒、饮酒具有了天然的合理性，酒在他那里也成为价值追寻的法器，当这种追寻施诸现实时，就显得更为深沉、奔放和精警动人：

> 君不见，黄河之水天上来，奔流到海不复回。君不见，高堂明镜悲白发，朝如青丝暮成雪。人生得意须尽欢，莫使金樽空对月。天生我材必有用，千金散尽还复来。烹羊宰牛且为乐，会须一饮三百杯。岑夫子，丹丘生，将进酒，君莫停。与君歌一曲，请君为我倾耳听。钟鼓馔玉不足贵，但愿长醉不愿醒。古来圣贤皆寂寞，惟有饮者留其名。陈王昔时宴平乐，斗酒十千恣欢谑。主人何为言少钱？径须沽取对君酌。五花马，千金裘，呼儿将出换美酒，与尔同销万古愁。
>
> （《将进酒》）

李白尽情挥洒着天赋本真，醉酒使他撕破了灵魂的栅栏，破除了心灵的桎梏，酒将他引向了审美之维，使他能够面对本真的心灵和悲剧的真相：圣贤自古就是寂寞的，理想是永远无法完全实现的，这“德福不能相配”的万古之愁是酒也化不开的。但是，李白的悲剧感不是消极的，他不仅在追问中体验到了超越的快乐，更通过对历史与现实的追寻和对不合理的因素的否弃而使自己的思想趋于澄明，使自己的人格和境界得以提高。因此，酒不仅使他的生命得以张扬，使他的人生趋于审美化，酒自身的文化内涵也发挥到了极致，酒也获得了真正的生命形式。这里，解脱了功业、生命和价值的桎梏，只有一股冲决一切、喷薄而出的激情，将人的自然情感发挥得酣畅淋漓，也使李白的诗歌登上了不可企及的浪漫主义的巅峰。而当酒、明月、李白三者在一特定的历史情景中遭逢时，便酿造出了一曲价值追询的绝唱：

> 花间一壶酒，独酌无相亲。举杯邀明月，对影成三人。
> 月既不解饮，影徒随我身。暂伴月将影，行乐须及春。
> 我歌月徘徊，我舞影零乱。醒时同交欢，醉后各分散。
> 永结无情游，相期邈云汉。
>
> （《月下独酌四首》其一）

花间置酒，独酌无亲，正是追询价值与意义的绝好情景；于是，举起酒杯，邀明月共饮，彷徨四顾，与我的影子一起凑成了三“人”；然而，明月空为明月，不解饮酒，影子也只会随我而动，无法达成交流，我，仍然是绝对的孤独；我终于明白了，我在天地之间，是无所依傍的；于是，绝对的虚空感、悲苦感向我袭来；但我要反抗，人生未必是快乐的，却必须是快乐的，悲极而乐，我要以乐代悲；我伴着明月和我的影子，婆娑起舞，在这美好的春光中，及时行乐；但月不解歌，动静亦皆不成舞，心中的悲郁无法平抑；虽然醒时强颜欢笑，醉后忘却悲愁，但现实终究是不能弃绝的，唯一的出路是内向的超越；所以，尽管深知明月无情，天地中性，我还是要以百倍的深情，与明月相约在那遥远的银河边，去追询人生的价值与意义；尽管我知道我永远到达不了那里，但我还是永远不会改变我的祈盼！这是李白那个“自由时代”以纯净的心灵“与神自由对话”的产物，是一首以生命悲情来追询价值的“神曲”！在中国的生命的悲剧意识、价值的悲剧意识、冲突的悲剧意识中，该诗属于前者的典型代表。

该诗以其深刻的绝望与深情的追询之间的巨大张力，充分体现了悲剧意识的觉醒与价值建构之间的内在联系，极为深刻地反映出民族文化心理，具有了永恒的艺术魅力。

仙与梦的主题使李白的浪漫主义充满了奇情异彩，也构成了他的诗歌的鲜明的特征。读这一类的诗，使我们深切感到，梦境与仙境是他对人境的热爱与批判的自然生发：

> 海客谈瀛洲，烟涛微茫信难求。越人语天姥，云霞明灭或可睹。天姥连天向天横，势拔五岳掩赤城。天台四万八千丈，对此欲倒东南倾。我欲因之梦吴越，一夜飞度镜湖月。湖月照我影，送我至剡溪。谢公宿处今尚在，渌水荡漾清猿啼。脚著谢公屐，身登青云梯。半壁见海日，空中闻天鸡。千岩万转路不定，迷花倚石忽已暝。熊咆龙吟殷岩泉，栗深林兮惊层巅。云青青兮欲雨，水澹澹兮生烟。列缺霹雳，丘峦崩摧。洞天石扉，訇然中开。青冥浩荡不见底，日月照耀金银台。霓为衣兮风为马，云之君兮纷纷而来下。虎鼓瑟兮鸾回车，仙之人兮列如麻。忽魂悸以魄动，恍惊起而长嗟。惟觉时之枕席，失向来之烟霞。世间行乐亦如此，古来万事东流水。别君去兮何时还？且放白鹿青崖间，须行即骑访名山。安能摧眉折腰事权贵，使我不得开心颜。
>
> （《梦游天姥吟留别》）

这里蕴涵着一个由梦入仙的心灵历程。境界越转越奇，愈幻愈真，最后作者幻境与实境冥然合一，不愿意再过实境之中的屈辱生活，终于发出了“安能摧眉折腰事权贵，使我不得开心颜”的宣言。李白借梦境和仙境来表示对污浊现实的鄙视和否弃，表现自己对理想世界的向往和追求，也使自己的个性得到了充分的张扬。

安史之乱使李白的诗歌创作发生了重要的变化。他正视血腥的现实，写出了一些关注现实，反映安史乱军残暴罪行的诗篇。如《古风》第十九首：

西岳莲花山，迢迢见明星。素手把芙蓉，虚步蹑太清。
霓裳曳广带，飘拂升天行。邀我登云台，高揖卫叔卿。
恍恍与之去，驾鸿凌紫冥。俯视洛阳川，茫茫走胡兵。
流血涂野草，豺狼尽冠缨。

仙境与现实处于胶着状态，充分地表现了李白对现实的深切关注以及由此产生的极度的痛苦，这不是李白追求个体自由和执著入世的态度的矛盾，而是以情感观照现实的必然结果，正是这种结果使他成为富有沉重的现实意义的“诗仙”。诸如此类的诗还有很多，如《经乱后将避地剡中，留赠崔宣城》：“中原走豺虎，烈火焚宗庙……苍生疑落叶，白骨空相吊。”其愤怒与哀痛之情无以言喻。另外像《上崔相百忧章》（时在浔阳狱）、《南奔书怀》、《狱中上崔相涣》、《万愤词投魏郎中》等也都写得沉痛苍凉。五律长诗《经乱离后天恩流夜郎忆旧游书怀赠江夏韦太守良宰》（简称《赠江夏韦太守良宰》）历叙平生交游行踪，委婉而沉痛，《唐宋诗醇》评论说：“通篇以交情、时势至为经纬，汪洋浩瀚，如百川之灌河，如长江之赴海，卓乎大篇，可与《北征》并峙。”应该说，该篇在篇幅、章法以及现实主义的风格上的确可以与杜甫的《北征》相埒。

盛唐是政治本体化社会的黄金时代，那个时代给予了李白太多的希望和幻想，使得李白以情感的方式来把握现实，以充沛的诗情来观照现实。所以，他的浪漫是一种对现实的深情，他的理想是对现实的一种执著。我们只有深入地把握这一点，才能真正走进李白的心灵，进入李白的诗的世界。

第三节　美在生命自然

李白的诗歌之美已经不仅仅是一种单纯的艺术风格之美，更多的是他的生命自然之美。使自己的本真生命情感自然而然地外化为清真自然的诗美，正是李白诗歌的独有的审美特质。

李白的这种本真的生命情感来自对当时政治本体的情感体认。中国传统社会发展到盛唐，其政治体制的合理因素发挥到极致，社会政治给人以充分的希望，人们也普遍相信社会政治可以提供精神价值，这是汉唐政治本体化时期的最开放、合理的阶段。就是在这一特定的历史时期，李白一扫心灵的束缚，将历史文化中最自然、合理、开放的富有理想色彩的情感开凿出来，形成了自己的本真生命之情，这也是唐诗的“情景交融”的“情”。

本来，对自然美的崇尚是我们民族重要的审美传统，李白更是崇尚“清真”

的自然之美，他甚至喊出了“清水出芙蓉，天然去雕饰”（《赠江夏韦太守良宰》）的口号，并以自己的天才的艺术实践将中国古代诗歌的自然之美推进到了一个新的高度，甚至创造出了后世不可企及的自然之美的典范。

李白对自然美的追求是十分自觉的。隋及初唐的一些史学家和政治家曾对六朝以来的浮靡文风进行过严厉的批评，但并没有创作实践与之抗衡，从初唐四杰到陈子昂乃至整个初唐诗坛，也未能完全扭转这种风气，直到以李白为代表的盛唐诗人登上诗坛后，才洗尽了六朝铅华，使自然之美成为一种普遍的审美理想和创作追求。李阳冰《草堂集序》说：“卢黄门云：‘陈拾遗横制颓波，天下质文，翕然一变。’至今朝诗体，尚有梁、陈宫掖之风，至公大变，扫地并尽。今古文集遏而不行，唯公文章，横被六合，可谓力敌造化欤！”

李白不仅是伟大的诗人，同时还有着十分明确的创作主张。李白在《古风》组诗中较为集中地阐述了自己的诗歌美学思想，主要是要恢复“古道”，反对“绮丽”、雕琢与做作的不良风气，倡导“清真”、“天真”和“一挥成斧斤”的自然之美。李白倡导的“清真”的自然美也在一定程度上受到了道家思想的影响，以老、庄主张“自然无为”，提倡“道法自然”，反对人为。《老子》说：“信言不美，美言不信。”认为未经雕饰的朴素的语言，才具有真美。李白对自然美的追求具体体现在他的“清真”诗风上。在李白那里，“清真”不仅是一种自然清纯的诗风，更重要的是一种质朴率真的生命状态，这种生命状态祛除了一切“雕饰”，留下了未经损伤的“天然”，了无滞碍地“立象尽意”，便有了李白的诗歌。

所以，李白的“清真”的诗风首先表现为对本真生命状态的无比自由的表达：

弃我去者，昨日之日不可留，
乱我心者，今日之日多烦忧。
长风万里送秋雁，对此可以酣高楼。
蓬莱文章建安骨，中间小谢又清发。
俱怀逸兴壮思飞，欲上青天览明月。
抽刀断水水更流，举杯销愁愁更愁。
人生在世不称意，明朝散发弄扁舟。

（《宣州谢朓楼饯别校书叔云》）

“弃我去者，昨日之日不可留，乱我心者，今日之日多烦忧。”这是一种怎样的情怀啊！逝者如斯，人生多悲，这永恒的悲剧意识，到了李白的笔下，再无遮蔽，脱口而出，真如“山从人面起，云傍马头生”（李白《送友人入蜀》），是那样的突兀，又是那样的自然，是那样的直率，又是那样的深沉。羲和不驻、青春不永的大悲与理想无觅、壮志难酬的烦忧熔铸在一起，使其悲、忧的情怀弥漫开来，塞满天地。然而，“目送归鸿，手挥五弦”的超迈与对楼酣歌的狂兀又激发出他的逸兴，使他壮思腾飞，青天览月；在不如意时，他就抽刀断水，举杯销愁；然而水不能断，愁不能销，终于弃绝凡庸与琐屑，在一声呐喊中，归隐扁舟。全诗写出了由悲而隐的心灵历程，将人生欲无限而不能无限、人生欲尽意而不能尽意的心灵的悲剧感以翻江倒海之势在跌宕起合中巨细无遗地抖落于脚下，展示出的是那个时代独有的追索人生的伟力。

在很多情况下，李白诗中的各句似乎并不相关，但通篇有着内在的艺术逻辑，难以句摘，是一个完整的艺术有机体。这不仅仅是各种浪漫主义的艺术手法的巧妙组合，也不仅仅是所谓的意境的浑融，而是人的整体的生命自然的外化。如《庐山谣寄卢侍御虚舟》：

> 我本楚狂人，凤歌笑孔丘。手持绿玉杖，朝别黄鹤楼。五岳寻仙不辞远，一生好入名山游。庐山秀出南斗傍，屏风九叠云锦张，影落明湖青黛光。金阙前开二峰长，银河倒挂三石梁。香炉瀑布遥相望，回崖沓嶂凌苍苍。翠影红霞映朝日，鸟飞不到吴天长。登高壮观天地间，大江茫茫去不还。黄云万里动风色，白波九道流雪山。好为庐山谣，兴因庐山发。闲窥石镜清我心，谢公行处苍苔没。早服还丹无世情，琴心三叠道初成。遥见仙人彩云里，手把芙蓉朝玉京。先期汗漫九垓上，愿接卢敖游太清。

在此，李白式的想像与夸张已不是一种所谓的“艺术手法”，而是他的真诚的生命体验，是其心态的具象，是生命的形式。所以，李白诗歌的意象往往是一个浑融的整体，很难个摘。李白诗歌的这种整体上的奇情异彩是他超越性的人格的体现，也是他的浪漫主义的重要特色。

在中国古代诗歌中，有一种夸张是只属于李白的。这种李白式的夸张，是本真自我的自然的外化。你看，当他快乐时，就高喊“百年三万六千日，一日须倾三百杯”（《襄阳歌》）；当他心有阴霾时，就说“一风三日吹倒山”（《横江词》）；当他发泄怨恨时，就说“黄河捧土尚可塞，北风雨雪恨难裁”（《北风行》）；当他要排除郁结时，就说：“划却君山好，平铺湘水流”（《陪侍郎叔游洞庭醉后》）。还应该看到的是，李白式的夸张并不局限在某一个单纯的意象，往往是整体的夸张，例如，当他要抒发思念之情时，就让自己的心随风飘荡，随月寄寓：“我寄愁心与明月，随风直到夜郎西”（《闻王昌龄左迁龙标，遥有此寄》）；“狂风吹我心，西挂咸阳树”（《金乡送韦八之西京》）；要表现自己的悠然的心境，就说：“问余何意栖碧山，笑而不答心自闲。桃花流水窅然去，别有天地非人间”（《山中问答》）；要表现自己的随意与洒脱，就说：“两人对酌山花开，一杯一杯复一杯。我醉欲眠卿且去，明朝有酒抱琴来”（《山中与幽人对酌》）。这之所以成为李白式的夸张，是因为只有用这种淳朴自然而又无所羁縻的方式才能够充分表现李白的内心世界，当然，也只有李白才把这种夸张发挥得淋漓尽致。

李白对自然美的追求使他更注重“逸兴”，如“俱怀逸兴壮思飞”（《宣州谢朓楼饯别校书叔云》），“三山动逸兴，五马同遨游”（《与从侄杭州刺史良游天竺寺》），“作诗调我惊逸兴，白云绕笔窗前飞”（《醉后答丁十八以诗讥予捶碎黄鹤楼》），“茫然起逸兴，但恐行来迟。”（《见范置酒摘苍耳作》），“狂客归舟逸兴多”（《送贺宾客归越》），“逸兴横素襟，无时不招寻”（《赠江夏韦太守良宰》）等。所谓“逸兴”，就是自然逸出的与意识形态无关的情绪、灵感和创作冲动，这也构成了李白“清真”诗风的内在底蕴。

李白“清真”的诗风还表现为他的清丽自然的语言风格，它兼具清新和质朴两方面的含义。如《襄阳歌》：

> 落日欲没岘山西，倒著接䍦花下迷。襄阳小儿齐拍手，拦街争唱白铜鞮。傍人借问笑何事，笑杀山翁醉似泥。鸬鹚杓，鹦鹉杯。百年三万六千日，一日须倾三百杯。遥看汉水鸭头绿，恰似葡萄初酦醅。此江若变作春酒，垒曲便筑糟丘台。千金骏马换小妾，笑坐雕鞍歌落梅。车傍侧挂一壶酒，凤笙龙管行相催。咸阳市中叹黄犬，何如月下倾金罍。君不见晋朝羊公一片石，龟头剥落生莓苔。泪亦不能为之堕，心亦不能为之哀。清风朗月不用一钱买，玉山自倒非人推。舒州杓，力士铛，李白与尔同死生。襄王云雨今安在，江水东流猿夜声。

淳朴自然如乐府民歌，但其清新畅达和恣肆不羁又显然是文人所为。在内容上也是民间性和文人创作融合的典范，俗文化层面本来就有人生短暂、人生空虚的社会心理和一醉解千愁的消解方式，而在李白这里，前者上升为对生命、功业以及价值、意义的否定，后者则上升为以醉酒的方式对前者进行超越，最终指向的不是对正面和负面价值的一概否定，更不是所谓的及时行乐，而是对自由恣肆人生的率性的张扬！从形式到内容，民间性与文人性的融合正可以从某个方面来说明李白的“清真”诗风。

清丽自然的语言并不是不要求锤炼，相反，它是锤炼之后而返朴归真的结果，妙造自然、风韵天成是其追求的目标。清人方东树《昭昧詹言》（卷十二）说：“太白飞仙，不可妄学，易使流于狂狙熟滥，放失规矩，乃归咎于太白，太白不受也。”王世贞《艺苑卮言》（卷四）评价李白的《峨眉山月歌》说：“此是太白佳境。然二十八字中，有峨眉山、平羌江、清溪、三峡、渝州，使后人为之，不胜痕迹矣，益见此老炉锤之妙。”这样的诗，在李白集中可谓举不胜举。如：

青山横北郭，白水绕东城。
此地一为别，孤蓬万里征。
浮云游子意，落日故人情。
挥手自兹去，萧萧班马鸣。

（《送友人》）

蜀僧抱绿绮，西下峨眉峰。
为我一挥手，如听万壑松。
客心洗流水，馀响入霜钟。
不觉碧山暮，秋云暗几重。

（《听蜀僧濬弹琴》）

兰陵美酒郁金香，玉碗盛来琥珀光。
但使主人能醉客，不知何处是他乡。

（《客中行》）

风吹柳花满店香，吴姬压酒唤客尝。
金陵子弟来相送，欲行不行各尽觞。
请君试问东流水，别意与之谁短长。

（《金陵酒肆留别》）

谁家玉笛暗飞声，散入春风满洛城。
此夜曲中闻折柳，何人不起故园情。

（《春夜洛城闻笛》）

美人在时花满堂，美人去后空余床。
床中绣被卷不寝，至今三载犹闻香。
香亦竟不灭，人亦竟不来。
相思黄叶落，白露点青苔。

（《长相思》）

众鸟高飞尽，孤云独去闲。
相看两不厌，惟有敬亭山。

（《独坐敬亭山》）

清刻本《名家画稿》

黄鹤楼送孟浩然之广陵

李白

故人西辞黄鹤楼，
烟花三月下扬州。
孤帆远影碧空尽，
唯见长江天际流。

这些诗，无论是意象、情景，都极尽自然清新，淳朴畅达之美，但仔细回味，无一不是通过锤炼而返朴归真的结果。

李白似乎对“清”特别钟情，尤其在谈及音乐时，更是频频使用，如“清歌”、“清声”、“清乐”、“清吹”、“清弦”、“清琴”、“清管”等，以此来形容其天籁之美，其实，这也正是李白诗歌的语言风格。所谓“清”，就是“清水出芙蓉”，没有任何的铅华脂粉，芬泽自现，而“真”则是“清”的必然的本质，即突破意识形态和世俗束缚的本真情感。因此，李白诗歌的语言呈现出一派质朴、纯净、明丽、凝练、流畅、自然的景象。如：

明月出天山，苍茫云海间。长风几万里，吹度玉门关。

（《关山月》）

天下伤心处，劳劳送客亭。春风知别苦，不遣柳条青。

（《劳劳亭》）

长安一片月，万户捣衣声。秋风吹不尽，总是玉关情。
何日平胡虏，良人罢远征。

（《秋歌》）

小时不识月，呼作白玉盘。又疑瑶台镜，飞在白云端。
仙人垂两足，桂树作团团。白兔捣药成，问言与谁餐。

（《古朗月行》）

秋风清，秋月明。落叶聚还散，寒鸦栖复惊。
相思相见知何日，此时此夜难为情。

（《三五七言》）

既无典故，也没有华丽的辞藻，只用朴素的语言来表达朴素的情感，但在平淡自然中，又让人抽绎出无限深长的意味。

在语言上，他受到了乐府民歌的深刻影响，把古朴森茂的汉魏乐府与清新明朗的六朝乐府熔为一炉，创造了新的诗歌语言。这种诗歌语言不只表现于语言本身，还表现在诗歌形式的突破上。在李白那里，一切所谓的“诗律”似乎都不复存在，或者是为他的情感而存在。李白是自由的，诗歌的格律和语言也因李白的自由而获得了自由。

李白的浪漫主义所展现出的是一种生命的本真之美。这是那个盛世之巅所提供的最高的审美理想，也是后世所不可复现的审美理想。它充溢着从本真的生命深处发出的自由的激情和青春的感性，它在本质上是一种对现实的浪漫。这种浪漫，使我们想到了文学发轫时代的《诗经》和《楚辞》，但《诗经》和《楚辞》是浑金璞玉，心灵之歌往往得不到充分的展露，而李白的浪漫主义则剥去了心灵的“雕饰”，只留下了“天然”，他要以一颗高度敏感的诗心去重新体验《诗经》、《楚辞》时代的自然、淳朴、浪漫的生活，这就给我们留下了不尽的向往。

“解道澄江静如练，令人长忆谢玄晖”（李白《金陵城西楼月下吟》），谢朓因其“清发”而令几百年后的李白追慕不已，李白知否，一千几百年间，追慕他的人又何止千千万万!

李白继承了《庄子》的汪洋恣肆的文风、奔放超迈的想像以及无所羁绊的夸张和比喻，也继承了其追求理想，不与现实同流合污的精神。对于《离骚》，李白也继承了其上天入地的求索精神、高度的爱国主义以及夸张、比喻、拟人的艺术手法。另外，李白对于汉乐府民歌也注意推陈出新。

李白当时就享有很高的声誉。在中晚唐时期，李白、杜甫有着极高的地位。韩愈和李商隐都对李白推崇不已。韩愈、李贺、杜牧、苏轼、陆游、辛弃疾、高启、黄景仁、龚自珍等都受到了李白诗风的不同影响，尤其是苏轼和陆游，继承了他的浪漫主义精神，并创造出了独特的风格。事实上，李白的天才的诗风是很难学习的，在中国历史上虽有很多人受李白的影响，但始终无法复现李白。

李白对后世的巨大影响还表现在他的人格魅力上。他那“安能摧眉折腰事权贵”的风骨，“天生我材必有用”的自信以及“戏万乘若僚友”的刚直的风格都成为中国士大夫重要的精神来源。

关键概念

浪漫主义　　以情感把握现实　　清真诗风　　美在生命自然

思考题

1. 李白诗歌的题材主要有哪些方面？试举例说明。
2. 如何理解李白的“清真”诗风？

第七章

杜甫：扎根于主流文化深处的“诗圣”

杜甫其人其诗之所以被称为“诗圣”与“诗史”，究其根本，是杜甫以忧国忧民的儒家情怀借助如椽的诗笔真实地反映了那个时代的历史状况。杜诗的出现使中国诗歌继《诗经》、《楚辞》和陶渊明之后再一次与中国文化的核心价值发生了重要的关联。如果从儒家文化的角度来观照杜甫诗歌，我们会感受到其中透显出的厚重拙大的忧患意识，会感受到其鲜明、具体的“诗圣”人格。从一定意义上说，杜甫是用诗歌的方式表现着儒家的文化理想，以吟诗的方式来营造儒家的圣贤人格。

第一节　“文章憎命达”

杜甫（712—770），字子美，生于河南巩县，自称少陵野老或杜陵布衣。杜甫出身世家，十三世祖杜预为经学大师，其下历代均有人做官，杜甫在《进雕赋表》中曾说：“自先君恕、预以降，奉儒守官，未坠素业。”初唐著名诗人杜审言是其祖父，但延至杜甫的父亲这一代，仅做到了县令。他幼年发愤，穷而好学，7岁能诗，9岁善书，弱冠之年就与文士唱和，被时人目为班固、扬雄。他自己也曾经骄傲地说：“诗是吾家事。”（《宗武生日》）因此，对诗名的向往和对功业的追求便构成了他人生的基本要素。

杜甫的一生大致可以分为读书漫游时期、困守长安时期、陷贼与为官时期和漂泊西南四个时期。青年时期的杜甫，致力于读书。20 岁时，杜甫就开始了长达十多年的漫游，足迹踏遍了吴、越、齐、赵等地，并于天宝三年（744 年）在洛阳与李白相遇，结为至交。杜甫晚年写道："东下姑苏台，已具浮海航。到今有遗恨，不得穷扶桑。王谢风流远，阖庐丘墓荒。剑池石壁仄，长洲荷芰香。嵯峨阊门北，清庙映回塘。每趋吴太伯，抚事泪浪浪。枕戈忆勾践，渡浙想秦皇。蒸鱼闻匕首，除道哂要章。越女天下白，鉴湖五月凉。剡溪蕴秀异，欲罢不能忘。"（《壮游》）此间瞻仰了文化遗迹，濡染了吴越风情，开阔了视野，增加了阅历，对他后来的思想和创作影响很大。此时的杜甫年少气盛，志气豪壮，不屑世俗，对未来充满了热望与激情。这一时期他写出了《望岳》、《房兵曹胡马诗》、《画鹰》、《赠李白》等诗，已显示出诗人卓异的才华和沉郁的风格，并赢得了诗名。

杜甫画像

杜甫于 34 岁时来到长安，此时的唐朝，尚处于盛世的假象之中，实际上，政治腐败，尤其是奸臣当道，已使得唐王朝如厝火积薪。杜甫为了博得一官，不得不敛颜折腰，投诗献赋，但均无结果，生活日渐贫困。40 岁时，杜甫有机会向皇帝献上了三大礼赋（《朝献太清宫赋》、《朝享太庙赋》、《有事南郊赋》），得到了玄宗的赏识，命待制集贤院，结果因李林甫作梗，又成泡影。《奉赠韦左丞丈二十二韵》中的某些诗句颇能传达出当时复杂的心态："读书破万卷，下笔如有神。赋料扬雄敌，诗看子建亲。李邕求识面，王翰愿卜邻。自谓颇挺出，立登要路津。致君尧舜上，再使风俗淳。此意竟萧条，行歌非隐沦。骑驴三十载，旅食京华春。朝叩富儿门，暮随肥马尘。残杯与冷炙，到处潜悲辛。"这样的生活使杜甫初步认清了现实的真面目，对他的诗风产生了很大影响。40 岁时，杜甫曾以卖药为生，41 岁时写出了第一篇具有重大现实意义的杰作《兵车行》，42 岁时作《丽人行》、《醉歌行》等诗。天宝十四年（755 年）杜甫 44 岁，终于得到了一个右卫率府胄曹参军的小官。这年 11 月，杜甫赴奉先县看望妻子，作《自京赴奉先县咏怀五百字》，揭露统治阶级的骄奢淫逸，描绘了现实的悲惨状况，使其诗歌创作上升到了新的高度。

同时，形势急转，安禄山反于范阳，12 月即攻陷东京。肃宗至德元年（756 年）初，杜甫在长安，5 月，至奉先避难，后闻肃宗在灵武即位，只身从芦子关奔赴灵武，途中为叛军所获，被送至已经陷落的长安，杜甫目睹了战乱的现实，写下了《哀王孙》等深刻地反映现实的诗篇。后来杜甫冒着生命危险间道逃往凤翔，见到了肃宗，拜为左拾遗，但不久就因上疏营救房琯而被贬为华州司功参军，永远离开了长安。这一时期，杜甫的杰出作品有《哀江头》、《悲陈陶》、《悲青坂》、《喜达行在所三首》、《羌村三首》、《北征》、《行次昭陵》等诗。他在48岁时，弃官西去，自秦州赴同谷，又赴成都，岁暮抵达成都，寓居浣花溪寺。作有“三吏”、“三别”等诗。与困守长安的10年相比，这一时期只有5年，但由于广泛地接触了战乱中的现实，遭受了仕途上的打击，他的诗歌发展到了现实主义的顶点。

杜甫在朋友的帮助下营建了草堂，与当地人民一同耕种，在《茅屋为秋风所破歌》等诗中我们可以想见杜甫的艰苦生活。然而，这样的生活也不能继续，战乱迫使他再度迁徙，后来听说好友严武将再度镇蜀，遂返成都。在严武的帮助下，杜甫被任命为节度参谋、检校工部员外郎。不久，因严武病死，杜甫于55岁时移居夔州，并在此度过了两年的时光。后来由夔州出峡，在江陵、公安、岳州间漂泊。59岁时避乱入衡州、耒阳，此年秋天到达了潭州，并沿湘江而下，冬天卒于潭州、岳州间的小舟中，《风疾舟中伏枕书怀三十六韵奉呈湖南亲友》是其最后的歌唱。漂泊西南时期的作品除上述之外还有《蜀相》、《春夜喜雨》、《江畔独步寻花七绝句》、《戏为六绝句》、《悲秋》、《闻官军收河南河北》、《登楼》、《忆昔》、《旅夜书怀》、《秋兴八首》、《咏怀古迹五首》、《登高》、《观公孙大娘弟子舞剑器行并序》、《岁晏行》等。

杜甫在《天末怀李白》中说：“凉风起天末，君子意如何。鸿雁几时到，江湖秋水多。文章憎命达，魑魅喜人过。应共冤魂语，投诗赠汨罗。”借李白的遭遇说明了优秀的文章只能在坎坷的命运中诞生，数百年后，苏轼在《次韵张安道读杜诗》（《苏轼诗集》卷六）中更是将其上升到了规律性的高度：“谁知杜陵杰，名与谪仙高。扫地收千轨，争标看两艘。诗人例穷苦，天意遣奔逃。”这已经由杜甫个人的命运上升到了诗人的普遍的命运，甚至可以这样说，不“穷苦”不“奔逃”的诗人就不是真正的诗人，这是苏轼那个时代所能达到的对诗人的最高的认识和把握。杜甫正是在不达和“奔逃”的命运中成为真正的大诗人的。

第二节　“诗圣”与“诗史”

“诗圣”与“诗史”是对诗人与诗歌的最高评价，在中国历史上，只有杜甫及其诗歌膺此殊誉，而这种评价的由来，不是某些人的随口訾誉，而是在漫长的历史过程中形成的。

杜甫当世，诗界同侪已有推崇杜诗为“大名独步”者。至中晚唐时期，诗界公认“杜诗集古今之大成，尽得古今之体势，而兼人人之所独专”（元稹《唐故检校工部员外郎杜君墓系铭》）。两宋时人们重新发现了杜甫，对杜甫的推崇达到了新的高度，明人陆时雍说：“宋人尊杜子美为诗中之圣。”（《诗镜总论》）至明代，“诗圣”的称号正式叫响，杨慎在《词品》中说“诗圣如杜子美”，陈献章也称“子美诗之圣”。清代则继承了这一称号，如“李白诗仙，杜甫诗圣”（李渔《闲情偶寄·音律第三》），并对“诗圣”的称号进行了论证：

> 少陵一生，笃于伦谊：“梦中吾见弟，书到汝为人”，同气之爱也；“香雾云鬟湿，清辉玉臂寒”，伉俪之情也；“世乱怜渠小，家贫仰母慈”，父子之恩也；“已用当时法，谁将此义陈”，“一病缘明主，三年独此心”，“尽哀知有日，为客恐长休”，友朋之谊也。至于爱君忧国，每饭不忘，尤不可以枚举。其得于《诗》之本者厚矣，故曰“诗圣”。
>
> （管世铭《读雪山房唐诗序例》）

潘德舆则对前人的评价进行了总结：“按杜公之诗，人之推服至极者，如秦少游以为孔子大成，郑尚明以为周公制作，黄鲁直以为诗中之史，罗景纶以为诗中之经，杨诚斋以为诗中之圣，王元美以为诗中之神，亦蔑以加矣。”（《养一斋李杜诗话》卷三）新中国成立后，人们更认识到杜甫不仅是“诗中圣哲”，而且是具有人民性的民族巨人。

杜甫的诗歌在思想史上也有着重要的意义。对政治本体自觉不自觉的怀疑，对人道与天道的关怀，贯穿于杜甫创作的始终。与李白对政治本体的充分认同不一样，杜甫一生都在寻找人生的价值与意义，可以说开启了对文化本体的探询，所以，有人说宋代的理学从杜甫开始，是极有见地的。如《怀灞上游》：

> 怅望东陵道，平生灞上游。春浓停野骑，夜宿敞云楼。
> 离别人谁在，经过老自休。眼前今古意，江汉一归舟。

仇兆鳌《杜诗详注》解释说：“上四忆旧游景事，下则念同游而劝归思也。昼停骑，夜宿楼，极尽一时游兴，惟聚散无常，故有古今之慨。”这种解释，大有不尽意处，仅仅是“聚散无常”，恐怕不值得发此“古今之慨”。“眼前今古意，江汉一归舟”是相对上面三联中表现的两种景事探询后的感受：年轻时的灞上之游虽然极尽欢娱，但能从中找到价值吗？分别后，年轻时的游伴各自老去，默默地死掉，人生到底是为了什么？眼前也要轮到我了，古今恐怕都是一样，人就如一叶飘零的扁舟，即便想回家，也找不到归宿。在奔波一生之后，杜甫更在《旅夜书怀》中说出了“飘飘何所似，天地一沙鸥”的断语，其思无所依的情态，更加表露无遗。

又如《咏怀古迹》其二：

> 摇落深知宋玉悲，风流儒雅亦吾师。怅望千秋一洒泪，
> 萧条异代不同时。江山故宅空文藻，云雨荒台岂梦思。
> 最是楚宫俱泯灭，舟人指点到今疑。

宋玉的遭遇与自己的遭遇何其相似，二人成了隔代知音，怀才不遇、直士遭诬似乎成了一条历史规律，故有“怅望千秋一洒泪，萧条异代不同时”之叹。但在该诗中，最重要的不是这种个人的叹息，而是历史的湮没：“最是楚宫俱泯灭，舟人指点到今疑。”历史在哪里？历史是真实的吗？我一旦成为历史，又会怎样？诗中隐含的这些追问，必然为由政治本体向文化本体过渡发轫。

又如《咏怀古迹》其三：

> 群山万壑赴荆门，生长明妃尚有村。一去紫台连朔漠，
> 独留青冢向黄昏。画图省识春风面，环佩空归月夜魂。
> 千载琵琶作胡语，分明怨恨曲中论。

集天地之精华，生得昭君，又选在代表天地之正道的君王之侧，王昭君的命运本该应天符人，但现实中却恰恰相反。颔联和颈联不仅仅只是客观地描述了辞亲别国、客死异乡的事实，更突出了王昭君对家国的思念与向往，昭示着人们对命运不公的愤慨。尾联直是将愤慨化为怨恨，又将怨恨揉入绵绵的历史情感中。这分明是对天道——政治本体的否弃。

当然，杜甫所表现的不是对生活和价值的绝望，而是对政治本体的质疑。由此而兴起的生命悲剧意识，与李白在对政治本体的体认中产生的生命悲剧意识互为表里，共同构成了对政治本体的解构要素。“诗史”之誉也经历了从初期到局部认识再到全面肯定的三个阶段。杜甫生前，人们对其诗作就有言事有征、集古今大成、律切精深的评价，至晚唐则认为杜诗善于“备叙其事”，通过“读其文”而能“尽得其故迹”，对安史之乱、难民失所等历史状况反映得“殆无遗事”。两宋时期，“诗史”的内涵得到全面发掘，此时“诗史”的内涵不仅包括杜诗记录了杜甫的身世履历和“善陈时事”，也反映了士人的思想情操和文化理想。

“诗圣”是指杜甫的儒家人格，“诗史”反映的是儒家的道德史观，其内涵是指以儒家思想为指导客观地反映当时的历史状况，表现出对战乱的憎恶，对苛政

的抨击，对劳动人民的深切同情和对美的理想的向往。他在著名的《自京赴奉先县咏怀五百字》中说：

> 彤庭所分帛，本自寒女出。鞭挞其夫家，聚敛贡城阙。圣人筐篚恩，实愿邦国活。臣如忽至理，君岂弃此物？多士盈朝廷，仁者宜战栗。况闻内金盘，尽在卫霍室。中堂舞神仙，烟雾蒙玉质。暖客貂鼠裘，悲管逐清瑟。劝客驼蹄羹，霜橙压香橘。朱门酒肉臭，路有冻死骨。荣枯咫尺异，惆怅难再述。

诗人以愤怒的激情，谴责朝廷权贵的肆意挥霍。尤其“朱门”两句，以扛鼎之笔撕破了盛唐的面纱，集中揭露了统治者的聚敛和靡费所造成的“荣枯咫尺异”的强烈反差。这种思想和情感，贯穿于杜甫的整个诗歌创作中，真实而深刻地反映了当时的历史状况，谓为“诗史”，实不为过。

“武皇开边”的穷兵黩武给人民和社会带来的灾难比战乱的灾难更加深重。请看《兵车行》：

> 车辚辚，马萧萧，行人弓箭各在腰。爷娘妻子走相送，尘埃不见咸阳桥。牵衣顿足拦道哭，哭声直上干云霄。道旁过者问行人，行人但云点行频。或从十五北防河，便至四十西营田。去时里正与裹头，归来头白还戍边。边庭流血成海水，武皇开边意未已。君不闻：汉家山东二百州，千村万落生荆杞。纵有健妇把锄犁，禾生陇亩无东西。况复秦兵耐苦战，被驱不异犬与鸡。长者虽有问，役夫敢伸恨。且如今年冬，未休关西卒。县官急索租，租税从何出。信知生男恶，反是生女好。生女犹得嫁比邻，生男埋没随百草。君不见，青海头，古来白骨无人收。新鬼烦冤旧鬼哭，天阴雨湿声啾啾。

天宝以后，唐王朝对边疆少数民族的战争越来越频繁，连年征伐，给边疆少数民族和广大中原地区的人民都带来了深重灾难。诗歌似乎娓娓道来，但蕴涵着长歌当哭的激越的情绪，其悲愤、忧患、反抗与执著自然地流溢出来，深深地打动着无数读者的心灵。

这方面的杰作还有“三吏”、“三别”、《丽人行》等。在《新安吏》中，诗人目睹征兵的残酷现实，疾呼天地无情：“客行新安道，喧呼闻点兵。借问新安吏，县小更无丁。府帖昨夜下，次选中男行。中男绝短小，何以守王城。肥男有母送，瘦男独伶俜。白水暮东流，青山犹哭声。莫自使眼枯，收汝泪纵横。眼枯即见骨，天地终无情。”在《潼关吏》中，诗人谴责了草菅人命的边将：“艰难奋长戟，千古用一夫。哀哉桃林战，百万化为鱼。”而《石壕吏》更是描绘出一幅怪诞而又真实的悲惨图景：“暮投石壕村，有吏夜捉人。老翁逾墙走，老妇出门看。吏呼一何怒，妇啼一何苦。听妇前致词，三男邺城戍。一男附书至，二男新战死。存者且偷生，死者长已矣。室中更无人，惟有乳下孙。有孙母未去，出入无完裙。老妪力虽衰，请从吏夜归。急应河阳役，犹得备晨炊。夜久语声绝，如闻泣幽咽。天明登前途，独与老翁别。”孔子曾说“苛政猛于虎”，此处的征兵暴政恐怕比孔子所说的“苛政”有过之而无不及。

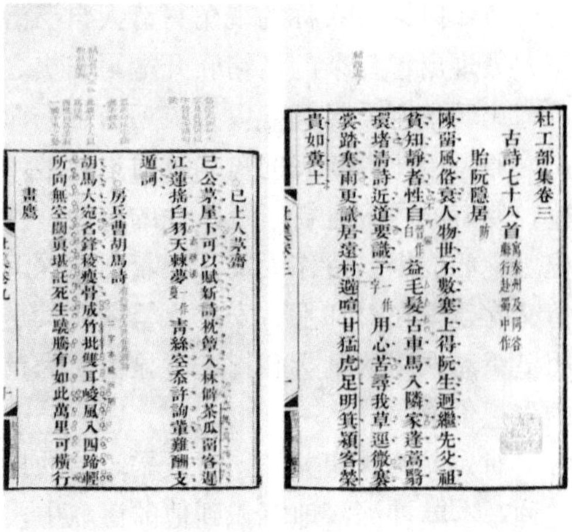

《杜工部集》书影

《悲陈陶》一诗是反映安史之乱的名作，但并不仅仅局限于对战争的描写，更重要的是表现了对民众的同情，对叛军的愤怒斥责和对正义战争的歌颂：

孟冬十郡良家子，血作陈陶泽中水。野旷天清无战声，
四万义军同日死。群胡归来血洗箭，仍唱胡歌饮都市。
都人回面向北啼，日夜更望官军至。

唐肃宗至德元年（756年）冬，唐军与安史叛军在陈陶作战，结果唐军四五万人几乎全军覆没，而军士多是来自长安一带的良家子弟，杜甫对此表现出发自肺腑的深哀剧痛。诗作没有实录陈陶战役的过程，而是着意描绘了战败后陈陶血流成泽、尸横遍野的场面，再将“四万义军”的巨大数字与“同日死”的短促时间压缩在一句之中，凸显出那种无数生命毁于一旦的轻易感与惨烈感，对叛军的嚣张与恣肆更是充满了强烈的义愤。结句反而没有消沉与悲伤，而是表达了人民对于平叛的渴望，给人以鼓舞和力量，在创作思想上达到了很高的境界。

不仅如此，杜甫还在这种历史的哀痛中思索兴衰治乱的原因，《哀江头》就表现了他这种思考与追问：

少陵野老吞声哭，春日潜行曲江曲。江头宫殿锁千门，细柳新蒲为谁绿。
忆昔霓旌下南苑，苑中万物生颜色。昭阳殿里第一人，同辇随君侍君侧。
辇前才人带弓箭，白马嚼啮黄金勒。翻身向天仰射云，一箭正坠双飞翼。
明眸皓齿今何在，血污游魂归不得。清渭东流剑阁深，去住彼此无消息。
人生有情泪沾臆，江水江花岂终极。黄昏胡骑尘满城，欲往城南望城北。

诗作以第三人称的视角写诗人自己潜游曲江的行踪，通过哀叹曲江之昔盛今衰，表现出了复杂的情绪。开端写安史之乱后曲江的荒凉和自己的无限哀伤，接着写唐明皇宠爱杨贵妃以致疏远贤臣，而“一箭正坠双飞翼”的意象具有双重意义，原是指比翼双飞的禽鸟被射中坠地，不难令人联想到玄宗贵妃命运变化的急速，使诗的内容进行了跳跃性的转换，并通过对李、杨爱情悲剧的描写反思了安史之乱的成因。诗作无疑流溢着强烈深沉的爱国热情，感人至深，但这种爱国热情又是建立在对和平、安定、繁荣尤其是政治清明热爱的基础上的，所以对于唐明皇荒淫误国的剖析和抨击就显得尤为重要，因此也就表现出了杜甫诗歌的深刻的思想价值。

对人民的深切关怀，对残暴政治的批判，正是儒家思想的精华。由于杜甫把这种基本精神深深地沉积到他的诗歌中，他的诗歌才深深地植根于民族文化的深处，才有着恒久的魅力。杜甫以己度人，将普通的人情极大地扩展开来，形成了“大庇天下寒士俱欢颜”的博大慈爱的胸怀。请看《又呈吴郎》：

堂前扑枣任西邻，无食无儿一妇人。
不为困穷宁有此，只缘恐惧转须亲。
即防远客虽多事，便插疏篱却甚真。
已诉征求贫到骨，正思戎马泪盈巾。

杜甫此时已将草堂让给了吴姓的亲戚，但他还是对那位贫苦的邻妇表现出如此的关怀。杜甫推己及人，化小情为大情，被誉为“诗圣”，是情理之中的事。

杜甫不仅时时心系国家人民，对于亲情、友情也十分重视，对人情之美与人性之善也多有探讨和追寻，这也从某个方面深刻地体现了他的儒家人格。如他在身陷长安时写下的著名的《春望》：

国破山河在，城春草木深。感时花溅泪，恨别鸟惊心。
烽火连三月，家书抵万金。白头搔更短，浑欲不胜簪。

将热爱国家的感情和眷念家人的美好情操融合得丝丝入扣，再加上感时伤别和老大无成的悲叹，显得浑融自然，意致深蕴，历来为人喜爱。再如《月夜》：

今夜鄜州月，闺中只独看。遥怜小儿女，未解忆长安。
香雾云鬟湿，清辉玉臂寒。何时倚虚幌，双照泪痕干。

只从对面着笔，写闺中人如何想念远方的亲人，一“湿”一“寒”两字，写尽了妻子的美丽、善良与孤苦，也写尽了诗人的同情与相思之意，而那普照天下的月光又将两地思念之情紧紧地联系在了一起。又如《江村》：

清江一曲抱村流，长夏江村事事幽。
自去自来梁上燕，相亲相近水中鸥。
老妻画纸为棋局，稚子敲针作钓钩。
但有故人供禄米，微躯此外更何求？

神光内敛，集自然与人事于一体，而一切都是自然而然的。对自然与生活细节的体会是那样细致，人与人、人与自然亲密无间，人与天与道息息相通，这些不仅表现了儒家的人间情怀，也体现了人的生存依据。《羌村三首》之一中这样写亲人相逢的喜悦：“峥嵘赤云西，日脚下平地。柴门鸟雀噪，归客千里至。妻孥怪我在，惊定还拭泪。世乱遭飘荡，生还偶然遂。邻人满墙头，感叹亦歔欷。夜阑更秉烛，相对如梦寐。”将亲情置入大乱的年代里，不仅强烈地凸显亲人一家相聚之不易，更强烈衬托出人性的高贵与生命相依相连的人性之美。对兄妹，杜甫常常以诗代简：“闻汝依山寺，杭州之越州？风尘淹别日，江汉失清秋”（《第五弟丰独在江左，近三四载寂无消息，觅使寄此二首》之一）；“尔到江陵府，何时到峡州？乱离生有别，聚集病应瘳”（《得舍弟观书自中都已达江陵，今兹暮春月末……情见乎词》）。诗人就是这样将人伦的情丝化作了浓密的诗意。对待朋友，杜甫往往是“天下朋友皆胶漆”（《忆昔二首》之一），如名篇《赠卫八处士》：

人生不相见，动如参与商。今夕复何夕，共此灯烛光。
少壮能几时，鬓发各已苍。访旧半为鬼，惊呼热中肠。
焉知二十载，重上君子堂。昔别君未婚，儿女忽成行。
怡然敬父执，问我来何方。问答乃未已，儿女罗酒浆。
夜雨翦春韭，新炊间黄粱。主称会面难，一举累十觞。
十觞亦不醉，感子故意长。明日隔山岳，世事两茫茫。

音节词气，温和柔美，情韵悠长绵永，一种笃如胶漆、真诚温厚的友情之美溢出纸外，千古而下读之，依然令人无限神往。至于对待李白，杜甫诗集中有《天末怀李白》、《冬日有怀李白》、《梦李白二首》、《春日忆李白》、《寄李十二白二十韵》、《不见》等怀念李白的诗篇，应是中国文化中友道的楷模。在中国诗史上，还没有人像杜甫这样重视人伦之情，梁启超曾称杜甫为“情圣”，他应该是当之无愧的。

杜甫的一些诗歌还有着极其深厚的文化意蕴，如《望岳》、《登高》、《秋兴八首》之一等。这些诗与上述各个方面的诗作一起，与传统的主流文化发生了深度的关联，体现了传统主流文化的价值追求和理想，代表了我们民族文化的精核。在一定意义上说，如果没有杜诗，后来的中国诗歌也许会顺着文苑传统，愈益滑向形式主义，成为装点生活的摆设；也许会被科举考试异化成功利性的工具；更有可能会沿着张扬感性生命的路径逐渐沦为轻灵浮滑的美文学。因此，可以这样说，杜诗在中国诗歌史上具有“根”的意义和作用。

第三节　“沉郁顿挫”之美

杜诗的艺术风格是多样的，但从整体来看，沉郁顿挫是杜诗的基本审美特征。自宋代严羽以后，人们多用“沉郁顿挫”来概括杜甫诗歌的审美特征，但沉郁顿挫一词的具体含义却有分歧。此词最初来自杜甫的《进〈雕赋〉表》：“则臣之述作虽不能鼓吹六经，先鸣数子，至于沉郁顿挫，随时敏捷，而扬雄、枚皋之徒，庶企可及也。”此处的“沉郁”是指学养深厚，“顿挫”是指节奏的抑扬缓急。后来的含义有所不同，应该包含以下几方面的内容：深沉博大的思想情感，忧国忧民的价值关怀，浑融含蓄的气象，抑扬顿挫、回旋张弛的节奏。

杜甫之所以被称为“诗圣”，就是因为他使诗歌与传统文化的主流发生了内在的关联，这也正是杜诗“沉郁”的基本特征。忽视了这一点，就很难读懂杜甫的一些富有文化意味的诗歌。《望岳》这样写道：

> 岱宗夫如何，齐鲁青未了。造化钟神秀，阴阳割昏晓。
> 荡胸生层云，决眦入归鸟。会当凌绝顶，一览众山小。

如果深入品味，我们会在杜甫的诗中体会出那股潜隐其中的深厚的“仁德”味道：五岳之首的泰山是怎样的呢？原来她在青翠无垠的齐鲁大地上拔地而起。这青青未了的齐鲁大地，不正与人的自然而然、无边无际而又生生不息的“恻隐之心”相通吗？只有在这样的基础上，才能涵孕出泰山般的仁德之心。这分割阴阳昏晓、是非曲直、仁与不仁的泰山是怎样形成的呢？那是造化的钟爱。造化为什么钟爱泰山呢？“皇天无亲，惟德是辅”，造化只钟爱那些仁德之物，只有道德自觉，才能获得上天的眷顾。其实，这上天或造化就是道德自觉本身，它内在于我们的心中。登上泰山，是怎样的感觉呢？那在胸前荡漾的层云啊，仿佛要让人凌空而起，但脚又踏在坚实的泰山上，这也许就是那种执著而又超越的感觉吧！

再加上归巢的鸟儿，仿佛都归入了我的眼睛和心灵，天地万物就都摄入我的胸怀了。在现实中体味超越性的意义，“万物皆备于我”，正是仁者的胸襟和情怀。最后一句说，当人登上绝顶的时候，真正体会到当年孔子“登泰山而小天下”的感觉，可以自由地俯瞰万物了，就获得了自由而超越的人格，也许这就是孔子所说的“从心所欲而不逾矩”吧！可以说，《望岳》一诗形象地展现了由葆守恻隐之心而达到道德自觉并进而体味道德的各个进阶的全过程，当然也正是我们追求自我提升的全过程。也许，我们读《望岳》时并没有想这么多，但这些又确实隐含在我们的心里，并以潜在的方式决定着我们的思想和情感。如果这些都是不存在的，那么，《望岳》以及一切著名的诗词就是所谓的语言的空壳！

再如《江汉》：

江汉思归客，乾坤一腐儒。片云天共远，永夜月同孤。
落日心犹壮，秋风病欲苏。古来存老马，不必取长途。

仇兆鳌《杜诗详注》注：“上四句言所处之穷，下四句言才犹可用，思归一旅客，乃当世一腐儒，自嘲亦复自负。天共远，承江汉客；月同孤，承一腐儒。心壮病苏，见腐儒之智可用，故以老马自方。”“周甸曰：‘取其智不取其力。’”“远注：全首是曹操的《步出夏门行》诗‘老骥伏枥，志在千里；烈士暮年，壮心不已’意。”仇氏未得该诗要领。上四句并非言所处之穷：思绪如江汉般浩渺，人与乾坤同在；自己虽如片云，但心与天空同远大；在慢慢长夜中，人与明月同此情景。与天地同构，与宇宙共在，何来“所处之穷”？这正是儒家思想中人与宇宙自然、人与社会关系的深刻表达，也是该诗宏大气魄的来源。杜诗的“大”就在于此。下四句也非“言才犹可用”，而是“其为人也，发愤忘食，乐以忘忧，不知老之将至云尔”（《论语·述而》），是心境的洞明与情绪的昂扬。与曹诗相提并论，本就将杜诗看得小了；如果再将其理解为“取其智不取其力”，那直是把杜甫看作一个鼓勇求怜的乡曲小儒了。

另外，像本书引言所列举的《秋兴八首》之一（玉露凋伤枫树林）和《登高》等都表现了上述的特点。

上面是从杜诗与传统文化的内在联系的角度来理解“沉郁顿挫”之美，其实，“沉郁顿挫”风格的形成也与其诗歌的表现形式和方法有着不可分割的联系。杜甫创作态度极其认真，高度重视语言的锤炼，他说：“为人性僻耽佳句，语不惊人死不休。”（《江上值水如海势，聊短述》）“陶冶性灵在底物，新诗改罢自长吟。孰知二谢将能事，颇学阴何苦用心。”（《解闷十二首》之七）这使其语言苍劲凝练，诗句具有巨大的艺术概括力，因此，在语言的美感上就显示出了沉郁顿挫的特点。如《旅夜书怀》：

细草微风岸，危樯独夜舟。
星垂平野阔，月涌大江流。
名岂文章著，官应老病休。
飘飘何所似，天地一沙鸥。

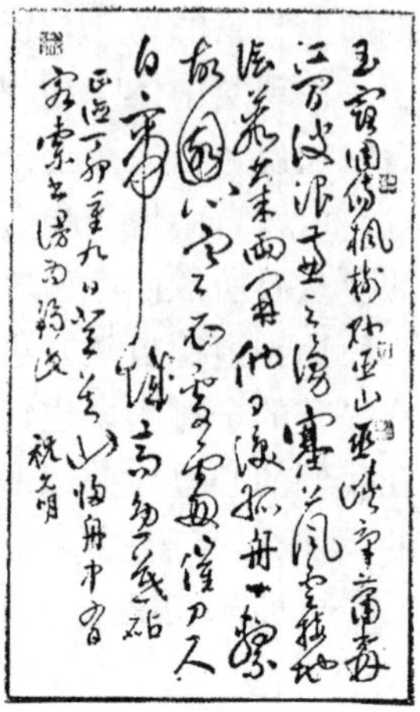

祝允明书杜甫
《秋兴八首》之一

诗作追忆往事，总结一生，蕴涵着极其深沉的人生感慨。虽有孤独与伤感，但其倔强中显示出来的飘逸不群和超凡脱俗却更加感人。这种艺术效果是与极其沉郁凝练的语言密不可分的。首联中的名词性意象之前都用“细”、“微”、“危”、“独”等形容词来修饰限制，不仅使得原有的单纯名词性意象更为鲜明具体，更加渲染了孤独倔强而又自得的气氛；颔联中“平野”、“大江”物象的选择也极具深意，整联不仅是写景，更是通过写景表现大化流行、刚健不息、浓密质实、物我合一的儒家情怀；颈联用上一下四的格式，“岂”、“应”本是虚词，但虚词不“虚”，极其有力地突出了“名”、“官”对于杜甫的荒诞性：杜甫志在经济，却以文章著名；做官本该年老致仕，却因直言遭黜。尾联抒写的并不是对生活和生命的绝望情绪而是对政治本体的质疑；但这种质疑因有上文的铺垫，在悲慨中展示出的是洒脱而又倔强的情感追求，充分表现了杜甫的精神特质。

杜诗还善于打破五言律诗的上二下三、七言律诗的上四下三的句式常规，追求句式的“顿挫”的效果，上文《旅夜书怀》的第三联就是典型的例子。再如：“随风隔幔小，带雨傍林微”（《萤火》），上四下一，突出了萤火虫之“小”与荧光之“微”。“露从今夜白，月是故乡明”（《月夜忆舍弟》），上一下四，突出他乡之“露”的清寒与故乡之“月”的皎洁，有力地渲染了思乡之情。《吹笛》一诗这样写道：“吹笛秋山风月清，谁家巧作断肠声。风飘律吕相和切，月傍关山几处明。胡骑中宵堪北走，武陵一曲想南征。故园杨柳今摇落，何得愁中曲尽生。”颈联上一下六，镶嵌在整首诗中，和谐而又富有变化，凸显出明月与笛声在诗人心中引起的强烈感受，有力地烘托了思乡之情。

善于以议论入诗也是形成其“沉郁顿挫”的诗风的重要原因。杜甫的各类诗中都有大量的议论，而这些议论又不是单调生硬的，往往与叙事、抒情、写景相结合，使之相互生发，收到了独特的艺术效果。如《新婚别》：

兔丝附蓬麻，引蔓故不长。嫁女与征夫，不如弃路旁。
结发为妻子，席不暖君床。暮婚晨告别，无乃太匆忙。
君行虽不远，守边赴河阳。妾身未分明，何以拜姑嫜。

父母养我时，日夜令我藏。生女有所归，鸡狗亦得将。
君今往死地，沉痛迫中肠。誓欲随君去，形势反苍黄。
勿为新婚念，努力事戎行。妇人在军中，兵气恐不扬。
自嗟贫家女，久致罗襦裳。罗襦不复施，对君洗红妆。
仰视百鸟飞，大小必双翔。人事多错迕，与君永相望。

可谓如怨如慕，如泣如诉，叙事与议论已不可句摘，娓娓的叙事为沉挚的议论提供了基础，议论又使当时常见的情景升华到了崭新的高度。《春日忆李白》则是抒情、写景与议论相结合的典范：

白也诗无敌，飘然思不群。清新庾开府，俊逸鲍参军。
渭北春天树，江东日暮云。何时一尊酒，重与细论文。

首联议论中有抒情，抒情中有议论；颔联直承上联，是对李白诗的评价；颈联则宕开一笔，借写景来抒写对李白的怀念；尾联则是抒情中含议论，收束全诗。诗作在抒情、写景、议论间穿插张弛，将对李白的多层次的怀念抒写得深情毕现。

杜诗众体皆备，且多有创新，而五、七言诗的成就最高。杜甫被称为“七律圣手”，在杜甫以前，七律很少。沈佺期和宋之问是近体格律诗的奠基人，七律虽“滥觞沈宋”，但二人的创作兴奋点在五言而不在七言。其他有影响的诗人如王绩、陈子昂、“初唐四杰”也几乎没有写过七言律诗，杜甫的祖父杜审言也只写了三首七律，其中两首还是“应制”之作。到开元、天宝期间，七言律诗的创作也仍然没有得到重视。王维、高适、岑参、李颀几位诗人的七律较多，但总体数量有限，质量也不高，王维写得最多，也不过20余首；李白的千首诗作中七律不足百一，孟浩然、王昌龄、祖咏、崔颢、储光羲、常健、裴迪等人的七律也多则三五首，少则一二首。上述的七律不仅内容狭窄，艺术上也往往失于板滞。七律至杜甫则无法不精，无题不入，蔚为大观。从内容上看，杜甫的七律可谓海涵地负，包举宇内，其中尤以反映社会现实和揭露社会矛盾的作品最为杰出。《秋兴八首》、《登楼》、《诸将五首》都可以看成是这方面的代表作。《秋兴八首》首首写景抒情，意蕴深厚，大气磅礴而又大开大合，兴象雄浑而又情景交融，将伤弃置、感流寓、怀君阙的思想感情表现得淋漓尽致。王阮亭认为：“《秋兴八首》皆雄浑丰丽，沉着痛快，其有感于长安者，但极言其盛而所感自寓于中。徐而味之，凡怀都恋阙之情，慨往伤今之意，与乎戎寇交侵，大小病国，风俗之非旧，盛衰之相寻，所谓不胜其悲者，固已不出乎意言之表矣。近日王梦楼太史云：‘子美《秋兴》八篇，可抵庾子山一篇《哀江南赋》。’此论亦前人所未发。”

（《杜诗镜铨》卷十三引）吊古伤今、借古抒怀方面的七律也十分优秀，尽显其沉郁顿挫的特质。如《登楼》：

花近高楼伤客心，万方多难此登临。
锦江春色来天地，玉垒浮云变古今。
北极朝廷终不改，西山寇盗莫相侵。
可怜后主还祠庙，日暮聊为梁甫吟。

首联交代人事背景，将自然与历史融为一体，并显示出天道与人道背离的悲剧感；颔联收缩到眼前之景，但又在有限中透射向无限，空间和时间的交织不仅展示出中国人的生命化的宇宙情怀，还将这种天道与人道合为一体，扭转了首联的精神走向；颈联是在颔联基础上的自然引出，将历史道德化，确立价值，镇定全诗；但尾联回到现实后，又彰显出应然与实然的距离和深沉的历史悲剧意识。需要看到的是，有了中间两联的价值基础和坚定的信念，首联和尾联中的朝事衰败和个人遭际都是暂时的和不具有普遍性的，反而透显出一种艰难困苦、玉汝于成的历史感；特别是尾联，有了前面的铺垫，就不再是个人的无谓的感喟，而是建立起一种坚忍不拔的心理结构。再如《蜀相》：

丞相祠堂何处寻，锦官城外柏森森。
映阶碧草自春色，隔叶黄鹂空好音。
三顾频烦天下计，两朝开济老臣心。
出师未捷身先死，长使英雄泪满襟。

杨伦《杜诗镜铨》卷七引俞犀月评云："真正痛快激昂，八句诗便抵一篇绝大文字。"首联起句邈远，引人遐思：何以要在浩渺的宇宙中寻找一个祠堂？那位丞相究竟是什么人？当第二句明确了是蜀相时，人们便心领神会；颔联写眼前景色，但极为曲折藏物：碧草竟然如此无情，还是年年春色自发，难道诸葛亮的功业没有意义？不，黄鹂的优美的歌唱并不能使我快乐，甚至使我反感，我为诸葛亮的赍志而没感到无限的悲伤；我的悲伤的情感告诉我，人的价值是由人自己建立起来的，人是可以自证的；颈联写人事，为上两联的情感找到事实基础，挺立全诗；尾联揭示了功业无限而人生有限的悲剧真相，不仅是对诸葛亮的缅怀和对历史的感喟，更是在洞悉悲剧真相后的毅然挺立——英雄流泪之后并不是走向消沉，而是以泪洗涤凡庸，以形上价值的建立来超越现实中有限的生命！该诗在中性的宇宙中痛快激昂地挺立起人的价值、历史的价值，不是"一篇绝大文字"，又是什么？

在写景抒情方面，杜甫的七律作出了突出的贡献。《秋兴八首》和《登高》是这方面的代表作。对于《登高》，胡应麟说：“（此章）五十六字，如海底珊瑚，瘦劲难名，沉深莫测，而精光万丈，力量万钧。通章章法、句法、字法、前无昔人，后无来学……此诗当为古今七言律第一，不必为唐人七言律第一也。”（《诗薮》内编卷五）《闻官军收河南河北》更是以抒情为主的名篇：

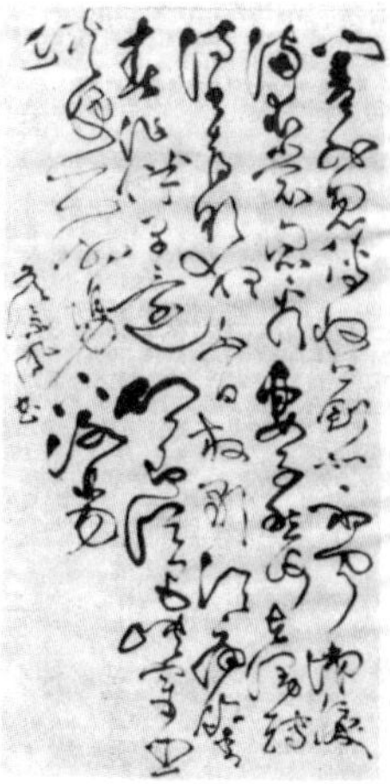
闻官军收河南河北
杜甫

剑外忽传收蓟北，初闻涕泪满衣裳。
却看妻子愁何在，漫卷诗书喜欲狂。
白日放歌须纵酒，青春作伴好还乡。
即从巴峡穿巫峡，便下襄阳向洛阳。

此诗被称作老杜平生第一快诗。前半部分实写即兴感受，后半部分侧重于抒写回乡迫切心情，全诗紧紧围绕一个“喜”字，将一连串密切相关的事象，按时间先后的顺序纵向串联起来，事象一个接一个，情感一环套一环，一气流转，痛快淋漓地表现出他那喜不自禁的心情。再如：“白帝城中云出门，白帝城下雨翻盆。高江急峡雷霆斗，翠木苍藤日月昏。戎马不如归马逸，千家今有百家存。哀哀寡妇诛求尽，恸哭秋原何处村。”（《白帝》）“岁暮阴阳催短景，天涯霜雪霁寒宵。五更鼓角声悲壮，三峡星河影动摇。野哭几家闻战伐，夷歌数处起渔樵。”（《阁夜》）这些诗将写景与抒情融合得浑融无间，也是前所未有的。在艺术形式方面，杜甫对七言律诗的发展也有很大的贡献。他首先运用七律组诗的形式来表现丰富深刻的内容，并使组诗形成了一个完整和谐的整体，如《将赴成都寄严郑公五首》、《诸将五首》、《秋兴八首》、《咏怀古迹五首》等即是其突出的代表。运用拗字并形成了所谓的“拗体”形式，“愁起于心，真有一段郁戾不平之气，而因以拗语发之，公之拗体大多如是”（《杜臆》卷七），应该说道出了杜甫使用拗字的实质。

杜甫的心忧苍生社稷的伟大人格，他的现实主义的诗风和光辉的艺术成就在中国诗歌史上产生了深远的影响。如元、白的新乐府运动，晚唐的现实主义诗歌，宋代的爱国诗派和词派，元好问的思想和诗风，明末清初的顾炎武、屈大均等人，都受到了杜甫的巨大影响。在艺术上，他更是开了诸派之先河。孙仅《读杜工部诗集序》说：“公（杜甫）之诗，支而为六家。孟郊得其气焰，张籍得其简丽，姚合得其清雅，贾岛得其奇僻，杜牧、薛能得其豪健，陆龟蒙得其赡博。”到了宋代，杜甫更是受到了空前的重视，苏轼的以议论入诗和江西诗派生新瘦硬的诗风也与杜甫的影响有关。对于杜甫的七律诗的影响，《岘佣说诗》评论说：

“少陵七律，无才不有，无法不备。义山学之，得其浓厚；东坡学之，得其流转；山谷学之，得其奥峭；遗山学之，得其苍郁；明七子学之，佳者得其高亮雄奇，劣者得其空廓。”在一定意义上说，杜诗的影响几乎笼罩了其后的整个诗坛。

关键概念

现实主义诗风　　“诗圣”与“诗史”　　沉郁顿挫

思考题

1. 简述杜甫一生的四个阶段及其代表作。
2. 前人为什么将杜甫的某些诗作称为“诗史”？请举例说明。
3. 如何理解杜诗的“沉郁顿挫”的诗风？

第八章

刘长卿、韦应物：从“立象以尽意”到“境生于象外”

在中国文学史上，中唐“乃古今百代之中，而非有唐一代之所独得而称中者也。……时值古今诗运之中，与文运时相表里，为古今一大关键，灼然不易”(叶燮《百家唐诗序》)。以中唐为界，审美趣味和文学艺术精神发生了明显的转变。从“神与物游”到“思与境谐”，是从对理想人格的企盼转向了对人生态度的追求；从“以形写神”到“离形得似”，是从外在世界向内在心性的转移；从“文以气为主”到“文以韵为主”，是从对外在世界的征服转向对心情意绪的体验；从“立象以尽意”到“境生于象外”，则是从对客观事物的追索转向了宁静悠远的玄思。司空图的《诗品》将传统的“滋味”说发展成了“韵味”说，推崇“味外之味”、“韵外之致”的诗境，要求诗歌“超以象外，得其环中”。这其实正是中国诗歌从“文以气为主”到“文以韵为主”的理论总结。而这一历史潮流，早在盛、中唐之交的诗歌创作中就率先表现出来了。

中唐前期的诗歌也呈现出多元发展的局面，除了元结、顾况的“系乐府”诗外，刘长卿、韦应物的山水田园诗和李益的边塞诗也取得了一定的成就，并首开中唐新诗境。

第一节　刘长卿：在清气与工秀中营造淡远幽微的意境

刘长卿（726—789），字文房，河间人（今属河北）。少居嵩山读书，数次应试，天宝年间进士及第，尚未释褐即逢安史之乱。肃宗至德宗年间先后摄海盐令，任监察御史、长州尉等职，后被贬岭南南巴尉，代宗年间转运使判官等职，曾被诬以“贪赃”罪贬睦州司马。德宗年间任随州刺史，世称刘随州。刘长卿曾与李白、耿湋等诗人有交往。

刘长卿的诗歌有五百多首，题材多样，有感叹报国无门、知音难觅、怀才不遇的，也有反映安史之乱的，此外还有边塞诗。刘长卿和杜甫经历了同样的时代，他的诗虽然没有像杜诗那样深刻地反映现实，但其因性格刚直，心怀经世济时的强烈愿望，敢于直面现实，还是写出了一些反映现实的作品，如《至德三年春正月……上浙西节度李侍郎中丞行营五十韵》等诗描述安史之乱的情景和收复两京的喜悦心情，悲壮慷慨，富有强烈的时代感。当然，刘长卿的诗风有时也沉郁苍凉，与杜诗诗风有近似之处。如《穆陵关北逢人归渔阳》：

逢君穆陵路，匹马向桑干。楚国苍山古，幽州白日寒。
城池百战后，耆旧几家残。处处蓬蒿遍，归人掩泪看。

将中原至幽州的乱后破败情景极其鲜明地呈现出来，尤其是“幽州白日寒”一句，以白日寒光的凄冷与惨淡来形容北方的荒凉冷落，将汉魏诗的风骨和唐诗的浑成融为一体，尤见功力。再如《送李录事兄归襄邓》：

十年多难与君同，几处移家逐转蓬。白首相逢征战后，
青春已过乱离中。行人杳杳看西月，归马萧萧向北风。
汉水楚云千万里，天涯此别恨无穷。

不仅抒写了身经离乱的凄楚与无奈，也反映了当时的社会现实，沉郁苍凉，有杜甫的《登岳阳楼》的神韵。

在唐代诗歌发展史上，刘长卿应该是大历诗人之冠，是盛唐诗歌向中晚唐过渡的代表人物。他的诗歌的主要贡献是在清气与工秀中营造淡远幽微的意境，创造了一种清冷闲淡、细密工秀的新诗风，开启了由意境向韵味的转变，开辟了中唐新的诗境——一种更加“纯粹”的诗境。中晚唐时期，汉唐以来的政治本体被逐渐消解，而文化本体尚未建立起来，因此，人的心灵被“裸露”出来，人比以往任何时期都更需要自然的慰藉，需要一种更加“纯粹”的诗境来填充人的心灵世界。因此，刘长卿的诗不重凸显人生的有限性，而是对这种悲剧真相深情感慨，然后进行审美超越，人就沉浸在当下的情感中，消解了悲剧性。总的说来，中国文化中的悲剧意识主要来源于人的有限性，从一定意义上讲，刘长卿的诗所表现出来的悲剧意识更为纯粹，更接近中国悲剧意识的本来面目。这也是刘长卿

的诗境更加“纯粹”的原因。

刘长卿以山水田园诗驰名当世，但这些诗往往不再以表现田园风光为主，而是更多地倾向于表现隐居情怀和对清幽孤寂的心情的体味。如：

古台摇落后，秋日望乡心。野寺人来少，云峰水隔深。
夕阳依旧垒，寒磬满空林。惆怅南朝事，长江独至今。
（《秋日登吴公台上寺远眺》）

首联写秋日临古战场登高远望，思念家乡，而战场、秋日、寺院、思乡四组意象在博弈互生，不知指向何方；颔联具体写远望所见，确定了孤寂而清幽的意境风格，同时也为抒情主体体味人生和历史提供了典型环境；颈联挺起，确立价值观：夕阳下，古战场依然存在，但它是“空”，而填充这“空”的，是寺院清寒的钟磬之音；尾联将人事与自然对比，给“望乡心”一个圆满的回应：家乡不再是具体的地点，而是历史的价值与精神的归宿。又如《寻南溪常山道人隐居》：

一路经行处，莓苔见屐痕。白云依静渚，芳草闭闲门。
过雨看松色，随山到水源。溪花与禅意，相对亦忘言。

一般首联都是从大处着眼，此诗却偏偏从屐痕入手，抛开“意识形态”和“宏大叙事”，转而写最细微最切近的生活，这是政治本体解构在诗歌创作上的直接反映，也是建构这种新诗境的要素；颔联写路上所见，颈联规定全诗的意趣；中间两联将自然的物境与自然的心境融为一派自然，了无渣滓，构建起“纯粹”的诗境。明僧普荷说：“禅而无禅便是诗，诗而无诗禅俨然。”尾联点出“禅意”，反而不如中间两联更近于禅。在当时的历史条件下，幽微的心境往往与禅意联通，刘长卿的一些诗就表现了这一特点。如“故居何日下，春草欲芊芊。犹对山中月，谁听石上泉。猿声知后夜，花发见流年。杖锡闲来往，无心到处禅”（《喜鲍禅师自龙山至》）。时间和空间似乎已经消失，处处都是无心之境，处处都是一派安闲淡远的自然而然。

刘长卿的很多诗是在迎送往来和赠答唱和中表现了淡远的出世情怀。如：

荒村带返照，落叶乱纷纷。古路无行客，寒山独见君。
野桥经雨断，涧水向田分。不为怜同病，何人到白云。
（《碧涧别墅喜皇甫侍御相访》）
清风季子邑，想见下车时。向水弹琴静，看山采菊迟。

明君加印绶，廉使托茕嫠。旦暮华阳洞，云峰若有期。

（《送李摯赴延陵令》）

寂寥东郭外，白首一先生。解印孤琴在，移家五柳成。
夕阳临水钓，春雨向田耕。终日空林下，何人识此情。

（《过前安宜张明府郊居》）

又过梅岭上，岁岁此枝寒。落日孤舟去，青山万里看。
猿声湘水静，草色洞庭宽。已料生涯事，唯应把钓竿。

（《却赴南邑留别苏台知己》）

到君幽卧处，为我扫莓苔。花雨晴天落，松风终日来。
路经深竹过，门向远山开。岂得长高枕，中朝正用才。

（《集梁耿开元寺所居院》）

群公谁让位，五柳独知贫。惆怅青山路，烟霞老此人。

（《赠秦系征君》）

在他的五言诗中，有许多诗是描写他独往独来和幽独自处的身影的，这构成了刘长卿诗的一个显著特色。这些诗即使是写别人的形象，也往往是诗人心灵的投影。如《江中对月》：“空洲夕烟敛，望月秋江里。历历沙上人，月中孤渡水。”这也显然是借人喻己。这样的例子很多，如：

江海相逢少，东南别处长。独行风袅袅，相去水茫茫。
白首辞同舍，青山背故乡。离心与潮信，每日到浔阳。

（《江州留别薛六、柳八二员外》）

摇落暮天迥，青枫霜叶稀。孤城向水闭，独鸟背人飞。
渡口月初上，邻家渔未归。乡心正欲绝，何处捣寒衣？

（《余干旅舍》）

悠悠白云里，独住青山客。林下昼焚香，桂花同寂寂。

（《寄龙山道士许法棱》）

新安君莫问，此路水云深。江海无行迹，孤舟何处寻。

（《赴新安别梁侍郎》）

诗人的幽独情怀是一望即知的。这些带有“孤”、“独”字样的句子，本身也在一定意义上显示出刘长卿诗歌清幽淡远的意境。

还有一些诗表达了对朋友的友情和思念，如：“晓日西风转，秋天万里明。湖天一种色，林鸟百般声。霁景浮云满，游丝映水轻。今朝江上客，凡慰几人情。”（《喜晴》）而《饯别王十一南游》一首尤其有意味：

望君烟水阔，挥手泪沾巾。飞鸟没何处，青山空向人。
长江一帆远，落日五湖春。谁见汀洲上，相思愁白蘋。

首联写对朋友的留恋和分别后将有的思念情景，境界阔大，情感细腻，以时间的往复带动情感的缠绵；颔联拟想分别后向南遥望朋友的情景：飞鸟在视野的尽头消失，唯剩青山与我相对，但不能告诉我朋友在何处，使我感到无比的空虚与寂寞；颈联挺起，给全诗涂上了一脉暖色，在暴露困境的同时又加以超越性的弥合，深合中国悲剧意识的特点；尾联直言相思，点出主题，落到指向心情意绪的“汀洲”、“白蘋”之上，归于心理本体。全诗选择的意象都是一般性的，不涉及功业、志向、乡情、爱情等内容，也没有爱憎取舍，只是客观冷静地表达自己的思念之情，这与盛唐时期的送别诗形成了极其鲜明的对照。正是这种表现“抽象”情感的“纯粹”诗境，构成了中唐新诗境的基本特点。

有些怀古诗也写得别具一格，意蕴深远。如《春草宫怀古》：

君王不可见，芳草旧宫春。犹带罗裙色，青青向楚人。

春草宫是隋炀帝所建离宫，故址在今江苏省江都县境内，属古楚地。宫以春草命名，可见此地芳草之浓盛。君王是暂时的，芳草作为人、人情的象征，是永恒的；在对不合理历史的否弃中，诗作融会了人情与自然，流溢着对被压抑的像草一样的人、人情的信仰；情染天地，天地乃情，情与天地同一，再无隔阂。诗作没有去着力揭示历史与人情背离的悲剧感，而是直接以情来弥合其间的裂痕，将情看作是自然与人事的本原，是之谓“情本体”。《过桃花夫人庙》直是一曲爱情的颂歌：

寂寞应千岁，桃花想一枝。路人看古木，江月向空祠。
云雨飞何处，山川是旧时。独怜春草色，犹似忆佳期。

首联似是写息君与桃花夫人的分别与相互思念；颔联写桃花夫人已经逝去，令人遥想怀念，江月来访也无缘得见桃花夫人的美丽容颜；颈联看似铺陈事实，实则承上联提出问题：山川依旧，难道桃花夫人的忠贞的爱情就这样消失了吗？桃花夫人在哪里？此问关联上下，激活全诗；尾联回答问题，写山川依旧情依旧，将春草和人情合在一起：无情不春，有春皆情。尾联动人心魄的艺术力量，仍是来自“情本体”。而《长沙过贾谊宅》则表现出深刻的绝望：

三年谪宦此栖迟，万古唯留楚客悲。

秋草独寻人去后，寒林空见日斜时。
汉文有道恩犹薄，湘水无情吊岂知？
寂寂江山摇落处，怜君何事到天涯！

首联写贾谊的遭遇及其情感，点出其悲剧性人格；颔联写寻访贾谊宅所见所感，找不到历史的意义；颈联直接写对人事和自然的绝望，由否定人事而至否定自然；尾联几乎是无声的呐喊，表达了对贾谊的同情和对命运不公的愤懑，同时也是自我肯定。全诗的基调是否定性的绝望，但否定本身就是一种最大的建构，否定了外在的人事和自然，却肯定了贾谊，人获得的是摆脱外在依恃的自由感和畅快感，也正是人的自证原则的体现。“人能弘道，非道弘人”（《论语·卫灵公》），人自身就具有建构正面价值的内在能力，可以不受外在条件的限制，也可不受外在评价系统的制约。该诗对这一基本道理的揭示，是其激动人心的艺术力量的来源。

刘长卿擅长近体诗，尤工五言，沈德潜在《唐诗别裁》卷三中说他“权德舆推文房为‘五言长城’，亦谓其近体也”。其实，他的七言诗也很出色，与其五言诗一样，诗境清新淡远，含蓄蕴藉，接近盛唐王、孟一派，但又能在盛唐诸公之外另开一派，值得重视，试举下面数首：

春风倚棹阖闾城，水国春寒阴复晴。
细雨湿衣看不见，闲花落地听无声。
日斜江上孤帆影，草绿湖南万里情。
东道若逢相识问，青袍今已误儒生。

（《吴中赠别严士元》）

孤城上与白云齐，万古荒凉楚水西。
官舍已空秋草绿，女墙犹在夜乌啼。
平江渺渺来人远，落日亭亭向客低。
沙鸟不知陵谷变，朝飞暮去弋阳溪。

（《登馀干古县城》）

白首深藏谷口村，春山犬吠武陵源。
落花荒草无行处，万壑千峰独闭门。

（《题郑山人幽居》）

萧条独向汝南行，客路多逢汉骑营。
古木苍苍离乱后，几家同住一孤城。

（《新息道中作》）

《吴中赠别严士元》写别情，叹身世，没有深刻的社会内容，但在艺术上达到了炉火纯青的境界。整首诗在落寞与寂寥中透显出意境的浑融完整，流畅自然，略无间隔。尤其是中间两联，将清寂幽微的心境表现得丝丝入扣，实为难得。《登馀干古县城》属怀古之作，有“空而有”之致。在《题郑山人幽居》中，儒、释、道并行不悖，相容无间。《新息道中作》则是描写离乱的名作。

刘长卿的诗与盛唐诸公尤其是王、孟一派相比，其特点十分明显：“文房之诗，可以通津杜公，但气味犹优柔，不及杜公雄耳。……今定七律，以杜公七律为宗，而辅以文房。”（《昭昧詹言》卷十七）以刘长卿为杜甫之辅，足见评价之高。其“气味犹优柔”，正是中唐的审美风气使然。“七律至中唐而极秀，亦至中唐而渐薄；盛唐之深厚，至中唐日散；晚唐之纤小，自中唐日开。故大历十才子七律，在盛衰关头，气运使然也。”“（刘）古诗亦近摩诘，然清气中时露工秀，淡字、远字、微字皆不能到。此所以日趋于薄也。”（施补华《岘佣说诗》）刘长卿的诗尚带有盛唐的余韵，但中唐的隽永清秀、孤高幽深、轻愁柔怨，已经掩饰不住了。

从艺术上讲，刘长卿的诗近体优于古体，五古优于七古，但五、七言的古体和近体中都有名作。刘长卿善于使用白描手法，往往在不动声色的淡淡描绘中营造出淡远幽微的意境，使人深得其味而又难以言传。如《逢雪宿芙蓉山主人》：“日暮苍山远，天寒白屋贫。柴门闻犬吠，风雪夜归人。”一幅水墨风雪夜归图，主贫客寂，情在画外，绵远无尽。娓娓道来，似无刻意着墨处，但实有韵外之致，不仅以浅语写出了深深的别情，更重要的是通过刻画灵澈上人的形象展示了虚灵的情致。

逢雪宿芙蓉山主人　刘长卿

刘长卿的诗十分善于传达象外之境，因此，他的诗中多名句。清代的余成教说：

> 随州诗如“老至居人下，春归在客先”，“古路无行客，寒山独见君”，“人来千嶂外，犬吠百花中”，“孤城向水闭，独鸟背人飞”，“寒渚一孤雁，夕阳千万山”，“得罪风霜苦，全生天地仁”，“得地移根远，经霜抱节难”，“旧浦满来移渡口，垂杨深处有人家”，“家散万金酬士死，身留一剑答君恩”，“细雨湿衣看不见，闲花落地听无声”，“帆带夕阳千里没，天连秋水一人归”，“身随敝屦经残雪，手绽寒衣入旧山”，“未知门户谁堪主，且免琴书别与人”，“多时行径空秋草，几日浮生哭故人”，皆佳句也。
>
> （《石园诗话》）

细味这些佳句，使人觉得有杜诗的锤炼之感，也有沉郁之风，但更多的是在清气与工秀的氛围中透显着淡远幽微的意境，从而与盛唐气象区别开来。

对于刘长卿诗的艺术成就和历史地位，前人早已有了明确的认识。贺贻孙说："刘长卿诗，能以苍秀接盛唐之绪，亦未免以新隽开中晚之风。其命意造句，似欲揽少陵、摩诘二家之长而兼有之，而各有不相似处。其不相似不相及，乃所以独成其为文房也。"（《诗筏》）贺裳说："昔人编诗，以开元、大历初为盛唐，刘长卿开元、至德间人，列之中唐，殊不解其故。细阅其集，始知之。刘有古调，有新声。盛唐人无不高凝整浑，随州短律，始收敛气力，归于自然，首尾一气，宛若面语。……随州始有作态之意，实溽暑中之一叶落也。"（《载酒园诗话》又编）刘长卿的诗接杜甫和王、孟而又多有新变，在开启中唐新诗境上厥功甚伟。

第二节　韦应物："发纤秾于简古，寄至味于淡泊"

韦应物（737—790?），长安（今陕西西安）人，出身高门望族，曾祖做过武则天的宰相，祖父也官至梁州都督。韦应物少年时入太学附读，曾恃宠骄纵，一度放浪，安史之乱后复入太学，折节读书。广德二年（764 年）经考试任洛阳丞，不久因刚正不阿，触犯权贵而被讼告，愤而辞职。后曾任京兆府功曹参军，因对自己有知遇之恩的黎干被贬死而感仕途险恶与世事无常，于大历十四年（779 年）退居长安西郊善福寺，游心佛老。建中四年（783 年），任滁州刺史，贞元元年（785 年）任苏州刺史，贞元七年（791 年）罢职，因清贫而无资费还乡，曾暂居苏州城外永定寺，以课徒、耕种为业。韦应物一生在隐居与出仕间徘徊，关心民生疾苦，但又不忘释老。《唐国史补》卷下载："韦应物立性高洁，鲜食寡欲，所居焚香扫地而坐。"可见他晚年性尚淡泊。韦应物在诗史上的地位比刘长卿要高，所谓"王杨卢骆，李杜高岑，王孟韦柳，韩孟元白，李杜温韦"的排名，第一个"韦"即指韦应物。

对于仕途，韦应物有自己独特的感受。他在《高陵书情，寄三原卢少府》中说："直方难为进，守此微贱班。开卷不及顾，沉埋案牍间。兵凶久相践，徭赋岂得闲。促戚下可哀，宽政身致患。日夕思自退，出门望故山。君心倘如此，携手相与还。"诗作揭示了直道难进、沉迹下僚的官场，述说了吏务冗杂、执政两难的苦恼，而在"沉埋案牍间"、"日夕思自退"的矛盾痛苦中，我们看到了诗人的良心和责任感，也看到了他追求自然冲和的生活状态的一面。在著名的《寄李儋元锡》中，韦应物则进行了深入的自我反省：

去年花里逢君别，今日花开已一年。世事茫茫难自料，
春愁黯黯独成眠。身多疾病思田里，邑有流亡愧俸钱。
闻道欲来相问讯，西楼望月几回圆。

到任滁州刺史时，韦应物对仕宦倦怠已极，但他也未忘自己的责任，为邑有流亡而自责，也为无功受禄而不安，其情感真挚感人。我们也可以从中看出他的流连职官与思归山林的仕隐矛盾心态。而《观田家》一诗这样写道：“微雨众卉新，一雷惊蛰始。田家几日闲，耕种从此起。丁壮俱在野，场圃亦就理。归来景常晏，饮犊西涧水。饥劬不自苦，膏泽且为喜。仓廪无宿储，徭役犹未已。方惭不耕者，禄食出闾里。”不仅直接描绘了劳动人民的辛劳与苦难，表现了对劳动人民的深切同情，也对自己的“不劳而食”深感惭愧。这在传统诗词中是难能可贵的。

韦应物的五言诗数量最多，成就也最高，白居易在著名的《与元九书》中评论道：“其五言诗文，又高雅闲淡，自成一家之体。今之秉笔者，谁能及之。”

“高雅闲淡”确实是其五言诗的突出特点，甚至是其诗歌的基本特点。如《淮上喜会梁州故人》：

江汉曾为客，相逢每醉还。浮云一别后，流水十年间。
欢笑情如旧，萧疏鬓已斑。何因不归去？淮上有秋山。

全诗可谓体现了我们民族的“乐感文化”。所谓“乐感文化”是指没有外向超越的价值观念而导致的“悲极而乐”的生活态度，是因人可以自证而对文化的属性进行的选择。人未必是生来就快乐的，但人却必须是快乐的，在应当等于必然的开放性的境域中，对生活乐感的建构就成为诗文的重要维度。该诗首联中的“客”在尾联中找到了家园，其寻找的过程是以“欢笑”的态度对“情”的体认，且不知老之将至。全诗疏密相间，跌宕有致，前呼后应，不仅颔联是流水对，就是整首诗也如行云流水般自然。全诗突出的是一个“乐”字，但这绝非廉价的“愚乐”，而是以彻底的悲剧感为底色的。所谓“高雅闲淡”中有至味，盖源于此。

韦应物的许多诗往往外表淡泊，意象简古，但感情强烈，神思幽远，所谓“高简妙远，大音声希”（《辍锻录》）说的正是这一特点。如《寄全椒山中道士》：

今朝郡斋冷，忽念山中客。涧底束荆薪，归来煮白石。
欲持一瓢酒，远慰风雨夕。落叶满空山，何处寻行迹。

这是一首著名的山水隐逸诗，也是一首“郡斋诗”。诗作写秋末怀人，从诗人自己所处的郡斋写起，思绪荡开，郡斋之冷，山中之冷，心头之冷，一层层地展开，将所寄之情，一段段地托出，最后结于一片无可寻觅的空山落叶之中，可谓冷寂超逸，不似人间所有。全诗如秋水一泓，泠然澄清，写来一片神行，有化工之笔。至于“落叶满空山，何处寻行迹”一句，历来备受称赏，方南堂赞其“高简妙远，大音声希，所谓舍利子是诸法空相，非惊人语乎?”其实这种艺术效果不仅仅只来自尾联，颈、尾两联的关系也很重要。在审美结构上，该诗颈联起到的巨大作用是使诗境趋向展开，按照常规，尾联应该为这种展开提供归宿，形成封闭的空间，但该诗的尾联却将诗境指向了无垠的“空山”，而且不知着落在何处。这样，巨大的空没感、悲剧感就扑面而来。苏轼有和作：“一杯罗浮春，远饷采薇客。遥知独酌罢，醉卧松下石。幽人不可见，清啸闻月夕。聊戏庵中人，空飞本无迹。”(《寄邓道士并引》)因过于写实，审美结构上过于简单，故不如原诗。又如《秋夜寄丘二十二员外》:

怀君属秋夜，散步咏凉天。山空松子落，幽人应未眠。

友人丘丹临平山学道时，诗人写此诗以寄怀。该诗在审美结构上的突出特点是时空、情景一体，相互促生。具体说，就是分别有散步的时间、空间、情景和怀想的时间、空间、情景，而这些又都是重合进而是同一的，甚至连怀想者和被怀想者的界限都已经模糊了。意境如此透彻玲珑，不可凑泊，真是“何处寻行迹”！又如《阊门怀古》:

独鸟下高树，遥知吴苑园。凄凉千古事，日暮倚阊门。

阊门始建于春秋时期，是阖闾大城的八门之一，以传说天门中的阊阖得名。阊门历史悠久，可谓见证了历史的沧桑。诗人不是亲临其地，而是遥见孤鸟下树推知那里是阊门，给人以邈远之感；第二句落到吴苑，才使人想到诗人所怀是吴国的阊门，那里曾经是孙武、伍子胥等率吴军伐楚的出发地和凯旋地，是吴国兴盛的象征。后伍子胥遭谗被杀，吴为越灭，故有“凄凉千古事”一句；而“日暮倚阊门”则是对历史的洞穿，是心境的营造。全诗通过“空而有”的心理净化机制，最后归于心理本体，使人在绵长的沉默静思中积淀起正面的历史价值。

与韦应物自然淡泊的性情相吻合，他的一些诗也体现了这一突出特点。如《出还》一诗：“昔出喜还家，今还独伤意。入室掩无光，衔哀写虚位。凄凄动幽幔，寂寂惊寒吹。幼女复何知，时来庭下戏。咨嗟日复老，错莫身如寄。家人劝我餐，对案空垂泪。”写爱妻去世后的内心感受，抓住了几个典型细节，娓娓道来，将凄苦、孤独、怀念和伤感之情缓缓道出，感人肺腑，有撕心裂肺之痛。韦应物为爱妻所写的悼亡诗有十多首，都具有类似的风格。清乔亿说：“古今悼亡之作，惟韦公应物十数篇，澹缓凄楚，真切动人，不必语调沉痛，而幽忧郁堙之气，直灌其中，诚绝调也。”（《剑溪说诗》又编）其实，这也是韦应物诗的一个基本特点，对此，贺裳总结说：“韦诗皆以平心静气出之，故多近于有道之言。‘身多疾病思田里，邑有流亡愧俸钱’，宛然风人《十亩》、《伐檀》遗意。又如‘为政无异术，当责岂望迁’，‘常怪投钱饮，事与贤达疏’，‘所愿酌贪泉，心不为磷缁’，省己喻人，皆非素心人不能道。”（《载酒园诗话》又编）

对于韦应物的五言诗，历来评价极高。沈德潜说：“五言绝句，右丞之自然，太白之高妙，苏州之古澹，并入化机；而三家中，太白近乐府，右丞、苏州近古诗，又各擅胜场也。”（《说诗晬语》卷上一百二十二）将韦应物的五言诗与李白、王维相提并论，并对其风格特点进行了具体的分析，应该说是恰当的。

韦应物的七言诗中也有优秀作品。如：

独怜幽草涧边生，上有黄鹂深树鸣。
春潮带雨晚来急，野渡无人舟自横。

（《滁州西涧》）

他写了很多山水田园诗，《滁州西涧》是其代表作之一。在融融的春光中，独独怜惜涧边的幽草，在滚滚的春潮中，自己则如孤舟自横，诗作将幽微的寄托、强烈的情感和跌宕开合的节奏融合起来，营造出了一种秾丽古淡、新鲜而又深邃的意境。

在大历诗人中，韦应物的确独树一帜。大历诗风意境窘迫促狭，语言有雕饰之弊，多尊崇谢朓，情调衰淡苦卑。但韦应物却宗承陶渊明，建立了自己突出的特点。他虽以古体胜，但诸体皆长；在意境上，古淡悠远，意味深邃绵深长；在艺术形式上，结体浑成，天然超妙；在表现方式上，以白描见长，往往倾向于平铺直叙，直接抒情；在情调上，平和淡泊，恬静娴淡，气象润朗。在语言上，朴实、自然，时带古拙之气；在节奏上，冲和平静，舒缓优柔而又伸展自如。韦应物的诗当时就深受推重，到宋代，苏东坡开始将韦应物与柳宗元并称，朱熹说：“韦苏州诗高于王维孟浩然诸人，以其无声色臭味也。”（《朱子语类》卷一百四十）明代以后，诗评家多以平淡概括其诗风，胡应麟把韦应物归入清淡派，王渔洋更是将其归入清真古淡一系，并奉为神韵的典范，使平淡成为一种审美理想。

历史上对韦应物的诗评论甚多，如“韦苏州冰玉之姿，蕙兰之质，粹如蔼如，警目不足，而沁心有余。然虽以澹漠为宗，至若‘乔木生夏凉，流云吐华月’，‘日落群山阴，天秋百泉响’，‘落叶满空山，何处寻行迹’，‘高梧一叶下，空斋归思多’，‘一为风水便，但见山川驰’，‘何因知久要，丝白漆亦坚’，正如嵇叔夜土木形骸，不加修饰，而龙章凤姿，天质自然特秀”（贺裳《载酒园诗话》又编）。而最著名的还是苏轼的评论：“韦应物、柳宗元发纤秾于简古，寄至味于淡泊。”（《书黄子思诗集后》）应该说，韦应物的诗确实具此神理。这正是中国诗歌从“文以气为主”到“文以韵为主”，从“立象以尽意”到“境生于象外”审美转型的典型表现。

第三节 “大历十才子”、李益

唐朝诗名较盛的还有所谓的“大历十才子”。据《唐才子传》（卷四）记载，卢纶、吉中孚、韩翃、钱起、耿湋、司空曙、苗发、崔峒、夏侯审、李端十人“联藻文林，银黄相望，且同臭味，契分俱深，时号大历十才子”。但是，实际上他们的诗歌成就名不副实，无论在思想上还是艺术上都没有太多的创造，只有个别诗人的个别篇章较有成就。如卢纶的《和张仆射塞下曲》：

林暗草惊风，将军夜引弓。
平明寻白羽，没在石棱中。

（其二）

月黑雁飞高，单于夜遁逃。
欲将轻骑逐，大雪满弓刀。

（其三）

前者通过写汉代名将李广射石的故事衬托出将军神武之伟力，后者则实写边塞的战斗生活与艰苦环境，表现出众将士不畏艰险、勇往直前的豪迈气概。李端拟乐府旧题的《巫山高》曾被范摅誉为“古今之绝唱”（《云溪友议》）：

巫山十二峰，皆在碧虚中。
回合云藏日，霏微雨带风。
猿声寒过水，树色暮连空。
愁向高唐望，清秋见楚宫。

在云雨烟树和暮色猿声中展现出清虚迷蒙的意境，有别于同题的古乐府。司空曙的《喜外弟卢纶见宿》在当时也较有影响：“静夜四无邻，荒居旧业贫。雨中黄叶树，灯下白头人。以我独沉久，愧君相见频。平生自有分，况是蔡家亲。”颔联最为人称道，后来多有人仿作。他的《江村即事》则更加清新流畅：

钓罢归来不系船，江村月落正堪眠。
纵然一夜风吹去，只在芦花浅水边。

以自然为侣，看漂泊的船随风吹转，但在自然中略显萧索之意。钱起的《归雁》则更显精雅：

潇湘何事等闲回，水碧沙明两岸苔。
二十五弦弹夜月，不胜清怨却飞来。

湘灵鼓瑟的美丽传说在此化为月夜的铮铮瑟声，与归雁一起飞来。可谓思致新巧，出人意表。而最为人们熟知的还是韩翃的《寒食》：

春城无处不飞花，寒食东风御柳斜。
日暮汉宫传蜡烛，轻烟散入五侯家。

诗作意蕴丰富。前半写日景，首句概写京都春日胜景，次句特写御花园中的垂柳在春风中拂荡，为下文的“以榆柳之火赐近臣”做好了铺垫，后半转写夜景，本来寒食节应家家禁火，而“汉宫”（暗指唐宫）却能破例地得到皇帝的恩准，烛火一“传”一“散”，轻烟映入寒食节的京都夜空，便特别醒目刺眼。诗作的隐讽揶揄之旨也正通过与诗题自相矛盾的“传烛”活动的对照而昭然若揭。但同时此诗又营造出一种轻烟氤氲的皇家太平气象，将东风拂柳、飞花满城的春色渲染得熏气扑人，令人有如饮醇醪之感。也正是在这个意义上，此诗得到了唐德宗的喜爱。事实上，春色、美景与人们对此产生的沉郁思考之间形成的张力才是此诗的魅力之所在。

总的看来，“大历十才子”的诗在内容上逐渐脱离现实，在艺术上较少新意，最多不过因袭了盛唐诗的熟境，长于辞采，追求清雅风味，讲究炼字，特点不过平丽冲秀。由于这些人多依附在权贵的门下，胸无大志，固写出难具有划时代意义的作品，虽然当时名声很大，终究影响甚微。

中唐前期，李益也写出了一些著名的边塞诗。**李益**（748—827），字君虞，陇西姑臧（今甘肃武威）人，官至礼部尚书。他曾为幽州刘济从事，有十多年的边塞生活体验。他擅长七绝，写了不少边塞诗。但此时的边塞已经没有开元时代“燕台一望客心惊，箫鼓喧喧汉将营”那样鼓舞人心的局面了，而是呈现出“边城已在虏尘中，烽火南飞入汉宫”的衰危景象，李益的边塞诗就失去了盛唐边塞诗的昂扬雄壮，而是充满了肃杀、凄凉和伤感的情绪。如：

回乐峰前沙似雪，受降城外月如霜。
不知何处吹芦管，一夜征人尽望乡。

（《夜上受降城闻笛》）

天山雪后海风寒，横笛遍吹行路难。
碛里征人三十万，一时回首月中看。

（《从军北征》）

胡风冻合䴙鹈泉，牧马千里逐暖川。
塞外征行无尽日，年年移帐雪中天。

（《暖川》）

除边塞诗外，李益还写出了一些较好的送别诗。如《喜见外弟又言别》：

十年离乱后，长大一相逢。
问姓惊初见，称名忆旧容。
别来沧海事，语罢暮天钟。
明日巴陵道，秋山又几重。

沈德潜较为推崇李益的诗，他在《唐诗别裁》（卷二十）中说李益诗“音节神韵，可追逐龙标、供奉”。这些诗对晚唐诗有相当大的影响。

中唐前期的诗坛在诗歌发展史上有着重要的意义。元结、顾况的“系乐府”诗开启了白居易的新乐府运动，并在后代的诗歌中形成了绵绵不断的传统。刘长卿、韦应物，甚至包括李益，代表了中国诗歌在审美特质方面从前期向后期的转变，创造了不同于汉唐（盛唐）的“以韵为主”的诗境。

明刊本《唐诗画谱》

汴河曲

李益

汴水东流无限春，
隋家宫阙已成尘。
行人莫上长堤望，
风起杨花愁杀人。

关键概念

立象以尽意　　境生于象外　　五言长城
“发纤秾于简古，寄至味于淡泊”

思考题

1. 为什么说刘长卿的诗在清气与工秀中营造淡远幽微的意境？
2. 请举例说明韦应物五言诗的艺术特色。
3. 概述“大历十才子”的诗风。
4. 比较李益边塞诗与盛唐边塞诗的异同。

第九章 韩孟诗派

从一定意义上说，盛唐诗的辉煌，是沿着中国古代诗歌的既往历程继续前进的结果，它寻求的是极致与完美；中唐诗则不同，它是在一个不可企及的高峰之下独辟蹊径，另寻通途，它当然也借鉴前人的成果，但它所追求的主要是异于盛唐的陌生化的效果！诗歌艺术的追求在盛唐、中唐期间发生了质的转型，因此，中唐的诗歌风貌比之盛唐大为不同。

韩愈所处的时代是一个诗歌变革的时代。在贞元以前的代宗、德宗年间，众多的诗人因袭盛唐律诗，因没有找到变革的出路而未能成为诗坛大家。韩愈的诗歌创作自觉地挑战炉火纯青的盛唐律诗，主张“务去陈言”，强调“词必己出”，要求“规模背时利，文字觑天巧”，开创出了新的诗风。

第一节 韩愈：宗李学杜，以文为诗

韩愈（768—824），字退之，河阳（今河南孟县）人。他虽然出身“名门”，但祖父和叔父官位并不高。韩愈因父母早亡，3 岁而孤，自小便“唯兄嫂是依”。他的哥哥韩会颇有抱负，被时人列为“四夔”之一，但年轻时就被贬死岭南。韩愈 8 岁时便与哥哥去岭南，后来又“就食江南”。总的看来，韩愈的童年是很悲

韩文公像

苦的，但正是这种生活培养了韩愈的观察和思考社会、政治的现实精神。由于他的叔父和兄长受到李华和萧颖士的影响，都是倾向复古的人物，韩愈也耳濡目染，自幼便以复古主义者自命。贞元二年（786 年），韩愈 18 岁时，到洛阳（东都）、长安（首都）应试求官。贞元八年（792 年）考取了进士，但此后多次不能通过吏部复试，仕途困顿。他曾多次托人求官，直到 29 岁时始登仕途。此后，在宦途的 20 多年中，他直言进谏，比较突出的是因“极论宫市之弊害”而被贬山阳令，更因“谏迎佛骨”而触怒宪宗，几乎被杀，最后被贬潮州。唐穆宗即位后，他奉诏还京，先为兵部侍郎，后转吏部侍郎。韩愈一生，积极求官，努力为文，不仅为了衣食，更重要的是为了实现自己的理想。

韩愈不仅是杰出的散文家，还是在中唐诗坛上能够别开生面的诗人。他与孟郊诗风相近，尚险尚怪，又多联句之作，时人称之为韩孟诗派。与这一诗派相关的还有贾岛。实际上，韩愈是想突破在当时影响甚大的“大历十才子”空虚平庸的诗风，想像倡导古文运动那样来为诗歌寻求新的出路。尽管韩愈的诗歌多有“缺点”，但他还是对探索新的诗风作出了有益的尝试。

韩愈论诗推崇陈子昂、李白、杜甫，贬抑晋宋齐梁诗风。他的《调张籍》一诗既有对李白、杜甫的评价，也表现了他向李、杜学习的过程以及他的创作状态和审美追求，他说：

> 李杜文章在，光焰万丈长。不知群儿愚，那用故谤伤？
> 蚍蜉撼大树，可笑不自量。伊我生其后，举颈遥相望。
> 夜梦多见之，昼思反微茫。徒观斧凿痕，不瞩治水航。
> 想当施手时，巨刃摩天扬。垠崖划崩豁，乾坤摆雷硠。
> 惟此两夫子，家居率荒凉。帝欲长吟哦，故遣起且僵。
> 剪翎送笼中，使看百鸟翔。平生千万篇，金薤垂琳琅。
> 仙官敕六丁，雷电下取将。流落人间者，太山一毫芒。
> 我愿生两翅，捕逐出八荒。精诚忽交通，百怪入我肠。
> 刺手拔鲸牙，举瓢酌天浆。腾身跨汗漫，不著织女襄。
> 顾语地上友，经营无太忙？乞君飞霞珮，与我高颉颃。

本篇可作五层解读，前六句为第一层，极赞李、杜诗歌的成就，对盛唐、中唐以来对李、杜诗歌的贬抑予以反击，遂成定评；从“伊我生其后”至“不瞩治水航”为第二层，极写自己对李、杜的仰慕；从“想当施手时”至“捕逐出八荒”为第三层，追写李、杜兴酣落笔的情景，如大禹治水，斧起壁开，洪水奔腾，并感叹李、杜生前不遇，命运多舛，作品传世不多；从“精诚忽交通”至“举瓢酌天浆”为第四层，写学有心得，已经进入了怪怪奇奇、开合自如的创作境界；从“腾身跨汗漫”至“与我高颉颃”为第五层，这是韩愈诗歌创作的审美追求，诗人纵身而起，跃上云霄，自由而超脱，连织女做成的那些无缝天衣也不屑穿着，更不用说去经营那些徒然骇人耳目的挦撦撰造了，并告诫友人（张籍）要像自己一样从经营雕琢中摆脱出来。可以说，此诗是韩愈学习过程的说明，更是其诗歌主张和审美追求的宣言。

那么，他从李、杜的诗中学到了什么呢？五古长篇《岳阳楼别窦司直》是这方面的典型代表，此诗共 88 句，可谓融会了李白的自由豪放与杜甫的谨严沉雄。此诗描写他在岳阳楼观看洞庭湖的震慑心魄的感受，“涤濯神魂醒，幽怀舒以畅”，有杜诗的神髓，写其与窦司直相会饮宴，先是欣悦，忽而转向“欢穷悲心生”，再折回“生还真可喜”，“粗识得与丧”的心境，最后准备挂冠归耕，又有李白诗自由不羁的结构。再如《卢郎中云夫寄示送盘谷子诗两章，歌以和之》：

昔寻李愿向盘谷，正见高崖巨壁争开张。是时新晴天井溢，
谁把长剑倚太行。冲风吹破落天外，飞雨白日洒洛阳。
东蹈燕川食旷野，有馈木蕨芽满筐。马头溪深不可厉，
借车载过水入箱。平沙绿浪榜方口，雁鸭飞起穿垂杨。
穷探极览颇恣横，物外日月本不忙。归来辛苦欲谁为，
坐令再往之计堕眇芒。闭门长安三日雪，推书扑笔歌慨慷。
旁无壮士遣属和，远忆卢老诗颠狂。开缄忽睹送归作，
字向纸上皆轩昂。又知李侯竟不顾，方冬独入崔嵬藏。
我今进退几时决，十年蠢蠢随朝行。家请官供不报答，
何异雀鼠偷太仓。行抽手版付丞相，不等弹劾还耕桑。

对于此诗，有人说似子美，有人说似太白，其实亦李亦杜，又非李非杜。高步瀛说：“奇思壮采以闲逸出之，或云似杜，或云似李，仍非杜非李而为韩公之诗也。”（《唐宋诗举要》）上面两首诗，其大胆的夸张，雄奇的想像，沉郁的情绪，回环往复的结构，都是受到了李、杜诗的影响，应该说，韩愈正是融化了李、杜的某些风格而又摆脱了这些风格，从而形成了自己独特的诗风。

应该说，韩愈前期的诗就有散文化倾向，所以有“以文为诗”的指责。同

时，韩愈诗还有矜博炫学，多发议论，造语生新，格调拗折等特点，其实，这些都是“以文为诗”的表现。到了元和以后，更向险怪方面发展。但这绝不是说韩愈的诗就没有独特的成就，相反，正是他的“以文为诗”、造语生新等创作方法和艺术手法造就了一种对后世产生深远影响的新的诗风，正如沈德潜所说，他的诗能在李、杜之后“别开境界”。

那么，什么是“以文为诗”呢？首先，韩愈善于以古文章法为诗，即以古文谋篇、布局、结构之法来写诗歌，像他的散文一样，讲究奇正虚实、纵横开阖、转折呼应，如贞元末年被贬山阳令遇赦归来时所写的《八月十五夜赠张功曹》：

纤云四卷天无河，清风吹空月舒波。沙平水息声影绝，一杯相属君当歌。君歌声酸辞且苦，不能听终泪如雨。洞庭连天九嶷高，蛟龙出没猩鼯号。十生九死到官所，幽居默默如藏逃。下床畏蛇食畏药，海气湿蛰熏腥臊。昨者州前捶大鼓，嗣皇继圣登夔皋。赦书一日行万里，罪从大辟皆除死。迁者追回流者还，涤瑕荡垢清朝班。州家申名使家抑，坎轲只得移荆蛮。判司卑官不堪说，未免捶楚尘埃间。同时辈流多上道，天路幽险难追攀。君歌且休听我歌，我歌今与君殊科。一年明月今宵多，人生由命非由他。有酒不饮奈明何！

该诗是以散文为诗的典范，其中散文、赋的铺陈手法与诗的比兴手法相结合，呈现出了“铺张宏丽”的大境界。诗歌以“主客对话”的形式结构，分作三段表述，前4句写景开篇，中间20句铺写张署的歌词，最后5句为诗人的劝辞。在诗中，本欲赠张署的歌词却让被赠者以过半的篇幅纵情歌唱，这正是古文章法中“反客为主”的技巧，而这种借他人之口言自己心中之块垒的手法虚实相生，使该诗具有了一般诗歌所不具有的抑扬顿挫和畅达含蓄之美。又如《山石》：

山石荦确行径微，黄昏到寺蝙蝠飞。升堂坐阶新雨足，芭蕉叶大栀子肥。僧言古壁佛画好，以火来照所见稀。铺床拂席置羹饭，疏粝亦足饱我饥。夜深静卧百虫绝，清月出岭光入扉。天明独去无道路，出入高下穷烟霏。山红涧碧纷烂漫，时见松枥皆十围。当流赤足踏涧石，水声激激风生衣。人生如此自可乐，岂必局促为人鞿，嗟哉吾党二三子，安得至老不更归。

全诗按时间顺序记叙了他到山寺的所见所闻所感，颇似记游散文，清朗奇崛，瑰丽新鲜，均是自出机杼。但其奇崛与瑰丽又不是散文所能表现出来的，所以，司空图说：“愚常览韩吏部歌诗数百首，其驱驾气势，若掀雷抉电，撑抉于天地之间，物状奇怪，不得不鼓舞而徇其呼吸也。”（《司空表圣文集卷二·题柳柳州集后》）较为准确地概括了韩愈诗的审美特征。其他如《石鼓歌》、《雉带箭》、《岣嵝山》等，都是以古文章法为诗的成功之作。

同时，韩愈善于以赋为诗。中国古典诗尚比兴而轻赋陈，“铺陈其事而直言之”的赋法很难与正统的抒情诗相适应，故极少运用。韩愈的五言长篇《南山诗》，长达204句，采用赋法刻画南山之貌，叙述描写，精密详赡，散文句式为多，句法也多排比，并使用51个“何解”，又紧连14个叠词句，变势不断，使气势一贯而下。还大量使用奇字僻字，摹绘峰峦状貌，其比喻新颖而古怪。其气势也如他的散文，如《南山诗》叙述至“大哉立天地，经纪肖营膑”两句戛然而止，仿佛浑莽浩然之气瞬间消失，突然收煞的句式更增添了作品的浑然浩荡之气，给人以心夺神骇之感。《谴疟鬼诗》历数医师、灸师、诅师、符师，使人想起了他的《祭鳄鱼文》。《月蚀诗效玉川子作》铺陈东西南北四方之神，句式参差而又规整，仿佛是以诗为赋。从艺术效果上看，以赋为诗使韩愈的诗歌呈现出了“铺张宏丽”的境界。

而且，韩愈善于以议论为诗。如五言《送灵师》96句，《谢自然诗》68句，其近半的篇幅用来以议论的方式排佛斥道，另外如《荐士》、《赠崔立之》等也都是以议论立篇。在这些诗篇中，传统的言志、抒情观念几乎都不适用，而其中表现出来的情理融合的气势之美又是传统诗歌中所没有的。

“以文为诗”主要体现在诗歌的谋篇布局上，在营造意象、语言使用等方面，韩愈的诗歌也有自己突出的特点。

首先，韩愈善于以出人意表的比喻、夸张和想像来营造新巧奇崛的意象和意境。如《听颖师弹琴》：

> 昵昵儿女语，恩怨相尔汝。划然变轩昂，勇士赴敌场。
> 浮云柳絮无根蒂，天地阔远随飞扬。喧啾百鸟群，忽见孤凤凰。
> 跻攀分寸不可上，失势一落千丈强。嗟余有两耳，未省听丝篁。
> 自闻颖师弹，起坐在一旁。推手遽止之，湿衣泪滂滂。
> 颖乎尔诚能，无以冰炭置我肠。

运用通感和比喻，或喻于声，或方于貌，或拟于心，或譬于事，比类虽繁，而跌宕变化，免去了冗长单调之感。尤其是写听琴的主观感受和双方的感情交流，弥足称道。诗中的意象和意境，均出意料之外而又在情理之中，既陌生又熟悉，在盛唐诗歌的意象、意境之外，另外开出了一条新路。有时，韩愈的有些比喻和意象与传统诗歌有很大距离，甚至是对传统诗歌的某种颠覆。如《昼月》一诗写道：“玉碗不磨著泥土，青天孔出白石补。兔入臼藏蛙缩肚，桂树枯株女闭户。阴为阳羞固自古，嗟汝下民或敢侮，戏嘲盗视汝目瞽。”以泥污、蛙缩肚、桂树枯株等来比喻白天的月亮；蝎子不仅可以入诗，还可以表现自己春风得意的心情：“昨来得京官，照壁喜见蝎。况逢旧亲识，无不比鹈鹛。”（《送文畅师北游》）甚至对自己的齿落头秃，也津津乐道。对此刘熙载评论说：“昌黎诗往往以丑为美，然此但宜施之古体，若用之近体，则不受矣。是以言各有当也。”（《艺概·诗概》）的确，韩愈诗的这些特点往往是体现在古体诗中的。

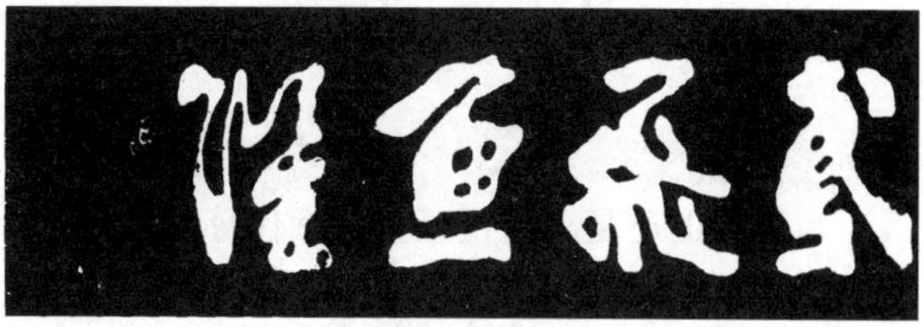

鸢飞鱼跃　韩愈

其次，韩愈善于创造独特生新的词语。像他的散文一样，韩愈的诗歌也是“陈言务去”，“猛语”较多，爱使用戛、崩、刮、舂、撞、劈、捩、拗、斫等字眼，以此营造出一种沉重、急促的力量感，所谓“横空盘硬语，妥帖力排奡。敷柔肆纡馀，奋猛卷海潦”（《荐士》），说的就是这个意思。如他在《落齿》一诗中写道：“去年落一牙，今年落一齿。俄然落六七，落势殊未已。余存皆动摇，尽落应始止。忆初落一时，但念豁可耻。及至落二三，始忧衰即死。每一将落时，懔懔恒在己。叉牙妨食物，颠倒怯漱水。终焉舍我落，意与崩山比。”其中不仅“猛语”很多，还将落齿与山崩相提并论，可谓奇崛已极。韩愈还善用虚词，如《寄卢仝》一诗中就有“破屋数间而已矣”、“忽此来告良有以”、“放纵是谁之过欤”三处，虚词的使用也使诗歌更加趋向散文化。韩愈还喜欢反用典故，甚至颠覆历史。如在《秋怀诗十一首》（之二）中说：“运行无穷期，禀受气苦异。适时各得所，松柏不必贵。”在《醉赠张秘书》中说：“张籍学古淡，轩鹤避鸡群。阿买不识字，颇知书八分。”这样的用法，可谓有反常合道之趣，被后人视为诗家金针，宋代江西诗派的“点铁成金”、“脱胎换骨”的作诗之法未尝不受其影响。

最后，韩愈爱用散句，爱押险韵，该转不转，不该转偏转，在参差与拗峭中透显着古朴与刚健，往往使诗歌产生奇特的艺术魅力。又往往打乱诗句的常规结构，如改五言的“二三”式为“一四”式或“三二”式等，消弭了那种暖熟的盛唐律诗之美，而代之以拗瘦劲健的新的审美风格！

韩愈的近体诗中也有一些佳作。如：

天街小雨润如酥，草色遥看近却无。
最是一年春好处，绝胜烟柳满皇都。

（《早春呈水部张十八员外》）

草树知春不久归，百般红紫斗芳菲。

杨花榆荚无才思，惟解漫天作雪飞。

（《游城南十六首·晚春》）

最著名的还是《左迁至蓝关示侄孙湘》：

一封朝奏九重天，夕贬潮阳路八千。欲为圣明除弊事，肯将衰朽惜残年。云横秦岭家何在？雪拥蓝关马不前。知汝远来应有意，好收吾骨瘴江边。

韩愈写《谏迎佛骨表》反对宪宗佞佛，结果被贬为潮州刺史。诗歌意境浑融，气势古拙，不让李、杜盛唐诸人。

对于韩愈诗歌，清人叶燮给予了较为全面公允的评价："韩愈为唐诗之一大变。其力大，其思雄，崛起特为鼻祖。宋之苏、梅、欧、苏、王、黄，皆愈为发其端，可谓极盛。……愈尝自谓唯陈言之务去，想其时陈言之为祸，必有出于目不忍见、耳不堪闻者。使天下人之心思智慧，日腐烂埋没于陈言中，排之者比于救焚拯溺，可不力乎？"（《原诗·内篇》）

应该说，韩愈的诗歌基本上纠正了大历以来的平庸诗风，开创了一种影响深远的新诗境。这种诗境在实质上是要求情中含理，以理显情，将人的情感引向更为深入的理性思考，并以此建构更为深刻的精神家园。韩愈的诗不仅对中唐诗歌影响甚大，还成为宋诗效法的楷模，并一直影响到晚清。至于所谓作诗崇尚才学、议论和险怪，那本是学韩的末流。

第二节　孟郊、贾岛："不平之鸣"与苦吟

孟郊和贾岛都曾受过韩愈的推荐和帮助，被称为"韩门弟子"。**孟郊**（751—814），字东野，湖州武康（今浙江武康）人，41 岁中进士，50 岁始作溧阳尉，后来还做过一些小官，一生贫寒。他与韩愈关系密切，《旧唐书·孟郊传》说："（孟郊）性孤僻寡合，韩愈一见以为忘形之契，常称其字曰东野，与之唱和于文酒之间。"他的诗很受韩愈推崇，韩愈在《荐士》中说："有穷者孟郊，受材实雄骜。冥观洞古今，象外逐幽好。横空盘硬语，妥帖力排奡。敷柔肆纡馀，奋猛卷海潦。"孟郊论诗也标举"六义"、"风骨"，反对大历以来流连光景、点缀升平的诗风，但他的诗与韩愈还是有很大的不同。孟郊才学不如韩愈，以"苦吟"著名，孟郊自述作诗的情景是"夜学晓未休，苦吟神鬼愁。如何不自闲，心与身为

仇”（《夜感自遣》）。因此，他的诗往往思力深刻，清寒新硬。如《秋怀》：

孟郊画像

秋月颜色冰，老客志气单。
冷露滴梦破，峭风梳骨寒。
席上印病纹，肠中转愁盘。
疑怀无所凭，虚听多无端。
梧桐枯峥嵘，声响如哀弹。

（其二）

老病多异虑，朝夕非一心。
商虫哭衰运，繁响不可寻。
秋草瘦如发，贞芳缀疏金。
晚鲜讵几时，驰景还易阴。
弱习徒自耻，莫知欲何任。
露才一见谗，潜知早已深。
防深不防露，此意古所箴。

（其七）

《秋怀》是一组写于洛阳的嗟老伤病的穷愁之歌，尤其是第二首，写自己晚景的凄凉，意象奇崛瘦硬，意境苦寒深挚，有不胜之致。再如《苦寒吟》：

天寒色青苍，北风叫枯桑。厚冰无裂文，短日有冷光。
敲石不得火，壮阴夺正阳。苦调竟何言，冻吟成此章。

将冬日的天色、寒风、青阳、壮阴描绘得极富质感，与以往的此类诗有着鲜明的区别。对于孟郊诗的这种风格，苏轼曾做过十分形象的描述：“夜读孟郊诗，细字如牛毛。寒灯照昏花，佳处时一遭。孤芳擢荒秽，苦语余诗骚。”“我憎孟郊诗，复作孟郊语。饥肠自鸣唤，空壁转饥鼠。诗从肺腑出，出辄愁肺腑。”（《读孟郊诗二首》）“细”、“寒”、“孤”、“苦”而又“孤芳”自立，愁人肺腑而又出自肺腑，苏轼的这种读诗感受，正从若干方面说明了孟郊诗歌的特点。

孟郊所以形成这种诗风，与其时代不无关系。元和前期是一个要在盛唐之外创立新的诗风的时代，由韩愈开辟的“掀雷抉电”的奇险诗风在当时受到了广泛的呼应。像孟郊这样的诗人，虽然在诗歌创新方面与韩愈有共通之处，但在当时由于多数进士的生活状况并不如意，所以便形成了孟郊这样自述困境愁怀的诗风。鉴于当时的社会风气，韩愈更提出了“夫和平之音淡薄，而愁思之声要妙。欢愉之辞难工，而穷苦之言易好也”（《荆潭唱和诗序》）的思想，将

“愁思”和“穷苦之言”上升到了审美的理论高度，因此在当时蔚为风气。孟郊的这种诗风对后世影响很大，尤其是宋代的江西诗派，其生新瘦硬的风格主要来自孟郊。

同时还应该看到的是，孟郊还有许多关心民生疾苦的诗，如著名的《寒地百姓吟》：

无火炙地眠，半夜皆立号。冷箭何处来，棘针风骚劳。
霜吹破四壁，苦痛不可逃。高堂搥钟饮，到晓闻烹炮。
寒者愿为蛾，烧死彼华膏。华膏隔仙罗，虚绕千万遭。
到头落地死，踏地为游遨。游遨者是谁，君子为郁陶。

诗文对贫富悬殊做了强烈的对比，对劳动人民的悲惨命运表现出深切的同情。不仅如此，对于现实的黑暗与不公，他甚至切齿咒骂。如在《择友》中说：“兽中有人性，形异遭人隔。人中有兽心，几人能真识。古人形似兽，皆有大圣德。今人表似人，兽心安可测。虽笑未必和，虽哭未必戚。面结口头交，肚里生荆棘。好人常直道，不顺世间逆。恶人巧谄多，非义苟且得。”在《寒溪九首》（其六）中说：“因冻死得食，杀风仍不休。以兵为仁义，仁义生刀头。刀头仁义腥，君子不可求。波澜抽剑冰，相劈如仇雠。”另外，《伤春》、《吊国殇》、《杀气不在边》等诗也很有代表性。这正是孟郊与贾岛的不同之处，也是元和前期诗风与元和后期诗风的重要区别。

孟郊有的诗也写得平易通畅，如著名的《游子吟》：

慈母手中线，游子身上衣。临行密密缝，意恐迟迟归。
谁言寸草心，报得三春晖。

有的写景诗也给人以雄奇愉悦之感。如《洛桥晚望》：

天津桥下冰初结，洛阳陌上人行绝。
榆柳萧疏楼阁闲，月明直见嵩山雪。

韩愈在《送孟东野（孟郊）序》中说，“物不得其平则鸣”，孟郊正是通过“不平则鸣”的方式使他体味到的不平与苦难在诗作中有了真切而深入的表现，他的“盘空硬语”的艺术风格也为诗歌艺术作出了贡献。

贾岛（779—843），字浪仙（一作阆仙），范阳（今北京附近）人，早年做过和尚，长期过着“拄杖傍田寻野菜，封书乞米趁时炊”（张籍《赠贾岛》）的穷苦生活。对于贾岛和韩愈的关系及其“苦吟”，《新唐书·贾岛传》有记载说：“（贾岛）来东都，时洛阳令禁僧午后不得出，岛为诗自伤。愈怜之，因教其为文，遂去浮屠，举进士。当其苦吟，虽逢值公卿贵人，皆不之觉也。一日见京兆尹，跨驴不避，呼诘之，久乃得释。”《摭言》还记载了他“苦吟”的故事：“贾岛，元和中尝跨驴张盖，横截天衢。时秋风正厉，黄叶可扫。岛吟曰：‘落叶满长安。’求一联不可得，不知身之所从，因冲京兆尹刘栖楚节，被系一夕，释之。”至于“推敲”的故事，流传甚广，如《唐宋遗史》说：“贾岛初赴举，在京师。一日于驴上得句云：‘鸟宿池中树，僧敲月下门。’又欲推字，炼之未定，于驴上吟哦，引手作推敲之势。观者讶之。时韩退之权京兆尹，车骑方出，岛不觉行至第三节，尚为手势未已。俄为左右拥至尹前。岛具对所得诗句推字与敲字未定，神游象外，不知回避。退之立马久之，谓岛曰：‘敲字佳。’遂并辔而归，共论诗道，留连累日，因与岛为布衣之交。”其中的细节记载各异，不足全信，但“苦吟”确实已经成为当时的一种风尚。这种风尚的形成，不仅与诗人的才情有关，恐怕也是诗体、时运使然。

贾岛驴背敲诗图

贾岛的《长江集》中有一些是表现自己的穷困生活的。如《朝饥》：

> 市中有樵山，此舍朝无烟。井底有甘泉，釜中乃空然。
> 我要见白日，雪来塞青天。坐闻西床琴，冻折两三弦。

可谓一贫至骨。但诗作又有奇诞之处，无粮固然是穷，而井底有泉，釜中无水恐怕就不是穷能解释的；欲见白日而不得出，也不能归因于穷；无衣是穷，琴弦则不至于冻折。细味此诗，就知道贾岛写的不仅是贫穷的境况，更是贫穷的感觉，用看似无关或不可能的意象将这种感觉强化到异乎寻常的程度。这就比孟郊仅仅从意象的奇崛处着眼更进了一步，后来李贺的诗应该受到了贾岛的某些影响。

贾岛一生穷苦奔波，所以描写宦旅况味、乡思友情的诗较多。如《暮过山村》：

> 数里闻寒水，山家少四邻。怪禽啼旷野，落日恐行人。
> 初月未终夕，边烽不过秦。萧条桑柘外，烟火渐相亲。

寒水山家、怪禽旷野、落日初月、边烽秦墟、桑柘烟火，这些意象，自然中蕴有深僻，平淡中蕴有奇诞，将对山村暮景的感觉传达得酣畅淋漓。对于“怪禽啼旷野，落日恐行人”，历来多有评论，如《六一诗话》说：“道路辛苦，羁愁旅思，岂不见于言外乎?”《对床夜语》（卷四）说：“远途凄惨之意，毕见于此。”《龙性堂诗话》（续集）说：“夕阳驴背上，真有此景，想之心怦怦然动。”可见，前人对于贾岛的这种幽深险僻的诗境还是认可的。再如《忆江上吴处士》：

闽国扬帆去，蟾蜍亏复团。秋风吹渭水，落叶满长安。
此地聚会夕，当时雷雨寒。兰桡殊未返，消息海云端。

此诗则颇为自然雄浑，如风过波生，令人中心摇荡。“秋风吹渭水，落叶满长安”一联，黄庭坚曾以之入诗，周邦彦曾以之入词，白朴曾以之入曲，韩退之更赞其“气象雄浑，大类盛唐”（《四溟诗话》），足见其影响之大。《哭孟郊》一首则是著名的悼亡诗：

身死声名在，多应万古传。寡妻无子息，破宅带林泉。
冢近登山道，诗随过海船。故人相吊后，斜日下寒天。

孟郊一生沉沦下僚，生前不遇，死后凄凉，唯有诗作流传后世，可足告慰。贾岛借吊孟郊而自伤自怜，也表现了自己不屈的精神追求。

总的看来，贾岛的诗意境清冷，构思奇淡，句法生新，意象奇诞，遣词猛硬，用韵险僻。他的诗与韩愈、孟郊的诗一样，力避浅熟，希望独辟蹊径。如用“独行潭底影，数息树边身”（《送无可上人》）来描写僧人枯寂的生活，用“愿缩地脉还，岂待天恩临”（《明月山怀独孤崇鱼琢》）来比喻还乡的急迫心情，用“挥泪洒暮天，滴著桂树枝”（《寄孟协律》）来表现落第之悲。应该说，这些都是韩孟诗派的典型特点。

孟郊、贾岛都是以苦吟著称于世的。“二句三年得，一吟双泪流。知音如不赏，归卧故山秋。”（贾岛《题诗后》）从晚唐开始，人们将孟郊、贾岛并称，苏轼《祭柳子玉文》中的“元轻白俗，郊寒岛瘦”更成了二人的定评。但事实上二人有很大的不同。孟郊擅长五古，古体诗是由汉魏五言诗发展而来的，所以积淀了浓厚的关注现实的风雅比兴的传统，他本人也崇儒复古，希望匡世济时；贾岛则专攻五律，近体五律主要继承了齐、梁诗的讲求声律对偶的传统，其中具有浓厚的应制、应试的为文造情的传统，贾岛的创作本身也主要体现了对应试和应景的追求。因此，虽然郊、岛并称，其实贾岛的诗作已属于元和后期，接近晚唐的诗风。

但二人在艺术上又有相近之处。如贾岛写怪禽："怪禽啼旷野，落日恐人行。"写蛇："归吏封宵钥，行蛇入古桐。"（《题长江亭壁》）写早年枯寂的禅房生活："叩齿坐明月，支颐望白云。"（《过杨道士居》）"孤鸿来半夜，积雪在诸峰。"（《寄董武》）奇崛瘦硬，生新枯淡，有似孟郊。贾岛也有通晓畅达之作。如《剑客》：

十年磨一剑，霜刃未曾试。今日把示君，谁有不平事。

再如著名的《寻隐者不遇》：

松下问童子，言师采药去。只在此山中，云深不知处。

所谓郊、岛的相似之处，是指二人的诗歌在内容上都好写悲愁寒苦之事，在诗风上都有清寒瘦硬之境。欧阳修在《六一诗话》中说："孟郊、贾岛皆以诗穷至死，而平生尤喜为穷苦之句。"《苕溪渔隐丛话》卷十九引《蔡宽夫诗话》评论说："郊、岛非附于寒涩，无所置才。"而清代的许印芳说得更为透彻："两人生李杜之后，避千门万户之广衢，走羊肠小道之仄径，志在独开生面，遂成僻涩一体。"（《诗法萃编》卷六《跋司空图与王驾评诗书》）

与这一派诗风相近的还有姚合。**姚合**（779？—859?），吴兴（今浙江湖州）人，进士及第，曾任武功主簿、刑部和户部郎中、杭州刺史等职。其代表作是《武功县中作三十首》。如其一：

县去帝城远，为官与隐齐。马随山鹿放，鸡杂野禽栖。
绕舍惟藤架，侵阶是药畦。更师嵇叔夜，不拟作书题。

描绘了荒县僻邑的境况，自然流畅，宛然如画。姚合也以"苦吟"著名，诗风也趋向冷峻清僻，如《题山寺》：

千重山崦里，楼阁影参差。未暇寻僧院，先看置寺碑。
竹深行渐暗，石稳坐多时。古塔虫蛇善，阴廊鸟雀痴。
云开上界近，泉落下方迟。为爱青桐叶，因题满树诗。

写山寺的寂静与幽暗，意象森冷，发语生新突兀。另外如"蚁行经古藓，鹤毳落深松"（《过无可上人院》）、"松影幽连砌，虫声冷到床"（《和李舍人秋日卧疾言怀》）、"细草乱如发，幽禽鸣似弦。苔文翻古篆，石色学秋天。花落能漂酒，萍开解避船”（《题宣义池亭》）等，都有这样的特点。

姚合与贾岛都以好苦吟锻炼著称，而号“姚贾”，“岛难吟，有清冽之风；合易作，皆平淡之气”（《唐才子传》卷六）。姚合的诗风较贾岛更为平易，多表现闲散的生活情调，多用五律，这是二人的主要区别。

关键概念

韩孟诗派　　　以文为诗　　　“郊寒岛瘦”

思考题

1. 请分析韩愈诗歌在艺术上的主要特点。
2. 简述韩孟诗派的主要风格特点。

第十章

白居易与新乐府运动

从代宗大历年间至文宗太和年间的文学一般称为中唐文学。“安史之乱”是唐代社会的转折点，也是唐代诗歌的转折点，简要来说，就是从浪漫主义转向了现实主义，杜甫是这一转变的代表人物，至白居易的新乐府运动则将中国诗歌的现实主义精神发展到了一个新的高度。在白居易之前，元结、顾况等人作为杜甫的同道，提出了一些现实主义的诗歌理论，并进行了卓有成效的创作实践，从而成为新乐府运动的先驱。

第一节　元结、顾况：新乐府运动的先驱

元结、顾况等人是新乐府运动的先驱，但据有关史料看，杜甫、元结等人并不为时人所重，从现存的 10 种唐人选本看，杜甫诗仅被选入唐末韦庄所编的《又玄集》。而在当时受人推重的是“大历十才子”以及刘长卿等人。但这并不等于抹杀了元结等人的意义，相反，我们可以从中看到先驱者的历史功绩。

元结（719—772），字次山，河南人。少不羁，17 岁方折节读书，早年科举失意，生活贫困，曾归隐余山，天宝十二载（753 年）中进士。“安史之乱”后为肃宗赏识，曾为道州刺史。元结的卒年正是白居易的生年，元结的诗歌理论对

白居易很有影响。元结关心民生疾苦，提出“上感于上，下化于下”（《系乐府序》）的诗歌创作主张，要求诗歌能“极帝王理乱之道，系古人规风之流”（《二风诗论》）。这些主张都继承了汉乐府的“缘事而发”，反映现实的基本精神。白居易又在此基础上提出了“文章合为时而著，歌诗合为事而作”的口号，掀起了新乐府运动。

元结的创作实践了他的诗歌主张，反映民生疾苦，表达对人民的同情，有时达到了十分深切的程度。如《系乐府》中的《贫妇词》：

谁知苦贫夫，家有愁怨妻。请君听其词，能不为酸嘶。
所怜抱中儿，不如山下麑。空念庭前地，化为人吏蹊。
出门望山泽，回头心复迷。何时见府主，长跪向之啼。

写贫妇无法应付官吏的压迫，“空念庭前地，化为人吏蹊”，与杜甫的《石壕吏》十分相像。《农臣怨》写百姓哭诉无门：

农臣何所怨，乃欲干人主。不识天地心，徒然怨风雨。
将论草木患，欲说昆虫苦。巡回宫阙傍，其意无由吐。
一朝哭都市，泪尽归田亩。谣颂若采之，此言当可取。

《贼退示官》写“城小贼不屠，人贫伤可怜”：

昔岁逢太平，山林二十年。泉源在庭户，洞壑当门前。
井税有常期，日晏犹得眠。忽然遭世变，数岁亲戎旃。
今来典斯郡，山夷又纷然。城小贼不屠，人贫伤可怜。
是以陷邻境，此州独见全。使臣将王命，岂不如贼焉。
今彼征敛者，迫之如火煎。谁能绝人命，以作时世贤。
思欲委符节，引竿自刺船。将家就鱼麦，归老江湖边。

最著名的还是他在道州刺史任上所写的《舂陵行》：

军国多所需，切责在有司。有司临郡县，刑法竞欲施。
供给岂不忧？征敛又可悲。州小经乱亡，遗人实困疲。
大乡无十家，大族命单羸。朝餐是草根，暮食仍木皮。
出言气欲绝，意速行步迟。追呼尚不忍，况乃鞭扑之。
邮亭传急符，来往迹相追。更无宽大恩，但有迫促期。

欲令鬻儿女，言发恐乱随。悉使索其家，而又无生资。
听彼道路言，怨伤谁复知："去冬山贼来，杀夺几无遗。
所愿见王官，抚养以惠慈。奈何重驱逐，不使存活为?"
安人天子命，符节我所持。州县忽乱亡，得罪复是谁?
逋缓违诏令，蒙责固其宜。前贤重守分，恶以祸福移。
亦云贵守官，不爱能适时。顾惟孱弱者，正直当不亏。
何人采国风，吾欲献此辞。

此年道州一带的少数民族"西原蛮"起义，攻克了道州城。人民的生活本已极其困苦，而横征暴敛更使他们雪上加霜。诗歌真实地反映了当时的现实，表达了作者同情人民，忧念国事的思想情感。

元结诗歌的贡献主要在于提出了"系乐府"的名称，并采用了总序、小序等方式叙述乐府诗的本事，采取自由的诗体，语言力求朴实。

顾况（727—815?），字通翁，苏州人，进士出身，官至秘书郎。他的思想既有关心民生疾苦的一面，也有传统的封建士大夫的归隐情结。他在《归山作》中写道："心事数茎白发，生涯一片青山。空林有雪相待，古道无人独还。"后归吴，隐于茅山。他与元结一样，也比较关心人民的痛苦，如他遵照《诗经》的讽喻精神所写的以四言为主的《囝》，就十分深刻地揭发了当时闽中官吏常取闽童作阉奴的惨无人道的事实：

囝生闽方，闽吏得之，乃绝其阳。为臧为获，致金满屋。
为髡为钳，如视草木。天道无知，我罹其毒。神道无知。
彼受其福。郎罢别囝，吾悔生汝。及汝既生，人劝不举。
不从人言，果获是苦，囝别郎罢，心摧血下。隔地绝天，
乃至黄泉，不得在郎罢前。

表现出对官吏的愤怒和对贫苦百姓的不幸的同情。再如《田家》：

带水摘禾穗，夜捣具晨炊。县帖取社长，嗔怪见官迟。

反映了劳动人民的苦难生活和官吏对人民的压榨。

在诗歌形式上，他有意模仿汉乐府，并吸收了俚语入诗，使得诗歌显得通俗流畅。不过，顾况的新乐府诗较少，反映的社会面也比较狭窄，成就不如元结。

另外，戎昱和戴叔伦也写过一些乐府诗，前者如《苦哉行》，反映了安史之乱给劳动人民带来的痛苦，后者如《女耕田行》：

乳燕入巢笋成竹，谁家二女种新谷。无人无牛不及犁，
持刀斫地翻作泥。自言家贫母年老，长兄从军未娶嫂。
去年灾疫牛囤空，截绢买刀都市中。头巾掩面畏人识，
以刀代牛谁与同。姊妹相携心正苦，不见路人唯见土。
疏通畦陇防乱苗，整顿沟塍待时雨。日正南冈下饷归，
可怜朝雉扰惊飞。东邻西舍花发尽，共惜馀芳泪满衣。

反映了战乱与兵役给普通百姓带来的灾难。

从这些人的创作中，我们可以看出在白居易以前已经形成了一个创作新乐府诗的良好环境。

第二节　“一吟悲一事”：讽喻诗的主旨

白居易（772—846），字乐天，号香山居士，原籍太原，后迁居下邽（今陕西渭南县），祖、父都以明经出身。白居易少年时代因战乱而经历了一段流离生活，这对他以后的创作和人生道路都有很大的影响。白居易的思想以儒家为主，同时杂有佛、道。他自幼有“兼济”之志，但又向往所谓的“独善”，这也决定了他的诗歌的复杂性。

白居易的一生可以 44 岁被贬为江州司马为界分为前后两期。前期仕途十分顺利，“十年之间，三登科第，名入众耳，迹生清贵”，此时“兼济”之志在其思想中占据了主导地位，他写出了许多揭露黑暗现实、同情劳动人民、讽刺权贵的讽喻诗。在任赞善大夫之职时，因所谓的越职奏事而被贬为江州司马，真正的原因是他写了那些使权要人物“扼腕”、“切齿”的讽喻诗。正如他自己所说：“始得名于文章，终得罪于文章。”后期从被贬到去世，此时“独善”思想占据了主导地位，他自己所说的“世事从今口不言”、“世间尽不关吾事”、“面上灭除忧喜色，胸中消尽是非心”，颇能表现他这一时期的生活态度，他在此间写出了大量的“闲适诗”和“感伤诗”。不过，他于该时期还是以积极的态度为人民做了一些好事。

白居易曾将自己 51 岁以前所写的 1 300 多首诗分为讽喻、闲适、感伤、杂律四类。其中成就最高、影响最大的是新乐府 50 首、《秦中吟》10 首以及感伤诗中的《长恨歌》、《琵琶行》等。在上面的四类诗中，最有价值的是讽喻诗，所谓新乐府运动也主要是指这类诗的创作。“新乐府”一名是白居易首先提出的，但乐府诗及其传统却由来已久。乐府诗源于汉代“缘事而发”的汉乐府。汉末，

曹操等人借汉乐府旧题而写时事；唐代，杜甫"因事立题"，继承乐府反映现实的精神，突破了旧题的限制；中唐初期，元结、顾况与杜甫同声相和；至白居易，则明确地提出了新乐府。新乐府的特点是从精神上继承了汉乐府民歌的"感于哀乐，缘事而发"的现实主义传统，但不受旧题限制，而是立新题，写时事，不入乐，故以"新"相标。

白居易建立了一套较为完整的新乐府理论，这些理论虽然在其早期的《策论》等文中有所体现，但主要还是集中在《与元九书》中。《与元九书》的思想观点比较复杂。首先，他创作讽喻诗的目的是"上以广宸聪，副忧勤；次以酬恩奖，塞言责；下以复吾平生之志"。这就是说，讽喻诗是为臣尽忠，为官尽责的产物。又说："以诗补察时政，以歌泄导人情"，"文章合为时而著，歌诗合为事而作"，明确地宣称诗歌是为政治服务的。其次，《与元九书》纵论中国诗史，认为自《诗经》而下，"诗道崩坏"，诗歌一代不如一代。屈原仅仅"得风人之什二三焉"，魏晋六朝文学更是无足道者，至唐代李白，虽是"才矣，奇矣，人不逮矣"，"但索其风雅比兴，十无一焉"。杜甫该是白居易最尊崇的诗人了，但符合白居易论诗标准的，"也不过三四十首"。在白居易的筛选下，中国诗歌只剩下了《诗经》、梁鸿的《五噫》、陈子昂的《感遇》20首，鲍防的《感兴》15首。白居易的这种诗论确实与他力图挽救中唐混乱的现实有关，对于校正嘲吟风月、无病呻吟的不良诗风也有裨益，有着不可否认的价值。但问题是"矫枉过正"，偏离了文学的审美特征，使文学变成了政治的附庸。实际上，白居易的诗歌理论是中国传统的封建诗教理论在特定历史背景下的极端表现。当然，白居易并不是没有注意到诗歌的规律，如他说："感人心者，莫先乎情，莫始乎言，莫切乎声，莫深乎义。诗者，根情，苗言，华声，实义。"但必须看到，这里的"情"和"义"在本质上仍然属于社会政治的范畴，与审美有相当的距离。在白居易的理论和创作实践的带动之下，元稹、张籍、王建也写了不少新乐府诗。这就是新乐府运动。

应该说，白居易的诗歌创作很好地体现了他的诗歌主张。在揭露和抨击黑暗现实、反映民生疾苦、同情劳动人民、表现爱国热情方面，白居易的讽喻诗确实具有独特的价值。大多数讽喻诗确实是"感于哀乐，缘事而发"，大多数讽喻诗前面都有小序，表明作诗的缘起和诗的主旨，所谓"一吟悲一事"，"首句标其目，卒章显其志"。这不仅是讽喻诗的突出的艺术特色，也是讽喻诗的基本思想特征。如《卖炭翁》：

苦宫市也

卖炭翁，伐薪烧炭南山中。
满面尘灰烟火色，两鬓苍苍十指黑。

卖炭得钱何所营？身上衣裳口中食。
可怜身上衣正单，心忧炭贱愿天寒。
夜来城外一尺雪，晓驾炭车辗冰辙。
牛困人饥日已高，市南门外泥中歇。
翩翩两骑来是谁？黄衣使者白衫儿。
手把文书口称敕，回车叱牛牵向北。
一车炭，千馀斤，宫使驱将惜不得。
半匹红纱一丈绫，系向牛头充炭直。

《新唐书》卷二十五记载："有赍物入市而空归者。每中官出，沽浆卖饼之家皆撤肆塞门。"可见，白居易选取的"一事"都是极具代表性的。《卖炭翁》通过卖炭老翁之遭遇，以极形象化之手法反映百姓被欺压之苦，同时在刻画人物复杂的心理上尤见细腻真切。在写作方法上，《卖炭翁》所写的是生活的横断面，其表达方式与杜甫的《石壕吏》极相似，"直书其事，而其意自见，更不用著一断语"（《唐宋诗醇》卷二十），通篇不置议论而感染力极强，达到了"欲见之者易谕"、"欲闻之者深戒"的讽喻目的。又如《新丰折臂翁》：

戒边功也

新丰老翁八十八，头鬓眉须皆似雪。玄孙扶向店前行，
左臂凭肩右臂折。问翁臂折来几年，兼问致折何因缘。
翁云贯属新丰县，生逢圣代无征战。惯听梨园歌管声，
不识旗枪与弓箭。无何天宝大征兵，户有三丁点一丁。
点得驱将何处去，五月万里云南行。闻道云南有泸水，
椒花落时瘴烟起。大军徒涉水如汤，未过十人二三死。
村南村北哭声哀，儿别爷娘夫别妻。皆云前后征蛮者，
千万人行无一回。是时翁年二十四，兵部牒中有名字。
夜深不敢使人知，偷将大石捶折臂。张弓簸旗俱不堪，
从兹始免征云南。骨碎筋伤非不苦，且图拣退归乡土。
此臂折来六十年，一肢虽废一身全。至今风雨阴寒夜，
直到天明痛不眠。痛不眠，终不悔，且喜老身今独在。
不然当时泸水头，身死魂孤骨不收。应作云南望乡鬼，
万人冢上哭呦呦。老人言，君听取。君不闻开元宰相宋开府，
不赏边功防黩武。又不闻天宝宰相杨国忠，欲求恩幸立边功。
边功未立生人怨，请问新丰折臂翁。

如果说杜甫的《兵车行》是概括描写，那么，白居易的《新丰折臂翁》就是选取了千千万万被征发的士兵中的具体的、有个性的一个，诗中的主人公用自己的独特方式来对抗征兵去进行非正义的战争。诗作通过对老人的外貌特征及其当年自折臂膀以对抗征兵的典型细节的描写，真实地揭示了他年老伤痛却又庆幸性命得以保全的复杂心理，对杨国忠的穷兵黩武进行了深刻有力而又极其形象的抨击。

这样的诗还有很多。如《杜陵叟》的小序云："伤农夫之困也。"诗中揭露了苛政猛于虎的悲惨现实，喊出了"剥我身上帛，夺我口中粟。虐人害物即豺狼，何必钩爪锯牙食人肉"的愤怒的呼声。《红线毯》的小序云："忧蚕桑之费也。"诗中对统治者的奢侈享乐进行了抨击，对中唐危害日重的贡奉弊政进行了揭露："宣城太守知不知？一丈毯，千两丝。地不知寒人要暖，少夺人衣作地衣。"这些诗确实都充满了强烈的人民性，对不合理的传统封建制度也进行了揭露，对深受戕害的下层人民表示了深切的同情。再如《上阳白发人》：

愍怨旷也

上阳人，红颜暗老白发新。绿衣监使守宫门，一闭上阳多少春。玄宗末岁初选入，入时十六今六十。同时采择百馀人，零落年深残此身。忆昔吞悲别亲族，扶入车中不教哭。皆云入内便承恩，脸似芙蓉胸似玉。未容君王得见面，已被杨妃遥侧目。妒令潜配上阳宫，一生遂向空房宿。宿空房，秋夜长；夜长无寐天不明。耿耿残灯背壁影，萧萧暗雨打窗声。春日迟，日迟独坐天难暮：宫莺百啭愁厌闻，梁燕双栖老休妒。莺归燕去长悄然，春往秋来不记年；唯向深宫望明月，东西四五百回圆。今日宫中年最老，大家遥赐尚书号。小头鞋履窄衣裳，青黛点眉眉细长。外人不见见应笑，天宝末年时世妆。上阳人，苦最多。少亦苦，老亦苦，少苦老苦两如何！君不见昔时吕向《美人赋》，又不见今日上阳宫人白发歌！

题下原注："天宝五载已后，杨贵妃专宠，后宫人无复进幸矣。六宫有美色者辄置别所，上阳是其一也。贞元中尚存焉。"元和四年（809 年）三月，白居易的奏章中有《请拣放后宫内人》一则，可见白居易并非只知写诗，确实有"兼济"的实际行动。

有些"惩劝"诗虽然在思想上没有上述诗作进步，但从社会心理的角度和思想倾向看，还是很有意义的。如《草茫茫》：

惩厚葬也

草茫茫，土苍苍。苍苍茫茫在何处，骊山脚下秦皇墓。

墓中下涸二重泉，当时自以为深固。下流水银象江海，
上缀珠光作乌兔。别为天地于其间，拟将富贵随身去。
一朝盗掘坟陵破，龙椁神堂三月火。可怜宝玉归人间，
暂借泉中买身祸。奢者狼藉俭者安，一凶一吉在眼前。
凭君回首向南望，汉文葬在霸陵原。

借秦始皇对帝王和官吏的穷奢极欲进行了猛烈的抨击和辛辣的讽刺，表达了“奢者狼藉俭者安”的思想，对勤俭爱民的汉文帝进行了赞扬。

讽喻诗的最突出的特点第一是“一吟悲一事”。白居易的《秦中吟》组诗是“一吟悲一事”，其他的讽喻诗也具备这样的特点。上面我们引述的《卖炭翁》中的“苦宫市也”，《杜陵叟》中的“伤农夫之困也”等都是，另外还有《海漫漫》“戒求仙也”、《捕蝗》“刺长吏也”、《缚戎人》“达穷民之情也”、《缭绫》“念女工之劳也”、《官牛》“讽执政也”等。不仅如此，还“首句标其目，卒章显其志”，使得诗歌所要讽喻的主题特别集中鲜明，极大地增强了诗歌的现实性。第二是铺陈详尽，情节曲折完整。无论是《卖炭翁》、《杜陵叟》还是《红线毯》，都能将事情的来龙去脉交代得十分清楚，具有很强的叙事性，而且故事情节典型形象，曲折生动。第三是运用心理刻画及对服饰、外貌、语言的描写来塑造鲜明的人物形象。第四是运用寓言托物的方法来表达自己的社会政治见解。第五是叙事与议论相结合。第六是语言接近口语，既通俗易懂又锤炼精审。

第三节　白居易的其他诗歌

白居易的感伤诗中有两首杰作，即叙事长诗《长恨歌》和《琵琶行》。《长恨歌》取材于唐明皇和杨贵妃的爱情，对于白居易《长恨歌》的主题，新中国成立以来学界曾多次展开讨论，综合各家观点可分为三派，其一是讽刺说，其二是爱情说，其三是双重主题说。这里取双重主题说，即一是讽刺唐明皇重色误国，二是歌颂了他们真挚的爱情。

全诗可以分为三段。第一段从开始至“回看血泪相和流”，描写了唐玄宗与杨贵妃爱情悲剧性的历程，既有对多情君王的爱情的歌颂，又包含着荒淫可以误国的教训：

汉皇重色思倾国，御宇多年求不得。杨家有女初长成，
养在深闺人未识。天生丽质难自弃，一朝选在君王侧。

回眸一笑百媚生，六宫粉黛无颜色。春寒赐浴华清池，
温泉水滑洗凝脂。侍儿扶起娇无力，始是新承恩泽时。
云鬓花颜金步摇，芙蓉帐暖度春宵。春宵苦短日高起，
从此君王不早朝。承欢侍宴无闲暇，春从春游夜专夜。
后宫佳丽三千人，三千宠爱在一身。金屋妆成娇侍夜，
玉楼宴罢醉和春。姊妹弟兄皆列土，可怜光彩生门户。
遂令天下父母心，不重生男重生女。骊宫高处入青云，
仙乐风飘处处闻。缓歌慢舞凝丝竹，尽日君王看不足。
渔阳鼙鼓动地来，惊破霓裳羽衣曲。九重城阙烟尘生，
千乘万骑西南行。翠华摇摇行复止，西出都门百余里。
六军不发无奈何，宛转蛾眉马前死。花钿委地无人收，
翠翘金雀玉搔头。君王掩面救不得，回看血泪相和流。

“汉皇重色”点出了唐玄宗“爱情”的本质。在整首诗中，对杨贵妃的描写主要侧重于其色相，暗示着杨贵妃“以色邀宠”。此处和后文重点表现了她的“五态”：笑态、艳态、娇态、媚态、悲态。娇态如“春寒赐浴华清池，温泉水滑洗凝脂。侍儿扶起娇无力，始是新承恩泽时”；笑态如“回眸一笑百媚生，六宫粉黛无颜色”；艳态如“云鬓花颜金步摇”，“金屋妆成娇侍夜，玉楼宴罢醉和春”；媚态如“揽衣推枕起徘徊，珠箔银屏迤逦开。云鬓半偏新睡觉，花冠不整下堂来。风吹仙袂飘飘举，犹似霓裳羽衣舞”；悲态如“玉容寂寞泪阑干，梨花一枝春带雨”。而“姊妹弟兄皆列土，可怜光彩生门户”则说其荒淫误国。“渔阳鼙鼓动地来”则既是转折，又是结果。至“回看血泪相和流”则是现实悲剧的发生。

至“魂魄不曾来入梦”为第二段，表现了唐玄宗对杨贵妃的思念：

黄埃散漫风萧索，云栈萦纡登剑阁。峨嵋山下少人行，
旌旗无光日色薄。蜀江水碧蜀山青，圣主朝朝暮暮情。
行宫见月伤心色，夜雨闻铃肠断声。天旋日转回龙驭，
到此踌躇不能去。马嵬坡下泥土中，不见玉颜空死处。
君臣相顾尽沾衣，东望都门信马归。归来池苑皆依旧，
太液芙蓉未央柳。芙蓉如面柳如眉，对此如何不泪垂。
春风桃李花开日，秋雨梧桐叶落时。西宫南苑多秋草，
落叶满阶红不扫。梨园弟子白发新，椒房阿监青娥老。
夕殿萤飞思悄然，孤灯挑尽未成眠。迟迟钟鼓初长夜，
耿耿星河欲曙天。鸳鸯瓦冷霜华重，翡翠衾寒谁与共。
悠悠生死别经年，魂魄不曾来入梦。

该段是上段感情的自然发展。唐玄宗曾经异乎寻常地爱过杨贵妃，但又让杨贵妃一个人承担了他们二人共同的过错，以杨贵妃的生命换得了自己的苟活，因而在唐玄宗的内心引起了深深的自责和思念。这种自责和思念加深了李、杨爱情的深度和悲剧性，也在一定意义上展示了爱情与现实的矛盾。该段在描写唐玄宗的心理时细腻深微，具有很高的艺术性。

至尾为第三段，主要写方士觅魂：

> 临邛道士鸿都客，能以精诚致魂魄。为感君王展转思，
> 遂教方士殷勤觅。排空驭气奔如电，升天入地求之遍。
> 上穷碧落下黄泉，两处茫茫皆不见。忽闻海上有仙山，
> 山在虚无缥缈间。楼阁玲珑五云起，其中绰约多仙子。
> 中有一人字太真，雪肤花貌参差是。金阙西厢叩玉扃，
> 转教小玉报双成。闻道汉家天子使，九华帐里梦魂惊。
> 揽衣推枕起徘徊，珠箔银屏迤逦开。云鬓半偏新睡觉，
> 花冠不整下堂来。风吹仙袂飘飖举，犹似霓裳羽衣舞。
> 玉容寂寞泪阑干，梨花一枝春带雨。含情凝睇谢君王，
> 一别音容两渺茫。昭阳殿里恩爱绝，蓬莱宫中日月长。
> 回头下望人寰处，不见长安见尘雾。唯将旧物表深情，
> 钿合金钗寄将去。钗留一股合一扇，钗擘黄金合分钿。
> 但教心似金钿坚，天上人间会相见。临别殷勤重寄词，
> 词中有誓两心知。七月七日长生殿，夜半无人私语时。
> 在天愿作比翼鸟，在地愿为连理枝。天长地久有时尽，
> 此恨绵绵无绝期。

该段表现了杨贵妃隐约迷离的心理、对爱情的执著、对唐玄宗不能守约的批判以及对爱情的绝望，充分展示了李、杨爱情的悲剧性。

应该看到的是，讽刺唐明皇重色误国和歌颂真挚的爱情的双重主题不是机械的叠加，双重主题间的张力才是《长恨歌》产生恒久艺术魅力的根源。自由恣肆的爱情与理性规范的政治是很难并存的，前者属于理想的范畴，而后者则是必须遵循的现实规律，唐明皇居九五之尊，杨贵妃为倾国之姝，二人因相爱而导致的一系列的非理性行动，将这种矛盾推向了显豁的极致状态，引起了人们深切的关注与思考，江山与美人不可兼得，似乎成为一种令人“长恨”的悲剧性的象征，《长恨歌》正是将这种象征表现到了无以复加的程度。

在艺术上，诗歌语言清丽晓畅，叙事层次清楚，情感细腻真挚，又兼取材于重大的历史事件，将历史剧变与个人爱情结合起来，更重要的是有着深厚的文化

底蕴，所以取得了很大的成功，对后世的许多文艺作品产生了影响。

《琵琶行》是白居易被贬江州次年所写，诗前有小序，对诗作的本事做了介绍。序曰："……送客湓浦口，闻舟中夜弹琵琶者，听其音，铮铮然有京都声。问其人，本长安倡女。尝学琵琶于穆、曹二善才，年长色衰，委身为贾人妇。遂命酒使快弹数曲，曲罢悯然。自叙少小时欢乐事，今漂沦憔悴，转徙于江湖间。予出官二年，恬然自安，感斯人言，是夕始觉有迁谪意。因为长句，歌以赠之，凡六百一十二言，命曰《琵琶行》。"小序简介了诗中要写的一位琵琶女的不幸遭遇，表达了作者的同情和感慨，颇有讽喻诗的特点。诗作采用倒叙意脉的艺术手法，先着意抒写他在浔阳江头倾听琵琶女技艺超凡的琵琶演奏，再回溯这位长安倡女的良好的技艺修养与坎坷身世，前后形成了鲜明强烈的对照，珠联璧合，一气呵成，给人以完整的印象，有助于凸显诗中的主旨意趣，并融入了自己的身世之感，描写细腻生动，比喻新颖，情景交融。

在闲适诗中也有一些好的篇章，如《赋得古原草送别》：

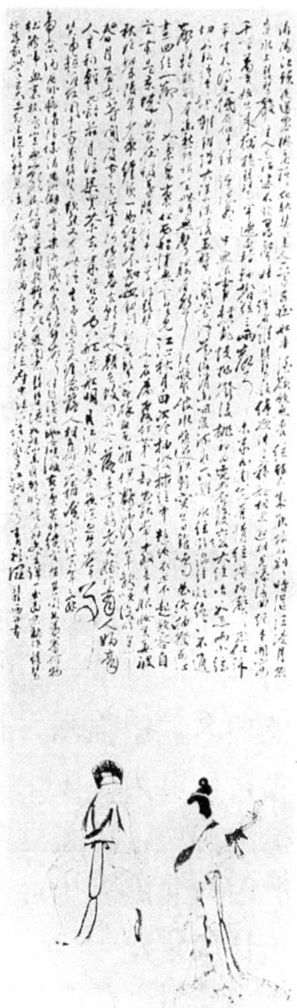

琵琶行图轴　郭诩

离离原上草，一岁一枯荣。野火烧不尽，春风吹又生。
远芳侵古道，晴翠接荒城。又送王孙去，萋萋满别情。

白居易的诗歌由于切近现实、通俗易懂，在当时流传很广，甚至远播海外。

白居易的诗歌受陶渊明、韦应物清新自然、平淡畅达的诗风影响较大，韦应物的"寄托"、"兴讽"对白居易讽喻诗的形成有一定的影响。当然，对于乐府诗风的学习是白居易新乐府诗的直接精神来源。另外，白居易十分注重学习民间语言及民间文学的表现形式，以民间传说为题材，也对他的诗风形成了很大的影响。

白居易以《新乐府》为代表的讽喻诗以及他的诗歌理论在当时的影响并不大，"时人罕能知者"（元稹《白氏长庆集序》），但在后世却产生了巨大的影响，晚唐的皮日休、陆龟蒙、罗隐、聂夷中等人就是他的直接继承者。他的诗风人格，也为宋初的王禹偁所仰慕，并以"本与乐天为后进"自许。胡仔说："国初沿袭五代之余，士大夫皆宗白乐天诗。"（《苕溪渔隐丛话》前集卷二十二）宋人周必大说："本朝苏文忠公不轻许可，独敬爱乐天，屡形诗篇。盖其文章皆主辞达，而忠厚好施，刚直尽言，与人有情，于物无着，大略相似。谪居黄州，始号东坡，其原必起于乐天忠州之作也。"（《二老堂诗话》）清初的吴伟业用长庆体写《圆圆曲》，使得白居易的影响在清代有所扩大。另外，白居易的诗歌远播海外，在日本等国产生了重大影响。

第四节　新乐府运动的其他参加者

新乐府运动的主要参加者还有张籍、王建、元稹等人。

元稹（779—831），字微之，洛阳人。家贫好学，元和元年（806年）举制科，对策第一，与白居易同以书判拔萃科登第，与白居易交往十分密切。元稹功名欲望强烈，性格刚直，好上书论事，指摘时弊。曾任左拾遗、监察御史，后贬为江陵士曹参军、唐州从事、通州司马、虢州长史等。白居易称"元稹为御史，以直立身"（《赠樊著作》）。元和末年回朝，历升至知制诰、宰相，但因与裴度发生冲突，4个月后被罢为同州刺史。53岁卒于武昌任所。有《元氏长庆集》。

元稹今存诗800多首，成就较高的是乐府诗和情诗。他的"新题乐府"源于李绅，曾和李绅的"新题乐府"12首，如《上阳白发人》写宫女的幽禁之苦，《五弦弹》写任用贤才之事，但在艺术上却显得有些概念化。而《乐府古题》则是比较成功的讽喻之作。其中《织妇词》、《田家词》较具代表性。《织妇词》写道："织妇何太忙，蚕经三卧行欲老。蚕神女圣早成丝，今年丝税抽征早。早征非是官人恶。去岁官家事戎索。征人战苦束刀疮，主将勋高换罗幕。缫丝织帛犹努力，变缉撩机苦难织。东家头白双女儿，为解挑纹嫁不得。檐前袅袅游丝上，上有蜘蛛巧来往。羡他虫豸解缘天，能向虚空织罗网。"织妇因为忙于织布缴租，头发都白了还不能嫁人，风格朴实，语调凄怆，感人至深。《田家词》则更加深刻地反映了农民的艰难生活，对劳动人民寄予了深切的同情：

> 牛吒吒，田确确。旱块敲牛蹄趵趵，种得官仓珠颗谷。六十年来兵簇簇，月月粮食车辘辘。一日官军收海服，驱牛驾车食牛肉。归来收得牛两角，重铸锄犁作斤劚。姑舂妇担去输官，输官不足归卖屋。愿官早胜仇早复，农死有儿牛有犊，誓不遣官军粮不足。

诗歌写得细腻、泼辣、辛酸，结尾更是用反讽的笔法谴责了官军对人民的祸害。

《连昌宫词》是一首叙事长诗，也应该算是元稹的代表作。诗歌通过对连昌宫兴废变迁的描写，对安史之乱前后唐朝政治的得失进行了考察。诗歌写唐明皇和杨贵妃凭楼而立的情景是“上皇正在望仙楼，太真同凭阑干立。楼上楼前尽珠翠，炫转荧煌照天地”，写其歌舞场面是“飞上九天歌一声，二十五郎吹管逐。逡巡大遍凉州彻，色色龟兹轰录续”，写其出行是“平明大驾发行宫，万人歌舞涂路中。百官队仗避岐薛，杨氏诸姨车斗风”，写安史之乱后的破败情景是“荆榛栉比塞池塘，狐兔骄痴缘树木……自从此后还闭门，夜夜狐狸上门屋”，写安史之乱的因由是“开元之末姚宋死，朝廷渐渐由妃子。禄山宫里养作儿，虢国门前闹如市。弄权宰相不记名，依稀忆得杨与李”。全诗前半部分从“连昌宫中满宫竹，岁久无人森似束”写起，引出“宫中老翁”对连昌宫盛衰的追述；后半部分借作者与老人的问答探讨“太平谁致乱者谁”，最后归纳出了“老翁此意深望幸，努力庙谟休用兵”的主题。诗歌叙议结合，将史实与传闻糅合在一起，蕴涵着强烈的情感色彩。

元稹另有一首短诗《行宫》：

寥落古行宫，宫花寂寞红。白头宫女在，闲坐说玄宗。

前人谓《长恨歌》120句，读者不厌其长；《行宫》诗才4句，读者不嫌其短。二者各臻其妙。

另外，元稹有一些描写爱情和悼亡的诗也很著名。如《遣悲怀三首》(其一)：

谢公最小偏怜女，自嫁黔娄百事乖。顾我无衣搜荩箧，
泥他沽酒拔金钗。野蔬充膳甘长藿，落叶添薪仰古槐。
今日俸钱过十万，与君营奠复营斋。

淡淡写来，语语心出，真情流溢，感人至深，可谓悼亡的佳作。再如：

曾经沧海难为水，除却巫山不是云。
取次花丛懒回顾，半缘修道半缘君。

(《离思五首》其四)

昔日戏言身后意，今朝都到眼前来。

(《遣悲怀三首》其二)

惟将终夜长开眼，报答平生未展眉。

(《遣悲怀三首》其三)

总的看来，虽然元稹与白居易在创作上持相同的主张，但他的诗在反映生活的深广度、思想性和艺术性等方面与白居易的诗还是有一定的距离的。

张籍、王建是较早从事乐府诗创作的诗人，时号“张王”。**张籍**（766？—830?），字文昌，原籍苏州，少年贫寒，贞元十五年（799 年）进士及第，曾任太常太祝、水部员外郎、国子司业，人称张水部或张司业。有《张司业集》。张籍所做多为散官，生性淡泊而又耿直狷介，一生清贫，再加长期病眼，其生活状况可想而知。他与王建、白居易、韩愈、孟郊等人相唱和。张籍诗作很少描述个人的状况，多反映劳动人民的困苦，言之有物，充满了正气。白居易称赞他说：“尤工乐府诗，举代少其伦。……风雅比兴外，未尝著空文。”（《读张籍古乐府》）张籍有乐府诗 80 多首，古题、新题参半。他的诗取材十分广泛，反映现实也比较全面深刻，其中以反映农民苦难生活的诗歌成就最为突出。如《野老歌》：

老农家贫在山住，耕种山田三四亩。
苗疏税多不得食，输入官仓化为土。
岁暮锄犁傍空室，呼儿登山收橡实。
西江贾客珠百斛，船中养犬长食肉。

诗歌以平易的语言、简约的诗风反映了农民一年的艰辛，对官僚商人的奢侈进行了鞭挞和揭露。

张籍的乐府诗往往以一种曲折的方式来讽喻，如上面的《野老歌》就是铺陈式的描述，没有像白居易的讽喻诗那样直陈其弊，但其讽喻之意豁然而出。又如《征妇怨》不直写战争给人民带来的灾难，而是写“夫死战场子在腹”；《牧童词》不写苛捐杂税之重，而是借牧童的喝牛之语说“牛牛食草莫相顾，官家截尔头上角”；《促促词》不直接写战争的灾难和社会破败的状况，而是写“家中姑老子复小，自执吴绡输税钱”；等等。这些都表现了张籍乐府诗的特点。王安石评价张籍的诗说，“看似寻常最奇崛，成如容易却艰辛”（《题张司业诗》），应该说道出了张籍诗歌在平易中见奇崛的特色。

王建（766？—?），字仲初，颍川（今河南许昌）人。出身寒微，未进士及第，元和年间为昭应县尉，时已年近五旬。曾任县丞、校书郎、太府寺丞等闲官，官终陕州司马。有《王司马集》。王建一生不达，生活清贫，这也使他接近下层人民，对他的诗歌创作产生了影响。

王建与张籍是同窗，诗风也近似，所作古题乐府约 30 首，新题乐府 170 多首。王建的诗在题材方面有新的开拓，如《水夫谣》：“苦哉生长当驿边，官家使我牵驿船。辛苦日多乐日少，水宿沙行如海鸟。逆风上水万斛重，前驿迢迢后淼淼。半夜缘堤雪和雨，受他驱遣还复去。衣寒衣湿披短蓑，臆穿足裂忍痛何。到明辛苦无处说，齐声腾踏牵船歌。一间茅屋何所直，父母之乡去不得。我愿此水作平田，长使水夫不怨天。”描写细腻生动，将一个水夫的痛苦生活刻画得栩栩如生。

在描写人们生活的艰辛时，王建的诗往往并不显得直接和激烈，有时喜欢以一种语重心长的情态来加以表现。如《田家行》：

男声欣欣女颜悦，人家不怨言语别。
五月虽热麦风清，檐头索索缫车鸣。
野蚕作茧人不取，叶间扑扑秋蛾生。
麦收上场绢在轴，的知输得官家足。
不望入口复上身，且免向城卖黄犊。
田家衣食无厚薄，不见县门身即乐。

写收获时的农村场景和农家心境，虽显得平和恬淡，但结尾二句还是道出了题旨。

王建还写了一些边塞题材的作品，如《饮马长城窟》、《辽东行》、《送衣曲》等。还有《宫词》百首，其中也有优秀的篇章。

李绅（772—846），字公垂，祖籍亳州谯县（今安徽亳县），元和元年（806年）进士，历任校书郎、端州司马、淮南节度使等职。李绅与元稹、白居易等人交往，有新乐府20首和《悯农》诗两首，前者亡佚。《悯农》写道：

春种一粒粟，秋成万颗子。四海无闲田，农夫犹饿死。
（其一）
锄禾日当午，汗滴禾下土。谁知盘中餐，粒粒皆辛苦。
（其二）

诗作朴实无华，真切自然，但因其有高度的概括性而显得警策有力。

关键概念

新乐府　　新乐府运动　　“一吟悲一事”

思考题

1. 试述白居易的新乐府运动理论。
2. 简述白居易讽喻诗的主要内容和艺术特色。

第十一章

刘禹锡的怀古诗与柳宗元的山水诗

中唐的诗歌呈现出多元发展的状态。在韩孟、元白两大诗派叱咤诗坛风云之际，刘禹锡和柳宗元始终保持着自己独立的艺术品格。刘禹锡的诗在对题材领域的拓展与发掘、对传统主题的深化与反拨以及对诗歌体式的变革完善等方面作出了成绩；柳宗元也以自己蕴涵深挚、感情激切、“外枯而中膏，似澹而实美”的诗风卓立于诗坛。

第一节　刘禹锡的怀古诗：在自然与人事的比照中透显出浓烈的悲剧意识

刘禹锡（772—824），字梦得，洛阳人。幼而好学，浏览百家，谙熟儒学。贞元九年（793年）与柳宗元同时进士及第，曾任太子校书、监察御史等职。因参加王叔文倡导的“永贞革新”而被一贬再贬，在外20多年，晚年迁太子宾客。当时与他一起遭贬的还有王叔文、王伾、柳宗元等，史称“二王刘柳”，又称“二王八司马”之贬。刘禹锡没有因遭贬而屈服，也没有沉沦，仍然以积极、乐观的态度对待生活。他在《秋词》中写道：“自古逢秋悲寂寥，我言秋日胜春朝。晴空一鹤排云上，便引诗情到碧霄。”一扫古代诗词中的悲秋情绪，身处逆境而心胸坦荡，胸襟开阔。他在被贬十年后被召回京城，在游玄都观后，写了《元和十年自朗州至京，戏赠看花诸君子》一诗：“紫陌红尘拂面来，无人不道看花回。玄都观里桃千树，尽是刘郎去后栽。”因以桃树讽刺了新得势的权贵，再度被贬14年。但14年后重回京城时，他又写了一首《再游玄都观》：“百亩庭中半是苔，桃花开尽菜花开。种桃道士归何处，前度刘郎今又来。”对新贵的讽刺比前首更为辛辣，可见其不屈不挠的性格。在这方面最著名的还是《酬乐天扬州初逢席上见赠》：

巴山楚水凄凉地，二十三年弃置身。
怀旧空吟闻笛赋，到乡翻似烂柯人。
沉舟侧畔千帆过，病树前头万木春。
今日听君歌一曲，暂凭杯酒长精神。

唐敬宗宝历二年（826年），刘禹锡罢和州刺史，在贬官20多年后被召回京城洛阳，途经扬州，与白居易相遇。此是在筵席上写给白居易的一首赠诗。诗作感慨深沉，情绪低昂顿挫，但又悲而不哀，时现慷慨奔放之气，是“贬谪诗”的佳作。

在中唐诗坛上，刘禹锡的诗歌占有自己特殊的地位：在内容上，主要表现为对传统题材的拓展和开掘，在艺术上则表现为对诗歌体式的进一步发展与完善。他的诗歌的内容几乎涉及了社会生活的各个方面和各个层次，在某种意义上说，与宋诗有些类似。

刘禹锡将巴蜀风情与风俗纳入笔底，模仿民歌，尤其在贬谪期间，他努力学习民歌，现存《刘梦得集》的两卷乐府诗是他这方面的成就。如：

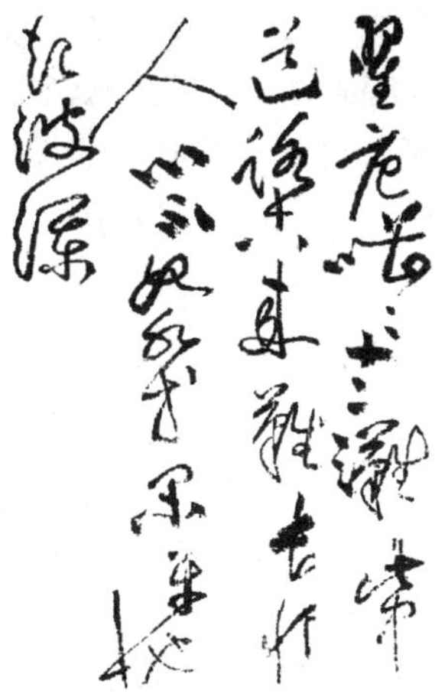

黄庭坚　书

竹枝词　刘禹锡
瞿唐嘈嘈十二滩，
此中道路古来难。
长恨人心不如水，
等闲平地起波澜。

杨柳青青江水平，闻郎江上踏歌声。
东边日出西边雨，道是无晴却有晴。

（《竹枝词二首》其一）

春江一曲柳千条，二十年前旧板桥。
曾与美人桥上别，恨无消息到今朝。

（《杨柳枝》）

濯锦江边两岸花，春风吹浪正淘沙。

女郎剪下鸳鸯锦，将向中流匹晚霞。

（《浪淘沙九首》其五）

春江月出大堤平，堤上女郎连袂行。
唱尽新词看不见，红霞影树鹧鸪鸣。

（《踏歌词四首》其一）

这些诗既有民歌的特色，又有文人的加工，健康开朗，清新自然，在中国诗歌史上并不多见。对于农业劳动，他也多有涉笔，如在《插田歌》中写道：“冈头花草齐，燕子东西飞。田塍望如线，白水光参差。农妇白纻裙，农父绿蓑衣。齐唱郢中歌，嘤伫如竹枝。但闻怨响音，不辨俚语词。时时一大笑，此必相嘲嗤。水平苗漠漠，烟火生墟落。黄犬往复还，赤鸡鸣且啄。”以诙谐幽默的笔调将水乡插秧的情景描写得栩栩如生。

刘禹锡的诗歌还善于对传统内容进行深入的开掘，从中发现新的意义。如《望夫石》：

终日望夫夫不归，化为孤石苦相思。
望来已是几千载，只似当时初望时。

传统的相思主题在此已变为着意强调其千载如一的守望姿态，从而既表现出对专一爱情的歌颂，也表明了自己的情志和理想。《优古堂诗话》“望夫石”条引陈师道语说：“望夫石在处有之，古今诗人共用一律，惟刘梦得云：‘望来已是几千载，只似当时初望时。’语虽拙而意工。”上面引述的《秋词》一诗也是这样，在一般人眼里，秋日本来是肃杀悲凉的，但刘禹锡却以为胜过春朝，引得自己诗情无限，简直是对传统的反叛。

刘禹锡最著名和对后世影响最大的还是他的怀古诗。他的有些怀古诗具有极强的讽喻意味，借古人之针砭刺现实之痼疾。其宗旨可以用他的诗句来概括：“兴废由人事，山川空地形。”如：

潮满冶城渚，日斜征虏亭。
蔡洲新草绿，幕府旧烟青。
兴废由人事，山川空地形。
后庭花一曲，幽怨不堪听。

（《金陵怀古》）

台城六代竞豪华，结绮临春事最奢。

万户千门成野草，只缘一曲后庭花。

（《台城》）

他将咏史与咏怀结合在一起，并继承了杜诗的端绪，进一步将咏史诗导向“览古”、“述古”和“怀古”，其取材更为广泛，从历史胜迹和地方风物起笔，评古论今，意蕴深远。如《乌衣巷》：

朱雀桥边野草花，乌衣巷口夕阳斜。
旧时王谢堂前燕，飞入寻常百姓家。

在野草与夕阳中，历史上的浮华与喧嚣已成陈迹，但作为历史的本真存在的“寻常百姓家”显示出其永恒性；诗作运思的过程，就是拨开浮华寻找永恒的过程。这里不仅有历史的感慨，更有对历史观念的建构，这是该诗艺术魅力的根源。又如《石头城》：

山围故国周遭在，潮打空城寂寞回。
淮水东边旧时月，夜深还过女墙来。

石头城曾是战国时代楚国的金陵城，三国时孙权改名为石头城。经过六代奢华，至唐初废弃，二百年来几成为一座“空城”。诗一开始就营造出苍莽悲凉的氛围——群山依然在围绕着它，但石头城的旧日繁华已荡然无存。江潮如人的思绪般几百年来不断地抚摸着这座空城，似乎在探询着什么，但一无响应，只好寂寞而回。然而，历史与宇宙并不空虚，永恒依然存在，“淮水东边旧时月”如天眼一般，仍如当年，一成不变地按时到来，俯视着人间。人事喧哗的短暂与宇宙的永恒形成了最强烈的对比，其间无形而又无限的张力使人产生了极其强烈的审美感受，在如老僧悟道般的絮语中，人的宇宙情怀油然而生。在这类诗中，最著名的当数《西塞山怀古》：

王濬楼船下益州，金陵王气黯然收。
千寻铁索沉江底，一片降幡出石头。
人世几番伤往事，山形依旧枕寒流。
从今四海为家日，故垒萧萧芦荻秋。

诗人从众多的史事中单选西晋灭吴一事，突出了东吴以“王气”为精神支柱的虚妄，耐人寻味。天险与铁链皆不足恃，阐发了诗人“兴废由人事，山川空地形”的基本思想，有讽喻当局之意。前两联犀利痛快，又如瀑布直泻而下，使诗中之理一览无余；颈联则由社会政治层面转入文化深处，以长江中的军事要塞为见证，凸显了人事的短暂与自然的永恒，警醒人们追思历史的价值与意义，并隐含着体认宇宙情怀的取向。尾联一般解释为如今天下一统，四海一家，六朝的分裂局面不再，所以西塞山的故垒废置不用，长满芦苇。这样的解释也许有道理，但如果仅仅限于这一层面，诗意必会趋向卑庸，且与诗思不合。应该说，“从今四海为家日”并不排斥天下一统，处处皆可为家的意思，但处处皆可为家更应该是指失去故乡，也不必坚守故乡，处处都可为故乡的心灵的洞彻，应该是指在觉悟了历史的本真后对“金陵王气”等拘囿观念的耸身摇脱；而“故垒萧萧芦荻秋”则是诗人在觉悟状态的情感观照下对“故垒”的感受：西塞山的战争遗迹令人觉得萧瑟而悲凉！这样，该诗就在对喧嚣的历史的否定中打开了人生的境界。

总的看来，这些怀古诗慨叹世事兴亡，深寓历史教训，即景抒情，由情及理，令人叹惋不已。这些诗之所以具有那样大的影响力，还在于它们契合了中国人重自然而轻人事的文化心理结构。自然的真实与人事的虚幻，自然的神圣庄严与人事的卑下荒诞，自然的永恒与人事的短暂，在自然与人事的比照中，透显出浓烈的悲剧意识。中唐晚期的士大夫们正是在振兴无望的心态中重新思考起自然与人事的关系，展露出这种美丽的伤感。

刘禹锡兼擅各体，无论是五七言古诗、五七言绝句，还是五七言律诗，都能娴熟地驾驭，都有优秀之作。他还将民歌的声情融入七言绝句中，创制出了“含思宛转”的民歌体乐府诗，上面引述的融有巴楚民歌的《竹枝词》和融有吴越民歌的《杨柳枝词》都是例证。他还强化了咏物诗的叙事功能，创造出了讽刺性的咏物寓言诗这一新形式。在贬居巴山楚水期间，他写出了一批优秀的作品，有《秋萤引》、《养鸷词》、《飞鸢操》、《有獭吟》、《聚蚊谣》等。《聚蚊谣》这样写道：

> 沉沉夏夜兰堂开，飞蚊伺暗声如雷。嘈然欻起初骇听，
> 殷殷若自南山来。喧腾鼓舞喜昏黑，昧者不分听者惑。
> 露花滴沥月上天，利觜迎人著不得。我躯七尺尔如芒，
> 我孤尔众能我伤。天生有时不可遏，为尔设幄潜匡床。
> 清商一来秋日晓，羞尔微形饲丹鸟。

以群蚊比喻因反对“永贞革新”而占据高位的朝廷官员，表现出强烈的爱憎，具有极强的讽刺意义。

后代诗论家在评骘中唐群英时，大多认为韩、白、刘、柳各有千秋。如胡震亨《唐音癸签》说：“元和以后，诗道浸晚，而人才故自横绝一时，若昌黎之鸿

伟，柳州之精工，梦得之雄奇，乐天之浩博，皆大家才具也。”（卷四）刘禹锡的诗歌有挺拔之气，多慷慨之调，无衰惫之色，少凄苦之音，被白居易称为“诗豪”（《刘白唱和诗解》）。刘禹锡在元白、韩孟两个诗派之外异军突起，虽然未能自立一派，但其正道直行、自强不息的人品和蕴藉自然、流丽顿挫的诗品给后世以很大的影响。陈师道认为苏轼学诗从刘禹锡开始：“苏诗始学刘禹锡，故多怨刺。”（《后山诗话》）苏轼推重刘禹锡，兼及兄弟门人，“苏子由晚年，多令人学刘禹锡诗，以为用意深远，有曲折处”（《苕溪渔隐丛话》前集卷二十一引《吕氏童蒙训》），黄庭坚更是以刘禹锡诗为榜样，江西诗派的多数人都善于点化刘禹锡的诗。

另外，刘禹锡学习民歌、变革诗体的做法对后世也有启发意义。他的《竹枝词》当时就流播遐迩，而且历代都有拟作者。据胡仔记载：“予尝舟行苕溪，夜闻舟人唱吴歌。”歌词中有“东边日出西边雨，道是无晴还有晴”两句，胡仔遂疑曰：“岂非梦得之歌，自巴渝流传至此乎?”（《苕溪渔隐丛话》后集卷十二）由此可知，起码至南宋时还有人歌唱《竹枝词》。

第二节　柳宗元的山水诗：情意与自然的融合

柳宗元（773—819），字子厚，河东（今山西永济县）人，世称柳河东。少颖悟，早年为文“以辞为工”，以“务声色，夸声音”（《答韦中立论师道书》）为能，有“奇名”。少年时期就曾游历过河南、湖南、湖北等地。唐德宗贞元九年（793年）进士及第，曾任集贤殿正字、蓝田尉、监察御史里行等职，顺宗时官至礼部员外郎。韩愈说他“俊杰廉悍，议论证据今古，出入经史百子，踔厉风发，率常屈其座人，名声大振，一时皆慕与之交。诸公要人，争欲令出我门下，交口荐誉之”（《柳子厚墓志铭》）。他参加了王叔文革新集团，由于宦官及藩镇的反对，改革推行仅半年顺宗即逊位，“永贞革新”失败。柳宗元、刘禹锡等八人被贬为远州司马，其中柳宗元被贬为永州司马。10年间，他过着“与囚徒为朋，行则若带缧索，处则若关桎梏，彳亍而无所趋，拳拘而不能肆”（《答周君巢饵药久

柳宗元画像

寿书》）的生活，但他还是做了许多有利于人民的好事。10 年后应诏回朝，满以为又可大展抱负，在路上写下了许多诗歌，流露了自己欣喜的心境："十一年前南渡客，四千里外北归人。诏书许逐阳和至，驿路开花处处新。"（《诏追赴都二月至灞亭上》），但到京不到一个月就与刘禹锡等 4 人再次出为远州刺史。柳宗元病逝于柳州刺史任所，终年 47 岁，因此又称柳柳州。

柳宗元"以愚得罪"，一生耿直狷介，不合流俗，因而不被启用。在被贬以后，他积极改革弊政，政绩突出，思想也有了很大的发展，在坚贞与抑郁中创造出了优秀的贬官文学。

柳宗元的思想进步，首先提出官为民仆的思想，并且明确地指出，官吏是靠人民的俸禄来养活的，人民用"出其十一"的赋税雇佣官吏来为人民服务，但现实的状况是官吏不仅不服务于人民，反而搜刮人民的财富，欺压残害人民，而人民之所以敢怒而不敢言，主要是因人民没有团结起来，没有形成强大的力量（《送薛存义序》）。这虽然还是以传统的民本思想为基础，但在那个时代就能有如此深刻进步的思想，实属难能可贵。不仅如此，他还明确地意识到了贫富不均而造成的社会矛盾，并试图探索其根源，提出了平均土地的理想。这在当时，似乎都是前无古人的。

他不仅是古文运动的主将之一，还是优秀的诗人。柳宗元的诗与其散文在内容上有共通之处，如《田家》三首揭露赋税之重，同情劳动人民，如其著名的散文《捕蛇者说》；《平淮夷雅二篇》，颂扬统一，反对分裂；《唐铙歌鼓吹曲十二篇》则仿效汉魏鼓吹诗体写成，分别颂扬了高宗、太宗、李靖等平定叛乱、统一国家所建树的辉煌功德。但最著名和对后世影响最大的还是其山水诗。

柳宗元先被贬为永州司马达 10 年之久，后又被贬为柳州刺史，至死未能回京，一生备受贬谪压抑之苦，而他又不改初衷，始终忧国忧民，因此，他虽借山水以寄情，但与一般的流连光景之作有着本质的不同，尽管有时显得很恬淡，实际上却是满含郁勃之气，形成了情感激切、幽愤峻峭、似淡实浓的诗风。《渔翁》一诗这样写道：

> 渔翁夜傍西岩宿，晓汲清湘燃楚竹。
> 烟消日出不见人，欸乃一声山水绿。
> 回看天际下中流，岩上无心云相逐。

此诗写于被贬永州之时。在"无心"争逐中，显示出其高标绝俗的人格。苏轼评论说："诗以奇趣为宗，反常合道为趣。熟味之，此诗有奇趣。"（《苏轼文集·佚文汇编卷五·书柳子厚〈渔翁〉诗》）苏轼所说的"反常"与"奇趣"，应是在"烟消日出不见人，欸乃一声山水绿"两句。依常理而言，"烟消日出"该见人，而柳诗说“不见人”，桨声“欸乃”与“山水绿”本无必然联系，可诗人偏说山水因“欸乃”而绿，这就是所谓的“反常”。然而诗人正是用这些貌似无理的“反常”组合让人看到了一幅这样的图景：清晨烟消日出，江静无声，山水未醒，突然橹桨欸乃，划破静谧，惊醒江水岸草，山与水一齐变绿，从这种人与景的互动中感悟到了新的人生境界，这又“合道”。所谓“奇趣”，并非奇在文字，而是奇在境界，《渔翁》诗清纯幽邃，诗人在渔翁寻常的生活中体味到的是渔翁与世无争，宁静淡泊的心情，这种淡泊不是高人雅士为隐而隐的淡泊，更不是终南捷径式的“淡泊”，而是一派纯任自然的淡泊。诗作在寻常不可能处领悟到如此奇妙的道理，便是“奇趣”。在淡泊与简古中寄予着如此浓烈而深邃的情感，正是柳诗的基本特征。再如《江雪》：

千山鸟飞绝，万径人踪灭。
孤舟蓑笠翁，独钓寒江雪。

此诗亦写于被贬永州之后，塑造了一个不畏寒雪，遗世而立的抗争者的形象。在纯任自然的白描之中，诗人以渔翁自况自勉，表现了自己的坚强与不屈，情感之浓烈直溢纸外。

他的诗往往将人的情意与山水自然融合得浑融完整，使人分不清哪是山水自然，哪是人的情意。如他的名作《南涧中题》：

柳宗元《江雪》诗意图　傅抱石

秋气集南涧，独游亭午时。回风一萧瑟，林影久参差。
始至若有得，稍深遂忘疲。羁禽响幽谷，寒藻舞沦漪。
去国魂已游，怀人泪空垂。孤生易为感，失路少所宜。
索寞竟何事？徘徊只自知。谁为后来者？当与此心期。

诗人本来想借山水抒解忧思愁绪，却反而像“寒藻舞沦漪”那样，在徘徊中愈隐愈深，形成了一个感情的旋涡；情感激切，山水幽峭，二者相互促生，将“孤生易为感”的诗美特质渲染出来。又如《秋晓行南谷经荒村》：

杪秋霜露重，晨起行幽谷。黄叶覆溪桥，荒村唯古木。
寒花疏寂历，幽泉微断续。机心久已忘，何事惊麋鹿。

秋霜、幽谷、黄叶、溪桥、荒村、古木、寒花、幽泉，全诗几乎是由幽峭的意象连缀而成，最后点题，“机心久已忘，何事惊麋鹿”，那种厌恶宦海沉浮的孤愤情绪和以麋鹿为友的高洁情怀便豁然而出。

柳宗元的有些山水田园诗深蕴着咏怀诗之灵魂，那种情感的震颤和心灵的熬煎时时向人扑面而来，如他《中夜起望西园值月上》：

> 觉闻繁露坠，开户临西园。寒月上东岭，泠泠疏竹根。
> 石泉远逾响，山鸟时一喧。倚楹遂至旦，寂寞将何言。

这里兼有谢灵运诗的明朗画面和阮籍诗的孤寂情怀，其中对自然景物的高度敏感，对生命与时光的深情珍惜，对现实与理想的失望与追询，共同铸造成了一种抑郁而又坚贞，敏感而又执著的诗美特质。应该说，这种诗美特质整合了柳宗元诗的基本特点，使其在中国诗歌中有着鲜明的特色。

柳宗元早年即好佛，在长期的贬谪生活中，他更是以佛来求得心灵的宁静与解脱。他的一些山水诗，往往既有“禅语”，又有“登临诗”的忧乐杂糅的情绪。如《夏初雨后寻愚溪》：

> 悠悠雨初霁，独绕清溪曲。引杖试荒泉，解带围新竹。
> 沉吟亦何事，寂寞固所欲。幸此息营营，啸歌静炎燠。

激切躁动而又渊默静穆。前四句将雨后荒山闲行的情景描绘得极为独特而生动，在悠悠的细雨后，一人绕着清溪而走，时而拿起手杖试试刚刚形成的泉水之深浅，时而解下围带量量新生竹笋的肥瘦，因此，“营营”、“炎燠”之心虽然呼之欲出，但却被终究平息下来，变成了“沉吟”与“寂寞”。这种古朴自然的情景，给人以无以言喻的启示。

柳宗元的寄远怀人诗感情往往更为浓烈。如《别舍弟宗一》：

> 零落残红倍黯然，双垂别泪越江边。
> 一身去国六千里，万死投荒十二年。
> 桂岭瘴来云似墨，洞庭春尽水如天。
> 欲知此后相思梦，长在荆门郢树烟。

元和十一年（816年）春夏之交，柳宗元的堂弟柳宗一自柳州赴江陵，在诗中作者对自己遭遇表示了深切的悲愤。对于一起参加永贞革新的诗人刘禹锡，他一直视为好友。在《重别梦得》中写道：“二十年来万事同，今朝岐路忽西东。

皇恩若许归田去，晚岁当为邻舍翁。”将对刘禹锡的情感，表达得酣畅淋漓。有时，这种感情需要用“散点透视”的方式才能表达。如《与浩初上人同看山寄京华亲故》：

海畔尖山似剑铓，秋来处处割愁肠。
若为化得身千亿，散上峰头望故乡。

将整个身心都铺展开来，这里已不是一双眼睛，而是无数双眼睛，已不是一处情感，而是处处都是情感，“尖山”与“峰头”似乎已不是山水，而是变成了情感的道具和符号。这方面最典型的还是《登柳州城楼寄漳汀封连四州》：

城上高楼接大荒，海天愁思正茫茫。
惊风乱飐芙蓉水，密雨斜侵薜荔墙。
岭树重遮千里目，江流曲似九回肠。
共来百越文身地，犹自音书滞一乡。

这首七律是诗人初抵柳州任刺史，登城楼远眺，因怀念同遭贬谪的刘禹锡等人而作。诗中视角不断转移，画面甚至有些散乱：时而海天之际，时而雨墙岭树。但在散点之中却蕴涵着一个焦点，即“犹自音书滞一乡”的“滞”字而引起的思乡、回乡的情感，回乡的强烈愿望成为全诗的内在焦点，这一焦点将看似散乱的画面收拾在一起，画面中的所有意象都被凝聚起来，营造出了一个多层次的立体的抒情结构。

柳宗元有的诗也写得雄浑流畅。如：

临蒸且莫叹炎方，为报秋来雁几行。
林邑东回山似戟，牂牁南下水如汤。
蒹葭淅沥含秋雾，橘柚玲珑透夕阳。
非是白蘋洲畔客，还将远意问潇湘。

（《得卢衡州书因以诗寄》）

宦情羁思共凄凄，春半如秋意转迷。
山城过雨百花尽，榕叶满庭莺乱啼。

（《柳州二月榕叶落尽偶题》）

纵观建安以后的山水诗，其对自然的把握可分为三个层次：一是客体层次，把山水自然看成独立于创作主体之外的审美对象，以描写自然为主，以抒情为辅，在自然诗化走向上仅属客体自然——描写自然之美——的层次，以谢灵运、谢朓为代表。二是主体层次，把山水自然当作心灵的象征，情感的符号，创作主体往往以自己的情感去改造审美对象的固有形态，使情、景相互生发。在自然诗化的走向上，属于情意自然——情景相生——的层次，以柳宗元为突出代表，另有王维、白居易等人。三是哲理层次，对自然与自我进行双重超越，使其诗境超越现实，又在更高的层次上回归到现实。它属于智慧自然——以哲学的眼光审视自然——的层次，以苏轼为代表。

山水诗发展至柳宗元，诗中的自然山水已经不再像魏晋六朝的山水诗那样是人客观欣赏的对象，而是染上了浓烈的情感色彩，成为人的情感的化身，中国的山水诗，似乎从来还没有人写得这样情浓意切，惊心动魄。因此，柳宗元将中国的山水诗发展到了情意自然的阶段。

柳诗的主要艺术风格已如上述。其实，柳诗、柳文的风格多有近似之处，清隽简洁，蕴涵深厚，情感激切，似淡实浓。对于柳诗的风格，前人多有论述，苏轼说其“发纤秾于简古，寄至味于淡泊”，极能得其神髓，也成为柳诗风格的定评。苏轼还在《书柳子厚南涧诗》中说：“柳子厚南迁后诗，清劲纡余，大率类此。”对柳诗的风格进行了补充。《诚斋诗话》说：“五言古诗，句雅淡而味深长者，陶渊明柳子厚也。”《诗镜总论》说：“刘梦得七言绝，柳子厚五言古，俱深于哀怨，谓《骚》之余派可。刘婉多风，柳直损致，世称韦柳，则以本色见长耳。”《升庵诗话》说：“柳子厚如高秋独眺，霁晚孤吹。”这些都能帮助我们深入体会柳诗的艺术特征。至于柳诗的渊源，王世贞说：“子厚于《风》、《雅》、《骚》赋，似得一斑。”（《艺苑卮言》卷四）应该说是正确的。

“读柳子厚诗，知其人无与偶”（《诗镜总论》），也许是因为他对现实与生命有太多太执著的爱，也许是他有太多的不满与追求，更可能是因为他有太多的失意，总之，柳宗元精神的孤独与激切以及由此而生的诗文对后世有着恒久的艺术魅力。

关键概念

刘禹锡的“民歌体乐府诗”　　　　“发纤秾于简古，寄至味于淡泊”

思考题

1. 试从内容和艺术上分析刘禹锡的怀古诗。
2. 在艺术上，柳宗元的山水诗有哪些特点？

第十二章

李贺：对生命悲剧意识的吟唱

李贺的出现是中国文学史上的一个奇迹。他似乎不循任何理路，不遵任何规范，像雨后的彩虹，凭空而来，又倏尔逝去。当我们试图去解释他时，我们所感到的往往是思维的窘迫和语言的匮乏。李贺在我们的生命之上，又在我们的生命之下，唯独不在我们的生命之中。但是，当我们试图超越生命或深入生命时，我们又是那样真实地感受到李贺的存在。

第一节　由盛世不复、壮志不遂、时光不再、生命不永整合而成的生命悲剧意识

李贺（790—816），字长吉，河南昌谷（今宜阳）人，故世称“李昌谷”，其远祖应为唐高祖李渊的叔父大郑王李亮，父李晋肃，曾当过县令，是没落的皇族家庭的后裔。李贺自幼才华出众，抱负颇大，15岁就以能写乐府诗著名，18岁时曾携《雁门太守行》到洛阳拜见韩愈，受到赏识。21岁参加河南府试，因成绩优异而被荐应进士举。仅因“晋肃”之“晋”与“进士”之“进”同音，“肃”与“士”音近，李贺便以有讳父名而遭人议论攻击，韩愈还专为此写了《讳辩》一文，但在强大的社会舆论压力下，李贺还是不得参加进士考试。“雪下桂花稀，

啼鸟被弹归。关水乘驴影，秦风帽带垂。入乡试万里，无印自堪悲。卿卿忍相问，镜中双泪姿。”（《出城》）此诗形象地描绘了李贺像小鸟一样被弹而归的情景。元和六年（811 年）春，李贺重返长安，但仅得到了一个从九品的太常寺奉礼郎的小官，李贺认为那是像姬妾一样奉箕帚的差使，因不堪其辱，不到三年就告病辞官。“草暖云昏万里春，宫花拂面送行人。自言汉剑当飞去，何事还车载病身。”（《出城寄权璩、杨敬之》）此诗反映了他辞官时伤感与愤懑的心情。李贺家贫，甚至受过催租之苦，也曾到友人张彻处寄食三年。他身体病弱，其志不遂，又兼苦吟成癖，死时仅 27 岁。有《李长吉歌诗》，存诗 250 余首，除少量伪作外，可确定为他本人所作的有 240 首左右。

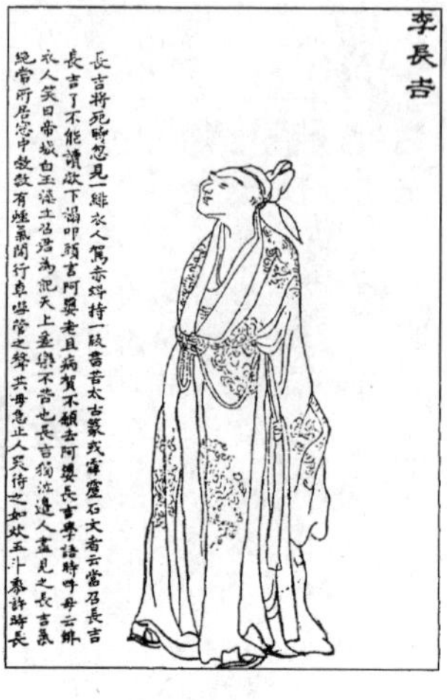

李贺画像

李贺虽然年命不永，但由于他早慧而敏感，又一生沉沦下僚，所以不仅诗作较多，内容也很丰富，而且无论是对现实的关注还是对生命的体味，大都言无虚发，像春蚕吐丝一般，抽绎自心灵的深处，构成了一个意蕴深邃、层次丰富的诗的世界。

李贺是个关心时事，抱负远大的人，他也继承了乐府、《楚辞》的传统，所以他对现实有着较为深刻的关注，对劳动人民的苦难也有所反映。如《老夫采玉歌》：

> 采玉采玉须水碧，琢作步摇徒好色。老夫饥寒龙为愁，
> 蓝溪水气无清白。夜雨冈头食蓁子，杜鹃口血老夫泪。
> 蓝溪之水厌生人，身死千年恨溪水。斜山柏风雨如啸，
> 泉脚挂绳青袅袅。村寒白屋念娇婴，古台石磴悬肠草。

诗作第一、二句写采蓝田碧玉的危险，讽刺富贵人家“琢作步摇徒好色”的荒淫；第三、四句以夸张的手法写因采玉搅得潭龙不安，水气浑浊；第五、六句写采玉老夫生活的惨状和内心的凄苦；第七、八句写身死溪中，以恨溪水反衬对官吏的仇恨；第九、十句描绘采玉的艰难苦辛的情景，令人惊心动魄；第十一、十二句写在生命攸关的危险时刻，由悬肠草而想到寒屋中的婴儿，更增悲伤的气氛。全诗将景物描写、动作描写、心理描写融为一体，再加上议论和衬托，细读之下，令人感慨不已。《感讽五首》（其一）也是一首佳作：“合浦无明珠，龙洲无木奴。足知造化力，不给使君须。越妇未织作，吴蚕始蠕蠕。县官骑马来，狞色虬紫须。怀中一方板，板上数行书。不因使君怒，焉得诣尔庐。越妇拜县官，桑牙今尚小。会待春日晏，丝车方掷掉。越妇通言语，小姑具黄粱。县官踏餐

去，簿吏复登堂。”幼蚕刚刚出生，官吏便来催税，农民只好以好饭相待。诗作以白描的艺术手法再现了农民喘息在封建压迫下的痛苦生活。

李贺也有揭露时弊、反对迷信、声讨藩镇割据的诗，较有现实意义。如《猛虎行》将藩镇比作吃人的猛虎，《公无出门》用天昏地暗、猛兽食人的情景来象征藩镇统治的阴森恐怖。《苦昼短》讽刺唐宪宗李纯迷信方术，“老者不死，少者不哭。何为服黄金，吞白玉”，但最后还是“刘彻茂陵多滞骨，嬴政梓棺费鲍鱼”。《昆仑使者》讽刺唐诸帝饵丹暴亡者：“昆仑使者无消息，茂陵烟树生愁色。金盘玉露自淋漓，元气茫茫收不得。麒麟背上石文裂，虬龙鳞下红枝折。何处偏伤万国心，中天夜久高明月。”《秦王饮酒》则将讽刺的矛头指向了唐德宗李适：

秦王骑虎游八极，剑光照空天自碧。羲和敲日玻璃声，
劫灰飞尽古今平。龙头泻酒邀酒星，金槽琵琶夜枨枨。
洞庭雨脚来吹笙，酒酣喝月使倒行。银云栉栉瑶殿明，
宫门掌事报一更。花楼玉凤声娇狞，海绡红文香浅清，
黄娥跌舞千年觥。仙人烛树蜡烟轻，青琴醉眼泪泓泓。

秦王的功德固然极大，追求固然极高，那“羲和敲日玻璃声”的清平世界，那“劫灰飞尽古今平”的万世太平，更是令人向往。然而，秦王的骄奢淫逸却使这种追求显得南辕北辙，“酒酣喝月使倒行”的气魄已使秦王丧失了理智，那种权力的恣肆、意志的横行，那种驭天控地的狂妄，正是古今劫灰飞不息的根源！这种李贺式的描绘，将秦王饮酒的壮浪情景渲染得无以复加，只有此诗才配得上秦王“始皇”。但秦王的功业和追求又是与秦王的暴虐和疯狂联系在一起的，这就不能不令人面对诗中无限诱人的场景发出浩叹！唐德宗在即位以前曾以兵马大元帅的身份平定史朝义之乱，也曾抗击吐蕃，但即位后却纵情享乐，情景有似秦王。历史的悲剧，也正在不断地重复上演。

“感士不遇”是中国诗歌的传统主题，李贺素有雄心壮志，而又生不逢时，有志难申，因此，李贺将这种情感宣泄到诗中：

男儿何不带吴钩，收取关山五十州。
请君暂上凌烟阁，若个书生万户侯。

（《南园十三首》其五）

寻章摘句老雕虫，晓月当帘挂玉弓。
不见年年辽海上，文章何处哭秋风。

（《南园十三首》其六）

此马非凡马，房星本是星。

向前敲瘦骨，犹自带铜声。

（《马诗二十三首》其四）

大漠山如雪，燕山月似钩。
何当金络脑，快走踏清秋。

（《马诗二十三首》其五）

在这方面最著名的还是《致酒行》：

零落栖迟一杯酒，主人奉觞客长寿。
主父西游困不归，家人折断门前柳。
吾闻马周昔作新丰客，天荒地老无人识。
空将笺上两行书，直犯龙颜请恩泽。
我有迷魂招不得，雄鸡一声天下白。
少年心事当拏云，谁念幽寒坐呜呃。

开篇至“家人折断门前柳”为第一层，从潦倒游息开始，写善良的主人致辞劝酒：不要愁郁烦闷，那样不利于健康长寿，汉时的主父偃也曾潦倒，但最终还是获得了武帝的知遇，建立了不世功业。所谓对酒兴怀，浩荡感激，写出了客人的悲苦与愤激。至“直犯龙颜请恩泽”是第二层，专写主人的祝酒词。唐初的马周出身下层，投宿新丰时主人待他连商贩也不如，后来因替常何写奏章而获得了太宗的赏识，从此青云直上。“天荒地老无人识”一句夸张生奇，无理之至而又情满天地，“空将”二句是说科举受阻不足悲哀，囊锥终有出头之日。最后四句为第三层，写客人胸怀豁然开朗，愁郁尽去，壮志勃发。全诗采用主客对白的写法，线索明晰，层次清楚，又有极强的节奏感，使人的情感在跌宕起伏中一泻而出，“零落栖迟”、“天荒地老”、“雄鸡一声”、“幽寒坐呜呃”等意象生新奇崛，又将诗作推向了深邃沉郁的境界。

李贺的诗中有相当一部分是写闺情、宫怨、恋情的。如《后园凿井歌》：

井上辘轳床上转。水声繁，弦声浅。情若何，荀奉倩。
城头日，长向城头住。一日作千年，不须流下去。

《世说新语·惑溺》记载：“荀奉倩与妇至笃，冬月妇病热，乃出中庭自取冷，还以身熨之。妇亡，奉倩后少时亦卒。”写夫妇间的痴情，希望天长地久，一日化作千年。再如《江楼曲》：“楼前流水江陵道，鲤鱼风起芙蓉老。晓钗催鬓语南风，抽帆归来一日功。鼍吟浦口飞梅雨，竿头酒旗换青苎。萧骚浪白云差池，黄粉油衫寄郎主。新槽酒声苦无力，南湖一顷菱花白。眼前便有千里愁，小玉开屏见山色。”以江南水乡的风光为背景，将闺人念远的情思表现得细腻动人。另外如《大堤曲》、《黄头郎》、《染丝上春机》等也是这类作品。

李贺最有影响的还是他那些具有强烈的生命悲剧意识的诗作。正所谓“日月飞逝于上，体貌日衰于下”，病弱的身躯与强大的灵魂构成了巨大的反差，李贺似乎常常感受到死神的降临而对生命表现出无限焦灼、深刻的思索和强烈的渴望。钱钟书先生在《谈艺录》中说：“细玩昌谷集，舍侘傺牢骚，时一抒泄而外，尚有一作意，屡见不鲜。其于光阴之速，年命之短，世变无涯，人生有尽，每感怆低徊，长言永叹。”李贺对自己的衰病反复吟咏：“日夕著书罢，惊霜落素丝。镜中聊自笑，讵是南山期。”“壮年抱羁恨，梦泣生白头。”“病骨犹能在，人间底事无?”“秋姿白发生，木叶啼风雨。”“咽咽学楚吟，病骨伤幽素。”“吴霜点归鬓，身与蒲塘晚。”因此，他唯恐时光流逝，要“长绳系日”，使“老者不死，少年不哭”，有时甚至要“磓碎千年日长白”，要“一日作千年，不须流下去”，进而“酒酣喝月使倒行”。当然，他也完全明白，“彭祖巫咸几回死”，“几回天上葬神仙”。所以，死亡的意象在他的诗中显得那样密集与沉重：“一方黑照三方紫，黄河冰合鱼龙死”（《北中寒》），“桂叶刷风桂坠子，青狸哭血寒狐死”，“津头送别唱流水，酒客背寒南山死”。这就给他的诗歌染上了浓郁的生命悲剧意识，使任何一个思索生命的人都无法轻松地超迈过去。

因此，李贺要沟通神仙和幽冥两个世界，以无所羁绊的诗性想像来祈求生命的永恒。那幽冥世界是阴森恐怖的，冥界之中，同样有怀才不遇的幽愤，尤其是苏小小那凄艳无比而又孤寂无依的灵魂：

> 幽兰露，如啼眼。无物结同心，烟花不堪剪。草如茵，松如盖。
> 风为裳，水为珮。油壁车，夕相待。冷翠烛，劳光彩。西陵下，风吹雨。
>
> （《苏小小墓》）

苏小小生前为南齐时钱塘名娼。古乐府《苏小小歌》：“我乘油壁车，郎骑青骢马。何处结同心，西陵松柏下。”这郎才女貌的佳偶生不为世所容，死亦不成眷属。只有那飘忽不定的鬼火和令人心碎肠断的苦风凄雨，伴随着苏小小那徘徊于西陵松柏之下的孤独落寞的灵魂。也许，神仙的世界会更好一些：

> 天河夜转漂回星，银浦流云学水声。
> 玉宫桂树花未落，仙妾采香垂珮缨。
> 秦妃卷帘北窗晓，窗前植桐青凤小。

王子吹笙鹅管长，呼龙耕烟种瑶草。
粉霞红绶藕丝裙，青洲步拾兰苕春。
东指羲和能走马，海尘新生石山下。

（《天上谣》）

这是一种无以言喻的美丽，任何语言的解释都只能破坏这已达至极致的诗境与仙境，我们所能做的，仅是安静下来，慢慢地体味，让我们自己渐渐地消融在其中。然而，当精神的旅程即将结束的时候，我们会猛然发现，我们并不能在诗境中获得永恒，“东指羲和能走马，海尘新生石山下”，那沧桑的巨变还存在，还在等待着我们。

当诗人从天上俯瞰人间时，人间是那样的渺小与变动不居：

老兔寒蟾泣天色，云楼半开壁斜白。
玉轮轧露湿团光，鸾佩相逢桂香陌。
黄尘清水三山下，更变千年如走马。
遥望齐州九点烟，一泓海水杯中泻。

（《梦天》）

在梦中，天降微雨，仿佛是月中的老兔寒蟾为天色的惨淡而哭泣，薄云荡开，露出了天门倾斜的白壁；月亮仿佛是滚动的车轮，轧湿了水雾，光晕朦胧，诗人来到了天上，与仙女相逢在飘着桂香的小路上；俯视下界，看到的是蓬莱三山下黄尘与清水、桑田与沧海走马灯般的变革；中国九州，也不过像点点烟雾，浩淼的大海，也仅像上天泻下的杯水而已。诗作轻盈流畅，仿佛毫不着力，但那深沉的感慨，悲伤的情绪，乃至些许的无奈与绝望，都被略无遗漏地表现出来。

其实，无论走到哪里，李贺所祈求的“劫灰飞尽古今平”的永恒世界从来就没有找到。于是，变动不居，时光易逝，生命短促就成为李贺反复歌吟的主题：

晓声隆隆催转日，暮声隆隆呼月出。汉城黄柳映新帘，柏陵飞燕埋香骨。磓碎千年日长白，孝武秦王听不得。从君翠发芦花色，独共南山守中国。几回天上葬神仙，漏声相将无断缘。

（《官街鼓》）

可以说，这是一首时间之歌。官街鼓又称咚咚鼓，是一种官家开闭城门的报时工具，李贺却将其作为时间的象征，那贯穿全诗始终的鼓点，正像是永不停留的时间的脚步声。开篇两句就展示出一幅惊人的图景：日月跳丸，仿佛是敲打鼓面的鼓槌，日月的运转仿佛是咚咚的鼓声，在提醒着人们，也在催逼着人们。第二、三句春色满城而名妃埋香，正所谓“唯见月寒日暖，来煎人寿”（李贺《苦昼短》），年年的春光与不再的生命形成了强烈的对比。第五、六句说这咚咚的鼓声敲打了千年，日月长在，而生前声威赫赫的孝武秦王却无法听到。第七、八句是说人即使再好再美也不过是一秋的芦花，只有鼓声与南山共存，守护着人间。最后两句说神仙也逃不过时间的劫难，伴随神仙的葬礼的，是永恒不绝的计时漏声。诗作对于人生的短暂与时间的永恒进行了反复的渲染，有着撼人心魄的艺术效果。在这方面最著名的，还是《金铜仙人辞汉歌》：

茂陵刘郎秋风客，夜闻马嘶晓无迹。画栏桂树悬秋香，
三十六宫土花碧。魏官牵车指千里，东关酸风射眸子。
空将汉月出宫门，忆君清泪如铅水。衰兰送客咸阳道，
天若有情天亦老。携盘独出月荒凉，渭城已远波声小。

诗前的小序说：“魏明帝青龙元年八月，诏宫官牵车西取汉孝武捧露盘仙人，欲立置前殿。宫官既拆盘，仙人临载，乃潸然泪下，唐诸王孙李长吉乃作《金铜仙人辞汉歌》。”诗作表现了对历史的沧桑巨变和生命事功的深沉而巨大的悲哀。你看，那具有雄才大略、体魄健壮而又建立了不世之功的汉武帝，他想长寿，想永生，但最终也不过是秋风中的过客，他甚至死不瞑目，夜间还要骑马到宫殿里来，希图延续他未竟的事业和愿望。但一切都过去了，繁华的宫殿已长满了土花，连那象征强盛与功业的铜人也被迁往洛阳，酸风射眸子，铜人流铅泪，这是怎样的深哀与剧痛！衰兰送客，一切美好的事物都会衰枯，苍天如果有情，也会因悲伤而衰老。但是，铜人毕竟远去了，长安毕竟远去了，辉煌的历史也再也不会重现了。诗作意象奇瑰纷繁，变幻多姿，构思出天外而又落于目前，造语奇峭而又妥帖自然，句式参差错落而又绵密有致，可谓诸美并臻，是李贺诗的重要代表作。也许，在李贺那里历史就剩下了一堆古旧而精奇的碎片，如《湘妃》：“筠竹千年老不死，长伴秦娥盖湘水。蛮娘吟弄满寒空，九山静绿泪花红。离鸾别凤烟梧中，巫云蜀雨遥相通。幽愁秋气上青枫，凉夜波间吟古龙。”在突破了心灵的栅栏以后，直接与历史、自然对话，通过对历史的解构，把历史的无情赤裸裸地摆在眼前。但他又并不进行追询，仅仅展示出一堆混乱无序的历史与自然交织的碎片，使得最后两句的悲怆感尤为沉重。

李贺无法超越社会，无法超越时间，无法超越生死，因此也就无法超越哀愁，这也成为他的诗作的一个主题。如《开愁歌》：

秋风吹地百草干，华容碧影生晚寒。我当二十不得意，

一心愁谢如枯兰。衣如飞鹑马如狗，临岐击剑生铜吼。
旗亭下马解秋衣，请贳宜阳一壶酒。壶中唤天云不开，
白昼万里闲凄迷。主人劝我养心骨，莫受俗物相填豗。

胸中的愁苦愤懑之情犹如决堤的洪水，滚滚而出，一泻千里。愁闷填塞于天地昼夜，化解不开，消释不去，但蕴涵其中的愤懑不平与豪情壮志，还是在不经意间就流溢出来了。再如《浩歌》：

南风吹山作平地，帝遣天吴移海水。王母桃花千遍红，
彭祖巫咸几回死。青毛骢马参差钱，娇春杨柳含细烟。
筝人劝我金屈卮，神血未凝身问谁。不须浪饮丁都护，
世上英雄本无主。买丝绣作平原君，有酒惟浇赵州土。
漏催水咽玉蟾蜍，卫娘发薄不胜梳。羞见秋眉换新绿，
二十男儿那刺促。

正当二十的男儿，面对杨柳含烟的美景，忽发浩歌，追询、感慨、悲伤、讽刺以及豪气与不屈一时俱发，扑面而来，大有掀翻天地之势。然而，少年的英侠之气并不能完全取代他的悲剧感，有时反而愈加悲伤。于是，“借酒浇愁”也成为李贺消解悲剧意识的一种方式：

琉璃钟，琥珀浓，小槽酒滴真珠红。烹龙炮凤玉脂泣，
罗屏绣幕围香风。吹龙笛，击鼍鼓，皓齿歌，细腰舞。
况是青春日将暮，桃花乱落如红雨。
劝君终日酩酊醉，酒不到刘伶坟上土。

（《将进酒》）

名物精美，辞采瑰丽，想像奇谲，极具形象的暗示性。最后两句猛然翻出，似与上文极不协调，但正所谓乐极生悲，最后两句正是上文情绪发展的必然结果，人间的乐事既反衬出死的悲哀，也凸显出人间乐事的可贵。其实，在李贺那里，即使“终日酩酊醉”也是无法消解“况是青春日将暮，桃花乱落如红雨”带来的强烈的悲剧感，因为这不仅是李贺的困惑，也是人类的困惑。

唐诗宋词中有着极其丰富的悲剧意识，它是诗词之美的重要文化基础。李贺的诗所表现出的生命的悲剧意识，可以说是中国悲剧意识的核心要素，对我们研究中国悲剧意识的起源具有重要的启示意义。

在中国的文化传统中，中国人最感焦虑的三个问题是宇宙中性、价值无解和

生命有限。“天人合一”的思维方式几乎与中华文明相伴生，故在价值建构方面，中国人最早最自然的想法就是希望从宇宙自然这一客观实在中寻找人的价值支点和精神归宿，但宇宙是中性的，它自身并不对人生成价值；尽管如此，中国人对宇宙自然的价值追询并未止歇，而是以唐诗为主要载体，在唐代形成了充沛的宇宙情怀，为中国人提供了深刻的家园感。宇宙自然既不能提供基础性的价值，现实生活中的一切事物和情节也就无从找到价值依据，无外向超越意识的中国人就必然陷入价值无解的迷茫中。那么，只有人才能为自己确立价值。但生命又是有限的，以有限的生命如何能找到超越有限的可靠的价值呢？况且生命有限本身就是最令人焦虑的事；如果人的生命能够与无限的时空并行，人生的价值与意义问题就有解决的希望，对生命有限的普遍性的焦虑也可彻底消解；因此，生命的有限性成为中国文化中悲剧意识的起源，一切对宇宙自然、历史、人生等价值的空虚感皆源于人生的有限性。

悲剧意识是可以消解和超越的。人的个体的生命是有限的，但人的个体的时空总和却可以是无限的；因此，以人类总体来解决人的价值问题成为可能，个人融入人类总体而获得价值也成为可能。在这样的理路上，悲剧意识的消解和超越也就成为可能。在人类总体中，人的动物性的生本能是促生这个总体并维系这个总体存在与发展的永恒的基本动力；因此，从人类总体的整个历史过程看，对人类总体自我选择的正确性是不用怀疑的。从这一意义上讲，人是可以自证的；中国文化正是用“我欲仁，斯仁至矣”的自证方式来“为天地立心”的；人类的这种自证的理性来自历史的合理性，这一合理性的关键是人以“人能弘道，非道能弘人”的方式始终真正地依靠自己，而不是以作茧自缚的方式依靠那些由自己选择出来的种种超验的存在。这也应该是“人类学历史本体论”的要义。

中国悲剧意识的兴起、消解与超越和西方悲剧意识有着巨大的不同。大致而论，在起源上，中国悲剧意识主要源自“天人合一”的思维方式，“天”无限而人生有限，其间的矛盾必然酝酿出浓烈的悲剧意识；而西方悲剧意识主要源自天人二分的思维方式，其间的斗争促生了悲剧意识。在本质上，中国悲剧意识应该属于价值的悲剧意识，而西方更多地倾向于命运的悲剧意识——不能把握与战胜命运的悲剧意识。在悲剧意识的彻底性上，中国悲剧意识建立在价值空虚的基础上，是从人何以为人的根本问题上着眼，绝无依傍，在绝对的空虚中独行，即便抗争失败也找不到可以“投降”的对象；西方的悲剧意识强调人与外在事物以及命运的抗争，失败后往往可以获得社会、道德等许多层面的赞誉，并非处在绝对的虚空中。在对悲剧意识的超越上，中国悲剧意识指向的是人在绝对虚空中的毅然崛立，人为自己立命，人在人类总体意识观照下的觉醒，凝聚的是“人能弘道”的悲剧精神；西方悲剧意识中因有斗争的对象，也就留下了可以“投降”的出路，宗教的产生就是对悲剧意识的彻底消解，其另一指向当然是抗争精神和个体的觉醒。

李贺诗的生命悲剧意识与中国悲剧意识的本源是相通的，这也就是李贺诗虽然缺乏所谓的“社会意义”，但却仍然具有那样强大的艺术魅力的原因。当然，李贺的诗在对悲剧意识的超越上做得并不出色，但只要能够促使人觉醒，人就完全可以以自证的精神毅然崛立。也许，李贺的诗留给人的反而是“崛立”的自由。

在中国文学史上，李贺的诗呈现出极为独特的精神价值和艺术风貌。在李贺那里，盛世不复，壮志不遂，时光不再，生命不永等种种因素共同整合成了生命的悲剧意识，使我们每个人在试图真切地体味生命时，都会深切地感受到李贺的存在。在唐诗史上，李贺仿佛是一个叛逆，他要离开种种所谓正统的诗风而另辟田园，他要追询和思考一些我们本应思考但却淡忘的东西，他要以诗的方式带我们探索生存与生命的本真面目，要使我们的灵魂无处可逃，逼迫我们思考和回答，他也给我们提供了一种另类的也是真正的诗性世界。应该说，有了李贺，唐诗才算完整和深刻。也正是因为如此，李贺的诗才具有了不可替代的魅力。

第二节　以通感的艺术手法创造瑰丽、冷艳、瘦硬、奇崛的诗境

李贺的诗具有极其独特的艺术价值。对于李贺诗的艺术特点，前人多有评论。严羽《沧浪诗话》说：“人言‘太白仙才，长吉鬼才’。不然，太白天仙之词，长吉鬼仙之词耳。”杜牧在《李长吉歌诗序》中说：“云烟绵联，不足为其态也；水之迢迢，不足为其情也；春之盎盎，不足为其和也；秋之明洁，不足为其格也；风樯阵马，不足为其勇也；瓦棺篆鼎，不足为其古也；时花美女，不足为其色也；荒国陊殿，梗莽邱陇，不足为其恨怨悲愁也；鲸呿鳌掷，牛鬼蛇神，不足为其虚荒诞幻也。”宋人范晞文《对床夜语》也曾引述陆游的话说：“李贺词如百家锦衲，五色炫耀，光夺眼目，使人不敢熟视。”这些都是对李贺诗的超越现实，沟通仙、鬼两界的艺术想像力的最好概括。李贺不仅接受了《楚辞》、李白、韩愈的影响，更重要的是他以最为大胆的想像将那些不可能出现和发生的事情联系起来，从而获得了前所未有的陌生化效果，但这些“陌生”的想像都来自他独特的生命意识深处，一经喷薄而出，就具有了震撼人心的力量。

具体说来，李贺诗的主要艺术特点在于他将视觉、听觉、味觉、触觉等各种感觉极为大胆而又奇妙地结合起来，这种结合有时接近于幻觉，正是这种类似幻觉的通感的手法才使他创造出了瑰丽、冷艳、瘦硬、奇崛的诗境。以听觉写视

觉，如“烹龙炮凤玉脂泣”、“银浦流云学水声”、“羲和敲日玻璃声”、“兰脸别春啼脉脉”、“竹啼山露月”、“木叶啼风雨”。以视觉写听觉，如《听颖师琴歌》：“别浦云归桂花渚，蜀国弦中双凤语。芙蓉叶落秋鸾离，越王夜起游天姥。暗佩清臣敲水玉，渡海蛾眉牵白鹿。”至于《李凭箜篌引》，就将通感的艺术手法运用得更为典型：

吴丝蜀桐张高秋，空山凝云颓不流。
江娥啼竹素女愁，李凭中国弹箜篌。
昆山玉碎凤凰叫，芙蓉泣露香兰笑。
十二门前融冷光，二十三丝动紫皇。
女娲炼石补天处，石破天惊逗秋雨。
梦入神山教神妪，老鱼跳波瘦蛟舞。
吴质不眠倚桂树，露脚斜飞湿寒兔。

“吴丝蜀桐张高秋”，以吴丝蜀桐来代指箜篌，不仅仅是说李凭的箜篌是由吴丝蜀桐精制而成，仿佛所有的吴丝蜀桐都用来制作了李凭的箜篌，那箜篌无限巨大，整个天地都被笼罩在箜篌之中；一个“张”字，又仿佛箜篌乍启，混沌初开，深秋的季节也为箜篌的演奏做好了准备。一旦弹奏，便山空云滞，天地为之屏气凝神，人的身心乃至整个宇宙都氤氲在箜篌声中。第三句写娥皇、女英因箜篌声起而感泣，上古善于鼓瑟的素女也顿起哀愁，箜篌声可谓连通今古，惊天地而泣鬼神。第四句看似闲笔，实是猛笔开篇的一个间歇，为新的高潮的出现做准备。第五、六两句具体描写箜篌的声音和乐曲的美妙，打开了通感与想像的新天地。“昆山”句以声写声，那众弦齐鸣，嘈嘈杂杂，如山崩玉碎；而一弦独奏，又如凤凰鸣叫，声振林木，响遏行云；“芙蓉”句以形写声，“芙蓉泣露”是箜篌的悲抑，“香兰笑”是箜篌的欢愉。两句包含六种意象，它们都具有深厚的历史积淀，在人们的想像中，这些积淀也一齐化入了李凭的箜篌声中。第七、八句由人界写到天界，琴声改变了气候，融通了天人。第九、十句引入远古神话，石破天惊，将琴声的魅力形容到了极致。第十一、十二句用奇崛的意象传达出箜篌声的质感。最后由动入静，仿佛是谢幕的尾声，将琴声的绵长之致表现得静穆而深远。全诗使用通感的艺术手法，将对箜篌声的抽象感觉、感情转化成各种可感的形象，在描绘音乐方面，达到了空前绝后的艺术境界。

李贺追求意象的跳跃，诗中的想像和比喻有时根本找不到逻辑联系，但能使人心领神会，如“画弦素管声浅繁”、“松柏愁香涩”、“荒沟古水光如刀”等。《秋来》一诗写道：

桐风惊心壮士苦，衰灯络纬啼寒素。谁看青简一编书，
不遣花虫粉空蠹。思牵今夜肠应直，雨冷香魂吊书客。
秋坟鬼唱鲍家诗，恨血千年土中碧。

桐叶刷风，壮士心苦，衰灯烛寒，络纬啼素；青编谁看，诗章空蠹；思牵肠直，香魂吊客；秋坟鬼唱，鲍照不死，恨血千年，苌弘化碧。这些想像和比喻破空而来，它们之间仿佛绝无关系，但却在幽独无偶、知音难觅的生命之悲的主题下整合起来，使人在触目惊心的感觉中接受并理解，还充分体会到了意象的跳跃而形成的内在张力。

李贺的诗还具有瑰丽奇崛、惊彩绝艳的特点。如《雁门太守行》：

黑云压城城欲摧，甲光向日金鳞开。角声满天秋色里，
塞上燕脂凝夜紫。半卷红旗临易水，霜重鼓寒声不起。
报君黄金台上意，提携玉龙为君死。

黑云、甲光、金鳞、燕脂、紫血、红旗，色彩交相辉映，声音低昂跌宕，将边塞特有的战斗场面显现出来。又如《秦宫诗》：“越罗衫袂迎春风，玉刻麒麟腰带红。楼头曲宴仙人语，帐底吹笙香雾浓。人间酒暖春茫茫，花枝入帘白日长。飞窗复道传筹饮，十夜铜盘腻烛黄。秃衿小袖调鹦鹉，紫绣麻鞋踏哮虎。斫桂烧金待晓筵，白鹿青苏夜半煮。桐英永巷骑新马，内屋深屏生色画。开门烂用水衡钱，卷起黄河向身泻。皇天厄运犹曾裂，秦宫一生花底活。鸾篦夺得不还人，醉睡氍毹满堂月。”写东汉权臣梁冀的连夜盛宴和其嬖奴秦宫的骄奢淫逸，色彩艳丽，意象奇诞，可谓如梦如画。

在结构上，李贺不仅追求跳跃跌宕，还工于开篇，巧于结尾。他的很多诗都是起句奇极，让人有陌生、惊讶乃至震撼的感觉。如“吴丝蜀桐张高秋，空山凝云颓不流”、“黑云压城城欲摧，甲光向日金鳞开”、“南风吹山作平地，帝遣天吴移海水”、“东方风来满眼春，花城柳暗愁几人”（《三月》）、“天河夜转漂回星，银浦流云学水声”、“秦王骑虎游八极，剑光照空天自碧”、“一方黑照三方紫，黄河冰合鱼龙死”、“白狐向月号山风，秋寒扫云留碧空”（《溪晚凉》）、“漆灰骨末丹水沙，凄凄古血生铜花”（《长平箭头歌》）、“西山日没东山昏，旋风吹马马踏云”（《神弦曲》）等，这样的起句增强了诗歌的艺术震撼力，也强化了李贺诗的奇诞特点。结尾如“独共南山守中国。几回天上葬神仙”、“劝君终日酩酊醉，酒不到刘伶坟上土”（《将进酒》）、“背人不语向何处，下阶自折樱桃花”（《美人梳头歌》）、“寒风又变为春柳，条条看即烟濛濛”（《野歌》）、“石脉水流泉滴沙，鬼灯如漆点松花”（《南山田中行》）等。这样的结尾或强调，或深化，或转折，或

顺延，往往警拔奇崛，意味深长，起到了深化主题的作用。

李贺追求语言的独造性。在比喻上，往往善于营造那种出人意料之外，又在情理之中的效果；在语言的锤炼上，力避熟旧，不愿使用“经人道语”，极力追求生新、奇诞、精炼和传神；在命意上，往往翻空出奇，一语既出，给人以前人应道而未道的感觉。因此，他的语言往往化虚为实，使许多事物和情态都具有了与往常不同的新属性，给人以耳目一新甚至惊骇之感。

李贺诗的想像跳跃奇瑰的“百衲”风格，与其创作方法也不无关系：“长吉旦出乘马，奚奴背古锦囊自随，遇有所作，投入囊中；其未成者，夜归足成之，今观此篇可验。盖其融景遇物，随所得句，比次成章，妍蚩杂陈，斓斑满目，所谓天吴紫凤，颠倒在短褐者也。”（《三家评注李长吉歌诗》卷三）

上述的艺术方法和诗境铸造出了李贺诗的瑰丽荒诞、幽峭冷艳的极为突出的艺术风格，李贺的诗以想像思维为线索，物象交错，时空错置，构建了一个上天入地，超越人间的诗性世界。

李贺诗中那浓密奇瑰的意象的确是“非人间”的。李商隐作《李长吉小传》云：“长吉将死时，忽昼见一绯衣人，驾赤虬，持一板书，若太古篆或霹雳石文者，云：‘当召长吉。’长吉了不能读，下榻叩头，言‘阿㜷老且病，贺不愿去’。绯衣人笑曰：‘帝成白玉楼，立召君为记。天上差乐不苦也。’长吉独泣，边人尽见之。少之，长吉气绝。”对此，李商隐绝不怀疑。也许，李贺真的就是这样一位沟通天、地、人三界的诗的使者，他为我们开辟了一个超世间的审美的世界。

前人对李贺诗的评论甚多。“李长吉诗，每近《天问》、《招魂》，《楚骚》之苗裔也”（《说诗晬语》），说的是李贺诗的渊源；“李贺则摘裂险绝，务为难及，曾无一点尘婴之”（《能改斋漫录》引刘次庄语），说的是李贺诗超尘绝俗的精神特点；“贺之可喜者，峭刻独出”（《唐诗镜》），说的是李贺诗的艺术特色；“（诗）以平夷恬淡为上，怪险蹶趋为下。如李长吉锦囊句，非不奇也，而牛鬼蛇神太甚，所谓施诸廊庙则骇矣”（《珊瑚钩诗话》），则代表了对李贺诗的缺点的传统看法。将这些评论整合起来，我们不难得出对李贺诗的整体印象，将上述的艺术特点总结起来，也就明白了什么是“长吉体”。

李贺在当时就备受韩愈的赞赏，声誉很高。后世学李贺者不乏其人，如宋末的谢皋羽，还有杨维桢的“铁崖体”更是受到了李贺“长吉体”的影响，徐渭的七言诗也学李贺。李贺诗在语言上的奇瑰的风格对后世诗歌语言有着潜在的影响。

关键概念

“长吉体”　　　瑰丽　　　通感

思考题

1. 举例说明李贺诗由盛世不复、壮志不遂、时光不再、生命不永整合而成的生命悲剧意识。

2. 举例说明李贺诗是如何以通感的艺术手法创造瑰丽、冷艳、瘦硬、奇崛的诗境的。

第十三章

杜牧与李商隐：唐诗绚丽的晚照

杜牧与李商隐是晚唐诗坛上光芒闪烁的双子星座，后人往往将二人并称为“小李杜”，以别于盛唐时的李白与杜甫。无论从他们所处的时代和个人经历，还是从他们的成就与影响等方面看，这种并称都很允当。杜牧的诗出入于“雄姿英发”与“伤春”、“伤别”之间，充分展示了时代的特点；而李商隐的爱情诗则以心象熔铸物象，营造了深情绵邈，绮丽精工，具有“韵外之致”、“味外之旨”的新诗境，体现了中唐以后重要的审美转向。杜牧与李商隐不仅是晚唐重要的诗人，并且无论从诗旨、诗情还是诗境上讲，都是唐诗绚烂绮丽的晚照。

第一节 杜牧：在“雄姿英发”与“伤春”、“伤别”之间

杜牧（803—853），字牧之，京兆万年（今陕西西安）人。居长安城南樊川别墅，世称杜樊川。杜牧是中唐名相杜佑之孙，为人性格豪爽，才兼文武，志在经济，爱谈兵论政。23岁时就写了著名的《阿房宫赋》，大和二年（828年）进士及第，受牛僧孺器重，征辟为淮南节度掌书记，后来受李德裕排挤，出为黄州刺史，转池州、睦州，仕途蹭蹬。李党失势后，官终中书舍人。杜牧秉性刚直，有济世之志，与李商隐有很大不同。他在《长安秋望》一诗中写道：“楼倚霜树

外，镜天无一毫。南山与秋色，气势两相高。”正表现了他的刚劲爽朗的性格风貌。

杜牧的诗有相当一部分反映了现实的政治和社会生活，表现了其忧国忧民的情怀。如《河湟》：

元载相公曾借箸，宪宗皇帝亦留神。
旋见衣冠就东市，忽遗弓剑不西巡。
牧羊驱马虽戎服，白发丹心尽汉臣。
唯有凉州歌舞曲，流传天下乐闲人。

该诗表达了杜牧渴望解除边患，收复失地，报效国家的心愿，对边地人民的苦难表示同情，对朝廷的软弱无能表示愤慨。《早雁》诗写因遭受回鹘侵扰而流亡的民生哀怨，表现了对边地人民的关怀：

金河秋半虏弦开，云外惊飞四散哀。
仙掌月明孤影过，长门灯暗数声来。
须知胡骑纷纷在，岂逐春风一一回。
莫厌潇湘少人处，水多菰米岸莓苔。

诗作运用比兴手法，以哀鸿喻逃避回鹘侵扰的边民，表现出对人民的同情，也隐含着对朝廷不能御侮安民的强烈不满。另外像《郡斋独酌》表达了自己的理想和抱负，《感怀诗一首》针对藩镇割据而发。

杜牧的咏史诗十分著名。因其“雄姿英发”，所以不拘历史陈见，有些咏史诗往往翻历史旧案，令人有振聋发聩之感。如：

折戟沉沙铁未销，自将磨洗认前朝。
东风不与周郎便，铜雀春深锁二乔。

（《赤壁》）

前人对周瑜在赤壁之战中以少胜多，以弱胜强给以极高评价，认为由此而奠定了三国鼎立的局面，所以前两句记叙写得平平淡淡，毫无新奇之处，但在精通武略的杜牧看来，周瑜只不过是侥幸取胜而已，所以后两句令人耳目一新。又如《题乌江亭》：

胜败兵家事不期，包羞忍耻是男儿。

江东子弟多才俊，卷土重来未可知。

项羽兵败垓下，乌江自刎，一向被认为是英雄悲壮之举，但此诗一反常论，认为项羽自杀，算不上是真正的英雄。诗歌阐发了这样一条人生道理：胜败乃兵家之常事，能够包羞忍辱，能够随时屈伸，方可成大器。《题商山四皓庙一绝》这样写道：

吕氏强梁嗣子柔，我于天性岂恩雠。
南军不袒左边袖，四老安刘是灭刘。

与上面的《赤壁》一样，重新审视历史人物的功过是非，显得精警而多智。杜牧集中此类七绝颇多。这些诗理趣隽永，情韵深长，但又往往从正面抒发议论，言尽意尽，余韵较少。杜牧的这些诗对后世影响很大，如宋代的王安石、苏轼就写了不少这样的诗，以致七绝成为翻案诗的主要形式之一。

对历史上帝王将相荒淫误国的尖锐揭露和辛辣讽刺也是杜牧咏史诗的重要内容。杜牧善于在历史的得失成败中总结教训，表现出自己鲜明的观点和爱憎，这同样表现了其“雄姿英发”的诗风。如《过华清宫绝句三首》：

长安回望绣成堆，山顶千门次第开。
一骑红尘妃子笑，无人知是荔枝来。

新丰绿树起黄埃，数骑渔阳探使回。
霓裳一曲千峰上，舞破中原始下来。

万国笙歌醉太平，倚天楼殿月分明。
云中乱拍禄山舞，风过重峦下笑声。

《新唐书·杨贵妃传》记载：“妃嗜荔支，必欲生致之，乃置骑传送，走数千里，味未变已至京师。”杜牧借用典型的历史情景，将唐明皇、杨贵妃的骄奢淫逸生活艺术地再现出来，也揭示了安史之乱产生的根源。第二首紧承上首，再次表现了荒淫误国的主题，而以“舞破中原始下来”作结，极为精警，令人回味无穷。杜牧有的咏史诗除了进行揭露和讽刺以外，还对历史进行了深入的追寻和思考，表现出深沉的历史感。如《汴河怀古》：“锦缆龙舟隋炀帝，平台复道汉梁王。游人闲起前朝念，折柳孤吟断杀肠。”讽刺隋炀帝和西汉梁王的奢侈和恣意横行，并借游人的闲思对历史表现出无限的伤感。还有一些咏史、怀古诗以及一些咏怀诗不仅表现其人生与历史的感慨，更表现出深刻的悲剧意识。如：

二月春风江上来，水精波动碎楼台。
吴王宫殿柳含翠，苏小宅房花正开。
解舞细腰何处往，能歌姹女逐谁回。
千秋万古无消息，国作荒原人作灰。

（《悲吴王城》）

表现了历史的虚空感，同时也对帝王的荒淫奢侈进行了讽刺与抨击，引起了人们对历史价值与人生意义的追问，风格跳荡流畅，爽朗俊发。

在悲剧意识方面，杜牧的诗有深刻独到之处。如下面的几首：

细腰宫里露桃新，脉脉无言度几春。
至竟息亡缘底事，可怜金谷坠楼人。

（《题桃花夫人庙》）

息妫是春秋时息国国君的夫人，又称桃花夫人，因蔡哀侯向楚王极言息夫人的美貌，楚王灭息。息夫人入楚后生堵敖与成王，但始终不语，楚王追问其故，息夫人说："吾一夫人而事二夫，纵弗能死，而又奚言？"诗作前两句表现出对息夫人的无限同情，后两句以未自杀的息夫人和自杀的绿珠作比较，"至竟息亡缘底事"？女人到底与国家的兴亡有没有关系，红颜到底是不是祸水，杜牧借此对历史的种种变故进行了深度的追问，令人在悠长的回味中进行不断的思考。

繁华事散逐香尘，流水无情草自春。
日暮东风怨啼鸟，落花犹似堕楼人。

（《金谷园》）

诗作表现了双重的悲剧意识。《晋书·石崇传》记载：金谷园是东晋石崇的别墅，绿珠是其宠姬，孙秀使人求绿珠，不得，矫诏收崇，"崇谓绿珠曰：'我今为尔得罪。'绿珠泣曰：'当效死于官前。'因自投于楼下而死"。前两句是说繁华事散，往事化尘，流水无情，冲刷尽了一切，草木亦无情，不知悲哀，年年自发春色。这是对人事虚空的悲剧感，对"流水"和"春草"代表的宇宙自然并没有提出怀疑。对于后两句，一般的解释是写日暮的春风中，啼鸟在悲怨，让人由落花想到当年坠楼的绿珠，所谓草木无情人有情，以证历史并不空虚；但这样解释似乎未能尽意："落花犹似堕楼人"到底是伤人还是伤花？如果仅仅理解为伤人，诗境似乎太拘囿；如果作由伤人到伤花解，则诗境豁然敞开——人事固然短暂，宇宙自然也未必永恒。年年岁岁的花并不相似，花并非无生命的整体，而是与人一样是有生命和个性的，每一朵春花都是一个鲜活的个体，每一朵春花凋落的意义都如绿珠坠楼一样重大。对宇宙情怀的质疑使该诗具有了彻底的悲剧意识。其实，在阅读该诗的最后一句时，读者往往徘徊于由花思人和因人及花的恍惚的感觉之间，这种模糊与清晰铸就了该诗特有的艺术魅力。

长空澹澹孤鸟没，万古销沉向此中。
看取汉家何事业，五陵无树起秋风。

（《登乐游原》）

前两句写长空宁静而无限，孤鸟没入其中而无任何消息；万年象征永恒的时间，一切都消失于其中。这正是空间的无限性和时间的永恒性。当情感退隐，时空的客观性凸现的时候，人世间的一切都会趋向无限渺小，直至其意义可以忽略不计。汉家事业、五陵豪杰都没入长空，消失在时间中，人的价值、历史的价值就处在绝对的虚空中。中晚唐时期的悲剧意识显示出了其彻底性的一面。当然，这种悲剧意识在这里导致的不是绝望和放弃，而是通过“空而有”的心理净化机制，积淀起更多的正面的价值。一切外在的东西既然都不可靠，那人就要自己“为天地立心”，为生民，也为自己立命。人生未必是要建立正面的价值的，但却是必须建立正面价值的，因为从人类总体来讲，人不建立正面价值人类社会就不能产生、存在与发展，而人的动物性的生本能决定了人必然要为自己的类的存在与发展去努力。

“我欲仁，斯仁至矣”（《论语·述而》），“欲仁”，人类的必然选择，而“我”是天地间唯一能够证仁的存在，这不仅是因为只有通过“我”的体认“仁”才能呈现，更重要的是因为只有“我”才能认证历史的合理性并将其情感化。“仁”是一种心境，“欲仁”则“仁”必至。所以，每一次感受到“空”，每一次悲剧意识的觉醒，都是对浮华与喧嚣的否定，都会使人回到心灵的本真中，在对人类总体负责的永恒原则的指引下，不断地“欲仁”，不断地建构、积淀正面价值观。这就是价值的由“空”到“有”，也是中国文化中特有的心理净化机制。在诗词中，“空而有”往往具体表现为首先对浮华的历史等宏大的事物的否定，显示出价值的“空”，然后对具体的事物进行情感认同，并从中衍生出正面价值的“有”，在对事物的肯定中获得超越。

一些与怀古有关的咏怀诗，表现出的文化意蕴也十分丰富。如：

长空碧杳杳，万古一飞鸟。生前酒伴闲，愁醉闲多少。

烟深隋家寺，殷叶暗相照。独佩一壶游，秋毫泰山小。

（《独酌》）

“孤独的飞鸟”是杜牧诗的重要意象，该诗开篇就将人置于空无所依的生存状态中；然后写“闲愁”，“闲愁”是诗词中的重要内容，在很多情况下，它既关涉到对生存真相的追问，也是一种试图超越而尚未超越的状态；第三句是唐诗中程式化的怀古咏史，写历史之“空”，最后一句用刘伶典故和《庄子》义，解构意识形态，破除心灵的栅栏，齐一万物，消解悲剧意识，“闲愁”消散，获得升华。该诗前两句写悲剧意识的兴起、体味和追询，后两句以“空而有”的方式体现出人的自证精神。这种理路在唐诗中具有一定的代表性。

六朝文物草连空，天淡云闲今古同。
鸟去鸟来山色里，人歌人哭水声中。
深秋帘幕千家雨，落日楼台一笛风。
惆怅无因见范蠡，参差烟树五湖东。

（《题宣州开元寺水阁阁下宛溪夹溪居人》）

首联“大而空”，即从历史与宇宙自然处着眼，进行理性的追询。在天淡云闲代表的大而无垠的宇宙面前，六朝文物不过是过眼烟云，“大而空”中蕴涵着“空而有”；而以“天淡云闲”来描绘宇宙，则是对宇宙自然的审美体认，是宇宙情怀。颔联是“小而有”，即在首联划定的大的时空范围中落实到具体的情景中，使人的情感有着落之处。“鸟去鸟来山色里”是人的具体的生活环境和生活情景，“人歌人哭”语出《礼记·檀弓》：“晋献文子成室，晋大夫发焉。张老曰：‘美哉轮焉！美哉奂焉！歌于斯，哭于斯，聚国族于斯。’”“歌哭”言喜庆丧吊，代表了人由生到死的过程。颔联两句不仅合成了人的现实中的家园，也表现了执著生活的“乐感文化”。颈联“诗腰必挺”，以精丽淡远的意象充分表现了其宇宙情怀，提供了人生的归宿；其中既有知命、认命的淡淡的伤感，更有洒脱而悠远的超越感，极为精到地表现了中国人的文化心理。杜牧激赏同时代的诗人赵嘏《长安秋望》中的“长笛一声人倚楼”一句，并多次使用“长笛”这一意象，终于在此诗中将此意象用到了绝佳之境。尾联兜起诗思意脉，表现的是对功成身退的洒脱豁达而又无贫寂之苦的人生模式的向往，是上面宇宙观、历史观、人生观共同作用下的必然选择。该诗所体现的，或许就是中国人的“极高明而道中庸”的生活态度。

他的写景抒怀、纪行咏物的七言绝句佳作迭出，名物精丽，意象华赡，诗思曲折而又畅达，体现出清丽明朗、深情细腻甚至多愁善感的艺术风貌，这就是所谓的“杜郎俊赏”。如：

清时有味是无能，闲爱孤云静爱僧。
欲把一麾江海去，乐游原上望昭陵。

（《将赴吴兴登乐游原一绝》）

写自己的寂寞与无奈，同时也表现了离世隐居的愤懑情绪和对唐初盛世的向往。

烟笼寒水月笼沙，夜泊秦淮近酒家。
商女不知亡国恨，隔江犹唱后庭花。

（《泊秦淮》）

淡雅的水边月色中，传来了秦淮歌女的《玉树后庭花》的亡国之音。以宛曲轻利的笔触讽刺了那些达官富豪纸醉金迷的生活和精神的颓唐与空虚，也表现出正直知识分子的愤懑与忧虑。

千里莺啼绿映红，水村山郭酒旗风。
南朝四百八十寺，多少楼台烟雨中？

（《江南春绝句》）

通过对江南风景剪影式的描绘，流溢出对江南景物的赞美与向往，同时也寄寓了对唐代皇帝佞佛的讽谏之意。

远上寒山石径斜，白云生处有人家。
停车坐爱枫林晚，霜叶红于二月花。

（《山行》）

寒山、石径、白云、人家、枫林、霜叶、二月花构成了一幅和谐统一的山林秋色图，使秋林呈现出一种热烈而又生机蓬勃的景象，是秋的赞歌，也是诗人英爽俊拔之气的表现。

银烛秋光冷画屏，轻罗小扇扑流萤。
天阶夜色凉如水，坐看牵牛织女星。

（《秋夕》）

是深宫生活的图景，也是失意宫女的孤独生活和凄凉心境的写照。“天阶夜色凉如水”，是夜色？是宫中的生活？是帝王的情感？是宫女失意的心境？还是兼而有之？

落魄江南载酒行，楚腰纤细掌中轻。
十年一觉扬州梦，赢得青楼薄幸名。

（《遣怀》）

诗作追忆了在扬州当幕僚时的生活。表面放浪形骸、沉湎酒色的生活掩盖不了内心的烦闷与空虚，“赢得”二字在诙谐中饱含着辛酸、调侃与否定。

两竿落日溪桥上，半缕轻烟柳影中。
多少绿荷相倚恨，一时回首背西风。

（《齐安郡中偶题二首》）

秋风乍起的季节，日已偏西的时光，溪桥上，岸柳边，荷池中，在匠心独具的剪裁中组成了一幅蕴涵着绵绵情思和淡淡忧伤的图画。

菱透浮萍绿锦池，夏莺千啭弄蔷薇。
尽日无人看微雨，鸳鸯相对浴红衣。

（《齐安郡后池绝句》）

将典型的情景剪裁在一起，使意境清幽而艳丽，令人有不胜之致。

杜牧的一些送别、酬答以及伤春的诗也写得十分出色，这些诗表现了杜牧内心世界的另一面。例如：

青山隐隐水迢迢，秋尽江南草未凋。
二十四桥明月夜，玉人何处教吹箫。

（《寄扬州韩绰判官》）

可谓风调悠扬，意境优美。先是水墨化出远景，青山逶迤，隐于天际，绿水如带，迢迢不断，将江南的绰约风姿与对远方友人的似水柔情表现得十分生动；继而视线与思维聚焦于一点：披着月辉的玉人何处吹箫？写艳情而不轻薄，反而营造出了一种无比清丽俊爽、悠扬流畅而又略带伤感的意境。

清明时节雨纷纷，路上行人欲断魂。
借问酒家何处有，牧童遥指杏花村。

（《清明》）

该诗可谓曲尽“起承转合”之妙。第一句是“起”，交代情景、环境和气氛，一片迷蒙，虽不写伤感，但那种极易引起伤感的情景却比直写伤感更令人情不自禁；第二句是“承”，引出环境中的人物，同时也活画出其纷乱凄迷的心境，无论是扫墓归来还是游子野行，都不堪面对此情此景；第三句是“转”，如何摆脱这样的心境，如何消解这样的伤感，自然就想到了酒；第四句是“合”，既是对第一句情景的回应，也是全诗神理自然发展的结果，更是悲剧意识缘起与消解必然历程中的最后阶段。全诗语言通俗自然至极，意象隐跃，意境清新，音节和谐圆满；在情感节奏上逐波推进，在高潮与结局合一处戛然而止，使读者长时间地氤氲在诗的情韵之中。在这类诗作中，有的表现出更多的伤感。例如：

自是寻春去校迟，不须惆怅怨芳时。
狂风落尽深红色，绿叶成阴子满枝。

（《怅诗》）

淮阳多病偶求欢，客袖侵霜与烛盘。
砌下梨花一堆雪，明年谁此凭阑干。

（《初冬夜饮》）

娉娉袅袅十三余，豆蔻梢头二月初。
春风十里扬州路，卷上珠帘总不如。

多情却似总无情，惟觉樽前笑不成。
蜡烛有心还惜别，替人垂泪到天明。

（《赠别二首》）

但杜牧的伤感毕竟也是“雄姿英发”的，他往往表现出那种倨傲不屈的鲜明性格特点。他在《登池州九峰楼寄张祜》中写道：“百感中来不自由，角声孤起夕阳楼。碧山终日思无尽，芳草何年恨即休。睫在眼前长不见，道非身外更何求。谁人得似张公子，千首诗轻万户侯。”他的哀愁中饱含着愤懑，失意中充满了倔强，“睫在眼前长不见，道非身外更何求”式的自我贞立，正是杜牧所独有的。又如《宣州送裴坦判官往舒州，时牧欲赴官归京》：“日暖泥融雪半销，行人芳草马声骄。九华山路云遮寺，清弋江村柳拂桥。君意如鸿高的的，我心悬旆正摇摇。同来不得同归去，故国逢春一寂寥。”这种失意与寂寥仿佛已成了他自我升华的契机。而《九日齐山登高》更是写道：

江涵秋影雁初飞，与客携壶上翠微。尘世难逢开口笑，
菊花须插满头归。但将酩酊酬佳节，不用登临叹落晖。
古往今来只如此，牛山何必独沾衣。

可谓“抑郁之思以旷达出之”。“尘世难逢开口笑，菊花须插满头归”，对世事的洞察，对高洁人格的追求，对污浊现实的愤懑，被毫无遮拦地表达出来，典型地体现了其雄姿英发的俊爽诗风。

杜牧强调“文以意为主，气为辅，以辞采章句为之兵卫”（《答庄充书》）。与晚唐的主流风气不同，杜牧推崇韩愈、杜甫和李白，在《读韩杜集》中说：“杜诗韩集愁来读，似倩麻姑痒处抓。天外凤凰谁得髓，无人解合续弦胶。”在《冬至日寄小侄阿宜诗》中说：“李杜泛浩浩，韩柳摩苍苍。近者四君子，与古争强梁。”他吸收前人的成果，形成了自己的风格。洪亮吉说：“杜牧之与韩、柳、元、白同时，而文不同于韩、柳，诗不同于元、白，复能于四家外诗文皆别成一家，可云特立独行之士矣。”（《北江诗话》）前人评论说：“开成以降，则有杜牧之之豪纵，温飞卿之绮靡，李义山之隐僻，许用晦之偶对。”（高棅《唐诗品汇总序》）刘熙载说：“杜樊川诗雄姿英发，李樊南诗深情绵邈。”（《艺概》卷二《诗概》）杜牧诗如其人，确实具有“豪纵”、“雄姿英发”的特点。当然，他的诗还具有更为丰富的艺术特质，如深情与纤细，清丽与明朗等特点，都带有晚唐的色彩，与李商隐有许多共同之处。

杜牧的诗在当时就享有盛名，人们对他的放浪与颓废虽不无微词，但对他的诗却无不交口称誉，尤其是写景、怀古的七言绝句，更是著名。他的诗风格俊爽清丽，不像李商隐醉心于展示人物内心世界的幽深曲奥。但李商隐赠给杜牧的诗中说他“刻意伤春复伤别，人间惟有杜司勋”（《杜司勋》），应该说抓住了杜牧这类诗歌的特征。真正代表杜牧诗歌审美特色的，还应该是这些诗。由此看来，即使像杜牧这样“豪纵”的诗人，也摆脱不了时代的影响。至于李商隐，则是晚唐诗歌的典型代表了。

第二节　李商隐：以心象熔铸物象

李商隐（813—858），字义山，号玉溪生，怀州河内（今河南沁阳）人。16岁著《才论》、《圣论》等，以古文知名。从祖父起，迁居郑州（今属河南郑州市）。父亲李嗣曾任获嘉（今河南获嘉县）县令。文宗大和三年（829年），李商隐谒令狐楚，受到赏识。18岁时，受牛党天平军节度使令狐楚之辟，聘入幕府，

且亲自指点文章，助其中进士。令狐楚病逝后，泾原节度使王茂元爱其才并将女儿嫁给他。当时牛李党争激烈，令狐父子和王茂元分属牛李两党，因而李商隐被牛党骂为“背恩”。此后牛党一直执政，李商隐亦因此辗转幕府，潦倒终生。李商隐在朝廷仅任九品的秘书省校书郎、正字和太学博士，为时均很短。从入仕到去世，20年辗转于各处幕府。最后，妻子早逝，子女寄居他处，更使他感到痛苦。大中十二年（858年）前后罢职回郑州闲居，不久病卒。

诗是李商隐心灵的历史，从他的诗中，我们可以看出他一生怀抱雄心壮志而又落寞不偶的忧郁情怀。年轻时，他对世界充满了新鲜感，也充满了希望，认为上天怜才，总会给他施展抱负的机会：“嫩箨香苞初出林，於陵论价重如金。皇都陆海应无数，忍剪凌云一寸心。”（《初食笋呈座中》）清新爽朗之气扑面而来。然而，入仕不久，就卷入党争，仕途蹭蹬，使他心境大变：“迢递高城百尺楼，绿杨枝外尽汀洲。贾生年少虚垂泪，王粲春来更远游。永忆江湖归白发，欲回天地入扁舟。不知腐鼠成滋味，猜意鹓鸰竟未休。”（《安定城楼》）但这可以看作是李商隐的牢骚，其实他一生都没有真的想去隐居，在暮年时期的《偶成转韵七十二句赠四同舍》中写道：“爱君忧国去未能，白道青松了然在。此时闻有燕昭台，挺身东望心眼开。且吟王粲从军乐，不赋渊明归去来。”他仍然希望能够有善于知遇的明主给他以施展抱负的机会，诗作仍然昂扬激奋。但最后他终于明白一切都不会到来，于是，失望与悲凉袭上心头：“羽翼摧残日，郊园寂寞时。晓鸡惊树雪，寒鹜守冰池。急景忽云暮，颓年浸已衰。如何匡国分，不与夙心期。”（《幽居冬暮》）他就是带着这样的迷惘、伤感和不甘离开人世的。他的友人崔珏在《哭李商隐》中唱道：“虚负凌云万丈才，一生襟抱未曾开。鸟啼花落人何在，竹死桐枯凤不来。”可以说是他最好的挽歌。

李商隐早年胸怀大志，写出了不少关注现实的文章和诗篇，咏史诗是这方面的杰作，这些诗历来受到推重，而内容则多是针对封建统治者的淫奢昏愚进行讽刺的。如：

宣室求贤访逐臣，贾生才调更无伦。
可怜夜半虚前席，不问苍生问鬼神。

（《贾生》）

一笑相倾国便亡，何劳荆棘始堪伤？
小怜玉体横陈夜，已报周师入晋阳。

巧笑知堪敌万机，倾城最在著戎衣。
晋阳已陷休回顾，更请君王猎一围。

（《北齐二首》）

乘兴南游不戒严，九重谁省谏书函？
春风举国裁宫锦，半作障泥半作帆。

（《隋宫》）

紫泉宫殿锁烟霞，欲取芜城作帝家。
玉玺不缘归日角，锦帆应是到天涯。
于今腐草无萤火，终古垂杨有暮鸦。
地下若逢陈后主，岂宜重问《后庭花》？

（《隋宫》）

其中对历代帝王都有讽刺，而对隋炀帝的逸游和荒淫的揭露与抨击尤为激烈和尖锐，而且在含蓄委婉的抒情中寓有深刻的思致，令人回味无穷。

安史之乱后，唐王朝由强盛迅速走向衰败，李商隐对玄宗的失政感到极为痛心，讽刺也特别尖锐。如《马嵬二首》（其一）：“海外徒闻更九州，他生未卜此生休。空闻虎旅传宵柝，无复鸡人报晓筹。此日六军同驻马，当时七夕笑牵牛。如何四纪为天子，不及卢家有莫愁！”但晚唐时期的社会政治已处于风雨飘摇之中，与李商隐同时的诗人许浑所写的“山雨欲来风满楼”（《咸阳城东楼》）的诗句，正是此时的真实写照，再加上个人的失意，因此，孤独、无望、多愁善感成了李商隐诗的主调。如“云母屏风烛影深，长河渐落晓星沉。嫦娥应悔偷灵药，碧海青天夜夜心”（《嫦娥》），“荷叶生时春恨生，荷叶枯时秋恨成。深知身在情长在，怅望江头江水声”（《暮秋独游曲江》），“客散酒醒深夜后，更持红烛赏残花”（《花下醉》），“秋阴不散霜飞晚，留得枯荷听雨声”（《宿骆氏亭怀崔雍崔衮》）等，都表现了他的这种情绪，这种由细腻的情感和独特的意象铸成的伤感，在晚唐诗歌中独树一帜。

对这一类诗，清人贺裳在《载酒园诗话又编》中说：“义山之诗，妙于纤细”，并举《晚晴》等诗为例。《晚晴》诗云：“深居俯夹城，春去夏犹清。天意怜幽草，人间重晚晴。并添高阁迥，微注小窗明。越鸟巢干后，归飞体更轻。”写雨后晚晴生机勃勃的景象，虽然清新，境界却不廓大，以“纤细”二字概括，还是比较恰当的。

对后世影响最大的还是他的爱情诗，如《锦瑟》：

锦瑟无端五十弦，一弦一柱思华年。
庄生晓梦迷蝴蝶，望帝春心托杜鹃。
沧海月明珠有泪，蓝田日暖玉生烟。
此情可待成追忆，只是当时已惘然。

诗中的爱情，犹如水晶碧玉，并由爱情升华出更为广阔的情感天地。《锦瑟》开篇就透显出一种莫名的执著，“无端”发昏是对生命的价值与意义的追问，“思华年”则是对人生道路的反省、追寻，在这种追寻中，“一弦一柱”都化作对“华年”的一声声感喟。颔联以蝴蝶、杜鹃的意象将梦境与现实加以对比，正体现了诗人的迷惘、郁闷与探索。颈联营造出了一片混沌、如梦如幻而又澄澈空明的意境，使鲛人与诗人、泪珠与珍珠、现实与想像，在沧海月明和良玉生烟之中融为一境，将朦胧之美推向极致。尾联直写那种如轻烟薄雾般掠过瞬间即逝的不确定感受，将人无比新鲜、神秘的情感用否定的方式表现出来。《锦瑟》一诗迄今为止已有十几种解读方式，可谓言人人殊！应该说，《锦瑟》这类无题诗本来就是一种多层面的复合体，而审美鉴赏又是可以有不同指向的主观创造，因此，读者才可能对其空灵缥缈的诗境作多义性的审美创造。其他的《无题》诗也有这样的特点，如《无题三首》（之一）：

昨夜星辰昨夜风，画楼西畔桂堂东。
身无彩凤双飞翼，心有灵犀一点通。
隔坐送钩春酒暖，分曹射覆蜡灯红。
嗟余听鼓应官去，走马兰台类转蓬。

应该是写诗人与一位贵家姬妾的暗恋。首联写与心上人相会时的情景，温馨而绮靡；颔联宕开一笔，写自己对非同寻常的恋爱有着极其深刻而独特的感受，因其比喻新颖贴切而成为不朽的名句。颈联兜底抄回，再写二人在宴会上传递爱意的种种微妙举动，将心神相会、情意相通的情景描绘得栩栩如生。尾联写诗人不得不走马从公，点卯应官，“类转蓬”的慨叹表现出他对恋人的依恋之情。诗作创造了一个开放性的深情绵邈的艺术境界。《无题三首》中的另外两首也十分优秀：

相见时难别亦难，东风无力百花残。
春蚕到死丝方尽，蜡炬成灰泪始干。
晓镜但愁云鬓改，夜吟应觉月光寒。
蓬山此去无多路，青鸟殷勤为探看。

（之二）

飒飒东风细雨来，芙蓉塘外有轻雷。
金蟾啮锁烧香入，玉虎牵丝汲井回。
贾氏窥帘韩掾少，宓妃留枕魏王才。
春心莫共花争发，一寸相思一寸灰。

（之三）

前一首首联写暮春时节对恋人的思念和感叹，锦绣而绮丽，颔联写两人之间的刻骨相思，浓墨重彩，深哀剧痛，无以复加，遂为千古名句。颈联则是想像其恋人想念自己的情景，尾联是说与恋人不能相见，只有托情青鸟。后一首所写的对象就更加不确定，但我们可以从中感受到那种情人间铭心刻骨的思念。

李商隐的爱情诗似有所寄托而又无可索解。元好问《论诗绝句》说："诗家总爱西昆好，独恨无人作郑笺。"说的就是这些诗的隐晦曲折。尽管如此，我们还是可以从中感受到某些共同的东西。其实，对于审美来讲，根本就不需要坐实，坐实了反而失去了原有的美感，倒是近人梁启超的话说得明白而有见地："义山的《锦瑟》、《碧城》、《圣女祠》等诗，讲的什么事，我理会不着。拆开一句一句叫我解释，我连文义也解不出来。但我觉得他美，读起来令我精神上得一种新鲜的愉快。须知美是多方面的，美是含有神秘性的，我们若还承认美的价值，对于此种文字，便不容轻轻抹煞。"（《中国韵文内所表现的情感》）

诗至晚唐，已不像盛唐那样寓情于景或通过对景物、事件的忠实描写来表达情感，而是向内心回缩，不是要表现客观世界，而是要表现自己体验到的心灵世界，因此，心情意绪便成为诗的主题。这正是中唐以后由"外"向"内"的转变，是中国审美历程中从"文以气为主"到"文以韵为主"，从"立象以尽意"到"境生于象外"的一次重要的审美转向。李商隐爱情诗的艺术成就在于以心象熔铸物象，营造了深情绵邈，绮丽精工，具有"韵外之致"、"味外之旨"的新的诗境。

晚唐的诗多以艳体与曲笔写深情与苦调，在浓厚的感伤情绪与悲剧意识中展示精工细小、静谧深邃的诗境，李商隐是其杰出的代表。

关键概念

杜牧的咏史诗　　　　李商隐的爱情诗

思考题

1. 为什么说杜牧的诗既有"雄姿英发"的特点，也有"伤春"、"伤别"的内容？

2. 为什么说李商隐爱情诗的艺术成就在于以心象熔铸物象，营造了深情绵邈，绮丽精工，具有"韵外之致"、"味外之旨"的新的诗境？请举例说明。

第十四章

许浑、郑谷：在悲慨沉郁中写照晚唐的山水意绪

晚唐时期还出现了一些摹写山水自然，歌吟隐逸情怀，抒写心情意绪的诗人；这些人的诗往往缺乏丰富深刻的现实内容，但能在一定意义上表现时代情绪；这些诗在意象营造、诗法构建和文化意蕴上也有独到之处，在写作上也容易模仿，对当时和后世有一定影响。其中的代表人物是许浑和郑谷。

许浑（约791—约858）字用晦，一作仲晦，祖籍安州安陆（今湖北安陆），寓居润州丹阳（今属江苏），遂为丹阳人。武后朝宰相许圉师六世孙。文宗大和六年（832年）进士及第，先后任当涂令等职，因病免；后入为监察御史，又任润州司马以及睦、郢二州刺史等职。晚年归润州丁卯桥村舍闲居，结诗集曰《丁卯集》。

对于许浑的诗，历来争论很大，最主要的批评性的观点是认为其“气格卑弱”，但杜牧、韦庄等人对许浑却很称许，其诗对晚唐和后世影响也很大，摹写者甚多。其实，在艺术上，许浑的诗有自己的特点。首先是格律精美。许浑的诗都是近体，五七律居多，对偶、对仗精巧，句法圆熟工稳，声调平仄自成一格，有“丁卯体”之称。如：

故国无归处，官闲忆远游。吴僧秣陵寺，楚客洞庭舟。
久病先知雨，长贫早觉秋。壮心能几许，伊水更东流。

（《洛中秋日》）

劚药去还归，家人半掩扉。山风藤子落，溪雨豆花肥。
寺远僧来少，桥危客到稀。不闻砧杵动，应解制荷衣。

（《题韦隐居西斋》）

遥夜泛清瑟，西风生翠萝。残萤委玉露，早雁拂银河。
高树晓还密，远山晴更多。淮南一叶下，自觉老烟波。

（《早秋三首》）

秋来凫雁下方塘，系马朝台步夕阳。村径绕山松叶暗，
野门临水稻花香。云连海气琴书润，风带潮声枕簟凉。
西下磻溪犹万里，可能垂白待文王。

（《晚自朝台津至韦隐居郊园》）

禾黍离离半野蒿，昔人城此岂知劳。水声东去市朝变，
山势北来宫殿高。鸦噪暮云归古堞，雁迷寒雨下空壕。
可怜缑岭登仙子，犹自吹笙醉碧桃。

（《故洛城》）

这些诗句式整齐，平仄相合，粘对得法，韵脚相符，押韵有力，节奏鲜明，非常富有音乐美。近体诗至晚唐以完全成熟，许浑又对杜甫的拗体诗法有所继承，以击撞波折来克服用韵圆熟顺滑之病，形成了所谓的“丁卯句法”。

意境精奇，富有历史文化意蕴是许浑诗的又一特点。如：

劳歌一曲解行舟，红叶青山水急流。
日暮酒醒人已远，满天风雨下西楼。

（《谢亭送别》）

廓大、苍茫的物境与感伤、悲慨的心境共同融铸成诗的意境，十分形象地展示了晚唐的社会情态，足可为送别诗中的翘楚。该诗剪取了送别中具有典型意义的片段，展现了一个完整送别的流程：在忧伤的惜别之歌中解开行舟的缆绳，目送友人，而红叶青山与湍急的流水形成的鲜明对照似乎有着特别的寓意；酒醒后面对日暮人远的不可改变的现实，在满天风雨中，那个书生的背影，无可奈何地消失在西楼下。这与李白的“唯见长江天际流”的悠远思念不同，指向的是对世事不可知、人事不可预的迷惘和向知命而并不乐天的情绪状态的沉入；这里没有“乐夫天命复奚疑”的淡定，有的是沉郁的思考。因此，这种沉入最终导致的是人的自证的崛立，并由此建立起唐诗的一种模式。

红叶晚萧萧，长亭酒一瓢。残云归太华，疏雨过中条。

树色随山迥，河声入海遥。帝乡明日到，犹自梦渔樵。

（《秋日赴阙题潼关驿楼》）

许浑的咏史怀古诗较为著名，佳作不少。该诗意境清澈畅达而又浑厚沉郁，有盛唐风致。首联点出时令、地点和宦游的身份，自然与人事合一，也隐含了作者客游思家的基本心理。颔联写得风淡云轻，充分体现了作者对自然的亲和感和明澈的心境。颈联作为诗腰，本应提示价值诉求，但该联还是写自然，这种现象在许浑诗中大量存在，成为削弱许浑诗作思想和艺术价值的重要因素；尽管如此，由于该联意象营造十分出色，还是体现了作者悠远的神思和高洁的人格。经过上两联富有意味的自然景象的洗礼，尾联写不愿意奔走官场，希望过本真的渔樵生活，收煞全诗，显得干脆有力。“犹自梦渔樵”的“自”字，含自发、本真之意，它是由人类历史本体决定的人的必然选择，也是对最合理的文化因素的自然体认；相对于奔波官场的非本真的生活，本真的渔樵生活具有更基本的文化合理性，这种生活出现在梦里，不仅是对官场生活的反抗，也说明“自”是人的本真存在状态。

玉树歌残王气终，景阳兵合戍楼空。松楸远近千官冢，
禾黍高低六代宫。石燕拂云晴亦雨，江豚吹浪夜还风。
英雄一去豪华尽，唯有青山似洛中。

（《金陵怀古》）

这首诗意境浑雄奇崛。首联写隋军攻陷金陵，直逼景阳宫外，陈在《玉树后庭花》的靡靡之音中覆灭。这是金陵由盛转衰的开始；颔联描写金陵坟墓上茂盛的松楸和宫殿废墟上弥望的禾黍，极言金陵的衰败；颈联写金陵的自然运行依旧，并未因金陵的盛衰而有丝毫改变；尾联写六朝中所谓的英雄都逝去了，对于金陵，什么都没有留下，什么也没有改变，“唯有青山似洛中”（李白《金陵三首》有“山似洛阳多”句）。该诗典型地体现了对历史“空而有”的价值建构方式——通过对浮华喧嚣历史的否定和对永恒不变的宇宙自然的肯定积淀起具有本真意义的价值观。

一上高城万里愁，蒹葭杨柳似汀洲。溪云初起日沉阁，
山雨欲来风满楼。鸟下绿芜秦苑夕，蝉鸣黄叶汉宫秋。
行人莫问当年事，故国东来渭水流。

（《咸阳城东楼》）

首联写诗人登上咸阳城楼南望，远处烟笼蒹葭，雾罩杨柳，很像长江中的汀洲，犹似自己的家乡，直写乡愁。颔联写登楼时环境的变化，交代了登楼的时间，蕴涵着对政治局势的深刻体验和预测，为许浑诗的名联（许浑诗的好句往往出在颔联）。颈联写秦、汉两朝故都的颓败景象——昔日富丽的皇都如今已杂草丛生，成为鸟虫的栖息繁衍之地，展示出巨大的历史的沧桑感。尾联似乎要停止追问，但恰恰引起追问。这里不是否定历史，而是否定历史的喧嚣，追求与自然亲和的本真的历史情态。该诗意境雄劲深沉，风调悠扬洒脱，即使与盛唐佳作相较，也未必逊色多少。

总的来说，许浑是一个心乐林泉、高蹈遁世之士，他的诗较缺乏深厚的现实内容。其诗宦游、寄酬、伤逝等方面的题材较多，意象选取上往往给人落入俗套的经营之感，如“两岩花落夜风急，一径草荒春雨多”（《郑秀才东归凭达家书》），“马上折残江北柳，舟中开尽岭南花”（《暮宿东溪》）等，这样的诗在许浑诗中数量不少，意境浅狭，气格卑弱，历来为诗评家所诟病。另外，许浑诗好使用与水、雨、江河等有关的意象，有“许浑千首湿”之语。

郑谷（约 851—910），字守愚，袁州宜春（今江西宜春市）人。郑谷少聪颖，7 岁能诗，但后应进士举十六年不第。黄巢入长安，郑谷奔西蜀。光启三年（887 年）登进士第，昭宗景福二年（893 年）授京兆鄠县尉，乾宁四年（897 年）为都官郎中，诗家因称郑都官，又以《鹧鸪诗》得名，人称郑鹧鸪。郑谷曾与许棠、任涛、张蠙、李栖远、张乔、喻坦之、周繇、温宪、李昌符唱答往还，号“芳林十哲”（也称“咸通十哲”）。后与诗僧齐己唱和，传齐己称为“一字师”。原有集，已散佚，存《云台编》。

郑谷的诗在内容上多写景咏物、记游抒怀之作，与当时多数士大夫文人的诗作一样，较为缺乏现实内容；但在艺术上，风格悲郁，意象多取自花鸟山林等自然物事，繁富幽丽，意境清新，俚达而不伤于俗，具有一定的特点。

整体看来，郑谷诗风悲郁，这与晚唐的历史情景以及他伤时忧国的情怀和多舛的命运有关。如：

> 乡人来话乱离情，泪滴残阳问楚荆。白社已应无故老，
> 清江依旧绕空城。高秋军旅齐山树，昔日渔家是野营。
> 牢落故居灰烬后，黄花紫蔓上墙生。
>
> （《渚宫乱后作》）

诗作有元、白的通俗，也有杜甫的忧国忧民的情怀，但总看来风格是悲伤而压抑的，其他咏物抒怀的诗也往往带有这样的情绪基调。如《慈恩寺偶题》：“往事悠悠添浩叹，劳生扰扰竟何能。故山岁晚不归去，高塔晴来独自登。林下听经

秋苑鹿，江边扫叶夕阳僧。吟馀却起双峰念，曾看庵西瀑布冰。”传达出的是消沉落寞的情绪，也寄寓了对世事人生的伤感乃至绝望，其俚而不俗的风格正表现了当时士大夫文人的文化心理；这种诗境不仅与初、盛唐时期有巨大的区别，即使与刘长卿同类题材的诗相比，也已经由清新悠远转向了伤叹与自沉。

意象的繁富是郑谷诗的重要特点。如他以之得名的《鹧鸪》诗：

暖戏烟芜锦翼齐，品流应得近山鸡。雨昏青草湖边过，
花落黄陵庙里啼。游子乍闻征袖湿，佳人才唱翠眉低。
相呼相应湘江阔，苦竹丛深春日西。

诗作写鹧鸪的外形与生活习性，与人的情感关联处并无说服力，因此显得内容空虚；但该诗意象浓密，安排也算巧妙，读来有密不透风之感。郑谷以此诗得名，时号为郑鹧鸪，足见当时评诗的风尚。在众多的意象中，郑谷喜欢以鸟的愁啼悲鸣来表现伤感气氛和羁旅愁思。如“背霜南雁不到处，倚棹北人初听时。梅雨满江春草歇，一声声在荔枝枝。”（《越鸟》）“八月悲风九月霜，蓼花红淡苇条黄。石头城下波摇影，星子湾西云间行。惊散渔家吹短笛，失群征戍锁残阳。故乡闻尔亦惆怅，何况扁舟非故乡。”（《雁》）也可借这些意象来咏物抒怀，如：“年去年来来去忙，春寒烟暝渡潇湘。低飞绿岸和梅雨，乱入红楼拣杏梁。闲几砚中窥水浅，落花径里得泥香。千言万语无人会，又逐流莺过短墙。”（《燕》）如燕之呢喃，唐季悲凉之情，在絮絮而语中流溢而出。

郑谷诗清婉明白，切直自然，清新婉丽，时见佳作。如：

何事文星与酒星，一时钟在李先生。
高吟大醉三千首，留著人间伴月明。

（《读李白集》）

松上闲云石上苔，自嫌归去夕阳催。
山门握手无他语，只约今冬看雪来。

（《别修觉寺无本上人》）

泪湿孤鸾晓镜昏，近来方解惜青春。
杏花杨柳年年好，不忍回看旧写真。

（《为人题》）

松窗楸局稳，相顾思皆凝。几局赌山果，一先饶海僧。
覆图闻夜雨，下子对秋灯。何日无羁束，期君向杜陵。

（《寄棋客》）

秋深庭色好，红叶间青松。病客殊无著，吾师甚见容。

疏钟和细溜，高塔等遥峰。未省求名侣，频于此地逢。

（《题庄严寺休公院》）

漠漠秦云淡淡天，新年景象入中年。
情多最恨花无语，愁破方知酒有权。
苔色满墙寻故第，雨声一夜忆春田。
衰迟自喜添诗学，更把前题改数联。

（《中年》）

郑谷有的诗也能稍稍地再现唐诗的盛唐意境，展示唐诗的诗思理路。如《登杭州城》：

漠漠江天外，登临返照间。潮来无别浦，木落见他山。
沙鸟晴飞远，渔人夜唱闲。岁穷归未得，心逐片帆还。

首联从宇宙自然之大着眼，意境开阔，启人诗思；颔联将视野拉近，描绘具体景物，引出情绪取向——由眼见而感受到的对自然的体认，呈现出的是淡淡的宇宙情怀；颈联作为诗腰，由写人事而确立价值取向——对本真的渔樵生活（最富有历史合理性的生存方式）的向往；尾联写现实中的家不能归，但可以“心逐片帆还”的方式建构心灵的家园，归于心理本体，而这个心理本体，其具体的内容则是由上三联建构起来的宇宙情怀。这种“大”——“小”——眼前景物——精神归宿的诗思理路，在唐诗中是一种审美结构的模式。再如《长安夜坐寄怀湖外嵇处士》：

万里念江海，浩然天地秋。风高群木落，夜久数星流。
钟绝分宫漏，萤微隔御沟。遥思洞庭上，苇露滴渔舟。

首联可谓“大而空”。所谓“大”主要是指宇宙之大，“空”主要是指人置身于无限广漠的宇宙之中，面对无限的时空，自然生出渺小感和价值的虚空感。颔联描写的景物相对首联是“小”而具体的，但却是首联价值追询的回应；“天行健，君子以自强不息”，颔联以自立者的姿态体认刚健的宇宙，把“草木无情人有情”的文化心理充分发挥出来，构建起宇宙情怀。颈联写人事，但在上两联的观照下，实际的效果是导向了对局促而卑庸的人事的超越，仍然是价值的确立。尾联表面上是写对嵇处士生存状态的拟想，实是将这种生存状态作为自己的精神归宿，这种归宿仍是以宇宙情怀作为内涵的心理结构，而在中国文化中，这种心理结构是一种本体性的存在。该诗由“念江海”之远引起诗思，追问“什么样的生活才是值得过的生活”，经过对自然的体认和对营营生活的否定，最后“以景结情”，找到精神的家园，获得了超越。唐诗的这种审美结构充分体现了中国文化的价值建构方式。

关键概念

许浑　　　　　郑谷

思考题

1. 举例说明许浑诗的艺术特点。
2. 举例说明郑谷诗在意象营造上的特点。

第十五章 晚唐的现实主义诗歌

从文宗大和、开成至唐亡的七八十年间，文学史上一般称为晚唐时期。这一时期的文学主要向两方面发展，一是随着唐代社会的进一步衰微，杜牧、李商隐等人忧生念乱，感慨身世，追求诗歌的形式美，这是主要的潮流；一是在黄巢起义前后，皮日休、陆龟蒙、罗隐、聂夷中、杜荀鹤等人对白居易的现实主义诗歌传统有所继承，写出了一些反映现实的诗歌。

第一节 皮日休、陆龟蒙、罗隐

皮日休（834—883），字袭美，一字逸少，湖北襄阳（今襄阳县）人，曾隐居鹿门山，故自号鹿门子，又号间气布衣。出身贫苦，自幼有济世之志，曾游历湖南、江西、安徽等地。咸通八年（867 年）登进士，授著作佐郎，迁太常博士。乾符中为昆陵副使。黄巢入长安，任他为翰林学士，后不知所终。皮日休胆识过人，声称要“上剥远非，下补近失”（《皮子文薮》序），他推崇韩愈，主要散文都收在自编文集《皮子文薮》中，比较有代表性的篇章应该是其中的《十原》、《九讽》、《首阳山碑》、《鹿门隐书》等。皮日休生逢乱世，其思想往往自出机杼，不依傍前人，针砭时弊，往往切中要害，一针见血，具有很强的反抗精神。语言也简洁明快，铿锵有力。

皮日休的诗歌也很有成就，在《正乐府十篇》序中强调了乐府诗反映现实，补察时政的作用，在诗歌理论方面，与白居易的讽喻美刺之说相近。他的乐府诗中的《橡媪叹》较为突出：

秋深橡子熟，散落榛芜冈。伛偻黄发媪，拾之践晨霜。
移时始盈掬，尽日方满筐。几曝复几蒸，用作三冬粮。
山前有熟稻，紫穗袭人香。细获又精舂，粒粒如玉珰。
持之纳于官，私室无仓箱。如何一石余，只作五斗量。
狡吏不畏刑，贪官不避赃。农时作私债，农毕归官仓。
自冬及于春，橡实诳饥肠。吾闻田成子，诈仁犹自王。
吁嗟逢橡媪，不觉泪沾裳。

诗作有描写，有议论，有抒情，通过一位拾橡子充饥的老妇人的愤怒控诉，揭露了封建统治阶级鱼肉人民的罪行，对劳动人民充满了同情，也十分真实地反映了农民起义必然发生的历史状况。在思想和艺术上都可与白居易的优秀作品媲美。再如《三羞诗》反映了天灾给劳动人民带来的苦难：

天子丙戌年，淮右民多饥。就中颍之汭，转徙何累累。
夫妇相顾亡，弃却抱中儿。兄弟各自散，出门如大痴。
一金易芦卜，一缣换凫茈。荒村墓鸟树，空屋野花篱。
儿童啮草根，倚桑空羸羸。斑白死路傍，枕土皆离离。

诗作以铺陈的笔法形象地描绘了饿殍遍野的悲惨景象。如果说《三羞诗》描绘的是天灾的话，那么《贪官怨》则是写人祸，明确地指出造成劳动人民苦难生活的根本原因在于官吏的昏庸、残酷与贪婪：

国家省闼吏，赏之皆与位。素来不知书，岂能精吏理。
大者或宰邑，小者皆尉史。愚者若混沌，毒者如雄虺。
伤哉尧舜民，肉袒受鞭箠。吾闻古圣王，天下无遗士。
朝廷及下邑，治者皆仁义。国家选贤良，定制兼拘忌。
所以用此徒，令之充禄仕。何不广取人，何不广历试。
下位既贤哉，上位何如矣。胥徒赏以财，俊造悉为吏。
天下若不平，吾当甘弃市。

诗作批判了封建吏治，并对之提出了建议与希望，也表现了诗人经世济时的慷慨之志。

他的一些咏史诗也表现出其批判现实的精神和大胆的政治见解。如《汴河怀古二首》（之一）：

尽道隋亡为此河，至今千里赖通波。
若无水殿龙舟事，共禹论功不较多。

批判了隋炀帝开掘运河的主观动机，但对其客观作用也并不抹杀，可谓出语警策。

皮日休的诗在艺术上受到了白居易、韩愈的影响，他尤其有意识地学习白居易的讽喻诗，继承了其批判现实的特点，在艺术上，主题专一而鲜明，一诗之中，往往仅写一事，叙事与议论相结合，以立意为主，语言朴素流畅。

陆龟蒙（？—881?），字鲁望，姑苏（今江苏苏州）人，举进士不第；曾做过苏湖二郡从事，后隐居甫里，有地势低洼的薄田数百亩，人称甫里先生。常携书籍、茶具等往来于太湖，自号天随子、江湖散人等。有《笠泽丛书》、《甫里先生文集》，存诗600多首。陆龟蒙是杰出的讽刺小品文作家，同时，他的一些诗作也颇有现实意义。他不像皮日休那样以直接描写现实的方式来反映不合理的社会现象，往往通过抒情述志来表现对黑暗现实的不满。如《村夜二篇》（其二）中说：

所悲劳者苦，敢用词为诧。只效刍牧言，谁防轻薄骂。
嘻今居宠禄，各自矜雄霸。堂上考华钟，门前伫高驾。
纤洪动丝竹，水陆供鲙炙。小雨静楼台，微风动兰麝。
吹嘘川可倒，眄睐花争姹。万户膏血穷，一筵歌舞价。
安知勤播植，卒岁无闲暇。

反映了劳动人民的疾苦，揭示了阶级对立。白居易在《秦中吟十首·买花》中说："一丛深色花，十户中人赋。"而陆龟蒙说："万户膏血穷，一筵歌舞价。"比白居易更为深刻而精警。在《五歌·刈获》中说：

自春徂秋天弗雨，廉廉早稻才遮亩。芒粒稀疏熟更轻，
地与禾头不相拄。我来愁筑心如堵，更听农夫夜深语。
凶年是物即为灾，百阵野凫千穴鼠。平明抱杖入田中，
十穗萧条九穗空。敢言一岁囷仓实，不了如今朝暮舂。

天职谁司下民籍，苟有区区宜析析。本作耕耘意若何，
虫豸兼教食人食。古者为邦须蓄积，鲁饥尚责如齐籴。
今之为政异当时，一任流离恣征索。

描述了灾荒之年农民的苦难，鞭挞了统治者的赋敛暴政。《杂讽九首》是一组刺世诗，猛烈地抨击了唐末的黑暗现象，表达了自己的愤懑之情。如第九首云：

朝为壮士歌，暮为壮士歌。壮士心独苦，傍人谓之何。
古铁久不快，倚天无处磨。将来易水上，犹足生寒波。
捷可搏飞狖，健能超橐驼。群儿被坚利，索手安冯河。
惊飙扫长林，直木谢樀科。严霜冻大泽，僵龙不如蛇。
昔者天血碧，吾徒安叹嗟。

在悲慨与壮烈中显示出抑郁、愤懑和执著。

陆龟蒙的绝句十分出色，这些诗像其小品文一样，以讽刺见长，反映了晚唐诗文的一种风气。如《筑城词》：

莫叹将军逼，将军要却敌。城高功亦高，尔命何足惜。

《新沙》在艺术上更为突出：

渤澥声中涨小堤，官家知后海鸥知。
蓬莱有路教人到，应亦年年税紫芝。

前两句是说在渤海的常年冲刷中海边积起了一块小小的沙堤，因沙堤的阻挡而形成了一片湿涝的沙荒地，日日飞过的海鸥尚未知晓，征税的官家就知道了。后两句是说如果蓬莱仙岛有路可到的话，官吏也会年年前往征收神仙的紫芝税。征税的官吏连神仙都不会放过，何况是人间？诗作以辛辣的讽刺和极度夸张的手法推进了诗的主题，深刻地反映了现实。

罗隐（833—909），字昭谏，余杭新城（今浙江桐庐）人，曾入京师求官，历经7年不第。光启三年（887年）为钱塘令，迁著作郎，辟掌书记。梁开平二年（908年）授给事中，迁发运使。将自己的文集定名为《谗书》。《谗书》是一部讽刺小品集，其中都是愤懑不平之言，比较有代表性的有《英雄之言》、《汉武山呼》、《三帝所长》等。他的散文往往一反正统观念，能够另立新说，对统治者

的本质和现实中不合理的现象多有深刻的揭露和抨击。罗隐存诗 480 多首，以近体诗为主，一些优秀的诗作往往不直接描写现实，而是通过咏史、托物的方式来批判现实，抒写胸中的愤懑之情。如：

尽道丰年瑞，丰年事若何？长安有贫者，为瑞不宜多。

（《雪》）

不论平地与山尖，无限风光尽被占。
采得百花成蜜后，为谁辛苦为谁甜。

（《蜂》）

马嵬山色翠依依，又见銮舆幸蜀归。
泉下阿蛮应有语，这回休更怨杨妃。

（《帝幸蜀》）

楼殿层层佳气多，开元时节好笙歌。
也知道德胜尧舜，争奈杨妃解笑何。

（《华清宫》）

家国兴亡自有时，吴人何苦怨西施。
西施若解倾吴国，越国亡来又是谁。

（《西施》）

罗隐的诗善于讽刺，更善于翻历史旧案，妙思迭出，一如其散文。

第二节　聂夷中、杜荀鹤

聂夷中（837—884），字坦之，河东（今山西省永济县）人。出身贫苦，曾中进士。一生不达，历经动乱，接触现实较多。他的诗也多反映农民的悲惨生活。如他在《田家》中写道："父耕原上田，子劚山下荒。六月禾未秀，官家已修仓。"最著名的还是《伤田家》：

二月卖新丝，五月粜新谷。医得眼前疮，剜却心头肉。
我愿君王心，化作光明烛。不照绮罗筵，只照逃亡屋。

而《公子家》则对寄生虫般的剥削者进行了辛辣的讽刺：

种花满西园，花发青楼道。花下一禾生，去之为恶草。

聂夷中有意识地发扬《诗经》以来的现实主义传统，关注现实，反映现实，具有强烈的刺世疾邪思想，语言浅近，朴素自然。

杜荀鹤（846—907），字彦之，进士出身，唐亡后曾为朱温政权的翰林学士，但五日而亡。他论文主张与白居易相近，创作上也具有鲜明的现实主义特色，他的三百多首诗对当时的各种混乱黑暗的现实都有所揭露，对劳动人民表示同情。他的有些诗，写得十分尖锐。如：

夫因兵死守蓬茅，麻苎衣衫鬓发焦。
桑柘废来犹纳税，田园荒后尚征苗。
时挑野菜和根煮，旋斫生柴带叶烧。
任是深山更深处，也应无计避征徭。

（《山中寡妇》）

经乱衰翁居破村，村中何事不伤魂。
因供寨木无桑柘，为著乡兵绝子孙。
还似平宁征赋税，未尝州县略安存。
至于鸡犬皆星散，日落前山独倚门。

（《乱后逢村叟》）

去岁曾经此县城，县民无口不冤声。
今来县宰加朱绂，便是生灵血染成。

（《再经胡城县》）

也有描写他自己亲历动乱的感受的。如《将入关安陆遇兵寇》：

家贫无计早离家，离得家来蹇滞多。
已是数程行雨雪，更堪中路阻兵戈。
几州户口看成血，一旦天心却许和。
四面烟尘少无处，不知吾土自如何。

另外，他还像白居易等新乐府运动的人物一样，关注妇女生活。如《春宫怨》就表现了不幸的宫女对平民自由生活的向往：

早被婵娟误，欲妆临镜慵。承恩不在貌，教妾若为容。
风暖鸟声碎，日高花影重。年年越溪女，相忆采芙蓉。

杜荀鹤的诗虽然都是近体，也没有新乐府的名字，但在精神上是与新乐府运动一脉相承的。

关键概念

皮日休　　　陆龟蒙　　　罗隐　　　聂夷中　　　杜荀鹤

思考题

1. 以《橡媪叹》等诗为例，说说皮日休诗歌的现实主义特色。

2. 举例说明罗隐的诗是怎样以咏史、托物的方式来批判现实，抒写胸中的愤懑之情的。

3. 以《山中寡妇》等诗为例，说说杜荀鹤诗的现实主义特点。

下编

宋词研究

第十六章 晚唐五代词概说

第一节　词的兴起与敦煌曲子词

词，又称“长短句”、“诗余”、“乐章”、“近体乐府”、“杂曲子”等，是继诗以后兴起的新的诗歌体裁。词最早应该萌芽于南朝，其发展与南北朝、隋唐时期清商乐和燕乐的流行有很大的关系。燕乐的兴起可以追溯到北朝，后来由于少数民族入主中原，包括边地及境外音乐的胡乐陆续传入内地。胡乐以琵琶为主要伴奏乐器，琵琶音域宽广，音律富于变化，能够适应宫廷及民间的各种场合，所以为中原音乐广泛吸收。为了适应娱乐的需要，依照乐调配以歌词，就产生了更为自由的长短句，即词。后来音乐消亡，仅剩下徒诗，词便成为脱离音乐而独立存在的新诗体。

词的重要组成部分是词调，俗称“词牌”，如《菩萨蛮》、《念奴娇》等都是。每个曲牌都有自己特定的格式，句数、每句的字数、用韵都有明确的限定。词与诗的主要区别就在于词牌众多，每个词牌的句数和每句的字数以及用韵都不一样，所以可以根据不同的需要比较自由地选择词牌。一般词牌分为上下两阕（片），以便反复吟唱。多于两阕的称为长调，不分阕的称为单调。

词的产生经历了一个孕育、萌生到词体建立的较长的历史阶段。有人认为魏晋南北朝时期就产生了词。但从隋代到初、盛唐的情况来看，作品较少，创作也不自觉；到中唐时期，张志和、韦应物、白居易、刘禹锡等诗人开始自觉地填词，词的创作才逐步走向自觉。

1900年，敦煌石窟发现了词。敦煌词曲数量很大，除少数属于著名的文人词外，大多数词的作者来源于民间，我们由此可以确认词起源于民间。这些词从内容、体制到语言风格等方面都显示出由诗向词过渡的特征。《云谣集杂曲子》抄卷收词30首，比《花间集》的编定时间应该早数十年。

曲子词的内容主要有倾诉妇女对不平等生活的悲怨的情感，表现出她们的反抗心理，其风格往往朴实，感情直率，生活气息浓郁，在敦煌曲子词中价值较高。如《望江南》两首：

> 莫扳我，扳我太心偏。我是曲江临池柳，这人折去那人扳，恩爱一时间。
>
> 天上月，遥望似一团银。夜久更阑风渐紧，为奴吹散月边云，照见负心人。

以浅近而又形象的方式表达了娼妓内心的不平。我们还可以从中看到词的形式的灵活性，第一首词27字，是《望江南》的正规写法；第二首词28字，多出一个“似”字，在读或唱时都可轻轻带过，并不影响听觉上的效果，这些早期的词已经开启了元曲的某些特性。有反映“安史之乱”状况的，如《菩萨蛮·敦煌古往出神将》：

> 敦煌古往出神将，感得诸蕃遥钦仰。效节望龙庭，麟台早有名。只恨隔蕃部，情恳难申诉。早晚灭狼蕃，一起拜圣颜。

表现了当时据守敦煌郡的军民希望朝廷救援及对建立功业的愿望。敦煌词具有民间词的朴素的风格，读来使人能感觉到扑面而来的生活气息。如：

> 枕前发尽千般愿：要休且待青山烂。水面上秤锤浮，直待黄河彻底枯。白日参辰现，北斗回南面。休即未能休，且待三更见日头。
>
> （《菩萨蛮》）

在语言风格上很像汉乐府中的《上邪》，一连串的比喻，率直强烈的情感，显示了与诗的区别。

第二节　中唐词人概说

在唐代文人中，较早的词作家有张志和、刘长卿、韦应物、戴叔伦等。如：

西塞山前白鹭飞，桃花流水鳜鱼肥。青箬笠，绿蓑衣，斜风细雨不须归。

（张志和《渔歌子》）

胡马，胡马，远放燕支山下。跑沙跑雪独嘶，东望西望路迷。迷路，迷路，边草无穷日暮。

河汉，河汉，晓挂秋城漫漫。愁人起望相思，江南塞北别离。离别，离别，河汉虽同路绝。

（韦应物《调笑令》）

边草，边草，边草尽来兵老。山南山北雪晴，千里万里月明。明月，明月，胡笳一声愁绝。

（戴叔伦《调笑令》）

渔　父

除张志和的词有闲适的情调外，韦、戴二人的词无论是写奔腾的胡马、戍卒的乡愁还是江南的思妇，均不再有盛唐边塞诗的苍凉豪迈和激昂慷慨，而是流溢着萧飒沉咽的中、晚唐的基调。

中唐时的白居易、刘禹锡写词较多。如白居易的两首词：

汴水流，泗水流，流到瓜洲古渡头，吴山点点愁。思悠悠，恨悠悠。恨到归时方始休，月明人倚楼。

（《长相思》）

江南好，风景旧曾谙。日出江花红胜火，春来江水绿如蓝。能不忆江南！

（《忆江南》）

刘禹锡的《潇湘神》：

斑竹枝，斑竹枝，泪痕点点寄相思。楚客欲听瑶瑟怨，潇湘深夜月明时。

需要看到的是，这些词平仄的词律是从五、七言绝句中脱胎而来的，在五、七言的基础上再加入三言，便成了词，这种写法对温庭筠的影响很大。

第三节　温庭筠与花间词

温庭筠是晚唐词人中对后世影响最大的一位。**温庭筠**（812？—870？），字飞卿，本名岐，山西太原人。本为唐初宰相后代，但到他这一代已经中衰。温庭筠才思敏捷，每入试，押官韵，八叉手而成八韵，所以也有“温八叉”之称。然恃才不羁，好讥刺权贵，故屡举进士不第，长遭贬抑，终生不得志，官终国子助教。精音律，工诗，与李商隐齐名，时称“温李”。在词史上，温与韦庄齐名，并称“温韦”，存词七十余首，后人辑有《温飞卿集》及《金奁集》。温庭筠在《花间集》中被列于首位，入选作品 66 首。他是第一个专力作词的文人，长期出入秦楼楚馆，“能逐弦吹之音，为侧艳之词”。因其开一派词风而被奉为“花间鼻祖”。

温词现存六十多首，其内容多是描写闺情怨绪和宫女寂寞愁闷的心理活动的。如：“小山重叠金明灭，鬓云欲度香腮雪。懒起画蛾眉，弄妆梳洗迟。照花前后镜，花面交相映。新贴绣罗襦，双双金鹧鸪。”（《菩萨蛮》）在细节描绘和心理刻画上都比较细腻。虽然蒙“香软丽蜜”、“红香翠软”之类的恶谥并不冤枉，但其中也寓有身世之感，不无动人之处。那寂寞独处、愁锁蛾眉、春恨满腹的思妇，那独自梳妆、无人理会、对镜自怜、命薄如花的女子，不正暗合了温庭筠怀才不遇、抑郁而终的命运吗？晚唐时文人寓身世于小词，寄情怀于歌妓，汉唐精神之衰，于此可见。

温庭筠长期出入青楼妓院，他的很多词都表现了歌伎舞女的伤春感别和悲欢无常的感情。如：

梳洗罢，独倚望江楼。过尽千帆皆不是，斜晖脉脉水悠悠。肠断白蘋洲。

（《望江南》）

典型的细节中隐含着无尽的故事，将一个思念情人而结局又必定悲惨的歌伎的形象塑造得栩栩如生，也显示出词境与诗境的某种区别。又如《更漏子》："玉炉香，红蜡泪，偏照画堂秋思。眉翠薄，鬓云残，夜长衾枕寒。梧桐树，三更雨，不道离情正苦。一叶叶，一声声，空阶滴到明。"上片画面异常秾丽，下片则直下淋漓快笔，情语景语豁然融为一体，令人有不胜之致。

温庭筠善以赋为词，其词多集中铺陈物象，以此渲染气氛、构筑意境。如上引《菩萨蛮》（小山重叠金明灭）就一气铺陈了十多种物象，但他使用物象过于集中和单调，多是"玉钩"、"玉楼"、"珠帘"、"金凤凰"、"金缕"、"金雁"、"绣帘"、"鸾镜"、"画罗"、"翠翘"、"翠钿"、"金翡翠"、"金鹧鸪"之类，所以形成了繁缛绮靡的风格。温词的另一重要特色是善于以景写情，如上面引述的《更漏子》、《望江南》，着力于对环境的渲染，雨声、桐叶、空阶、斜晖、独倚等物象和动作都强烈地渲染出人物寂寞、孤独、感伤的心境。另外，温词语言讲究，不蹈窠臼。陈廷焯《白雨斋词话》卷五说："飞卿短古，深得屈子之妙，词亦从《楚辞》来，所以独绝千古，难乎为继。"张惠言《词选序》认为，"自唐之词人"，"温庭筠最高"。温庭筠以自己丰富的创作提高了词的地位，开花间派之先河，并以其特定的题材和风格，对后代婉约派词的形成产生了很大的影响。

五代时，后蜀的赵崇祚选录了温庭筠、皇甫松、韦庄等 18 家的词为《花间集》，凡 500 首，是最早的文人词总集。其中除温庭筠、皇甫松、孙光宪外，其余都集中在西蜀。欧阳炯在《花间集序》中描述西蜀词人的创作情景时说："绮筵公子，绣幌佳人，递叶叶之花笺，文抽丽锦；举纤纤之玉指，拍按香檀。不无清绝之词，用助娇娆之态。自南朝之宫体，扇北里之倡风。"他们十分欣赏温庭筠的词，词风也基本一致，后人将其称为花间派词人。《花间集》的出现在词的发展史上具有重要的意义，它标志着词在格律、文辞、风格、意境上的基本特征的初步确立，奠定了词体发展的基础。

花间派中较有成就的还有韦庄。**韦庄**（836—910），字端己，京兆杜陵（今陕西西安）人，乾宁元年（894 年）进士，曾任右补阙，后为西川节度使王建掌书记，前蜀建国后，一度官至宰相。有《浣花集》，《花间集》收其词 48 首。韦庄与温庭筠齐名，有些词比较清新生动。如：

人人尽说江南好，游人只合江南老。春水碧于天，画船听雨眠。垆边人似月，皓腕凝霜雪。未老莫还乡，还乡须断肠。

（《菩萨蛮》）

春日游，杏花吹满头，陌上谁家年少，足风流。妾拟将身嫁与，一生休。纵被无情弃，不能羞。

（《思帝乡》）

四月十七，正是去年今日。别君时：忍泪佯低面，含羞半敛眉。
不知魂已断，空有梦相随。除却天边月，没人知。

（《女冠子》）

昨夜夜半，枕上分明梦见，语多时。依旧桃花面，频低柳叶眉。
半羞还半喜，欲去又依依，觉来知是梦，不胜悲。

（《女冠子》）

没有艳丽的色彩，也没有绵密朦胧的意象和跳跃的断层，而是色彩清淡、通俗浅近、直率自然、结构疏朗、意脉流畅。韦庄的词对南唐词作家有一定影响。

第四节　南唐词概说

当时南唐的都城金陵出现了文艺昌盛的局面。主要是因为许多中原文人前来避乱，使得文化进一步发达；而南唐统治者不善治国，感到兴国无望，进而钟情文艺，恣意享乐，也客观上促成了这种局面的出现。在词的创作方面，出现了冯延巳、李璟、李煜等作家，即所谓南唐词人。

冯延巳（903—960），字正中，一字延嗣，官至南唐同平章事。有《阳春集》，留词 100 多首。冯词多写闺思，语浅情深，意味深远，对后代婉约派词有很大影响。如：

细雨湿流光，芳草年年与恨长。烟锁凤楼无限事，茫茫。鸾镜鸳衾两断肠。

魂梦任悠扬，睡起杨花满绣床。薄幸不来门半掩，斜阳。负你残春泪几行。

（《南乡子》）

这是写少女怀春之情，思深辞丽，音韵谐婉。上片前两句中意象的使用颇具意味：“细雨”、“芳草”是物事；“流光”、“恨”是心情意绪；“湿”、“与恨长”是物事与心情意绪交互作用的方式。这两句表现了物象与心境的亲密融合，而中国文化中重要的美感来源之一就人与自然的亲和，心境与物候统一。上、下片中间部分是写人事，结尾两句是对人事的摇脱与超越。结尾虽是无奈而又自我安慰，其实也是自我满足和自我实现，回归的是物候与心境合一的宇宙情怀。又如：

几日行云何处去？忘却归来，不道春将暮。百草千花寒食路，香车系在谁家树？

泪眼倚楼频独语。双燕飞来，陌上相逢否？撩乱春愁如柳絮，悠悠梦里无寻处。

（《鹊踏枝》）

写春闺之怨，情思辗转，若不自胜。有的词在表现人物的心境方面也很独到，如《谒金门》：

风乍起，吹皱一池春水。闲引鸳鸯香径里，手挼红杏蕊。

斗鸭栏干独倚，碧玉搔头斜坠。终日望君君不至，举头闻鹊喜。

在这些词中，最著名的是《鹊踏枝》：

谁道闲情抛掷久？每到春来，惆怅还依旧。日日花前常病酒，不辞镜里朱颜瘦。

河畔青芜堤上柳，为问新愁，何事年年有？独立小桥风满袖，平林新月人归后。

写女子伤春之苦，清癯畅达，细腻感人，历来被认为是其代表作。一般认为，冯词中的“闲愁”、“春愁”是那样缠绵悱恻、无以排遣，与他对南唐的振兴无望有一定关系。其实，还有更深层的意味在里面。词作的意境与初唐的《春江花月夜》不无相似之处，都表现出与宇宙相关的某种生命意识，但一个是欢乐的歌唱，一个是惆怅的感伤，正处在两个极端，这是政治本体化时代消解后必然的情感状态。“闲愁”是意欲超越而未得的情绪状态，当心境与物境适合的时候，它常常出现；而“为问新愁，何事年年有”不仅是一种情感的追问，也是生命价值与意义的探寻。“独立小桥风满袖，平林新月人归后”，富有宇宙情怀的恬淡幽韵，但因有上一句以及前面的追问，该句并不能成为安乐的精神归宿，在知命而不乐天的情绪状态中，积淀心理能量，促进心灵成长，启动的是新的追问。词中对感性的追求与理性层面上的价值产生了背离，故透显出的是无比深沉的迷惘；这种背离产生的张力是该词艺术魅力的根源，它不仅显示了汉唐政治本体化时代向其后的文化本体时代过渡的人的必然的情绪状态，更与人的情感——价值追求的永恒迷惘深度关联。如果说李白《宣州谢朓楼饯别校书叔云》中表现的是政治本体化时代对人的欲求最高、最自由的追索的暂时状态的话，那么上词表现的正是人对自身欲求追索的恒久状态。

冯词已与花间派的词有了明显的区别，这就是不再沉溺于享乐之中，而是以感伤和迷茫为主调，积聚着深厚的文化意蕴，对后代的词有很大的影响。

李煜（937—978），字重光，号钟隐，又称钟山隐士、白莲居士等。少聪慧，美风仪，工书善画，尤善诗词文章。他的词流传下来的总共不过三四十首，但有三分之一以上堪称千古绝唱，因此他被后人尊为“词中之帝”。他在被宋朝俘虏，过了两年多极其屈辱的生活，据说是因为《虞美人》词中有故国之思，而被宋太宗派人毒死。

李煜的词以其亡国为界分为前后两期。前期的词多写奢侈的声色和旖旎的风情，如《浣溪沙》写豪华的生活场面：“红日已高三丈透，金炉次第添香兽，红锦地衣随步皱。佳人舞点金钗溜，酒恶时拈花蕊嗅，别殿遥闻箫鼓奏。”当他从声色和爱情中暂时清醒过来，看到南唐无法挽回的行将灭亡的命运时，词中自然流露出一种伤感无奈的情绪，他的词才在艺术上真正趋于成熟。如《捣练子》：

深院静，小庭空，断续寒砧断续风。无奈夜长人不寐，数声和月到帘栊。

人如惊鸿，无枝可栖，没有具体的忧思和等待，这种“空”，似乎具有了超越现象界的某种本体性。再如《清平乐》：

别来春半，触目愁肠断。砌下落梅如雪乱，拂了一身还满。
雁来音信无凭，路遥归梦难成。离恨恰似春草，更行更远还生。

着重的是形象的塑造，而不是意境的营造，在视角的不断转换中，将一个伤春者的行动和心理刻画得十分生动。此时的李煜，已经是一位成熟的词人了。

李煜词的价值主要体现在后期。他由一国之君而沦为人尽可辱的囚徒，其心理落差是可以想见的。入宋后作品往往“深衷浅貌，短语长情”。如《乌夜啼》：

林花谢了春红，太匆匆。无奈朝来寒雨晚来风。
胭脂泪，留人醉，几时重。自是人生长恨水长东。

犹如唐诗中的流水对，一泻而下。这不止是伤春叹生，直是对自然与人生的彻底绝望。再如《浪淘沙》：

帘外雨潺潺，春意阑珊，罗衾不耐五更寒。梦里不知身是客，一晌贪欢。
独自莫凭栏，无限江山。别时容易见时难。流水落花春去也，天上人间。

最著名的还是那首《虞美人》：

> 春花秋月何时了？往事知多少。小楼昨夜又东风，故国不堪回首月明中。
> 雕栏玉砌应犹在，只是朱颜改。问君能有几多愁？恰似一江春水向东流。

物候与心境，自然与生命，天命与人事，本来应该是相互融通、感应与统一的，但在词中，这些都是那样的隔膜与相互拒斥。对这种应然与实然的矛盾彰显，使该词迸发出巨大的艺术张力。“问君能有几多愁”正是因无法解决上述矛盾而“愁”，“恰似一江春水向东流”则不止是渲染“愁”之大之广，更是将“愁”引向了本体性的普遍与永恒！这种写法，典型地体现了中国诗词即现象而达本体的文体特征。

李煜在词史上最重要的贡献是他改变了词的传统，在内容上由写思妇怨女、离愁别绪转向写国破家亡的深哀与剧痛。李煜词不再“以男子作闺音”，而是径由自我发端，直接抒写自我，增强了词作者的主体意识。在形式上李煜词也逐渐减少了供宫廷贵族娱乐的特性。在这两方面，正如王国维所总结的：“词至李后主而眼界始大，感慨遂深，遂变伶工之词而为士大夫之词。”（《人间词话》定稿第一五则）在语言方面，李煜一改花间词人的雕饰涂绘、绮丽繁腻的风格，多用白描，语言清新朴素、自然流丽、率真畅达。李煜不仅直接影响了从晏、欧、秦、周直到姜、吴、张等词人以及“婉约派”的深婉含蓄、沉挚绵邈的审美特征，还跨越“词为艳科”的藩篱，为豪放派词人奠定了基础。

南唐中主**李璟**（916—961）的词仍是以感伤为主调，但境界趋于廓大。他遗词 4 首，最著名的是《摊破浣溪沙》：

> 菡萏香销翠叶残，西风愁起绿波间。还与韶光共憔悴。不堪看。
> 细雨梦回鸡塞远，小楼吹彻玉笙寒。多少泪珠何限恨，倚栏干。

尤其是“细雨”两句，最为后人称道，为开拓词境作出了贡献。

关键概念

词　　　　词牌　　　　词的起源　　　　花间派

思考题

1. 说说词的起源与词牌。
2. 简述词在晚唐五代的发展。
3. 概述温庭筠和李煜词的特点。

第十七章

柳永：以生命填词

柳永的词是宋代重视感性生命的产物。所谓以生命填词，就是将词当作感性生命的表现形式，当作张扬个性的方式，而不是借此追求感官刺激或表现无聊的情绪。纵观柳永的一生，让人感到一种古典式的“现代”气息，他与其后的关汉卿、徐渭、李贽、汤显祖、“三袁”、冯梦龙以及袁枚等人一起构成中国文学的另一种思潮。

第一节　执著“世俗”、否弃功名利禄的生命情调

柳永（987？—1053?），原名三变，字耆卿，崇安（今福建崇安）人，是工部侍郎柳宜的少子。著有《乐章集》，传词200余首。柳永早年即以词知名。柳永年轻时较为快乐，在后来的词作中多有追忆，对汴京的生活充满了眷恋之情。后到汴京应试时曾为许多歌妓填词，并得罪了当时著名的词人晏殊。在落第时曾写过“忍把浮名，换了浅斟低唱”、“才子词人，自是白衣卿相”的句子，当他再次通过考试时，“临轩发榜，特落之，曰：‘且去浅斟低唱，何要浮名。’”

后来有人推荐他，仁宗批了“且去填词”四字。仁宗的批语虽未必当真，但在当时却等于堵死了他的仕途，他以解嘲之语自称“奉旨填词柳三变”。此后在

汴京、杭州、苏州出入青楼妓院，过着一种流浪的生活。柳永于仁宗景祐元年（1034年）考取进士，曾授睦州团练推官、昌国州（今浙江定海）晓峰盐场监官、泗州判官等职。庆历三年（1043年），晏殊、范仲淹当政，柳永本可积官升迁，但“柳三变既以词忤仁庙，吏部不放改官”。“三变不能堪，诣政府，晏公曰：‘贤俊作曲子么?’三变曰：‘只如相公亦作曲子。’公曰：‘殊虽作曲子，不曾道彩线慵拈伴伊坐。’柳遂退。”（张舜民《画墁录》卷一）后来，柳永也曾在浙江等地做过几任小官，沉沦下僚，晚年官至屯田员外郎，死于润州（今江苏镇江），据说由歌妓聚钱殓葬，一说20年后润州知州王安礼“出钱葬之”。柳永著有《乐章集》，传词212首。

柳永在仕途被阻塞以后，选择了爱情与温情来对抗现实，体证生命。他说：“珊瑚筵上，亲持犀管，旋叠香笺。要索新词，殢人含笑立尊前。”（《玉蝴蝶》）这里已不是晚唐词对感官刺激的追求，也不是对奢靡生活的描绘，而是从这温柔的倾慕之中，确立了自己的生活方式，感受到了自己的存在价值，体证了自己生命的存在。与传统的生活相对抗，他觉得自己的生命价值不在于“恁驱驰、何时是了”的对功名利禄的追逐，而在于“又争似、却返瑶京，重买千金笑”（《轮台子·一枕清宵好梦》）的欢乐中。他沉浸在“应念念，归时节。相见了、执柔荑，幽会处、偎香雪”（《塞孤·一声鸡》）的感性生存体验中。他与歌妓建立了深厚的感情，甚至成为她们中的一员。下面这首词集中反映了柳永的这种心态：

> 自春来，惨绿愁红，芳心是事可可。日上花梢，莺穿柳带，犹压香衾卧。暖酥消，腻云亸，终日厌厌倦梳裹。无那。恨薄情一去，音书无个。
>
> 早知恁么，悔当初、不把雕鞍锁。向鸡窗、只与蛮笺象管，拘束教吟课。镇相随，莫抛躲。针线闲拈伴伊坐。和我。免使年少，光阴虚过。
>
> （《定风波》）

这个青楼女子十分单纯天真，她希望锁住情人的马，留住他的心，然后督令他在书房读书作文，陪伴着他在一旁做女红，恩恩爱爱过日子。柳永把她的心理活动刻画得鞭辟入里，惟妙惟肖，自己也幻化成了词中的男主人公。“针线闲拈伴伊坐”，不是外在的消遣，而是内在的生命状态。所以，柳永词中的爱情，也不再是一种游戏和玩弄，而是双方都共同沉浸与分担的深挚的情感，所以才会那样的动人。因此，对于柳永，我们绝不能仅仅把他看成一个“无行浪子”，而应该从时代的高度看到宋人对世俗生命的重视与显扬。

柳永的性格无疑是“异端”的，他不像当时的晏殊、欧阳修那样自重身份，不注意把握所谓的微妙尺度，他写“猥薄事”，用“猥薄语”，不与他表现的对象保持身份上的距离，而是真正化身伊人而为之“代言”。柳永将宋人忸怩遮饰的潜在的“词人格”张扬出来，当作自己的社会人格，把宋人不敢公示于人的情感的另一面肆无忌惮地宣示出来。柳永不是要拿词这种形式去表现什么，而是自身就生活在词的世界里，是以生命填词，他的词的独特的审美价值主要就在这里。柳永的人格也在一定程度上对僵固意识形态有突破作用，具有了新的意义。

第二节　新的题材与新的情感

与以往的词不同，柳永的词在题材上有了很大的突破。在他的词集中，有40多首是描绘城市的状况以及城市的生活情景的，几乎占到了他的全部词作的四分之一，对当时的汴京、杭州、苏州、长安、成都等地都有描绘。这在当时是一个了不起的成就。如描绘春日郊游的《木兰花慢》：

拆桐花烂漫，乍疏雨、洗清明。正艳杏烧林，缃桃绣野，芳景如屏。倾城。尽寻胜去，骤雕鞍绀幰出郊坰。风暖繁弦脆管，万家竞奏新声。

盈盈。斗草踏青。人艳冶、递逢迎。向路傍往往，遗簪堕珥，珠翠纵横。欢情。对佳丽地，任金罍罄竭玉山倾。拚却明朝永日，画堂一枕春酲。

这是对往日生活的追忆，可以说是一幅描写春日胜景和踏青者的欢乐心情的风俗画，表现了北宋承平时期的繁华气象。开头以简短而又有跳跃性的句子生动地刻画出清明乍雨、春花烂漫的物候特征，“拆”、“烧”、“绣”等字，笔墨饱满，动感十足。下片写游冶之乐，充满青春朝气的妇女栩栩如生。在这斗草踏青的游乐之中，人生的欢乐愉悦和满怀生机的春之节奏，相融为一，简直是生命和青春的颂歌。词作笔调明丽，风格欢快，在柳词中别具一格。再如《迎新春》：

嶰管变青律，帝里阳和新布。晴景回轻煦。庆嘉节、当三五。列华灯、千门万户。遍九陌、罗绮香风微度。十里然绛树。鳌山耸、喧天箫鼓。

渐天如水，素月当午。香径里、绝缨掷果无数。更阑烛影花阴下，少年人、往往奇遇。太平时、朝野多欢民康阜。随分良聚。堪对此景，争忍独醒归去。

此为依调名切题之作，写汴京元宵佳节的繁华热闹景象，沿时间进展将空间场景逐次罗列，于绛树彩灯、箫鼓罗绮的奢华里，穿插人的活动，渲染出一派祥和欢愉的情调。又如《凤归云》：

恋帝里，金谷园林，平康巷陌，触处繁华，连日疏狂，未尝轻负，寸心双眼。况佳人、尽天外行云，掌上飞燕。向玳筵、一一皆妙选。长是因酒沉迷，被花萦绊。

更可惜、淑景亭台，暑天枕簟。霜月夜凉，雪霰朝飞，一岁风光，尽堪随分，俊游清宴。算浮生事，瞬息光阴，锱铢名宦。正欢笑，试恁暂时分散。却是恨雨愁云，地遥天远。

着重写都市的冶游生活，将之平行展现在一年四季的时间画卷上，最后归束到珍重青春、及时行乐。这方面《抛球乐》很典型：

晓来天气浓淡，微雨轻洒。近清明，风絮巷陌，烟草池塘，尽堪图画。艳杏暖、妆脸匀开，弱柳困、宫腰低亚。是处丽质盈盈，巧笑嬉嬉，手簇秋千架。戏彩球罗绶，金鸡芥羽，少年驰骋，芳郊绿野。占断五陵游，奏脆管、繁弦声和雅。

向名园深处，争泥画轮，竞羁宝马。取次罗列杯盘，就芳树、绿阴红影下。舞婆娑，歌宛转，仿佛莺娇燕姹。寸珠片玉，争似此、浓欢无价。任他美酒，十千一斗，饮竭仍解金貂贳。恣幕天席地，陶陶尽醉太平，且乐唐虞景化。须信艳阳天，看未足、已觉莺花谢。对绿蚁翠蛾，怎忍轻舍。

写清明节的情景，以写景物为中心，同时渲染出了浓厚的游冶气氛，营造出了欢乐协调而又生机无限的氛围；巷陌烟草，弱柳艳杏，宝马画轮，妙舞清歌，俨然是一幅活生生的《清明上河图》。在这方面最著名的是描绘杭州城市的景色和经济状况的《望海潮》：

东南形胜，三吴都会，钱塘自古繁华。烟柳画桥，风帘翠幕，参差十万人家。云树绕堤沙。怒涛卷霜雪，天堑无涯。市列珠玑，户盈罗绮竞豪奢。

重湖叠巘清嘉。有三秋桂子，十里荷花。羌管弄晴，菱歌泛夜，嬉嬉钓叟莲娃。千骑拥高牙。乘醉听箫鼓、吟赏烟霞。异日图将好景，归去凤池夸。

写杭州的湖光山色和繁华富庶，壮丽的自然景色和繁盛热闹的城市活动浑然作一，声色辉映，但它不像上面几首浓艳世俗，别有清秀逸丽之韵致。词作巨细互衬，动静交映，将“承平气象，形容曲尽”，发人悠然远想。据《鹤林玉露》说，此词广为传唱，传到了金国，金主完颜亮“欣然有羡于‘三秋桂子，十里荷花’，遂起投鞭渡江之志”。足见此词的艺术魅力。

柳永词以表现爱情、艳情、歌妓的生活以及与歌妓交往的为多，约占《乐章集》的三分之二。这些词真实地反映了他和歌妓的交往和感情，也反映了歌妓的生活。妓女的社会地位极低，属于“贱民”，实为“奴隶”。在中国封建社会，妓女没有独立人格和社会地位，家妓可以任意买卖送人，被视为“牲畜”、“赌品”。宋代仍然鄙视妓女，士吏更不愿娶娼为妇，认为有污门庭，有辱祖宗。可是柳永冲破了这些正统的观念，往往以平等的态度来对待她们，他不仅不把歌妓们当作“贱民”，还常用最美好的词汇来赞美她们：“芳兰”、“好花”、“美音容”、“蕙质兰心”、“雅态妍姿”，认为她们善良、美丽、温柔，本质纯洁，他笔下的歌妓，如花之妖娆，水之洁净，兰之芬芳，成为他心目中的圣洁形象。因此，他与歌妓的交往与以往文人的狎妓取乐有着很大的不同，在他的笔下，这些歌妓就是有名有姓的活生生的人，而不只是为人玩弄的对象。如《木兰花》四阕依次写心娘、佳娘、虫娘、酥娘：

心娘自小能歌舞，举意动容皆济楚。解教天上念奴羞，不怕掌中飞燕妒。

玲珑绣扇花藏语，宛转香茵云衬步。王孙若拟赠千金，只在画楼东畔住。

（四之一）

佳娘捧板花钿簇，唱出新声群艳伏。金鹅扇掩调累累，文杏梁高尘簌簌。

鸾吟凤啸清相续，管裂弦焦争可逐。何当夜召入连昌，飞上九天歌一曲。

（四之二）

虫娘举措皆温润，每到婆娑偏恃俊。香檀敲缓玉纤迟，画鼓声催莲步紧。

贪为顾盼夸风韵，往往曲终情未尽。坐中年少暗销魂，争问青鸾家远近。

（四之三）

酥娘一搦腰肢袅，回雪萦尘皆尽妙。几多狎客看无厌，一辈舞童功不到。

星眸顾指精神峭，罗袖迎风身段小。而今长大懒婆娑，只要千金酬一笑。

（四之四）

这里没有对歌妓的鄙视与轻薄，相反，柳永以赞赏的口吻夸耀着她们的技艺与美貌，甚至还不乏艳羡之情。像这样的为歌妓题咏的词有20多首，除上面的以外，还有赞咏秀香的《昼夜乐·秀香家住桃花径》，赞咏瑶卿的《凤衔杯·有美瑶卿能染翰》，其中最著名的是写英英的《柳腰轻》：

英英妙舞腰肢软，章台柳、昭阳燕。锦衣冠盖，绮堂筵会，是处千金争选。顾香砌、丝管初调，倚轻风、珮环微颤。

乍入霓裳促遍，逞盈盈、渐催檀板。慢垂霞袖，急趋莲步，进退奇容千变。算何止、倾国倾城，暂回眸、万人肠断。

全词集中描绘了歌妓英英的美貌、歌声、舞姿与风姿，完全是从正面审视和评价，丝毫没有贬抑的意思。这虽然是为了替歌妓“品题”，但也真实地反映了柳永的心态、情感和当时的某种社会心理。

柳永以前的词人写词多是写女子对男子的思念，而柳永则放下了男人的架子，以平等的姿态，将男子的思念之情抒写得酣畅淋漓。如《小镇西》：

意中有个人，芳颜二八。天然俏、自来奸黠，最奇绝。是笑时、媚靥深深，百态千娇，再三偎著，再三香滑。

久离缺。夜来魂梦里，尤花殢雪。分明似旧家时节。正欢悦，被邻鸡唤起，一场寂寥，无眠向晓，空有半窗残月。

上片写意中人的音容笑貌，不避忌讳，有神态毕现之感；下片写梦中相逢，将自己的爱恋之意一览无余地泻出，可谓剥去了伪饰，真诚、直率而无顾忌。

不仅如此，柳永还真切地描绘了歌妓的情感世界，并对她们表现出深切的同情：“已受君恩顾，好与花为主。万里丹霄，何妨携手同归去。永弃却、烟花伴侣。免教人见妾，朝云暮雨。”（《迷仙引》）写歌妓将希望寄托在情人身上，希望脱离烟花苦海的迫切的心情：“留不得。光阴催促，奈芳兰歇，好花谢，惟顷刻。彩云易散琉璃脆，验前事端的。风月夜，几处前踪旧迹。忍思忆。这回望断，永作终天隔。向仙岛，归冥路，两无消息。”（《愁蕊香》）表达了对逝去的歌妓的真挚的惋惜和悼念。当然，我们也应该看到的是，柳永毕竟是封建文人，在他的词中，始终没有完全脱尽玩赏女性的意识，也始终带有一些放浪形骸乃至纵情声色的倾向。

在这类词中，《雨霖铃》是其中的代表作：

寒蝉凄切。对长亭晚，骤雨初歇。都门帐饮无绪，留恋处、兰舟催发。执手相看泪眼，竟无语凝噎。念去去、千里烟波，暮霭沉沉楚天阔。

多情自古伤离别。更那堪、冷落清秋节。今宵酒醒何处，杨柳岸、晓风残月。此去经年，应是良辰、好景虚设。便纵有、千种风情，更与何人说。

雨霖铃

词中主要人物是作为送行者的一位汴京歌妓，次要人物则为即将远游的词人自己。全词可分为“长亭饯别”、“江岸目送”和想像中的未来岁月的“空闺独守”三个场面。从章法看，上片写景，下片写情，层层铺叙，情景兼容。上片铺叙景物、事件，分写环境、场面以及离人去向；下片抒写情怀，又分写古人之情，自己当前分别之情以及别后相思之情。在重重铺叙和层层点染中，烘托出“杨柳岸、晓风残月”的意境，抒发了“便纵有、千种风情，更与何人说”的孤独与伤感。整首词意境宏阔而又细腻，情感缠绵悱恻而又深沉真挚，堪称“有我之境”的典范。所以如此，不仅只是融入了柳永的真情，更是因为融入了柳永的生命。

柳永还有一类词是感慨生平，自叙身世之作。如长调《戚氏》：

晚秋天。一霎微雨洒庭轩。槛菊萧疏，井梧零乱惹残烟。凄然。望江关。飞云黯淡夕阳间。当时宋玉悲感，向此临水与登山。远道迢递，行人凄楚，倦听陇水潺湲。正蝉吟败叶，蛩响衰草，相应喧喧。

孤馆度日如年。风露渐变，悄悄至更阑。长天净，绛河清浅，皓月婵娟。思绵绵。夜永对景，那堪屈指，暗想从前。未名未禄，绮陌红楼，往往经岁迁延。

帝里风光好，当年少日，暮宴朝欢。况有狂朋怪侣，遇当歌、对酒竞留连。别来迅景如梭，旧游似梦，烟水程何限。念利名、憔悴长萦绊。追往事、空惨愁颜。漏箭移、稍觉轻寒。渐呜咽、画角数声残。对闲窗畔，停灯向晓，抱影无眠。

全词三叠，212字。写羁旅孤独之情，以景物、身世、心绪营造出凄凉的意境，透辟明了而富有感染力。词作以时间为序，自黄昏写至将晓，循序渐进，层层揭示了自己的孤独与悲戚的情怀。词中的情感十分复杂，流连于绮陌红楼而未名未禄，名缰利锁的萦绊使旅途困顿，在对酒当歌与功名利禄之间难以选择。空惨愁颜，孤独无奈，也许正是柳永的人生情感。在这方面更著名的是《鹤冲天》：

黄金榜上，偶失龙头望。明代暂遗贤，如何向。未遂风云便，争不恣狂荡。何须论得丧。才子词人，自是白衣卿相。

烟花巷陌，依约丹青屏障。幸有意中人，堪寻访。且恁偎红翠，风流事、平生畅。青春都一饷。忍把浮名，换了浅斟低唱。

这应该是柳永的“明志”之作。无论这其中含有多少无奈、多少愤世嫉俗、多少自我解嘲和多少正话反说，但这毕竟是一次挑战和背叛。柳永不仕廊庙，也不隐山林，公然在青楼瓦肆间高张其帜，建立起一种为世俗所不容的价值规范和人生模式。我们应该看到的是，这里所体现的，恐怕不仅仅是个性的勇气，也还是各种历史因素的合力。

对世俗的功名利禄的否弃，对自身生命的重视，以个体的感性生活来抵抗和取代正统的价值观念，在柳永的词中表现得十分突出：

伫立长堤，淡荡晚风起。骤雨歇，极目萧疏，塞柳万株，掩映箭波千里。走舟车向此，人人奔名竞利。念荡子、终日驱驱，争觉乡关转迢递。

何意。绣阁轻抛，锦字难逢，等闲度岁。奈泛泛旅迹，厌厌病绪，迩来谙尽，宦游滋味。此情怀、纵写香笺，凭谁与寄。算孟光、争得知我，继日添憔悴。

（《定风波》）

别岸扁舟三两只。葭苇萧萧风淅淅。沙汀宿雁破烟飞，溪桥残月和霜白。渐渐分曙色。路遥山远多行役。往来人，只轮双桨，尽是利名客。

一望乡关烟水隔。转觉归心生羽翼。愁云恨雨两牵萦，新春残腊相催逼。岁华都瞬息。浪萍风梗诚何益。归去来，玉楼深处，有个人相忆。

（《归朝欢》）

越娥兰态蕙心。逞妖艳、昵欢邀宠难禁。筵上笑歌间发，舄履交侵。醉乡归处，须尽兴、满酌高吟。向此免、名缰利锁，虚费光阴。

（《夏云峰》）

晴烟幂幂。渐东郊芳草，染成轻碧。野塘风暖，游鱼动触，冰澌微坼。几行断雁，旋次第、归霜碛。咏新诗，手捻江梅，故人赠我春色。

似此光阴催逼。念浮生、不满百。虽照人轩冕，润屋珠金，于身何益。一种劳心力。图利禄，殆非长策。除是恁、点检笙歌，访寻罗绮消得。

（《尾犯》）

在这些词中，柳永将爱情与功名利禄放在同一层面上加以比较，充分表现了对爱情的向往，对感性生活的追求，对时光的珍视和对生命的体悟，而对世俗的功名利禄，则看得殊为无谓。这种对本真情感的大胆张扬与肯定，足以表明柳永的人格中已经具有了新的因素。

第三节　柳永词的艺术成就

柳永的词在当时流传极广，叶梦得《避暑录话》说："凡有井水饮处，即能歌柳词。"柳永是北宋第一个专力写词的作家，在词的体制结构、表现手法以及语言风格等方面都有创新，对词的发展史有着突出的贡献。

第一，柳永大量创制新的词调，大量改制，特别是发展了慢词。

在柳永以前，词以小令为主，不适合歌女的演唱和表达丰富复杂的思想情感。《避暑录话》说："教坊乐工，每得新腔，必求永为辞，始行于世，于是声传一时。""新腔"一般都是慢词长调（慢词与音乐节奏的舒缓绵长有关，长调是按字数的长短而分的。二者既有区别又有联系），慢词虽非柳永始创，但经过柳永的努力，慢词大行于世，成为词的常用形式。在《乐章集》中，如以 62 字为小令和慢词的分界，那么柳永的慢词就有 180 余首，小令仅有 20 多首，即使以 80 字为界，慢词也有 60 多首。这种比例，在柳永以前及同代词人那里是没有的。柳永创制慢词长调的方法主要有两种：其一，衍短为长，化旧为新。李清照在《词论》中说："柳屯田永者，变旧声作新声，出《乐章集》，大得声称于世。"这是说柳永用旧曲调名创制慢词，曲调名虽相同，但声情字数却大不相同，如上面引述的《抛球乐》，其旧曲是 30 字，柳永却写了 188 字；柳永还从五代旧曲中选取只有曲名而无歌词者制成慢词长调。其二，自制新调或改换宫调。《黄莺儿》、《望海潮》等就是柳永自创的慢词新调，这些新调往往明其首创，咏其本事，如《黄莺儿·园林晴昼春谁主》咏春天，《望海潮·东南形胜》咏钱塘等；他还根据民间的新声创制新调，如《殢人娇·当日相逢》、《合欢带·身材儿早是妖娆》、《郭郎儿近拍·帝里》等。另外，柳永精通音律，他运用音乐曲式和节奏的不同来创制新调，使得令引近慢等诸种词的体式趋向完备。《乐府余论》中说："耆卿失意无俚，流连坊曲，遂尽收俚俗语言，编入词中，以便伎人传习。一时动听，散播四方。其后东坡、少游、山谷辈，相继有作，慢词遂盛。"足见柳永词在词史上的地位。

第二，在艺术手法上，柳永词极其善于铺叙，表现手法多样。

清人冯煦评论说："耆卿词曲处能直，密处能疏……状难状之景，达难达之情，而出之以自然，自是北宋巨手。"（《蒿庵论词》）柳永词善于在铺叙中渲染情感，将情景层层展开，层层推进，渐至极境，吸收了辞赋和骈文的长处。《望海潮·东南形胜》被称为“用词体写的杭州赋”，《雨霖铃·寒蝉凄切》又被称为“带有叙事性的剧曲”。再如《采莲令》：

月华收，云淡霜天曙。西征客、此时情苦。翠娥执手送临歧，轧轧开朱户。千娇面、盈盈伫立，无言有泪，断肠争忍回顾。

一叶兰舟，便恁急桨凌波去。贪行色、岂知离绪，万般方寸，但饮恨，脉脉同谁语。更回首、重城不见，寒江天外，隐隐两三烟树。

词写男女离别的整个过程。上片的前四句是写别前的景色和心情，后六句以时间顺序描写了惜别的过程和心境；下片前七句写别后江上回顾思念的心境，最后写越行越远，江城望断的悲伤。其中以时间为纵轴，将地点和情景逐一交代出来，在层层的铺叙中，把惜别的情景表现得十分生动与完整。在铺叙中描写细腻感情，将写景与抒情融合在一起，也是柳永词的突出的艺术特色。如《尾犯》：

夜雨滴空阶，孤馆梦回，情绪萧索。一片闲愁，想丹青难貌。秋渐老、蛩声正苦，夜将阑、灯花旋落。最无端处，总把良宵，只恁孤眠却。

佳人应怪我，别后寡信轻诺。记得当初，翦香云为约。甚时向、幽闺深处，按新词、流霞共酌。再同欢笑，肯把金玉珠珍博。

从铺叙的角度看，上片写孤馆思念的情景，夜雨、空阶、孤馆、梦回、闲愁、蛩声、灯、孤眠，将时间、地点、情感、景色描绘得可谓不厌其烦而又不使人觉得重复累赘；下片写想像、回忆和愿望，在铺叙中层层递进，细腻深微。从整体看，无论是叙事还是写景，都是以抒情为中心的，词中的事和景染上了浓重的情感色彩，都是从情中自然流出的。因此，柳永词的铺叙的艺术方法绝不仅仅是事件和物象的简单连缀和罗列，而是表达情感的一种方式。

第三，柳永词有俗有雅，慢词与小令兼善，风格多样。

俗者多以口语入词，自然妥帖，十分贴近当时的生活情景。如《忆帝京》：

薄衾小枕天气，乍觉别离滋味。展转数寒更，起了还重睡。毕竟不成眠，一夜长如岁。

也拟待、却回征辔。又争奈、已成行计。万种思量，多方开解，只恁寂寞厌厌地。系我一生心，负你千行泪。

写别后的相思，几乎全是用口语写成，自然流畅，了无雕饰痕迹，是以口语入词的代表作。另外如：

坠髻慵梳，愁蛾懒画，心绪是事阑珊。觉新来憔悴，金缕衣宽。认得这疏狂意下，向人诮譬如闲。把芳容整顿，恁地轻孤，争忍心安。

依前过了旧约，甚当初赚我，偷翦云鬟。几时得归来，香阁深关。待伊要、尤云殢雨，缠绣衾、不与同欢。尽更深、款款问伊，今后敢更无端。

（《锦堂春》）

明月明月明月。争奈乍圆还缺。恰如年少洞房人，暂欢会、依前离别。

小楼凭槛处，正是去年时节。千里清光又依旧，奈夜永、厌厌人绝。

（《望汉月》）

融合了日常的口语，其情感也自然真实，更加世俗化。柳永词至今为多数文人所非笑诟病的地方，还是他来自并效法俚歌的抒情方式，即坦直刻露，但实际上这是一种文学的进步，也是文学发展的必由之路和必然规律。

柳永善为“俗词”，但并非不能“雅”，《八声甘州》就是一首典型的“雅”词：

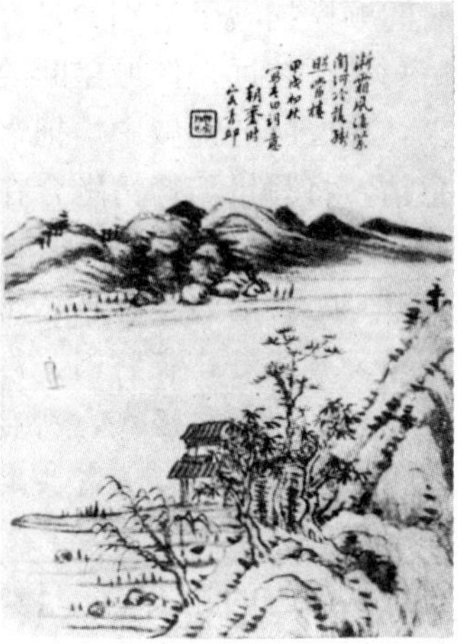
八声甘州

对潇潇、暮雨洒江天，一番洗清秋。渐霜风凄惨，关河冷落，残照当楼。是处红衰翠减，苒苒物华休。惟有长江水，无语东流。

不忍登高临远，望故乡渺邈，归思难收。叹年来踪迹，何事苦淹留。想佳人、妆楼颙望，误几回、天际识归舟。争知我、倚阑干处，正恁凝愁。

此词写羁旅行役，也是柳永词的重要的主题。这类作品，真实地反映了作者的漂泊之苦，也展现了封建文人的不幸命运，是柳永的又一个新贡献。该词起句高远，熔铸前人诗句，气象宏大，数句间即描绘出冷落萧瑟的深秋景致，对大化流行的刚健不息，深为体认，在低沉的情调中烘托出深厚高远的意境，为下片相思开辟了境界。“误几回、天际识归舟”系从谢朓的“天际识归舟，云中辨江树”化来，“是处红衰翠减”是从李商隐的“此花此叶常相映，翠减红衰愁杀人”化来。对此词，苏轼高度评价道：“人皆言柳耆卿词俗，如‘霜风凄紧，关河冷落，残照当楼’，唐人佳处，不过如此……”（杨慎《词品》卷三）《白雨斋词话》也评论说：“如柳耆卿‘对潇潇暮雨洒江天’一章，情景兼到，骨韵俱高。”（卷五）历代对柳永的“俗词”多有否定，但对于此类“雅词”，却是一片赞扬之声。

柳永的小令也很有成就。如《凤栖梧》：

伫倚危楼风细细，望极春愁，黯黯生天际。草色烟光残照里，无言谁会凭阑意。

拟把疏狂图一醉，对酒当歌，强乐还无味。衣带渐宽终不悔，为伊消得人憔悴。

上片写盼望离人归来的心情，危楼极望，愁生天际，草色天光，无人会意，大有婉约之致，接近“雅词”；下片直写对酒当歌，疏狂图醉，尤其是最后一句，大声疾呼，了无遮拦，多有“豪放”的意味，更倾向“俗词”。实际上，在柳永的词里，更多的是“雅”与“俗”的融合。

柳永词对后世影响很大。苏轼称婉约派之宗的秦观是“学柳七作词”（《唐宋诸贤绝妙词选》），蔡嵩云认为“至其（柳永）佳词，则章法精严，极离合顺逆贯串映带之妙，下开清真、梦窗词法……”（《柯亭词论》），一代词宗的苏轼也不敢忽视柳永词，也要关心“我词比柳词何如”（俞文豹《吹剑续录》）。这些都说明了柳永词的历史地位。

关键概念

《乐章集》　　　　　慢词

思考题

1. 举例说明柳永词在题材上的新的特点。
2. 简述柳永词的艺术特点及在词史上的地位。

第十八章

晏殊、晏几道：对生存的深情体味与彩云易散的伤感

晏殊、晏几道父子合称“二晏”。“二晏”的词在内容和风格上有近似之处，他们的词在题材的选择上可归为两大类，一是对自然、爱情以及种种富有生命活力现象的讴歌和叹咏，一是对压抑、摧残生命生存发展的暴力的鞭笞。在艺术上，往往用委婉、曲折、细腻而又时显激烈的形式表现出来，有时体现为对赤诚、烈焰般情爱的叹颂，有时又表现为身陷窘境、无力挣脱的惆怅。在二者形成的张力中，“二晏”的词表现出了对正当爱情的追求，对生命体悟的向往，对美好生活的崇尚以及对理想生存状态的憧憬，这构成了“二晏”词的基本特点，也是其艺术魅力所在。应该说，“二晏”词是那个特定时代和他们特定的生活经历相融合的产物。

第一节　晏殊的词：对生存的深情体味

晏殊（991—1055），字同叔，抚州临川（今属江西）人。少聪慧，力于学。景德二年（1005年），以神童召试，与进士千余人并试廷中，神气不慑，援笔立成，声哗朝野，为真宗赏识，赐同进士出身，使读于秘阁。在朝廷的祭祀、游宴等各项活动中显示出了出色的才干，为真宗重视，擢升很快，28岁为知制诰，

30岁为翰林学士。在真宗在朝的15年中，晏殊不断擢升。仁宗朝亦受重用。晏殊生活清俭，为官清正，待人诚恳，笃学不倦。为人性格刚简，多次忤太后旨而不惧。“平居好贤，当世知名之士，如范仲淹、孔道辅皆出其门，及为相，益务进贤材，而范仲淹、富弼皆进用，至于台阁，多一时之贤”（《宋史·晏殊传》）。晏殊官至同平章事，集贤殿大学士，兼枢密使，卒官江西。

晏殊少年早达，虽小有波折，但总的看来仕途显达，生活优裕。晏殊死谥元献，世称晏元献，著有《珠玉词》，有词122首，绝大部分是小令，是宋初最重要的小令作家。其词多表现优游的生活和幽微的心境，表现了对人的生存状态的深情体味。在艺术上既珠圆玉润，又显得清新自然，多有可取之处。

晏殊词在很多情况下都表现出对感性生命的重视。如：

> 一曲新词酒一杯，去年天气旧亭台。夕阳西下几时回？
> 无可奈何花落去，似曾相识燕归来。小园香径独徘徊。
>
> （《浣溪沙》）

浣溪沙

上片首句描绘的是富贵闲人的诗酒生活，空间的固定与时间的停滞透显出作者对这种生活的沉溺，更隐含着作者对这种生活永不改变的期冀。“夕阳西下几时回”一句，与“昼短苦夜长，何不秉烛游”的“为乐当及时”（《古诗十九首·生年不满百》）、“客散酒醒深夜后，更持红烛赏残花”（李商隐《花下醉》）的“汲汲顾景唯恐不及”、“只恐夜深花睡去，更烧高烛照红妆”（苏轼《海棠》）与物同在同乐不一样，显示出的是对感性生命的钟情和对美好时光的留恋与追逐。该句在审美结构上的重要功能是为全词划定了一个封闭的审美空间，不仅为上句的审美时间过程提供了空间归宿，也为最后一句做出了铺垫。下片首句典型地表现了中国悲剧意识的重要特征——在暴露困境的同时又弥合困境。“无可奈何花落去，似曾相识燕归来”，小园中的诗酒生活并不是没有悲伤，但“无可奈何花落去”与“春去也，飞红万点愁如海”（秦观《千秋岁》）的深哀巨痛相比，其情绪可谓如片羽之轻盈，况且“似曾相识燕归来”足可弥补花落的感伤，深寓生活往来不绝之意。以“小园香径独徘徊”收住全词，展示的是对生活与生命的深情体味，也是抒情主体在审美空间中的落实。全词循环往复的情感体味中划定了审美空间，又在审美空间中落实了人的情感归宿，是典型的化时间为空间的审美结构。

一向年光有限身，等闲离别易销魂。酒筵歌席莫辞频。
满目山河空念远，落花风雨更伤春。不如怜取眼前人。

（《浣溪沙》）

据多种资料记载，晏殊喜宾客，每有嘉客必留，留亦必以歌乐相佐，日以饮酒赋诗为乐，佳时胜日，未尝辄废。看来，词中记载的是晏殊的真实生活。中国文化中的悲剧意识主要源自人生的有限性，该词的第一句就对此进行了极其鲜明的提撕——片刻的时光，有限的生命；第二句是写在这种悲剧意识的观照下，一切生活细节都显示出了不同的面貌，人也会变得特别的敏感——哪怕是等闲的离别，也容易使人伤感。然而，如何消解这种悲剧意识，晏殊指出的方向不是超越，而是回避——“酒筵歌席莫辞频”。

过片一句至第二句是设想之辞：若是登临之际，放眼河山，即便思念远别的亲友，也是徒然；若是独处家中，眼见风雨摧落了繁花，更会令人感伤春光易逝。这两句以健笔写闲情，刚柔一体，意境莽苍，气象宏阔。但结拍并未延续这种意境风格，而是陡然一转，以“怜取眼前人”的质实消解了“空念远”和“更伤春”带来的悲剧感，与上片形成了紧密的呼应。与上词的“无可奈何花落去，似曾相识燕归来”相比，该词对悲剧意识的消解方式突出的是主观选择，上词突出的是悲剧意识弥合的客观性。该词以深刻的悲剧意识起，以庸常的现实生活结，缺乏起码的超越意识，较为典型地表现了当时的思想状态。在汉唐政治本体消解之后，文化本体开始建立，在文化本体中，“情本体”是其重要的组成部分。但晏殊词的“情”更多地还限定在感性生命的层面上，直到苏轼词，才将情上升到本体的高度。

在富贵优游的生活中，晏殊的词很善于表现对人的生存状态的细腻而又深情的体味。如：

小阁重帘有燕过，晚花红片落庭莎。曲阑干影入凉波。
一霎好风生翠幕，几回疏雨滴圆荷。酒醒人散得愁多。

（《浣溪沙》）

写优游的情景，小阁燕过，晚花落庭，阑影入波，好风生幕，疏雨滴荷，情景越是美好，就越是“酒醒人散得愁多”。这种因欲求超越而未得导致的“闲愁”情绪状态在宋词中表现得比唐诗中要充分得多，这是宋代以文化为本体的时代特征决定的。

春风不负东君信，遍拆群芳。燕子双双，依旧衔泥入杏梁。

须知一盏花前酒，占得韶光。莫话匆忙，梦里浮生足断肠。

（《采桑子》）

美好的时光永恒地轮转，不会消歇，人所要做的就是占住韶光，不使流逝。

这些词笼罩在一片轻愁之中，因情景的精微细腻，这些轻愁又显得恬淡、悠远而又深邃。

伤春悲秋也是晏殊词的重要主题。如：

小径红稀，芳郊绿遍。高台树色阴阴见。春风不解禁杨花，濛濛乱扑行人面。

翠叶藏莺，珠帘隔燕。炉香静逐游丝转。一场愁梦酒醒时，斜阳却照深深院。

（《踏莎行》）

暮春晚景，浅酒轻愁，一齐融入了幽微的心境，对春天的轻轻的爱惜和挽留以至使人觉察不到。斜阳深院中酒醒后的春愁到底是什么？其实就是生命作为一种存在状态的“深深”的迷惘。这种迷惘对于人来讲如影随形，人一旦平静下来探询文化本体时，它就必然会出现。

绿杨芳草长亭路，年少抛人容易去。楼头残梦五更钟，花底离愁三月雨。

无情不似多情苦，一寸还成千万缕。天涯地角有穷时，只有相思无尽处。

（《木兰花》）

临秋相思，逢春伤感，但慕而不怨，苦而不凄，正是晏殊词的本色。

芙蓉金菊斗馨香，天气欲重阳。远村秋色如画，红树间疏黄。

流水淡，碧天长，路茫茫。凭高目断，鸿雁来时，无限思量。

（《诉衷情》）

悲秋而不凄凉，相思而不铭心刻骨，在疏淡与闲散中透显出自得与自足的情致。

时光只解催人老，不信多情。长恨离亭。泪滴春衫酒易醒。

梧桐昨夜西风急，淡月胧明。好梦频惊。何处高楼雁一声。

（《采桑子》）

将对时光的温柔的感受和对好梦好景的珍惜展现得淋漓尽致。

槛菊愁烟兰泣露，罗幕轻寒，燕子双飞去。明月不谙离恨苦，斜光到晓穿朱户。

昨夜西风凋碧树，独上高楼，望尽天涯路。欲寄彩笺兼尺素，山长水阔知何处？

（《蝶恋花》）

离情与秋思真如“山长水阔”，精丽的物象和华美的语言使人觉得如锦心绣口连吐珠玉，满地散落而不及收拾。但其真正的艺术魅力来源于通过描写男女之间的离愁别绪来揭示了人与宇宙情怀和历史本体的疏离感。有了这种身体和心灵皆无着落的疏离感，即便双宿双飞的情侣读了此词也会油然而生怅惘之情；无此疏离感，即便是“艰难苦恨”也会领之如饴。这种疏离感是人的有限性在直面历史、自然与人生时的必然反映，是悲剧意识的根源，而这种疏离状态却又正是人生中的常态。疏离感的产生意味着悲剧意识的觉醒，“山长水阔知何处”因而成为具有普遍意义的追问，导向的必然是价值的崛立。

晏殊词也有悼亡的内容。如：

池塘水绿风微暖，记得玉真初见面。从头歌韵响铮琮，入破舞腰红乱旋。

玉钩帘下香阶畔，醉后不知红日晚。当时共我赏花人，点检如今无一半。

（《玉楼春》）

不仅是悼亡，更重要的是对逝去的美好情景的追忆和惋惜，与一般的悼亡词又有所不同。

晏殊的一些写人咏物的词也很出色。如《渔家傲》：

嫩绿堪裁红欲绽，蜻蜓点水鱼游畔。一霎雨声香四散。风飐乱，高低掩映千千万。

总是凋零终有恨，能无眼下生留恋。何似折来妆粉面。勤看玩，胜如落尽秋江岸。

上片写塘中绿荷春夏期间的美丽多姿，风情万种；下片写秋来凋零的情景，大有怜香惜玉之态。整首词则借咏荷表达了对美人迟暮的惋惜和“怜取眼前人”的情感。

晏殊的词也多写美人歌女的愁怨，其中不乏佳作，而写村姑莲女的几首词则尤为出色，如《渔家傲》：“越女采莲江北岸，轻桡短棹随风便。人貌与花相斗艳。流水慢，时时照影看妆面。莲叶层层张绿伞，莲房个个垂金盏。一把藕丝牵不断。红日晚，回头欲去心撩乱。”莲花与人面争艳，有缠绵不尽之意。有的词则清新自然，富有生活气息。如《破阵子》：

燕子来时新社，梨花落后清明。池上碧苔三四点，叶底黄鹂一两声，日长飞絮轻。

巧笑东邻女伴，采桑径里逢迎。疑怪昨宵春梦好，元是今朝斗草赢，笑从双脸生。

通过描写清明时节的一个生活片断，展现出少女身上的青春活力，充满了欢乐气氛。全词纯用白描，笔调活泼，风格朴实，形象生动，描写采桑少女嬉戏的情景，已经脱去了富贵闲愁风格。

晏殊的词在唐宋文化的比较中具有典型的意义。酒在李白那里，是追询天地的媒介；而晏殊饮酒则是为了通向审美。同样是爱美景，李白更多的是对青春的眷恋；晏殊则显露出浓重的晚景意识，汲汲顾景唯恐不及。对生活细节的体味上，杜甫是要建立意义，而晏殊则倾向体味心境、心情。在晏殊那里，生命趋向审美化，而审美趋向世俗化，世俗又开始趋向本体化。悲剧意识在晏殊那里也开始了弱化的转向，往往以沉溺现实的方式加以消解。在晏殊的词中，价值问题似乎已不重要，不需要焦虑了，对生存的确认成为第一要务；他更注重追问“时间是什么”，追问的结论不是趋向死亡，而是趋向对生存细节的感受，感性生活的丰富和平淡成为摆脱时间神秘性和解除时间威胁的唯一方法。即便这样，晏殊的词仍然不乏追问，这成为价值崛起的动力。

在艺术上，晏殊的词笔调闲雅，有委婉畅达之致，这与他爱好陶渊明、韦应物的诗有关，而且理致深蕴，在淡雅中另有一种深情，这就是人们所说的晏殊词有“过人之情”。另外，晏殊词描写富贵生活而无雕饰的痕迹，描写男女之情也无轻薄之语。

前人对晏殊的词评价甚高，如李之仪、黄庭坚等对他推崇备至，近人冯煦在《宋六十一家词选例言》中称晏殊为“北宋倚声家初祖”。实际上，晏殊的词希望以歌颂太平为出发点，在艺术上又追求“气象”，在一定程度上以诗境入词境，使诗词在审美趣味上相互融通，在这一方面几乎臻于完美。另外，讲究音律也使他的词对后世词的音律美产生了一定的影响。但是，题材的褊狭终究限制了他的词的总体价值。

第二节　晏几道词：彩云易散的怀旧心态

晏几道（1030？—1106?），晏殊幼子，字叔原，号小山。20岁时其父亡故，生活曾一度贫困，曾监许田镇，不久即免。据传曾为郑侠流民图一案吃过官司，家境由此一败涂地，晚年几乎衣食不继。著有《小山词》。黄庭坚对他的为人和才性有中肯的评价，说：“（小山）磊隗权奇，疏于顾忌。文章翰墨，自立规模，常欲轩轾人，而不受世之轻重。诸公虽爱之，而又以小谨望之。遂陆沉于下位。平生潜心六艺，玩思百家，持论甚高。”又说：“叔原，固人英也，其痴亦自绝人。人爱叔原者，皆愠而问其旨。曰‘仕宦逆蹇，而不能一傍贵人之门，是一痴也。论文自有体，不肯作一新进士语，此又一痴也。费资千百万，家人饥寒，而又有孺子之色，此又一痴也。人百负之而不恨，己信人，终不疑欺己，此又一痴也。’乃共以为然。”（《小山词序》）可见其淳朴忠厚，轻宦重义以及孤高自标的个性特征。

《小山词》中，十之七八是描写恋情的，其中屡屡提到与莲、鸿、苹、云四位歌女的交往。在《小山词》自序中说：“往与二三忘名之士，浮沉酒中。病世之歌词，不足以析酲解愠，试续南部诸贤，作五七字语，期以自娱。不皆叙所怀，亦兼写一时杯酒间闻见，及同游者意中事。尝思感物之情，古今不异。窃谓篇中之意，昔人定已不遗，第今无传耳。故今所制，通以补亡名之。始时沈十二廉叔、陈十君龙家，有莲、鸿、苹、云，工以清讴娱客，每得一解，即以草授诸儿，吾三人听之，为一笑乐。”后沈匆匆下世，陈病瘫在床，歌姬流落民间，晏几道曾多有怀念。如：

柳下笙歌庭院，花间姊妹秋千。记得春楼当日事，写向红窗夜月前。凭谁寄小莲。

绛蜡等闲陪泪，吴蚕到了缠绵。绿鬓能供多少恨，未肯无情比断弦。今年老去年。

（《破阵子》）

小梅枝上东君信，雪后花期近。南枝开尽北枝开，长被陇头游子、寄春来。

年年衣袖年年泪，总为今朝意。问谁同是忆花人？赚得小鸿眉黛、也低颦。

（《虞美人》）

小颦若解愁春暮，一笑留春春也住。晚红初减谢池花，新翠已遮琼苑路。

湔裙曲水曾相遇，挽断罗巾容易去。啼珠弹尽又成行，毕竟心情无会处。

（《木兰花》）

秋风不似春风好，一夜金英老。更谁来凭曲阑干。惟有雁边斜月、照关山。

双星旧约年年在，笑尽人情改。有期无定是无期。说与小云新恨、也低眉。

（《虞美人》）

临江仙

对往日恋情的追忆，对境遇的感伤，对歌女生活的描述和同情是小晏词的主要内容。如《蝶恋花·醉别西楼醒不记》表现这种感情也很典型："醉别西楼醒不记。春梦秋云，聚散真容易。斜月半窗还少睡，画屏闲展吴山翠。衣上酒痕诗里字。点点行行，总是凄凉意。红烛自怜无好计，夜寒空替人垂泪。"所谓"醒不记"乃是不忍记，然而"衣上酒痕诗里字"，这"点点行行"如何又不记？分别前后的欢愉和悲伤都被曲曲折折而又浓墨重彩地渲染出来。

最有代表性的是下面两首：

梦后楼台高锁，酒醒帘幕低垂。去年春恨却来时，落花人独立，微雨燕双飞。

记得小苹初见，两重心字罗衣，琵琶弦上说相思。当时明月在，曾照彩云归。

（《临江仙》）

此词即写与小苹的感情。词作层次分明，蕴藉深沉，对仗工整流畅，结拍二句含不尽之意于言外。全词流丽俊爽，闲雅沉静，为一时之冠。

彩袖殷勤捧玉钟，当年拼却醉颜红。舞低杨柳楼心月，歌尽桃花扇底风。

从别后，忆相逢，几回魂梦与君同。今宵剩把银釭照，犹恐相逢是梦中。

（《鹧鸪天》）

写与歌女重逢时的情景，今昔互衬，悲喜交集，形象鲜明生动，当时曾广为传唱。

晏几道词也表现出对爱情的珍惜，如“初心已恨花期晚，别后相思长在眼。兰衾犹有旧时香，每到梦回珠泪满。多应不信人肠断，几度夜寒谁共暖。欲将恩爱结来生，只恐来生缘又短”（《木兰花》）。对爱情的追求的强烈有时几乎显得过于直白，如“花信来时，恨无人似花依旧。又成春瘦。折断门前柳。天与多情，不与长相守。分别后，泪痕和酒。沾了双罗袖”（《点绛唇》）。情感真挚而强烈，感人肺腑。此外像“玉楼深处绮窗前。梦回芳草夜，歌罢落梅天”，写爱怜之意；“酒醒长恨锦屏空。相寻梦里路，飞雨落花中”，绘惆怅之情；“与谁同醉采香归。去年花下客，今似蝶分飞”，述离别之苦；等等。这些词句多有具体怜爱的对象，是至情的流露，非泛泛言情可比。

对青春易逝的感伤也是晏几道词的内容之一，如“守得莲开结伴游，约开萍叶上兰舟。来时浦口云随棹，采罢江边月满楼。花不语，水空流，年年拼得为花愁。明朝万一西风动，怎奈朱颜不耐秋”（《鹧鸪天》）。“东风又作无情计，艳粉娇红吹满地。碧楼帘影不遮愁，还似去年今日意。”（《玉楼春》）这些词句惜春花之易凋，叹云雾之难聚，悲时光之流逝，往往有着动人之处。

但总的看来，“当时明月在”的怀旧心态和彩云易散的伤感情调在晏几道词中占有主要的地位。如：

秋千院落重帘暮，彩笔闲来题绣户。墙头丹杏雨余花，门外绿杨风后絮。

朝云信断知何处，应作襄王春梦去。紫骝认得旧游踪，嘶过画桥东畔路。

（《木兰花》）

离多最是，东西流水，终解两相逢。浅情终似，行云无定，犹到梦魂中。

可怜人意，薄于云水，佳会更难重。细想从来，断肠多处，不与者番同。

（《少年游》）

红尘陌上游，碧柳堤边住。才趁彩云来，又逐飞花去。

深深美酒家，曲曲幽香路。风月有情时，总是相思处。

（《生查子》）

年光正似花梢露，弹指春还暮。翠眉仙子望归来，倚遍玉城珠树。岂知别后，好风良月，往事无寻处。

狂情错向红尘住，忘了瑶台路。碧桃花蕊已应开，欲伴彩云飞去。回思十载，朱颜青鬓，枉被浮名误。

（《御街行》）

柳阴庭院杏梢墙，依旧巫阳。凤箫已远青楼在，水沉谁、复暖前香。临镜舞鸾离照，倚筝飞雁辞行。

坠鞭人意自凄凉，泪眼回肠。断云残雨当年事，到如今、几处难忘。两袖晓风花陌，一帘夜月兰堂。

（《风入松》）

风梢雨叶，绿遍江南岸。思归倦客，寻芳来最晚。酒边红日初长，陌上飞花正满。凄凉数声弦管。怨春短。

玉人应在，明月楼中画眉懒。鱼笺锦字，多时音信断。恨如去水空长，事与行云渐远。罗衾旧香余暖。

（《扑蝴蝶》）

随着阅历的加深，晏几道由寻芳问艳开始认识到歌妓的悲苦与酸辛，在一些词中描写了她们幽微的心理，并寄予了真切的同情。如《浣溪沙》：

日日双眉斗画长，行云飞絮共轻狂。不将心嫁冶游郎。

溅酒滴残歌扇字，弄花熏得舞衣香。一春弹泪说凄凉。

在巧装细饰，争歌斗舞的背后，隐含着“不将心嫁冶游郎”的情形的认识，而“一春弹泪说凄凉”更是将前面所有的欢笑歌舞一笔荡尽，使其更加映衬出欢愉背后的悲辛。再如《菩萨蛮》：

哀筝一弄湘江曲，声声写尽湘波绿。纤指十三弦。细将幽恨传。

当筵秋水慢，玉柱斜飞雁。弹到断肠时，春山眉黛低。

哀筝、湘波、纤指、幽恨、断肠等词联翩而出，映衬出歌妓的难以言传的幽恨，而“春山眉黛低”则将人情移于春山，活画出了一个低眉俯首而又胸含愁怨的歌妓形象。

晏几道的词艺术手法多样。他很少使用铺陈的手法，而是善于以情景交融营造出一幅令人回味的画面，而且章法多变，讲究起承转合，虽是小令，也显得波澜起伏。在语言上，往往将绮丽精工蕴涵在自然朴素之中，寓意深长。

晏几道的词风，颇接近李煜前期的词风，但没有冲破“词为艳科”的藩篱。

《小山词》收词260余首，多数为小令。晏几道本人遭际坎坷，于是情寄文辞，以词曲为乐，黄庭坚说他的词“嬉弄乐府之余而寓以诗人句法，精壮顿挫，能动摇人心”，后来的论者多称赞其词作清丽婉转，如珠转玉盘，聪俊深婉，为“措词婉妙，则一时独步”（陈廷焯《白雨斋词话》卷一）。

关键概念

《珠玉词》　　《小山词》

思考题

1. 举例说明晏殊词的内容与艺术特点。
2. 举例说明晏几道词的内容与艺术特点。

21世纪通才教育系列教材

第十九章

范仲淹、欧阳修、张先等宋初其他词人

第一节 范仲淹词：在边塞诗与豪放词之间

范仲淹（989—1052），字希文，苏州吴县人，为北宋著名的政治家和文学家。两岁而孤，随母改适淄川朱氏。后知其家世，泣而辞母，入学苦读，真宗大中祥符八年（1015年）中进士，迎母归养，始复范姓。曾守睦州、苏州。因上书触犯宰相吕夷简而贬知饶州，于仁宗康定元年（1040年）出任陕西经略安抚副使兼知延州（今陕西延安），抗击西夏，与韩琦协力疆防。庆历三年（1043年）任枢密副使，参知政事，与杜衍、韩琦、富弼同时执政，条陈10项改革措施，称为“庆历新政”。后因新政多罢，范仲淹自请外任，卒于赴任徐州的途中。范仲淹的政论文如《上执政书》等表现了爱国爱民的思想，《岳阳楼记》表现了“不以物喜，不以己悲”，“先天下之忧而忧，后天下之乐而乐”的思想。军旅生活不仅拓展了他的艺术视野，丰富了他的人生感受，也改变了他的古文。他是集政治改革与文风改革于一身的典型人物，把文风改革和政治改革看成是二而一的事。他在《奏上时务书》中说：“臣闻国之文章，应于风化，风化厚薄，见乎文章。是故观虞夏之书，足以明帝王之道；览南朝之文，足以知衰靡之化。故圣人之理天下也，文弊则救之以质，质弊则救之以文。质弊而不救，则晦而不彰；文弊而不救，则华而将落。前代之季，不能自救，以至于大乱，乃有来者起而救之。故文章之薄，则为君子之忧；风化其坏，则为来者之资。圣帝明王，文质相救，在乎己不在乎人。”他在《上时相议制举书》中也说：“今文庠不振，师道久缺，为学者不根乎经籍，从政者罕议乎教化，故文章柔靡，风俗巧伪，选用之际，常患才难。”在这里，范仲淹更进一步申明了“风俗巧伪”与政治腐败是孪生兄弟，希望通过“厚其风化”、“兴复古道”、“救斯文之薄”，来矫正“师道”，培养人才，改变风俗，进而推进政治改革，走的正是一条从思想入手而进行政治改革的正确道路。

范仲淹当时并不以词知名，但流传下来的为数不多的几首词却已经廓大深沉，很受重视。像《苏幕遮》：

碧云天，黄叶地，秋色连波，波上寒烟翠。山映斜阳天接水，芳草无情，更在斜阳外。

黯乡魂，追旅思，夜夜除非，好梦留人睡。明月楼高休独倚，酒入愁肠，化作相思泪。

描绘秋景，抒羁旅乡思，本是诗词惯用的题材，但范词却以激越豪迈之情盖过了孤独与忧伤，为词开辟了新的意境。又如《御街行》：

纷纷堕叶飘香砌。夜寂静、寒声碎。真珠帘卷玉楼空，天淡银河垂地。年年今夜，月花如练，长是人千里。

愁肠已断无由醉。酒未到、先成泪。残灯明灭枕头攲，谙尽孤眠滋味。都来此事，眉间心上，无计相回避。

写秋夜怀人，描绘出了一幅清澈寂寥的秋境，但又在其中透显出豪迈与廓大的情感追求。而《渔家傲》则表现出另一种词风：

塞下秋来风景异，衡阳雁去无留意。四面边声连角起。千嶂里，长烟落日孤城闭。

浊酒一杯家万里，燕然未勒归无计。羌管悠悠霜满地。人不寐，将军白发征夫泪。

词作于镇守西北边疆之时，以边塞生活入词，表现了报效国家的雄心和英雄气概，情调苍凉而悲壮，上承盛唐边塞诗，下启北宋豪放派。《剔银灯·与欧阳公席上分题》则有“以文为词”的倾向：

昨夜因看蜀志。笑曹操、孙权、刘备。用尽机关，徒劳心力，只得三分天地。屈指细寻思，争如共、刘伶一醉。

人世都无百岁。少痴骏、老成尪悴。只有中间，些子少年，忍把浮名牵系。一品与千金，问白发、如何回避。

雄浑奇崛，在当时的词风中可谓别调。

《定风波》则写得清丽流畅：

罗绮满城春欲暮，百花洲上寻芳去。浦映□花花映浦，无尽处，恍然身入桃源路。

莫怪山翁聊逸豫，功名得丧归时数。莺解新声蝶解舞，天赋与，争教我悲无欢绪。

范仲淹存词虽少，但意义并不小。他的词不仅上承盛唐边塞诗，下启北宋豪放派，也开启了以文为词，以诗为词，以议论入词的先河，具有词风改革的重要意义。

第二节　欧阳修的词：由浮艳走向疏隽

欧阳修（1007—1072），字永叔，庐陵（今江西吉安）人，号醉翁，别号六一居士，北宋时期的大文学家兼史学家。欧阳修 4 岁丧父，因家贫买不起纸笔，母亲就用芦荻画地教他识字。24 岁进士及第。其 40 年的仕途生涯可分为五个阶段：从天圣九年（1031 年）到康定元年（1040 年）为欧阳修酝酿诗文革新运动的时期。从庆历元年（1041 年）到庆历五年（1045 年），此时的欧阳修政治热情旺盛，写了大量的政论性散文，仕途上也经历了多次起落。从庆历五年（1045 年）到至和元年（1054 年）五月，大约十年，是欧阳修政治上失意的时期。但此时他辗转州郡，远离政治尘嚣，徜徉在山水之间，写下了不少佳作。从至和元年（1054 年）元月到治平四年（1067 年）二月，前后 13 年，这一阶段，欧阳修官运亨通，在政治、文化建设方面做了不少有益的事情。从治平四年三月到熙宁四年（1071 年）六月，欧阳修希望皇帝让他“优游田亩，尽其天年”。他多次上书乞骸骨，终以太子少师告老还家，次年病卒，谥“文忠”。

欧阳修的思想基本是属于儒家的，他在《答吴充秀才书》、《答李翱书》、《答李翱第二书》、《与张秀才第二书》、《居士集序》等文章中，明确地提出“道”对“文”的决定作用，但他的“道”的具体内容与柳宗元的“道”有相近之处，即主张要将古道加以变通，使之适用于现实，有补于现实，并要亲身实践。但欧阳修的理论是很开放的，他并没有重道轻文，而是主张文道合一，且注意文的独立性质，反对因道废文；作为一个杰出的散文家，他对于文的重要性给予了充分的重视，尤其在他的晚年，当西昆体的形式主义文风基本克服以后，更是这样。

欧阳修存词200多首，主要收在《六一词》和《醉翁琴趣外编》中。论词者历来欧、晏并称，实际上，欧阳修的成就远过晏氏。欧阳修的词可以景祐三年（1036年）为界分为前后两期。前期写了许多艳词，尤其是在24岁中进士以后，其中虽有一些佳作，但过于浮艳的词作也不少。景祐三年以后，由于连遭打击排挤，生活境遇发生了很大的变化，个人的情志也随着年龄的增长而大有改变，词风也由浮艳转向了疏隽。

对于欧阳修的散文和诗，评论界对之几乎众口一词，了无异议。但对他的词的评价，却颇有分歧，甚至有人认为那些浮艳之作不是欧阳修的作品。曾慥在《乐府雅词序》中说："欧公一代儒宗，风流自命，词系窈眇，世所矜式。当时小人，或作艳曲，谬为公词，今悉删除。"蔡絛《西清诗话》认为"欧阳修之浅近者，谓是刘辉伪作"。陈振孙《直斋书录解题》云："欧阳公词多有与《花间》、《阳春》相混，亦有鄙亵之语一二厕其中，当是仇人无名子所为也。"其实，这种辩解大可不必。北宋文人有多重人格，在朝堂上和官场里，他们往往分别以政治活动家和士大夫的身份出现；而在歌席酒宴上，他们又以"风流"文人甚至是"多情种子"的面目示人。人的感情是丰富而复杂的，从欧阳修的性格特点来看，他又是一个极其重视亲情、感情的人，再加上宋世风流的时代风尚的影响，欧阳修写出一些浮艳之作，本不是奇怪的事，而在一定意义上看，欧词与欧诗风格迥异，也可以说是"诗庄词艳"的典范。

吟唱男女之情是欧阳修词的重要内容。如：

> 凤髻金泥带，龙纹玉掌梳。走来窗下笑相扶。爱道画眉深浅、入时无。
> 弄笔偎人久，描花试手初。等闲妨了绣功夫。笑问双鸳鸯字、怎生书。
> （《南歌子》）

写新婚夫妇的闺阁生活，化用了唐人朱庆余《近试上张籍水部》（洞房昨夜停红烛，待晓堂前拜舅姑。妆罢低声问夫婿，画眉深浅入时无）一诗，将丈夫的爱怜、妻子的娇憨俏皮写得意趣盎然。而《醉蓬莱》一首则描绘了由爱慕而偷情的过程：

> 见羞容敛翠，嫩脸匀红，素腰袅娜。红药阑边，恼不教伊过。半掩娇羞，语声低颤，问道有人知么。强整罗裙，偷回波眼，佯行佯坐。

更问假如，事还成后，乱了云鬟，被娘猜破。我且归家，你而今休呵。更为娘行，有些针线，诮未曾收啰。却待更阑，庭花影下，重来则个。

整个过程娓娓道来，如同白话。对于歌妓的外貌装束以及神情体态，欧词也有细致的描写。如：

眼细眉长，宫样梳妆，靸鞋儿走向花下立著。一身绣出，两同心字，浅浅金黄。

早是肌肤轻渺，抱著了、暖仍香。姿姿媚媚端正好，怎教人别后，从头仔细，断得思量。

（《好女儿令》）

应该说，这样的词是充满了感官刺激的。对佳人的求而不得，也是欧词表现的情绪之一。如：

红粉墙头花几树？落花片片和惊絮。墙外有楼花有主。寻花去，隔墙遥见秋千侣。

绿索红旗双彩柱，行人只得偷回顾。肠断楼南金锁户。天欲暮，流莺飞到秋千处。

（《渔家傲》）

这使人想到了苏轼的那首《蝶恋花》（花褪残红青杏小。燕子飞时，绿水人家绕。枝上柳绵吹又少，天涯何处无芳草。墙里秋千墙外道。墙外行人，墙里佳人笑。笑渐不闻声渐悄，多情却被无情恼）。但苏词更多的是感慨和沉思，而欧词则主要是“行人”对佳人的渴求与求而不得的惆怅了。

欧阳修前期写离情闲愁的词精工流丽，富有文人词的气息。如《踏莎行》历来被认为是其代表作：

候馆梅残，溪桥柳细，草薰风暖摇征辔。离愁渐远渐无穷，迢迢不断如春水。

寸寸柔肠，盈盈粉泪，楼高莫近危栏倚。平芜尽处是春山，行人更在春山外。

观察细微，想像精到，雕琢玲珑，意境芊绵。而有的则显得十分自然流畅，如《蝶恋花》：

庭院深深深几许？杨柳堆烟，帘幕无重数。玉勒雕鞍游冶处，楼高不见章台路。

雨横风狂三月暮，门掩黄昏，无计留春住。泪眼问花花不语，乱红飞过秋千去。

蝶恋花

写闺中思妇的伤春之情，也可能寓意政治。词作层次清楚，形象鲜明，余意绵绵，是此类词作中的上乘佳作。通过营造情景来表现感情，也是欧词的长处。如《玉楼春》：

别后不知君远近，触目凄凉多少闷。渐行渐远渐无书，水阔鱼沉何处问。

夜深风竹敲秋韵，万叶千声皆是恨。故欹单枕梦中寻，梦又不成灯又烬。

这样的词风，已趋向疏隽。欧阳修的词中还有不少表现个人抱负和写景的作品，如《朝中措·平山堂》：

平山阑槛倚晴空，山色有无中。手种堂前垂柳，别来几度春风。

文章太守，挥毫万字，一饮千钟。行乐直须年少，尊前看取衰翁。

雄奇廓大，极有后来豪放派的风格。《渔家傲》写围场：

十二月严凝天地闭，莫嫌台榭无花卉。惟有酒能欺雪意，增豪气，直教耳热笙歌沸。

陇上雕鞍惟数骑，猎围半合新霜里。霜重鼓声寒不起，千人指，马前一雁寒空坠。

其中的豪情壮志，使人想起了苏轼的《江城子》(老夫聊发少年狂。左牵黄，右擎苍。锦帽貂裘，千骑卷平冈。为报倾城随太守，亲射虎，看孙郎。酒酣胸胆尚开张。鬓微霜，又何妨。持节云中，何日遣冯唐。会挽雕弓如满月，西北望，射天狼)。

欧阳修的词，也有描写都市繁华的。如《御带花》：

青春何处风光好，帝里偏爱元夕。万重缯彩，构一屏峰岭，半空金碧。

宝檠银缸，耀绛幕、龙虎腾掷。沙堤远，雕轮绣毂，争走五王宅。

雍容熙熙昼，会乐府神姬，海洞仙客。拽香摇翠，称执手行歌，锦街天陌。月淡寒轻，渐向晓、漏声寂寂。当年少，狂心未已，不醉怎归得。

词作铺写了汴京元夕繁华的场面，在当时的词作中是极为难得的。

欧阳修有意识地吸收民歌的营养，还进行了仿作。广为传颂的《生查子》就是一首具有民歌风味的佳作：

去年元夜时，花市灯如昼。月上柳梢头，人约黄昏后。

今年元夜时，月与灯依旧。不见去年人，泪满春衫袖。

词写一女子对爱情的追求与失落，通俗而又自然，清新而又流畅，是民歌与文人创作结合的典范。

欧阳修后期的词最引人注目的是他对西湖风光及自然山水的描写。如《采桑子》（选二）：

轻舟短棹西湖好，绿水逶迤。芳草长堤，隐隐笙歌处处随。

无风水面琉璃滑，不觉船移。微动涟漪，惊起沙禽掠岸飞。

天容水色西湖好，云物俱鲜。鸥鹭闲眠，应惯寻常听管弦。

风清月白偏宜夜，一片琼田。水美骖鸾，人在舟中便是仙。

欧阳修早年曾被贬知颍州（今安徽阜阳），晚年又归隐于此，因而他对颍州的山水感情深厚。城西有一天然湖泊，称作西湖，欧阳修常来此游玩，并写了10首《采桑子》，以清新自然，淳朴流畅的笔触渲染出了西湖山水之美。

欧词多描写爱情，受冯延巳的影响较深，但又更生动自然，富有民歌特征，多种题材入词，这使欧阳修与前代的词人有了很大的区别，不仅开拓了词境，使词格变得峻洁清疏，还与他所开创的诗文革新运动相联系，使词在主题、思想以及艺术手法等方面开始接近于诗，对苏轼也产生了很大的影响。

在艺术特点上，欧阳修的词与其散文有相同之处，有时迂徐委婉，有一唱三叹之致，有时又在含蓄和婉中带有清丽疏放，有不可拘囿之势。但欧词的风格不是单一的，清新委婉，淳朴自然，深致缠绵，率直奔放等风格是并存的。总的看来，欧阳修的词游走于浮艳与疏隽之间，却又以疏隽为主导，以雅化为指向，在词的发展史上占有重要的地位。

第三节　张先词：写“心中事，眼中泪，意中人”

张先（990—1078），字子野，乌程（今浙江湖州）人。宋仁宗天圣八年（1030 年）中进士。张先身体强壮，精力充沛，虽然官运不通，仅做过乌江知县等官，但人生还算顺利，久任州郡而政绩平平。好流连风月，听歌看舞，一生与酒歌相伴，是优游卒岁的典型。与晏殊、欧阳修、王安石、苏轼等人都有往来。著有《安陆集》，存词 165 首。

张先被人称为“张三影”。《古今词话》记载：有客谓张子野曰：“人皆谓公张三中，即心中事、眼中泪、意中人也。”公曰：“何不目之为张三影。”客不晓，公曰：“‘云破月来花弄影’，‘娇柔懒起，帘压卷花影’，‘柳迳无人，坠飞絮无影’，此余平生所得意。”《高斋诗话》，子野有诗云：“浮萍断处见山影。”又长短句云：“云破月来花弄影。”又云：“隔墙送过秋千影。”并脍炙人口。世谓“张三影”。其实这正反映了张先对自然景物描写的特点，即善于以轻柔的笔触来表现自然情景的朦胧美。如他的代表作《天仙子》：

> 水调数声持酒听，午醉醒来愁未醒。送春春去几时回？临晚镜，伤流景，往事后期空记省。
>
> 沙上并禽池上暝，云破月来花弄影。重重帘幕密遮灯，风不定，人初静，明日落红应满径。

词写临老伤春之情，“云破”一句最为著名，王国维云：“著一‘弄’字而境界全出矣。”（《人间词话》）其他以“影”著称的词还有多首。如：

> 乍暖还轻冷，风雨晚来方定。庭轩寂寞近清明，残花中酒，又是去年病。
>
> 楼头画角风吹醒，入夜重门静。那堪更被明月，隔墙送过秋千影。
>
> （《青门引》）
>
> 龙头舴艋吴儿竞，笋柱秋千游女并。芳洲拾翠暮忘归，秀野踏青来不定。
>
> 行云去后遥山暝，已放笙歌池院静。中庭月色正清明，无数杨花过无影。
>
> （《木兰花》）

苕花飞尽汀风定，苕水天摇影。画船罗绮满溪春。一曲石城清响、入高云。

壶觞昔岁同歌舞，今日无欢侣。南园花少故人稀。月照玉楼依旧、似当时。

（《虞美人》）

这些词都表现了张先词细腻轻柔的状物传情的特点。尤其是“水调数声持酒听”一首，自然流畅，浑无间隔，浅愁轻悲，一齐融入人的心境，典型地体现了宋词中的悲情意识。所谓宋词中的悲情意识，是指在深刻感知到情感追求受到限制，无法满足感性需求，同时也无法把握历史与人生的情况下，并不对其原因进行充满悲剧意识的追问，而是去充分体味这种生命的悲情；其悲情因情景而起，又通过对当下情景的深情体味来加以消解，进而抚慰伤感的心灵；悲情意识并不着重将被掩盖的人生困境暴露出来，而是着重传达“人生有限情无限”（晏殊《踏莎行·绿树归莺》）的生存实态，因而并不更多地蕴涵价值建构的因素。与悲剧意识相比，悲情意识在对历史与人生的价值理性追问和建构方面，远不如前者，但它却能将悲剧意识中的理性因素融化到感性中，体现出对人生有限性的积极回应和超越，在指向升华的悲情意识中，它往往以既感性而又超感性的方式积淀入人的心理结构中，而这种心理结构，又是促生悲剧意识的基础；二者的关系，似可用这样一句话来表达：没有悲剧意识则无以“极高明”，没有悲情意识则无以“道中庸”。上引张先的《天仙子》只是“伤流景”、“空记省”，只是任命般地猜测“明日落红应满径”，丝毫没有显露出追问的意向，而是将“愁未醒”的悲情化入“云破月来花弄影”的美景中。当生命悲剧意识逐渐离去，价值悲剧意识尚未充分发展的时候，悲情意识便在北宋前期的词中大量地显示出来。问题还在于，既然有“愁未醒”的心情，就不应有“云破月来花弄影”的情景，二者的平衡和共存状态是短暂的，其间蕴涵的矛盾终于会爆发，其结果：要么是由“愁未醒”引向浓烈的悲剧意识；要么是由“云破月来花弄影”引向浮靡与矫饰。后来文学史的发展证实了这一理路。

由于张先的生活特点，他描写歌舞生活的词比较多。对于琵琶、胡琴等乐声的描写，有独到之处。如“啄木细声迟，黄蜂花上飞”（《醉垂鞭》）、“三十六弦蝉闹，小弦蜂作团”（《定西番》）等。对于歌舞的描写，如“冰齿映轻唇，蕊红新放。声宛转，疑随烟香悠扬。对暮林静，寥寥振清响”（《庆春泽》）等，也显得细腻生动。如《一丛花令·南吕宫》：

伤高怀远几时穷，无物似情浓。离愁正引千丝乱，更东陌、飞絮濛濛。嘶骑渐遥，征尘不断，何处认郎踪。

双鸳池沼水溶溶，南北小桡通。梯横画阁黄昏后，又还是、斜月帘栊。沈恨细思，不如桃杏，犹解嫁东风。

该词描写歌妓的伤怀悲远，情景精当细腻，感情极其充沛真切，传诵一时。对于晏殊出姬一事，张先还专门作了一首《碧牡丹·晏同叔出姬》：

步帐摇红绮。晓月堕，沈烟砌。缓板香檀，唱彻伊家新制。怨入眉头，敛黛峰横翠。芭蕉寒，雨声碎。

镜华翳，闲照孤鸾戏。思量去时容易。钿盒瑶钗，至今冷落轻弃。望极蓝桥，但暮云千里。几重山，几重水。

将歌妓的经历和将要离去的复杂的心理活动细致入微地刻画出来。据说晏殊看了以后也为之感动。

张先有一些小词也写得十分富有情致，表现出不同的风格特点。如：

双蝶绣罗裙，东池宴，初相见。朱粉不深匀，闲花淡淡春。

细看诸处好，人人道，柳腰身。昨日乱山昏，来时衣上云。

（《醉垂鞭》）

此乃酒宴赠妓之作，淡雅而又风韵天然。也有率真而热情的，如：

锦屏罗幌初睡起。花阴转、重门闭。正不寒不暖，和风细雨，困人天气。

此时无限伤春意。凭谁诉、厌厌地。这浅情薄幸，千山万水，也须来里。

（《八宝妆》）

对爱情的渴望和情人的思念，与春日的天气一般暖热。也有率真而迫切的，如：

数声鶗鴂，又报芳菲歇。惜春更把残红折。雨轻风色暴，梅子青时节。永丰柳，无人尽日飞花雪。

莫把幺弦拨，怨极弦能说。天不老，情难绝。心似双丝网，中有千千结。夜过也，东窗未白孤灯灭。

（《千秋岁》）

因伤春而自伤，在激越迫切中含有悲愤和决绝。

张先也有一些词描写城市的湖山胜迹以及市井的繁华，如《破阵乐·四堂互映》就是一首描写杭州的长调，为开拓词的题材作出了贡献。另外，如《宴春台慢》写汴京：

> 丽日千门，紫烟双阙，琼林又报春回。殿阁风微，当时去燕还来。五侯池馆频开。探芳菲、走马天街。重帘人语，辚辚绣轩，远近轻雷。
>
> 雕觞霞滟，翠幕云飞，楚腰舞柳，宫面妆梅。金猊夜暖、罗衣暗裛香煤。洞府人归，放笙歌、灯火下楼台。蓬莱。犹有花上月，清影徘徊。

极写帝王之都宫殿的巍峨，王侯府第的华丽以及都市繁华的景象，与柳永这方面的词有近似之处。另外，张先还有一些词描绘江南水乡的情韵，也很具特色，如《武陵春》：

> 秋染青溪天外水，风棹采菱还。波上逢郎密意传，语近隔丛莲。
>
> 相看忘却归来路，遮日小荷圆。菱蔓虽多不上船，心眼在郎边。

清丽的景色与男女的恋情自然地融合在一起，柔美可喜。抒写离愁别绪的词在张先词中也占有一定的比重。如《庆春泽》：

> 飞阁危桥相倚。人独立东风，满衣轻絮。还记忆江南，如今天气。正白苹花，绕堤涨流水。
>
> 寒梅落尽谁寄。方春意无穷，青空千里。愁草树依依，关城初闭。对月黄昏，角声傍烟起。

正当“如今天气”，恰是念想故乡的时节，故乡的白苹流水如在目前，但情意难寄。词作风格柔婉细腻而又疏朗清劲，在艺术上很有特色。

在词的发展史上，陈廷焯认为张词是“古今一大转移”（《白雨斋词话》卷一）。这主要是指张先的词打破了词不登大雅之堂的旧习，用大量的词来应酬交际，扩大了词的实用功能，如《山亭宴慢·有美堂赠彦猷主人》、《玉联环·送临淄相公》等，对词的发展有一定的贡献。他还率先在词中有一定的叙事性的小序，如《木兰花》词的小序这样写道：“去春自湖归杭，忆南园花已开，有‘当时犹有蕊如梅’之句。今岁还乡，南苑花正盛，复为此词以寄意。”改变了词的有调无题的传统形式，使词的主题更加集中，题材范围也更加廓大，因而更有实用性，对词的发展起到了很大的推动作用。

关于张先词的内容和艺术风格，可以用他的《行香子》一词来说明："舞雪歌云。闲淡妆匀。蓝溪水、深染轻裙。酒香醺脸，粉色生春。更巧谈话，美情性，好精神。江空无畔，凌波何处，月桥边、青柳朱门。断钟残角，又送黄昏。奈心中事，眼中泪，意中人。"写"心中事，眼中泪，意中人"应该是张先词的主要内容，而"美情性，好精神"则应是他追求的艺术情调。他的词的风格是婉约雅丽、清新疏朗、铺陈张扬和雄壮豪迈的集合，因此体现出了由晏殊、欧阳修、柳永向苏轼、秦观过渡的状态。

玉楼春　春景

另外，当时的词人还有宋祁等。

宋祁（998—1061），字子京，开封（今河南杞县）人，曾为工部尚书。存词 6 首，其中《玉楼春》最为著名：

> 东城渐觉风光好，縠皱波纹迎客棹。
> 绿杨烟外晓寒轻，红杏枝头春意闹。
> 浮生长恨欢娱少，肯爱千金轻一笑。
> 为君持酒劝斜阳，且向花间留晚照。

描绘出一派春意盎然的景象，尤其是"红杏枝头春意闹"为人传诵，被称为"红杏枝头春意闹"尚书。但该词更重要的意义是典型地反映了那一时期对有限生命的觉醒：在美好春光的映衬下，生命愈加显得珍贵，而生命的有限性也就像春光短暂一样愈加显得突出；这里不仅要面对时间的威胁，还要面对意义的空虚，"浮生"二字正凸显出了生命短暂、价值无解的人生的悲剧性。面对这一客观现实，在中国漫长的历史阶段，不同时期的文艺作品给出了不同的解决方法：汉唐政治本体化时代往往是以"立德、立功、立言"的"三不朽"的方式予以超越，或是像《春江花月夜》中表现的那样以对宇宙情怀的体认来找到人生的归宿；宋明文化本体时代则希望在文化追询和价值设定中找到答案，并以此建立起人生的价值体系。在政治本体消解而文化本体尚未建立起来的这个时期，提出问题的方式和找到的答案往往有着今天所谓的"后现代"的意味。关于人生，宋祁找不到答案，"后现代"反对寻找答案；宋祁是被动地以当下的享乐来消解人生的悲剧感，"后现代"是主动地追求享乐，强调快乐在此刻，当下即实在。该词和晏殊的一些词与唐诗的"空而有"形成了鲜明的对照，典型地反映了中国文化的这个侧面。

另一首《锦缠道》模仿杜牧的《清明》，写春日游乐的酣畅：

燕子呢喃，景色乍长春昼。睹园林、万花如绣。海棠经雨胭脂透。柳展宫眉，翠拂行人首。

向郊原踏青，恣歌携手。醉醺醺、尚寻芳酒。问牧童、遥指孤村道：杏花深处，那里人家有。

柔美婉丽，极有韵致。再如《浪淘沙近》：

少年不管，流光如箭。因循不觉韶光换。至如今，始惜月满、花满、酒满。

扁舟欲解垂杨岸，尚同欢宴。日斜歌阕将分散。倚兰桡，望水远、天远、人远。

潇散，洒脱，而又不失深情，是宋词中的佳作。

关键概念

《六一词》和《醉翁琴趣外编》　　　　　《安陆集》

思考题

1. 为什么说范仲淹的词上承盛唐边塞诗，下启北宋豪放词派？
2. 欧阳修的词是如何从浮艳走向疏隽的？请举例说明。
3. 简述张先词的主要内容、艺术风格以及在词史上的地位。

第二十章 苏轼：为词立法

一般认为，苏轼的文不如诗，诗不如词。苏轼为词的存在和发展建立了新的价值依据，而集大成者则是辛弃疾。苏、辛一脉，但代有不同。苏轼是哲学家，是蜀学的代表，其哲学的原点在于情本论，苏词体现了这一哲学精神。苏词最大的贡献就是将世俗之情提升到雅文化的层面上来，即世俗之情的本体化。辛弃疾则将苏轼开创的这一词风具体到了重大的政治事件上，使苏词的精神指向具体化、明晰化、表层化，并以此为核心展开了他的丰富多彩的词创作，也因此吸引了众多的跟随者。

第一节 苏轼词的题材："无意不可入，无事不可言"

苏轼（1037—1112），字子瞻，号东坡居士，眉州眉山（今四川眉山县）人，苏洵长子。宋仁宗嘉祐元年（1056年），他与父亲一起到京城，次年与弟苏辙一同进士及第，嘉祐六年（1061年），又应制科考试，列为三等。熙宁四年（1071年），官至太常博士，此时，正值王安石变法，苏轼从当时的实际情况考虑，不同意王安石的一些措施，因而被放外任，通判杭州，后又知徐州、密州。后来，朝廷御史台有人居心不良，罗织罪名，诬陷他以诗讪谤朝廷，被捕入狱，酿成了

苏轼画像

著名的“乌台诗案”，几欲丧命，出狱后，苏轼被贬为黄州团练副使。元丰八年（1085 年），神宗死，哲宗即位，高太后临政，尽废王安石的新法，任用旧党首领司马光为宰辅，苏轼因“属于旧党”而被召回朝廷，连续升官，最高时做到翰林学士和中书舍人，成为皇帝的近臣。但苏轼在多年的贬谪生涯中，了解到王安石的新法有许多好处，不同意司马光等人尽废新法的主张，与司马光发生了冲突，于是又被放外任，历任定州、杭州、扬州等地的知州。高太后死后，哲宗亲政，“新党”再度执政，苏轼再次遭到迫害，先被贬惠州，继而被贬到天涯海角的琼州（今海南岛）。3 年后，徽宗即位，苏轼病逝于被赦北归的途中。苏轼一生纯白，了无机心，时时处处都以国计民生为己任，一生屡遭贬谪和陷害，但始终不渝，并在贬官期间为当地百姓做了大量好事，从而树立起了崇高的人格。

在苏词以前，北宋前期的词经历了一个重要的过渡阶段。北宋前期的重要词人有钱惟演、林逋、王禹偁、寇准、陈尧佐、潘阆、苏易简、丁谓等人，此时的词作大致可以分为两类：一是继承了晚唐五代词风，在立意、措辞、造境方面均因袭前人，少有可取之处；二是突破晚唐五代藩篱，具有一定的革新意义，写景则清新自然，抒情则富有个性。这类词在抒写个人胸襟、拓宽表现领域、丰富艺术技巧方面均直启北宋中期的柳永及其后的苏轼。宋词至柳永而进入了繁荣期，其通俗普及非前代可比，但其词境却嫌狭窄，不过于离愁别绪之外增添了描绘都市的一面，仍未出“艳科”的藩篱。

词至东坡，始有意挣脱传统题材的束缚，把词从花前月下和香软丽蜜中解放出来，建立了新的范式。苏轼一生作词可考者 350 余首，其中约有百首左右可以看到晚唐五代词留下的影响，这其中又有二三十首可以说深得晚唐五代词的真传，大有温庭筠、韦庄、冯延巳、李煜之风。但这只是词在发展过程中所必然受到的前代词的影响，不是苏词的主要方面。苏轼在词境方面的重要贡献是他在保留传统词的畛域的同时充分拓展词的新境界。在苏词中，占重要篇幅和绝大部分篇幅的是有关壮志、哲理、送别、旅怀、风光、农村、怀古、悼亡、闲适、贺寿、嘲谑等题材的，这样的词在苏词中俯拾皆是，不用特别举例。正是这种质和量的变化，使苏词与前代任何词人的词都有了某种实质的不同。苏词这种题材上的巨大变化在北宋的影响尚不突出，至南宋则适逢其会，直开辛弃疾一派，就是对陆游的诗风也有一定的影响。可以说，晚唐五代词代表了中国词的一半，而苏轼在词境开拓上的首事之功使中国词的发展完成了另一半。

刘熙载在《艺概》中说：“东坡词颇似老杜诗，以其无意不可入，无事不可言也。”十分准确地指出了苏轼的词在题材上的突出特点。在苏轼的词中，有表现农村风光的。如《浣溪沙》五首：

照日深红暖见鱼，连溪绿暗晚藏乌。黄童白叟聚睢盱。
麋鹿逢人虽未惯，猿猱闻鼓不须呼。归家说与采桑姑。

旋抹红妆看使君，三三五五棘篱门。相挨踏破蒨罗裙。
老幼扶携收麦社，乌鸢翔舞赛神村。道逢醉叟卧黄昏。

麻叶层层苘叶光，谁家煮茧一村香。隔篱娇语络丝娘。
垂白杖藜抬醉眼，捋青捣麨软饥肠。问言豆叶几时黄。

簌簌衣巾落枣花，村南村北响缫车。牛衣古柳卖黄瓜。
酒困路长惟欲睡，日高人渴漫思茶。敲门试问野人家。

软草平莎过雨新，轻沙走马路无尘。何时收拾耦耕身。
日暖桑麻光似泼，风来蒿艾气如薰。使君元是此中人。

（《浣溪沙［徐门石潭谢雨道上作五首。潭在城东二十里常与泗水增减清浊相应］》）

作于元丰元年（1078年）。苏轼初到徐州时遇洪灾，曾领导徐州人民抗洪抢险，使徐州得以保全；继而又遇旱灾，苏轼又忧心不堪，为民祈雨，深受徐州人民之爱戴。苏轼的这一组词即描写了徐州石潭一带农村的风土人情。通过一些典型的意象和细节，画出了一幅生动活泼的农村生活画卷。词作在题材上也有一定的突破，晚唐五代词极少有描写农村生活的，到了苏轼这里，不仅“以诗为词”，甚至比诗更能生动地表现农村的生活，可谓一大创新。

有描写雄心壮志的。如：

老夫聊发少年狂。左牵黄，右擎苍。锦帽貂裘，千骑卷平冈。为报倾城随太守，亲射虎，看孙郎。

酒酣胸胆尚开张。鬓微霜，又何妨。持节云中，何日遣冯唐。会挽雕弓如满月，西北望，射天狼。

（《江城子》）

此词系快词，作于熙宁八年（1075年）。全词塑造了一个英姿飒爽、慷慨激昂、希望驰骋疆场、杀敌报国的英雄志士的形象。再如：

旌旗满江湖。诏发楼船万舳舻。投笔将军因笑我，迂儒。帕首腰刀是丈夫。

粉泪怨离居。喜子垂窗报捷书。试问伏波三万语，何如。一斛明珠换绿珠。

（《南乡子［赠行］》）

词作于元丰元年（1078年），表现了苏轼希望抵抗外侮、开疆拓土的宏图大志，当然也有“设想英雄垂暮日，温柔不住住何乡”的情调。词作上片阳刚，下片阴柔，可谓“刚柔相济”。再如：

受降城下紫髯郎。戏马台南旧战场。恨君不取契丹首，金甲牙旗归故乡。

（《阳关曲·军中》）

当作于上两首之后。词作表现了苏轼希图杀敌报国的愿望。《阳关曲》三首又被人选入诗集，更足以证明了苏轼的“以诗为词”。

苏轼的咏物词也很多，较为著名的如：

似花还似非花，也无人惜从教坠。抛家傍路，思量却是，无情有思。萦损柔肠，困酣娇眼，欲开还闭。梦随风万里，寻郎去处，又还被、莺呼起。

不恨此花飞尽，恨西园、落红难缀。晓来雨过，遗踪何在？一池萍碎。春色三分，二分尘土，一分流水。细看来，不是杨花，点点是、离人泪。

（《水龙吟［次韵章质夫杨花词］》）

词当作于元丰四年（1081年）春夏之间，是苏轼著名的咏物长调。上片写杨花的情貌和形态，但并不限于外观的描写，而是赋予杨花以浓烈的人格色彩；下片写杨花的归宿，并以“点点是、离人泪”作结。郑文焯《手批东坡乐府》中说：“煞拍画龙点睛，亦词中一格。”此词历来被称为苏轼的言情词的代表作，其主要原因就在于既细致入微地描写了杨花的外观，又能遗貌取神，赋予杨花以浓厚的情感色彩。历代词评家多有评论。魏庆之《诗人玉屑》：“余以为质夫词中所谓‘傍珠帘散漫，垂垂欲下，依前被、风扶起’，亦可谓曲尽杨花妙处。东坡所和虽高，恐未能及。”李攀龙《草堂诗余隽》：“如虢国夫人不施粉黛，而一段天姿，自是倾城。”沈谦《填词杂说》：“东坡《似花还似非花》一篇，幽怨缠绵，直是言情，非复赋物。”刘熙载《艺概》：“东坡《水龙吟》起云‘似花还似非花’，此句可作全词评语，盖不离不即也。”又如：

玉骨那愁瘴雾，冰姿自有仙风。海仙时遣探芳丛。倒挂绿毛幺凤。
素面翻嫌粉涴，洗妆不褪唇红。高情已逐晓云空。不与梨花同梦。

（《西江月·梅花》）

苏轼曾多次赞扬梅花，如他在《红梅三首》中说：“也知造物含深意，故与施朱发妙姿。”表现自己的处境与梅花品格的内在共同之处。此词赞颂了梅花的高洁品格，亦以自明心志。

爱情、悼亡词则另辟蹊径。如：

十年生死两茫茫，不思量，自难忘。千里孤坟，无处话凄凉。纵使相逢应不识，尘满面，鬓如霜。

夜来幽梦忽还乡，小轩窗，正梳妆。相顾无言，惟有泪千行。料得年年断肠处，明月夜，短松冈。

（《江城子·乙卯正月二十日夜记梦》）

词作于熙宁八年（1075年）正月二十日，为苏轼悼念妻子王弗去世10周年而作。《东坡集》卷九十三《亡妻王氏墓志铭》：“治平二年五月丁亥，赵郡苏轼之妻王氏卒于京师，六月甲午，殡于京城之西，其明年六月壬午，葬于眉山之东北彭山县安镇乡可龙里先君夫人墓之西北。……其死也，盖年二十有七而已。”王弗16岁嫁苏轼，生子苏迈。上片虽是写“实”，但是想像中的“实”。苏轼并没有把王弗当作亡妻来写，而是直接与之对话，站在生人的角度想像王弗的孤独凄凉。其中虽无一字直写思念，但其思念之情令人身心震颤。下片记梦，虽是记梦，但又实写王弗的日常情态，并不是梦。至于是谁在“年年断肠”，是真还是幻，已经不必分清了。词作在艺术上泯灭了人鬼畛域与真幻界限，使得人鬼同情、真幻一体，想像的真实与现实的真实高度统一，达到了中国艺术的最高境界。诗主言志、咏史、悼亡，词主闺情、别情、友情，而以词为悼亡之作，大概始自苏轼此词，可谓千古第一悼亡词。又如：

天与化工知。赐得衣裳总是绯。每向华堂深处见，怜伊。两个心肠一片儿。

自小便相随。绮席歌筵不暂离。苦恨人人分拆破，东西。怎得成双似旧时。

（《南乡子》）

词表面上好像是咏荔枝，但实是歌咏青梅竹马的爱情。苏轼的一些词往往将咏物与抒情融合无间，别有风致。如：

花褪残红青杏小。燕子飞时，绿水人家绕。枝上柳绵吹又少。天涯何处无芳草。

墙里秋千墙外道。墙外行人，墙里佳人笑。笑渐不闻声渐悄。多情却被无情恼。

（《蝶恋花》）

词当作于绍圣二年（1095 年）前后。上片以清丽笔触描绘春回大地的景象，但并不是一味地赏春，反倒由外在的春天引起了对精神归宿的追寻。“天涯何处无芳草”一句，绝不是普通的赏春之辞，而是像当年的屈原一样，是在对精神故乡苦苦的追寻中的一种告慰。下片乃借游春的形式表现了命运的无常以及不可把握的烦恼。抒情主体是自作多情、一相情愿的“墙外行人”，终被“墙里佳人笑”无情地抛弃，这正是自屈原以来的正直士大夫的普通遭遇。如果把上、下片合解，可知此词对中国传统具有精神追求的正直的文人士大夫的精神状态和历史处境做了一个总结。又如：

明月如霜，好风如水，清景无限。曲港跳鱼，圆荷泻露，寂寞无人见。紞如三鼓，铿然一叶，黯黯梦云惊断。夜茫茫，重寻无处，觉来小园行遍。

天涯倦客，山中归路，望断故园心眼。燕子楼空，佳人何在，空锁楼中燕。古今如梦，何曾梦觉，但有旧欢新怨。异时对，黄楼夜景，为余浩叹。

（《永遇乐［夜宿燕子楼，梦盼盼，因作此词］》）

词作于熙宁八年（1075 年），此时苏轼在密州（今山东高密）。词作的上片回忆了杭州元宵节时热闹、繁华的景象，下片则描述了密州元宵节的清冷景象（密州当时正经历了蝗灾，苏轼曾经以采菊为生），使之形成了极其强烈的反差。在艺术上流畅自然，不用典、不施事，全用白描手法，了无做作痕迹，与柳永的描写城市生活的词相比，更加自然、平易、活泼，更与“以议论、才学、文字为诗”的宋代诗风大相径庭，足见其词作风格的多样性。

第二节　苏轼对词的雅化

苏轼在词的发展史上具有重要的地位。如果说汉代是一个“雅化”的、政治化的时代，宋代则是一个世俗化的时代。由于董仲舒的政治哲学自身的僵硬和肤浅、唐代的开放和晚唐五代的动乱的冲击，也由于宋代“文人政治”的“民主”和商业经济的发展，再加上禅宗的入世转向对士大夫的广泛而又深刻的影响，汉代以来的政治意识形态很难继续维系人心，于是，人心便向世俗的感性生活滑落，因此，“主情”的词便应运而生。

“诗言志，词主情”，这并不仅仅是两种艺术形式的不同，也是两种不同的时代精神。汉末的《古诗十九首》所表现的是人生价值的追寻和有志不得申的烦恼，而晚唐五代词表现的则是价值失落后对感性生活的迷恋。像诗在汉至唐的历程中呈现出十分复杂的内质和形态一样，宋词也在题材、形态和内质方面自有其多样性，但宋词“主情”的总体倾向始终是它和“言志”的汉唐诗的基本区别。宋词“主情”的基本倾向既源于上述文化背景，又为宋世风流所激扬。所谓宋世风流，主要由两方面的因素组成，一是因商业发达而催生的歌舞侑酒的都市生活，一是指宋学与禅学的融合，士林渐重随俗婵娟之气。政治—文化政策和经济—商业政策的宽松，传统风范与现实风情的融会，士林风流与市井风俗的合拍，使得宋词在应歌便唱之旨与吟咏自足的撞击、融合中呈现出了缤纷的异彩，既有婉约、豪放的不同风格，也有合乐歌词与格律诗、娱乐要求与诗教规范的矛盾，这使得宋词在三百多年的历程中创造了几可与汉唐诗千年辉煌媲美的成就。

苏词对中国词的发展的贡献是一个相互联系的整体，他在词格上的贡献也同样重要。这主要表现在三个方面：一是对词的雅化，二是“以诗为词”，三是词中富有理趣。而词的雅化的本质就是使执著现实走出了感性享乐的泥淖，把现实生活提升到了生命本体的高度。生命本体是现实生活情节的本质，而现实生活情节是生命本体的外在显现，但这些又都是以人的感性为根本依据的，与后来朱熹的天理本体论有着本质的区别。苏轼为宋代的世俗精神找到了感性的理论依据，雅化的词才真正成为表现宋代世俗精神的艺术形式。

在使词雅化方面，苏轼的许多词都表现了极其深厚的文化意蕴，而这些文化意蕴，往往只有在宋代才首先凸现得特别强烈。如《念奴娇·赤壁怀古》：

> 大江东去，浪淘尽，千古风流人物。故垒西边，人道是，三国周郎赤壁。乱石穿空，惊涛拍岸，卷起千堆雪。江山如画，一时多少豪杰。
>
> 遥想公瑾当年，小乔初嫁了，雄姿英发。羽扇纶巾，谈笑间，樯橹灰飞烟灭。故国神游，多情应笑我，早生华发。人生如梦，一樽还酹江月。

“大江东去，浪淘尽，千古风流人物”，何以是千古名句？为什么那么激动人心？面对万古流淌的浩浩长江，个人的确是渺小的，即便是风流人物也是如此，何况芸芸众生！这样一句话毫不留情地撕开了人生的真相，将人抛到了虚空之中：人的价值何在？人的意义何在？既然无论百姓还是英雄都要被“淘尽”，人生还有意义吗？这，就是价值悲剧意识！

然而，人却正是在无可询问处站立起来的。孔子早就用这种方式“为天地立心”了：“学而时习之，不亦说乎”，人未必是生来爱学习的，但人却是生来必须学习的；“孝悌也者，人之本欤”，人未必是生来爱孝的，但人却是生来必须要孝的；“性相近也，习相远也”，人未必是生来性善的，但人却生来必须是性善的。为什么？因为不这样人类就不能产生、存在和发展。这就是把应当当作必然的道德理想主义，是人类不能逃脱的宿命。同样，大江淘尽了一切，包括人的意义，人未必是生来就有意义的，但人却是生来必须有意义的。因此，被大江淘尽的只能是负面的意义，被激发起来的，只能是建构正面意义的强烈的欲望。

念奴娇·赤壁怀古

这是人的必然选择，也是惟一的选择，除此以外，别无出路。康德的“位我上者，灿烂星空；道德律令，在我心中”，就是此意。不同的是，康德建立价值的理路是“他证”，中国人建立价值的理路则是“自证”。当人们终于明白了自己的宿命的时候，感动也就随之而来了。每次吟诵，都是一次感受和感动，而每次感受和感动又都是一种积淀。正面的精神价值，就是在这样的积淀中建立起来的。这就是所谓的洗礼与新生。

这是“空而有”的价值建构模式的特殊形式，也是更彻底的形式，因为它不像有的唐诗那样在否定负面的历史价值的同时彰显自然宇宙的永恒性，并在对宇宙自然的亲切体认中建构正面价值，而是直接提撕人的价值虚空状态，让人在彻底的绝望中毅然崛立。

该词第一句就在唤起人的英雄梦的同时又打破了人的英雄梦，高度概括了中华民族文化心理中的价值建构从起点到终点的整个流程。接下来对赤壁之战和周瑜的具体描绘，无非是为了说明和论证开端的一句而已。自“故国神游”以下，则是对上述悲剧意识的消解，其中聚合了仙、酒、自然、梦、女人等中国悲剧意识的消解因素，最后归于“一樽还酹江月”，是向宇宙情怀的沉入，也是人格的升华。该词从慷慨壮志到悲剧意识的消解，再由消解而升华，概括了悲剧意识的兴起、消解、升华的民族的心理历程。

大致说来，中国古代文学中表现出来的悲剧意识可以分为三个阶段或三种特质：第一个阶段是先秦至中唐前后，姑且称作生命悲剧意识，是指政治本体化时代人们对政治本体的追询所产生的悲剧意识。从先秦时期人的理性觉醒至西汉中期以后“天人合一”宇宙观的形成和东汉后期的“神学”化，再经魏晋时期对儒、道经典的深度阐释，直至盛唐时期的高度“解放”，虽然中间有过这样或那样的“本体”探讨，但始终以现实秩序为起点和终点，这就是本书所谓的政治本体化时代。所以，汉唐文学的特质是对政治本体的乐感（体认和追询都可产生乐感）。这一时期文学中表现的悲剧意识主要源自对政治本体的追询：现实政治是什么？来源在哪里？是可靠的吗？对政治本体的体认能带来价值吗？这种追询的最令人焦灼之处在于：生命个体与政治本体应该是什么关系？政治本体能提供感性生命的满足和幸福吗？所以称作生命悲剧意识。李白，在政治本体化时代最自由、最解放的那个特定的时期里唱出了最强音——一种渴望摆脱政治本体的束缚而又无路可走的历史的悲怆感！第二个阶段是中唐以后至明中叶以前，姑且称作价值悲剧意识，它是对文化价值的追询而产生的悲剧意识。从中唐至两宋，政治本体消解而文化本体建立。以苏轼为代表的情感本体和以朱熹为代表的天理本体纠结在一起，文化价值建立起来，对问题的探询已从政治本体的层面进入了文化本体的层面，此时的文学作品多表现出对文化价值的探询。苏轼以他的哲学思想、文学创作和生命实践极为典型地体现了这一时代的特征。第三个阶段是明中叶以后至清代，姑且称作冲突悲剧意识。这一时期文学中表现出冲突悲剧意识，是因为此时近代生产方式开始萌芽，人们开始对以前的各种观念开始思考、追问乃至突破，以徐渭、李贽、汤显祖等为代表。在这三种悲剧意识中，价值悲剧意识处在承前启后的重要地位上。《念奴娇·赤壁怀古》正是价值悲剧意识的典型体现。

此词还引发了词是否有豪放派和婉约派之别的争论，历来评论甚多，兹选录两条。宋胡仔《苕溪渔隐丛话前集》卷五十九载：苕溪渔隐曰：“东坡‘大江东去’赤壁词，语意高妙，真古今绝唱。”《苕溪渔隐丛话后集》卷二十六载：苕溪渔隐曰：“《后山诗话》谓：‘退之以文为诗，子瞻以诗为词，如教坊雷大使之舞，虽极天下之工，要非本色。’余谓：‘后山之言过矣，子瞻佳词最多，其间杰出者，如大江东去，浪淘尽，千古风流人物。明月几时有？把酒问青天。……凡此十余词，皆绝去笔墨畦径间，直造古人不到处，真可使人一唱而三叹。若谓以诗为词，是大不然。’子瞻自言曰：‘平生不善唱曲，故有不入腔处。’非尽如此，后山乃比之教坊司雷大使舞，是何每况愈下？盖其缪耳。”宋俞文豹《吹剑续录》：“东坡在玉堂，有幕士善讴；因问：‘我词比柳七何如？’对曰：‘柳郎中词，只好合十七八女孩儿，执红牙折板，歌杨柳岸晓风残月。学士词，须关西大汉，执铁板，唱大江东去。’公为之绝倒。”从一定意义上说，苏轼的这首词正式开启了词的豪放派。

生命悲剧意识在诗词中往往表现得激烈昂扬，有时甚至表现为大江奔腾或火山喷发般的“浪漫主义”，这是由这种悲剧意识面对政治现实或面对生命本身时必然表现出激烈的情感所决定的；而价值悲剧意识则不同，因为要追询的是人生的价值与意义，表现的是人的心情与意绪，所以显得有些“宁静以致远”。当苏轼对自己的定位已经无比清楚的时候，他反而平静下来，用尽各种方法，来对这种悲剧意识进行审美超越。这在苏轼的词中表现得尤为明显，如那首著名的《水调歌头》：

明月几时有？把酒问青天。不知天上宫阙，今夕是何年。我欲乘风归去，又恐琼楼玉宇，高处不胜寒。起舞弄清影，何似在人间？

转朱阁，低绮户，照无眠。不应有恨，何事长向别时圆？人有悲欢离合，月有阴晴圆缺，此事古难全。但愿人长久，千里共婵娟！

如本书《引言》中分析的那样，该词以“明月几时有？把酒问青天”起句，超越了现实功利的局限，以一颗自由的心灵来询问自然和宇宙。但他不可能否弃现实，“高处不胜寒”，正是对询问得不到答案的疑虑，也是一种必不可少的心理过渡。“起舞弄清影，何似在人间”，是追询之后得到的现实答案。然而，这种形上追询—心理过渡—现实答案的民族文化心理的历程绝不是一种无谓、简单的重复，而是导向了超越性的价值建构。“但愿人长久，千里共婵娟”，这已经不是政治意识形态化的伦理道德，而是心理本体化的伦理道德，即以一种审美观照的态度来对待现实生活和人的生命，已经具有了对僵固的政治意识形态进行突破的意义。人生的价值是以即现实而又超现实、即现象而达本体的方式建立的，开篇的千古之问的悲剧感在对现实的执著与超越中得到消解。

要特别说明的是，这里的审美超越不是空洞的概念，而是有着具体而又坚实的基点，这个基点就是苏轼的“情本体”。苏轼的“情”是从人的自然感性欲求中抽绎出人情，使这种人情超越了物质层面上的自然需求和外在功利的拘囿，不是以僵固的理念为根本，也不是以人的自然欲望为根本，而是以当下最富有历史合理性的情理结构（人的心理、情）作为价值建构的最终依据，在“心理成本体”的理路上，它便成为“情本体”。如：

[三月七日，沙湖道中遇雨。雨具先去，同行皆狼狈，余独不觉。已而遂晴，故作此。]

莫听穿林打叶声，何妨吟啸且徐行。竹杖芒鞋轻胜马，谁怕？一蓑烟雨任平生。

料峭春风吹酒醒，微冷，山头斜照却相迎。回首向来萧瑟处，归去，也无风雨也无晴。

（《定风波》）

这是一首心灵洗礼的赞歌。上片写雨中表现，下片写雨中感受，苏轼借写雨完成了对自己心灵的一次洗礼。中国的诗词和人生都讲究妙悟，苏轼在“雨具先去”的情态中坦然地接受了急雨的洗礼，急雨成了触发他心灵感受的可遇而不可求的外在的契机，使他豁然开悟。由“一蓑烟雨任平生”的自由人格到“也无风雨也无晴”的天地境界，便是这种开悟的过程和开悟后的心灵状态。至此，苏轼的人生态度便直指心灵，一切价值皆由个人之“情”来决定，而不再拘囿于具体的事物和外在标准。这也是对价值悲剧意识的审美超越，并开启了消解悲剧意识的新的模式。又如：

> 春未老，风细柳斜斜。试上超然台上看，半壕春水一城花。烟雨暗千家。
>
> 寒食后，酒醒却咨嗟。休对故人思故国，且将新火试新茶。诗酒趁年华。
>
> （《望江南》）

上阕不是唐诗意义上的惜春或伤春，而是经春天景象的引导进入对人生方式和价值的思考。下阙过片写“酒醒却咨嗟”，是悲剧意识的兴起，而当知道故国终不可回的时候，苏轼不是像汉唐时期的诗人那样呐喊与抗争，而是选择了“且将新火试新茶。诗酒趁年华”诗性的生活方式：生命的意义不在目的，而在过程。这或可说是禅意的消解，但更多的恐怕是对世事人生的审美超越。与唐诗不同，苏轼的词较少归向历史本体和宇宙情怀，更多的是归向对现实人生的执著，原因就在于人生的价值由“情”而立，而“情”只在现实生活中。

苏轼对价值悲剧意识的审美超越表现在很多方面，如对家的观念超越。苏轼与前人一样，诗词中表现出浓郁的归家意识，如：“归去来兮，吾归何处，万里家在岷峨。”（《满庭芳·归去来兮》）“此生飘荡何时歇？家在西南，长作东南别。”（《醉落魄·离京口作》）“何日功成名遂了，还乡。”（《南乡子·东武望余杭》）“苍颜华发，故山归计何时决。”（《醉落魄·苏州阊门留别》）“家何在，因君问我，归梦绕松杉。”（《满庭芳·三十三年》）“一纸乡书来万里。问我何年，真个成归计。”（《蝶恋花·雨后春容清更丽》）“故山犹负平生约。西望峨嵋，长羡归飞鹤。”（《醉落魄·席上呈杨元素》）等等。然而，细味全词，就会发现，苏轼归家意识与唐人的归家意识大不相同，唐人的“日暮乡关何处是”确是无家可归的迷惘，而苏轼却在寻寻觅觅中找到了自己的家园：“江南好，千钟美酒，一曲满庭芳。”（《满庭芳·蜗角虚名》）“见说东园好，能消北客愁。”（《南歌子·见说东园好》）“故山空复梦松楸，此心安处是菟裘。”（《浣溪沙·倾盖相逢胜白头》）“此身如传舍，何处是吾乡。”（《临江仙·送王缄》）最典型的是《定风波·

谁羡人间琢玉郎》："谁羡人间琢玉郎，天应乞与点酥娘。尽道清歌传皓齿，风起，雪飞炎海变清凉。万里归来颜愈少，微笑，笑时犹带岭梅香。试问岭南应不好，却道：'此心安处是吾乡。'"这是苏轼心灵的家园，其实也是中国人的精神归宿。

另一方面，作为一个先于时代觉醒的诗人，思无所依是其必然的生命状态，其实，这种生命状态也是宋代文化的一个特征。这在他的《卜算子·黄州定慧院寓居作》中体现得尤为突出：

卜算子

缺月挂疏桐，漏断人初静。谁见幽人独往来，缥渺孤鸿影。

惊起却回头，有恨无人省。拣尽寒枝不肯栖，寂寞沙洲冷。

前人对此词多有称赞，如黄庭坚说："东坡道人在黄州时作，语意高妙，似非吃烟火食人语，非胸中有万卷书，笔下无一点尘俗气，孰能至此?"（《山谷题跋》卷二《跋东坡乐府》）今天看来，如果将此词放在苏轼的思想背景和传统文化的走向上来考察，似乎更能得其真谛。传统文化发展至宋代，汉代以来所建立的政治—哲学观念已经失去了对人的内在约束力，但新的文化—哲学观念又尚未建立起来，整个社会处于价值的空白带中。这一方面使得各种学说应运而生（如苏轼自己就曾建立了所谓的"蜀学"），另一方面则使人们普遍感到价值的空虚。苏轼作为时代的诗人，以其超乎常人的敏感的心灵，得时代风气之先，最为典型地表现了这种思无所依的时代情绪。这既是一种心灵的寂寞与空虚，也是一种心灵的自由与解放。这是一种心灵外围失去堤防以后面对悲剧性现实的真实的心灵状态，而这种状态正是推动人的思想、情感解放并导致明中叶浪漫主义文艺思潮的动因。苏轼的词中表现出这样浓厚深沉的文化意蕴和时代精神，已经使他与前代词人从本质上区别开来，使词进入了雅文学的领域，并成为宋代文学的代表。

苏轼使词雅化的最为直接有效的方式是"以诗为词"。中国的文学艺术发展史证明，各种艺术形式本来就是相互渗透转化的，苏轼的"以诗为词"，更是以清醒自觉的方式推进了这种转化。陈师道说："退之以文为诗，子瞻以诗为词。"（《后山诗话》）李清照也认为东坡词"皆句读不葺之诗耳"（《苕溪渔隐丛话》后集卷三十三引李清照语）。从宋代文学发展的历程看，苏轼完成了由欧阳修开启的诗文革新运动，并把这一运动扩展到了词的领域，像韩愈打破了诗文的界限一样，打破了诗词的界限，开拓了词的题材，提高了词的境界，并把诗的表现方法运用到了词的领域，终于使词摆脱了乐曲附庸的地位，成为独立、自由的新诗体。以《水调歌头》（明月几时有）和《江城子·密州出猎》为例，前者是化用唐诗的代表作，点化的唐诗有“青天有月来几时，我今停杯一问之”（李白《把酒问月》）、“我歌月徘徊，我舞影零乱”（《月下独酌》）、“已悟化成非乐界，不知今夕是何年”（戴叔伦《二灵寺守岁》）、“惟应洞庭月，万里共婵娟”（许浑《怀江南同志》）等。这绝不仅仅是一种外在的形式上的化用，而是将诗的内在品格和其中的文化信息向词移植，以词的艺术形式来表现诗的内质。后者则用了《三国志·吴主传》、《史记·张释之冯唐列传》、《梁书·张充传》和《诗经》中的有关典故。用典是诗的表现方法，词大量用典就必然要加深词的历史感和厚重感，与晚唐五代词风越来越远，而与诗则越来越近。总结起来，苏轼词化用唐诗、大量用典、以议论入词、语言刚健、不依声律、独标篇题，种种特点，使苏词打破了“诗庄词媚”的界限，将词提高到了雅文学的层面上来，使得词的乐谱失传以后，词却能成为千古流传的艺术瑰宝。

最后，与宋诗富有理趣一样，苏轼的词也富有理趣。这样的词除了《水调歌头》（明月几时有）为代表的通篇以议论表达哲理的典型之作外，更多的是情景交融，从情景中自然地生发出哲理。如《水调歌头》：

> 落日绣帘卷，亭下水连空。知君为我新作，窗户湿青红。长记平山堂上，攲枕江南烟雨，渺渺没孤鸿。认得醉翁语，“山色有无中”。
>
> 一千顷，都镜净，倒碧峰。忽然浪起，掀舞一叶白头翁。堪笑兰台公子，未解庄生天籁，刚道有雌雄。一点浩然气，千里快哉风。

上片写人在风光中的自得之趣，使人产生一种超然之感；下片则是即景抒情，即情析理，将三者十分自然地融会在一起。又如《鹧鸪天》：

> 林断山明竹隐墙，乱蝉衰草小池塘。翻空白鸟时时现，照水红蕖细细香。
>
> 村舍外，古城旁。杖藜徐步转斜阳。殷勤昨夜三更雨，又得浮生一日凉。

上片七种典型意象描写初夏雨后的景物，给人以密不透风之感；下片则陡然一转，放开视角，又疏可走马，而在疏空之处突出奇峰，“又得浮生一日凉”一句，将上片的细致描写尽皆弃置，超出世表。前一首的“未解庄生天籁，刚道有雌雄。一点浩然气，千里快哉风”，后一首的“殷勤昨夜三更雨，又得浮生一日凉”，均是词的“文眼”，但苏词的这种理趣既不像魏晋玄言诗、山水诗一样在诗末大发玄言议论，也不像汉赋那样“曲终奏雅”，而是由景至情，再由情促理，理是词作情绪流程的自然终结，这也正是苏轼的理趣与宋代的“以文字为诗，以才学为诗，以议论为诗”的主要不同之处。

第三节　时代之情的歌唱者

关于苏词的豪放与婉约风格的争论由来已久，莫衷一是，其实，在主观设定的概念里争论一些细枝末节的问题并无太大的意义，关键是对历史事实有一个明确的把握。如果能从中国文学雅俗对峙、转化的发展规律中去把握苏词的婉约和豪放的风格，也许会更清楚一些。纵观中国的文学艺术形式，总的来看，主要是经历一个由俗到雅，再由雅而衰亡的过程。任何一个时代都要寻求表现自己时代精神的艺术形式，但又绝不愿意把这种艺术形式看作是庸俗的艺术形式，而是要从理论和实践上将其雅化。词作为“诗之余”，最初是被看作不登大雅之堂的俗艺的，但随着各种历史条件在北宋中期的交汇，词的雅化的时机已经成熟。已如前述，相对于汉唐这一雅化时代，宋代是一个世俗化的时代，宋词作为这个世俗化时代的代表性的艺术形式，其雅化也就是历史的必然。况周颐在《蕙风词话》中说：“有宋熙、丰间，词学称极盛，苏长公提倡风雅，为一代山斗。”苏轼的审美理想是“端庄杂流丽，刚健含婀娜”，他对于“魏晋以来，高风绝尘”的提倡，则是他的审美理想的具体体现，表现在其词作上，就必然是对柳永词的“从俗”的一面的强烈的批判。据记载，苏轼与秦观别后相逢，批评他说：“不意别后，公却学柳七作词。”秦观不太服气，说：“某虽不学，亦不如是。”苏轼只得具体指了出来：“‘销魂。当此际’，非柳七语？”从大量的资料看来，苏轼不仅自己在创作上有意矫正柳词之弊，还对这种主张进行宣传。苏轼《江城子·密州出猎》词成，在《与鲜于子俊书》中说：“近却颇作小词，虽无柳七郎风味，亦自是一家。呵呵，数日前猎于郊外，所获颇多，得一阙，令东州壮士抵掌顿足而歌之，吹笛击鼓以为节，颇壮观也。”“虽无柳七郎风味，亦自是一家”，足见苏轼有意与柳永分庭抗礼。

词至苏轼而臻高格，胡寅说：“眉山苏氏，一洗香罗绮泽之态，摆脱绸缪婉转之度，使人登高望远，举首高歌，而逸怀浩气，超乎尘垢之外。于是花间为皂隶，而柳氏为舆台矣。”（《题酒边词》）苏轼在使词雅化的同时，也使宋代的世俗精神雅化了。

苏轼在词风上的贡献不仅在于他发展了婉约词的写法，更重要的是他创立了

满庭芳　苏轼手迹

豪放词。将词分为婉约与豪放两派，始于明人张綖，他在《诗余图谱·凡例》中说："词大约有二，一体婉约，一体豪放。婉约者欲其词情蕴藉，豪放者欲其气象恢弘。盖亦存乎其人。如秦少游之作，多是婉约，苏子瞻之作，多是豪放。"但对后者，历来多有微词。如《四库全书总目·词曲类·东坡词提要》在充分肯定了苏轼词的地位和影响后说："寻根溯源，不能不谓之别格。然谓之不工则不可。故至今日，尚与花间一派并行而不能偏废。"今天看来，花间派的确是词的初祖，但是否就是所谓的正宗，尚需讨论。其实，苏轼对婉约词的发展也是十分重要的，他突破了婉约词只写艳情的藩篱，扩大了词境，提高了词格，使花间词摆脱了卑俗的"艳科"地位，仅从这一点来说，就是真正的正宗。至于豪放词，实际上就是"以诗为词"，其对后世的影响，自不待言。辛弃疾词"异军突起，能于剪红刻翠之外屹然别立一宗，迄今不废"(《四库全书总目·词曲类·稼轩词提要》)，正是苏轼豪放词影响的结果。

从词艺的角度看，苏词的贡献也很大。苏词继承并发展了传统的手法。第一，苏轼发展了柳永的铺陈手法，以赋的技法入词，多用直陈手法叙事抒怀，往往以叙事为主，即事写景。由于苏轼高超的技艺，这种做法不仅不显得平直，倒有助于营造刚健廓大的意境。第二，苏词以议论入词，这不待多言。第三，苏轼喜欢直抒胸臆，不假婉曲，如《满江红》："天岂无情？天也解、多情留客。春向暖、朝来底事，尚飘轻雪。君遇时来纡组绶，我应老去寻泉石。恐异时，杯酒复相思，云山隔。"其实，这也是豪放风格的一种表现。第四，把比兴、比拟、寄托等诗的艺术技巧引入词中，对于塑造艺术形象起到了很好的作用。第五，采用隐括式、俳体式、对话式，也丰富了词的表现方法。

综上所述，苏轼在词史上的所有贡献，都取决于他是这一时代之"情"的表达者。苏轼使词雅化，在词的题材和词艺上的种种贡献，不仅使词真正成为表现宋代世俗精神的艺术形式，更重要的是把以人的感性为基础的世俗精神提高到了生命本体的高度，从而使宋代的世俗精神在一定程度上成为正统，同时也使词这种不登大雅之堂的艺术形式从后台走向前台，成为正统的艺术形式，这就是苏轼的"为词立法"。

关键概念

雅化　　　　豪放词　　　　"为词立法"

思考题

1. 为什么说苏轼的词在题材上“无意不可入，无事不可言”？
2. 举例说明苏轼使词雅化的三种方式。
3. 说说苏轼在词的艺术发展上的贡献。

第二十一章

秦观：在抒写“情”与“愁”中建构婉约词风

在两宋词人中，秦观一般被视为婉约词的典型，对此前人多有评论。宋张炎说：“秦少游词体制淡雅，气骨不衰。清丽中不断意脉，咀嚼无滓，久而知味。”（《词源》卷下）清冯煦说：“（秦观）所为词，寄慨身世，闲雅有情思。酒边花下，一往而深，而怨悱不乱，悄乎得小雅之遗。后主而后，一人而已。”（《宋六十一家词选例言》）。清周济说：“少游最和婉醇正”，“意在含蓄，如花初胎，故少重笔”（《宋四家词选目录序论》）。秦观又往往被看作处于柳永词和苏轼词的中间状态，换言之，是才子风情与雅士高致的兼容并蓄与和谐统一。应该说，秦观词正是在这一意义上被推崇的。其实，秦观词的“咀嚼无滓，久而知味”的特点是与其表现出的绝望的价值悲剧意识深度关联的。

第一节　“词心”中的“情”与“愁”

秦观（1049—1100），字太虚，后改字少游，扬州高邮（今江苏高邮）人，学者号为淮海先生。他少年豪俊，胸怀壮志，攻读兵书，企求驰骋边疆，建不朽功业，陈师道说他“功誉可立致，而天下无难事”（《秦少游字叙》），但他在30岁前无意科举，37岁时才中进士。熙宁末年（1077年），曾到彭城（今江苏徐州）拜谒苏轼，为赋《黄楼赋》。苏轼赞其“有屈、宋才”（《宋史》本传），后经常来往，谊如师友，因苏轼推荐，曾为太学博士。后因苏轼等屡受迫害，连遭贬斥，他先后被流放到郴州（今属湖南）、横州（今广西横县）和雷州（今广东海康），死于滕州。秦观创作颇多，但“性不耐聚稿”，故所存不多。只有《淮海居士长短句》（又称《淮海词》、《淮海琴趣》等）三卷，现共存词80多首。

秦观词的内容大致可以用“情”、“愁”二字来概括。具体来看可以分为三个方面。

第一，秦观的词善于表现爱情和友情，并且往往意蕴深远。这些词中虽然有个别的趣味低俗的作品，但大多数还是健康的，如追求真挚长久的爱情，表现对歌妓的同情，等等，而在这些词中，秦观又往往融入了自己的身世之感，即周济在《宋四家词选》中所说的“将身世之感，打并入艳情”。这类词约占秦观词的半数。如《满庭芳》：

山抹微云，天连衰草，画角声断谯门。暂停征棹，聊共引离尊。多少蓬莱旧事，空回首、烟霭纷纷。斜阳外，寒鸦万点，流水绕孤村。

销魂。当此际，香囊暗解，罗带轻分。谩赢得、青楼薄幸名存。此去何时见也，襟袖上、空惹啼痕。伤情处，高城望断，灯火已黄昏。

满庭芳

词写离别之情，极尽凄婉缠绵，秦观也因“山抹微云”一句而被称为“山抹微云君”。词的艺术价值主要在上片。上片营造的词境犹如宋元山水画般的淡远清寂，本是写痛苦的离别之情，何以会如此淡定？那是因为宋人已入老境，深知“绚烂之极”的物事终究要“归于平淡”，尤其在多愁善感的秦观这里，“悲凉之雾，遍被华林”的感觉已然产生。所以，无论是诗还是词，对“淡”的追求都成为风尚。上片的结尾是对宇宙情怀淡远的体认，下片的结尾是向心理本体淡淡的沉入；我们看不到激情、追询与抗争，只有一个几乎与远山长林融为一体的踽踽而行的忧伤的背影。这是一个文士价值追询失败后绝望的存在状态，其主要的特征是以平淡琐屑的生活细节和庸常细腻的情感来消解人生有限性带来的困惑和威胁。当然，这种消解方式所积累的丰富的情感终究会成为追询新的价值的动力。此词当时传唱极广，《词品》记载说：“范元实，范祖禹之子，秦少游婿也。学诗于山谷，作《诗眼》一书。为人凝重，尝以歌舞之席，终日不言。妓有问之曰：‘公亦解词曲否。’笑答曰：‘吾乃山抹微云女婿也。’可见当时盛唱此词。”（卷三）苏轼也曾戏称“山抹微云秦学士，露花倒影柳屯田”（清沈雄《古今词话》上卷），《白雨斋词话》更是将以词句得号的词人进行了罗列：“宋人如红杏尚书、贺梅子、张三影、山抹微云秦学士、露花倒影柳屯田、晓风残月柳三变、滴粉搓酥左与言之类，皆以一语之工，倾倒一世。”（卷六）王国维说：“少游词境，最为凄婉。”他还在比较了晏几道和秦观之后说：“小山所以愧淮海者，意境异也。”又说：“古今人词……以境胜者，莫若秦少游。”（《人间词话》附录）主要根据就是秦观的这类词。

又如《千秋岁》：

水边沙外，城郭春寒退。花影乱，莺声碎。飘零疏酒盏，离别宽衣带。人不见，碧云暮合空相对。

忆昔西池会，鹓鹭同飞盖。携手处，今谁在。日边清梦断，镜里朱颜改。春去也，飞红万点愁如海。

回忆苏轼及其门人往日相聚的情景，而今日天涯流落，未来也不可测度。南宋诗人范成大最欣赏“花影乱，莺声碎”一句，专门为建“莺花亭”。结片最为著名，此类词句在秦观词中极多，如“绿荷多少夕阳中，知为阿谁凝恨背西风”（《虞美人》），“烟暝酒旗斜，但倚楼极目，时见栖鸦，无奈归心，暗随流水到天涯”（《望海潮》）等。秦观词多写斜月冷晖、寒鸦流水、飞红败叶、残更幽梦、雾霭楼台等意象，极易营造凄迷幽婉的意境。陈郁《藏一话腴》（内编卷上）说：“太白云：‘请君试问东流水，别意与之谁短长？’江南李主曰：‘问君还有几多愁，恰似一江春水向东流。’略加融点，已觉精彩。至寇莱公则谓：‘愁情不断如春水。’少游云：‘落红万点愁如海。’青出于蓝，而青于蓝矣。”李白表现的是政治本体化时代的青春伤感，它以对政治本体的乐感为基础，也许有政治—现实的失意，但并不伤及对政治本体的体认；李煜处于唐宋之间，此时政治本体基本消解，对文化本体的探询尚未发展起来，故李煜表现的是人的具有形上意义的普遍性的情感状态；秦观表现的则是文化本体时代的神伤，是价值追索失败后的绝望！这三个历史阶段的“愁”，其悲剧意识的文化内涵呈现出层层递进的状态，体现出“历史与逻辑的统一”。

又如《江城子》：

西城杨柳弄春柔。动离忧，泪难收。犹记多情，曾为系归舟。碧野朱桥当日事，人不见，水空流。

韶华不为少年留。恨悠悠，几时休。飞絮落花时候、一登楼。便做春江都是泪，流不尽，许多愁。

上片写当年美好的情事消逝了，只有河水还像当年一样流淌；但这不是“空而有”，而是说永恒的自然也无法留住当年的情事，表达的是对人事—自然否定的深刻的绝望情绪。下片具有严格的逻辑理路。过片使生命有限性的本体性威胁得到了显豁的表达，而“恨悠悠，几时休”则是写情绪的长期积郁；“飞絮落花时候、一登楼”是情绪积郁导致的存在最彻底的敞开，是感悟生存真相的最佳契机；在明白了生存真相后，最终的情绪是“便做春江都是泪，流不尽，许多愁”——对解决生命有限性问题的彻底绝望和对价值追询的放弃。如上引《千秋岁》中的“春去也，飞红万点愁如海”一样，空虚与绝望的情绪满纸流溢，从中已不难看出清代纳兰性德词的端绪了。

唐诗宋词是中国文化中的悲剧意识的重要载体。中国悲剧意识的根源在于对人生有限性的追询，在诗词中往往表现为对历史本体（以人类总体历史为归宿）与宇宙情怀（将宇宙自然情感化）的追询，在追询—体认的悲剧意识的觉醒—消解的过程中，导向的往往是价值的建构，积聚起的是促进民族文化发展和人的心灵成长的能量。研究诗词中的悲剧意识，也许可以在一定意义上揭示唐诗宋词的奥秘。

另外，《踏莎行》也很著名：

雾失楼台，月迷津渡，桃源望断无寻处。可堪孤馆闭春寒，杜鹃声里斜阳暮。

驿寄梅花，鱼传尺素，砌成此恨无重数。郴江幸自绕郴山，为谁流下潇湘去？

词作伤贬谪寂寞之苦，描写初春日暮杜鹃啼鸣的惨淡景象，抒发作者寄居他乡的孤独凄凉感受。上阕抒写由视、听等感觉触引的心理感受，已在客观物景中涂染了浓重的主观情绪色彩；到了下阕，极写思乡怀旧之情，因景作情，情寓景间，已是“砌成此恨无重数”。结句“为谁”一问，通过追问自然目的性的问题，将人的感情上升到与自然一样的高度：郴江有情，人亦有情；郴江之情可以了无阻隔，人之情为何不能畅达？该句因注入了作者对自己离乡远谪的深长怨恨而显得文浅意深。此词在用韵上也富有特点，“渡”、“处”、“暮”均为合声“乌”（wu）韵，全词29字中“堪”、“馆”、“鹃”等字收“安”（an）音，“雾”、“渡”、“处”、“孤”、“暮”等字收“乌”（wu）音，对表现沉郁凄婉之情起了极好的辅助作用。王国维说：“少游词境最凄婉，至‘可堪孤馆闭春寒，杜鹃声里斜阳暮’，则变为凄厉矣。”（《人间词话》）苏轼激赏最后两句，并自书扇面，叹曰：“少游已矣，虽万人何赎！”（宋胡仔《苕溪渔隐从话》前集卷五十引《冷斋夜话》）

秦观直接写与歌妓相悦相恋的也很多。如：

碧桃天上栽和露，不是凡花数。乱山深处水潆回，可惜一枝如画、为谁开。

轻寒细雨情何限，不道春难管。为君沉醉又何妨，只怕酒醒时候、断人肠。

（《虞美人》）

玉漏迢迢尽，银潢淡淡横。梦回宿酒未全醒。已被邻鸡催起、怕天明。

臂上妆犹在，襟间泪尚盈。水边灯火渐人行。天外一钩残月、带三星。

（《南歌子》）

小楼连苑横空，下窥绣毂雕鞍骤。朱帘半卷，单衣初试，清明时候。破暖轻风，弄晴微雨，欲无还有。卖花声过尽，斜阳院落，红成阵、飞鸳甃。

玉佩丁东别后，怅佳期、参差难又。名缰利锁，天还知道，和天也瘦。花下重门，柳边深巷，不堪回首。念多情但有，当时皓月，向人依旧。

（《水龙吟》）

据说，这些词都有具体的寄寓对象。

第二，抒写迁离之苦，约有三四十首，主要表现了他后期迭遭贬谪的心境和离别之苦。如《八六子》：

倚危亭。恨如芳草，萋萋刬尽还生。念柳外青骢别后，水边红袂分时，怆然暗惊。无端天与娉婷。夜月一帘幽梦，春风十里柔情。

怎奈向、欢娱渐随流水，素弦声断，翠绡香减，那堪片片飞花弄晚，蒙蒙残雨笼晴。正销凝。黄鹂又啼数声。

写离别之“恨”，而“怆然暗惊”则隐含着政治打击的沉重与无情。不能与“无端天与娉婷”的佳人相聚，只有“柳外青骢别后，水边红袂分时”的悲伤，而“夜月一帘幽梦，春风十里柔情”，“片片飞花弄晚，蒙蒙残雨笼晴。正销凝，黄鹂又啼数声”则正是思念的伤感情景。再如《满庭芳》：

碧水惊秋，黄云凝暮，败叶零乱空阶。洞房人静，斜月照徘徊。又是重阳近也，几处处，砧杵声催。西窗下，风摇翠竹，疑是故人来。

伤怀。增怅望，新欢易失，往事难猜。问篱边黄菊，知为谁开。谩道愁须殢酒，酒未醒、愁已先回。凭阑久，金波渐转，白露点苍苔。

抒写分别之苦，营造出了秋日怀人的悲凉情景，有不胜之致。而《如梦令》五首更是直接描写分别的情景和感受：

门外鸦啼杨柳，春色著人如酒。睡起熨沉香，玉腕不胜金斗。消瘦，消瘦，还是褪花时候。

遥夜沉沉如水，风紧驿亭深闭。梦破鼠窥灯，霜送晓寒侵被。无寐，无寐，门外马嘶人起。

幽梦匆匆破后，妆粉乱痕沾袖。遥想酒醒来，无奈玉销花瘦。回首，回首，绕岸夕阳疏柳。

楼外残阳红满，春入柳条将半。桃李不禁风，回首落英无限。肠断，肠断，人共楚天俱远。

池上春归何处，满目落花飞絮。孤馆悄无人，梦断月堤归路。无绪，无绪，帘外五更风雨。

第一首遥想情人，第二首写驿路风霜，第三、四首写与情人天各一方，第五首写怀人的伤感。

第三，写怀古、记游、记梦内容的，此类词为数不多，只有《望海潮》（星分牛斗、秦峰苍翠、梅英疏淡）、《满庭芳》、《雨中花》等，但往往寄托兴亡之慨，词境俊洁，审美价值很高。如《望海潮》之一：

星分牛斗，疆连淮海，扬州万井提封。花发路香，莺啼人起，珠帘十里东风。豪俊气如虹。曳照春金紫，飞盖相从。巷入垂杨，画桥南北翠烟中。

追思故国繁雄。有迷楼挂斗，月观横空。纹锦制帆，明珠溅雨，宁论爵马鱼龙。往事逐孤鸿。但乱云流水，萦带离宫。最好挥毫万字，一饮拚千钟。

上阕写扬州繁华与形胜，下阕总结上阕，渲染了扬州唐代以来的盛况，大有豪迈之风。再如《望海潮》之二：

秦峰苍翠，耶溪潇洒，千岩万壑争流。鸳瓦雉城，谯门画戟，蓬莱燕阁三休。天际识归舟。泛五湖烟月，西子同游。茂草台荒，苎萝村冷起闲愁。

何人览古凝眸。怅朱颜易失，翠被难留。梅市旧书，兰亭古墨，依稀风韵生秋。狂客鉴湖头。有百年台沼，终日夷犹。最好金龟换酒，相与醉沧洲。

通过对范蠡、西施、王羲之、贺知章等人的怀念和对古迹的凭吊，透显出了豪迈旷达之情。

第二节　“专主情致”、“能以韵胜”的婉约词风

楼敬思说秦观词“如红梅作花，能以韵胜”（《词林纪事》卷四），李清照说其“专主情致”（《词论》），都指出了秦观词的婉约词风。

秦观的词十分善于抒情，含而不露，深沉雅致，情韵兼胜，但又显得自然畅达，了无滞碍。上面引述的词作也具有这一特点。又如《浣溪沙》：

漠漠轻寒上小楼，晓阴无赖似穷秋。淡烟流水画屏幽。
自在飞花轻似梦，无边丝雨细如愁。宝帘闲挂小银钩。

隐约的春愁，轻轻的寂寞和淡淡的哀怨，细微、奥妙、难以捉摸的感觉，全以女性口吻出之。女主人公在百无聊赖中独上小楼，清晓的凉风和漠漠的春阴，使她感到凄清而沉闷，仿佛时节已入深秋，就连屏风上的山水风景也显得暗淡无神，楼外飘飞的落花，蒙蒙细雨，染浓了她的思绪，更增愁苦。秦观就是用这些具体的景物和形象的比喻细腻地表现人的情绪和词的意境。《望海潮》一词表现自己的遭际也写得十分动人：

梅英疏淡，冰澌溶泄，东风暗换年华。金谷俊游，铜驼巷陌，新晴细履平沙。长记误随车。正絮翻蝶舞，芳思交加。柳下桃蹊，乱分春色到人家。

西园夜饮鸣笳。有华灯碍月，飞盖妨花。兰苑未空，行人渐老，重来是事堪嗟。烟暝酒旗斜。但倚楼极目，时见栖鸦。无奈归心，暗随流水到天涯。

此词约作于哲宗绍圣元年（1094年）秦观离京时。秦观多次赴京，所遇皆不顺，后因苏轼等人的推荐应召赴京，又受人嫉恨，引病而归。元祐五年（1090年）因范纯仁荐再赴京师，次年苏轼请放外任，绍圣元年二苏及门下诸士均坐党籍远谪。此词即托语洛阳旧事而实写汴京今昔之感，衬托出苏轼师门的浮沉聚散。词作委婉深情，有不胜之致。

秦观词还十分善于营造凄迷忧伤、沉郁苍凉的意境，词境深远，有不尽之意。如上面所引的《满庭芳·山抹微云》被王国维称为“少游词境，最为凄婉”，

《踏莎行·雾失楼台》也大有凄迷幽婉的意境。另如：

千里潇湘挼蓝浦，兰桡昔日曾经。月高风定露华清。微波澄不动，冷浸一天星。

独倚危樯情悄悄，遥闻妃瑟泠泠。新声含尽古今情。曲终人不见，江上数峰青。

（《临江仙》）

潇湘门外水平铺，月寒征棹孤。红妆饮罢少踟蹰，有人偷向隅。

挥玉箸，洒真珠，梨花春雨余。人人尽道断肠初，那堪肠已无。

（《阮郎归》）

何事东君又去。空满院、落花飞絮。巧燕呢喃向人语。何曾解、说伊家、些子苦。

况是伤心绪。念个人、又成睽阻。一觉相思梦回处。连宵雨、更那堪、闻杜宇。

（《夜游宫》）

这些词都营造了凄迷深远的意境，极易打动失意落魄者的心灵。

而他描写爱情的名作《鹊桥仙》则表现出另一种风格：

纤云弄巧，飞星传恨，银汉迢迢暗度。金风玉露一相逢，便胜却人间无数。

柔情似水，佳期如梦，忍顾鹊桥归路。两情若是久长时，又岂在朝朝暮暮。

《蓼园词评》说：“按七夕歌，以双星会少别多为恨。少游此词，谓‘两情若是久长’，不在‘朝朝暮暮’，所谓化臭腐为神奇。”快人快语，倾泻而出，作情语而有此爽利，并不多见。

秦观词少用典故，语言清丽自然，柔和妩媚而又十分规范，可谓情胜于辞。上引的许多词都是这样，其他如“轻寒细雨情何限，不道春难管”（《虞美人》），“东风里，朱门映柳，低按小秦筝”（《满庭芳》）等，都十分缠绵，委婉，含蓄，自然。

秦观一生仕途蹭蹬，大有伤心之处，这对他的词风也有影响。清冯煦说：“淮海、小山，古之伤心人也。其淡语皆有味，浅语皆有致。求之两宋词人，实罕其匹。”（《宋六十一家词选例言》）但晏几道的“伤心”毕竟不如秦观，所以秦观虽受花间派及柳永影响，又能师法苏轼，破其藩篱，使词显示出另一种风貌。

其实，秦观的“伤心”已不仅仅是由于个人的遭际，而主要是价值探询得不到答案的反映，表现了时代精神的一个侧面。在宋代由天理本体和情感本体构成的文化本体中，价值的探询在诗词中得到了充分的表现。苏轼建立了“情本体”的哲学观，并在词中得到了充分的表达，从而“为词立法”；秦观则试图解决生命的有限性和情感的无限性之间的矛盾，最终没有找到答案，因而表现出绝望的价值悲剧意识。秦观词中的“情”与晏殊词的享乐之情不同，更多的是爱情、友情、乡情、恩情、功业情等具有更多社会指向的人情，与“情本体”的“情”相近，这种“情”的极大张扬不会导向对生活的沉溺，而是必然导向对价值的追询；但在生命的有限性面前，多愁善感而少理性追索的秦观没有得到答案，激荡出的是无限伤感的价值悲剧意识。对秦观在词史上的贡献，一般认为主要是使词真正显示出了婉约的风格；但问题是，后来被认为是婉约派代表人物的李清照的词并没有充分表现这种价值悲剧意识。因此，秦观与李清照是“貌合神离”的婉约派词人。对于秦观词的缺点，有人“以气格不高为病”，甚至成为定评；如果依据上面的分析，秦观词的“气格”之高，堪与比肩者未必很多。

关键概念

《淮海居士长短句》　　　　　　婉约词

思考题

1. 举例说明秦观词的内容。
2. 怎样理解秦观词的“专主情致”、“能以韵胜”的婉约词风？

第二十二章

贺铸：阳刚之壮美与阴柔之优美的融合

贺铸今传词280多首，数量仅次于苏轼。在内容上，取材十分丰富，言志、抒怀、吊古、记游，几乎无不入词。其词风格多样，兼具婉约秾丽、豪壮粗放的艺术特色。对贺铸的名篇，前人曾赞扬说“铁树开花”、“雄姿壮采，不可一世”，认为是在苏轼与周邦彦之间自开户牖，融合两派之长。宋人张耒为贺铸词作序，对贺铸的词风评价最为形象，称其中的婉约词篇“盛丽如游金（金日磾）、张（张汤）之堂，而妖冶如揽嫱（王嫱）、施（西施）之袪”（《东山词序》）。应该说，贺铸词融合了婉约词与豪放词之长，避免了婉约词的柔弱香腻和某些豪放词的直露与疏于音律，为词艺的发展作出了一定的贡献。

第一节　述志怀古的题材与清旷雄健的词风

贺铸（1052—1125），字方回，原籍山阴（今浙江绍兴），生长卫州（今河南辉县），为宋太祖五代族孙。贺铸为人，《宋史》称其“长七尺，面铁色，眉目耸拔。喜谈当世事，可否不少假借。虽贵要权倾一时，少不中意，极口诋之无遗辞。人以为近侠”。陆游说他“貌奇丑，色青黑而有英气”（《老学庵笔记》）。贺铸7岁起就从父亲学诗，文武双全，先是武官出身，哲宗元祐六年（1091年）

因苏轼等人的推荐而为承事郎，改为文阶。此后18年历任泗州、太平州通判等职。贺铸性格狂放耿介，故仕途蹭蹬。因其有奇才而无机遇，故而长期挣扎于仕隐之间，对污浊的现实多有抨击和批判。晚年退居苏州，自号庆湖遗老，潜心收集校注古书，成就斐然，最后卒于常州僧舍。贺铸著有《东山词》。

贺铸词的代表作是那首洋溢着爱国主义热情的《六州歌头》：

少年侠气，交结五都雄，肝胆洞，毛发耸。立谈中，死生同。一诺千金重。推翘勇，矜豪纵。轻盖拥，联飞鞚，斗城东。轰饮酒垆，春色浮寒瓮，吸海垂虹。间呼鹰嗾犬，白羽摘雕弓，狡穴俄空。乐匆匆。

似黄粱梦。辞丹凤，明月共，漾孤篷。官冗从，怀倥偬，落尘笼。簿书丛，鹖弁如云众，供粗用，忽奇功。笳鼓动，渔阳弄，思悲翁。不请长缨，系取天骄种，剑吼西风。恨登山临水，手寄七弦桐，目送归鸿。

此词作于元祐三年（1088年），时西夏屡犯边境，通过追忆年轻时的豪情壮举，表现了词人的英雄豪侠的人格以及请缨无路、报国无门的悲慨之情。词作慷慨悲壮，英风侠气溢于纸外，千载之下犹令人感动。唐以来的文人词本来就极少直接表现爱国主题，以第一人称写爱国之情者也只有苏轼的《江城子·密州出猎》等二三首而已，所以尤为难能可贵。

下面的两首《小梅花》也反映了贺铸空有抱负、壮志难酬的心情：

缚虎手，悬河口，车如鸡栖马如狗。白纶巾，扑黄尘。不知我辈，可是蓬蒿人。衰兰送客咸阳道，天若有情天亦老。作雷颠，不论钱。谁问旗亭，美酒斗十千。

酌大斗，更为寿，青鬓常青古无有。笑嫣然，舞翩然。当垆秦女，十五语如弦。遗音能记秋风曲，事去千年犹恨促。揽流光，系扶桑。争奈愁来，一日却为长。

（《行路难》，《小梅花》调）

城下路，凄风露。今人犁田古人墓。岸头沙，带蒹葭。漫漫昔时，流水今人家。黄埃赤日长安道，倦客无浆马无草。开函关，掩函关。千古如何，不见一人闲。

六国扰，三秦扫。初谓商山遗四老。驰单车，致缄书。裂荷焚芰，接武曳长裾。高流端得酒中趣，深入醉乡安稳处。生忘形，死忘名。谁论二豪，初不数刘伶。

（《将进酒》，《小梅花》调）

两首词用的是“小梅花调”，题目都是借用古乐府旧题。第一首的上阕写空有缚虎之力和口若悬河的文才，但困顿潦倒，有志难申；下阕写借酒浇愁，在黑暗与郁闷之中度日如年。以“缚虎手，悬河口，车如鸡栖马如狗”开端，以“揽流光，系扶桑。争奈愁来，一日却为长”为结，气脉贯通，章法跌宕生姿，以激愤之气推动，抒发了有才之士不得其遇的悲慨，刻画出一位疏狂放浪的志士形象。第二首上阕感慨世事沧桑，对历史的价值、意义以及庸俗的功名利禄提出了质询；下阕讽刺了那些假隐士，经不起功名利禄的诱惑，纷纷为权贵驱驰，而称刘伶为“高流”，对其进行了赞扬。“谁论二豪，初不数刘伶”是说刘伶《酒德颂》中的贵介公子、缙绅处士这“二豪”最初不承认刘伶，但“生忘形，死忘名”的酒隐品格是最终为人敬仰的。全词兴味无穷，议论深沉，形象鲜明，情感豪纵壮浪，是宋词中的上品。

他的六首登临怀古之作也颇出色，这在当时对于词的题材的开拓也是有意义的。这些吊古之作，有时也表现出雄放之风。如：

南国本潇洒，六代浸豪奢。台城游冶，襞笺能赋属宫娃。云观登临清夏，璧月留连长夜，吟醉送年华。回首飞鸳瓦，却羡井中蛙。

访乌衣，成白社，不容车。旧时王谢，堂前双燕过谁家。楼外河横斗挂，淮上潮平霜下，樯影落寒沙。商女篷窗罅，犹唱后庭花。

（《水调歌头·台城游》）

上阕首句总写，从大处落笔，后面五句连写陈叔宝的骄奢淫逸的生活，均有历史依据，最后一句则写陈灭亡时后主藏身井中的情景。下阕化用唐人诗句，由咏史而抚今，感慨历史的沧桑巨变。音韵响亮，情致洒脱放达。

有的词写相思离情也清远高旷。如：

松门石路秋风扫。似不许、飞尘到。双携纤手别烟萝，红粉清泉相照。几声歌管，正须陶写，翻作伤心调。

岩阴暝色归云悄。恨易失、千金笑。更逢何物可忘忧，为谢江南芳草。断桥孤驿，冷云黄叶，相见长安道。

（《御街行》）

上阕写情人难觅，只有想像当时的情景，而行乐不成，反作伤心之调。下阕写自己幽寂的心境，春草只能使自己倍增忧伤，结尾三句既是想像中与情人相见的情景，也寓有自己的身世之感。全词意境清旷，情致高远。

《古捣练子》六首写征夫思妇，表现了贺铸对下层人民的关怀（第一首已残，选二至六）：

收锦字，下鸳机。净拂床砧夜捣衣。
马上少年今健否，过瓜时见雁南归。

砧面莹，杵声齐。捣就征衣泪墨题。
寄到玉关应万里，戍人犹在玉关西。

斜月下，北风前。万杵千砧捣欲穿。
不为捣衣勤不睡，破除今夜夜如年。

抛练杵，傍窗纱。巧翦征袍斗出花。
想见陇头长戍客，授衣时节也思家。

边堠远，置邮稀。附与征衣衬铁衣。
连夜不妨频梦见，过年惟望得书归。

情真意切，自然流畅，在此类诗词中属于上品，这种题材在词中出现，显得尤其难能可贵。

应该说，在苏轼的“以诗为词”的做法还未能为时人所充分接受的情况下，贺铸自觉地接受其影响，并将苏轼的豪放词风与传统词风相融合，创造出了一种清旷高远，雄健畅达的风格，在词的发展史上是有一定贡献的。

第二节　歌情咏物的题材与深情绵邈的词风

贺铸最为人们所传颂的还是那些歌情咏物之词。如《青玉案》：

凌波不过横塘路，但目送、芳尘去。锦瑟华年谁与度？月台花榭，琐窗朱户，只有春知处。

碧云冉冉蘅皋暮，彩笔新题断肠句。若问闲情都几许？一川烟草，满城风絮，梅子黄时雨。

“贺方回尝作《青玉案》词，有‘梅子黄时雨’之句，人皆服其工，士大夫谓之贺梅子。”（《竹坡诗话》）此词风格与秦观有相似之处，当时就大受赞赏，黄庭坚曾亲手抄录此词放在案头。秦观去世后，黄庭坚曾寄诗给贺铸说：“少游醉卧古藤下，无复愁眉唱一杯。解作江南断肠句，只今惟有贺方回。”正说明秦、贺词风的相似。贺铸也因此词而获“贺梅子”的美称。另外，他的《踏莎行》也很典型：

杨柳回塘，鸳鸯别浦，绿萍涨断莲舟路。断无蜂蝶慕幽香，红衣脱尽芳心苦。

返照迎潮，行云带雨，依依似与骚人语。当年不肯嫁春风，无端却被秋风误。

通篇咏荷，而又时时流露出作者怀才不遇的感慨。上片前三句写出荷花生长的环境，透露出其寂寞与孤独；后二句深入一层，写出荷花的孤寂与落寞，“芳心苦”三字极其恰切而又生动地写出了荷花的愁苦心情，透显出词人怀才不遇的惆怅。下片前三句写出池塘傍晚的景色和荷花随风摇曳的情态，后二句是荷花向“骚人”所语的内容，一个“误”字，写尽了对秋风的怨恨和埋怨，而词人自伤情怀之意亦在其中。词风秾丽而又清新，在咏荷花中寄寓了深长的身世之感，让人叹惋沉思。

除此以外，写离别之情是贺铸词的重要内容，因有独特感受，故其词别有情致。如：

薄雨收寒，斜照弄晴，春意空阔。长亭柳色才黄，远客一枝先折。烟横水际，映带几点归鸦，东风销尽龙沙雪。还记出关来，恰而今时节。

将发。画楼芳酒，红泪清歌，顿成轻别。已是经年，杳杳音尘多绝。欲知方寸，共有几许清愁，芭蕉不展丁香结。枉望断天涯，两厌厌风月。

（《石州引》）

上阕写景，写春意空阔与寂寥，“东风”一句承上启下，点明出关的时间地点，使读者知道是隔年相忆。下阕回忆离别时的情景，表明别后音信杳然。“芭蕉”三句点化了李商隐的“芭蕉不展丁香结，同向东风各自愁”（《代赠》），充分表达了离别后的相思之情。全词情感强烈，绵绵不绝，有余韵不尽之致。

《西江月》写离别相思之情，深婉隽永：

携手看花深径，扶肩待月斜廊。临分少伫已怅怅，此段不堪回想。

欲寄书如天远，难销夜似年长。小窗风雨碎人肠，更在孤舟枕上。

上阕回忆当时的情景，下阕写离别后的思念与孤独寂寞，细腻深致，清澈柔婉。

《菩萨蛮》则使相思富有质感：

彩舟载得离愁动，无端更借樵风送。波渺夕阳迟，销魂不自持。
良宵谁与共，赖有窗间梦。可奈梦回时，一番新别离。

上阕写行者，不借外物渲染，使离愁自生；下阕就居者落墨，写良宵生梦，梦醒愈愁，语浅而情深。

《小重山》将离别之情写得凄迷缠绵：

花院深疑无路通。碧纱窗影下，玉芙蓉。当时偏恨五更钟。分携处，斜月小帘栊。

楚梦冷沉踪。一双金缕枕，半床空。画桥临水凤城东。楼前柳，憔悴几秋风。

上阕回忆分别时的情景，凄迷而幽微；下阕写梦后凄凉，笔触虚灵，情思深挚。

《芳草渡》写别情则富有民歌韵味：

留征辔，送离杯。羞泪下，捻青梅。低声问道几时回。秦筝雁促，此夜为谁排。

君去也，远蓬莱。千里地，信音乖。相思成病底情怀。和烦恼，寻个便，送将来。

上阕以白描手法写宴会送别，下阕写虚拟相思和深情的叮嘱，对女子情态、心理的描绘惟妙惟肖。

《更漏子·独倚楼》则又将离愁写得十分爽快：

上东门，门外柳。赠别每烦纤手。一叶落，几番秋？江南独倚楼。
曲阑干，凝伫久。薄暮更堪搔首。无际恨，见闲愁？侵寻天尽头。

折柳送别、高楼独倚和倚阑眺望三个场景依次排开，展开了三个不同的情感层次。

他追念妻子的悼亡词《半死桐·鹧鸪天》也十分出色：

重过阊门万事非，同来何事不同归？梧桐半死青霜后，头白鸳鸯失伴飞。

原上草，露初晞。旧栖新垄两依依。空床卧听南窗雨，谁复挑灯夜补衣？

这是贺铸为悼念妻子赵夫人所作，情真意切，内容充实，富有生活气息，可与苏轼的悼亡词争长短。

贺铸词在艺术上有许多独到之处。从大的方面来看，他的词的豪放的一面继承了苏轼的豪放词风，对南宋的爱国词人有相当的影响，其深情绵邈的柔婉的一面又充分体现了婉约派的词风，并使二者有机地融合起来。因此，他的词风是多样化的。

贺铸词"语意精新，用心甚苦"（《碧鸡漫志》），"贺方回妙于小词，吐语皆蝉蜕尘埃之表"（《魏庆之词话》），极其善于营造绮靡的词境，其"愁"有"浓得化不开"之说。贺铸词的这一特点是与他极其善于炼字分不开的，只一个"愁"字，在不同的情景和不同的语言环境下，其韵致便有着很大的不同。

贺铸的词还善于化用前人的诗句，往往不露痕迹而别开生面，并且注意对称和骈偶之美。他的词对于用韵更是十分讲究，善于使用密集回环的韵位，以错综抑扬、复合多变的声韵来营造词的节奏感和音韵美。

关键概念

《东山词》

思考题

1. 举例说明贺铸词的述志怀古的题材与清旷雄健的词风。
2. 贺铸歌情咏物题材的词是怎样表现出深情绵邈的词风的？请举例说明。

第二十三章

周邦彦：集前人之长建立词的创作程式

周邦彦词之所以对后世影响很大，与他有意识地继承前代词人的艺术成就密切相关。周词不仅有柳永词的缠绵细密，欧阳修词的隽永，晏殊词的蕴藉，还有李煜词的深婉，韦庄词的清丽和温庭筠、冯延巳词的浓艳。周词文人写作的成分较浓，他正是通过刻意为词，从而建立起了一种“文人词”的写作程式，因此周词往往被后世文人奉为楷模。

第一节　爱情、艳情与身世之感

周邦彦（1056—1121），字美成，晚号清真居士，有堂名“顾曲”。浙江钱塘（今浙江杭州）人。著有《清真集》，又称《片玉集》。24岁时“布衣西上”（《西平乐》词序），入太学读书，元丰六年（1083年），因献《汴都赋》，述汴京盛况而歌颂新法，受到神宗赏识，由太学外舍生超擢为负责执行学规的太学正，“声名一日震耀海内”（楼钥《清真先生文集序》）。虽一赋而为学正，却“居五岁不迁”（《宋史》本传），使其备感沮丧。于是他转而走马章台，流连坊曲，“益尽力于辞章”（同上）。由于周邦彦不愿依附旧党，于元祐二年（1087年）被赶出太学，过了10年的漂泊州县的生活，其间词风发生变化，由善为小令转为工于长调，从失于软媚转为浑厚和雅，并开始创制新调。绍圣四年（1097年）被召还朝，任国子监主簿。徽宗政和七年（1117年），因妙解音律而进徽猷阁待制提举大晟府，为朝廷制礼作乐。张炎说“迄于崇宁，立大晟府，命周美成诸人讨论古音，审定古调，沦落之后，少得存者。由此八十四调之声稍传。而美成诸人又复增演慢曲、引、近，或移宫换羽，为三犯、四犯之曲，按月律为之，其曲遂繁”。周邦彦虽政治上较为显达，但主要是积官而得，不愿依附蔡京等人。徽宗宣和元年（1119年）以后就又出知真定府、处州等，还避乱于睦州、杭州、扬州等地，于宣和三年（1121年）卒于南京鸿庆宫（在今河南商丘市）。

周邦彦词版本众多，有宋刻本《片玉集》10卷，今存词180多首，其中有相当一部分并不可靠。周邦彦的词句式整齐，格律谨严，后期词更是讲究平仄，甚至严守四声，极其适合配乐歌唱。他的词基本上写艳情和羁旅之愁，间或有描写时令、景物和咏史的作品，较有影响的词还是那些吟咏离愁别绪、男女之情和风花雪月的作品。

《少年游》写于太学生时期，表现了他早期词作的风格：

> 并刀如水，吴盐胜雪，纤手破新橙。锦幄初温，兽烟不断，相对坐调笙。
>
> 低声问，向谁行宿？城上已三更。马滑霜浓，不如休去，直是少人行。

全词明白简练，清丽自然，生动活泼，情见乎辞，反映的应该是当时上层社会的冶游生活。《风来朝》写女性的姿态：

> 逗晓看娇面。小窗深、弄明未遍。爱残朱宿粉云鬟乱。最好是、帐中见。
>
> 说梦双蛾微敛。锦衾温、酒香未断。待起难舍拚。任日炙、画栏暖。

词作描绘了一位临窗晓睡的美人，笔致腾挪婉转，姿态顾盼飞扬，是写艳情的代表作。《风流子》则是一首艳词：

> 新绿小池塘。风帘动、碎影舞斜阳。羡金屋去来，旧时巢燕，土花缭绕，前度莓墙。绣阁凤帏深几许，曾听得理丝簧。欲说又休，虑乖芳信；未歌先咽，愁近清觞。
>
> 遥知新妆了，开朱户、应自待月西厢。最苦梦魂，今宵不到伊行。问甚时说与，佳音密耗，寄将秦镜，偷换韩香。天便教人，霎时厮见何妨。

此词写于为溧水县知县时。全词叙写相思怀人的苦闷，上片写黄昏听曲，于曲折中爱上了一位大家闺秀，可见忆念深挚；下片写渴望会面却无缘得见，只有想像意中人待月西厢的情景，无由相晤，即使在梦中也无法相见。

在艳情词中，值得注意的是那些怀旧之作，与一般的探芳寻胜不同。如《点绛唇》：

辽鹤归来，故乡多少伤心地。寸书不寄，鱼浪空千里。

凭仗桃根，说与凄凉意。愁无际，旧时衣袂，犹有东门泪。

据《碧鸡漫志》记载，周邦彦在苏州时与营妓岳楚云相爱，因宦途辗转不能相守，几年后周邦彦重回苏州，岳已经嫁人。周邦彦在苏州太守的宴会上遇见了岳的妹妹，触景伤情，写了此词。又如《解连环》：

怨怀无托。嗟情人断绝，信音辽邈。信妙手、能解连环，似风散雨收，雾轻云薄。燕子楼空，暗尘锁、一床弦索。想移根换叶。尽是旧时，手种红药。

汀洲渐生杜若。料舟依岸曲，人在天角。谩记得、当日音书，把闲语闲言，待总烧却。水驿春回，望寄我、江南梅萼。拼今生，对花对酒，为伊泪落。

写怀念往日的情侣。上阕前三句点明题旨，再以玉连环比喻恋情，并以燕子楼的典故说明人去楼空；下阕则直叙对情人的思念。

周邦彦的慢词十分出色，在表现细腻丰富的情感方面有独到之处。如《浪淘沙慢》：

昼阴重，霜凋岸草，雾隐城堞。南陌脂车待发。东门帐饮乍阕。正拂面、垂杨堪揽结。掩红泪、玉手亲折。念汉浦离鸿去何许，经时信音绝。

情切。望中地远天阔。向露冷风清，无人处，耿耿寒漏咽。嗟万事难忘，唯是轻别。翠樽未竭。凭断云留取，西楼残月。

罗带光销纹衾叠，连环解、旧香顿歇。怨歌永、琼壶敲尽缺。恨春去、不与人期，弄夜色。空余满地梨花雪。

怀念久别的恋人。全词层层递进，有柳永《雨霖铃》的风致，但又多了一份灵动之美。第一叠回忆分别时的情景，仿佛历历在目；中间一叠写自己深切的思念，情致缠绵；第三叠则将激荡于胸怀的思念情绪倾囊泄出。

写身世之感的《兰陵王》也是一首出色的作品：

柳阴直，烟里丝丝弄碧。隋堤上、曾见几番，拂水飘绵送行色。登临望故国。谁识京华倦客。长亭路，年去岁来，应折柔条过千尺。

闲寻旧踪迹，又酒趁哀弦，灯照离席。梨花榆火催寒食。愁一箭风快，半篙波暖，回头迢递便数驿。望人在天北。

凄恻。恨堆积。渐别浦萦回，津堠岑寂。斜阳冉冉春无极。念月榭携手，露桥闻笛。沉思前事，似梦里，泪暗滴。

该词乃周邦彦于徽宗重和元年（1118 年）春出知真定府（今河北正定县）时留别汴京故旧之作，时年 63 岁。词以铺叙的方式借咏柳写离愁，既富艳精工，又情感深沉真挚。其中“愁一箭风快，半篙波暖”两句极能写时光流逝、世事变幻之感，而“沉思前事，似梦里，泪暗滴”则写前事曲折如梦，令人不堪回首。

迁谪之苦使他时有消沉之意，在词中经常表现出这种身世之感。如《满庭芳》：

风老莺雏，雨肥梅子，午阴嘉树清圆。地卑山近，衣润费炉烟。人静乌鸢自乐，小桥外、新绿溅溅。凭栏久，黄芦苦竹，拟泛九江船。

年年。如社燕，飘流瀚海，来寄修椽。且莫思身外，长近尊前。憔悴江南倦客，不堪听、急管繁弦。歌筵畔，先安簟枕，容我醉时眠。

此词写于溧水县令任上。上阕写居所地势低苦，颇有白居易《琵琶行》中的苦贬之意；下阕感叹仕途失意、身世飘零，但还不乏狂放之意。

《瑞龙吟》则被人们看作是代表周邦彦沉郁顿挫词风的典型的慢词：

章台路。还见褪粉梅梢，试花桃树。愔愔坊陌人家，定巢燕子，归来旧处。

黯凝伫。因念个人痴小，乍窥门户。侵晨浅约宫黄，障风映袖，盈盈笑语。

前度刘郎重到，访邻寻里，同时歌舞。唯有旧家秋娘，声价如故。吟笺赋笔，犹记燕台句。知谁伴，名园露饮，东城闲步？事与孤鸿去。探春尽是，伤离意绪。官柳低金缕。归骑晚、纤纤池塘飞雨。断肠院落，一帘风絮。

词当作于词人还京任国子监主簿之时，时周邦彦 42 岁。此词写“人面桃花”

之类的故事，在短短的篇幅中以灵动的手法将经历和情感表达得深致细腻，寓有深厚的身世之感，而文辞清畅，流转自如，以抑扬顿挫的节律表现出沉郁的情感，被誉为周词的压卷之作。

第二节　以“富艳精工”的艺术特色“结北开南”

陈振孙说：“（美成词）多用唐人诗句隐括入律，浑然天成。长调尤善铺叙，富艳精工，词人之甲乙也。”（《直斋书录解题》）可以说十分精到地概括了周邦彦词的特点。周邦彦词在当时和词史上都有很大影响。陈廷焯说：“词至美成，乃有大宗，前收苏、秦之终，后开姜、史之始，自有词人以来，不得不推为巨擘。后之为词者，亦难出其范围。”（《白雨斋词话》卷一）周济说：“美成思力独绝千古，如颜平原书，虽未臻两晋，而唐初之法至此大备，后有作者，莫能出其范围矣。”（《介存斋论词杂著》）这些说法虽嫌太过，但周邦彦词博采北宋诸家之长，最终形成了“富艳精工”的一家之风，又极重声律，开南宋姜夔、吴文英、史达祖格律词派的先声，说其“结北开南”，亦有道理。

周词建立了一套词的创作程式，其中重要的方式是从前人的诗词中寻找素材，通过化用前人的诗词来表现更新、更丰富的情感。如《西河·金陵怀古》：

佳丽地。南朝盛事谁记？山围故国绕清江，髻鬟对起。怒涛寂寞打孤城，风樯遥度天际。

断崖树，犹倒倚。莫愁艇子曾系。空余旧迹，郁苍苍、雾沈半垒。夜深月过女墙来，伤心东望淮水。

酒旗戏鼓甚处市？想依稀、王谢邻里。燕子不知何世，向寻常、巷陌人家，相对如说兴亡，斜阳里。

该词以刘禹锡《石头城》、《乌衣巷》诗为基础，又化用了谢朓、杜牧等人的诗意，大有超迈前人之处。北宋灭亡后，南宋词人刘辰翁在《大圣乐》词中说：“伤心处，斜阳巷陌，人唱《西河》。”可见此词的影响。

章法结构严谨而又富于变化是周邦彦词的又一特点，也是可供模仿的词的写作程式。如《六丑》：

正单衣试酒，恨客里、光阴虚掷。愿春暂留，春归如过翼。一去无迹。为问花何在，夜来风雨，葬楚宫倾国。钗钿堕处遗香泽。乱点桃蹊，轻翻柳陌。多情为谁追惜。但蜂媒蝶使，时叩窗隔。

东园岑寂。渐蒙笼暗碧。静绕珍丛底，成叹息。长条故惹行客。似牵衣待话，别情无极。残英小、强簪巾帻。终不似一朵，钗头颤袅，向人欹侧。漂流处、莫趁潮汐。恐断红、尚有相思字，何由见得。

这是周邦彦的自度曲，不仅仅是伤蔷薇之作，还寄予了深重的身世之感。“正单衣试酒，恨客里、光阴虚掷”是伤别，“愿春暂留，春归如过翼”是伤春，伤别与伤春同为感伤，但又在一转之后相互生发。这六句不仅在整体上呈现出严整中有所变化的特点，在后三句中更是蕴藏着三次转折：不敢有奢望，仅仅是愿春暂留，但春不稍停，而是“春归如过翼”，不仅春过，而且还是“一去无迹”。“为问”以下七句，则转写花落与国亡，二者融为一体，不可分割；后面的两句则写花落国亡之后，尚有多情者在。下阕开始转入写东园春尽后的岑寂状态，但又一叹三转，写离别情、相思苦。总之，词作含义丰富曲折，文人刻意制作的痕迹很浓，其中有很多可供模仿的程式。

周邦彦《氐州第一（波落寒汀）词意图》 吴湖帆

周邦彦的词还极善铺叙和勾勒，如上面所引的《六丑》，十分善于言情体物，而《蝶恋花》数句之间就将人物情态勾勒得栩栩如生：

月皎惊乌栖不定。更漏将残，轳辘牵金井。唤起两眸清炯炯，泪花落枕红棉冷。

执手霜风吹鬓影。去意徊徨，别语愁难听。楼上阑干横斗柄，露寒人远难相应。

早起汲水的辘轳声将男主人公惊醒，男子便叫起所欢的女子，准备离别；女子由于还沉浸在梦中，所以醒来时懵懵懂懂，但很快就明白了离别在即，于是“泪花落枕”。“唤起”一句将女子惊起的瞬间的神态和心理准确生动地传达出来，可谓描摹入神。

在情景交融方面，周邦彦的词也十分出色，他的一些咏物词更能体现这些特点。如《苏幕遮》：

燎沉香，消溽暑。鸟雀呼晴，侵晓窥檐语。叶上初阳干宿雨。水面清圆，一一风荷举。

故乡遥，何日去？家住吴门，久作长安旅。五月渔郎相忆否？小楫轻舟，梦入芙蓉浦。

词作写京师之荷花、眼前荷花、故乡荷花、雨后荷花的神态，小楫轻舟的归梦，思乡之情衬托得宛然深致，使其成为咏荷诗词的名作。王国维曾在《人间词话》中说，“叶上初阳干宿雨。水面清圆，一一风荷举”数句为“真能得荷之神理者”，还说“美成深远之致，不及欧、秦，唯言情体物，穷极工巧”。又如《月下笛》：

小雨收尘，凉蟾莹彻，水光浮璧。谁知怨抑。静倚官桥吹笛。映宫墙、风叶乱飞，品高调侧人未识。想开元旧谱，柯亭遗韵，尽传胸臆。

阑干四绕，听折柳徘徊，数声终拍。寒灯陋馆，最感平阳孤客。夜沉沉、雁啼甚哀，片云尽卷清漏滴。黯凝魂，但觉龙吟万壑天籁息。

玉楼春　周邦彦

桃溪不作从容住，秋藕绝来无续处。
当时相候赤阑桥，今日独寻黄叶路。
烟中列岫青无数，雁背夕阳红欲暮。
人如风后入江云，情似雨余粘地絮。

——明刊本《诗余画谱》

此为赋笛词。上阕描绘吹笛的情状，下阕写闻笛而悲。尤其是结尾几句，有余音绕梁之致。

周邦彦“好音乐，能自度曲”（《宋史》本传），并多自创长调，在词的形式之美和表达的精工之美方面都有贡献。当然，其内容的褊狭不能不说是缺点。

周邦彦词在当时流传甚广，“贵人、学士、市儇、妓女皆知美成词为可爱”（陈郁《藏一话腴》外编卷上）。周邦彦词极善描写轻柔细腻的景物，将其融成一片浑融朦胧而又清新深微的意境，在艺术上确有其独到之处。

关键概念

“富艳精工”　　　　“结北开南”

思考题

1. 举例说明周邦彦词的内容。
2. 简述周邦彦词的艺术特点及在词史上的地位。

第二十四章 “苏门六君子”与北宋后期的其他词人

第一节 “苏门六君子”的词创作

黄庭坚、秦观、晁补之、张耒被后人称为“苏门四学士”，再加上陈师道和李廌，被后人称为“苏门六君子”。他们在词创作方面都有一定成就。秦观已在前面列专章介绍，此处简要地介绍其余五人。

黄庭坚（1045—1105），字鲁直，号山谷道人，洪州分宁（今江西修水）人。23岁中进士，做过多年的下级官员，比较接近下层人民。元丰八年（1085年）以司马光为首的旧党上台后，黄庭坚任职于馆阁，官至北京（大名）国子监教授和国史编修，参与编写《神宗实录》。他在政治上追随苏轼，并常与苏轼等人唱和。哲宗绍圣元年（1094年）始，旧党失势，新党上台，黄庭坚因修《神宗实录》“不当”而先后被贬谪到黔州（今四川彭水）、戎州（今四川宜宾），最后卒于宜州（今属广西）贬所。今存词180余首。

黄庭坚的存词数量虽与柳永、秦观、周邦彦等人相当，但影响远远不及这三人，主要原因是他的词风与当时的主流词风不甚合拍。

黄庭坚有的词有着自己鲜明的风格，在一定意义上讲，与他的诗风有相近之处。如《水调歌头》：

瑶草一何碧，春入武陵溪。溪上桃花无数，花上有黄鹂。我欲穿花寻路，直入白云深处，浩气展虹霓。只恐花深里，红露湿人衣。

坐玉石，欹玉枕，拂金徽。谪仙何处，无人伴我白螺杯。我为灵芝仙草，不为朱唇丹脸，长啸亦何为。醉舞下山去，明月逐人归。

上阕写理想中的景色，下阕对李白表示倾慕，对世俗有否弃之情。气魄开阔疏朗，风格强劲而蕴涵哲理，有黄诗的风致。而《鹧鸪天·坐中有眉山隐客史应之和前韵，即席答之》则写得苍劲古朴：

黄菊枝头生晓寒，人生莫放酒杯干。风前横笛斜吹雨，醉里簪花倒著冠。

身健在，且加餐。舞裙歌板尽清欢。黄花白发相牵挽，付与时人冷眼看。

有遗世不顾的高爽的诗意。有的词则表现出婉约的词风。如《虞美人·宜州见梅作》：

天涯也有江南信，梅破知春近。夜阑风细得香迟，不道晓来开遍、向南枝。

玉台弄粉花应妒，飘到眉心住。平生个里愿杯深，去国十年老尽、少年心。

上阕因梅写景，下阕抒怀，表现了对当权者的不满，虽是婉约，但也是爽快之语。

有的词则与苏轼的词风有近似之处。如《念奴娇·八月十七日，同诸甥步自永安城楼，过张宽夫园待月。偶有名酒，因以金荷酌众客。客有孙彦立，善吹笛。援笔作乐府长短句，文不加点》：

断虹霁雨，净秋空，山染修眉新绿。桂影扶疏，谁便道，今夕清辉不足。万里青天，姮娥何处，驾此一轮玉。寒光零乱，为谁偏照醽醁。

年少从我追游，晚凉幽径，绕张园森木。共倒金荷家万里，欢得尊前相属。老子平生，江南江北，最爱临风曲。孙郎微笑，坐来声喷霜竹。

言志述怀，豪放爽朗，与苏轼的《念奴娇·明月几时有》相近。

在“苏门六君子”中，晁补之的词风最接近苏轼。**晁补之**（1053—1110），字无咎，巨野人。21岁时袖文谒见苏轼，苏轼见所作《钱塘七述》而大为称赏，由是知名。后中进士，任北京国子监教授等职，曾因坐元祐党籍被贬为应天府通判。晁补之“束发经史，白首翰墨”，著作颇丰，传有《鸡肋集》、《琴趣外篇》，传词一百多首。

晁补之的咏物词小令较多，以《盐角儿·亳社观梅》最具代表性：

开时似雪，谢时似雪。花中奇绝。香非在蕊，香非在萼。骨中香彻。

占溪风，留溪月。堪羞损、山桃如血。直饶更、疏疏淡淡，终有一般情别。

冯煦在《宋六十家词选例言》中说：“晁无咎为苏门四士之一，所为诗余，无子瞻之高华，而沉咽则过之。”可当此词评语。

他的词有表现官场失意的。如《临江仙·信州作》：

谪宦江城无屋买，残僧野寺相依。松间药臼竹间衣。水穷行到处，云起坐看时。

一个幽禽缘底事，苦来醉耳边啼。月斜西院愈声悲。青山无限好，犹道不如归。

上阕写在贬谪之地与僧为伍；下阕融会唐诗诗意，层层递进，抒发宦途失意之悲，爽朗豁达。《洞仙歌·泗州中秋作》则更典型地表现了这一风格：

青烟幂处，碧海飞金镜。永夜闲阶卧桂影。露凉时、零乱多少寒螿，神京远，惟有蓝桥路近。

水晶帘不下，云母屏开，冷浸佳人淡脂粉。待都将许多明，付与金尊，投晓共、流霞倾尽。更携取、胡床上南楼，看玉做人间，素秋千顷。

上阕写明月当空的景象，下阕极写赏月。

历来最受称赏的，是他的《摸鱼儿·东皋寓居》：

买陂塘、旋栽杨柳，依稀淮岸江浦。东皋嘉雨新痕涨，沙觜鹭来鸥聚。堪爱处最好是、一川夜月光流渚。无人独舞。任翠幄张天，柔茵藉地，酒尽未能去。

青绫被，莫忆金闺故步。儒冠曾把身误。弓刀千骑成何事，荒了邵平瓜圃。君试觑。满青镜、星星鬓影今如许。功名浪语。便似得班超，封侯万里，归计恐迟暮。

上阕写田园风光，下阕抒怀，表现了自己的切身感受。风格清朗豪放，俊厉爽达，大有苏词之风。

张耒（1052—1114），字文潜，楚州淮阴人，进士及第。初与秦观同学于苏轼。轼以为："秦得吾工，张得吾易。"张耒历任淮阴主簿、起居舍人等职。因与苏轼交好，屡遭贬谪。仅存词6首。小令《减字木兰花》有独到之处：

个人风味，只有江梅些子似。每到开时，满眼清愁只自知。
霞裾仙珮，姑射神人风露态。蜂蝶休忙，不与春风一点香。

以梅喻人，外艳内冷，形神与情理兼备。而《风流子》更为著名：

木叶亭皋下，重阳近，又是捣衣秋。奈愁入庾肠，老侵潘鬓，谩簪黄菊，花也应羞。楚天晚，白蘋烟尽处，红蓼水边头。芳草有情，夕阳无语，雁横南浦，人倚西楼。

玉容，知安否，香笺共锦字，两处悠悠。空恨碧云离合，青鸟沉浮。向风前懊恼，芳心一点，寸眉两叶，禁甚闲愁。情到不堪言处，分付东流。

上阕因秋伤别，下阕怀人。全词意致深远，有不尽之意。

陈师道（1053—1102），字履常，号后山居士，彭城（今江苏徐州）人。35岁时由苏轼举荐而任州学教授，他一生清贫，而人又耿直狷介，后人赞"其境皆真境，其情皆真情，故能引人之情，相与流连往复，而不能自已"。存词40多首。写男女之情也是其词的重要内容。如：

秋光烛地，帘幕生秋意。露叶翻风惊鹊坠，暗落青林红子。
微行声断长廊，熏炉衾换生香。灭烛却延明月，揽衣先怯微凉。

（《清平乐》）

纤软小腰身，明秀天真面。淡画修眉小作春，中有相思怨。
背立向人羞，颜破因谁倩。不比阳台梦里逢，亲向尊前见。

（《卜算子》）

细腻深沉，理致深蕴，但给人以苦吟之感。

李廌（1059—1109），字方叔，华州（今陕西华县）人，屡试不第，存词4首。《虞美人》写得较好：

玉阑干外清江浦，渺渺天涯雨。好风如扇雨如帘，时见岸花汀草、涨痕添。

青林枕上关山路。卧想乘鸾处。碧芜千里思悠悠，惟有霎时凉梦、到南州。

况周颐《蕙风词话》对此词有详细的评论：“李方叔虞美人过拍云：‘好风如扇雨如帘。时见岸花汀草，涨痕添。’春夏之交，近水楼台，确有此景。‘好风’句绝新，似乎未经人道。歇拍云：‘碧芜千里思悠悠。惟有霎时凉梦，到南州。’尤极淡远清疏之致。”

第二节　北宋后期的其他词人

毛滂（1055？—1102?），字泽民，衢州人。曾当过知县和知州等官，因苏轼的推荐而知名。有《东堂词》。毛滂词总的艺术特点是清隽疏朗。如《生查子·富阳道中》：

春晚出山城，落日行江岸。人不共潮来，香亦临风散。
花谢小妆残，莺困清歌断。行雨梦魂销，飞絮心情乱。

是景歌，也是情歌。又如《惜分飞·富阳僧舍代作别语》：

泪湿阑干花著露，愁到眉峰碧聚。此恨平分取，更无言语，空相觑。
短雨残云无意绪，寂寞朝朝暮暮。今夜山深处，断魂分付，潮回去。

赠妓之作，虽是情语，却含而不露。又如《临江仙·都城元夕》：

闻道长安灯夜好，雕轮宝马如云。蓬莱清浅对觚棱。玉皇开碧落，银界失黄昏。

谁见江南憔悴客，端忧懒步芳尘。小屏风畔冷香凝。酒浓春入梦，窗破月寻人。

上阕写汴京的元夕的热闹，下阕写自己的冷落与憔悴。意在言外，含蓄隽永。有时写日常生活情趣也很有特色：

一亩清阴，半天潇洒松窗午。床头秋色小屏山，碧帐垂烟缕。
枕畔风摇绿户。唤人醒、不教梦去。可怜恰到，瘦石寒泉，冷云幽处。
（《烛影摇红·松窗午梦初觉》）

上阕写午睡醒后所见，下阕回忆梦境。意境幽微，风格清隽。

李之仪（1045？—1125），字端叔，与苏轼友善。其词以小令见长，风格清丽柔婉。如：

我住长江头，君住长江尾。日日思君不见君，共饮长江水。
此水几时休，此恨何时已。只愿君心似我心，定不负相思意。
（《卜算子》）

避暑佳人不著妆，水晶冠子薄罗裳。摩绵扑粉飞琼屑，滤蜜调冰结绛霜。

随定我，小兰堂。金盆盛水绕牙床。时时浸手心头熨，受尽无人知处凉。

（《鹧鸪天》）

清溪咽，霜风洗出山头月。山头月，迎得云归，还送云别。
不知今是何时节。凌歊望断音尘绝。音尘绝，帆来帆去，天际双阙。
（《忆秦娥》）

王诜（生卒年不详），字晋卿，太原人。尚英宗女蜀国长公主，因与苏轼友善而受牵连。存词12首。其中《忆故人》较好：

烛影摇红向夜阑，乍酒醒、心情懒。尊前谁为唱阳关，离恨天涯远。
无奈云沉雨散。凭阑干、东风泪眼。海棠开后，燕子来时，黄昏庭院。

晁端礼（1046—1113），字次膺，曾在大晟府为官，为大晟词人。其词多歌功颂德之作，间有可取。如《水龙吟》：

倦游京洛风尘，夜来病酒无人问。九衢雪小，千门月淡，元宵灯近。香散梅梢，冻消池面，一番春信。记南楼醉里，西城宴阙，都不管、人春困。

屈指流年未几，早人惊、潘郎双鬓。当时体态，如今情绪，多应瘦损。马上墙头，纵教瞥见，也难相认。凭栏干，但有盈盈泪眼，罗襟揾。

上阕写困居京华的情状，下阕写功业无成，时光已逝，以元宵节的凄凉来衬托心境，内容上有一定的现实意义。

万俟咏（生卒年不详），字雅言，曾为大晟府制撰，为大晟词人。词作有一定特色。如：

一鞭清晓喜还家，宿醉困流霞。夜来小雨新霁，双燕舞风斜。
山不尽，水无涯，望中赊。送春滋味，念远情怀，分付杨花。

（《诉衷情·送春》）

春到南楼雪尽，惊动灯期花信。小雨一番寒，倚阑干。
莫把阑干倚，一望几重烟水。何处是京华，暮云遮。

（《昭君怨》）

又随芳绪生，看翠霁连空，愁遍征路。东风里，谁望断西塞，恨迷南浦。天涯地角，意不尽、消沉万古。曾是送别长亭下，细绿暗烟雨。

何处。乱红铺绣茵，有醉眼荡子，拾翠游女。王孙远，柳外共残照，断云无语。池塘梦生，谢公后、还能继否。独上画楼，春山暝、雁飞去。

（《春草碧》）

风格较为清新柔婉，意境趋向凄迷，有绵邈之致。

关键概念

“苏门六君子”

思考题

1. 简述“苏门六君子”的词创作。
2. 概述毛滂、李之仪、晁端礼、万俟咏等人的词创作。

第二十五章

李清照：在“当行本色”中展现闺情、爱情、别情和国破家亡之情

李清照的词具有特殊的意义。李清照以前的词，都是男子代言闺情，总是以男性的视角来审视妇女，或者把闺情当作自己爱情的点缀和陪衬，并不能真正走进妇女的心灵世界。而李清照的词树立了一个女性抒情主体的形象，展示出强烈的个性意识，是那样的新鲜、生动、真切而又自然，使我们窥见了那颗有着那么多的欢乐和深情，忧郁和悲伤，而又始终追求着美好生活的自由心灵。正如陈迩冬先生在《宋词纵谈》中所说，李清照不是女“神”，不是女“奴”，而是女“人”。

第一节　在抒写闺情、爱情中展现个性之美

李清照（1084—1155?），自号易安居士，山东济南人。生于仕宦门第，其父亲李格非，进士出身，耿直狷介，曾受知于苏轼，精通经史，官至礼部员外郎。其母王氏亦善诗文。李清照早慧，少时即以诗词知名，后与太学生赵明诚结婚，婚后夫妻恩爱。赵明诚是金石家，夫妻共同收集、研究金石书帖，可谓志同道合。赵明诚和李清照的关系也较为平等，对妻子的文学爱好和创作从不束缚限制，夫妻生活中充满了学术气氛和诗情画意，使李清照的创作得到了发展，也使

她积累了丰富的艺术鉴赏和艺术审美经验。但李清照过门不久，李格非便被卷入了新旧党争，名字被刻于党人碑上，李清照随父回原籍，继而蔡京罢相，李清照又由原籍回汴京。后赵明诚的父亲因事入狱，赵家失势，赵明诚、李清照回山东青州赵氏故家居住了十余年，夫妻二人烹茶读书，情好弥笃。宣和三年（1121 年），赵明诚知莱州，不久李清照也到任所随住。靖康二年（1127 年）三月，赵明诚赴建康奔母丧，八月知江宁府事。此年年底，青州兵变，李清照只身带 15 车金石书画南渡，在途经镇江时遇盗。建炎元年（1127 年），赵明诚、李清照在家乡所存书画古器等十余屋被焚。建炎三年（1129 年）赵明诚奉旨知湖州，此年八月卒于建康。李清照得到消息后悲痛欲绝，再加大病，“仅存喘息”。

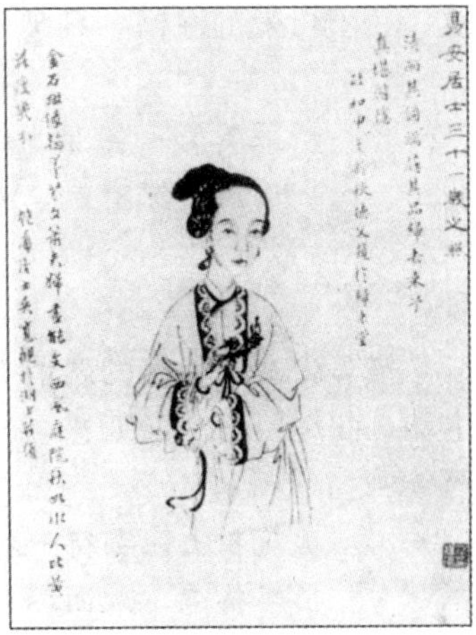

李清照画像

绍兴二年（1132 年）李清照居临安，因孤零无依，以 49 岁之年，于夏天改嫁监诸军审计司张汝舟。张汝舟婚后对李清照百般虐待，李清照不堪忍受，又发现张有贪赃罪行，遂告官并要求离异。按宋代法律，妻告夫即使属实也要判两年刑，张汝舟被判刑，李清照也入狱 9 天。后李清照漂泊于杭州、金华一带，度过了孤苦的晚年。宋刊《漱玉词》已散失，现在辑录的词有 70 多首。

李清照的词以南渡为界限分为前后两期。她的词作虽然有的很难编年，但从其情感上大致可以判断出属于哪一个时期。前期主要写她天真烂漫的少女生活和夫妻间的爱情，后期则多表现国破家亡的哀痛。前期的词如《点绛唇》塑造了一位顽皮活泼而又心思细致的少女形象：

蹴罢秋千，起来慵整纤纤手。露浓花瘦，薄汗轻衣透。
见客人来，袜刬金钗溜。和羞走，倚门回首，却把青梅嗅。

上片写荡完秋千的小憩场面。首句的“蹴”字却传出了运动时的节奏，使人想像得出她全身心投入，玩得痛快淋漓的样子。“露浓”句抓住了人、花的共同特点，作双关的比喻描写，既交代了夏日花园里绿叶茂盛、红花稀少的环境特点，又以沾了晶莹露珠的红花暗喻汗透轻衣的少女，使人、花映照，意境纯美。下片写客人突来引起的慌乱。少女运动后的衣冠不整，客人的突然闯入，封建礼教所形成的闺阁心理以及少女特有的好奇突然集合在一起，由此引起了一系列的戏剧性的冲突。“倚门回首，却把青梅嗅”一笔，尤为传神。词没有一笔从正面描绘她的容貌、服饰，而是通过一连串富于特征的动作，将少女天真、活泼、顽皮、娇羞可爱的性格，刻画得栩栩如生、活灵活现。又如：

> 绣幕芙蓉一笑开，斜飞宝鸭衬香腮。眼波才动被人猜。
> 一面风情深有韵，半笺娇恨寄幽怀。月移花影约重来。
>
> （《浣溪沙》）

描写少女的矜持的恋情，也表现了敢于冲破封建礼教的思想，心理刻画细腻生动，曲尽姿态。又如：

> 卖花担上，买得一枝春欲放。泪染轻匀，犹带彤霞晓露痕。
> 怕郎猜道，奴面不如花面好。云鬓斜簪，徒要教郎比并看。
>
> （《减字木兰花》）

词作富有民歌风味。上片写买花、赞花。词人一反惯用手法，不以花喻人，而是以人喻花，春花像一位薄施脂粉、腮染红霞、面挂晓露的少女一样可爱，赋予春花以鲜活的生命，塑造了花人合一的形象。下片重在写人，写少女自信美丽又怕情郎误认花美，于是要斜插春花，在情郎面前，和春花一比高低。这种逞胜的心态，娇憨的做法，使人物平添了几分可爱。通过描写少女买花、簪花、比花以及对情人心理的猜测等一系列的活动，生动地刻画出一个青春少女的形象，更通过对这种性格的描绘、赞扬，表现了她对禁锢人性之礼教的挑战。

反映少女、少妇日常生活的如《如梦令》：

> 昨夜雨疏风骤，浓睡不消残酒。试问卷帘人，却道海棠依旧。知否，知否，应是绿肥红瘦。

小令描述了一个完整的生活小故事，化用了孟浩然《春晓》，在一问一答中极为细腻地表现了惜春的情感。尤其是“绿肥红瘦”四个字，被誉为“人工天巧”。四字设喻新颖、贴切，“红”、“绿”以颜色代替花和叶子，“肥”、“瘦”以形态突出叶子和花的特点，将风雨后绿叶肥茂、红花凋残的暮春景象描摹得宛然如见，不仅刻画了生动的意象，创造了完整的意境，而且传神地表达了女主人惜春怜花的细腻感受；“肥”字化俗为雅，凸显了雨后叶子大而滋润的神态，产生了生气勃勃的艺术效果，给人以绿油油、鲜灵灵的感觉。再如《如梦令》：

> 常记溪亭日暮，沉醉不知归路。兴尽晚回舟，误入藕花深处。争渡，争渡，惊起一滩鸥鹭。

把动人的瞬间剪裁下来，寥寥数笔，将人物和情景刻画得栩栩如生，给人以历历在目之感：豪饮时的无拘无束，“不知归路”的不安，“误入藕花深处”时的焦灼，“争渡，争渡”时的桨声水声，惊起鸥鹭时的喜出望外。词作以紧凑而又轻松的节奏将日暮饮酒、兴尽晚归、迷途误入、争渡惊鸥等情节描绘出来，是那样地富有生活情趣而又散发着清真自然的气息，人的神情、动作、音容以及景色联成一体，组成了有人有景、有声有色的鲜活的生活画面。

表现对大自然的热爱的如《怨王孙》：

湖上风来波浩渺。秋已暮、红稀香少。水光山色与人亲，说不尽、无穷好。

莲子已成荷叶老。青露洗、蘋花汀草。眠沙鸥鹭不回头，似也恨、人归早。

可谓词中有画。不是悲秋，而是爱秋，充分表现了词人对自然的热爱之情。又如《渔家傲》：

雪里已知春信至，寒梅点缀琼枝腻。香脸半开娇旖旎，当庭际，玉人浴出新妆洗。

造化可能偏有意，故教明月玲珑地。共赏金尊沈绿蚁，莫辞醉，此花不与群花比。

上片直赞梅花的风度和姿质，下片写月夜饮酒赏梅的豪情逸兴。结句赞美梅花，也展示了词人鄙弃尘俗的胸怀，并将对梅的赞扬推到一个更高的境界。

表现对丈夫的离别相思也是李清照前期词的重要内容。如《醉花阴》：

薄雾浓云愁永昼，瑞脑销金兽。佳节又重阳，玉枕纱厨，半夜凉初透。

东篱把酒黄昏后，有暗香盈袖，莫道不销魂，帘卷西风，人比黄花瘦。

上片写词人在重阳节一天的生活感受。先写室外天气的阴霾暗淡，以“愁”字映照全词，然后转用曲笔写室内，将重阳节阴郁迷离的氛围渲染得酣畅淋漓。下片写黄昏饮酒赏菊，在人与黄花的比较中，突出了词人的相思之情。而“人比黄花瘦”即景取譬，振起全篇，醒明题旨，将全词的抒情色彩提到了新的境界，成为古今同赏的精警之句。“莫道不销魂，帘卷西风，人比黄花瘦”三句，已成为思念爱人的经典名句。又如《凤凰台上忆吹箫》：

凤凰台上忆吹箫　李清照

香冷金猊，被翻红浪，起来慵自梳头。任宝奁尘满，日上帘钩。生怕闲愁暗恨，多少事、欲说还休。今年瘦，非干病酒，不是悲秋。

休休。这回去也，千万遍阳关，也即难留。念武陵人远，烟锁秦楼，惟有楼前流水，应念我、终日凝眸。凝眸处，从今又添，几段新愁。

这是她与丈夫别离时所写。上片写分别前的心绪。“香冷”五句用日高香冷等生活细节突出了人物对生活的懒散之情。“生怕”两句由环境转写内心活动，至于懒散的原因，词人欲言又止，致使后人猜测是因为李清照没有生育，丈夫为此要纳妾的缘故。在艺术上，这种引而不发、欲言又止会使词势更加曲折。下片设想别后情景。“休休”四句语势短促，表达了无奈而又痛心的感受。以下以“念”字领起，写对别后情景的设想。后面则从环境入手，写人去楼空的孤寂。结句回应上片，以新愁深化离愁，余味无穷。此词有两个突出的特点，一是从别前入笔写到对别后的设想，以虚实结合来拉长时间，增大了容量；二是以感情的发生发展过程为线索铺叙了场景和人物心理，极尽吞咽，跌宕起伏，曲尽其致，把她在临别时的满腔心事，欲言不言的神情，写得宛然如绘。又如《一剪梅》：

红藕香残玉簟秋。轻解罗裳，独上兰舟。云中谁寄锦书来，雁字回时，月满西楼。

花自飘零水自流。一种相思，两处闲愁。此情无计可消除，才下眉头，却上心头。

此词应是因父亲卷入党争被迫随父回原籍寄给远在汴京的丈夫的作品。上片写分别前后的情景和相思。“红藕”句从视觉、嗅觉、触觉等方面把自然的秋意和心里感觉上的秋意融为一体，给人以身心俱寒之感。“轻解”两句，写词人乘舟回家，笔触轻灵，而“独上兰舟”则意味着丈夫未与自己同行。“云中”三句正面写离恨和思念，把苦苦期盼的曲折心理层层托出，并营造了凄清晶莹的意境。下片写相思之苦无可排遣。“花自”一句顿挫有致，两个“自”字，力透纸背。“一种”句将异地同心、遥相思念的深情寓于工整对仗之中，而“此情”三句一泻直下，成为千古名句。

怀远的内容如《蝶恋花》：

泪湿罗衣脂粉满。四叠阳关，唱到千千遍。人道山长山又断，萧萧微雨闻孤馆。

惜别伤离方寸乱。忘了临行，酒盏深和浅。好把音书凭过雁，东莱不似蓬莱远。

这是李清照赴莱州赵明诚任所时所作。全词纯用白描，两片的前三句都是回忆姊妹的送别情景，后两句则描述了自己的感受和心情。

第二节　国破家亡与女性的悲情

李清照后期的词主要表现因国破家亡和个人的不幸遭遇带来的种种悲苦，在艺术上更加成熟，她以女性特有的敏感的心灵，将国破家亡的沉痛，夫死流离的伤悲与孤寂表现得深切动人。如《声声慢》：

寻寻觅觅，冷冷清清，凄凄惨惨戚戚。乍暖还寒时候，最难将息。三杯两盏淡酒，怎敌他晚来风急？雁过也，正伤心，却是旧时相识。

满地黄花堆积，憔悴损，如今有谁堪摘？守著窗儿，独自怎生得黑！梧桐更兼细雨，到黄昏、点点滴滴。这次第，怎一个愁字了得！

故国之痛、乡土之思、亡夫之哀、飘零之苦，一时俱发，在低回婉转中，喷薄而出，有不禁之势。该词是千古激赏的名词，将种种感受融合为一天的生活实录，富有个性又深寓时代苦难的深悲剧痛。词分三层。第一层开篇总写心情凄惨，七组叠字一气而下，流利浑成，层次分明，有惊心动魄之感而又无雕琢痕迹。从“乍暖”到“点点滴滴”为第二层，是借景抒情。词作已不分上下片，而是一气贯注，以富有愁悲含义的意象组成典型环境，反复渲染愁情。其中有天之冷暖与体质羸弱的对比，有天气多变与时局多变的映衬，有风雨凌侵与身世的凄苦，有“憔悴损”、孤苦无依之悲以及雨打梧桐与不耐凄凉的景象。淡酒、雁、黄花、梧桐、细雨等意象层层聚积，使秋意与悲情合二为一。最后两句为全词的第三层，直抒胸臆，愁思无穷，“这次第”三字一笔收住，有满纸呜咽之感。

她的代表作《永遇乐》还表现了对现实的不满和对国家的关切：

落日熔金，暮云合璧，人在何处？染柳烟浓，吹梅笛怨，春意知几许。元宵佳节，融和天气，次第岂无风雨？来相召，香车宝马，谢他酒朋诗侣。

中州盛日，闺门多暇，记得偏重三五。铺翠冠儿，撚金雪柳，簇带争济楚。如今憔悴，风鬟雾鬓，怕见夜间出去。不如向帘儿底下，听人笑语。

这是李清照晚年流寓临安（今杭州市）时以元宵为题所写的一首慢词。全词通篇对比，从今到昔，又从昔返今，层层展开，抒写家国身世之悲，将两种元宵佳节，两种人物心情抒写得酣畅淋漓，因此映衬出对国事的关心。上片将元夕乐景和词人寂寞愁苦情怀做了四层对比。前三层是三组排比句，每组前两句为工整对偶，描绘景色，后一句写情。在对句描绘中对美景做了强烈否定，形成鲜明反差。“次第岂无风雨”则是疑惧世事难料，将词人的悲己与忧国融为一体，在铺叙与反诘句中使得词作在情绪上跌宕起伏。下片是今昔对比，先写汴京元夕的盛况，然后以“如今”作一顿转，抒伤今之怀。全词可谓处处对比，而又自然妥帖，不言悲而悲极，极具感染力。

下面的这些词也表现了国破家亡后的种种情绪。如《念奴娇》：

萧条庭院，又斜风细雨，重门须闭。宠柳娇花寒食近，种种恼人天气。险韵诗成，扶头酒醒，别是闲滋味。征鸿过尽，万千心事难寄。

楼上几日春寒，帘垂四面，玉阑干慵倚。被冷香消新梦觉，不许愁人不起。清露晨流，新桐初引，多少游春意。日高烟敛，更看今日晴未？

在一片萧疏中，对故国深沉的思念，似乎化解不开，“征鸿过尽，万千心事难寄”则不仅仅是个人的情绪，而是具有普遍的现实意义。又如《添字丑奴儿》：

窗前谁种芭蕉树，阴满中庭。阴满中庭。叶叶心心，舒卷有余情。
伤心枕上三更雨，点滴霖霪。点滴霖霪。愁损北人，不惯起来听。

词作连用叠句，节拍复沓，辞情委婉，深具语言的形式美和韵味美。上片写视觉中的芭蕉，传芭蕉树之神，树叶蕉心，一舒一卷，相互依偎，正如情意绵绵，表现出词人对故土的无限眷恋。下片则写听觉中的夜雨芭蕉之声：凄厉单调的雨打芭蕉声，渲染出了一片异乡凄凉孤独的气氛，使词人愁而至于损。北人、枕上、芭蕉、细雨合成了一幅“北人愁听雨打芭蕉图”。这样猝然一合，使得余韵袅袅。又如《菩萨蛮》：

风柔日薄春犹早，夹衫乍著心情好。睡起觉微寒，梅花鬓上残。
故乡何处是？忘了除非醉。沉水卧时烧，香消酒未消。

写思乡苦情，却以平静心情从早春美景入笔，慢慢兜转，然后以“微寒”、梅残的等感觉和形象塑造残缺美，抒写了喜——悲——愤——沉郁情绪变化的历程。又如《南歌子》：

天上星河转，人间帘幕垂。凉生枕簟泪痕滋，起解罗衣聊问、夜何其。
翠贴莲蓬小，金销藕叶稀。旧时天气旧时衣，只有情怀不似、旧家时。

以小见大，抒发了身世之叹与家国之思。上片写词人伤心落泪，长夜难眠，拉开时空距离，造成巨大的张力，下片则直抒胸臆。又如《武陵春》：

风住尘香花已尽，日晚倦梳头。物是人非事事休，欲语泪先流。
闻说双溪春尚好，也拟泛轻舟。只恐双溪舴艋舟，载不动、许多愁。

上片写暮春的景和愁情，落红化为泥土，余香仍在，把花事阑珊与词人惜春之悲融合。“物是”句写情，尤为沉痛，以“是”与“非”的反义词构成“物”与“人”的对比，再以“事事休”作结，催人泪下。下片写内心活动，借游消愁，反更增愁绪，连用“闻说”、“也拟”、“只恐”六个虚词，表现出其微妙的心理变化，增添了反复咏叹之妙。

另外，李清照还写出了像《渔家傲》这样的具有求索精神和豪放风格的词：

天接云涛连晓雾，星河欲转千帆舞。仿佛梦魂归帝所，闻天语，殷勤问我归何处。

我报路长嗟日暮，学诗谩有惊人句。九万里风鹏正举，风休住，蓬舟吹取三山去。

词作抒发了李清照对世路漫长崎岖、自己临日暮而壮志未酬的感慨，对自己文学才能感到自豪，一个“谩”字，力透纸背，将自己的苦闷倾囊泄出，也对不合理的现实做了有力控诉。她的《夏日绝句》则直如英雄豪杰：“生当作人杰，死亦为鬼雄。至今思项羽，不肯过江东。”豪放悲壮，掷地有声，气概不让须眉。

第三节　在婉约词风中展示清真自然的心灵

李清照词的艺术成就与她的人格特点是分不开的。她以表现自我为中心，真实地表现了自己的情感，不仅包括闺情、爱情，还包括国破家亡之情以及对国家和时事的关心。只有在这样的基础上，李清照的词才显得那样的真挚动人，才具备了独有的特色和价值。这在上面两节中已经做了较为充分的论述。

李清照对于婉约词的发展有一定的贡献。词至北宋，风行渐广，由小令而慢词，大家辈出，词的黄金时代来临。但柳永、苏轼对词的改革使文人词处于由“正”到“变”的十字路口，引起了词坛上的一场争论。李清照站在正统派立场，写下了著名的《词论》，《词论》提出了词“别是一家”的主张，历数诸家的瑕疵，严诗庄词媚之界，虽有保守倾向，但对词的创作提出了更高标准，并在创作实践中继承了北宋婉约派的特点。清代沈谦之《填词杂说》谓“女中李易安，极是当行本色”。李清照作为“当行本色”派作家，严守诗词之辨，注重词体特质的独立性，并不是轻视词体，更不是以词为“小道”，而是尊重词，提高词的地位，使之不沦没于诗，使之作为一种独立文体与诗分庭抗礼。在这种思想的指导下，李清照广取诸家之长，更好地发展了婉约词的特点，使婉约词的创作呈现出了新的面貌。

在词的内容上，李清照比前人有所突破。首先，她以女性作家的身份写女性情感，写闺情、友情、爱情、夫妻之情，清真自然，委婉细腻，情真意切，无所矫饰。她笔下的抒情主人公形象，大部分是词人的自我写照，有的摄入了她熟悉的形象，经过艺术加工，都是具有各自特色的典型形象，具有独特的真实性、深入性和新颖性，是活生生的真灵魂，绝无男性词人笔下女性形象的矫饰和作态。如《如梦令·常记溪亭日暮》中的少女、《减字木兰花·卖花担上》中那个要在情郎面前与花比美的少女、《浣溪沙·绣面芙蓉一笑开》中那个“眼波才动被人猜”的多情少女、《添字丑奴儿·窗前谁种芭蕉树》中的“北人”，都是这样。应该说，词这种“女性文学形式”到了李清照的手里焕发出了其应有的光辉。其次，她生逢乱世，罹遭不幸，善于结合个人身世，不仅抒写了乡愁哀思，表达爱国情怀，也反映时代动荡，对拓展婉约词的题材畛域具有莫大的意义。

在词风上，李清照取前人之长，结合自己的生活经历和女性独有的特点，创立了既委婉含蓄，又亲切直率的独特艺术风貌。

首先，李清照的词给人最突出的感觉是亲切感人，词人把自己的所见所闻、所思所感都真诚地袒露出来，无隐瞒，无伪饰，使人读之如面对挚友亲人，仿佛促膝谈心，完全可以了无遮拦地进入对方的心灵世界。如《摊破浣溪沙》：

病起萧萧两鬓华，卧看残月上窗纱。豆蔻连梢煎熟水，莫分茶。
枕上诗书闲处好，门前风景雨来佳。终日向人多蕴藉，木犀花。

这首词是李清照病后静养生活的记录。上片写病后的形象及调养情况，笔调朴实无华。下片写词人病愈后所见到的美好景象和美好的感受，枕上看书、门前观雨、闲里赏花，欣喜愉悦等小情态宛然如在目前。再如《临江仙》(并序。欧阳公作《蝶恋花》，有“深深深几许”之句，予酷爱之。用其语作“庭院深深”数阕，其声即旧临江仙也)：

庭院深深深几许，云窗雾阁常扃。柳梢梅萼渐分明。春归秣陵树，人客远安城。

感月吟风多少事，如今老去无成。谁怜憔悴更凋零。试灯无意思，踏雪没心情。

此词应是李清照南渡后在建康时所作。上片写江南早春景象，“常扃”二字，透显出景色和心情的封闭压抑与冷漠孤寂。下片直抒胸臆。“感月”二句作今昔对比，在叹老声中深寓了伤国之情。最具特色的是结句，其以淡语出之，用“无意思”、“没心情”这种最朴实的口语将“试灯”、“踏雪”两件最令人惬意的乐事予以否定，将词人的神思倦怠、心灰意冷的心态描绘得十分生动。词作自叙心曲，写得浅近自然而意味无穷，犹如日记，使人读之如晤其面。

其次，在铺叙中营造曲折巧妙的章法布局。李清照的词多数都运用了铺叙的手法，词的结构较为曲折，在情绪上往往波澜起伏，回旋往复，呈现出强烈的立体感。如《声声慢》，仿佛是南渡后一天的生活实录，娓娓道来。在物象上，以内心感受为顺序，将晓风送寒、小饮遣愁、闻雁伤心、懒摘黄花、终朝凝愁、雨滴梧桐层层铺叙出来，在情感上，把南渡后的故国之恸、乡土之思、亡夫之哀、飘零之苦融合为一个有机的立体情感世界，充分表现出在铺叙中融情于景，营造曲折巧妙的章法布局的特点。

李清照的词还善于化用清新朴素、自然雅致的口语，以浅近之语，发清新之思，善于调动比喻、拟人、夸张等各种修辞手法，并充分运用白描的艺术方法，如《武陵春》(风住尘香花已尽)，甚至有民歌的某些特点。如：

旧时天气旧时衣。只有情怀不似、旧家时。

(《南歌子》)

知否，知否，应是绿肥红瘦。

(《如梦令》)

此情无计可消除，才下眉头，却上心头。

(《一剪梅》)

眠沙鸥鹭不回头，似也恨、人归早。

(《怨王孙》)

莫道不销魂，帘卷西风，人比黄花瘦。

（《醉花阴》）

梧桐落，又还秋色，又还寂寞。

（《忆秦娥》）

要来小酌便来休，未必明朝风不起。

（《玉楼春》）

这样的例子俯拾即是，而尤以《声声慢》（寻寻觅觅）为最，几乎全词都是浅语，但有深情无限。这一特点充分说明了李清照词的语言造诣。

李清照的词还声律和谐，富有音韵之美。她非常重视词的音律的节奏和变化，对于双声叠韵、对句也极为重视。这不仅增添了她的词的音韵美，对于表达感情，也是必不可少的。李清照词将上面的两者几乎是完美地结合在了一起。

总的来看，李清照词继承了秦观等人的婉约词风，但她又能破其藩篱，无论从词境的营造还是语言的使用上，都可以看出她在传统的婉约词风的基础上发展出清真自然的风格。李清照的词，从实质上讲，是从她的感性生命的深处自由流溢出来的心音。

李清照对于词的理论也有一定的贡献。她早年写的《词论》回顾了词的发展史，纵论唐宋诸家，提出了词“别是一家”的主张，划诗词的畛域之别，严诗庄词媚之界，是她的婉约风格的理论表现。

关键概念

《漱玉词》　　　　　词“别是一家”

思考题

1. 举例说明李清照前期词的内容特点。
2. 举例说明李清照后期词的内容特点。
3. 李清照词在艺术上有什么独特风貌?

第二十六章

南宋前期的词人

第一节　叶梦得、朱敦儒、岳飞、“四名臣”等人的词

叶梦得（1077—1148），字少蕴，号石林居士，苏州人。既善理财，又能带兵打仗。两任建康知府，俱能分兵守险，阻截金兵，本可在国家危难之际以显身手，但由于权奸当道，备感压抑苦闷。晚年退居湖州，读书吟诗自遣。其词受苏轼影响较深，如《水调歌头》：

秋色渐将晚，霜信报黄花。小窗低户深映，微路绕欹斜。为问山翁何事，坐看流年轻度，拼却鬓双华。徙倚望沧海，天净水明霞。

念平昔，空飘荡，遍天涯。归来三径重扫，松竹本吾家。却恨悲风时起，冉冉云间新雁，边马怨胡笳。谁似东山老，谈笑净胡沙！

晚年仍有爱国作品。如《点绛唇·绍兴乙卯登绝顶小亭》：

缥缈危亭，笑谈独在千峰上。与谁同赏，万里横烟浪。

老去情怀，犹作天涯想。空惆怅。少年豪放，莫学衰翁样。

前期的作品则以婉丽见长。如《贺新郎》：

睡起流莺语。掩青苔、房栊向晚，乱红无数。吹尽残花无人见，惟有垂杨自舞。渐暖霭、初回轻暑。宝扇重寻明月影，暗尘侵、尚有乘鸾女。惊旧恨，遽如许。

江南梦断横江渚。浪黏天、葡萄涨绿，半空烟雨。无限楼前沧波意，谁采苹花寄取。但怅望、兰舟容与。万里云帆何时到，送孤鸿、目断千山阻。谁为我，唱金缕。

上阕写初夏见扇思人，下阕书写情人不见的惆怅之情，显示出婉约而闲远的情致。

朱敦儒（1081—1159），字希真，号岩壑，洛阳（今属河南）人。少时在西京洛阳的繁华环境中度过，行为放浪，蔑视功名。靖康之难后逃往东南避难，绍兴三年（1133 年）赴临安任职，仕途沉浮了十多年，但因不愿附和秦桧而被罢官，后任性逍遥以卒岁。

朱敦儒的词风格早年以婉丽明快为主，中年以后则显得慷慨悲壮，晚年时则清晓流畅。存词较多，他的词较为完整地记录了其一生的经历。

朱敦儒的词多有表现战乱之悲和亡国之恨的，如《相见欢》：

金陵城上西楼。倚清秋。万里夕阳垂地、大江流。

中原乱。簪缨散。几时收。试倩悲风吹泪、过扬州。

“试倩”二句，可谓悲慨良深。又如《卜算子》：

旅雁向南飞，风雨群初失。饥渴辛勤两翅垂，独下寒汀立。

鸥鹭苦难亲，矰缴忧相逼。云海茫茫无处归，谁听哀鸣急。

南飞孤雁的意象是个人的象征，也是时代苦难的象征。又如《水龙吟》：

放船千里凌波去，略为吴山留顾。云屯水府，涛随神女，九江东注。北客翩然，壮心偏感，年华将暮。念伊嵩旧隐，巢由故友，南柯梦、遽如许。

回首妖氛未扫，问人间、英雄何处。奇谋报国，可怜无用，尘昏白羽。铁锁横江，锦帆冲浪，孙郎良苦。但愁敲桂棹，悲吟梁父，泪流如雨。

上阕追忆洛阳的冶游生活，下阕写吴亡的教训，并感慨自己英雄无用武之地，风格雄健，气势颇大。

在《樵歌》集中，有些词追忆少年时的生活，风格颇似苏轼词。如《水调歌头》：

当年五陵下，结客占春游。红缨翠带，谈笑跋马水西头。落日经过桃叶，不管插花归去，小袖挽人留。换酒春壶碧，脱帽醉青楼。

楚云惊，陇水散，两漂流。如今憔悴，天涯何处可销忧。长揖飞鸿旧月，不知今夕烟水，都照几人愁。有泪看芳草，无路认西州。

上阕追忆，下阕感慨，对照鲜明，风格豪迈。又如《雨中花》：

故国当年得意，射麋上苑，走马长楸。对葱葱佳气，赤县神州。好景何曾虚过，胜友是处相留。向伊川雪夜，洛浦花朝，占断狂游。

胡尘卷地，南走炎荒，曳裾强学应刘。空漫说、螭蟠龙卧，谁取封侯。塞雁年年北去，蛮江日日西流。此生老矣，除非春梦，重到东周。

上阕也是追忆，下阕同样是感慨，在豪迈中多出了几许苍凉。他的小令往往更能代表其词风。如：

刘郎已老，不管桃花依旧笑。要听琵琶，重院莺啼觅谢家。

曲终人醉，多似浔阳江上泪。万里东风，国破山河落照红。

（《减字木兰花》）

我是清都山水郎，天教分付与疏狂。曾批给雨支风券，累上留云借月章。

诗万首，酒千觞，几曾著眼看侯王。玉楼金阙慵归去，且插梅花醉洛阳。

（《鹧鸪天》）

前一首在故作潇洒中深蕴着无限的悲哀，后一首则笑傲王侯，疏狂恣肆，都将婉丽明快、慷慨悲壮、清晓流畅以及雄劲豪放的风格融为一体。

岳飞（1103—1141），字鹏举，相州汤阴（今河南汤阴县）人，与金人作战，屡立战功，因反对秦桧议和而被以“莫须有”的罪名杀害。最著名的是那首《满江红》：

怒发冲冠，凭栏处、潇潇雨歇。抬望眼、仰天长啸，壮怀激烈。三十功名尘与土，八千里路云和月。莫等闲、白了少年头，空悲切。

靖康耻，犹未雪。臣子恨，何时灭。驾长车踏破，贺兰山缺。壮志饥餐胡虏肉，笑谈渴饮匈奴血。待从头、收拾旧山河，朝天阙。

“四名臣”是指李光、李纲、赵鼎、胡铨。他们四人都是受黄潜善、秦桧迫害而不屈服的抗金名将。他们本不以诗词著名，但因其人格和气节而格外受人尊敬。

李光（1078—1159），字泰发，上虞人。其《水调歌头》较好：

兵气暗吴楚，江汉久凄凉。当年俊杰安在，酌酒酹严光。南顾豺狼吞噬，北望中原板荡，矫首讯穹苍。归去谢宾友，客路饱风霜。

闭柴扉，窥千载，考三皇。兰亭胜处，依旧流水绕修篁。傍有湖光千顷，时泛扁舟一叶，啸傲水云乡。寄语骑鲸客，何事返南荒。

小序写道：“过桐江，经严濑，慨然有感。予方力丐宫祠，有终焉之志，因和致道水调歌头，呈子我、行简。”表面上是写隐逸之志，但其中蕴涵着忧时念乱的情绪和深沉的爱国热情。

李纲（1083—1140），字伯纪，邵武人。词多有爱国情绪。如《喜迁莺·晋师胜淝上》：

长江千里。限南北、雪浪云涛无际。天险难逾，人谋克壮，索虏岂能吞噬。阿坚百万南牧，倏忽长驱吾地。破强敌，在谢公处画，从容颐指。

奇伟。淝水上，八千戈甲，结阵当蛇豕。鞭弭周旋，旌旗麾动，坐却北军风靡。夜闻数声鸣鹤，尽道王师将至。延晋祚，庇烝民，周雅何曾专美。

借淝水之战来表现自己的抗金热情。又如《水龙吟·太宗临渭上》：

古来夷狄难驯，射飞择肉天骄子。唐家建国，北边雄盛，无如颉利。万马崩腾，皂旗毡帐，远临清渭。向郊原驰突，凭陵仓卒，知战守、难为计。

须信君王神武。觇虏营、只从七骑。长弓大箭，据鞍诘问，单于非义。戈甲鲜明，旌麾光彩，六军随至。怅敌情震骇，鱼循鼠伏，请坚盟誓。

借唐太宗的渭水之盟来表现自己对待金人的态度。词风慷慨，情绪激昂。另外，赵鼎、胡铨也都有词作。

第二节　张元幹、张孝祥、陆游等人的词

南宋初期的爱国词人主要有张元幹、张孝祥等。**张元幹**（1091—1175?），字仲宗，长乐（今福建闽侯）人。在南渡前曾疏狂放荡，“百万呼卢，拥越女吴姬共掷”（《柳梢青》）。词作也倾向“花间”词，靖康之难后，曾助李纲指挥汴京保卫战。遭国破家亡之乱后，词风为之一变，指向东坡一路，以慷慨悲凉为主。著有《芦川词》，存词180余首。

其词多有爱国热情。如《石州慢·己酉秋吴兴舟中作》：

雨急云飞，惊散暮鸦，微弄凉月。谁家疏柳低迷，几点流萤明灭。夜帆风驶，满湖烟水苍茫，菰蒲零乱秋声咽。梦断酒醒时，倚危樯清绝。

心折。长庚光怒，群盗纵横，逆胡猖獗。欲挽天河，一洗中原膏血。两宫何处，塞垣祇隔长江，唾壶空击悲歌缺。万里想龙沙，泣孤臣吴越。

上阕写景，下阕抒情，离乱之苦与恢复壮志以及悲抑之情一时俱现。又如他积极主张抗金，李纲、胡铨等人在与秦桧等主和派斗争失利的时候，他不避嫌疑。最著名的是他的两首《贺新郎》，其中一首是写给李纲的：

曳杖危楼去。斗垂天、沧波万顷，月流烟渚。扫尽浮云风不定，未放扁舟夜渡。宿雁落、寒芦深处。怅望关河空吊影，正人间、鼻息鸣鼍鼓。谁伴我，醉中舞。

十年一梦扬州路。倚高寒、愁生故国，气吞骄虏。要斩楼兰三尺剑，遗恨琵琶旧语。谩暗涩、铜华尘土。唤取谪仙平章看，过苕溪、尚许垂纶否。风浩荡，欲飞举。

在朝廷和议已成定局的情况下，李纲仍然反对，词人备受感动，写了此词以示声援。另一首是给胡铨的：

梦绕神州路。怅秋风、连营画角，故宫离黍。底事昆仑倾砥柱，九地黄流乱注！聚万落千村狐兔。天意从来高难问，况人情、老易悲难诉。更南浦，送君去！

凉生岸柳摧残暑。耿斜河、疏星淡月，断云微度。万里江山知何处？回

首对床夜语。雁不到、书成谁与？目尽青天怀今古，肯儿曹恩怨相尔汝？举大白，听《金缕》。

绍兴八年（1138年），枢密院编修官胡铨上书请斩主和者秦桧等三人，并要求拘留金使。结果，胡铨受迫害，被贬为福州签判。四年后，秦桧又唆使谏官弹劾胡铨“饰非横议”，胡铨因此而被除名编管新州。时张元幹寓居三山，写此词为胡铨送行。词作音调凄凉悲壮，风格慷慨激昂，表现了对祖国山河沦陷的极度悲痛，对投降派的无比愤怒以及对友人的深切同情。《四库全书提要》称此词与送李纲的那首词“慷慨悲凉，数百年后，尚想其抑塞磊落之气”。

张孝祥（1132—1169），字安国，别号于湖居士，历阳乌江（今安徽和县）人。南宋进士，曾任建康留守等职，著有《于湖词》。在此时的爱国词作家中成就较高，影响较大。因极力主张北伐，反对“隆兴和议”而被免职。

他的词多表现爱国热情。如《水调歌头》：

雪洗虏尘静，风约楚云留。何人为写悲壮，吹角古城楼。湖海平生豪气，关塞如今风景，剪烛看吴钩。剩喜然犀处，骇浪与天浮。

忆当年，周与谢，富春秋。小乔初嫁，香囊未解，勋业故优游。赤壁矶头落照，肥水桥边衰草，渺渺唤人愁。我欲乘风去，击楫誓中流。

高宗绍兴三十一年（1161年）十一月，虞允文败金兵于采石江上，张孝祥十分兴奋，故写此词，将其比作赤壁之战，也表现了自己的抗金豪情。他的诗词创作在很多地方师法苏轼，风格豪放雄丽，境界廓大。如《六州歌头》：

长淮望断，关塞莽然平。征尘暗，霜风劲，悄边声，黯销凝。追想当年事，殆天数，非人力。洙泗上，弦歌地，亦膻腥。隔水毡乡，落日牛羊下，区脱纵横。看名王宵猎，骑火一川明。笳鼓悲鸣，遣人惊。

念腰间箭，匣中剑，空埃蠹，竟何成。时易失，心徒壮，岁将零。渺神京，干羽方怀远，静烽燧，且休兵。冠盖使，纷驰骛，若为情。闻道中原遗老，常南望、翠葆霓旌。使行人到此，忠愤气填膺，有泪如倾。

作此词时张孝祥正在建康留守任上，相传张浚召集山东、两淮义士在建康准备上书反对和议，张孝祥席上赋此词，张浚为之罢席。词作上片侧重写沦陷区的凄惨景象和金兵之骄横；下片抒发复国未竟的忠愤之气，痛斥和议。通篇洋溢着悲愤慷慨的爱国热情。

张孝祥还善于以赋为词，他的《念奴娇·过洞庭》隐然便是一篇《赤壁赋》：

洞庭青草，近中秋、更无一点风色。玉鉴琼田三万顷，著我扁舟一叶。素月分辉，明河共影，表里俱澄澈，悠然心会，妙处难与君说。

应念岭海经年，孤光自照，肝胆皆冰雪。短发萧疏襟袖冷，稳泛沧溟空阔。尽吸西江，细斟北斗，万象为宾客。扣舷独啸，不知今夕何夕！

念奴娇·过洞庭　张孝祥

张孝祥因主战而失官，他从桂林北归，途经洞庭湖，赋此词。上片写景，空明澄澈，下片抒情，气魄激越宏大：稳泛沧溟，尽吸西江，细斟北斗，宾客万象。全词充分展现了自由高蹈，豪迈壮阔的情怀。

陆游（1125—1210），字务观，号放翁，越州山阴县人。陆游出生以后的第二年，金人攻陷了汴京，又过了一年，北宋的徽、钦二帝被金人俘虏，挟持北去，陆游一家也从荥阳逃回浙江的故乡山阴。陆游少逢丧乱，又罹奔窜，对他日后的思想产生了极大的影响。他 25 岁时师从当时著名的爱国诗人曾几学习，绍兴二十三年（1153 年），到临安参加进士考试，列为第一，因喜论“恢复”而遭秦桧的黜落。秦桧死后，陆游任枢密院编修官等职，但因多次上书宋高宗，喜论“恢复”，终被免官。孝宗即位后，提倡抗金，陆游被召见起用，并特赐进士出身。陆游积极参与朝政，支持张浚北伐。但随着北伐的迅速失败，陆游也被罗织罪名而罢官。乾道六年（1170 年）为夔州通判，任满后受四川宣抚使王炎之邀，在其幕府中任干办公事之职，后署理过蜀州（今天的四川省崇庆县）、嘉州（今天的四川省乐山县）的州务。淳熙二年（1175 年），范成大调任四川制置使，邀请陆游任幕府参议官。淳熙五年（1178 年），陆游在江西任上开官仓赈济百姓，遭到弹劾，旋被免官，回山阴故乡闲居了六年，于淳熙十三年（1186 年）被任命为严州知事，三年后任满回乡。接着，陆游又被调入临安任官，不久又遭到弹劾去职。自此以后，陆游只任了不到一年的史官的公职，便终老于故乡山阴。

陆游的词现存 140 余首。陆游对词先是否定，认为它是从“郑卫之音”而来且“其变愈薄”的产物，但后来的态度有所变化，认为重要的是如何使用这种简短可爱的文学形式。

陆游的词像他的诗一样表达了爱国内容，这对词的发展是一种贡献。有的词则与爱国热情结合在一起，抒发了自己的豪情和壮志难酬的感喟之情。如《诉衷情》：

当年万里觅封侯，匹马戍梁州。关河梦断何处，尘暗旧貂裘。

胡未灭，鬓先秋，泪空流。此生谁料，心在天山，身老沧州。

陆游画像

又如《诉衷情》：

青衫初入九重城，结交尽豪英。腊封夜半传檄，驰骑谕幽并。

时易失，志难成，鬓丝生。平章风月，弹压江山，别是功名。

又如《谢池春》：

壮岁从戎，曾是气吞残虏。阵云高、狼烟夜举。朱颜青鬓，拥雕戈西戍。笑儒冠、自来多误。

功名梦断，却泛扁舟吴楚。漫悲歌、伤怀吊古。烟波无际，望秦关何处。叹流年、又成虚度。

又如《蝶恋花》：

桐叶晨飘蛩夜语。旅思秋光，黯黯长安路。忽记横戈盘马处，散关清渭应如故。

江海轻舟今已具。一卷兵书，叹息无人付。早信此生终不遇，当年悔草长杨赋。

这些词都是退居山阴时所作，抚今追昔，不胜感慨，但又不伤感和消沉。有时，他的词也像他的诗一样，以梦境来表现情感。如《夜游宫·记梦寄师伯浑》：

雪晓清笳乱起。梦游处、不知何地。铁骑无声望似水。想关河，雁门西，青海际。

睡觉寒灯里。漏声断、月斜窗纸。自许封侯在万里。有谁知，鬓虽残，心未死。

作于任职成都期间，上阕写梦，下阕写梦后的感慨，风格豪放，充满了浪漫主义色彩。

陆游词的艺术风格多样，以超迈豪放、纤丽婉约、清雄旷达为主。如《钗头凤·红酥手》就写得纤丽婉约，《卜算子·咏梅》就写得清雄旷达：

> 驿外断桥边，寂寞开无主。已是黄昏独自愁，更著风和雨。
> 无意苦争春，一任群芳妒。零落成泥碾作尘，只有香如故。

陆游十分推崇苏轼的词，说它“歌之曲终，觉天风海雨逼人”（《跋东坡七夕词后》），因此受到了苏词的较多的影响。

关键概念

南宋初期的爱国词人

思考题

1. 概述叶梦得、朱敦儒、岳飞以及“四名臣”的词。
2. 简述张元幹、张孝祥、陆游词的内容及艺术特点。

第二十七章

辛弃疾：以爱国热情铸就伟词

前人论词，往往将苏、辛并称、合论，谓之苏、辛词派。那么，苏、辛词的内在联系在哪里？应该说，苏轼为词立法，使词成为“一代之文”，他不仅使词真正成为表现宋代世俗精神的艺术形式，更重要的是把以人的感性为基础的世俗精神提高到了生命本体的高度，从而使宋代的世俗精神在一定程度上成为正统，并开启了新的历史性走向。辛词则将苏轼开拓的这一精神指向更加明确化、具体化，甚至是政治意识形态化，使之与抗金复国的时代主题联系起来，将重大的政治主题化为内在的感情，以词自由不拘的形式表达了强烈的时代之情，将“豪放”词推向了顶峰，也使其蔚为大观，因而从最为内在的意义上真正实践并完成了苏轼的“以诗为词”。正是在这一意义上，苏、辛二人才结成了一派。

第一节　辛弃疾的生平与思想

辛弃疾（1140—1207），原字坦夫，后改字幼安，号稼轩，原籍甘肃狄道（故址在今甘肃临洮），出生于金国初期的济南府历城县。辛家世代仕宦，先世曾任武职，祖父知开封府。祖父辛赞因“以族众拙于脱身”，被污仕金，但他常怀念故国，领辛弃疾等人登高望国，鼓励辛弃疾等人归正，“以纾君父不共戴天之愤”（《进美芹十论扎子》）。辛弃疾自幼受家庭的影响，老师的教诲，又深受儒家思想的熏陶，具有强烈的爱国热情。依照祖父的安排，辛弃疾曾先后两次赴燕京参加进士考试，目的却是探查金人统治中心的虚实，为将来起事做准备。

绍兴三十一年（1161 年）九月，金主完颜亮大举南侵，金国后方军民趁机“屯聚蜂起”，纷纷起义，其中济南农民耿京的农民起义军声势最大，很快发展到了几十万人。此时，辛弃疾 22 岁，也毅然组织族亲民众两千人起义，并同奔耿京，任掌握全军文告的掌书记之职。辛弃疾的朋友义端和尚经辛弃疾动员也归属了耿京，后来义端偷取耿京大印逃往金营，被追捕处决。其后，辛弃疾代表义军与南宋联系，并上条陈大计，引起了高宗的重视。当他北归时，耿京已被叛徒张安国谋害，并劫持了部分义军归金。辛弃疾邀请王世隆等人，率 50 余人突入 5 万人的金营，将叛徒张安国缚于马上，并当场号召上万义军反正，渡淮归附南宋。“壮声英概，懦士为之兴起，圣天子一见三叹息”（洪迈《稼轩记》）。辛弃疾的这一作为，振奋了当时的南宋。

辛弃疾富有政治头脑和军事才能。南归初期，辛弃疾任江阴签判，在主战派虞允文受孝宗重用时，辛弃疾于乾道元年（1165 年）写《美芹十论》献给宋孝宗，分析敌我形势，提出北伐措施，极具见地。5 年后，辛弃疾在建康通判任上又向朝廷上《论阻江为险须藉两淮疏》和《议练民兵守淮疏》，对淮南重要的战略地位以及依靠民兵巩固两淮防务的重要性进行了论证。辛弃疾将抗战北伐的期望寄托在曾战胜过金人的宰相虞允文身上，向他呈上了有名的北伐计划书——《九议》。《九议》分析了宋、金形势，有力地批驳了苟安妥协的思想，提出了具体的政治、军事见解。但因“持论劲直，不为迎合”（《宋史》本传），没有被朝廷采纳。

辛弃疾还在自己的任上进行了切实有效的准备工作，他曾经历任滁州知府，江东、江西、京西、湖北、湖南、两浙、福建等地安抚使、转运副使、提点刑狱等职，做了很多好事。如“宽征薄赋，招流散，教民兵，议屯田”（《宋史·辛弃疾传》），还不顾众议，“起盖寨栅、招步军二千人，马军五百人”，创建了一支“飞虎军”（《宋史·辛弃疾传》）。但宋金对峙渐趋稳定，主和派一直占据上风，再兼辛弃疾是所谓的“归正”人员，一直得不到信任，南宋政府只是利用其才能来治理地方。

辛弃疾多年担任方面大员，才具卓越而又刚正不阿，因此得罪了不少权贵，处境孤危。淳熙八年（1181 年），辛弃疾因弹劾落职，以 42 岁的有为之年退居江西上饶带湖，自号稼轩。10 年后，辛弃疾被启用为福建提点刑狱，曾向光宗上《论荆襄上流为东南重地疏》，希望光宗在各个方面加强北伐的准备，得到了光宗的重视。但在绍熙五年（1194 年），再次被弹劾落职，被迫闲居 8 年，期间移居带湖附近的铅山瓢泉。后朝廷内部发生变化，宰相韩侂胄想以北伐来提高自己的声望，辛弃疾又被启用，使任浙东安抚使、镇江知府等职。此时距辛弃疾归宋已 43 年了。辛弃疾正积极准备北伐，韩侂胄又莫名其妙地将其免职。开禧三年（1207 年），朝廷诏命辛弃疾试兵部侍郎，不久又决定启用他为枢密都承旨，辛弃疾力辞，并已患病。韩侂胄北伐大败后，辛弃疾反而受到指责，此年，辛弃疾在悲愤中赍志而没。

辛弃疾存词 620 多首，为两宋词人之冠，有四卷本的《稼轩词》和十二卷本的《稼轩长短句》。

第二节　“辛稼轩，词中之龙也!”

清代陈廷焯在《白雨斋词话》中赞叹辛弃疾说：“辛稼轩，词中之龙也!”（卷一）实不为过。《稼轩词》存词 620 多首，虽然有闲适词、农村词和艳情词等，但抗战词是其最主要的部分，他以词为武器来表达自己强烈的爱国热情，将苏轼开启的豪放词发展到了一个新的高峰。

在内容上辛词最突出的特征是以慷慨悲歌、壮志难酬但又乐观豪放的情绪来表现其强烈的爱国热情和对投降派的憎恶。翻阅《稼轩词》，触目都是这类词句。如《鹧鸪天》，前面的小序说：“有客慨然谈功名，因追念少年时事，戏作。”下阕这样写：“追往事，叹今吾，春风不染白髭须。却将万字平戎策，换得东家种树书。”约作于庆元六年（1200 年）辛弃疾罢居瓢泉时。上片回忆突击金营的英雄往事，下片由叙事转抒情，豪迈陡转悲凉，结韵写出南渡后壮心抱负落空的落寞。《满江红》下阕写道：“层楼望，春山叠。家何在，烟波隔。把古今遗恨，向他谁说。蝴蝶不传千里梦，子规叫断三更月。听声声、枕上劝人归，归难得。”由上片的春愁引入乡愁、古今家园愁，以蝴蝶梦、子规啼层层烘托，含蓄而深沉，满含着对广大中原地区的怀念。如《念奴娇》：

倘来轩冕，问还是、今古人间何物。旧日重城愁万里，风月而今坚壁。药笼功名，酒垆身世，可惜蒙头雪。浩歌一曲，坐中人物三杰。

堪叹黄菊凋零，孤标应也有，梅花争发。醉里重揩西望眼，惟有孤鸿明灭。世事从教，浮云来去，枉了冲冠发。故人何在，长歌应伴残月。

上阕写功名是身外之物，但复国却是人生的根本，因不能复国而愁如重城，风月也无由欣赏，如今只剩得归家养病，当垆卖酒，虽想将复国的希望寄托在“三杰”一样的人物身上，又如何可得！下阕抒写思国之情，独立高标，壮志不改。《破阵子》（为陈同甫赋壮词以寄）的情感就更为激烈：

醉里挑灯看剑，梦回吹角连营。八百里分麾下炙，五十弦翻塞外声。沙场秋点兵。

马作的卢飞快，弓如霹雳弦惊。了却君王天下事，赢得生前身后名。可怜白发生！

约作于与陈亮唱和《贺新郎》之后不久，辛疾弃时任福州知府兼福建安抚使。开篇虚拟，亦“醉”亦“梦”，写出沙场点兵之豪迈气概。继之写激烈的战斗场景，征尘劈面，气势逼人。词作接连用挑灯看剑、连营吹角、麾下分炙、弦翻塞声、的卢飞快、霹雳弦惊等一系列意象，表现了将军点兵待发的勇武气概。结构也很特别，传统写法是上片主要写景，下片主要抒情，而辛弃疾打破了分片的限制，从开头到“赢得生前身后名”，形成了一组内容完整、意境清晰的画面。最后写“可怜白发生”，梁启超说：“无限感慨，哀同父，亦自哀也。”（《艺蘅馆词选》）将词的情感提高到了一个新的层次。

辛弃疾也时借古人的遭际来抒写心中的不平，表达有国难复的悲慨。如《八声甘州·夜读李广传，不能寐。因念晁楚老、杨民瞻约同居山间，戏用李广事，赋以寄之》：

故将军、饮罢夜归来，长亭解雕鞍。恨灞陵醉尉，匆匆未识，桃李无言。射虎山横一骑，裂石响惊弦。落魄封侯事，岁晚田间。

谁向桑麻杜曲，要短衣匹马，移住南山。看风流慷慨，谈笑过残年。汉开边、功名万里，甚当时、健者也曾闲。纱窗外、斜风细雨，一阵轻寒。

小序交代写作缘由，“戏作”丝毫不戏，非思古幽情，实在申诉不平。上片引述李广故事，将胸中块垒和盘托出，与落魄英雄同声共气。下片起高扬之调，抒不屈之壮士怀抱。“汉开边”以下则直指昏君佞臣，意在讽今。末句以景结情，摧刚为柔，不仅余韵不绝，更透显出词人胸间的悲凉和惆怅。

辛弃疾时时感到自己的责任重大。如《生查子·题京口郡治尘表亭》：

悠悠万世功，矻矻当年苦。鱼自入深渊，人自居平土。

红日又西沉，白浪长东去。不是望金山，我自思量禹。

以大禹自比自励，将恢复故国视为己任。

《菩萨蛮·书江西造口壁》则表现出伤心与坚韧的情绪：

郁孤台下清江水，中间多少行人泪。西北望长安，可怜无数山。

青山遮不住，毕竟东流去。江晚正愁余，山深闻鹧鸪。

上片分写山水，由清江之水而及人之清泪，诉不尽的国耻民辱，书不完的伤心泪史；写山则暗用唐代李勉“望阙”之意，寓万劫不易的耿耿忠心。下片山水合写，以不住的江流喻时光的易逝，时事的变易。最后两句写晚闻鹧鸪，更衬托出国愁与乡愁，意境更加沉郁。全词忠愤填膺，悲壮与深婉共同蕴藉其中。又如“南共北，正分裂”（《贺新郎》），“剩水残山无态度”（《贺新郎》），“马革裹尸当自誓，蛾眉伐性休重说”（《满江红》），“要挽银河仙浪，西北洗胡沙”（《水调歌头》），“袖里珍奇光五色，他年要补天西北”（《满江红》），等等。辛弃疾的爱国热情总是和他的壮志不遂，虚度年华的人生慨叹结合在一起，显得尤为精警动人。

有时借古喻今，抒写自己的豪情壮志，极为动人。如《水龙吟》这样写：

举头西北浮云，倚天万里须长剑。人言此地，夜深长见，斗牛光焰。我觉山高，潭空水冷，月明星淡。待燃犀下看，凭栏却怕，风雷怒，鱼龙惨。

峡束苍江对起，过危楼、欲飞还敛。元龙老矣，不妨高卧，冰壶凉簟。千古兴亡，百年悲笑，一时登览。问何人又卸，片帆沙岸，系斜阳缆。

从字面上看，第一句的意思好像是说向西北看，已被浮云遮住视野，但实际上是说西北已成为沦陷区；“倚天万里须长剑”化用宋玉《大言赋》“方地为车，圆天为盖，长剑耿耿倚天外”，表达了作者欲借倚天长剑来扫荡浮云、收复失地的雄心壮志；“人言”三句用《晋书·张华传》里有关龙泉、太阿宝剑紫气上冲斗牛的故事；“我觉”三句化用了曹操“月明星稀，乌鹊南飞”的诗意，将历史与现实融为一体，其中清冷耸危的景物实是严峻现实的写照；“待燃”四句用晋书温峤在牛渚矶燃犀角照水怪的故事，意谓自己欲跃入水中，寻觅神剑，凭它收复中原；“凭栏”三句则流露出担心受到投降派阻挠和谗言陷害的深重忧患。下阕“峡束”三句引用杜甫《秋日夔府咏怀》里“峡束苍江起，岩排古树圆”诗句，明写溪水在此被峡口约束，激起汹涌澎湃的波涛，暗写自己壮志难酬的悲愤情怀；“元龙”三句反用典故，说曾有雄心大志的陈元龙已老，不妨酣睡，抒发了自己老当益壮、想为国出力却不被用的满腔悲愤。该词使用了大量典故，但又不着痕迹、浑然天成，将自己的豪情壮志和悲愤情绪抒发得酣畅淋漓，可谓有横戈跃马、豪气干云之概。

勉励友人也是辛词的一个重要内容，如：“唤双成，歌弄玉，舞绿华。一觞为饮千岁，江海吸流霞。闻道清都帝所，要挽银河仙浪，西北洗胡沙。回首日边去，云里认飞车。”（《水调歌头·寿赵漕介庵》）“鹏翼垂空，笑人世、苍然无物。还又向、九重深处，玉阶山立。袖里珍奇光五色，他年要补天西北。且归来、谈笑护长江，波澄碧。”（《满江红·健康史致道留守席上赋》）“湖海平生，算不负、苍髯如戟。闻道是、君王著意，太平长策。此老自当兵十万，长安正在天西北。便凤凰、飞诏下天来，催归急。”（《满江红·送信守郑舜举郎中赴召》）“事无两样人心别。问渠侬：神州毕竟，几番离合。汗血盐车无人顾，千里空收骏骨。正目断、关河路绝。我最怜君中宵舞，道男儿、到死心如铁。看试手，补天裂。”（《贺新郎·同父见和，再用前韵》）“况有文章山斗。对桐阴、满庭清昼。当年堕地，而今试看，风云奔走。绿野风尘，平泉草木，东山歌酒。待他年，整顿乾坤事了，为先生寿。”（《水龙吟·为韩南涧尚书甲辰岁寿》）总之，辛弃疾时刻不忘故国，不忘复国。

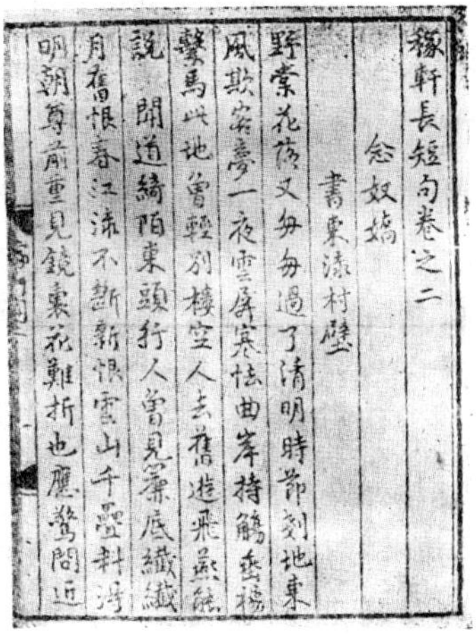
稼軒長短句卷之二
念奴嬌
書東流村壁
野棠花落又匆匆過了清明時節剗地東
風欺客夢一夜雲屏寒怯曲岸持觴垂楊
繫馬此地曾輕別樓空人去舊遊飛燕能
說　聞道綺陌東頭行人曾見簾底纖纖
月舊恨春江流不斷新恨雲山千疊料得
明朝尊前重見鏡裏花難折也應驚問近

元延祐刻本《稼轩长短句》书影

在表现爱国热情的词作中，《永遇乐·京口北固亭怀古》、《水龙吟·登建康赏心亭》、《摸鱼儿》（淳熙己亥，自湖北漕移湖南，同官王正之置酒小山亭，为赋）等是其代表作。《永遇乐》写于镇江知府任上。面对江山而发浩叹，气势颇似苏轼的《赤壁怀古》。词作缅怀古来业绩，叹英雄无觅，比较两段北伐史实，引出教训，显示出偏安一隅之可悲。以廉颇自比，以示自己老当益壮之志，并对朝廷不用抗金人士感到愤懑。《水龙吟》作于建康通判任上。词作借古讽今，以“闲愁”启“国愁”，面对六朝兴亡的历史遗迹感慨今昔，抒写深沉的国忧，把酒临江，感叹英雄无用武之地，对苟安的现状无比愤懑。

除此以外，辛弃疾还写了一些闲适词、农村词和爱情词。

辛弃疾的闺情词也写得十分出色，如《青玉案·元夕》：

东风夜放花千树，更吹落、星如雨。宝马雕车香满路。凤箫声动，玉壶光转，一夜鱼龙舞。

蛾儿雪柳黄金缕，笑语盈盈暗香去。众里寻他千百度，蓦然回首，那人却在，灯火阑珊处。

此词当作于淳熙十四年（1187 年）前闲居带湖期间。词作写灯节热闹的气氛中，词人怀着渴望的心情，不知疲倦地寻找着自己的知心人，正在将要失去希望的时候，却在灯火暗淡处蓦然发现。上片写元宵灯火，描绘出三个交叉的层次，将天上明月、空中焰火、地上彩灯渲染得光辉灿烂，传达出喧闹狂欢的节日气氛。下片转而写情，铺垫衬托，写出了意外的情景，可谓意境幽独，耐人寻味。对于词作的意旨，历来见仁见智，一般认为，此词以追寻恋人来衬托自己孤高的性格并有所寄托。

他的一些闲适词也极具特色，闲适的外表下往往蕴涵着情感的波涛。如《丑奴儿》："少年不识愁滋味，爱上层楼；爱上层楼，为赋新词强说愁。而今识尽愁滋味，欲说还休；欲说还休，却道天凉好个秋。"个中滋味，只有寸心可知。

辛弃疾直接描写农村生活的词有三四十首，对农村的景色和劳动生活都有反映，有的词写得清新可喜。如《清平乐》："茅檐低小，溪上青青草。醉里吴音相媚好，白发谁家翁媪？大儿锄豆溪东。中儿正织鸡笼。最喜小儿无赖，溪头卧剥莲蓬。"此词作于闲居带湖时，是农村生活小场景的素描，风俗人情，眼前耳际，形态神貌，活灵活现，甚富情趣。

又如《鹊桥仙·乙酉山行书所见》：

松冈避暑，茅檐避雨。闲去闲来几度。醉扶孤石看飞泉，又却是、前回醒处。

东家娶妇，西家归女。灯火门前笑语。酿成千顷稻花香，夜夜费、一天风露。

写闲居农村的生活，情致盎然。

又如《西江月》：

明月别枝惊鹊，清风半夜鸣蝉。稻花香里说丰年，听取蛙声一片。

七八个星天外，两三点雨山前。旧时茅店社林边，路转溪桥忽见。

此词也作于闲居带湖时，描摹江南夏夜美景，笔调跳跃活泼，曲尽其妙，深具魅力。上片写一路的夜行见闻，惊鹊、鸣蝉、稻花、蛙唱，见闻令人喜悦，词人的闲适心境与丰收在望的愉悦之情相应和，有令人如醺如醉的情致。下片时移景换，点点星雨衬托出作者的疏放情意，而避雨急转，路弯溪桥，茅店忽现，恍惚惊喜的种种神态更将夜行人的情态描绘得细致入微。以动写静，动中见静的做法，功力显见而绝无斧痕。

《鹧鸪天·代人赋》则描绘了一幅春意盎然的江南景色：

陌上柔条初破芽，东邻蚕种已生些。平冈细草鸣黄犊，斜日寒林点暮鸦。

山远近，路横斜，青旗沽酒有人家。城中桃李愁风雨，春在溪头荠菜花。

词作既感悟到了乡间的朴素自然之美，又对官场进行了讽刺，名为代人赋词，实是借题抒发自我胸怀。全词写田野初春的风光，清新疏淡，极富蓬勃生机与乡土气息。最后两句为点睛之笔，词人抑贬桃李而赞扬山野的荠菜花，体现出辛弃疾超凡脱俗的美学情趣。城中桃李色艳香浓，占尽春光；但愁风畏雨，转眼凋谢，而溪头荠菜却遍野怒放，生机勃然，不畏践踏，它们所具有的朴素的情操和活力之美，能给人无限启发和力量。此词表现了辛弃疾厌弃官场，热爱山乡的情怀。

第三节　“气魄极雄大，意境却极沉郁”的豪放词风

辛词的艺术成就是多方面的，既有雄劲豪放的主体风格，也有缠绵悱恻的一面，有时还将二者较好地融合起来。

在艺术上，辛弃疾最突出的特点是一扫词境尖新的旧论，创造出雄奇廓大的意境，“气魄极雄大，意境却极沉郁”（陈廷焯《白雨斋词话》卷一），都深刻地指出了辛词最突出的审美特征。如著名的《永遇乐·京口北固亭怀古》：

千古江山，英雄无觅，孙仲谋处。舞榭歌台，风流总被，雨打风吹去。斜阳草树，寻常巷陌，人道寄奴曾住。想当年金戈铁马，气吞万里如虎。

元嘉草草，封狼居胥，赢得仓皇北顾。四十三年，望中犹记，烽火扬州路。可堪回首，佛狸祠下，一片神鸦社鼓。凭谁问，廉颇老矣，尚能饭否？

作于开禧元年（1205 年），时在镇江知府任上。词人于 3 月到任后，立即积极投入备战工作，希望能够实现北伐抗金的夙愿。京口即今江苏镇江，北固亭在镇江城北北固山上。北固山下临长江，形势十分险要。此词堪称豪壮悲凉的怀古词之杰作。上片面对壮丽江山而大起浩叹，起句气势宏大，与苏轼的赤壁怀古词有相似之处。通过对古代英雄业绩的深沉缅怀，既表现了词人对历史上英雄人物的无限向往，也表现了他企盼杀敌报国实现夙愿的心意。下片对一成一败的两段北伐史实加以比较，引出深刻的历史教训，警示今人，应当充分备战。对 43 年来的抗金形势进行了回顾，对今日抗金意志的衰退表示了深沉的惋惜和愤懑。最后以老将廉颇自比，显示出自己的老当益壮和有志报国的情怀，也表现了对南宋

朝廷不能重用抗金人才的痛惋。词作用典丰富，虽增加了理解的难度，但也大大地扩充了词的容量，对熔铸词的刚健雄奇的风格起到了很大的作用。词境高远苍劲，雄浑开阔，正是辛词的典型代表。

在辛词中，许多物象一扫前人词作的柔婉，显得刚劲挺拔，甚至大有超迈唐诗之处，完全突破了所谓的“诗庄词媚”的观念。如《贺新郎·用前韵送杜叔高》：

细把君诗说。怅余音、钧天浩荡，洞庭胶葛。千尺阴崖尘不到，惟有层冰积雪。乍一见、寒生毛发。自昔佳人多薄命，对古来、一片伤心月。金屋冷，夜调瑟。

去天尺五君家别。看乘空、鱼龙惨淡，风云开合。起望衣冠神州路，白日销残战骨。叹夷甫、诸人清绝。夜半狂歌悲风起，听铮铮、阵马檐间铁。南共北，正分裂。

词作于淳熙十六年（1189年），闲居上饶时。杜叔高是浙江金华人，其家兄弟5人都博学工文，人称“金华五高”。辛弃疾十分赏识杜的诗集，其声律之美和境界之高都获好评。上片写杜叔高之才情品格，并论其不得意的处境。下片劝才方士立足点当高，放眼形势，勉励其为国效命，担当重任。“夜半”以下，亦宾亦主，或诗或歌，阵风铁马，激怒发愤，悲思如潮，只源于南北大分裂，结尾收煞极其有力。整首词意象奇崛刚劲，风格沉郁雄浑，苍凉悲壮。

辛弃疾塑造的奇伟壮观、特立不凡的形象突出了其雄劲豪放的词风。如《摸鱼儿·观潮上叶丞相》：

望飞来、半空鸥鹭。须臾动地鼙鼓。截江组练驱山去，鏖战未收貔虎。朝又暮。诮惯得、吴儿不怕蛟龙怒。风波平步。看红旆惊飞，跳鱼直上，蹙踏浪花舞。

凭谁问，万里长鲸吞吐。人间儿戏千弩。滔天力倦知何事，白马素车东去。堪恨处。人道是、子胥冤愤终千古。功名自误。谩教得陶朱，五湖西子，一舸弄烟雨。

词作于淳熙三年（1176年）由江西提点刑狱改官京西路转运判官的赴任途中。上片写江潮汹涌，以奇思妙想传达出江潮的声色壮美。赋吴儿弄潮有惊心动魄之感，以江潮排空之势衬吴儿平步风波的威风。下片抒情兼议论，联想到宦海沉浮，从而引出深重的感慨，内蕴深厚。形象奇伟，意境雄奇廓大。

辛词善于以吊古伤今、登高怀远、运用典故的方式来营造廓大的词境。如

《水龙吟·登建康赏心亭》：

楚天千里清秋，水随天去秋无际。遥岑远目，献愁供恨，玉簪螺髻。落日楼头，断鸿声里，江南游子。把吴钩看了，栏杆拍遍，无人会，登临意。

休说鲈鱼堪脍，尽西风，季鹰归未？求田问舍，怕应羞见，刘郎才气。可惜流年，忧愁风雨，树犹如此。倩何人、唤取红巾翠袖，揾英雄泪？

此词体现了辛词的早期风貌。上片写山水之势，雄浑清丽而又富有绵长顿挫之致。“落日”七句，背景廓大苍凉，凸显出一位孤寂而又倔强的爱国者形象，给人以一气呵成之感。下片抒壮志难酬的情绪，委婉曲折而又悲情四涌，在一波三折中反复唱叹，给人以荡气回肠之感。此词既有登高，又有怀远，既吊古又伤今，但悲中见壮，伤感中寄寓豪放，在绵延低回中尽显英雄气概，实有“词中之龙”的气象。

辛词长于比兴寄托，这主要是由他所处“孤危”的地位决定的。他继承了香草美人的传统，往往“托儿女之情，写君臣之事”，这反倒使他的词在慷慨豪放中呈现出细腻婉约的风貌，如《摸鱼儿》（淳熙己亥，自湖北漕移湖南，同官王正之置酒小山亭，为赋）：

更能消、几番风雨，匆匆春又归去。惜春长怕花开早，何况落红无数。春且住，见说道、天涯芳草无归路。怨春不语。算只有殷勤，画檐蛛网，尽日惹飞絮。

长门事，准拟佳期又误。蛾眉曾有人妒。千金纵买相如赋，脉脉此情谁诉？君莫舞，君不见、玉环飞燕皆尘土。闲愁最苦。休去倚危栏，斜阳正在，烟柳断肠处。

这是辛词中独特的爱国词名篇，词境在开阔宏大中又蕴涵着细腻深微的情感，词作摧刚为柔，融豪放于婉约，是辛词的重要代表作。作此词时，辛弃疾从湖北移湖南，已是词人南归18个年头中的第12次调任，这次调任不仅官职没有升迁，并且离抗金前线更远了。辛弃疾屡遭投降派和反对派的谗毁和打击，满腹忧愤，激切难平，于是借惜春、宫怨传统的外在形态，以失宠美人自况，以曲折幽微的方式表达情志。词以暮春起兴，在风雨伤春中暗寓着深重的国势飘摇之痛。接着，从惜春到留春再到怨春，层层推进，步步深入，将春光难驻、美人迟暮的感慨抒写得深沉而畅达。蛛网惹絮一句形象地写出了惜春、留春的殷勤，体现出词人知其不可为而为之的执著与倔强，也展示出了辛词凄婉含蓄的审美特质。下片则从曲折幽微中突出，直扑主题。“长门”五句词锋犀利，将得宠的善妒者置于靶心，怨极而怒，情绪激烈。结尾处又低回婉转，将怨怒收住，斜阳烟柳，意象闲雅而暗淡，怨而不怒，读来令人回肠荡气，哀叹无穷。《摸鱼儿》以失宠美人自况，一唱三叹，曲折地表达了自己的忧谗畏讥的心境，对得志的小人提出警告。《白雨斋词话》对此评论道："词意殊怨，然姿态飞动，极沉郁顿挫之致。"（卷一）可谓深得该词神理。

唐诗宋词中有很多"闲愁"，上词中的"闲愁最苦"较能代表该词的内涵。"闲愁"其实是一种意欲追求超越而又尚未达至超越的情绪状态。如果缺少追求超越的意识和愿望，那就是在浑浑噩噩中生活，就没有"闲愁"；如果人格获得了超越，以"极高明而道中庸"的方式生活，也就没有"闲愁"。当然，在现实中，达至超越的状态很少，追求超越的状态却很多，甚至普遍存在——因为人类历史本体决定了人是必须建立价值的；所以诗词中"闲愁"往往起到提撕人的情绪困境的作用，积淀的是追求超越的情绪因素。上词中的"闲愁最苦"，表现的正是辛弃疾企图寻找出路而又尚未找到出路的精神状态，这种精神状态不仅包含着不知能否收复故国的焦虑，也包含着对精神价值的困惑。

辛词有时也有缠绵悱恻的情调。如《祝英台令·晚春》：

> 宝钗分，桃叶渡。烟柳暗南浦。怕上层楼，十日九风雨。断肠片片飞红，都无人管，倩谁唤、流莺声住。
>
> 鬓边觑。试把花卜归期，才簪又重数。罗帐灯昏，呜咽梦中语。是他春带愁来，春归何处。却不解、将愁归去。

写闺中思妇卜花盼归，才簪重数，体味神态心理深刻细腻，文笔传神。全词盘旋吞吐，反复渲染，深得柔婉含蓄之趣。有人说此词也有所寄托，上片喻国事日非，下片喻恢复无期，并非没有道理。

辛弃疾在一定意义上可以说是宋词的集大成者。辛词不仅取法豪放和婉约两派，还兼及六经、楚辞、庄子及前代诸诗人，其语言也是熔经铸史，兼取前代诗人、词人之长，《稼轩词》中，各种词体几乎无所不备，在中国词史上只有辛弃疾一个人达到了这种境界。宋词到了辛弃疾的手中更加成熟，单以表现手法而论，他的词可谓词坛之冠。所以，如果说苏轼是为词立法，辛弃疾则是集宋词之大成了。

辛弃疾词出现之后，立即吸引了一批追随者，他们成为一个声势浩大的爱国词派，历史上称为辛派词人。其中主要有陈亮、刘过、韩元吉、杨炎正、刘克庄、刘辰翁等。陈亮的《龙川词》、刘克庄的《后村别调》、刘辰翁的《须溪词》都较有影响。

当然，辛词也不是没有缺点，有时用典过多，而且不够妥帖自然，影响了词境之美。有些词过于散文化，如《西江月·遣兴》："醉里且贪欢笑，要愁那得功夫。近来始觉古人书，信着全无是处。昨夜松边醉倒，问松我醉何如？只疑松动要来扶，以手推松曰'去！'"应该说这些方面都不太符合诗词的审美规律。

第四节　辛派词人

陈亮（1143—1194），字同甫，号龙川，有《龙川词》。他是辛弃疾的好友，也是辛派词人中的重要作家。

陈词在题材以及情感方面与辛词大致相似，表现技法也颇多接近之处。《念奴娇·登多景楼》是他"以词为文"的代表作：

> 危楼还望，叹此意、今古几人曾会？鬼设神施，浑认作、天限南疆北界。一水横陈，连冈三面，做出争雄势。六朝何事，只成门户私计。
>
> 因笑王谢诸人，登高怀远，也学英雄涕。凭却长江管不到，河洛腥膻无际。正好长驱，不须反顾，寻取中流誓。小儿破贼，势成宁问强对！

喜用典故也是陈词的特点之一，如《水调歌头·和赵周锡》："安识鲲鹏变化，九万里风在下，如许上南溟！斥鷃旁边笑，河汉一头倾。"用的是《庄子·逍遥游》中的寓言。对于口语，陈词也有吸收，如《洞仙歌·丁未寿朱元晦》："许大乾坤这回大。向上头些子，是雕鹗抟空，篱底下，只有黄花几朵。"在思想上，他与辛弃疾一样，坚定地主张北伐，曾给朝廷写过《中兴论》、《上孝宗皇帝书》等，表达忧国忧民的心情。他在词中写道："离乱从头说，爱吾民、金缯不爱，蔓藤累葛。"（《贺新郎·酬辛幼安再用韵见寄》）"父老长安今余几？后死无仇可雪。"（《贺新郎·寄辛幼安和见怀韵》）他的名作是《水调歌头·送章德茂大卿使虏》：

> 不见南师久，谩说北群空。当场只手，毕竟还我万夫雄。自笑堂堂汉使，得似洋洋河水，依旧只流东。且复穹庐拜，会向藁街逢。
>
> 尧之都，舜之壤，禹之封，于中应有，一个半个耻臣戎。万里腥膻如许，千古英灵安在，磅礴几时通？胡运何须问，赫日自当中！

词中充满了强烈的民族自豪感和爱国热情，在结构上也疏朗刚健，开合大度，风格豪放雄奇，颇有辛词的格局。陈廷焯说开头五句"精警奇肆，几于握拳透爪，可作中兴露布读”（《白雨斋词话》卷一），确是会心之论。

陈词虽然努力模仿学习辛词，但无论是内容还是艺术上都与之有一定的差距。在内容上，陈词比较单调狭窄，而在艺术上，不仅显得议论过多，整体上也显得较为粗糙。

刘过（1154—1206），字改之，号龙洲道人，一生不仕。有《龙洲词》。刘过年龄比陆游、辛弃疾小许多，但因主张抗战，且词风相近，所以和他们以及陈亮都有很深的友谊。刘过的《六州歌头·题岳鄂王庙》怀念岳飞、憎恨权奸之情溢于言表：

> 中兴诸将，谁是万人英。身草莽，人虽死，气填膺。尚如生。年少起河朔，弓两石，剑三尺，定襄汉，开虢洛，洗洞庭。北望帝京。狡兔依然在，良犬先烹。过旧时营垒，荆鄂有遗民。忆故将军。泪如倾。
>
> 说当年事，知恨苦，不奉诏，伪耶真。臣有罪，陛下圣，可鉴临。一片心。万古分茅土，终不到，旧奸臣。人世夜，白日照，忽开明。衮佩冕圭百拜，九泉下、荣感君恩。看年年三月，满地野花春。卤簿迎神。

刘过对辛弃疾十分崇拜，在《呈稼轩》诗中说：“书生不愿黄金印，十万提兵去战场。只欲稼轩一题品，春风侠骨死犹香。”作词刻意效法稼轩，如《沁园春》：

> 斗酒彘肩，风雨渡江，岂不快哉。被香山居士，约林和靖，与东坡老，驾勒吾回。坡谓“西湖，正如西子，浓抹淡妆临镜台”。二公者，皆掉头不顾，只管衔杯。
>
> 白云“天竺飞来。图画里、峥嵘楼观开。爱东西双涧，纵横水绕，两峰南北，高下云堆”。逋曰“不然，暗香浮动，争似孤山先探梅。须晴去，访稼轩未晚，且此徘徊”。

此词仿效辛弃疾《沁园春·将止酒戒酒杯使勿近》的对话体，将白居易、林逋和苏轼的诗化入，构思奇特，深得辛词豪迈狂放、幽默活泼的神韵。

刘过一生浪迹江湖，豪纵自许，狂放不羁，他说：“人间世，算谪仙去后，谁是天才?”（《沁园春》）“坐则高谈风月，醉则恣眠芳草。”（《水调歌头·晚春》）但有时也对自己的拙于谋身自悲自惭：“四举无成，十年不调。”（《沁园春·卢蒲江席上时有新第宗室》）“笑书生无用，富贵拙身谋。”（《六州歌头》）但他并不是没有才能，陈亮曾赞许勉励他“才如万乘器”，“会须斫取契丹首，金印牙旗归故乡”（《赠刘改之》），连年老的陆游也对之另眼相看：“放翁七十病欲死，相逢尚能刮眼看。”（《赠刘改之秀才》）。

刘熙载曾说：“刘改之词，狂逸之中，自饶俊致，虽沉着不及稼轩，足以自成一家。”（《艺概·词概》）刘过以文为词，不重音律，造语狂宕，有时不免粗疏。但他的词风格多样，大多数词还是沿袭旧题材，语言风格也委婉缠绵。

关键概念

《稼轩长短句》　　爱国词　　豪放词　　辛派词人

思考题

1. 举例说明辛弃疾的爱国词的主要内容。

2. 陈廷焯说：“辛稼轩，词中之龙也，气魄极雄大，意境却极沉郁。不善学之，流入叫嚣一派，论者遂集矢于稼轩，稼轩不受也。”就此谈谈辛弃疾词的艺术风格。

3. 简述辛派词人的创作状况。

第二十八章

姜夔：以“清空”的词境建构词史上的地位

在南宋众多的婉约词人之中，姜夔与吴文英应该算是双峰并峙的。姜夔承周邦彦词的程式衣钵又挹取稼轩词的风神，将驰骤作疏宕，化清刚入雄健，变秾丽为淡远，把国事之忧、身世之感、情思之困与物华之美融为一体，营造起一种“古雅峭拔”，如“野云孤飞，去留无迹”般的“清空”词境，对宋末元初的词风以及清代的浙派词人都产生了很大的影响。

第一节　国事之忧、身世之感、情思之困与物华之美

姜夔（1155? —1221?），字尧章，鄱阳（今江西波阳）人。寓居吴兴（今浙江湖州市）时，因所居地邻白石洞天，遂号白石道人，后世多称姜白石。姜夔工诗善词，精于音律，兼善书法，著有《白石词》。姜夔早岁孤贫，幼年、童年是在鄱阳老家度过的，少年时代随父亲在汉阳度过。父亲死时，姜夔方 14 岁左右，后曾依嫁在汉川的姐姐生活。淳熙三年（1176 年）冬，姜夔曾沿江东游，历楚州，西游濠梁，冬至日到扬州，创作了著名的《扬州慢》。22 岁至 31 岁的 10 年间，姜夔行踪不详，但从其词中可以看出他在这一时期曾游合肥及江淮间的其他地方。姜夔在约 31 岁时在湖南结识了著名诗人萧德藻。姜夔的前期生活很不安

定，其足迹遍及湖南、湖北、江西、安徽、江苏、浙江一带，对他的创作产生了许多积极影响，如《扬州慢·淮左名都》、《一萼红·古城阴》、《霓裳中序第一·亭皋正望极》、《湘月·五湖旧约》、《清波引·冷云迷浦》、《八归·芳莲坠粉》、《翠楼吟·月冷龙沙》等词都是作于这一时期。自淳熙十四年（1187年）之后，可以算作姜夔生平创作的后期，此时他的生活相对比较安定，基本上在江浙皖一带活动，而以湖州、杭州为中心。但是，词人一生与仕途无缘，虽屡入试帏，都以落第告终。姜夔主要靠亲友资助生活，长住杭州，游历过长江中下游的许多地区。他与当时的著名文人多有交往，如杨万里、范成大、辛弃疾、尤袤等，与贵胄公子也关系密切，如张俊的孙子张鉴、张镃等。范成大对其十分赏识，曾以歌伎小红赠之。总的看来，姜夔一生多数时期寄人篱下，过着清客式的生活，死时以致贫不能葬。

姜夔词的内容主要以流连风景、咏物赠答、慨叹身世、歌咏恋情为主，也有一些是写时世之慨、身世之悲的。

在家国之悲方面，早期作品《扬州慢》是其代表作：

> 淮左名都，竹西佳处，解鞍少驻初程。过春风十里，尽荠麦青青。自胡马窥江去后，废池乔木，犹厌言兵。渐黄昏，清角吹寒，都在空城。
>
> 杜郎俊赏，算而今重到须惊。纵豆蔻词工，青楼梦好，难赋深情。二十四桥仍在，波心荡、冷月无声。念桥边红药，年年知为谁生？

词前的小序说：“淳熙丙申至日，予过维扬。夜雪初霁，荠麦弥望。入其城，则四顾萧条，寒水自碧，暮色渐起，戍角悲吟。予怀怆然，感慨今昔，因自度此曲。千岩老人以为有《黍离》之悲也。”此时作者约22岁，从汉阳沿江东下，经过扬州，亲眼目睹了这一淮左名城遭兵火后的残破景象，写下此词。上片用白描手法，直赋扬州遭兵燹后的萧条残破，下片用杜牧在扬州活动的情事典故，写即使有杜牧俊达的辞笔，也难写今日人们的悲伤之情。词作将写景、抒情、议论与记叙融为一体，描绘了金人破坏后的扬州一片空荡萧条的景象，尤其是“废池乔木”、“犹厌言兵”以及“清角吹寒”数句，更表现了作者对金人侵扰江淮的痛恨和造成土地残破、人民流亡景象的深沉忧伤。但词的文化意蕴却主要来自下片。《诗经·王风·黍离》中写道：“行迈靡靡，中心摇摇。知我者，谓我心忧；不知我者，谓我何求。悠悠苍天，此何人哉？”对故国以及美好事物毁灭的忧伤，对历史的非合理性的追问，对造成这些结果的原因的质询，自古就有，这就是所谓的“黍离”之悲。姜夔此词不仅有上述“黍离”之悲的全部内容，还对其进行了深刻的发展，即提出了自然——其实是历史的——目的性的问题：“念桥边红药，年年知为谁生？”《诗经》中的“黍离”之悲尚局限在现实层面，寻找的是现实原因；而《扬州慢》中的“黍离”之悲则上升到形上层面，探询的是历史的目的，在这一目的没有明确之前，一切现实层面的问题都难以找到思维的依据。“圣人常无心，以百姓心为心”（《老子》第四十九章），历史自己没有目的，它的目的是由人来确定的。当然，依照人类学历史本体论的原则，人未必生来就要为历史建立合理目的，但却必须为历史建立合理目的。词的下片看似与意识形态的伦理命令无关，却恰是人的价值积淀和心灵成长的要义所在；这种不着形色的滋润和陶冶，正是唐诗宋词“以美启真”的文体特性，其建立起来的是正向的坚忍不拔的人格精神，与外在的理性命令的人格建构方式形成了鲜明的对照。“念桥边红药，年年知为谁生”，这种唐诗宋词中常见的追问模式，其深刻的意义就在于此。

《八归·湘中送胡德华》也是写于早期的忧国伤时之作：

芳莲坠粉，疏桐吹绿，庭院暗雨乍歇。无端抱影销魂处，还见筱墙萤暗，藓阶蛩切。送客重寻西去路，问水面、琵琶谁拨。最可惜、一片江山，总付与啼鴂。

长恨相从未款，而今何事，又对西风离别。渚寒烟淡，棹移人远，缥缈行舟如叶。想文君望久，倚竹愁生步罗袜。归来后、翠尊双饮，下了珠帘，玲珑闲看月。

上阕在伤别中渐及伤时，“最可惜、一片江山，总付与啼鴂”，感慨忧伤之深广，可为一时之冠。此词的立意与《诗经·豳风·东山》末章有近似之处，全词从不同的角度入手，以白描手法写景抒情，情景相容，笔力浑然流转，一气到底，将友情抒写得酣畅淋漓。后来也陆续还有此类作品。如《永遇乐·次稼轩北固楼词韵》：

云隔迷楼，苔封很石，人向何处？数骑秋烟，一篙寒汐，千古空来去。使君心在，苍崖绿嶂，苦被北门留住。有尊中酒差可饮，大旗尽绣熊虎。

前身诸葛，来游此地，数语便酬三顾。楼外冥冥，江皋隐隐，认得征西路。中原生聚，神京耆老，南望长淮金鼓。问当时、依依种柳，至今在否。

辛弃疾的《南乡子·登京口北固亭有怀》写道：“何处望神州，满眼风光北固楼。千古兴亡多少事，悠悠。不尽长江滚滚流。年少万兜鍪，坐断东南战未休。天下英雄谁敌手，曹刘。生子当如孙仲谋。”辛弃疾写此词时任镇江知府，正积极准备北伐。姜夔的和词也表现了辛词的情绪。上阕由眼前事而起古今兴亡感慨，并描绘了军队的雄壮气概。下阕以古人喻辛弃疾，表现了中原父老对王师的盼望，并激励其早日成功。词风雄壮，一扫婉约之态。

姜夔一生清苦，但为人耿直狷介，孤高自许而不失其格，对晚唐的陆龟蒙十分敬仰，屡屡表示要追随他。如《点绛唇》（丁未冬过吴松作）：

燕雁无心，太湖西畔随云去。数峰清苦，商略黄昏雨。

第四桥边，拟共天随住。今何许？凭栏怀古，残柳参差舞。

点绛唇　姜夔

姜夔从湖州往苏州谒见范成大，往返于湖州、苏州之间，与当年陆龟蒙的遭际颇有相似之处，故写下此词。上片眼前即景，雁随云飞去，山苦欲雨；下片抚今吊古，愿随古人相伴江湖，但知音难觅，只剩下残柳参差飘舞。风格高古苍劲，有“清苦”之致。陈廷焯评论说：“白石长调之妙，冠绝南宋，短章亦有不可及者。如点绛唇（丁未冬过吴松作）一阕，通首只写眼前景物。至结处云：‘今何许？凭栏怀古，残柳参差舞。’感时伤事，只用‘今何许’三字提唱。‘凭栏怀古’以下，仅以残柳五字，咏叹了之。无穷哀感，都在虚处。令读者吊古伤今，不能自止，洵推绝调。”（《白雨斋词话》卷二）

伤时念乱与身世之感往往融合在一起。如《淡黄柳》：

空城晓角，吹入垂杨陌。马上单衣寒恻恻，看尽鹅黄嫩绿，都是江南旧相识。正岑寂，明朝又寒食。强携酒、小桥宅，怕梨花落尽成秋色。燕燕飞来，问春何在，唯有池塘自碧。

虽是写柳，但时势的悲伤与身世的凄凉已掩饰不住。而《霓裳中序第一》则更真实地表现了他的乡国之愁、身世之悲和飘零之感：

亭皋正望极，乱落红莲归未得。多病却无气力，况纨扇渐疏，罗衣初索。流光过隙，叹杏梁，双燕如客。人何在？一帘淡月，仿佛照颜色。

幽寂，乱蛩吟壁，动庾信、清愁似织。沉思年少浪迹，笛里关山，柳下坊陌。坠红无信息，漫暗水涓涓溜碧。飘零久，而今何意，醉卧酒垆侧！

词人将多重愁绪糅合在一起，真实地表现了他的情感世界。

姜夔词中的爱情篇章主要是怀念所谓“合肥情人”的。姜夔约在淳熙三年到合肥，结识了一位勾栏中的女子，往来约10年。姜夔先后为之赋词十八九首之多。如：

燕燕轻盈，莺莺娇软。分明又向华胥见。夜长争得薄情知？春初早被相思染。

别后书辞，别时针线。离魂暗逐郎行远。淮南皓月冷千山，冥冥归去无人管。

（《踏莎行》）

肥水东流无尽期，当初不合种相思。梦中未比丹青见，暗里忽惊山鸟啼。

春未绿，鬓先丝。人间别久不成悲。谁教岁岁红莲夜，两处沉吟各自知。

（《鹧鸪天》）

两首皆感梦之作，均写得深情流溢。尤其是前一首，更有不胜之致。

姜夔于淳熙年间从汉阳往金陵，在途中江上梦见从前在合肥结识的一位情人，写下了此词。上片写梦见情人体态轻盈，话语娇软，并想像其相思的情状。下片写情人自诉别后情书频寄，以致针线荒废，甚至梦魂也暗逐情郎。末二句以月喻人，写她怨恨情郎薄情。全词以写梦始，以写梦终，一气呵成，无枝无蔓，表面是写情人对自己的相思之苦，实是写自己的相思之情。词作设想奇特，构思精巧。末二句尤为凄艳悲切，以致王国维说："白石之词，余所最爱者，亦仅二语，曰：'淮南皓月冷千山，冥冥归去无人管。'"（《人间词话》）另外，像《小重山令·赋潭州红梅》也很出色：

人绕湘皋月坠时，斜横花树小，浸愁漪。一春幽事有谁知？东风冷、香远茜裙归。

鸥去昔游非，遥怜花可可，梦依依。九疑云杳断魂啼。相思血，都沁绿筠枝。

借红梅以喻相思的女子。上阕写人花相恋，下阕写刻骨相思，深切动人。姜夔的咏物词往往也寄予了身世之感。如《念奴娇》：

闹红一舸，记来时、尝与鸳鸯为侣。三十六陂人未到，水佩风裳无数。翠叶吹凉，玉容销酒，更洒菰蒲雨。嫣然摇动，冷香飞上诗句。

日暮。青盖亭亭，情人不见，争忍凌波去。只恐舞衣寒易落，愁入西风南浦。高柳垂阴，老鱼吹浪，留我花间住。田田多少，几回沙际归路。

词的小序云：“予客武陵，湖北极宪治在焉。古城野水，乔木参天，不类人境。秋水且涸，荷叶出地寻丈，因列坐其下。上不见日，清风徐来，绿云自动。间于疏处窥见游人画船，亦一乐也。朅来吴兴，数得相羊荷花中。又夜泛西湖，光景奇绝。故以此句写之。”通篇以荷花喻美人，伤荷以自伤，精警动人。

有时也将写人与写物融为一体。如《莺声绕红楼》：

十亩梅花作雪飞。冷香下、携手多时。两年不到断桥西，长笛为予吹。人妒垂杨绿，春风为、染作仙衣。垂杨却又妒腰肢。近前舞丝丝。

词的小序说：“甲辰春，平甫与予自越来吴，携家妓观梅于孤山之西村，命国工吹笛，妓皆以柳黄为衣。”词写梅柳，又写歌伎，了无间隙。另外，姜夔的咏物词如《暗香》、《疏影》等也写得十分出色。

第二节　“野云孤飞，去留无迹”的“清空”词境

姜夔词对后世的影响主要表现在其独特的艺术成就上。前人对姜夔词的艺术特点多有论述，如“词极精妙，不减清真，其高处有美成所不能及者”（黄升《绝妙好词》），“白石词幽韵冷香，令人挹之不尽”（刘熙载《艺概·词曲概》），“白石词以清虚为体，而时有阴冷处，格调最高”（陈廷焯《白雨斋词话》卷二），“词要清空，不要质实；清空则古雅峭拔，质实则凝涩晦昧。姜白石词如野云孤飞，去留无迹”，“不惟清空，且又骚雅，读之使人神观飞越”（张炎《词源》卷下）等。总的看来，姜夔的词表现出了一种清雅的风格，说其词境“清空”应该说还是得其神理的。

姜夔词吸收了婉约派词的深微细腻的表现方法，还从晚唐与江西诗派的清丽而富有哲思的诗风中受到启发，从而创造出清丽幽深的意境，表现出一种清雅之美。如《玲珑四犯》：

叠鼓夜寒，垂灯春浅，匆匆时事如许。倦游欢意少，俯仰悲今古。江淹又吟恨赋。记当时、送君南浦。万里乾坤，百年身世，唯有此情苦。

扬州柳，垂官路。有轻盈换马，端正窥户。酒醒明月下，梦逐潮声去。文章信美知何用，漫赢得、天涯羁旅。教说与，春来要寻花伴侣。

词的小序说："此曲双调，世别有大石调一曲越中岁暮闻箫鼓感怀。"岁暮时节闻箫鼓而感怀是此词的写作宗旨，词作上阕表现的是夜寒鼓冷的凄清景象，下阕写伤别，全词景物凄冷，情绪悲凉，而同时又蕴涵着清雅高洁之致，意境可谓清丽幽深。

姜夔词还十分善于运用暗喻、联想等艺术手法，将景物与心境融通起来，极好地营造了"清空"的意境。如《疏影》：

苔枝缀玉，有翠禽小小，枝上同宿。客里相逢，篱角黄昏，无言自倚修竹。昭君不惯胡沙远，但暗忆江南江北。想佩环月夜归来，化作此花幽独。

犹记深宫旧事，那人正睡里，飞近蛾绿。莫似春风，不管盈盈，早与安排金屋。还教一片随波去，又却怨玉龙哀曲。等恁时重觅幽香，已入小窗横幅。

该词从正面写梅花。上片写梅花姿态、神韵和情怀。词中暗用"昭君"故事，寄寓了故国之思，设想奇妙。清人蒋敦复说："虽小小咏物，亦贵得风人之旨。……白石《石湖咏梅》，暗指南北议和事……寓其家国无穷之感，非区区赋物而已。"（《芬陀利室词话》卷三）下片咏梅花的身世，由花落而起惜花、护花之想，想做金屋贮藏梅花，并由此想到，如果春风又吹落一片梅花，随波而去，又该怨笛子吹出的《梅花落》太哀伤了。尽管如此，还是水流花谢，幽香难觅，徒剩下窗内画幅上梅花的影子了。这里既有惜花之念，护花之想，也可能还寄寓着家国之思，沦丧之痛。全词形象鲜明饱满，由花落而及惜花护花，运思深微妙绝。语言可谓玲珑剔透，意象含蓄而又鲜明，寄托遥深而又清淡。

在这方面更突出的是《暗香》：

旧时月色，算几番照我，梅边吹笛。唤起玉人，不管清寒与攀摘。何逊而今渐老，都忘却春风词笔。但怪得竹外疏花，香冷入瑶席。

江国，正寂寂。叹寄与路遥，夜雪初积。翠尊易泣，红萼无言耿相忆。长记曾携手处，千树压西湖寒碧。又片片吹尽也，几时见得。

与上篇《疏影》均为应范成大之邀而作。词咏梅花，但在咏物中寄托着对"玉人"的相思之情。上片先是回忆了旧时与"玉人"月下赏梅摘花的闲雅情致，但"何逊"四句笔锋陡转，写自己眼下年岁渐老，已无以前的兴致，致使梅花零落，在与前文强烈的对比中凸显出迟暮之感。下片承上而来，写江国寂寂，路遥雪积，自己对酒而泣，对花无言，与开篇相呼应。在物是人非的空虚寂寞中表现出对"玉人"的深切的思念。该词处处写梅，处处关人，咏物与寄托自然融合，不粘不滞而又不即不离，情景在变幻中促生交融，意境朦胧而空灵，有玉壶冰心之情致，充分表现了姜夔词在营造意境方面的特征。

姜夔词在艺术风格上也有其多样性，如他在用字炼句方面十分讲究，像“无奈苕溪月，又唤我扁舟东下”（《探春慢·衰草愁烟》），“数峰清苦，商略黄昏雨”（《点绛唇·燕雁无心》）等，不仅都具有清丽幽婉、挺拔俊洁的特点，并且还有着诗的韵致。《长亭怨慢》写传统的离愁题材就有别于婉约风格：

> 渐吹尽，枝头香絮。是处人家，绿深门户。远浦萦回，暮帆零乱向何许？阅人多矣，谁得似，长亭树？树若有情时，不会得青青如此。
>
> 日暮，望高城不见，只见乱山无数。韦郎去也，怎忘得玉环吩咐？第一是早早归来，怕红萼无人为主。算空有并刀，难剪离愁千缕。

姜夔浪迹江湖

词作当写于绍熙二年（1191 年）词人在合肥与情人离别时。上片咏柳絮飞花，远浦萦回，暮帆零乱，又以柳树之无情，反衬离情之沉痛。下片写暮色中渐行渐远，反复回味情人临别叮嘱，将依依的深情轻轻地渲染出来。但词前的小序说：“予颇喜自制曲，初率意为长短句，然后协以律，故前后阕多不同。桓大司马云：‘昔年种柳，依依汉南；今看摇落，凄怆江潭；树犹如此，人何以堪！’此语予深爱之。”从其命意就可看出，这已不同于一般的离愁别绪，而上升到了一种生命的深情，所以在柔婉中透显出一股清刚之气。

在词的结构上，姜夔词可谓灵动不居，尤其在词上下阕的结合部使得情景交融，在承上启下中将词的意境提升到新的层次。在音律方面，姜夔词多用拗句、拗调，易于营造清峻挺拔的词境。姜夔词极富音乐美，在其词集中，有 17 首自注工尺谱。他善于修改旧曲，自度新曲，都以音律和谐为原则。其自度曲中如《扬州慢》、《暗香》、《疏影》、《长亭怨慢》等，今天读来，仍觉音律和谐，句式张弛有度，舒卷自如。

对于姜夔词的评价，历来甚高，戈载说：“（姜夔）前无古人，后无来者，真词中之圣也。”（《宋七家词选》）清宋翔凤在《平府余论》中说：“词家之有姜石帚，犹诗家之有杜少陵，继往开来，文中关键。”蒋兆兰说：“词家正轨，自以婉约为宗。欧晏张贺，时多小令，慢词寥寥，传作较少。逮乎秦柳，始极慢词之能事。其后清真崛起，功力既深，才调尤高。加以精通律吕，奄有众长，虽率然命笔，而浑厚和雅，冠绝古今，可谓极词中之圣。”（《词说》）这些评价也许过高，但我们可以从中看到姜夔的历史地位和影响。

关键概念

“清空”词境　　　　《扬州慢·淮左名都》

《暗香·旧时月色》　　《疏影·苔枝缀玉》

思考题

1. 简述姜夔词的内容。
2. 试举例分析姜夔词的“清空”意境。

第二十九章

南宋后期的其他词人

南宋前期曾经出现过众多杰出的爱国词人和大量的优秀词作，以豪放词风为主，使爱国主义词创作成为词坛的主流，宋词也发展到了一个新的高峰。随着历史的变迁，南宋前期以来的主流词风逐渐消退，婉约词风渐占上风，至南宋后期，虽然还有一些爱国伤时的慷慨之作，但脱离现实的倾向日渐严重，姜夔、吴文英、周密、王沂孙、张炎等人的注意力多放在了词艺的变化和创新上，虽为宋词在艺术上做结，但宋词的衰落已无可挽回了。

第一节　吴文英：在亦真亦幻中营造朦胧的词境

吴文英（1200？—1260?），字君特，号梦窗，又号觉翁，四明鄞县（今浙江宁波）人。一生不入科举，沉沦下僚，以江湖游士的身份辗转于官僚诸权贵之间。吴文英游荡江湖但足迹不出江浙，大部分时间在杭州、苏州、越州一带，历览其间的风景名胜，曾做过贾似道、吴潜、史宅之等显贵的门客，与当时的诸多文人有交往，晚年困顿而死。对于这种幕僚门客的生活，吴文英是深感悲痛的，他在《绕佛阁·黄钟商与沈野逸东皋天街卢楼追凉小饮》下片中说道：“浪迹尚为客，恨满长安千古道。还记暗萤、穿帘街语悄。叹步影归来，人鬓花老。紫箫天渺。又露饮风前，凉堕轻帽。酒杯空、数星横晓。”描绘了一个漂泊潦倒而又在凄清的心境中不断追询的形象。难能可贵的是，吴文英虽长期做门客幕僚但又不为名利折腰，耿直狷介，人格清高。吴文英词作多达340多首，有《梦窗词》。

吴文英一生专力写词，力求自成一家，但始终未能超越辛弃疾和姜夔，气魄不如辛，才情不及白石，但在艺术技巧上还是取得了一定的成就。有的词对国事也表现出一定的关心。如《金缕歌·陪履斋先生沧浪看梅》：

乔木生云气。访中兴、英雄陈迹，暗追前事。战舰东风悭借便，梦断神州故里。旋小筑、吴宫闲地。华表月明归夜鹤，叹当时、花竹今如此。枝上露，溅清泪。

遨头小簇行春队。步苍苔、寻幽别坞，问梅开未。重唱梅边新度曲，催发寒梢冻蕊。此心与、东君同意。后不如今今非昔，两无言、相对沧浪水。怀此恨，寄残醉。

“沧浪看梅”即在沧浪亭看梅。南宋初期朝廷将沧浪亭赐给抗金名将韩世忠，称韩王园。因此词作实是借看梅来感兴国事。“战舰东风悭借便，梦断神州故里”就是追忆韩世忠当年几欲擒住金兀术一事，但抚今追昔，感慨无语，只能“两无言、相对沧浪水。怀此恨，寄残醉”，表现了对时事的无限感慨。

因其生活经历所限，吴文英词的题材主要还是恋情、咏物、伤今怀古和酬赠唱。他的词往往意象朦胧，有李商隐之风。如《唐多令》写羁旅愁思：

唐多令　吴文英

何处合成愁？离人心上秋。纵芭蕉不雨也飕飕。都道晚凉天气好，有明月，怕登楼。

年事梦中休，花空烟水流。燕辞归，客尚淹留。垂柳不萦裙带住，漫长是，系行舟。

开篇写愁，既假“愁”字的字谜，又含愁之成因。接下来再写愁因景起，景染愁绪。上阕蓄势待发，直写愁之果，下阕抄底兜住，再写愁之因，前后生发照应，自然浑成。张炎本是贬抑吴文英的，但在《词源》（卷下）中也称赞说：“此辞疏快，却不质实，如是者集中尚有，惜不多耳。”又如《思佳客》写春日怀人：

迷蝶无踪晓梦沉，寒香深闭小庭心。欲知湖上春多少，但看楼前柳浅深。

愁自遣，酒孤斟，一帘芳景燕同吟。杏花宜带斜阳看，几阵东风晚又阴。

开篇用庄周化蝶的典故，也用李商隐《锦瑟》诗意，但表现出的是寂寥惆怅的情绪，接下来写自己孤闭小庭，以楼前柳色来揣测湖上春色的幽微心境；下片以“愁”点题，以“孤”带情，将人的孤独与寂寞明晰地宣示出来，结句则在斜阳梨花和东风晚阴中展示出无限忧郁而又美丽的伤感。词作上片写晓景，下片写晚情，一早一晚，合成了一个闭合而又完整的时空，同时也是一个闭合的情感时空。张炎说吴文英词“质实”，但此词不仅“清空”，甚至大有虚灵之致。在这方面最著名的还是那首怀念亡姬的《风入松》：

听风听雨过清明，愁草瘗花铭。楼前绿暗分携路，一丝柳、一寸柔情。料峭春寒中酒，交加晓梦啼莺。

西园日日扫林亭，依旧赏新晴。黄蜂频扑秋千索，有当时、纤手香凝。惆怅双鸳不到，幽阶一夜苔生。

词的境界亦真亦幻，似真似梦，由痴迷而生幻觉，再将幻觉写成现实，虚实相生，显示出了高超的词艺。再如《渡江云三犯·西湖清明》：

羞红颦浅恨，晚风未落，片绣点重茵。旧堤分燕尾，桂棹轻鸥，宝勒倚残云。千丝怨碧，渐路入、仙坞迷津。肠漫回，隔花时见，背面楚腰身。

逡巡。题门惆怅，堕履牵萦，数幽期难准。还始觉、留情缘眼，宽带因春。明朝事与孤烟冷，做满湖、风雨愁人。山黛暝，尘波澹绿无痕。

上阕写恋情，下阕抒发惆怅之情，有不胜之致。吴文英色泽接近温庭筠，章法多受周邦彦影响，因他所处时代比姜夔更带末世的色彩，所以每每有一种超乎世情悲苦或历史感慨之外的清远意趣。这些特点在上面的词中也有所表现。

吴文英的词气魄和才力都不够，但在艺术技巧上有一定的发展。第一，极其善于虚实互化。将实景化为虚景，将虚景化为实景，创造出如梦如幻的艺术境界，如《风入松》怀念亡姬，就创造出了一种亦真亦幻，似真似梦的艺术境界。再如《八声甘州·陪庾幕诸公游灵岩》：

渺空烟四远，是何年、青天坠长星。幻苍崖云树，名娃金屋，残霸宫城。箭径酸风射眼，腻水染花腥。时靸双鸳响，廊叶秋声。

宫里吴王沉醉，倩五湖倦客，独钓醒醒。问苍波无语，华发奈山青。水涵空、阑干高处，送乱鸦、斜日落鱼汀。连呼酒，上琴台去，秋与云平。

开篇将灵岩山和馆娃宫比为青天陨落的星辰，再写历史事实，最后再入幻景。再如《思佳客·赋半面女髑髅》更将半面枯骨幻化为美丽少女："钗燕拢云睡起时。隔墙折得杏花枝。青春半面妆如画，细雨三更花又飞。轻爱别，旧相知。断肠青冢几斜晖。断红一任风吹起，结习空时不点衣。"第二，极其善于营造朦胧的意境。如《渡江云三犯·西湖清明》上阕写恋情就有李商隐的朦胧之美。上面引述的《唐多令·何处合成愁》写羁旅愁思也有这样的特点。第三，语言色彩强烈，搭配组合自由，如"腻涨红波"写池水，"倩霞艳锦"写云彩，而"飞红若到西湖底，搅翠澜、总是愁鱼"、"落絮无声春堕泪"等句子都很好地运用了通感的手法。

吴文英精通音律，对于词的声调的安排与音乐曲调间关系十分重视，由于他过于专注于抒发自己内心世界的细腻深微的情感，不考虑可接受性，因此，他的词十分"密丽"，"如七宝楼台，眩人眼目，碎拆下来，不成片段"（张炎《词源》）。这实际上是说吴词在结构上善于打破时空的自然顺序，按照音律和情感的需要来安排，如他的自度曲《莺啼序》，长达 240 字：

残寒正欺病酒，掩沉香绣户。燕来晚、飞入西城，似说春事迟暮。画船载、清明过却，晴烟冉冉吴宫树。念羁情游荡，随风化为轻絮。

十载西湖，傍柳系马，趁娇尘软雾。溯红渐、招入仙溪，锦儿偷寄幽素。倚银屏、春宽梦窄，断红湿、歌纨金缕。暝堤空，轻把斜阳，总还鸥鹭。

幽兰旋老，杜若还生，水乡尚寄旅。别后访、六桥无信，事往花委，瘗玉埋香，几番风雨。长波妒盼，遥山羞黛，渔灯分影春江宿，记当时、短楫桃根渡。青楼仿佛，临分败壁题诗，泪墨惨澹尘土。

危亭望极，草色天涯，叹鬓侵半苎。暗点检、离痕欢唾，尚染鲛绡，亸凤迷归，破鸾慵舞。殷勤待写，书中长恨，蓝霞辽海沉过雁，漫相思、弹入哀筝柱。伤心千里江南，怨曲重招，断魂在否？

该词是词史上最长的词调，主要是写对逝去的恋人的追忆之情。第一段写伤春，第二段写 10 年前的相遇，第三段追忆别后相思，第四段再将相思情事加以概括，不仅在段落安排上多有跳跃之处，就是在每段之间也有穿插，足见吴词的这一特点。

另外还需要说明的是，吴词中也有明快流畅之作。如《鹧鸪天》：

池上红衣伴依阑，栖鸦常带夕阳还。殷云度雨疏桐落，明月生凉宝扇闲。

乡梦窄，水天宽，小窗愁黛淡淡山。吴鸿好为传归信，杨柳阊门屋数间。

吴文英的词在艺术上进行了大胆的探索，与姜夔同为南宋词坛的巨匠，史称“姜吴”。

第二节　史达祖、刘克庄、戴复古等

史达祖（生卒年不详），字邦卿，号梅溪，原籍开封。屡试不第，居杭州，曾在扬州一代漂流。一度为韩侂胄倚重，曾出使金国，开禧北伐失败后被黥面流放。

史达祖也有抒发家国之恨的词作。如《满江红·九月二十一日出京怀古》：

缓辔西风，叹三宿、迟迟行客。桑梓外、锄耰渐入，柳坊花陌。双阙远腾龙凤影，九门空锁鸳鸾翼。更无人、擫笛傍宫墙，苔花碧。

天相汉，民怀国。天厌虏，臣离德。趁建瓴一举，并收鳌极。老子岂无经世术，诗人不预平戎策。办一襟、风月看升平，吟春色。

上阕写汴京的衰败与凄凉，下阕书写雄心壮志。也有写身世之感的，如《满江红·书怀》：

好领青衫，全不向、诗书中得。还也费、区区造物，许多心力。未暇买田清颍尾，尚须索米长安陌。有当时、黄卷满前头，多惭德。

思往事，嗟儿剧。怜牛后，怀鸡肋。奈棱棱虎豹，九重九隔。三径就荒秋自好，一钱不直贫相逼。对黄花、常待不吟诗，诗成癖。

全词感叹贫穷潦倒，诗书无用，深沉而悲凉。

史达祖的咏物词和悼亡词更值得重视。咏物词如《绮罗香·咏春雨》：

做冷欺花，将烟困柳，千里偷催春暮。尽日冥迷，愁里欲飞还住。惊粉重、蝶宿西园，喜泥润、燕归南浦。最妨它、佳约风流，钿车不到杜陵路。

沉沉江上望极，还被春潮晚急，难寻官渡。隐约遥峰，和泪谢娘眉妩。临断岸、新绿生时，是落红、带愁流处。记当日、门掩梨花，剪灯深夜语。

全词描写春雨，在炼字和通感的运用方面极为出色。又如《双双燕·咏燕》：

过春社了，度帘幕中间，去年尘冷。差池欲住，试入旧巢相并。还相雕梁藻井。又软语、商量不定。飘然快拂花梢，翠尾分开红影。

芳径。芹泥雨润。爱贴地争飞，竞夸轻俊。红楼归晚，看足柳昏花暝。应自栖香正稳。便忘了、天涯芳信。愁损翠黛双蛾，日日画阑独凭。

通篇不着一“燕”字，却将燕子写得极为传神。尤其是“又软语、商量不定。飘然快拂花梢，翠尾分开红影”两句，历来为人们所称赏。悼亡词如《寿楼春·寻春服感念》：

裁春衫寻芳。记金刀素手，同在晴窗。几度因风残絮，照花斜阳。谁念我，今无肠。自少年、消磨疏狂。但听雨挑灯，攲床病酒，多梦睡时妆。

飞花去，良宵长。有丝阑旧曲，金谱新腔。最恨湘云人散，楚兰魂伤。身是客，愁为乡。算玉箫、犹逢韦郎。近寒食人家，相思未忘苹藻香。

此词为悼念亡妻，上片主要追忆亡妻的音容笑貌，下片则重写自己的思念之情，可谓情真意切，感人肺腑。又如《夜行船·正月十八日闻卖杏花有感》：

不剪春衫愁意态。过收灯、有些寒在。小雨空帘，无人深巷，已早杏花先卖。

白发潘郎宽沈带。怕看山、忆它眉黛。草色拖裙，烟光惹鬓，常记故园挑菜。

枯立帘前，回忆亡妻，情景历历在目，而人已仙逝，可谓深情无限。

史达祖的词炼句炼字十分出色，属对精切巧妙，张炎赏其“挺异”的“句法”（《词源》卷下）。但有的词境不很浑成，并时有雕琢过甚之弊。

高观国（生卒年不详），字宾王，号竹屋，山阴（今浙江绍兴）人，身世亦不详。当时与史达祖齐名，但其成就不及史达祖。词善创造名句警语，如《金人捧露盘·水仙花》：

梦湘云，吟湘月，吊湘灵。有谁见、罗袜尘生。凌波步弱，背人羞整六铢轻。娉娉袅袅，晕娇黄、玉色轻明。

香心静，波心冷，琴心怨，客心惊。怕佩解、却返瑶京。杯擎清露，醉春兰友与梅兄。苍烟万顷，断肠是、雪冷江清。

其中“香心静，波心冷，琴心怨，客心惊”有惊心动魄之妙。又如《金人捧露盘·梅花》：

念瑶姬，翻瑶佩，下瑶池。冷香梦、吹上南枝。罗浮梦杳，忆曾清晓见仙姿。天寒翠袖，可怜是、倚竹依依。

溪痕浅，云痕冻，月痕澹，粉痕微。江楼怨、一笛休吹。芳音待寄，玉堂烟驿两凄迷。新愁万斛，为春瘦、却怕春知。

其中“新愁万斛，为春瘦、却怕春知”可谓凄迷已极。

刘克庄（1187—1269）是著名的江湖派诗人，但同时又是南宋末期著名的辛派词人，其词作成就超过了诗。在南宋词坛上，与刘过、刘辰翁齐名，称为“三刘”，著有《后村别调》，传词260多首。

刘克庄的词有意识地继承了辛弃疾的风格，也继承了辛词的爱国主义精神。他的很多词都表现了反对投降、主张恢复、忧国伤时、愤世嫉俗的情绪，抒发了他的爱国热情。如《贺新郎·送陈真州子华》：

北望神州路，试平章、这场公事，怎生分付。记得太行山百万，曾入宗爷驾驭。今把作、握蛇骑虎。君去京东豪杰喜，想投戈、下拜真吾父。谈笑里，定齐鲁。两河萧瑟惟狐兔。

问当年、祖生去后，有人来否。多少新亭挥泪客，谁梦中原块土。算事业、须由人做。应笑书生心胆怯，向车中、闭置如新妇。空目送，塞鸿去。

词作借送友人上任之机，希望他团结义民，勉励他平定齐鲁一带，然后再趁机北伐，结尾则自谦。全词意气慷慨，其志与宗泽等爱国将领相通，即使放在辛词中也无愧色。

《沁园春·梦孚若》则借怀念友人方孚若来表达他的爱国之情和雄心壮志：

何处相逢，登宝钗楼，访铜雀台。唤厨人斫就，东溟鲸脍，圉人呈罢，西极龙媒。天下英雄，使君与操，余子谁堪共酒杯。车千乘，载燕南赵北，剑客奇才。

饮酣画鼓如雷。谁信被晨鸡轻唤回。叹年光过尽，功名未立，书生老去，机会方来。使李将军，遇高皇帝，万户侯何足道哉。披衣起，但凄凉感旧，慷慨生哀。

上片借梦境表达了对友人的赞扬敬慕之意，同时也寄托“奇才”复国的愿望；下片则说机会虽来，自己已然老了，从而“凄凉感旧，慷慨生哀”。大有辛弃疾的“凭谁问，廉颇老矣，尚能饭否”的情志。风格豪放雄劲，激情流溢，而且善用典故，确有辛词风致。

《贺新郎·实之三和有忧边之语，走笔答之》是一首勉励友人投笔从戎的力作：

国脉微如缕。问长缨、何时入手，缚将戎主。未必人间无好汉，谁与宽些尺度。试看取、当年韩五。岂有谷城公付授，也不干、曾遇骊山母。谈笑起，两河路。

少时棋柝曾联句。叹而今、登楼揽镜，事机频误。闻说北风吹面急，边上冲梯屡舞。君莫道、投鞭虚语。自古一贤能制难，有金汤、便可无张许？快投笔，莫题柱。

词作忧国伤时，悲郁莫名，但又希望统治者启用像唐代的张巡、许远那样的名将来抗击敌军，最后则直呼“快投笔，莫题柱”，表现了一个爱国知识分子深重的责任感。

刘克庄写身世之感的词也有佳作。如《玉楼春·戏林推》：

年年跃马长安市，客舍似家家似寄。青钱换酒日无何，红烛呼卢宵不寐。

易挑锦妇机中字，难得玉人心下事。男儿西北有神州，莫滴水西桥畔泪。

词作大部分写自己旅居京华的经历，只是饮酒狎妓之类，似乎意志消沉，但最后两句一转，将前面的放荡生活化为忧国愤世的情绪，使词得到了升华。

刘克庄的词也有一些风格清婉。如《忆秦娥》：

梅谢了，寒垣冻解鸿归早。鸿归早，凭伊问讯，大梁遗老。

浙河西面边声悄，淮河北去炊烟少。炊烟少，宣和宫殿，冷烟衰草。

词风有似婉约派，但其中的伤时愤世之情，却是一如他的“豪放”词。

戴复古（1167—1248?）是著名的江湖派诗人，同时也有一些优秀的词作。现存《石屏词》一卷，传词40多首。戴复古是一位具有爱国热情和关注现实精神的知识分子，他虽一生难入仕途，但始终不忘国事。他自己请缨无路，只好把自己的希望寄托在爱国将领身上。如《满庭芳·楚州上巳万柳池应监丞领客》：

三日春光，群贤胜践，山阴何似山阳。鹅池墨妙，曲水记流觞。自许风流丘壑，何人共、击楫长江。新亭上，山河有异，举目恨堂堂。

使君，经世志，十年边上，两鬓风霜。问池边杨柳，因甚凄凉。万树重新种了，株株在、桃李花傍。仍须待，剩栽兰芷，为国洗河湟。

上片写东晋名士只知曲水流觞，自许风流，不知进取报国；下片借对主人的赞美，寄寓着“为国洗河湟”的理想。忧思之深，寄寓之重，令人动容。再如《水调歌头·题李季允侍郎鄂州吞云楼》：

轮奂半天上，胜概压南楼。筹边独坐，岂欲登览快双眸。浪说胸吞云梦，直把气吞残虏，西北望神州。百载一机会，人事恨悠悠。

骑黄鹤，赋鹦鹉，谩风流。岳王祠畔，杨柳烟锁古今愁。整顿乾坤手段，指授英雄方略，雅志若为酬。杯酒不在手，双鬓恐惊秋。

当时李季允为沿江制置副使，上片想像李季允“胜概压南楼”，“直把气吞残虏”的气概，末尾却笔锋一转，以“百载一机会，人事恨悠悠”承接下片，指出了南宋百年不能复国，实是因人事之误，而结语更是表现了世事难料、双鬓惊秋的悲凉感，发人深思。

戴复古写身世之感的词也很出色。如《沁园春》：“一曲狂歌，有百余言，说尽一生。费十年灯火，读书读史，四方奔走，求利求名。蹭蹬归来，闭门独坐，赢得穷吟诗句清。夫诗者，皆吾侬平日，愁叹之声。空余豪气峥嵘，安得良田二顷耕。向临邛涤器，可怜司马，成都卖卜，谁识君平。分则宜然，吾何敢怨，蝼蚁逍遥戴粒行。开怀抱，有青梅荐酒，绿树啼莺。”全词如泣如诉，娓娓道来，出于直白而意蕴隽永，不动声色而深情流溢，可谓心有郁结者。

戴复古的词主要继承苏轼、辛弃疾的豪放词风，词风胸襟开阔，结构跌宕起伏，出于奇崛而不失清丽。但有的词又显示出另一种风格，如《满江红·赤壁怀古》：

赤壁矶头，一番过、一番怀古。想当时、周郎年少，气吞区宇。万骑临江貔虎噪，千艘列炬鱼龙怒。卷长波、一鼓困曹瞒，今如许。

江上渡，江边路。形胜地，兴亡处。览遗踪，胜读史书言语。几度东风吹世换，千年往事随潮去。问道傍、杨柳为谁春，摇金缕。

同是赤壁怀古，与苏轼的词风大不相同，在豪放中更显示出一种透脱与流丽，与后来的元曲有某种近似之处。

第三节　周密、王沂孙、蒋捷等

周密（1232—1298），字公谨，号草窗、蘋洲、萧斋，出身世代官宦的书香门第，南宋末年曾做过几任小官，宋亡后不仕，与吴文英、王沂孙、张炎等当时的许多著名文人有交往。宋亡以前的作品收在《蘋洲渔笛谱》内，宋亡后的作品收在《草窗词》中，传词250多首。

周密前期的词对姜夔、吴文英的词风进行了综合，既有姜夔的意趣醇雅，又有吴文英的清爽明丽，形成了典雅清丽的词风。宋亡后，词风虽然没有大的改变，但词作的内容却由流连风月转向了悲苦的故国情思。

周密抒写离愁别绪和身世之感的词也十分出色。如《玉京秋·长安独客，又见西风，素月丹枫凄然其为秋也，因调夹钟羽一解》：

烟水阔。高林弄残照，晚蜩凄切。碧碪度韵，银床飘叶。衣湿桐阴露冷，采凉花、时赋秋雪。叹轻别，一襟幽事，砌蛩能说。

客思吟商还怯。怨歌长、琼壶暗缺。翠扇恩疏，红衣香褪，翻成消歇。玉骨西风，恨最恨、闲却新凉时节。楚箫咽，谁倚西楼淡月。

大有柳永的《雨霖铃》的情致，但又融入了更多的人生感慨，隐含着流年易度，年华易逝的忧思。词风清澈疏朗，婉约明丽。再如《三姝媚·送圣与还越》写身世之感："浅寒梅未绽。正潮过西陵，短亭逢雁。秉烛相看，叹俊游零落，满襟依黯。露草霜花，愁正在、废宫芜苑。明月河桥，笛外尊前，旧情消减。莫诉离肠深浅。恨聚散匆匆，梦随帆远。玉镜尘昏，怕赋情人老，后逢凄惋。一样归心，又唤起、故园愁眼。立尽斜阳无语，空江岁晚。"词作描写了送别的种种情景，"俊游零落，满襟依黯"的身世之感与"废宫芜苑"、"故园愁眼"的黍离之悲融合在一起，使词风在婉约中透出一股沉郁之气。

周密前期的词较少反映危殆的国家形势，后期的词则多写亡国之痛。1276年，临安陷落，他逃到绍兴，作《一萼红·登蓬莱阁有感》，历来被看做是他的代表作：

步深幽。正云黄天淡，雪意未全休。鉴曲寒沙，茂林烟草，俯仰千古悠悠。岁华晚、漂零渐远，谁念我、同载五湖舟。磴石松斜，崖阴苔老，一片清愁。

回首天涯归梦，几魂飞西浦，泪洒东州。故国山川，故园心眼，还似王粲登楼。最怜他、秦鬟妆镜，好江山、何事此时游。为唤狂吟老监，共赋销忧。

词人家国破散，无处栖身，“故国山川，故园心眼，还似王粲登楼”，其沉痛之情，令人耸然动容。陈廷焯说此词“苍茫感慨，情见乎词，当为草窗集中压卷”（《白雨斋词话》卷二）。另外，像《献仙音·吊雪香亭梅》也有同样的情致：“松雪飘寒，岭云吹冻，红破数椒春浅。衬舞台荒，浣妆池冷，凄凉市朝轻换。叹花与人凋谢，依依岁华晚。共凄黯。共东风、几番吹梦，应惯识当年，翠屏金辇。一片古今愁，但废绿、平烟空远。无语销魂，对斜阳、衰草泪满。又西泠残笛，低送数声春怨。”雪香亭是临安清波园附近的一个著名的亭子，曾经四朝临幸，词人游此而起故国之思，是极为自然的事。词作上片写雪香亭的清凉情景，下片追忆当年的繁华，以“无语销魂，对斜阳、衰草泪满”等数句作结，令人黯然神伤。

另外，周密写景的《闻鹊喜·吴山观涛》也很著名：

天水碧，染就一江秋色。鳌戴雪山龙起蛰。快风吹海立。
数点烟鬟青滴，一杼霞绡红湿。白鸟明边帆影直，隔江闻夜笛。

词风清快，已不是婉约派所能涵盖得了的，也体现了周密词风格的多样性。戈载在《宋七家词选》中评论周密的词说：“其词尽洗靡曼，独标清丽，有韶倩之色，有绵渺之思，与梦窗旨趣相侔。”应该说是较为准确的。

张炎（1248—1331?），字叔夏，号玉田，临安人。有《山中白云词》。张炎是抗金名将张俊的六世孙，其曾祖父张濡在镇守独松关时杀死元使，宋亡后被斩。张炎的父、祖辈多能诗工词。张炎跟父亲学作词，又跟杨缵学声律，《词源》也记其父张枢晓畅音律，每作一词，必先使歌者按之，稍有不协，随即改正。可见他的音律学也有家学渊源。张炎早年词多写贵公子的优游生活，摹写风月，宋亡后过着穷困而颠沛流离的生活。其词多写亡国之痛，词风清雅疏朗。

亡国前，张炎的六世祖张俊在临安有宅第花园，宋亡后被籍没，张炎有一些词追忆了当时的繁华生活。如《长亭怨·旧居有感》：

望花外、小桥流水，门巷愔愔，玉箫声绝。鹤去台空，佩环何处弄明月。十年前事，愁千折、心情顿别。露粉风香谁为主，都成消歇。

凄咽。晓窗分袂处，同把带鸳亲结。江空岁晚，便忘了、尊前曾说。恨西风不庇寒蝉，便扫尽、一林残叶。谢杨柳多情，还有绿阴时节。

花木之盛，管弦之繁，都是“十年前事”，如今西风落叶，一片萧瑟。另外如《忆旧游·过故园有感》也表现了同样的情绪。

张炎词中较有价值的应该是那些既写亡国之痛又融入自己身世之感的作品。如《解连环·孤雁》：

楚江空晚。怅离群万里，怳然惊散。自顾影、欲下寒塘，正沙净草枯，水平天远。写不成书，只寄得、相思一点。料因循误了，残毡拥雪，故人心眼。

谁怜旅愁荏苒。谩长门夜悄，锦筝弹怨。想伴侣、犹宿芦花，也曾念前，去程应转。暮雨相呼，怕蓦地、玉关重见。未羞他、双燕归来，画帘半卷。

将身世之感化为孤雁的形象，在国破家亡的背景上显得尤为孤独清冷，情感曲折隐晦而又清晰可见。此词使他赢得了“张孤雁”的雅号。由于特殊的历史背景，张炎的词多以托物言志、借物抒情的方式来表达自己的情感。又如《高阳台·西湖春感》：

接叶巢莺，平波卷絮，断桥斜日归船。能几番游，看花又是明年。东风且伴蔷薇住，到蔷薇、春已堪怜。更凄然。万绿西泠，一抹荒烟。

当年燕子知何处，但苔深韦曲，草暗斜川。见说新愁，如今也到鸥边。无心再续笙歌梦，掩重门、浅醉闲眠。莫开帘，怕见飞花，怕听啼鹃。

词写西湖景色，具有浓厚的情感色彩，将亡国之恨和身世之感以一种凄清幽怨的格调表现出来。又《南浦·春水》：

波暖绿粼粼，燕飞来、好是苏堤才晓。鱼没浪痕圆，流红去、翻笑东风难扫。荒桥断浦，柳阴撑出扁舟小。回首池塘青欲遍，绝似梦中芳草。

和云流出空山，甚年年净洗，花香不了。新渌乍生时，孤村路、犹忆那回曾到。余情渺渺。茂林觞咏如今悄。前度刘郎归去后，溪上碧桃多少。

通过对西湖景色的描写，对苏轼、白居易、刘禹锡等人的怀念，委婉地表达了强烈的故国之思。而《思佳客·题周草窗武林旧事》就更为典型：

> 梦里瞢腾说梦华，莺莺燕燕已天涯。蕉中覆处应无鹿，汉上从来不见花。
>
> 今古事，古今嗟。西湖流水响琵琶。铜驼烟雨栖芳草，休向江南问故家。

对故国的思念岂止是魂牵梦绕，但也只能“休向江南问故家”。言辞精美典雅，深情流溢，愈是曲折，反而愈显强烈。

他的词中经常出现一种飘逸清冷而又灵动不拘的意境。如《摸鱼儿·高爱山隐居》的下阕：

> 还重省。岂料山中秦晋，桃源今度难认。林间即是长生路，一笑元非捷径。深更静，待散发吹箫，跨鹤天风冷。凭高露饮，正碧落尘空，光摇半壁，月在万松顶。

展现出了一片清冷空阔的心灵世界。他的词有时也能营构出雄奇空阔的艺术境界。又如《台城路》（寄姚江太白山人陈文卿别本“文卿”作“又新”）的下阕这样写道：“寒香深处话别。病来浑瘦损，懒赋情切。太白闲云，新丰旧雨，多少英游消歇。回潮似咽。送一点秋心，故人天末。江影沉沉，露凉鸥梦阔。”用语既新奇爽朗而又不生硬，的确有清远空阔之致。如《壶中天》（夜渡古黄河，与沈尧道、曾子敬同赋）的下阕：“迎面落叶萧萧，水流沙共远，都无行迹。衰草凄迷秋更绿，惟有闲鸥独立。浪挟天浮，山邀云去，银浦横空碧。扣舷歌断，海蟾飞上孤白。”秋江落叶，浪天闲鹤，在清远辽阔中透出一股雄浑。有时，张炎也塑造出肃杀凄凉的意境，如《清平乐》：

> 候蛩凄断，人语西风岸。月落沙平江似练，望尽芦花无雁。
>
> 暗教愁损兰成，可怜夜夜关情。只有一枝梧叶，不知多少秋声。

在有的词中，张炎还用前代诗人之事，并化用前人的诗意，增加词的内涵。如《摸鱼儿·别处梅》的下阕：“归时候，花径青红尚有。好游何事诗瘦，龟蒙未肯寻幽兴，曾恋志和渔叟。吟啸久。爱如此清奇，岁晚忘年友。呼船渡口。叹西出阳关，故人何处，愁在渭城柳。”词中涉及了唐朝的陆龟蒙、张志和、王维等人以及有关诗作，希望营造“如此清奇”的词境。

张炎是宋末的重要词人，他的词题材较宽，词境也较明畅，对清初浙西词派有一定的影响。张炎还是重要的词论家。他的《词源》是较早也是十分重要的词学理论专著，全面系统地阐述了有关词的形式、题材及表现方法诸问题，推花间、南唐乃至姜、吴以来的传统词派为正宗。《词源》提出了“清空”、“骚雅”等概念，成为后世词学研究中的重要范畴。除“序”之外，书分两卷，上卷论词乐，下卷论词的制作。应该说，张炎的词创作体现了他的词学审美理想。

王沂孙（生卒年不详），字圣与，号碧山，会稽人，事迹多不可考，活动应多在吴越一带，在会稽、杭州的时间最长，与宋末元初的周密、张炎等交往比较密切。入元后曾任庆元路学正。有《花外集》，又名《碧山乐府》。现存64首词，咏物词占了34首。他善将情景互融，感情隐藏很深，《宋四家词选目录序论》说他“咏物最争托意，隶事处以意贯串，浑化无痕，碧山胜场也”。如《天香·龙涎香》中的“讯远槎风，梦深薇露，化作断魂心字”，《齐天乐·萤》中的“汉苑飘苔，秦陵坠叶，千古凄凉不尽”等，都有这样的特点。

他的词多写故国之思，并与人生的沧桑感融化在一起。《庆宫春·水仙花》大约写于宋亡之后：

明玉擎金，纤罗飘带，为君起舞回雪。柔影参差，幽芳零乱，翠围腰瘦一捻。岁华相误，记前度、湘皋怨别。哀弦重听，都是凄凉，未须弹彻。

国香到此谁怜，烟冷沙昏，顿成愁绝。花恼难禁，酒销欲尽，门外冰澌初结。试招仙魄，怕今夜、瑶簪冻折。携盘独出，空想咸阳，故宫落月。

词作借用了李贺《金铜仙人辞汉歌》的诗意追忆亡国之前的繁华，对照亡国之后的凄冷，精警动人。

在王沂孙的词中，将故国之思与身世之感融为一体是其重要的主题。《眉妩·新月》大约写于宋亡以前：

渐新痕悬柳，淡彩穿花，依约破初暝。便有团圆意，深深拜，相逢谁在香径。画眉未稳，料素娥、犹带离恨。最堪爱、一曲银钩小，宝帘挂秋冷。

千古盈亏休问。叹慢磨玉斧，难补金镜。太液池犹在，凄凉处，何人重赋清景。故山夜永。试待他、窥户端正。看云外山河、还老尽、桂华影。

词作使用了象征和拟人手法，先是从新月的初生写起，再从杜甫的《新月》诗中化出“画眉未稳”，最后写月照故国而复国不得的哀痛。这类词的数量也较多，艺术成就也较突出。又如《天香·龙涎香》：

孤峤蟠烟，层涛蜕月，骊宫夜采铅水。讯远槎风，梦深薇露，化作断魂心字。红瓷候火，还乍识、冰环玉指。一缕萦帘翠影，依稀海天云气。

几回殢娇半醉。剪春灯、夜寒花碎。更好故溪飞雪，小窗深闭。荀令如今顿老，总忘却、樽前旧风味。谩余熏，空篝素被。

作者详细地描写了龙涎香的产地及加工过程，流溢着故国之思。由于作者融进了十分真挚的情感，所以多有动人之处。

在艺术上，王沂孙的词多有特色。他的词善于营造情景交融的意境，使情景浑然一体，相得益彰，如《庆宫春·水仙花》。他还善于将"咏物"和"言志"结合起来，善于使用比兴、拟人等艺术手法，通过丰富的联想，将无生命的事物赋予生命。如《齐天乐·蝉》："绿槐千树西窗悄，厌厌昼眠惊起。饮露身轻，吟风翅薄，半剪冰笺谁寄。凄凉倦耳。漫重拂琴丝，怕寻冠珥。短梦深宫，向人犹自诉憔悴。残虹收尽过雨，晚来频断续，都是秋意。病叶难留，纤柯易老，空忆斜阳身世。窗明月碎。甚已绝余音，尚遗枯蜕。鬓影参差，断魂青镜里。"词作描写了蝉化身为女子的身世和经历，通过窗中人的眼睛，隐含了宫女的凄凉的生活。

王沂孙的词承袭了婉约派的词风，在当时就有一定的声誉和影响。他的词使咏物词的表现艺术有所发展，对清代常州词派有相当的影响。

刘辰翁（1232—1298），江西庐陵（今江西吉安）人，字会孟，号须溪，又自号须溪居士、须溪农、小耐，门生或后人则称须溪先生，南宋著名的爱国词人。刘辰翁曾任濂溪书院山长，元灭宋后不再出仕。刘辰翁诗文并擅，词作的成就尤高。他生平著述颇丰。尤善评点，堪称批评史上第一位评点巨擘。他的诗文曾结集一百卷，但在明代就已经失传。清人据《永乐大典》辑得《须溪集》十卷。

刘辰翁是著名的爱国词人，他继承了辛弃疾的词风和爱国主义传统，对当时的腐败投降和官吏的昏庸无能进行了无情的揭露。如和李清照的《永遇乐》：

璧月初晴，黛云远淡，春事谁主。禁苑娇寒，湖堤倦暖，前度遽如许。香尘暗陌，华灯明昼，长是懒携手去。谁知道，断烟禁夜，满城似愁风雨。

宣和旧日，临安南渡，芳景犹自如故。缃帙流离，风鬓三五，能赋词最苦。江南无路，鄜州今夜，此苦又谁知否。空相对，残红无寐，满村社鼓。

作者在词前的小序中说："余自乙亥上元诵李易安永遇乐，为之涕下。今三年矣，每闻此词，辄不自堪。遂依其声，又托之易安自喻。虽辞情不及，而悲苦过之。"词作先是追忆故都的繁华，再写眼下的"断烟禁夜，满城似愁风雨"，进而以李清照自喻，写亡国后的悲苦之情。

刘辰翁还有一些词将亡国之恨和身世之感融合起来，写得凄凉动人。如《青玉案·用辛稼轩元夕韵》：

雪销未尽残梅树。又风送、黄昏雨。长记小红楼畔路，杵歌串串，鼓声叠叠，预赏元宵舞。

天涯客鬓愁成缕，海上传柑梦中去。今夜上元何处度，乱山茅屋，寒炉败壁，渔火青荧处。

词作上片主要写往日元宵佳节的繁华欢乐的情形，下片主要写梦中想像流落海上的南宋朝廷传桔过节的情景，最后写自己“今夜上元何处度”，将个人身世的衰微与朝廷的覆灭联系起来，精警动人。

《六州歌头》在表现爱国热情方面则更为著名：

向来人道，真个胜周公。燕然眇，浯溪小，万世功，再建隆。十五年宇宙，宫中赝，堂中伴，翻虎鼠，搏鹯雀，覆蛇龙。鹤发庞眉，憔悴空山久，来上东封。便一朝符瑞，四十万人同。说甚东风，怕西风。（自注：都人窃议者称西头。）

甚边尘起，渔阳惨，霓裳断，广寒宫。青楼杳（自注：都城籍妓皆隶歌舞，无敢犯。），朱门悄，镜湖空，里湖通。（自注：葛岭瞰里湖，无敢过。）大纛高牙去，人不见，港重重。斜阳外，芳草碧，落花红。抛尽黄金无计，方知道、前此和戎。但千年传说，夜半一声铜，何面江东。

词前的小序说：“乙亥二月，贾平章似道督师至太平州鲁港，未见敌，鸣锣而溃。后半月闻报，赋此。”据《宋史纪事本末》卷一百零六记载，贾似道率南宋精兵六七万迎敌，一触即溃，加速了南宋的灭亡。词作写贾似道为相十数年，自认为能够再造宋室，实是昏庸专权，投降卖国，致使有此大败，最后质问他有何面目见江东父老。全词铿锵有力，充满了凛然的正气。

《兰陵王·丙子送春》则更为集中地表现了他在南宋亡国以后的黍离之悲：

送春去，春去人间无路。秋千外，芳草连天，谁遣风沙暗南浦。依依甚意绪，漫忆海门飞絮。乱鸦过，斗转城荒，不见来时试灯处。

春去，最谁苦？但箭雁沉边，梁燕无主，杜鹃声里长门暮。想玉树凋土，泪盘如露。咸阳送客屡回顾，斜日未能度。

春去，尚来否？正江令恨别，庾信愁赋。（自注：二人皆北去。）苏堤尽日风和雨。叹神游故国，花记前度。人生流落，顾孺子，共夜语。

其悲苦之情无以排遣，给人以天地难以容纳之感。描写这一类心情的还有很多，如《柳梢青·春感》：

铁马蒙毡，银花洒泪，春入愁城。笛里番腔，街头戏鼓，不是歌声。
那堪独坐青灯。想故国、高台月明。辇下风光，山中岁月，海上心情。

清新疏朗，真情流溢，充分传达出了在蒙古人统治下的深切的心理感受。

刘辰翁有一些小词也别具一格，有的清新，有的刚健，值得一提。刚健者如上面引述的《柳梢青·春感》。清新者如：

点点疏林欲雪天，竹篱斜闭自清妍，为伊憔悴得人怜。
欲与那人携素手，粉香和泪落君前，相逢恨恨总无言。

（《浣溪沙·感别》）

远远游蜂不记家，数行新柳自啼鸦，寻思旧事即天涯。
睡起有情和画卷，燕归无语傍人斜，晚风吹落小瓶花。

（《浣溪沙》）

前一首写情人的复杂心理，刻画得细致入微，极富生活气息；后一首描绘春日景色，也颇为生动。

在艺术上，刘辰翁的词继承了辛弃疾、刘过的豪放派词风，虽豪放有所不及，但悲郁愤懑则有过之。《须溪集》中有很多词作用比兴寄托的手法抒发国破家亡的感情和黍离之悲，情感跌宕顿挫，音节铿锵有力，意蕴深厚，往往使人如登重山，有无穷的涵纳引人品味体察。刘辰翁的词应该说是豪放一派的殿军，在宋末元初的词坛上可谓独树一帜。

蒋捷（生卒年不详），字胜欲，号竹山，宋末著名词人。度宗咸淳十年（1274年）进士，年轻时为贵公子，宋亡不仕，隐居太湖中的竹山，并自号竹山，学者称竹山先生。著有《竹山词》。

在宋末元初的词坛上，蒋捷词的内容和风格都比较独特。在内容方面，蒋捷的词既写亡国之恨，身世之悲，也咏物酬答，几乎事事都可入词；在艺术风格上，蒋捷既效法苏轼、刘过等人的豪放风格，也学习姜夔等人的婉约风格，甚至还学习民歌。在他的词中，这些风格不仅并存，而且难有主次之分。

蒋捷为人所传诵的《一剪梅·舟过吴江》既是游子伤春之作，也有身世之感：

> 一片春愁待酒浇。江上舟摇，楼上帘招，秋娘渡与泰娘桥。风又飘飘，雨又萧萧。
>
> 何日归家洗客袍。银字笙调，心字香烧，流光容易把人抛。红了樱桃，绿了芭蕉。

开篇点明题旨，写春愁无限，以致不堪承受，需要以酒相浇，但实是酒浇春愁而春愁更浓。下面写在风雨中舟摇帘招，仿佛是心旌摇摇，不能自已，更何况其地点又是在以唐代著名的歌女秋娘与泰娘的名字命名的地方，可谓将春愁的时间、地点与情景描绘得层次清楚而又节奏鲜明，而这些都是最能引起春愁的要素。下阕想像回家调笙烧香时的情景，充满了温馨的家庭生活气息，但“红了樱桃，绿了芭蕉”一句却又将词人抛到现实中来，在满眼的娇红翠绿中，反衬出的绝不仅仅是春天的消失和时光的流逝，更重要的还是身如枯荷的悲伤和国事衰微的哀痛。需要看到的是，“愁”在这里已不再是启迪心灵和趋向探询的工具，而是成为审美的对象；时间对人也不再具有神秘性和本体性的威胁，不能引向价值与意义的追索，而是成为沉溺卑庸生活的借口。与晏殊词以对现实的质实的选择来消解悲剧意识不同，这里根本就失去了兴起悲剧意识的能力，所能做的仅仅是停留在情景的表层叹吟出一点点的感受、感想和感慨。心灵的强大或卑弱，在宋词中是可以分得很清楚的。

如果说上面的《一剪梅》还是以景衬情的话，那么《南乡子·塘门元宵》则是不加掩饰地直抒悲情：

> 翠幰夜游车，不到山边与水涯。随分纸灯三四盏，邻家，便做元宵好景夸。
>
> 谁解倚梅花，思想灯球坠绛纱。旧说梦华犹未了，堪嗟，才百余年又梦华。

南宋之悲已无须掩饰了。蒋捷一些写身世之感的词也往往精警动人。如《虞美人·听雨》：

> 少年听雨歌楼上，红烛昏罗帐。壮年听雨客舟中，江阔云低、断雁叫西风。
>
> 而今听雨僧庐下，鬓已星星也。悲欢离合总无情，一任阶前、点滴到天明。

词作选取了“少年”、“壮年”和“而今”三个“听雨”的阶段，以“雨”为中心意象辐射少年、中年、暮年、歌楼、客舟、僧庐，如银丝穿珠一般贯穿一生的喜怒哀乐，感怆时事，俯仰身世，凄厉哀婉，将心境的变化与历史的变迁融合在一起。写少年的生活绝不仅仅写其放浪，而是在放浪的外表中深寓着对繁华的追忆，对故国的思念。壮年则经历了国破家亡的深痛巨哀，自己又宁愿无家可归、漂泊流浪也不愿仕元，因此听雨客舟，在江阔云低、西风断雁的凄凉情景中表现出无限的悲情与哀思。而今已到暮年，万事皆休，于是听雨僧庐；“鬓已星星也”五字可谓绚烂之极，归于平淡，此时已无刻意为词的心境与心力，这种平白之语恰恰最能表现词人的那种透骨的悲凉与绝望；然而，词人身在僧庐，心还在家国，回思以往，那无情的悲欢离合一幕幕地涌上心头，在这极度宁静的环境和极度敏感的心境中，阶前的雨滴，仿佛点点滴滴都敲打在自己的耳鼓和心头，但此时词人已对一切都无能为力了，所以使出了“一任”二字，只有让伤感、哀思、凄凉和绝望无遮无拦地“点滴到天明”。南宋词人多有将家国哀思与身世之感合写者，但哀痛之剧，悲凉之切，绝望之深，莫此为甚！需要看到的是，与《一剪梅·舟过吴江》中表现的情感一样，“愁”与“痛”仍然只是审美的对象，并不能兴起探询与追索的冲动，也很难积聚正向的情感能量。所谓“叹老嗟卑”是诗词大忌，伟大的诗人都应走出“小我”，表现“大我”，这些论断对南宋后期的某些词是适用的。

《贺新郎·兵后寓吴》则以细腻的白描手法表现了自己亡国后的生活情景：

深阁帘垂绣。记家人、软语灯边，笑涡红透。万叠城头哀怨角，吹落霜花满袖。影厮伴、东奔西走。望断乡关知何处，羡寒鸦、到著黄昏后。一点点，归杨柳。

相看只有山如旧。叹浮云、本是无心，也成苍狗。明日枯荷包冷饭，又过前头小阜。趁未发、且尝村酒。醉探枵囊毛锥在，问邻翁、要写牛经否。翁不应，但摇手。

上阕将温馨的家庭生活与兵乱后的“影厮伴、东奔西走”的情景相对照，下阕化用唐诗，写时势易变，更描写了一个宋亡之后不肯变节仕元的知识分子的生活与心境。茫茫尘世无处安身，只有“枯荷包冷饭”，寻一份抄书的差事，但结果只是“翁不应，但摇手”，凄楚酸悲而又倔强不屈的情景跃然纸上。

蒋捷抒写亡国之恨的代表作较多，如《女冠子·元夕》：

蕙花香也。雪晴池馆如画。春风飞到，宝钗楼上，一片笙箫，琉璃光射。而今灯漫挂，不是暗尘明月，那时元夜。况年来、心懒意怯，羞与蛾儿争耍。

江城人悄初更打，问繁华谁解，再向天公借。剔残红炧，但梦里隐隐，钿车罗帕。吴笺银粉砑，待把旧家风景，写成闲话。笑绿鬟邻女，倚窗犹唱，夕阳西下。

词作以今昔对比的方法抒写出自己无可奈何的亡国之恨。上片写昔日繁华，下片写时人已忘却了故国，“把旧家风景，写成闲话”，大有“商女不知亡国恨”之致。

这方面的作品还有《贺新郎》：

梦冷黄金屋。叹秦筝、斜鸿阵里，素弦尘扑。化作娇莺飞归去，犹认纱窗旧绿。正过雨、荆桃如菽。此恨难平君知否，似琼台、涌起弹棋局。消瘦影，嫌明烛。

鸳楼碎泻东西玉。问芳悰、何时再展，翠钗难卜。待把宫眉横云样，描上生绡画幅。怕不是、新来妆束。彩扇红牙今都在，恨无人、解听开元曲。空掩袖，倚寒竹。

词作先是以梦境的方式追忆往日的生活情景和故国的繁华，再以妇女装束的变化寓写元人统治之下的生活情景，寓有深切的故国难复的伤痛。

蒋捷还善于吸收民间口语入词。如《昭君怨·卖花人》：

担子挑春虽小，白白红红都好。卖过巷东家，巷西家。
帘外一声声叫，帘里丫环入报。问道：买梅花？买桃花？

开篇不写人，不写花，只说“担子挑春”，仿佛人与花一时俱隐，只有满担的春天在街巷中游走，而“虽小”二字则是用反衬之法以小衬大，不仅不使人觉得春少春小，反而渲染出了极为新鲜而又浓郁的春意。“白白红红都好”一句最为特出，将春意与人情融合得了无间隙：“白白红红”表面是用借代的手法指白杏与红桃，但实是指所有的春花，不仅如此，更重要的是表现了人的满眼春色之感——眼中只有花色与春色，对于花形与花种，已无所住心了；“都好”二字表面是写人对花的感叹，实在是写人已沉浸并陶醉在春色里，失去了区别和鉴赏的能力，人心化入春色，春心与春色浑然一体。“卖过巷东家，巷西家”，更仿佛是春的使者在大街小巷中游走，将春色与春意送遍了城市的每个角落，送遍了天地之间。下阕则活画出一幅卖春买春的生趣图，帘外的催叫如春鸟声声，帘里则忙不迭地报入深闺，不问是不是买花，直问买什么花，将人的求春、望春、趋春、爱春的情态展示得极其活泼而又新鲜，同时，送春入深闺，又给人以深长绵婉的遐思。可以说，这是文人词吸收民间口语的典范之作。

蒋捷的词别开生面，既有豪放词的清奇流畅，也有婉约词的含蓄蕴藉，既无辛派词人粗放直率的缺点，也没有姜派末流雕饰刻削之病，对清初阳羡派词人有一定影响。

关键概念

刘克庄、刘辰翁的爱国词

思考题

1. 简述吴文英词的艺术特点。
2. 试述蒋捷词的内容与艺术特点。

结　语

家园何处

“同作逐臣君更远，青山万里一孤舟。”放逐与孤舟，仿佛是一对鸳侣，象征着那颗永无归依的孤独的心灵。

人是不耐漂泊的。“归去来兮，田园将芜胡不归!”陶渊明一声清啸，引得林泉激荡，岩穴来风，千载之下，犹令人追慕不已。然而，古人也许可以“买田数亩，买泉一眼”，借以安顿自己的心灵，但在今天，在这个熙来攘往、拥挤不堪的世界里，人，仿佛山洪中的一根根浮柴，不知将要漂向何方。不过，人的高贵之处，也正在于要为自己动荡不安的心灵寻觅最后的精神家园。可是呵，家园何处?

“日之夕矣，羊牛下来。”这日暮人归的图景，在初民那里原本是极普通的。为什么，数千年来不断地打动着我们的心?今日读来，犹使人在沉醉中挟有绵绵的心痛。那不是梦幻，而是一种真实的存在，是一种文化原型，是对诗意生活的向往，是对逝去的精神家园的追忆，是再也回不到故乡的永恒的伤感。

历史啊，并不是一位慈善的母亲，她放逐着一代又一代的生灵，让他们去寻觅和建造自己的家。中国人是生而孤独的，自呱呱坠地之日起，就被道德本体所放逐，要想回归那个本体，就要完全依靠个人的自觉。中国人没有外在超越的价值，只有在孤独中用自己的一生不断地向那个本体靠近。所以，唐诗宋词中才有了那样浓密的孤舟意象，才有了那么多的挣扎、探索与寻觅。然而，我们又恰恰是在孤独中获得了永恒。你看，那“年年岁岁花相似，岁岁年年人不同”的“白头”之叹，不正是引导着我们将有限的生命融入到无限的历史中去吗？我们在历史中看到了自己的过去，又在未来中看到了自己的归宿，这，就是中国人的执著与超越，就是中国人的永恒的价值。

据说，人生的极致是哲理与诗情。但一般看来，哲理似乎太枯燥，诗情似乎太虚浮，均非人的安居之所。其实，深刻的哲理与鲜活的诗情从不单独存在，它们是一而二、二而一的生存呈现，是一株常青的生命之树。

哲理是诗情之根，诗情是哲理之花；没有哲理底蕴的诗情是无根的浮萍，开不出诗情之花的哲理则是一条僵死的枯根。事实上，在我们民族的心灵史上，哲理与诗情从来就没有分开过。所以，人生的极境也许就在于领悟玄哲之理时的那种审美感受。

然而，当我们“在钢筋与水泥的丛林里，计算着理想与现实的距离”的时候，“人，应该诗意地栖居”也就成了无奈的哀号。也许，诗意本来就不是为我们这个时代而存在的，但对诗意生存的追求，却是人性中永不泯灭的一面，也是人性中至善至美的一面。

所以，我们要展开唐诗宋词，作一番心灵的巡礼，作一次精神的漫游！破除那些灵魂的栅栏吧，只有这样，才能使历史和自我呈现出本真的应然状态，那久违的诗情才会从历史的深处走进我们的现实心灵；当我们在心灵的驿站中逐一捡寻的时候，永恒就一点一滴地积存到我们的心中。

“昔我往矣，杨柳依依。今我来思，雨雪霏霏。行道迟迟，载渴载饥。我心伤悲，莫知我哀！”这应该是一个家园追寻者的吟唱。其实，我们每一个遭受“放逐”的人，都注定要像这位远古的诗人一样，在“美的祭奠”中艰难地前行；但也正是在这个诗性的旅程上，我们才能感受到那渺不可及而又念兹在兹的精神家园！

参考书目

彭定求等. 全唐诗. 北京：中华书局，1960.
蘅塘退士编. 陈婉俊补注. 唐诗三百首. 北京：中华书局，1959.
蘅塘退士编. 喻首真详析. 唐诗三百首详析. 北京：中华书局，1957.
沈德潜选注. 唐诗别裁集. 北京：中华书局，1964.
骆宾王文集. 北京：中华书局，1973（影印）.
卢照邻，杨炯撰. 徐明霞点校. 卢照邻集·杨炯集. 北京：中华书局，1980.
王琦辑注. 李太白集全集. 北京：中华书局，1957.
刘开扬. 高适诗集编年笺注. 北京：中华书局，1981.
杜工部诗集. 北京：中华书局，1957.
浦起龙. 读杜心解. 北京：中华书局，1961.
仇兆鳌注. 杜诗详注. 北京：中华书局，1979.
童第德. 韩集校诠. 北京：中华书局，1986.
刘禹锡撰. 刘禹锡集. 北京：中华书局，1990.
白居易撰. 顾学颉校点. 白居易集. 北京：中华书局，1979.
柳宗元集. 北京：中华书局，1979.
冀勤校点. 元稹集. 北京：中华书局，1982.
刘学锴，余恕诚. 李商隐诗歌集解. 北京：中华书局，1988.

雍文华辑校．罗隐集．北京：中华书局，1983.
唐圭璋编．全宋词．北京：中华书局，1965.
东坡全集．上海：上海古籍出版社，1992（《四部精要》）.
朱彝尊，汪森辑．词综．北京：中华书局，1973.
影刊宋金元明本词．北京：中华书局，1961.
陶湘辑．影刊宋金元明本词补编．北京：中华书局，1962.
周密辑．查为仁，厉鹗笺．绝妙好词．北京：中华书局，1957.
张惠言选辑．词选．北京：中华书局，1957.
黄畬笺注．欧阳修词笺注．北京：中华书局，1986.
龙榆生校点．淮海居士长短句．北京：中华书局，1957.
周邦彦撰．吴则虞校点．清真集．北京：中华书局，1981.
辛弃疾词选．北京：中华书局，1979.
何文焕辑．历代诗话．北京：中华书局，1981.
唐圭璋编．词话丛编．北京：中华书局，1986.

修订后记

当我们吟哦唐诗宋词的时候，就开启了价值积淀和心灵成长之旅，但对诗词深切的感觉是这一切的基础。追询自己的感觉，尊重自己的感觉，以对自己的感觉负责的态度去解释感觉，可以作为研究诗词的一条准则。我历来不愿意读那些对诗词缺乏“感觉”的研究文章，总疑心那些作者的真诚。所谓“修辞立诚”，“辞”必立于“诚”，失去了“诚”，文学只是“辞”的僵尸和空壳。而“诚”的生成，不仅靠所谓的智商和情商，更依靠“德商”——道德和情感的自觉能力，这种自觉能力所产生的，其实就是深情。常谓有深情者必有智慧，但有“智慧”者却未必有深情；在这个充满着功利和算计“智慧”的世界里，深情已如长空中的飞鸟，不知没入何处。如今大家都“火急去弄文章”，培养“德商”，积聚深情，以“诚”立言，似成当务之急。故“厚德载物，修辞立诚”八字可为座右铭联。

我也一直怀疑中国文化研究中的某些理论，总觉得那些东西多是从概念到概念，因为它们与读诗词的感觉并不相符。愚以为，连最能体现民族文化心理的诗词都不能印证那些理论，只能说明那些理论未能影响民族文化，仅仅停留在案头纸上；或是那些理论原本就不重要，只是被某些研究者为了谋生故意夸大其词罢了。而对我们的生活和情感产生着重要影响的诗词，其中蕴涵的道理却被长久地忽视。也许，只有当某种文化理论与历史上发生重要影响的文艺作品能够相互印证时，这种理论才是可靠的和深刻的；或许，这类文化理论本来就应该是从这样的文艺作品中总结出来的。

修订中接受了董宇宇同学的建议，补入了一些诗词，并吸收了他的个别观点；袁灿灿、张永宽同学帮助校对，并记录整理讲课内容，特此致谢。中国人民大学出版社的杨宗元老师在本书修订过程中给予热情鼓励与帮助，特别致谢。

这次修订，增加了许多重要内容和观点，涉及的篇幅很大，很多地方几近重写。本书原本是本科非中文专业的通识教材，不拟讲述太多的问题；但在听课学生的鼓励下，遂将多年教授诗词研究的部分心得加入。其中的很多问题可以与拙著《中国文学的历史与审美》参读。对这些新加入的问题，我一直怵惕自警，不敢成文示人。如今覆水出矣，惟盼同好共正之。

冷成金　于中国人民大学

2013.6

图书在版编目（CIP）数据

唐诗宋词研究/冷成金著. —2 版（修订本）. —北京：中国人民大学出版社，2013.8
21 世纪通才教育系列教材
ISBN 978-7-300-18008-3

Ⅰ. ①唐… Ⅱ. ①冷… Ⅲ. ①唐诗－诗歌研究－教材 ②宋词－诗歌研究－教材
Ⅳ. ①Ⅰ207.2

中国版本图书馆 CIP 数据核字（2013）第 201128 号

21 世纪通才教育系列教材
唐诗宋词研究（修订版）
冷成金 著
Tangshi Songci Yanjiu

出版发行	中国人民大学出版社		
社　　址	北京中关村大街 31 号	**邮政编码**	100080
电　　话	010－62511242（总编室）		010－62511770（质管部）
	010－82501766（邮购部）		010－62514148（门市部）
	010－62515195（发行公司）		010－62515275（盗版举报）
网　　址	http://www.crup.com.cn		
经　　销	新华书店		
印　　刷	北京捷迅佳彩印刷有限公司	**版　　次**	2005 年 4 月第 1 版
开　　本	720 mm×1000 mm　1/16		2013 年 9 月第 2 版
印　　张	23.25　插页 1	**印　　次**	2024 年 8 月第 7 次印刷
字　　数	448 000	**定　　价**	48.00 元